廖可斌 主編
浦東歷代要籍選刊編纂委員會 編

陸深全集
二

〔明〕陸深 撰
林旭文 整理

復旦大學出版社

儼山文集卷四十一

序五

古庵文集序

《古庵文集》凡二十二卷。自第一卷至十四卷，文若詩在焉，自十五卷至終卷，奏疏及公移在焉，咸次第可誦法云。華亭古庵先生張公之所著，其嗣子文貴之所手書以刻焉者也。公諱詰，字汝欽，成化丙戌進士，自翰林庶吉士授監察御史，歷任都察院右副都御史巡撫雲南，致仕而還。蓋以文章飾吏事者四十餘年，是集可考已。

深憶少謁郡前輩，若大司馬莊簡張公及公與憲副定庵曹公，皆博大長者，和厚豈弟，言行風裁，蔚然有章。而三公者，又志乎而聲相和也。深既有當世之交，每歎以爲非後輩所及。正德辛未，再入翰林，公送之行，執手諄諄，道玉堂舊事與爲文章法，若不忍休者。暨與滇南士大夫游，問滇之撫臣，必稱三原王公及公。而公之撫滇也，寔出王公所薦。至論金汁河之利，則又三原公之所無者。又憶往歲卒業南雍，時適蘭谿章公楓山先生爲祭酒，每稱丙戌人材之盛，若一峰羅公、未軒黄公、定山莊公。而公復出是科，與相項背，則公之所爲淵源者，固有自哉，其名世無疑。是集也，渾厚簡雅，一洗艱深鈎棘之風，明習國體，不事空言，信乎體用具而質文均，益歎以爲非後輩所能及也，其傳世無疑。若夫詞翰並麗，橋梓相輝，家學之傳又於是在，異日足備郡故。深郡人也，重論其世而序之。

重刻家語序代郭通判允禮作

今襲封衍聖公成庵先生，自闕里寓書雲間，以《家語》見屬。允禮，故闕里外孫也，不敢辭。于時適有《家禮》之役，以其餘工成之，而完好可讀云。

惟我宣聖，素王無土，道德之奥，布在方册。若是書所載，蓋亦不少矣。《史記·世家》以此爲相定公十二年以後事也。或曰此非孔氏之舊，意者庭闈緒言，相傳於其賢子孫者，序次成之，故名《家語》，以别於《論語》云爾。厥後魏之王肅，果得此本於孔氏二十四世孫猛家，遂以行世。至宋大儒朱子，復以爲是當時書，過《孔叢子》遠矣。或又曰《論語》及《禮記》諸篇，皆從此出。然則有志聖人而從得其心迹者，不於此求之，將奚從哉？況於心親迹近，有如允禮者哉。乃若成庵之賢，光于家乘。愧允禮文學，不及王肅，徒以叨屬葭莩之末系，蚤承父兄之夙學，於此書竊有意焉。又況遭逢皇明全盛之朝，聖道尊崇之世，視彼王肅託身衰魏，則大有過焉者，允禮將託是書以不朽也。故爲具論所由來者如此。願與天下學士共之。他日歸闕里，當以此刻與續刻《家禮》板，置諸奎文閣中，成庵先生以爲何如也。

詩微序

深承父師之訓，以《詩經》發科。自少誦習，中歲業舉如制。反覆諷詠之餘，各有所疑，輒用劄記。迨通籍禁林，獲交英俊，間於僚友間稍出一二質之，頗有合焉，而亦未敢遽以爲是也。念今六十年矣。雖於經術之大，終身難聞；而一得之愚，不忍自棄。聊復稿存，將以示子孫，題曰《詩微》。其章句篇什，多仍乎舊。是編也，蓋欲折衷《傳》《序》，兼采衆長，以明詩人之旨。其疑者存焉，其闕者擬焉，而因以附見鄙説，求爲朱子之忠臣而後已。嗚呼，僭妄之罪，安所於逃。粗令後世知予之苦心，豈所謂皓首一經者耶？

張文水六十壽序

海邑之南，文水在焉，邑以水利也。水自西南來者，匯爲孫灣，詰曲紆回，渙然有文，故稱文水。凡言水於海邑者，必以文水爲勝。文水之上，居落在焉。其人多務本朴茂，力耕勤織。竹林魚池，望之蔚然，淳里也。而張氏獨以詩書爲業，代有文人。凡論世於文水者，必以張氏爲舊；而張氏之能文章修行誼者，又必以宗之君爲賢。故宗之得號文水，人稱之曰文水先生。

文水先生屢以文上鄉貢，自邑校升之太學，文益有聲。鄉黨之士宗其文者，翕然敬且愛焉。今年辛卯八月廿九日，爲六十初度，士友相率捧觴致祝。李君百朋以祝辭爲託，深不敏。頗憶少時與文水同學，爲文章金舂玉應，争相濯摩，期以名世。而諸提學使臣與當道之能權衡者，每加課試，必以文水爲首，延譽峻獎，而文水意未嘗自足也。今去之三四十年，文水之文未獲少露一二於四方，且闇然自持，或者將負此以老耶？而文水意亦未嘗不自足也，予竊感焉。縉紳大人皆曰：是烏足以論宗之哉？夫君子達生，至人立命，斯道全乎我，而無意於世，然後不爲世所累，而世恒賴之，是故表萬物而獨全。出處時也，隱顯遇也，遲蚤數也。有如此水，好風過之，縈爲淪漪；怒且嘷焉，舞爲波濤。方其安流一注千里，乃若滔天浴日之奇，生物澤世之功固在也，而水亦何意焉。此文水之志也。自兹天休與年俱進，屹然斯文之領袖，以與此水無窮。方今天子急於求賢，不遺巖穴，況宗之名在天官，品題有待。一旦出潛變豹，使國家得老成文物之用，且當爲世快覩，而文水亦豈宜遽以此自足哉？人亦有言，其華茂密者其果碩，源匯深長者其流沛，朝榮之木無堅，田間之渠易涸，固物理哉。予聞之曰：是足以爲文水祝。遂書爲序。

古文會編後序

漢氏以來，名能文者，不過是數子；衆愛而喜爲之傳者，不過是數篇。是編也，出於今監察御史黄君希武，成之者，吾松守陳侯民望也。黄君來視學南畿，以斯文爲己任，期還于古。侯適初政，協志作興。君子謂是舉也，贊同文矣。深昔與黄君同被上命，入讀中秘書。時以文章爲職業，得縱觀前代之文而揚搉之〔一〕，謂文莫盛於西京，而極弊於江左。江左，今江南諸郡是也，黄君將有意於兹土耶？然去之千數百年，風聲再變，已非昔矣。振而起之，豈亦有待也哉？

夫文者，質之餘也，猶本之有華也。古之人質厚重而本盛大，是故其言必文而必傳。夫質可變也，本可培也。力變其質，以豐培其本，其何古之難復？議者曰，古今時也，文寔隨之，古之文不可還也。深竊惑焉。夫時以氣化，文由道同，道苟同矣，胡時之隨？且古之人何限也，而以文傳者僅僅，固有時不能爲者矣。其能之者，繫其學也。士知所以學，士大夫有師長之道者知所以倡，亦何爲而不成？嗚呼，獨文也哉？雖然，倡而後有學焉，此今日刻書之旨，而賢監司良守牧之體也。工既訖，謂深寔郡士，宜有言於簡末。深少喜學文，今稍知本意，甚悔焉。迺於是編覽孔明之二表，讀伯淳之四箴，庶幾見所謂大成者耶。願與鄉郡士共勉焉。

【校記】

〔一〕搉：原作『確』，據四庫全書本改。

贈揮使李君授職還鐵嶺衛序

遼東鐵嶺衛指揮同知李君涇，其先朝鮮禿魯江人。高祖鷹你，洪武中來歸，授總旗，遂家鐵嶺焉。曾祖英以戰功授副千户，祖文彬、父春美嗣。正德初，南北盜起，春美從征，戰滕縣，戰冠縣，戰狼山，復往戰饒源洞，皆有功，陞指揮使。及歸，征北虜，克復應州，以戰功再賜織金衣。獨兵部覈南北首功少合格，乃鐫級爲指揮僉事。嘉靖初，春美因開原松山堡領哨有功，復陞指揮同知，推守虁陽，以老罷。涇當嗣職之京，兵部以案牘經火，春美戰功無稽，止請以正千户授涇。涇上疏辨父功次，既白，乃得復授指揮同知。

將歸鐵嶺，過余告曰：三代以後，仕者分文武爲兩途。介胄之士，以武勇力戰而得官。朝廷因其舍生爲國，有捍難衛民之功，故爵禄職位延及子孫，以此報功而爲臣子勸。奈何有司不能體朝廷之意，動欲裁制武職，以爲爲國家袪冗食，殊失古人以爵禄勸激之意。況吏胥深文巧詆，而官之失得在其掌握，此馮唐所以慷慨而論魏尚也。且余祖自外國來歸，苟世次功勞少有不明，則受抑多矣。是故必得大人君子之筆而記之，則李氏之子孫世世有所憑矣。予曰：不然。夫武勇之臣，爲國家干城，爵禄得之智勇。智勇而不出於忘身狥國之忠，亦非也。君之居於邊鄙也，小則能爲國家出奇以制虜之侵軼，大則立功建績，使北虜深憚而不敢近塞，則忘身狥國之忠著矣。縱有媒孽其細故者，豈待君之自辨哉，亦必有如馮唐之論彰彰於世也。且君以迹遠爲懼，獨不觀漢唐之史乎？昔者金稅侯日磾以休屠之裔，而武帝有託孤之命，至於八葉垂貂，雖霍子孟有所不及。李臨淮光弼以阿跌之族〔一〕，而肅宗有王爵之封，至於智勇武略，且居郭汾陽之右。二公皆棄戎即華，不恃門閥，徒以忠順自致其身耳。君尚勉之哉，君尚勉之哉！

【校記】

〔一〕按：李光弼爲營州契丹族人。唐代另有名將李光進、李光顔，爲太原鐵勒族人，原姓阿跌氏。

陶節齋傷寒書序

監察御史玉洲陸公按蜀之明年，百度貞肅。於是博求藝文，以惠來學。顧有取於陶節齋傷寒之書，乃節縮廩食，命知成都府邵子經濟刻之，而謂深宜序。

昔人以良醫方良相，二者果若是班乎？蓋爲生意論也。良醫生人，良相生人人，廣狹之勢殊爾，存主則一也。醫胡可少哉？雖然，生意之閼遏，邪氣蠧之。故邪氣之在天地間，爲姦爲蠹爲弊端，其中於人也，爲百病。惟傷寒殺人爲最速，惟積弊害治爲最深，是二者寔相類也。故節齋之治傷寒也，主於攻邪。至謂世無真傷寒，斯言一出，而前人之論盡廢。公之奉命也，風裁所臨，儼若神明，爬梳剔刊，無弊不革，而三蜀之生意悉還。是二者適相當也，深故比而論之，以引其端。且以告有事於蜀者，非徒爲醫家樹赤幟也。書凡若干卷。

擬己卯山西鄉試録序代作

我朝三歲取士，著爲定制，行之百有餘年。條式品格，愈嚴愈密，奉行之者，公明正大，意視初始如一日也。法久而無弊者，莫善于是。乃今正德十四年己卯，復當其期。於今上爲五開科，而歲星亦一周矣。山西布政使司復舉行之如制，而巡按監察御史某至期寔監臨焉，亦制也。先期分聘司考校某官某、某官某各集，而提調學校副使馬卿所選三府應試之士凡若干人亦集。及期，任提調者某官某，任監試者某官某，而某官某相與佐贊于外。臨期則鎖院樹棘，設簾隔座，糊名易書，按經彙考，限日分場，而三試之，一如制。其法惟舊，其事惟新。凡閱若干日，既竣事，揭榜于通衢。復梓其文之合式者若干篇，人之中式者若干名，與諸執事、諸條格爲試録。夫牓以曉近，其事略；録以傳遠，其體詳，故宜有序，而某以職事序諸首。

昔人有言，長材大器往往出於西北，蓋以文章許東南也。今兹之來履，方輿之雄勝，固未暇考。觀其人品，而得先從事於所謂文章焉者，窮日夜之力，因所疑而致志焉。口誦目披，則藻績絢爛之所照映，和暢沈渾之所宣颺，使人起敬而忘食。已恨於不能盡録，而録之止於是者，固當嘗一臠而知鼎矣。持此以往，其於吴、蜀，豈多讓哉。然後歎古人名理之未盡也。蓋自古帝王多起於西北，而出於山之西者尤盛。惟我聖祖挺生東南，奄有西北而混一之。文皇作京，密邇三晉。列聖繼承，傳世八九。佑啓文明，鼓舞感孚之妙先及，厚被旋斡化工，所謂道德齊而風俗一，車同軌而書同文者，正在今日。諸士其勗之。

南山野唱後序

舅氏南山先生，以厚德長才從政。當其華潤之融結，勳績之底成，往往溢出，一寄之篇翰，兼是者可以爲難矣。還自臨安，夐得江山之助，是時春秋八十餘矣。陶物寫靈，日增月益，尤足以驗素養之深厚，卜來算之縣遐也。近時號稱詩人者，尤所難及。間集其詩，云《南山野唱》，凡若干首，某請而刻焉。

深少獲從先生遊，得聞《春秋》謹嚴之旨。然先生爲人坦恕，毋取於傳家刻核之論，而獨求聖人之心，以顯達宏正爲主也。故其詩亦復似之，覽者可以概矣。夫古人之詩，務得性情，不假彫刻而後工。後世藻繪勝而法禁密矣，其於古道何如也。昔者嗣輔好《易》，其學傳之外族，人都稱通解。今先生詩道遠過弼《易》，而深則有愧王氏之諸甥也。雖然，若洪駒父之於黄太史，陳履常之於郭大夫，亦安敢諉之無從得焉而自棄也哉？病少間，因記所私於簡末，以告成事云。

儼山文集卷四十二

序六

滎陽鄭氏族譜序

莆田鄭君啓範重修族譜成，視世所有姓氏之書，特爲詳整，無失次，無闕文，義例森然。上下三千餘年，枝分派別，儼若敍昭穆於一堂之上，可以言仁孝矣。題曰《滎陽鄭氏之譜》。莆田，滎陽出也。按：鄭本姬姓，蓋周冑云。宣王之弟友封於鄭，是爲桓公。《詩》之風所敍『緇衣』之鄭是也。其後散處，蓋以國氏云。按：滎陽之鄭，在唐最顯，敍於四姓八族之中，至不得婚媾餘姓，而於是取相才焉，故鄭氏之相唐者衆矣。今啓範所據以校定是譜者，實本於《唐書·宰相世系之表》。在宋則夾漈之漁仲，號稱大儒，博雅淹貫，頗嘗是正焉，信乎故家文獻之足徵，而鄭氏之多賢也。夫狀元、宰相，世所榮貴，，傳世之器，厥維文章。是譜咸有焉，則所以承之後者，宜有道矣。啓範奮然繼諸父而爲是也，蓋有意哉。啓範志甚古，學甚正，年力甚富，不朽是圖，有光斯譜，非啓範誰望哉？雖然，由啓範而上，吾不知其幾世也，將於是乎衷之。由啓範而下，吾不知其幾世也，將於是乎開之。彼富貴顯達，不足言也。功業聲華之美，其輕重兹譜也，果何如哉？

深不佞，卒讀其書而歎曰：休哉，其神明之裔乎；備哉，其典則之萃乎；遐哉，其耆舊之家乎；懿哉，其嗣續之昌乎。以神明之裔，光有功也；典則之萃，傳將遠也；耆舊之家，蓄必厚也；嗣續之昌，後則大也，皆不可以不序。若其世次，則自封國之後，有過江之派，有入閩之派，有南湖之派，有桃源之派，有入城之派。城，莆城也。至於啓範，桃源之十九世，過江之三十九世，入城之八世也。其諸郡望，自滎陽之外，有河南之鄭，有咸陽之鄭，有京兆之鄭，有南海之鄭，有北海之鄭，有丹陽之鄭，有東陽之鄭，有泰山之鄭，有晉安之鄭。其諸閩聚，自莆田之外，有興化之鄭，有仙遊之鄭。其在莆田者，則故坵、前埭、後埭、上埭、劉橋、楓嶺、桃源。其在興化者，則洋頭後、虺井門、上下黿、上下溪、大田、竹演、永泰。其在仙遊者，則鞏橋、白湖、盤石、柘山、埔兜、赤湖、烏石鄭、塘北鄭、市西鄭、雙峰鄭、縣市鄭、潯陽鄭、溪東、溪西鄭，咸祖三公云。三公者，露莊淑也。故曰閩無二鄭，其所由來者遠矣。深偶記唐乾寧中，司空表聖作滎陽族系，記文甚爾雅該洽。又宋紹興中，臨海尉鄭瓛作臨安譜序，與漁仲文相出入。又記魏少府大匠鄭渾生晉荊州刺史崇，崇生遹，遹生扶風太守隨，隨生趙侍中略，略六子：翳、豁、□、静、悦、楚。豁字君明，燕太子少傅，封濟南公。豁生温，温四子：濤、曄、簡、恬。濤居隴西，後魏建威將軍，封南陽公，爲北祖，簡爲南祖，恬爲中祖。三祖者，世次當過江之先後與？又泰和有澄江之鄭，越有浦江之鄭，皆云出滎陽，是書之所未見也，因附於此，并録二文，以貽啓範。謹序。

送曹博士先生赴福寧州序

余友曹君茂勳之教福寧也，問道於余。余昔南使，渡濤江，遡嚴瀨，抵三衢之交，南望萬山之間，邑曰江山，群旅之人裹糧趨焉，曰道此以入閩也。又西經草萍，下常山，汎廣信之谿，東望萬山之間，邑曰鉛山，群旅之人裹糧趨焉，曰道此以入閩也。客有告茂勳者，曰彼由江山則遠，彼由鉛山則險，孰若趨永康，登馮公赤城之嶺，揚舲永嘉之江以濟則捷。茂勳疑焉，曰：是將何途之從。余起而告之曰：福寧於閩壯州也。茂勳期至於福寧已矣。夫苟期至於福寧，則兹三者皆道也，舍三道而望福寧者無是也。里之遠近，行之安險，達之迂捷者，遇也，是豈獨行道然哉，其於仕道也亦若是已矣。今天下士大夫誦法先王之道，以待用者，道亦有三：自郡邑升者謂之貢，自畿藩升者謂之舉，自省部升者謂之進士。然其所程試者，未必不同也。事有難易，官有崇卑，職有廣狹者，遇也。方其遇也，錯然交於吾前，因所遇而自致焉可也，局於所遇者非也。孔子曰：殊途而同歸。茂勳其行哉。膏車秣馬，以至於福寧而已矣。樹德以爲訓，因事而有成，天下後世之人，將指而目之曰，此福寧曹先生茂勳也，則所遇者殷矣。

余與茂勳共學者餘二十年，相知最深。其爲人高爽尚氣節，其學淵深弘懿，其治經多所自得，其歌詩有《騷》《選》之感激悲壯，其文章馳驟於韓、歐之堂奥。往往能以晉、唐之書法，溢爲雜畫。又能爲墨竹，可方軌近世之王舍人、夏奉常。蓋其才無所不宜，然十黜於京闈。今正德丙子，始應郡邑例貢之天子，兩試之咸優，授以今職。余不能無感於其所遇也，因書爲贈。

草堂遺稿序

廣南太守顧草堂先生詩一帙，其孫定芳授深讀之，既乃編次爲一卷，而敍之曰：先生宦轍所至，皆在萬里外，有長城、龍沙、棧道、滇池巨麗之觀。又屢捧檄撫諭諸番，車里、孟養，窮荒羈縻之地，皆身所經歷。中歲歸田，有林塘亭館之勝，其詩宜工。土官板雅氏者，兄弟争長殺人，連歲不休，屬先生勘契其事。至作兩詩示之，立解，此亦可以風矣。先生少以經濟自負，奮欲有爲，故常不鄙僻遠，期得行之，而仕僅至守。守又不久，故得自肆於篇章甚富。深幼嘗記其口誦如『雖憂地險難爲客，且喜官閒好讀書』『竹林斜日聽啼鳥，苔逕東風數落花』『吸殘金露難消渴，種得荷錢不濟貧』等作，今集亡之，蓋多散失。其存者止此，而此亦足以傳矣。深方欲輯録郡中諸前輩詩，自爲一編，以致景仰之意，愧寡陋未就。如先生之詩，亦胡可少哉？先生名英，字孟育，别號南溪草堂。卒之明年，始爲集，集名仍之，著志也。

望金焦倡和詩序

今上皇帝興自江漢，川后效靈，無波濤之警。改元之明年，侍御史王子升先生，自南臺奉璽書巡江上下，東暨于海。十百州郡，環數千里之地，倚以金湯焉。先生所至職事之餘，多有咏歌。登臨省覽之間，不忘經綸功德之大，故人競傳之，而和者群附。渢渢乎鼓盪于一時，雲物改觀，而川原生色，固維新之朝一景象也。此閱軍北固，望金、焦之作，和者若干。侍御史朱子文，方自北臺賜告，見而嘉之曰：此所謂治世之音也，授深爲序之曰：京、潤之間，有江山鉅麗之觀。陸則北固諸峰，水則金、焦對峙。形聯勢接，寸目可盡。而江流萬里之砥障，南北一統之喉襟在焉。故當天下無事之時，則文人韻士、高賢大夫之所爲遊憩嘯歌，臨風雨而出塵坌，寔世外之奇蹤。當天下有事之時，則控扼關鍵，水陸之要會，百萬之師可因以集，而吴、蜀、閩、嶺之財賦器械，無脛而至，蓋天下之重鎮。惟昔孔明所嘗往來，而劉毅、穆之之徒，因以興建。李衛公之泉石，米南宫之翰墨，咸於斯在。先生得無感於兹乎？夫地所因者時也，因地而用者人也，人之所用者才也。故人才之用世也，處廟廊密勿之間，則以文墨議論之懿，定萬世之典禮而不過。有籓宣兵戎之寄，則以誅賞激勸之權，布一世之材而馭之，以底於安定焉。故曰：地有全勝，人有全材。若乃付全材以全勝之地，又維新之朝一化理也，後世讀是詩者可考已。深既屬和，而復論次其大者若此。時華亭尹聶文蔚、上海尹鄭啓範咸曰：兹義也，宜序諸作者，以表先生之全。故書。

送别路北村郡伯序

嘉靖甲申歲六月，汶上路公解松郡事，歸而承重嫡孫，禮也。先是，天子有詔，凡臣僚布列于外者，得終養，養終復起事事。公拜詔曰：臣有祖，年九十有五矣，宜有養，臣及格。即日移文所司，趣裝去。有思所以留其行者，有頃會汶上以祖訃至，公遂去，而留之者亦無計矣。民盻盻然，猶不忍公之即去也。嗟乎，一念之誠，積而至於能感，然後事應隨之。及其至也，金石開焉，豚魚孚焉，而況於君臣父子之間，氣類合一者哉。故公之志若不相值，而誠寔相通。蓋其始也，本以至情會于國典；暨其終也，不以私事先乎公家。公於是乎爲孝子，爲忠臣矣。夫忠孝之積也，神明通焉，而況於繫一郡之思哉。

上海令鄭君啓範慕公尤深，既爲文以導邦人之思公而不可留者，復謂深曰：公果去矣，子且謂何？他日嘗受愛于公矣，仁恕而易親也，未能窺公之高深也。吾今而後，知公之不可及也。他日嘗受教于公矣，敬敏而懋功也，未必知公之難遇也。吾今而後，知公之不可得也。故吾之令海也，獲免於議，其善且大者，咸受成于公，而人亦未能盡知也。吾今而後，安保吾政之無纇也。某於公也，宜何役之圖。深聞之曰：此非一人之言也，蓋天下之言也。雖然，公之去留者，迹也；感應者，心也；不能不去者，制也。制有禮，迹有限，惟心無窮。是故心之精神謂之聖，神而明之謂之化，此學不講久矣。故以官職爲傳舍，而以民物爲秦越，民亦始以愛憎爲推挽矣，皆非也。公之學有本源，而才無不宜。故其治松也再歲爾，而善政以百十。又其大者，則牧凋瘵之民於饑饉之時，振廉静之風於奢靡之俗，示敦朴之道於文勝之餘。此公之精誠達于松者，百世未泯也。公之身豈松所能專哉？啓範儻推公之心而致之，公固未嘗一日去松也。其去留者迹也。啓範曰：公之道大矣，請書之，以慰邦人之留公而不可得者。

送監郡趙侯赴辰陽序

今天子升自興邸，於是湖南之藩，比於漢之南陽矣。辰故湖之南郡若也，比於畿輔等耳。宰相慎選才賢，佐理其地，以禆聖靈鴻鬯之化，又加一等矣。則今之辰非昔之辰也，仕固易以當此哉？況天子臨御，六年於兹，閱歷既深，治效斯溥。其所操賞慶之典，將自近始。而神謨睿眷，拳拳於龍翔之境者，又豈他郡所可倫儗也哉？

今年丙戌夏六月，天官卿試天下士於吏部，將列之官。以永康趙君孟立爲賢，俾倅辰郡。孟立亦喜自負，曰：吾母老矣，獨不可藉是以投維新之會哉？捧檄赴辰，取道東海之上。海令徐侯德新，君衿友也，要諸途餞之，海士大夫寔從。徐侯顧謂深曰：此名士也，金華忠諫之後，而楓山先生之徒與，子宜贈之言。

深昔登楓山之門，竊講於金華文獻之故，知憲副趙公忠諫之節。既奉使道浙，求金華士大夫交之。是時聞孟立名籍甚，篇章藻翰，時見一斑，蓋傾心久矣。乃執爵而颺之曰：士之於世也，以得所生爲賢，以有師承爲幸。出而自見也，以得時爲遇，以遇知己爲達。夫不得其時，與有時而失其會，不見知於時君世主，至有異世不同道之歎，則所以得之庭訓，授之師門者，猶空言也。今時何時哉？孟立可謂遇矣。或曰：孟立讀書金華山中，餘三十年，博觀而約取，胸次經緯，具有成說。爲古文章，高視漢魏，要之以吕成公、陳同父流輩自命也。時出緒餘，猶足以奪魁而名世。乃今僅僅得一辰倅去，若是者猶之遇也。深曰不然。凡余之所謂遇，與孟立之自以爲遇者，非以位之崇卑也，非以地之遠近也，非以建立之小大也。大抵擇官而仕，必其才弗足者也；擇地而趨，必其力弗給者也；宜於大而方於小者，必其質任之一偏也。孟立才備而力充，養深而施厚，視天下事皆所優爲。玆將因辰而見重，非取重於辰者也，又況今日之辰哉？我朝士大夫，金華最尚名節。憲廟初年，楓山章公自翰林編修諫鰲山，以危言被廷朴謫官。末年趙公自刑科都給事中諫宫闈，復以危言被廷朴謫官。終始二紀，金華兩公，天下共尊師之。孟立之所爲淵源者已然，然則兩公之所以不獲遇者，將不於孟立有望乎哉？且夫學以致用爲道，道以澤物救時爲賢，以不失己爲正，以忘我爲大。彼高談性命者，失之清虚；專事藝文者，蔽於萎瑣。此亦深所聞於楓山之門者，敢以是贈。徐侯曰：可以卜之辰矣。海士夫請書爲序。

儼山文集卷四十三

序七

郊祀録序

故事，天子有事于南郊，卜自正月上辛，預於舊歲季冬之朔，備鹵簿法駕，啓大明門，南出郊壇。太常奉犧牲，天子躬親臨視，一一唯謹，謂之看牲。既還宫，翌日，命大臣以次行詣中馳御道，禁旅分隊夾從，出入甚嚴。明早，盛服入奉天殿陛前復命。大臣以次歲一行焉。

正德十三年己卯，臣深備員國子司業，忝預視牲之列。是歲皇上巡西北二邊，大臣與視牲者才十有三人，於是人遂輪次矣。又六飛未旋，郊期再卜。於是臣深遂至於六往返矣，蓋異數也。將事之夕，臣深得分獻風雲雷雨之壇，各以小詩，識一時之感遇，附以齋居之作，題曰《郊祀録》，藏之篋笥。蓋曰禮謹於微，榮以爲懼云爾。臣深謹序。

李世卿文集序

本朝文事，國初未脱元人之習。渡江以來，朴厚典易，蓋有欲工而未能之意。至成化、弘治間，宣朗發舒，盛極矣。然要而論之，蓋有兩端。以雕刻鍛鍊爲能者，乏雄深雅健之氣；以道意成章爲快者，無修辭頓挫之功。故修辭類於雕刻，而雕刻者辭之弊也。道意成章者近於雄深雅健，而雄深雅健又不止於成章道意而已。大抵深於學，昌其氣，然後法古而定體。吾嘗持是以考焉，而有愛於李世卿之文也。世卿嘉魚人，名承萁，與其兄承芳相師友，嘗遊白沙陳公甫之門。舉於鄉，年甚少，遂不舉進士，而肆力於古文章。是編也，昔在翰林日，假於崔同年子鍾録之。一日發篋，因敍而藏之，以備一家言，尚當訪成集以考。

借寇回天詩序

嘉靖四年夏四月十有一日庚子，上海有災于市。市據邑中，甍棟鱗次。其西爲縣衙，其東爲學宫，而禮殿爲近。是時日方下舂，旋飈扶摇，邑人喧呼，烟熖滃翳莫測也。布政使西津沈公有屋去之丈咫，而深之寓居亦值其北。風從南來融甚，乃相與匍匐往救之。議斷火衝，然力微勢重，無與也。通守松江府方齋鄭侯適署邑，乃自西來，指麾倉皇，水具火政畢備。整襟再拜曰：『直攝令天降重罰，當抵直躬。是邑焦土，惟上鑒匪遠。』仰天昧雲物徘徊，則又再拜曰：『苟徵直之故，惟上帝霽威，以惠下土，敢以身請。』乃端立不敢動，屏疎以俟。少焉，風滅火熄。其尤異者，太學生陳相之家，火燎其楝矣，止若晝。木乍見創，觀厥惟神相。士女填道，沃燼拾爍。變慟爲嬉，萬口一詞，咸曰：『我鄭侯之神力也。』侯方退然不居，曰：『天庇斯邑，予亦何有。』

侯既還邑政，邑人愈神其事，相與歌謡。騰口積帙，渢渢有聲，旁達四馳，侯初不知也。深既目睹身臨，乃聯而爲什，序之以傳。曰：災祥之來也，玄哉邈乎。昔鄭子産之論火也，歸於天道。劉子政之傳五行也，附之人事。二者豈皆通論也乎？天道果遠，人謀無能，則曲突徙薪之計輟矣；徵驗著矣，人心從之，則巫蠱禱祠之禍兆矣。是其畔理以干政，豈曰細故也哉。故孔子之作《春秋》也，以備裁成合一之道，災祥不忽，事應不書，若曰神而明之，存乎其人爾。苟非其人，變不虛生。苟無其德，福不妄應。是以君子之爲道也，至誠以格天，責報不敢也；勤政以輔行，非望不冀也。存吾心於齋莊静一之地，以養此氣於勿忘勿助之間。夫然後天人之際一，而位育之業致矣。《易》曰：『先天而天弗違，後天而奉天時。』蓋是物也。彼有噀酒反風爲者，抑亦末矣。侯之學有本原，殆夙有聞於斯與？觀其一節，可以知已。侯向用伊始，勳業鼎來。異日所以格天者，尚有大於是，因題曰『借寇回天』，聊以慰邑人士大夫之望。侯名直，字子敬，別號方齋，襄陽世家，與其從父吏部郎中伯與先生少相淬礪，並以正學聞于當朝云。

送陳静齋都憲巡撫南還序

今江以南，蘇、松、常、鎮、徽、寧、池、太，凡八大郡，首之以天府，附之以杭、嘉、湖三郡，而財賦幾於國家之十六七矣。重以人才之進退，利弊之興革。凡地之故，可以裨國而裕民者，悉以便宜從事，至重也。天子必用才德譽望之臣，寄以巡撫之任。今嘉靖更化之始，江西静齋陳公以右都御史爲之。公年壯而養深，學純而志大，敷施翕張，與道變通。朞月之間，政用就理，方欲爲江南建不世之績。施行次第，各有端緒。議者謂天子斷然用公，以贊維新之政。雖公亦奮起許國，以天下之重自任。僉曰兹惟爲宜。何則？今之巡撫以十數，而必以江南爲首；江南之巡撫以十數，而必以文襄周公爲首。蓋江南地重，文襄功大故也。公文襄公之鄉人也，而才望奚啻，蓋嘗留意文襄之江南者有年矣。故議者謂天子用公之深意，與公所以副天下之望者，又曰兹惟爲宜。雖然，文襄江南之功，以久任成也。識者竊恐公之一旦入爲元輔，不獲終文襄之業，盻盻然望之，而不虞公之遽去江南也。公謙沖消息，與道爲體，懇上辭章，至于三四。天子皆答以温辭勉留，而以别旨遂公之去。於是議者始兩疑之，謂公之未可以言去，而天子未宜遂公之去之早也。士大夫願爲留行，江南之民至欲遮道，使不聽公之去。屬下僚吏咸相顧錯愕，一旦失所以爲師承稟受之規者。

松江守何侯合其僚王君某，以問于陸深曰：天子固欲成公之高，公遂決去矣，如國事何？某等不能無惑於議者之論，非徒以藉奬拔共功名爲也。其義何居？深鄙人也，病發久不閑當世之務。以深準之，凡公之所爲去，與天子之所以聽公之去者，皆古之義也。何則？自古聖君之御世，必有度外之舉措，以待英傑之士。故其意常恐異日之乏才，而所以爲數貽之地者，無所不用其情。自古大臣之事君，嘗以身繫天下之輕重，而無心於去就，故其意常恐人主輕天下之士，而所以自重其身者，多主於早退。是故世有餘才，而士多高尚，所謂上下相與以有成也。公年甫五十，經綸具在，異日國有大事，事有大疑，一旦起公於燕閒之中，坐而濟之。方今天子神聖，睿略蓋世，亦知天下有難進易退之臣，以堅其尊禮不遺之志，則所以宏恩中興之業，佐成嘉靖之化者遠矣。比於當一面舉一職，何如也。竊恐文襄之未足以與於此。是公之退乃所以爲進，今日之去，乃所以爲異日之來也。何侯聞之曰：子之言然，請致之公。

大司寇立齋吴公七十壽詩序

大臣之進退，繫天下之重輕。往往當天下隆盛之會，則大臣多饗壽考福履之盛，而其子孫亦必重賢疊肖，出膺世用，以延續聲光，贊佐國家昭熙之休者無窮。若今大司寇立齋先生吴公，固其人哉。公少登甲科，典司内外刑獄，明允詳恕，資階屢遷，至按察使。召爲太僕卿，入輔孝廟。邊圉蕃育之政，績勩懋著。進爲少司空，由少司空又進爲大司寇，出總今上留都之務。攬憲持法，侃侃不回，忤意權姦，竟爲所中。退而家居，未嘗以幾微自見。若是者，其所繫何如也。公之伯子山爲刑部郎中，奉命按事江西。仲子巖爲工科給事中，聲望照映，寔時名流。其重賢疊肖者何如也。

深比起告北來，拜公於吴江里第。衣冠儼如，瞻顧炯炯，若泰山喬嶽，滃鬱蔥蒨之氣，猶足以出雲雨澤寓内。退而詢其所事事，日惟教子弄孫，沃以詩書之澤，吟咏登眺於湖山空曠之表，而不知年之與積也。乃歎曰：我國家涵育休養川嶽之氣完厚，效靈毓秀於一世之耆彦若此，是豈非隆盛之極會哉？故曰：非有喬木之謂也，有世臣之謂也。深既見給事君於都下，私以爲賀，而未敢告也。

明年正月八日，公壽登七十，偕其繼室丘夫人之誕同焉。給事君方當天子喉襟聰明之寄，稱觴舞綵，未遑所私。凡厥僚好，謀爲公壽，且以慰給事之心。於是六科之長吕君道夫、俞君國昌、葉君良臣、潘君伯和、王君存約、石君巨瞻，合而屬敍於深。夫大臣於國家無間遠邇，至於所以幸其身之綿長而安固者，非徒爲太平之符瑞，聲容之敷張，以震盪耳目而已也。古者憲老而不乞言，漢養三老、五更於國學，宋起文潞公於朝堂。惟師尚父，則亦以耋耄之年，成開周之績。

其於理化何如也。深與國昌寔鄉人，謀爲之壽，與所以爲給事君慰者尤切。是故推其所繫者尤大，爲諸君子先焉。頌禱之義，則詩人備之矣。

碧溪詩集序

科舉之業盛而此學廢，仕進之心勝而此學微。蓋彼有所工，則此有所拙。嗚呼，獨兹一事然哉？慈谿張子威先生，自少時一再遊場屋，即棄去，學古人之道，攻古人文章。學既成，咸可試用。會有推轂士，欲薦之天子，遭讒罷去。然胸中負挾益富，練閱益深，開口論天下事，驫戟戟若繅絲炙轂，竟日而不竭也，一座人皆驚服。有弗當其意者，終席不能發一聲。聞人之善，千里赴之。亦有隔屋而斷請謁者，然坐是落落。今年過七十老矣，而猶未有所遇合也。稍用其學，爲人修敍譜牒以自資。歎曰：是猶能食吾力者，苟非禮義之宗，輒亦不往也。

正德十年，自粤來訪余，一見語合。明年再見，論益合。先生自謂晚獲知己，相從於寂寥枯淡之中，久而樂焉。一旦思歸，出其所爲詩一帙，曰：子知我，宜爲我序。予受而讀之，曰：此唐人之格律，而碧溪子之性情也。先生之學，其盡於是乎？盡於是，則世人或能知之，余宜無言。且猶未也，未也則余不宜無言。夫文章與事功難相兼，而聲名與貧賤常相值。大抵安於貧賤以養夫聞望，固君子之心。詳於文章而略於事功者，豈君子之得已哉？績學勵行存乎我，而功業所就，因於遇不遇之間，是故有難易焉。姑以詩人一節論之。自古好文之主，有聞于名篇佳句，輒與宰相議求其人。而誦所作於直廬燕見之頃者，顧以致斥，兹非難哉？夫天作之君、君立之相，務於延攬一世之才而用之。操一善者無遺，挾片長者畢達。故宰相求之天下，天子得之宰相者，職也。先生宜自愛，會當有夢卜之舉舉於今日。先生名鈇，别號碧溪子，因以名集云。

壽路北村郡伯序

今天子興自郢邸，改元之年，即用汶上路公賓暘守松。由是天下咸際中興之會，而吾松重沐維新之政矣。乃八月九日，適天子萬壽之節，而公亦屆懸弧之辰。天人妙合，君臣應期，兹豈偶然者哉，詩書所未有也。郡之大夫士相與詣闕上萬壽畢，將次第登公之堂，捧觴爲祝。公既合郡之僚吏、寓公、鄉衮，致詞拜舞，退將次第以慰邦人之意者。忠愛之風行，上下之儀辨，君臣之義篤。天日開明，禎祥協候，一時之盛，又吾郡所未有也。

太學生王淮、喬穡、顧定芳輩相與謀曰：若此非常事，而歌咏紀次無聞焉，不可。吾輩將最其大者壽公，以告於陸深曰：松郡介在湖海之間，土沃民勤，爲天下先，在司牧者安定優畜之耳。我公仁恕慎厚，視篆以來，無毫髮擾。民不復知有官府，而桑麻禾黍被野矣。願公至上壽，以長養吾松也。又曰：松實富饒，而敦朴之風，視昔少衰矣。我公明練嚴毅，事集於庭者如蝟，徐出一言，無不立決，而天理民彝因之感格者多矣。願公至上壽，以長教吾松也。又曰：我公才無不宜，望則素養。自舉進士時，已甲天下之選。居郎署，典大郡，皆有重名。故公之來松也，望治者跂如，覿德者薰如，被化者淳如漠如也。願公至上壽，以長此風，庶於松有所矜式也，先生以爲如何？

深聞之曰：君子哉之言也。美不溢上，愛不忘本，禮不踰制，三者備矣，是可以壽矣。雖然，古記有之，安我所以寧天下也，存我所以厚蒼生也。故古之仁人君子，其志不在一方也，然自一方始。天之付畀斯人也，所責匪止一事也，然自一事始。猶之千歲之日也，然自一日始。是故我與天下常相通，而安寧所繫者，至近也，而至遠也。此華封嵩高之意，而聖人之所録，以示其微者若此。若公之壽，夫豈吾松所可專哉？殆將自松始耳。自松而始，以輔成今天子嘉靖之治，以措天下於安寧仁壽之中，則吾松豈獨後也。況降生之始，蓋已有默兆預擬之數矣，諸君子請因人以驗諸天。衆皆躍如起曰：是可以爲公壽矣。請書爲序。

儼山文集卷四十四

序八

臨潼楊氏族譜序

楊故弘農，此臨潼族譜也。臨潼之有楊氏，寔自顯甫處士始。臨潼楊氏之有譜，則自今石川先生始。先生名椮，字子喬，少以文學起高科，今同知松江府事。初，石川知汝州時謀作譜，屬其從子郎中淳。是譜則成之松江者也。石川敬慎凝定，每事先大體，而文理粲然。故治松優裕，而是譜所爲成也。

按譜：楊氏自昭信公以百户避兵居澄城，蓋元之初造也。由澄城四傳而至顯甫府君諱仲微，當我太祖高皇帝統一初，例編臨潼之安業里。故今相橋鎮之右，石川河之曲，楊氏盛焉。而先生以石川稱志，本始也。由臨潼至於石川，蓋五傳矣，而楊氏益盛。光其門閥，則科第繼起。表厥里居，則坊樓相望。叢以顯融，則法從部院之官，牧伯守令之職聯次也。蓋世遠則澤深，蓄富則發厚，信哉有故國而後有世家也。夫所謂世家者，豈徒以族屬之繁衍，第宅之輝映，富貴之盛麗相雄長哉？亦以文獻之足徵也。夫文獻之足徵，則由一世而至於千世百世，由千萬人而會統于一人。涣者可合，疏者可親，遠者可邇，而仁厚之風行，禮讓之俗成矣。既其大也，則世道之升降於是乎考論，而有國有天下者，藉之以爲聲光。往往故家舊族，流風餘韻，猶足以起懦興衰，回天命而繫人心者不少，此石川斯譜之志也。

今夫過關西者，知問夫子，而徘徊於四知之坊者，真若與伯起遇。挹清風而聳毛髮，不必其同宗與並世爲然也。況此楊氏之系，而居相近也哉？石川方退託不敢以自附，則其傳信之心，澄源之志，尤足以爲文獻家法。又安知後世不以石川爲夫子乎？此又斯譜之志也。

譜之爲世九，爲圖十有三，爲録二，爲編二。家山之圖二，祫祭之圖一，時祭之圖一，大宗、小宗之圖一，世系之圖一，卒葬之圖一，衣冠之圖一，先塋之圖二，璇璣之圖三；恩命之録一，叢載之録一；譜傳之編一，世系之編一；集一，曰《餘輝之集》。《餘輝集》者，集先事也。凡碑誌之文附焉。世系以辨宗支，譜傳以謹生卒，叢載以類家集，恩命以萃宸翰，家山、衣冠、先塋圖以繪時祭，祫祭圖以位大宗、小宗，圖以文世系，圖以系卒葬，圖以朱墨璇璣，圖以歌詩。其他凡例以數十，皆删取儒先之精奥，以裨補世教。而隨事起義，足以勒成一家者，此又石川之志也。深得讀而善之，故爲之序。

贈侍御林君以吉南還序

監察御史林君以吉，先爲進士觀政户部時，上言：臣有孚先臣某，荷上恩賜之祭，賜之葬。葬有日矣，臣孤分當汛掃里門，肅清墓道，以迓寵靈。且親喪固所自盡，而誠信宜身親之。乞如故事，賜臣假還，以臨先臣之葬，昧死以聞。上不報。疏再上，曰：臣有孚近蒙擢爲御史，得蚤暮事上，非但臣志，亦先臣之志也。顧今歲才三十有二耳，犬馬之齒尚堪驅策。即令臣葬父以還，皆報陛下之年也。夫事固有緩於目前，而圖報於後日。亦有失於一旦，而莫贖於終身者，惟陛下憐之。又不報。疏再上曰：陛下以股肱心膂之故，尚能念先臣於地下。臣孤懷鞠育顧復之恩，獨不念先父於下地之日乎？陛下又焉用此不念父之臣哉？即使臣靦面班行，於聖化何如也？又不報。於是惶惑罔措，浹日而疾作矣。乃更以疾聞，制可，以吉始得去。

夫上之屢不聽其去者，將惜以吉之才也。既乃聽其去者，卒成以吉之志也。始之不得以襄事去者，非以吉之不能也。竟得以疾去者，乃以吉之所爲孝也。君臣父子之間，可謂兼得之矣。且以吉之疾也，以不得遂葬親之志也而疾。疾斯去，今而得遂葬親之事也，其殆有瘳乎？瘳將速來，斯固去就之鏡也。雖然，先中丞心在王室，被國厚典，凡爲其後者，雖遠之於十世百世之下，猶將明繼述之道，而況於一體而分親爲之子者哉？凡爲其子者，雖屈之於布素草莽之間，猶當奮涓埃之義，而況於身居法從，易以報稱，如以吉者哉？方今國家多事，斯亦以吉倥偬之日非與。夫君親大倫也，忠孝一道也，以吉行矣，其尚懋之。余忝史職，竊當紀載，是故敍而列之，爲行李贈，使後有考焉。以吉辛未進士，以學識稱。余聽之於汪君希會，而信之於疏云。

壽談東石六十序

東石談先生，以奇偉磊落之才，拔自鄉校，遂有重名於當世。當世賢士大夫，自館閣而下，咸願交東石。東石亦以偏交當世賢士大夫，與之相上下其議論爲慊，由是東石名益重，幾與素宦大官等。重以先司空之世澤在朝野，由是當世益賢東石，以得見東石爲幸者，復與素宦大官等。問起居，卜出處，無論識與不識，殆無虚日。東石視之，意豁如也。年甫五十餘，即自言海岱倦遊矣。由是兩都公卿咸有海岱倦遊之作。嘉靖丁亥，始及六十云。賢士大夫咸願東石表天地間，以起懦而激頹也，相率爲壽。春正月廿有七日，寔維初度之辰。先是，丙戌秋暮，東石以華峰蓮葉之舟，泛龍江，過海邑，鄉先生朱侍御玉洲、趙太常曲江輩望見東石，喜相迎，曰『東海談生』。歲甲一周，今翁矣。老成人物，巍然爲鄉邦式，幸甚無恙。顧謂儼山人陸深曰：子知東石舊矣，宜有言爲壽，幸甚無辭。及期，談進士元璽、王貢士世祥以告。顧予鄙陋，安足以知東石哉？

嘗憶少小隨諸生試有司時，見東石修髯峻宇，冠佩楚楚，揚眉吐氣，一座人盡傾，若珊瑚玉樹，光彩奪目。操觚揮翰，頃刻萬言，如奏金石之聲，以破蟋蟀，鍧盪耳目，令人敬服，願爲之役而不暇，心竊偉之。意若人必當出而爲世用，以文章潤色國家，以道德師表海宇，以功業銘勒旂常，信司空公之有後也。嗣後與共場屋，深濫先登，今五十無聞，而東石遂且六十矣。未嘗不往來于懷，傷知人之孟浪也。每見東石，輒欲攘袂劇論，共敍少年豪邁之氣，以一吐胸中沈鬱之奇，東石輒一笑止之，令人憮然自失，余又安足以知東石哉？

雖然，竊聞之矣。士君子有天下之志，而又有天下之才，使世未得用之，而其人亦未肯小用於世，則必享有清明壽考之福，昔人謂之天賞。以其無所於試也，則必以胸次之所蘊，大放於詞章，左右『典』『墳』，鼓吹風雅，使千萬世而下，如見其人，雖與天地同久可也。昔人謂之不朽，若是者蓋不數數然也，或曠世一見焉，東石豈其人哉？今之知東石者，不過曰富而好禮，貴以下人，瀟灑絶塵之姿，超然於形骸聲色之外。居深養晦，山園池館之勝，甲於天下。賓從清嘉，極一時之彦。左圖右書，大篇短什，尊俎琴奕之樂，如神仙然。以是窮年而閱歲，有不知老之將至云爾。此固東石也。乃若東石孝友之行孚於神明，謙抑之風若在寒素，與時推遷，以盛滿爲戒，往往斂其未試之具，以爲有餘之地，若昔人之所謂四留者，東石蓋兼之矣。嘗至京師，有權貴人當軸處中，其氣力足以變移國是者，欲禮而用之。東石拂袖南歸，雖十不遇於科場，無悔也。是豈他人所易及哉？而人亦或未之知也。至於八面受敵之才，一揮千金之義，高舉四海之心，凌跨百代之氣，輔之以博學，濟之以雄辯。嬉笑成文，無所不可，此又東石之餘也。昔者太公望秉燭赴齊之日，乃九十餘矣。使其八十未遇之前，汲汲於求知己而用之，則文、武之際，或不相值，雖天固不得而賞之矣。東石之道似之。東石著書滿家，別有杜少陵、蘇東坡和篇，雅麗高深，金春玉應，真若起二公於今日，揖遜一堂之上，比肩並列，無少愧色。其所以爲不朽者又在是。孟子嘗言禹、稷與顔回同道，是豈以形迹論哉，要其實同不同何如也。世必有知言者。諸君子皆曰：是足以爲東石壽矣。遂書爲序。

梅林詩集序

深既僻居，無所交接，感念陸氏之舊封，則聞有蕭嘉興之政。追惟孝皇之清問，則知有蕭梅林之詩。世恒言文章政事，文章政事信難兼哉？徒以風雅之才，卿輔之位，巧於相值爾，古之人所爲發憤而寄憾於兹也。雖然，經綸之業，有不盡於藝文之流，此完才之所以難也。讀《梅林集》，可以考完矣。梅林子舉進士餘二十年，積官至嘉興守。守有異績，其大者曰瑞蓮之異，曰秀水之異，曰嘉禾之異。古稱神明，殆謂是與。益以其餘，躬帥諸生，講論道藝。一郡文學，又彬彬焉。是時復有北湄子王玄成貳其郡，左右襄贊，大明風雅之道。是故嘉興之政，與嘉興之詩，一時表倡東南云。

其門下士沈銓與陳憲輩，相與彙次爲是編，以致師傚之勤，刻之嘉興以傳。其詩縝潤，其體典則，其氣沈鬱，其味雋永。其導邑性情，聲和而義理。其紀載時事，思遠而言深，信風雅之具也。明興百餘年矣，而詩道盛於弘、正之間，是不足以名一家乎？深故特著孝皇敷貽之化，以冠集端，將以復考梅林之所至云。詩凡若干首，其在嘉興者十之二三，其在梅林之詩又十之二三。其在梅林之才，則又十之二三云。梅林名世賢，字若愚，弘治乙丑科進士，桐城人。有別業在梅林，窮極幽勝。嘗著書其中，學者尊之曰梅林先生，因以名集云。

重刻家禮序

徽國文公朱先生《家禮》一書，世行久矣。曲阜郭侯節之倅松之明年，將納民於軌，徧求郡邑之文獻，加意焉。既得是書，乃撫卷歎曰：是不當家有而人傳耶？既又從二三子讀之，則又歎曰：昔者先生之爲是書也，蓋云自附於孔子『從先進』之遺意。今允禮之爲政也，獨不得自附於朱子作《家禮》之遺意耶？亟捐俸刻之。刻成，以示郡人陸深，曰：願有序。深聞之：禮也者，理也。先王因人情之多變，於是爲之節文，以還于理。孔子曰：『喜怒哀樂之未發，謂之中；發而皆中節，謂之和。』夫喜怒哀樂，其變蓋有不可勝者矣。節而後和，故曰：『禮之用，和爲貴。』夫禮以和而行，亦以不和而廢也。先生之爲是書也，其義精，其文辯，其大指見於自敍。其微意之所存，則深有病於好禮者之無所折衷，而貧窶者之不得與於禮也。惟吾松饒而多才，風俗淳厚，重以侯之愛禮也，既知教之，必且富之，由是君子和德於上，小人和力於下，庶幾先生之意日新，而侯之惠松者日遠也。

深謹按：此書成於隆興己丑，行於先生易簀之後。又按：先生既修家鄉、邦國、王朝禮，乃以喪、祭二禮屬其高第弟子黄榦氏成之。書凡十有五卷，今書四卷，嘗經後儒撰次，若文莊丘公，尤有功於是書者，類亦不失先生之意也。竊惟先生大儒，意在發揮周公、孔子之道，舉一世而劑和之。兼總古今，製爲通禮，以示法程。惜也立朝之日淺，居閒之時長。著述之功多，經綸之業寡。意者有遺憾焉。安知百世而下，乃有同志合德如侯者，率其道而尊之。而深也獲覩敦本復古之舉，自吾松始，故樂爲之序。侯別號復齋，舉鄉貢於甲子科，寔孔氏之外孫云。

送郡伯何雁峰入覲序

今上皇帝再朝萬方，實維嘉靖五年之春正元朔，於是天運又一新矣。我雁峰先生何公，時以松守往際其會，遂以守松之績獻，明受上賞，於是治化又一新矣。先期戒行，士民攀送，歌舞載途，跂望太平之盛，於是耳目又一新矣。少參王公時暘請舉贈如禮，而以言屬之深。乃作而歎曰：

懿哉，此太平之典也。夫上有至明，則下有至良，信乎相待而有成哉。太平之業將不由松始乎？夫治化大矣，顧遇合之幾一也。孔、孟終身徒以難遇爾。今有其人矣，有其時矣，有其遇矣，太平之業謂非始於松不可也。松在東南稱大郡，其地狹，而賦出之名多；其民繁，而擾生之事廣。故松之治也難矣。深初登朝，待罪史官，時嘗聞前輩知銓事者言，惟爾松守擇難于良，莫良於憲度之士。既又曰非才御史不可。退伏田里，竊從鄉前輩習問郡事，皆曰松之美俗視曩昔少衰矣，非命世之才爲之振起不可。公實抱命世才，方以才御史來當維新之會。視篆之初，疏剔姦僞，而乾没之徒斂手；彈壓豪右，而漁獵之輩革心。肅然示以簡易之道，旬月之間，百度改觀，津津然太平之象矣。公方詢求民隱，振而起之，觀感之下，翕然風動，此固前輩屬望之勤，而當道選擇之意。公於吾松，豈偶然哉？顧松也小，不足以留公。誠使留且久焉，則所以深長而遠大之者，豈徒吾松之福哉？夫福莫大於恤民之隱。知民之隱，斂而錫之，福於是爲盛。是故治有體，時有變，道有宜，志有定。夫牧之尚寬，糾之尚嚴，是之謂體。氣完則淳，文勝則弊，是之謂變。物而付之，時而措之，是之謂宜。不略於易，不怵於難，是之謂定。雖然，知體而後能合變，變合而後能隨宜。使非志定於先，三者安從施哉？公自少即有重望於嶺表，思以孔孟之道自致於時庸，其志固已素定矣。嘗宰一縣於浙南，少見緒餘，俾民尸祝。今上臨馭之初，風采議論，爲諫官第一。選擇而來，斂福松民，寔以四者之道行之，而人或未之能悉也。當宁必將聽而采之乎，則太平之具在松矣。深之言安敢誣也。雖然，此亦公之緒餘耳。公學深而養完，才高而志大。發舒精藴，以究太平之極，以當天子丞疑之任，此則非淺薄之所能窺也。姑録其由松之始，爲序以别。

儼山文集卷四十五

序九

贈少司寇東洲屠公南歸序

嘉靖十有八年己亥夏六月朔，雷變奉先殿，掣其左吻之鍤若劍者，而烟熖及於列室。今皇上瞿然震恐，求所以應天之道者。若曰：彌文其勿事事，惟上下一德祇承之，以匡台毋易。從禮部言：三公九卿大僚，皆當上章求避位。上親臨去留之，以共成格天之業。于時刑部右侍郎四明東洲先生屠公，方自大理卿遷。上若曰：宜聽爾去。而旨獨加温。蓋上所以注存之深意，而非夫人之所敢知也。

公字安卿，舉辛未進士，爲御史有直聲。巡按江西，能力制寧籓之横，不遑顧忌，而竟亦莫之能傷。正德間，嘗紀軍功有勞，奉命當選京秩。迴翔八年，始自御史出知保定府。府又冗劇，公力當要衝，手撫凋瘵。又五年，乃復調延平。自延平凡六轉，以至今官。天下士大夫咸望其諳練之才，光輔中興之業。大抵公之才明果慈恕，詳慎整潔，於官無所不宜。若其剛毅之氣，耿介之操，有壁立萬仞之勢。是故於世鮮合，公亦不甚求合於世，而每以易去爲能。及其決於去也，天下士大夫又無不惜之。尚書泉坡先生周公、左侍郎南塘先生宋公，同官也，惜之尤深，而謂深宜有贈。深惟君子之道，出處而已；出處之際，義命存焉。是故其去也有不得不去，其來也有不得不來，夫是之謂命。其去也有不可不去，其來也有不可不來，夫是之謂義。深與公亦嘗同官於閩、晉間，南北相從之日久，知公於義命之學甚辨。於是行也，寧不有餘裕哉？雖然，既去而復來者，公家太傅襄毅公是已；旋去而速來者，今司徒儉庵梁公是已，皆命也。至於蹈止足之分，繫一代之風化，若兩疏之於漢，則不可不去。當理亂之幾，負華夷之物望，若司馬公之於宋，則不可不來，是則義也。深故贊公之不得不去，而竊有望公之不可不來也，將以復於二公。或曰：此非子之言，天下之言，亦當朝群公之言也。遂書爲序。

擬進同異録序

臣愚才拙器疏，力小圖大。故嘗狹陋漢唐之治，思欲致身唐虞之朝。恭遇陛下繼統御極，天縱性成，真堯舜之主也，千載一時，益思自奮。第愧誠意素薄，不識獻納之宜，言出禍隨，動與罪會。仰賴陛下仁聖，曲賜保全，尚與衣冠之列。昨自講筵出佐延平，延平實文獻之邦，楊、羅、李、朱四賢之遺風猶在。水土相宜，職務易稱，臣頗得以讀書向學。每見先儒議論，有切於大典禮、大政事者，手自劄録。未及三月，又蒙陛下特超常資，付以山西學政，俾列憲臣，增還舊秩，非臣捐糜所能報也。比至山西，巡行之暇，偶出舊編，麤加銓次，分爲上、下，謹用繕寫，上塵乙覽。

伏惟聖人之學，貴得其要；帝王之務，在知所先。儻事博覽汎觀，殆非神明化育所以無聲無臭之妙也。頗恨時日有限，文籍少隨，不免挂一而漏萬。譬如涓埃，何益海嶽。然裒多益寡之志終存，而萬折必東之性難改。竊伏自念，臣本農家，僻居江海之上，兼有藏書可資考索。衣食所餘，足備筆札之費。儻蒙乞賜骸骨，少假歲時，臣當部分首尾，兼總條貫，勒成一家之言，庸爲萬歲之助，罔知可否。若蹈淵冰，不勝恐悚待罪之至。臣謹序。

經筵詞序

深故史官，嘗厠講幄。既而去佐成均，遭家不造。今上皇帝紹統之三日，陛辭南奔。情事未伸，卧痾滋久。荷皇帝神明，不遺舊學，博采薦章，特以講讀事，召起於海上，將處以翰林、春坊之職。未及國門，再遷祭酒。知遇兩極，感愧交深。雖許身之義徒明，而經國之猷彌遠也。是歲秋七月，重理講官，遂首被恩命。龍群在列，牛背甫來。方切戰兢，罔知攸措。蓋嘗屢上文華，仰窺聖學，憲天法祖，崇古右文，堯、舜以來之統緒，信有傳矣。宛然身遊唐、虞，與夔、龍輩相揖讓於一堂之上也。加以天縱聖神，威顔咫尺，奔趨莫及，進退蹴然，又凜乎隕墜爲懼。每於供職之次，聊述短篇，皆因事而選詞，積成數首。雖不足以鼓吹休明，用存一代故實云爾。

松江府志後序

正德壬申冬十月，《松江府志》成。深從今守内江喻侯讀之，曰：松江以水爲郡，其齒聚繁，無名山茂林之固。其利百穀漁鹽爲大，東際於海，西下諸湖，其害亦惟水爲大，此古今大較也。物産之盛衰，人文之高下，習尚之隆替，則因乎時。大抵一世而變，或百年再變，亦或有數年之間而屢變者，皆不可無示後來。顧耆舊局於見，版圖具其數，法家修其文，説者騁其辯。其指殊，故其辭略。務欲博綜一郡之始終，使百世而下徵文獻觀理道者，有要約焉，此志之所由以作，其體重矣。翰林學士顧先生，頗因舊志會稡成書，數年于兹。而郡事屢變，守又屢更矣，乃克成於喻侯稽古右文之日。其歷時之久也若此，其用力之勤也若此，是可謂博綜一郡之始終，而文獻理道皆於是乎具。昔先王之經理天下也，既因土宜以辯國都，又以精神之運以底定民志。而其不可傳與不可不傳者，則又筆之書以示鑒戒，六籍所載皆是物也。而《禹貢》《周官》，固有志之體矣。惟松才轄兩縣，貢賦一志，寔甲天下。程其土力或不足，獨以民之勤力苦作以給之而後已。顧屢變之餘，有難終恃，此任世道之責者所宜念，而亦侯意也。深忝以文業從學士後，愧菲劣無能爲役。乃得論次所欲言者，附名其末，豈非幸哉，豈非幸哉！

送楊拙庵都憲總制兩廣序

夫所謂名臣者，有二人焉。俟之以歲年，試之於中外，考其位不滿其德，蓄其才不究其用，天下之人惟恐其一日不爲宰輔也，夫是之謂望。其先世嘗有大人盛德之士，勳著于朝廷，澤及于天下。後世饗其成，則思見其人，思其人則必求其子孫，而樂爲之報也，夫是之謂世。二人者之於人國也，所至而功業隨之矣。蓋養深則發盛，培厚則植蕃，故曰皆名臣也。雖然，才未必望，望未必世。是故以賈傅之於文帝，迄於不遇，而絳、灌之屬當國。房、杜之於唐，勳業盛矣，而後嗣之賢者無聞。若夫才矣而望，望矣而世兼之，豈非今昔之所難者哉？深竊觀之，重望世德之臣，必出於久安長治之後。故孟子之論故國，曰：『非謂有喬木之謂也，有世臣之謂也。』然則從容養望，以當功名之會，承藉家閥，以引長君子之澤，士大夫之榮遇固也，而亦孰非國家之福哉？

惟我聖明，重熙累洽，百六十年於兹矣，是宜有世望之臣者出。若今右都御史拙庵楊公，固其人哉。公建安人也，而先太師文敏公之曾孫。文敏公歷相四聖，佐成太平，名在夷夏，事在國史。百世而下，思見其人，而不可得者也。公夙承家學，早掇巍科。遍佐銓曹，迭貳常、僕。遭權姦之忌，出牧視學。迂迴于外，召尹天府，遂陟少宗伯。復自南都入掌寅清之職，再轉爲少司徒，總國儲偫，繼督餉于西邊。方其時，天下之望咸屬公焉。凡有要地，必以擬公，或進擬而未下。及是兩廣總制之臣闕，在廷大臣合辭推公。上以公爲右都御史，賜璽書以便宜從事。公上疏辭焉，復下制褒嘉，且趣之行。天下之人，或又謂公之未盡用也。刑部郎中林君德緒，合鄉宦之在朝者，請爲公贈于陸深。

深無似，嘗於班行之末望公眉宇，退而概于所聞以致景仰者有年矣，其敢辭？惟公才無不宜，正氣直道，不肯少貶以自徇。平生憂國如家，所至必重。是行也，奉上德意，以副群情之望，特左契耳。惟我朝土宇之廣，前世無比。顧胡虜當其西北，夷獠雜於東南，其事至重也。昔太宗文皇帝親征西北，大建廓清，文敏公實從之行，最多贊畫。今天子又付公以東南之任，則是我國家金甌形勝之固，其於楊氏之祖孫尚有賴哉。且天地之理有定位，氣化之運有順序。故治常始乎西北，而成乎東南也。深竊以是爲公頌言之，且以爲國家賀。謹序。

一泉文集序

都察院右僉都御史巡撫山西提督雁門等關清苑王公既卒之六年，冢子某來同守松。又逾年，始捐俸刻其遺文，而《懷慶集》《山西集》先成。《嘉善集》《太常集》《户部》《兵部》兩集與《别集》，皆計工力次第告成，冠以誥敕，尊聖製也。乃若名公碑板、一時哀挽之作，更爲一集附焉。總之凡若干卷，而王氏之文獻於是乎可考矣。某以深嘗知公，屬爲序。

惟公之學，其大者在經綸康濟，時出緒餘以爲文章，典則爾雅，有作者風。故起自科第，咸中高選。亡友後渠崔公昔在翰林，最慎許可，每稱公場屋之文，語在《墓誌》中。今讀《懷慶集》中《量地》《均糧》諸或問，則杜君卿、李泰伯之諳練也；《山西集》中處置宗藩、修舉邊務，則賈太傅之通達也；奏疏諸集，則陸宣公之流亞也。兼兹衆長，公誠天下士哉。惜也未盡見於世，年僅五十有六而止。嗚呼，此某刻書之志也，悲夫！公幼有至性，不妄言笑，私居嚴若神明。當官莅事，奮發直前，不惕勢利，有肅清寰宇之志。歸自山西，不問户限外事。稍暇，則讀書綴文以自樂。高介特立，尤不喜浮華脂韋之習，故與世若落落然。教子甚嚴，身自爲範，故某懋承家學，柄任伊始。仲子閟積養待用，彬彬然中原文獻，足光文忠之後矣。雖然，有一家之文獻，有一代之文獻。一代之文獻繫乎時，一家之文獻存乎後。何則？唐、宋文獻，韓退之、歐陽永叔實當其盛，而元和、慶曆之治，矗有三代之遺風，此一代之文獻也。文中子講道河、汾，步趨周、孔，而《中説》之傳，則福郊、福畤與有力焉，此一家之文獻也。自今觀之，公所樹立，奚讓韓、歐，而弘治、正德之交，實我朝太平之極。王氏世代不乏賢，而某兄弟視郊、畤輩或過之。嗚呼！斯集也，固一家之文獻，而一代之文獻亦於是乎可考矣。故序。

壽唐龍江憲副六十序

提學憲副龍江先生唐公以乙未生，是爲成化之十有一年也。既而舉丙辰進士，是爲弘治之九年也。正德初年，召爲給事中，改爲員外郎、郎中，再遷爲按察副使，奉璽書專督學政於江西。當己卯、庚辰之際，遂謝以歸。今嘉靖之十有三年，是爲甲午，而公亦已六十矣。養深而蓄厚，清夷精明之氣若歲寒松柏，壽徵也。天下之人識與不識，咸稱公爲有道之士。

深聞有道之士，嘗以身關國運。惟我皇明，列聖開基，挽回淳和之氣。迨于憲宗之朝，昌大濃郁至矣。孝宗御天，以大聖人之德鼓舞一世，才俊懋焉。武宗繼體，則重熙累洽之日也。今上皇帝道冠百王，身致唐虞之治。四朝全盛，皇乎休哉！而公以生成出處，一身當之。天下之人，不待列表譜圖，而後知公爲有道之士也。深又聞有道之士，常以身關世運。惟公出自名族，德器夙成。於凡天下之書，無所不讀，而浸潤於義理。故少以文章名世，一洗膏粱綺紈之習。而留心當世，諳練閲歷，富有經綸之具，故早以功業濟時。晚乃以廉靜勇退之節爲天下倡。一方習俗之轉移，往往繫公嚬笑間，世風爲之一變。天下之人，不待及門親炙，而後知公爲有道之士也。

自古有道之士，在一鄉則一鄉重，在一國則一國重，在天下則天下重，在朝廷則朝廷重，在家庭則家庭重。重斯敬，敬斯愛。公之所履，愛敬萃焉。故《南山》之詩曰：『樂只君子，萬壽無疆』，言有德者必有壽也。夫德至於樂，其德盛矣，公焉往而不樂哉？然世之知公者，謂公咏歌太平之日長，黼黻皇猷之日淺。以大道引長其年算，而仁壽海宇之責未副。身犯天下之大難，有隱功於社稷，而絶口不言。徒退處於不争之地，而忘曲直是非之待我而定也。有竹頭木屑之才，而方怡神於浴沂風雩之地。是故天下日望公之起也。日望公之起，則日願公之壽。日願公之壽，則爲公祝者且日至矣，而況於姻黨乎？今之六十，又一初也，是公一身之所關，復有天運存焉，詩人以來，未之有聞也。十二月廿有八日，是爲懸弧之辰，顧君世安徵言爲祝。深適還自江西，將爲闕輔之役。念予三人者，兄弟之異姓也，而相知寔深，於是乎言。雖然，亦天下之言也。謹序。

儼山文集卷四十六

序十

擬會試録序

嘉靖歲辛丑，今上皇帝紀元之二十年也，會試復當開科。仰惟我皇上統文體道，禮羅才俊，以恢弘文明之化，至是凡七開科矣。自我朝開科，至是凡三辛丑矣。國運益昌，文運益盛，前古所未有也，猗與休哉。惟春二月，寔當其期。禮部尚書臣某、侍郎臣某先期以請，上命臣某、臣某爲考試官，其同考試爲臣某、臣某，監試則御史臣某、臣某也。暨内外諸臣，咸遴選以充。臣等以某日陛辭，錫燕禮部，而後入院。棘鎖簾墉，百務整整，乃相與歎曰：我朝經制，度越千古，良法美意至多也，久而不失其初者，惟茲科試一事耳，敢不慎與？乃如期三試之。天日開朗，燦然文明之象。既而分經列館，窮晝夜之力而校之。崇雅黜浮，務期必得乎真才，復相與歎曰：聖王求才以圖理，大臣以人而事君。惟茲科目，正求才之始，而人臣之義，庶藉以少布焉，敢不重與？時就試者，兩畿十三省咸集，而湖廣寔皇上龍飛之地，特展解額。總之新舊，士凡四千有奇，中式者三百二十人，遵宸斷也。擇其文之尤者二十篇，與諸名氏，鋟梓爲録，將以塵乙覽，而傳四方。臣某以職事當序諸首，因捧而讀之，又相與歎曰：此一代之文體，而治體於是乎寓焉。

夫進士設科，其來遠矣，凡皆以文售也。洪惟我太祖高皇帝，聖文神武，廓清夷夏，有萬古帝王之功。而其出治，純用經術。洪武三年，即詔開科取士。明年辛亥，始會試禮部，至甲子、乙丑之歲，而規制始備。二十一年戊辰，始録文示式。於是五經、四書之義，論、策、詔、誥、表、判之文，永爲定制。前代詩、賦、墨帖之陋，一洗而空之。遠宗孔、曾、思、孟之傳，近守濂、洛、關、閩之説，醇乎不可尚已，是謂一代之文體。逮我成祖文皇帝靖難之始，大收天下之才，數踰五百，象取列宿，而進士之科益重矣。宣宗皇帝撫熙洽之運，用輔臣議，量地掄才，三分南、北、中卷，以同天下之文。憲皇御世，再事損益，而科試之法益密矣。迄今抱藝就試者，皆彬彬然明於聖賢經傳之旨，以應聖明程式之求。人無異學，文無異尚，可謂道德一而風俗同，豈非一代之治體哉。士由兹選，功業在前，於此宜亡論者。然能以經書義訓爲治心修身之資，以詔誥表判爲潤色討論之具，以論議策略爲經邦濟世之圖，則體用兼該，文行相副，所爲飾吏治而廣相業者，固亦不外於此矣。未可謂爲科試之文而筌蹄之，此又國體所關也。

雖然，以文取士，未敢謂士盡於文也；士以文試，亦未敢謂文足以盡士也，諸士尚念之哉。

夫士學於家，患不獲用。用矣，患不逢時。今有其時矣。皇上聖德天位，舉一世而君師之。自紹統以來，議禮制度之事，研析精微。至於考文，尤深加意。頃因言官論列，禮官題請，累降明詔，以釐正程試之文體。臣等承乏試事，大懼無以仰副德意。爾諸士登名是録，其何以贊同文之化哉？行將奉清問，第進士，服有僚位，各竭體國之誠，以不負所學。宏功大業，由是可建；名卿碩輔，由是可致，此主司之望也。他日執録而數之，曰是科得人爲盛，則主司亦與有榮焉。

送彭少參赴福建序

彭侯思舜自祠部郎中參議閩省，侯之履歷深而聞望起矣。其鄉之士大夫思以贈侯之行，翰林張君汝立以贈言屬予。乃敍所以贈侯之意者，曰：政莫禍于因循，事莫大于更革。夫文、武、周公之法也，至後世而必弊。非文、武、周公之弊也，天下之時與勢不能盡如文、武、周公之意也而弊。及其弊也，文、武、周公而在，固不能取已弊之法行之，必將起而更革之矣。夫以文、武、周公之才之知，審而思之，而猶有待於更革。節量天下之時勢，以合乎文、武、周公之意，斯豈易言哉？是故爲之而無誠弗動也，致之而無勇弗至也。我朝立國百五十年於兹矣，祖宗之良法美意具在。邇者權姦竊政，乃悉取而壞之。迄今叛者四起，而天下之弊滋矣。雖掃蕩之期，近在早暮，其時勢可睹已。臺省牧伯之臣，獨得晏然而已乎？當更革之時，舍因循之弊，吾於侯有望焉。聊於是行乎卜之也。昔侯爲儀制時，儀制，典章禮法之府也，適權姦氣燄薰赫，侯視之若無人。然每有參酌，務據舊典，而侯固無害也，則於閩也何有？閩省於東南財賦之中，而變梗之易也，且首被權姦之虐矣。府藏空虛，人民凋瘵，比諸省爲尤甚，而望侯者尤深。然則侯已無難於權姦竊柄之日矣，而獨難於權姦既誅之後哉？雖然，侯未得當全閩而爲之也，且得當一面爲之。爲之於一面，而全閩將法之，閩之傍省又將法之，已而環天下之省皆將法之，則歷履益深而聞望益起矣。斯固侯之素具，而諸君子之望也。侯家世人品皆望天下，當別書。

送宋西巖副憲赴蜀臬序

有分蜀之寄曰建昌，蓋要地云。于時備兵之憲臣闕，吏部具故事，以僉事宋公敬夫、王公廷言名上。上特筆可宋公，於是天下皆知輿議之所歸，而帝簡之攸在矣。敬夫與廷言同生畿輔，同舉進士，同爲山西，而聲望又同也。報既至，憲長潘公希古顧憲副楊公用之而言曰：惜也奪吾賢僚，是使晉失一才也。僉憲王公時瑞趨而前曰：蜀顧不得一才乎？吾蜀産也，敢以爲賀。相與質于深，曰：皆是也。寅協之衷，鄉邦之念，盡之矣。

已而私相語曰：宋公明且達，其籌畫諸務也，若不動聲色而辦。謙和寅畏，未嘗告勩。即其勞于晉者，凡若干年矣，才轉一資，不已淹乎？且蜀在萬里外，而公家澶淵，太夫人在堂。陸有閣雲棧道之艱，水有瞿塘灩澦之險，不已遠乎？子復以爲何如？深解之曰：凡士君子所負以爲經綸之地者，不貴乎能敏，而貴乎有望。其所以維持之於深遠者，不貴乎晏安，而貴乎弘業。風行而具達者，望也；通變而不窮者，業也。業必練而後達，望必養而後成。遲之以歲月，是之謂養；投之於繁難，是之謂練。今夫通人之才，使一日而都卿佐宰輔之位，亦何不可。然而天下之大也，其能盡信而深服之乎？有不信而服之，則卿佐宰輔之位，適以累己。此益之所爲避地也。且四海之遠也，九州之廣也，五方之雜出也，利利害害，新新故故，若絲紛而蝟興。使坐一堂之上，億斷焉而懸中，至概之行也，猶以爲難，況未必能中耶？此周公之所以待旦也。是故養之於數十年之餘，然後付之以卿佐宰輔之寄；練之於千萬里之遠，然後責之以四海九州之務。使人望乎而理道熟，如是則固有焉，如是則安享焉，如是則濟成焉。此今日君相之深意也。建昌於宋公厚矣。

敬夫釋然喜，慨然起而赴蜀。諸公各賦古詩爲別，而深爲之序。

錦衣鮑君出使朔方序

錦衣親軍司冠帶舍人鮑君國用，今内庭賢輔思齋鮑公之姪，寧夏鎮守太監吕公之甥也。天資智勇，閑習韜略，每欲出身報國，慕衛青、霍去病之爲人，必以生縛單于，致之北闕下，而勒銘燕然，立奇功於萬里之外爲事。一聞邊警，輒欲身率健兒，自當一隊。既而吕公爲請於上，得旨從行。遂捧敕至興靈。興靈之人聞君來咸喜，且將聖天子之命。於是鎮守内臣、巡撫大臣、大將軍、副將軍、秉憲監閫、督儲、參將、游擊、文武之臣，及諸校尉以下，至庠士、鄉耆，無不欣欣然有喜色，而相率來迎。其冠履珮服之華，羽旄旌節之美，鐘鼓管籥之和，皆夾道而前引。時敕在龍輿，君以命使按轡徐行。觀者皆嘖嘖相謂曰：是貴近而銜命來者乎。不但爲君一身之榮，亦吾一鎮之榮也。又有曰：吾嘗聞其人矣。今觀其容貌器宇，瞻視不常，舉動有禮，恭敬謙和，不越矩度。是不獨吾一方之人得見爲榮，必將建奇勳，取高爵，使天下之人皆榮之也。豈非朝廷之良，吾邦之福也哉？未幾，果有功，而建牙分閫、宣文總制之臣，咸書其勞。既承制備物以獎勞之，復繪爲斯圖以爲君賀。乃走使於京師，請於予曰：斯圖也，公惠然賜之文，則飽君之榮，以文而永章也。幸公無辭。予喜君之有志，諾焉。久而爲之辭曰：

夫人臣之所以爲榮者，莫榮於將君命於四方而不辱，尤莫榮於敵王所愾而有功。夫將命不辱之榮，與夫立功邊陲之榮，皆非人人之所能者。以人人之所不能者有諸已，則凡人之所不可得者，當兼得之矣。此理勢之必然，而朝廷爵賞之所由舉也。況君以貴近大臣之懿親，有忠勇報國之心，無驕惰淫靡之習，期功而功立，荷榮而榮安。他日封侯拜將，功在國家，名馳伊吾，其功非尋常之功，其榮非尋常之榮矣。錦衣蟬冠，高爵厚禄，傳之子孫，不但爲君一身之榮，其爲思齋公之榮又大矣。則斯圖固當垂之不朽，豈獨爲今日之賀言哉？君名瓚，字國用，别號原城，瀛海世家云。

霞溪十景詩序

語不云乎，人以地靈，景因人勝。蓋兼之者鮮矣。乃若有其地有其人，而景隨之，其霞溪之謂乎。霞溪在今歙之休寧，據萬山之中。山石頳紫，倒射溪水，空濛滉瀁，爛若彩霞，故名霞溪。其地勝矣。歙士孫子守善，家霞溪之上。養高蹈道，遠觀而近取，攬以爲帔，掬之可餐，心實樂焉，故號霞溪。其人勝矣。厥惟兼有，遂以名聞。守善又往往即其地爲景，而景益勝。曰『朱山奪錦』，曰『查塢連雲』，曰『龍田稼穡』，曰『鷂嶺薪蒸』，曰『沙峰古廟』，曰『施水靈祠』，曰『柏橋横影』，曰『古渡瞻霞』，曰『仙潭汎月』，曰『蓮沼香風』，總名之曰『霞溪十景』。而士大夫從而詠歌之，徵余爲序。

序謂此山林之樂，而明達之士也。夫山林之樂，有之者常患於不知，知之者常患於不享。有山林之勝而不知者，樵夫牧豎是也；知山林之趣而不能享者，達官貴人是也。夫惟明達之士，才足以有爲而不欲盡爲，故常有餘功；知足以知趣而無所於累，故常有餘巧。是故煙雲之卷舒，氣候之明晦，泉石之流峙，卉木之榮瘁，魚鳥之下上，與夫四時之變態不齊，皆足以盡取於几席之下、杖屨之間矣。其守善之霞溪乎？既各繪爲圖，而詩具左方。

壽顧母秦孺人六十序

《魯詩》有之，『令妻壽母』，蓋言德福也。令斯德，福斯壽，人倫之通義也。雖然，婦道無專，言妻則繫其夫，言母則繫其子。有功於夫，德則崇矣；有造于子，福則備矣。兼之者，人情之所難，而亦人情之所深願而不可必得者。況子孫之於父母乎？況令壽之善見於其鄉者乎？傳家説《詩》，稱《魯頌》出於孔子之手。是豈欲經萬世總百行以輔五常，非徒善頌禱爲也。孔子魯人，意豈不曰，此吾宗國之善也。夫善始於一鄉，而後廣被于天下，是風化之原，而聖人所以綱維世道者，每如此。

今歲辛丑秋，予蒙恩還鄉。進士顧名儒暨其弟名世，相率扣予曰：不肖有母，行年六十矣。五月廿又七日，實維初度。曩以名儒試春官，名世且有待以稱觴。況吾母教内嚴，不甚喜酒食世俗禮，惟欲得善歌頌，俾不肖兄弟諷詠道説於前以悦志。然非宗工偉人，亦不惬，故以請。予不敢當請，屢至而意益勤。念孺人實吾友景高處士之繼室也，系出秦氏。秦、顧，吾鄉右族而賢，與予家陸氏世姻。兒子楫復於進士兄弟游，有麗澤之雅，豈非吾一鄉之善哉？顧予歸晚又謭陋，何足爲進士兄弟揚聲光哉？予聞孺人年未三十而寡居，時名儒、名世兄弟煢煢然孩抱間。舅氏懷松翁在堂，孺人身爲冢婦，獨力門户，上事老舅，下撫二孤，朝夕益勤。懷松翁亦豪爽俊邁，暮齡殊暢裕。即世之日，呼孺人謝之曰：汝能植吾諸孫，吾且不朽矣。前室有子名臣，孺人視如己出。名儒遂領應天鄉薦高等，今名世文學沛然，臺試多居首選。家且中落，孺人又力起之。一錢尺帛，必教二子以節儉。言動少不如禮，雖昏夜，必召至榻前峻責乃已。若是者，孺人之德福備矣。其所爲令壽者，獨顧氏之一族爲善哉？雖播之四海，傳之千古，與《魯詩》同一感召可也。名儒兄弟試以此義爲孺人壽，孺人聞之，有不悦者乎？悦則壽進矣。且名儒兄弟俱工詩業，旋當魁南畿，魁南省，魁天下，以《魯詩》之義助我聖朝風化之政。孺人見之，有不益悦者乎？益悦則壽益進矣。深忝鄉人，尚當執筆爲頌，以爲上壽侑。

儼山文集卷四十七

序十一

送大京兆江公赴南都序

瑞石先生江公之尹應天也，自晉之右轄升。升等矣，而榮尤焉。蓋自籓而輔，於格謂之内入。故三司之在晉者，因公以爲榮又榮也。大方伯自楊公而下，憲長自潘公而下，都闖則馬公、王公，咸屬贈言，深又安敢弗是之榮哉？而謂公於此有榮焉，則未也。士大夫操内外之説，一切較量之，故有一生仕宦不出國門者爲幸且遇。至春明天涯之咏，戀戀然不忍舍去。二者皆過也。夫仕，事也。内，亦事也；外，亦事也。顧事事何如耳。或曰：居中清燕，任外勩勞，獨非人情也乎？曰：知其勞逸，而均之以爲理，此用人之人之事也，榮瘁焉吾何與？公以經術魁天下，進士高第，筮仕兵部，既優拔之吏部，既十餘年。布政山之東、西，亦既十年矣。夫兵部、吏部，方今之貴要顯融司也，公未嘗以自逸。山之東、山之西，亦今繁劇險瘠之地，而公未嘗以告勞，是豈留情中外者哉？是行也，公實有榮焉，而非是之謂也，請爲諸公言之。

夫堯、舜、禹、湯、文、武，皆古之聖王也。然而稱聖王者，必以堯爲首。自堯、舜、禹、湯、文、武，以至周公、孔子，皆古之聖人也。然而稱聖人者，必以孔子爲首。又自漢高、唐宗、宋藝，暨我朝之太祖，皆中國之皇帝也。然而稱得堯之統者，必以我太祖爲首。何者？堯之道，欽明而已矣。孔子之道，時中而已矣。我太祖之神功聖德，損益百王，以還之仁孝而已矣。今之應天，太祖之舊京也。山之東，孔子闕里在焉。山之西，堯之故都也。堯之故都，公嘗治之矣。孔子之鄉，公又嘗治之矣，咸以最聞。今將舉堯、孔之道，以復治我太祖之舊京矣。則凡創業之難，與夫守成之不易者，其在于今，抑亦有裨於神功聖德乎否也？有裨於神功聖德，以贊佐一王之典，顧不大榮矣乎？諸公曰：然。因書爲序。

避喧庵詩序

避喧，志隱也。從而咏歌之，成其志也。凡人之情，必有避，觀于避，斯知其人矣。是故避位者讓，避名者賢，避地者哲，避喧者隱。夫喧，歡聲也。城市多喧，山水則否。大抵山益高，水益深，則境益静，而喧益不到。四方佳山水稱東南，東南之佳者稱天台。天台一脉爲黄巖，黄巖又天台之佳者也，蓋天台東至黄巖窮矣。其磅礴鬱嵂，又鍾于人，故黄巖多著姓，而以戴氏爲佳。戴，故石屏後也。恬隱公又戴氏之佳者也。『避喧』則公所名庵。庵據黄巖之佳，曰太平嶠，事見秦行人記中，所謂善于慕陶者得之矣。公之子允大，仕于朝爲國子師，以學行聞天下。由是『避喧』之名，往往入于騷壇吟社中，爲咀嚼品題之具矣。深曩遊南雍，辱允大先生賞識。兹會都下，别且三年矣。而所得避喧詩益多，彙而授深序。

或曰：公既隱矣，焉用文之。若是者，無乃幾于喧與，而併爲公所避與？深曰：不然。夫萬有相吹而聲出焉，其在城市，則車馬綺紈、聲利名位，紛然擾者謂之喧；其在山林，則泉響谷應、禽弄木奏，悠然適者謂之喧。又其至也，莊生所謂天籟焉，自然動者亦謂之喧。苟自其本舉，謂之喧亦可也；苟自其末，則喧亦多端矣。公之所爲避者，其城市之喧乎？不然，悠然適者、自然動者，公方有冥會焉，而又曷避爲？况詩書之聲，和雅洪濬，諧《韶》鈞，叶音吕，與天籟等。公方樂焉，以爲兹庵助，而概曰避之，是豈公之志哉。或者喻而退，既迺録爲序。

送賀君汝修赴内江令序

余往歲遊南雍，取友於天下。而湖湘寔多士，於武昌得三人焉：張君一卿、胡君汝洪、賀君汝修。而汝洪、汝修復以同經講好。時同經之士以數十輩，而汝修年最少，資最敏，余視之，一日而千里也。數年以來，余最劣，最先成名，而一卿尚需次于家。汝洪令内鄉已迨一考。汝修與汝洪同得項城，俄以家制去。今庚辰之秋，起令內江。予已轉官成均，與汝修會于都門，俯仰今昔，爲之慨然。屬其鄉士夫，自少保陳公而下，以贈言請，而王大理寔來速之。予於汝修，豈得無言乎哉？

始汝修與數君子朝夕服勤者，先王經世之迹，前賢已試之方，不知於今果可以見之行而無難乎？茲得一縣，去百里，民社之責，一時風俗所關，不知操縱張弛者，果昔日之所講明而許與者乎？昔之所學不可施之今，是徒勞也；今之所履不皆本於昔，是忘其久要矣。古之君子，蓋有從容數言以概其平生於把袂之頃者。余於汝修，豈得無望乎哉？

昔與汝修約曰，人品必爲諸葛孔明、程伯子，文章必如先秦、兩漢，政治必效三代。斯言未遠，聊於內江乎卜之也。內江，蜀之壯縣，去京師萬里，地險而遠。且當兵革之餘，民弊而易怨。又有中貴人將命在蜀供需，歲以數百萬計，內江苟當一日之費且不能辭矣，汝修能不以爲難乎哉？汝修嘗遇至人，聞大道。爲予講性命之説，坐而聽之浹日焉，皆不異吾聖人之指。即是而措之，則曹參之所以治齊，欒巴、葛洪之神化一邑者，寧不大過於功名富貴之所爲圖哉？汝修行矣，聊於內江乎卜之也。汝修文章已成，而博學未爲世所盡知。知之深者，余不能多讓也，於是乎言。

别聶文蔚詩序

余倀倀然無當世之交。自罹憂患以來，神情銷落，尤無當世之志，而世亦將棄我矣。獨雙江聶君文蔚，不終見鄙，時枉山居，惠而教我。然文蔚來令華亭，凡四年矣，政績爲當世第一。今年春，天子亦以第一人召之。深故華亭家也，方將託文蔚以自老於一丘一壑之間，而文蔚去矣。文蔚去，將陟華當軸，以大發其胸中之所藏。文章、政事，卓爲名家，信當世之才也。顧深方抱病，不及一握手别，以謝知己。賦詩送之。

送張虞咨都事序

自古觀盛治，必徵於世臣；觀於世臣之家者，必徵於子若孫。蓋積家而國，積國而天下，其化通也。皇明世德之臣，於吾松有一人焉，故贈太子太保南京兵部尚書謚莊簡定庵張公是也。公之學有本，原不爲言語文字，而其所自得者爲多。故歇歷中外餘四十年，位至八座，皆有爲有守，晚就懸車。蓋始終出處，無少遺憾焉。今之稱公，率以董學兩浙爲盛，殊未有及其學者。深生也晚，嘗一拜公。近讀公之文，獲窺其一二。故竊論人品，於吾松，必當以公爲首。又意其不當以區區一郡論公也。公之子牧，字虞咨，復修公之道，以公廕，當補官。吏部優其材，得爲南京左軍都督府都事，將赴任。凡松之人有事於京者，重其爲大賢之後而又賢也，寔光于松。故咸有贈，而謂深爲序。乃進告於虞谘曰：

南都重地，昔者先公之所留守也。五府要司，昔者先公之所參贊也。其德惠條畫，固結於人心者方新。一時之士大夫嘗登公門者，今且布列於庶位。有與公同朝同事者三數公尚在。聞君之往也，必私喜，皆來覿于公之世焉。使其父黨退而歎曰：清忠肅恭，猶吾莊簡也。其君子聚相慶曰：公信質敏，猶吾莊簡也。其小人匍匐而進，鼓舞而退，轉相告於其父兄子弟曰：是我公之子也，猶我公也。若是，是能世其德矣。使後之人觀我治化，本公父子。其於吾松，不滋重與？凡松之人，惡得無厚望於今日哉？夫人之生乏賢父兄，而外取諸人；人或不足，而尚取諸古之人。是二者，蓄德均也，難易則有間矣。若虞谘者，其莅官，其行己，豈待他取乎哉？故於是行也，備論公焉而不以爲複者，深之私也。

初，公之卒，有司以聞，孝廟悼之，爲賜祭，敕工部營葬事。事既竣，虞谘以太夫人之命入謝，遂請贈謚。今天子正極之始，首是之事，下禮部。既成，請復疏乞終養事。下吏部，例格不行。授今職，得便養，又成其志。皆殊遇也。故序。

南渠集序

南渠子，三十舉進士，四十爲天子諫官之長。有詩若干首，有文若干首。詩諸體略具，奏疏之文居十六七。予既編次爲集，讀而愛之。爲之敍曰：有傳世之器，有濟時之具，有行道之資。傳世之器，文章是也；濟時之具，功業是也；行道之資，禄位是也。三者之不兼也久矣，君子惡乎取舍哉？或曰：三者於人，亦若是班乎？曰：皆君子之所不容已者也。雖然，禄位者，命之制也；功業者，分之畫也；文章者，自致之道也。是以君子安命守分，而不敢怠於自致。故寧爲此，不寧爲彼。寧彼之失，而或得之此也。南渠子爲諫官數年，有行道之寄焉。其所論列，皆天下大計，有濟時之心焉。文章典則温雅，有傳世之才焉。是可謂兼之矣。由諫官而上，愈進則道愈行；由論列而上，愈行則濟愈廣；文章雖無事焉可也。今罷諫官，佐遠郡，將有取於江山之助，益肆力於自致，而寧約取之，非耶？或曰：南渠子之道，隨時也。是故居位則道行，當事則有功，身退則學進。覽斯集者，有考焉。

陳江丁氏族譜序

此陳江丁氏譜也。陳江之有丁氏，自諱堇府君始。丁氏之有譜，則始於毅齋府君，繼之以養静先生，而大備於文範君倅松之日也。文範名某，舉孝宗乙丑進士，直道雄才，歷試郡邑，敦本好古，有天下之志。此譜之作，殆其一也。譜成而徵序於同年陸深。

昔者先王世禄，故士大夫氏族，掌在國史。井田故民，庶具諸版圖，雖歷世可按也。自封建廢，而士大夫失其世，世失而譜興。譜者，補也，亦所以補王政之不及者也。漢以後，中原多故，士民遷徙，不常厥居，號稱文獻之族者，鮮有能保譜牒於不墜。魏晉及唐，以門第用人，至有昧冒神明之胄，以爲禄仕之媒者，而俗日衰矣。今文範之爲此譜也，近倣歐、蘇之意，以成一家之書。其立法嚴，其處意厚。法嚴，故闕其所不可知，而百世之傳覈；意厚，故篤於所當行，而親疏之制明。丁氏族之人，一展閲間，某也祖，某也禰，某也兄弟，某也子若孫。水源本末，綿連續屬，繩武肯堂之思，鶺鴒棠棣之念，有不油然興者乎？昔人嘗謂，由一人之身，而至於爲途之人，蓋不獨一家然也。雖天下之大，其始未嘗不本於一人，而其末也，爲九州四海萬里之遠。推此意也，親親仁民之政，厚本定分之業，先王之制，不以後世而難者，此文範君之志也。故序。

龍江春遠詩序

凡人情之有别也，必歆豔之，必期待之。愛慕之甚者，悲之恨之，攀留之，又跂望之而不已焉。士大夫之能言者，乃從而寫其歆豔、期待、愛慕、悲恨、攀留、跂望之意，而歌詩之、頌之、諷之。下至畫史，則圖其事，與其供帳、冠裳、車馬、山川、風物之致，以比於聲詩焉。豈其居相漠然，而情至是乃始發哉？夫君子之行，重有事也。事之大者，莫大於致君以及民。孰不爲君也，而亦孰非民也，是故歆愛之情生焉。甚或使絶域，去治朝，則梗鬱於其中，虞變於其外者，不能不蓄而爲悲恨，洩之爲攀留。攀留之不得，則跂望從之矣，是豈有所待哉？蓋必居也有忠信之孚，而後出門有眷戀之色，二者固相爲也。不然，郵傳之送迎等耳，豈復有所謂情也哉？

龍江唐先生士絅，既禫除其先公之服矣，卜日還朝。邑之士大夫，自南山瞿公而下，咸賦詩送之。深亦有作，既成，復俾敍之。深於士絅，安得無情乎哉？曰：始士絅以丙辰進士，退而讀書龍江之上者十年。乃起而令東明，有異政。天子召爲給事中於兵科，侃侃諫諍，奮不顧身。尋以璽書按事廣之東、西，勤勞者三載矣。還爲權姦所怒斥，判深州。權姦伏誅，始敍遷爲南京工部主事，已而再進爲刑部員外郎矣。是行也，天子追念舊蹟，必留爲侍從，擢爲卿貳。是固士絅之所宜有者，士絅亦將有慰于今日作者之情乎哉。因題其首曰『龍江春遠』者，期待也。

行春留愛詩序

史侯來攝上海，滿三月而去。去而人思之。士之能言者，各寫其意之所到，比律吕而可歌，凡若干矣。而侯未之及知也。浙士魏允升見而録焉，録成而徵序於予。予時方卧病，諾焉，而未之及爲也。既閲歲，將還于朝。而民士之思侯愈久愈稔，歌頌將愈作，而侯之政蹟愈美。予之觀感于侯者愈深，乃作而言曰：郡邑之政，於今日難矣。細民知有恩而不知有制，其難柔有如此者。巨族知有利而不知有度，其難得有如此者。監臨知有分而不知有體，其難事有如此者。誅求知有給而不知有民，其難供有如此者。弊怵於積勢，利奪於群咻，其興革有如此者。侯之莅海邑也，能廉，故民悦焉而忘其勞也；能公，故巨室憚焉而不敢怨也；能禮，故待之者易以感也；能愛，故取之者隨以足也；能權，故推之則以變，措之則以新也。五者天下之能事備矣，而况於郡邑之政哉？此侯之才足以辦之矣。天下非無才也，彼以攝焉者郵傳寄耳。嗚呼，能不以郵傳視天下之官守焉，此古治所由興也。讀是詩者，可以知侯矣。侯名瑭，字某。

儼山文集卷四十八

序十二

重刊豆疹論序

醫家《素》《難》，如士人本經，至矣備矣。獨豆創不經見，《本草》號稱古書，亦無明著方録。至漢末時，始言豆疹，以爲得自征羌，豈上古生人無此疾耶？又迤北諸虜，苟南近長城，即出豆疹，多死亡，似又繫於地氣矣。江南水土濕熱，凡嬰兒必痘，死生雖異，無一得脱，亦有長大始出者。予所生育子女，多罹此毒。比年四孫，連接殀殤，至爲楚割，不能不致憾於醫藥之無工也。嘗聞宋有聞人規者，著書專論痘疹，具有條理。往在館閣，多方尋訪而未獲。表弟顧世安氏，素修醫業，收蓄古書甚富，每與論此而託焉。歸田之又明年，汾州柏山劉先生莅松之日，首以此書爲惠。展卷讀之，殊快夙心，乃爲手訂數字。因命黄甥標校勘，山甥立抄方，以成一家之言。嗚呼，使窮鄉下邑，家置而户藏之，稍識文義，決不至譌誤，其所保全者，可勝道哉！乃重翻朗刻，庶便覽觀。經云『如保赤子』，蓋言保赤子之難，尤難於保民之難也。柏山以才御史出副郡車，觀於斯舉，可謂先其所難者。松民坐享仁壽之福必矣。世安授官太醫院，爲御醫，供事聖濟殿。蓋欲廣先生之意，因請爲序以傳。

懷旂集敘

弘治辛酉，深忝鄉薦。乙丑春，釋褐于成均。三四年間，客都門，遊齊、魯，留南雍，出入三吴。旅食之日多，所得詩凡若干篇，率皆道路語爾。既被上命，儲史館，得專意文學。探囊讀之，感念今昔，恍然若一日之所遇也。取其甚不謬者，存十二三焉。《傳》有之曰：士以旂招〔一〕，有事也。深叨列下士，仰沫鴻澤，雖遠在草莽，其敢一日忘斯招之至耶？故命之曰《懷旂集》云。

【校記】

〔一〕招：原作『昭』，據四庫全書本改。按《左傳·昭公二十年》：『昔我先君之田也，旃以招大夫，弓以招士，皮冠以招虞人。』《孟子·萬章下》：『敢問招虞人何以？曰：以皮冠，庶人以旃，士以旂，大夫以旌。』

介庵先生鄭公哀輓序

同知南雄府致仕進階奉議大夫介庵鄭先生既卒，其子通判大名府相希説編其誌、銘、墓表、哀輓之作若干篇。元老、名卿、文士、詩人、海内之賢，言焉而信今，信焉而傳後，渢渢乎事覈而情悲也。

上海陸深讀之，曰：此循良之吏，論定而不朽。仁孝之人揚親以致志者，於是乎徵之矣。嗚呼，君子之學，以經綸爲至，其遇不遇繫乎逢。君子之道，以出處爲大，其安不安存乎我。故持必遇之心者，無必安之地者也。介庵先生四佐大郡：其在南昌也，以左調；其在高州也，以憂去；其在大名也，以薦陞；其爲南雄也，以齟齬停任，又以紛更報罷。然不皆遇也。清白之操，惠愛之政，郡之人至今思之不能忘，是可謂善行其所學者矣。方其解南雄也，使先生少自媒，必獲安其位。及權姦之誅也，先生當起矣，卒致其仕。恬退之風，止足之義，視世之巧營固戀者何如也，是可謂安於出處者矣。夫遇制乎命者也，安由於義者也。以義處命，此儒者之能事。而先生之考終也，無少遺憾，豈易得哉？深聞之，其德厚者其後昌，其學深者其風遠。乃今希説之向用未艾，固將大發先生之藏。而天下之欽德慕義者，其於先生之闡白容少緩耶？惜深生也晚，不獲侍先生，以探其大全深造。然辱交於希説，亦有年矣。始獲論次其經綸之方，出處之大，爲哀輓序。

送何述齋太守入覲序

《易》有之，『聖人久於其道，而天下化成』，蓋言上下之交也。仰惟皇上中興，御極二十有二年，凡七朝諸侯矣。明年甲辰，復當大朝之期。松江何侯述齋先生先期戒行，士大夫咸悵悵然不釋其去。相與就陸深謀之，思爲留行，亦欲望侯之久於吾郡也。深亟是之，而願有以告。夫臨年入覲，以行明陟，古之大典，蓋常禮爾。惟國有大事，與方隅未知，則以特旨留之。方今上際治平，下成康阜，四海九州，方軌畢至。固我侯之樂於有事也，忠勤大業行矣。於是唐憲副龍江曰：是禮也。夫天子制禮，諸侯稟禮，以致之天下，《載見》之詩所爲作也。盍相與送之？自趙太常曲江而下，咸餞之江上。御醫顧定芳、寧丞喬訓趨而進曰：餞必有贈，贈必以言，屬深爲之序。

深惟我朝稽古建官，超越百代。太祖高皇帝開天啓運，朝覲之典，自洪武丙寅著令，行之百七十餘年矣。藩、臬、郡、縣之長吏，精白一心，以承德意者，惟此舉。庶僚有位，顒然以待旌甄者，亦惟此舉。雖然，天下之郡皆統於藩、臬，而幽明聽焉。天子以一身主張於上，而幽明之柄付之銓曹。銓曹所寄以爲耳目者，諸侯也。勸懲之義所以爲理者，莫大於是。惟畿輔之郡，則百執事之賢否，獨守得與銓曹共之，視籓、臬等。郡守之任，莫重於兩畿，而南畿爲尤重。實以高皇首善之地，典禮存焉。然南畿之郡，又莫重於蘇、松，非徒以財賦之浩繁也，六官之事，亦最他郡。顧松地狹矣，尤難於蘇。守固天下之選也。我侯述齋先生之守松也，特出妙簡。其爲治也，不動聲色而百務具興。二年於兹，慈良愷悌之政，覃敷四境。是故霑其惠者，親之爲父母；服其斷者，仰之爲神明；覿其德者，尊之爲賢聖。古之龔、黄，夫復何讓。兹朝正禮成，天官卿必且明揚於廷，則松郡治平天下第一無疑矣。百執事之師帥，於是乎在；一方之民瘼，於是乎達；千里之風教，於是乎宣。侯方斂功績於無言之表，以成上下相交之業。是行所繫，顧不偉與？爰念先朝列聖，每當入覲，時有特旨，舉其賢者、能者、異等者，錫燕午門，兼賜璽書，馳驛以還，或不次遷擢，遂登台輔。皇上勵精圖治，明作之功與三代並隆，必舉舊章。我侯又當第一無疑矣，則吾郡士夫感知之情，不於是而少慰哉？《詩》亦有之，『蓼彼蕭斯，零露湑兮』，蓋言逮下也；『既見君子，爲龍爲光』，蓋言承上也。深不佞，請歌以侑別。

送司訓吴先生九年考滿序

石峰吴先生教上海學，學者有成矣。遂從海學滿九載考，以上吏部，將去海。而海之士夫相與歎息其賢，酌酒送之。有爲留行之計者曰：先生政成九載，海實三年。吾有子弟，何可一日無先生。有爲達才之言者曰：先生束縛校官，幾二十載。内外樞要，何可一日無先生。相與質於陸子，以爲何如。

深聞之曰：先生去留，資格具在，非我輩之所能與。深獨愛敬先生之有量有識，而又以歎資格之重困夫豪傑也。士舉於鄉矣，旅試於春官，其上者爲進士正榜，其次者爲進士副榜。其藝能無以大相遠也，其實皆謂之出身。然從正榜出者，二十年可至卿相。出副榜爲校官者，必限以實歷之歲月，未滿一日，不聽使去。去而以殿最也，特視其子弟員之中式與不中式者，乃皆若此。間亦有去爲御史者，終不數數也。豈才之同出於鄉舉里選者，顧遂爾懸絶耶？抑人之限於地者，無以自見也。將采聽者之未廣與，推轂者之無公耶？先生自丁卯舉於鄉，戊辰舉於禮部，教於蘇者三年，教於長沙之攸者又三年，至於教海，始滿實歷云。先生清才博學，勤于講説，所至以《春秋》爲教。其生徒自官司外，常數百人，每舉必中式。往來校文於蜀，於廣，於齊、魯，所得多名士。馳驅萬里，江山湖海之奇勝，輒有紀述，咸可傳誦。淹留散緩之意，未嘗少見。其去海也，束書就道，與嘗所往來者，敍分留别，道義繾綣之情，藹然入人。是其卿輔之量、經綸之業，蓋已具見於此矣，此所以爲先生也。若乃舍文字而持權衡，辭冷局而當要路，竊謂先生亦既晚也。深於是乎有感。昔臨川聶先生大年爲校官，時王文端公抑庵先生在吏部。大年嘗因題畫以致意，其略曰，以二十年求畫之心求天下之士，天下其有遺材耶？是後斯言徹于文端公，欣然薦奏，於是大年遂有修書之命。人兩賢之。今先生之才無愧大年，而整庵羅先生之賢遠過抑庵，適居吏部，是行必有遇也。又例得再試禮部，先生褎然舉首，以發於持滿之餘。深於是乎有望，故序。

竹亭詩序

芝山之麓有竹亭焉，今少司寇胡公之所築也，有桑梓之義，公之託於物者如此。京都之間有竹亭焉，今士大夫之所賢也，有配德之道，物之附於公者如此。始公之在荆也，荆有竹亭；其在廣也，廣有竹亭；其在閩也，閩亦有竹亭。宦轍所至，凡竹亭云者，必公也無疑。其於今也，惟公而不惟竹。或見竹焉，儼乎若公之有臨也，物因人重者如此。由是士大夫之能言者，咸有作，積爲若干什。公以深嘗登斯亭也，授簡爲序。

深暇日從二三子讀焉，渢渢乎何其音之長也，充充乎又何其好德之同也，融融乎何其入人之深也。二三子識之。夫物生也有自，成也有託。是故瘠土無豐苗，弱質無正色，其斯之謂與？予昔將命而南也，止於饒，使禮告成，遂有事於觀察。登芝山而望焉，鄱湖之渺瀰，我聖祖弔伐之所也。封籓之規度，守令之理制，明秀之山川，膏沃之田疇，富庶之齒，淳龐之俗，我列聖休養之厚也。萬竹森映，極瀟灑之趣，則公之故居，而亭之所爲築也。迺降而修謁焉。式其里，聞弦誦之聲；登其堂，挹清修之操；入其室，觀朴素之業。有先世之文獻在焉。既而觴予於亭，示予以晚節之志。蒼粉碧玉與秋色相高，令人肅乎其爲心，穆乎其爲容，欲去而不能者久之。已復從公移植數本於公署，爲旦夕之瞻企。予蓋有所感也。夫昔人有言，禮樂必積德百年而後興。蓋生養教習之漸然爾。皇明撫運混一，規模成於鄱湖之役，則饒固首善之地也。凝和被化，宜有爲天下先者。而公生其間，適應百年之運。加以故家流風，荷承傳之學，具禮樂之材，爲鉅儒，爲名臣，爲天下羽儀。蔚乎其有章也，卓乎其不群也，優優乎應變而不窮也，屹乎處毁譽而不懼也，其不爲斯竹矣乎？蒔以佳壤，育以和氣，固以籓籬，時以培植，堅剛茂密之質，足以資世用而和民生。迺若挺拔之操可以干霄漢，葱蒨之色可以傲霜雪，使乾坤之正氣後時而獨存者，是宜公之有取於斯也。故曰：至治之世多君子，至人之居無疵癘。二三子唯而退，因録爲序。

公名韶，字大聲，登甲辰進士，歛歷中外，以至今官，柄用方始云。

澹軒集序

詩之作，工體製者乏寬裕之風，務氣格者少温潤之氣。蓋自李、杜以來，詩人鮮兼之矣。兼之曰詩，不其難矣乎？得其一體者，然且有至焉，有不至焉。則詩之道或幾乎廢矣，而世未嘗無人也。三百篇多出於委巷與女婦之口，其人初未嘗學其辭旨，顧足爲後世經。何則？出於情故也。詩出於情，而體製氣格在所後矣，此詩之本也。

深少游邑校，時澹軒先生已號宿學，工爲詩，其時固未能讀之也。其子鷗與深同舉於鄉，又同舉進士於朝，往來兩都間，每與先生俱。當其時，又未暇讀之也。今年以先孺人服家居，其子鷗方編次爲集，始得請而讀之。凡若干首。嗚呼，是誠所謂出於情者耶？先生厲孤耿之操，秉剛方之性，侃侃不與俗人瓦合，是故其詩鍛鍊清峭如其人。雖屢屈場屋，薄淡自居，無怨尤迫蹙之態，可謂情之正者矣。夫詩出於情難，情而得其正又難也。是宜有傳焉。鷗作而曰：家君道固如是，其果然與？宜爲集敍。且夫伯俞之梃無恙，無恤之簡不忘。君子所以爲其親者，無所不愛，而況於其言之成章者乎？宜鷗之蚤圖之也。而先生苦志力探、嗜好俱泯者，得所付託矣。其決傳而無疑者，又於是乎在。

送浮屠默庵序

普照僧默庵，嘗從定庵曹先生學詩與書，又每從士大夫遊，故釋而文。余道松，亦主焉。至則設茗論詩，持紙乞余書數詩以爲常，屢焉故契，若古之方外交也。乙丑歲，會郡僧綱闕，默庵捧郡檄謁選於吏部，既受命冠服有章，又加昔一等矣。一日過余別，且請以贈。

余曰：維佛氏以無爲宗，萬有皆幻，身世電泡耳。吾之所有，爾之所不取也。何以贈？默庵曰：緣愛生慾，緣慾墮千萬劫。非愛非欲，即證果矣。何名爲有，何名爲無？余曰：終然不同，奈何相謀？默庵曰：不必於同，不必於不同。願卒兩忘之。余曰：余與爾異趨也。獨不畏其相妨哉？默庵笑曰：何見之太晚也。佛之道常附聖人之道而行，不相妨久矣。余曰：異哉！當竟其説。默庵曰：吾佛氏之道，一切修於内，然常使外者無擾也，擾之則力倍矣。是故聖人之道行，使君臣、父子、禮樂、刑政各職其職，以綱維乎天下大定矣。然後吾徒始得出其一身，以究其學，不然且弗暇矣。故琳宫梵宇，金璧輝煌，而吾徒安饗，常在太平之世。頹垣敗宇，而沛顛流離者，必喪亂之日也。故佛、道獨盛，非佛之福也。聖人之道盛，非獨儒者有望也，雖吾徒亦日夜望之。余服其甚辯，然終未以爲然也。遂次第其語以爲贈，使歸質諸定庵焉。定庵之季十峰與其群從，皆余友也，而甚文，必有能印正其説者。

儼山文集卷四十九

序十三

送嚴介谿宗伯奉使安陸詩序

禮也者，緣起於人情，會通以大道，橐籥夫至和，夫然後頌聲作焉，休禎應焉。今天子大孝尊親，又將備物於顯陵。陵故在安陸，於是特以禮部右侍郎介谿嚴公往，凡禮儀之事悉總之。奉璽書，佩織符，至重也，蓋古山陵之使，而今天子又寄之以精誠焉。於是聲和祥協，所以爲之應者多矣。公方自祭酒遷於是，國監自司業林先生而下，咸賦詩送之。深適來嗣公爲祭酒，乃聯而爲什以爲贈，且遂爲之序曰：夫禮，王道之終也，有所終者必有所始；無爲者，王道之始也，有所見者必有所因。國家拔天下士聚於翰林，若將養之以無爲和平之福者。及夫因能授任，各有見焉，禮之所爲體者固如是。公之是行，凡以爲禮也，且因公可以觀禮焉。公少以神童聞天下，未弱冠掇巍科〔一〕，舉進士，入翰林，讀中秘書，擢史館爲編修官。校文於禮闈，侍經於先朝。今天子紹統之初，署篆於南翰林，召掌成均，遷副宗伯。自今以往，崇階峻陟，未見其終也，而皆有其始矣。其在齠齔時，妙語奇句，應聲而成。每試場屋，必以經義爲士人傳誦。唱進士名幾及第，居館閣，試必在首選。爲史官，編摩有法，户外求文之屨常滿。校文輒得名士，南院有望，北雍有化，可謂隨所因而緒見者矣。而況完才厚蓄，於是行也，有不益懋大禮以弼之成乎？夫是之謂緣人情，觀會通，達和氣，以比於王道。則是詩也，固聲光之洪鬯者非與？使事有程式，遄其歸，今天子開明堂，契大道，必將賞懋功，登名德。公當以山陵之威儀，爲廟堂之規畫，以神明之歆格，爲民物之主持。休禎其有不應者乎？而王道於是乎成矣，此深之所謂禮也，公其行哉！公之教學也，尤有恩諸生，至懷涕以思公之去。一時屬下，多才士觀感之深。深之初至京師也，翰林學士未齋顧先生遺之書曰：善乎嚴公，子當以爲法。故深之序是詩也，尤致跂戀焉。若夫覽形蹟之奇，神江山之助，隆體貌之尊，養宰輔之望，此公之餘事也。所以望之公者，亦餘事也。故序。

【校記】

〔一〕巍：原作『危』，據四庫全書本改。

送李長史宗豫赴任序

余嘉靖戊子再起，莅國子。頃之，吏部問士於予，予以三人應，蓋皆臺諫才也，其一即李君宗豫。頃之，崇府以長史請，吏部疏名上，由是宗豫遂遷。

或謂予曰：先生薦宗豫作臺諫，顧乃得外藩，得毋少之乎？予解之曰：古今稱臺諫與宰相權略相埒，蓋惟臺諫能言之，惟宰相能行之。謂其皆得與人主可否是非，以圖成天下之大業〔一〕。若夫輔導啓沃之功，則宰相居多。是故臺諫資卑，宰相責大。故凡有可否是非之任，與輔導啓沃之益者，皆臺諫、宰相事也。蓋嘗有布衣相業者，況長史固一國之相哉？輔導之，啓沃之，偃然相天下業也，宗豫爲不薄矣，其尚求所以報稱哉。宗豫領弘治乙卯貴州鄉薦，登乙榜，去教蜀，又教浙，又教南畿之建德。既又奉特旨入教魏國徐公，遂擢南監學正。已復改北，且滿四載，宗豫之履歷深矣。今天子修親親，重宗藩輔導之職，必欲得人，宗豫固擇而使之者哉，行矣。昔董仲舒以漢之醇儒，遠過公孫輩，乃出相藩國。凡相兩王，皆驕，仲舒正身率物，以禮誼匡，王咸敬重焉。況崇王殿下好學秉禮，有漢河間之典則，而宗豫以該洽之學、敏贍之才、端諒之行輔導之，固今之醇儒也。而崇王之賢，有弗敬且重之乎？宗豫其尚思所以報稱哉。使王以名德重天下，屹爲河南之屏翰，則宗豫亦隱然有重望，固今之仲舒也，宗豫勉之。邇者臣僚建言，藩府諸佐有聲績者，許入爲京朝官。今天子立賢無方，安知宗豫不自此而陟華要乎？長沙之徵、前席之問有日矣。雖然，相一國與相天下，亦略相埒。相一國稱矣，官至大夫榮矣，又奚必中外崇卑之較乎？此固仲舒正誼明道之説也，宗豫行哉。因書以贈。

【校記】

〔一〕成：原作『回』，據四庫全書本改。

重刊周禮序

《周禮》一書，説者以爲周公致太平之典，或又曰戰國時書也。議《周禮》者，持此兩説久矣。謂其爲周公者，以其廣大悉備，周萬物而不遺，輔三才而皆當，非聖人不能作也。謂其爲戰國者，以與《孟子》《王制》不合。又謂下至輿、皂之事皆備書，疑周公不如是之猥瑣也。皆有所執，故卒不能合。嗚呼，秦火之後，載籍散亡失次，惟《易》爲全書，而諸《禮》之病尤甚。蓋自戰國諸侯惡其害己，已盡削之。故諸經亡於秦，而《禮》尤先焉者。竊嘗謂是書實本於周公，而今之《周禮》，則散失之餘者也。或又曰未成之書，詳其規模，亦既備矣。漢興，諸經書稍集，而是書獨亡《冬官》一篇，至購以千金不能得。河間獻王始以《考工記》足之。足之誠非是也。向、歆父子尊以爲經，馬、鄭諸儒與唐孔、賈氏皆有注疏，然但承河間之舊而已。至宋諸儒力校群經，號稱有工，而於是書亦略。迨俞庭椿始爲《復古編》，以爲《冬官》不亡，特漫入五官中耳。於是删取五官之羡餘，與無所附麗者，以爲是真《冬官》也。吴澄遂考註之，以爲《周禮》復全。彼固有見爾。其間亦有不類《冬官》者，要之竟非全書也。大抵法因時異，治以道同，善復古者，在彷而行之耳。

竊嘗讀是書而有感焉，以爲良法美意盡此，則幾於王矣。古之人有用之而卒以敗者，其故何耶？抑亦存乎其人爾。苟存乎其人，雖得其意，而遺其法亦可也。善乎程子之言曰：必有《關雎》《麟趾》之意，然後可以行《周官》之法度。信若是，則是書之全闕，又在所不必較者矣。雖然，必有得是書於言外者，因重刊之，而并著其説如此云。

贈別駕屠先生致仕序

三一屠先生以太平之政來致，上爲增秩而許之。於是金緋在躬，廷辭而去，中朝士咸相顧歎曰：賢哉！或曰：是以退爲進者耶？世有俟滿課功，陟竟弗及者，而先生顧於此得之，庸非進耶？雖然，非先生之心也。或曰：先生仕不得意，位不過下大夫，官不過州郡，是以去。雖然，非先生之情也。或曰：先生稍厭世，樂高閒，大江之南，風日之美，有釣游舊業，故去。雖然，非先生之志也。先生有用世才，視天下疾痛如在己。宦轍所至，嘗以一僕自隨。廨宇壁立如梵舍，晝夜治文書不休，是爲樂高閒者耶？今大司寇公於先生爲兄，夏官奎、進士垚，則先生之子也。若鼎彝引前，珠玉擁後，而委蛇在中，是爲不得意者耶？其在武昌時，破寃囚，斷疑獄，號稱神明。其在建昌時，恤民隱，抑權勢，作民父母。臺省籓臬，交譽疊薦，先生皆退然不居，而獨於此時求進耶？夫出有爲，處有時，古之道也。是故幼而學之，壯而行之，適可而去之。其學也若饑，其行也若推，其去也若遺，先生蓋幾於是矣，何爲紛紛乎議之淺也。

或曰：《禮》稱七十致仕，先生齒髮尚壯，若是者禮與？昔宋錢若水早罷，欲以進退之道自全。先生初爲郡推官，與錢同，其折獄事又同。後所至雖不同，而其去也，適當人主之初年，則又同。殆欲以是勵世風與，爲轉移感動之機與？是或先生之微意，而非僕之所敢知也。

武庫林君利贍、夏君某、王君某、畢君某相率請贈，故序。

重刊千金寶要方序

自古無不效之方，而世醫有不識之病。若也爲對證之藥，此方書之所以不可少也。是編《千金寶要》，蓋傳孫思邈云。我大中丞西野先生張公撫蜀以自隨，因以濟人，而每效焉。視他方書，特爲簡約可傳，公亦寶之。公自内臺出任旬宣之寄，數年以還，凡三易鎮。至於藩臬之長，皆再莅。經世之務，靡不達練。設張舉措，各有次第，而尤以濟人爲先務，如此方書其一也。雖然，先王之政，爲之醫藥以濟其夭死。是故《本草》昉於神農，而《周禮》命之官屬。後世則有專門名家以效用者，皆仁術也。夫仁故無小，行必自近，先王爲理之要固如此。思邈此作，又嘗託之神異，以取信於世。要其實理，亦有不可誣者。今夫醫得其理，凡醫得是書而理之，人有其書，還以證醫之理，則所全活者必多矣。豈非王政之大端哉？而亦公之微意也。於是左布政使陸深、右布政使衛道合辭請而梓之，冀以廣公之意。會道以遷行，深亦内轉，皆不及視其成，成之者參議鄭重也。

鹿門遺隱詩册序

昔漢龐公隱居襄陽之野，曰鹿門。今鄭君成大，隱居新安之野，亦曰鹿門。古今人若是其同乎？按：史載龐公在襄陽時，躬耕壟上，劉表勸之仕，不應，扣之至再，則以『遺安』之語答之而去。蓋古逸民之流與？今成大寧有是乎？曰：不必盡有是也，而其人固龐公之儔也。成大少孤，事其母兄以孝友聞，處閨門有禮。壯遊四方，考德資善，年五十歸，爲隱居計。家在新安之雙橋鄭，故節義士子美後也。雙橋濱湖，負湖爲腴田。成大親操鉏鎛，率童僕耕耨風日中，如龐公然。大夫士高之，遂改姓其地，豈不以成大真龐公也哉？予竊謂龐公當東都末季，隱或非其志也。其答表語，蓋以之風表者。後表卒不能安及其子，方其時，固有高林深淵之慮，爲旦夕栖宿之謀而已，隱豈其得已哉？今成大當熙洽之朝，無意外之患，保林泉之嘉，遂高尚之志，是真隱者。其與龐公同乎，不同乎？又未可知也，孰得以其地爲疑哉？雖然，地之靈勝者，必鍾爲奇偉之士。而奇偉之士居其地，亦輒以名。按：襄陽之鹿門，本號蘇嶺，因習郁而得名，因龐公而遂顯。若是安知雙橋之不可名鹿門乎，又安知雙橋之鹿門不因成大以顯乎，又安知成大之終不可得使雙橋爲鹿門乎？

成大今年六十，葆和養志。其子廉，予獲識之，是能承其所遺者。又按：龐公有子某，其孫涣，皆爲魏、晉達官。成大之子若孫，又安知不龐公若乎？同其終必同其始。予故得書其事，授廉識之。

送黄翠巖節推考滿序

翠巖子黄協恭，以才進士出推松江。松號大府，所轄纔兩縣爾，而地皆儉於百里。六官之事，最其浩繁者，視他一省，而刑獄尤甚。何則？松之四境，多枕江湖，而東盡於海。昔時嘗富淳矣，近年多事，而水旱乘之。民力日困，争訟之風熾矣。夫江海之間易擾，困窮之民成嚚，勢使然也。翠巖之爲理也，原情麗法，事至立斷。鈎距鍊鍛之術無所施，凜若神明。而兩縣之俗遂革，一府若無事然。于時述齋何公作守，元峰李侯副之，皆負當世之望，每稱之曰：翠巖其人傑哉！於寅協則良友也，法律則老吏也，器量則元卿也，吏民之歌頌帖服者，則師保也、父母也奚啻。乃廉靖之操，直大之行，三年猶一日也。會當書一考還朝，適華亭令闕，府倅龍岡張侯攝之，狄丞希明率僚屬請爲贈言，而以屬之上海陸深。顧無能爲翠巖役也，其何敢辭。

夫自晉、魏以來，仕宦之籍，門閥爲重。至於世德繩武之風，實鮮其倫。漢、唐之後，文章、政事，分爲兩途。若夫全體合一之學，世不恒有兼之者，兼之者豈非一代之豪傑哉？翠巖，學士壺陰先生之孫也。先生少爲世師，名滿四海，而仕獨晚達。深之待罪翰林也，同爲編修官。既而司業國子，深復踵代。景行師法，固有餘地，而先生不予鄙也。憶昨戊戌之春，忝以學士讀卷，有事于内閣，得縱觀諸進士之文。賞歎之餘，意欲求得世家士，攄其文獻，以光輔聖治，而翠巖在焉。實始託交，而翠巖亦不余鄙也。余既歸田，而親炙翠巖者又二年，所見逾於所聞遠矣。然則莆陽之家世，松江之政績，翠巖真人傑哉！客有過余而問之者，曰：今制舉進士賜第後，例分中外。外補歷三年，則後科進士資及，受代去矣。翠巖茲行，分當得代，將陟臺省、躋華要，以光壺陰之祚，使我朝有世臣，爲國增重，固斯文之慶也。雖然，此貫魚行雁資格之説耳。夫資格以待常流，不次以待異等。今日翠巖之行，吾子之所謂人傑者，果若是足乎？予應之曰：資格，朝廷之懸也；銓衡，吏部之權也。持權以破格，此用人之人之事，而我何與焉？若夫本以不次之才，而甘爲循資之舉，無躐等，無躁進，而我亦無與焉，此豈非天下之真豪傑哉？翠巖行矣，當有所遇也。問者唯唯而退。因書爲贈。

儼山文集卷五十

序十四

書輯序

前代書家之論著，洋洋乎何其備也。大抵文過其質，寡要約焉。予之輯此也，擥百氏之菁華，示一藝之途轍，庶使後來求方圓於規矩，將由下學而上達也。顧微辭奥義，獵取牽聯。既已成篇，似爲己出，不幾於掠乎？若夫一章之中，畢還衆善，則今古迭形，難以倫序，尤乖檃括之體。今故會萃諸家，首條品目，庶幾博洽之士，知所由來云爾。

書輯後序

予少溺志於書，無傳焉，而未有所得也。頗喜考尋前人之遺論，纂輯既久，恍乎若有以見其指意之所在，而亦未敢遽以爲是也。中歲以來，抱詞賦之悔，不復數數然。正德戊寅，假館老氏之宫，新凉病後，再加删次。深懼古人之法，不盡傳於將來也。昔人有言，經術之不明，由小學之不振；小學之不振，由六書之無傳。嗚呼，余亦安敢少哉。

送沈員外歸省序

沈君仁甫副郎之積勞六年也，疏以歸省請。上若曰：其如故事。吏部覆實以聞，俞之，遂特給賓楮，廷辭而還。吾鄉之士大夫，皆來諗于余曰：仁甫不宜去。今上新政，百度更始，賢才焦勞時也。巖穴之下，思奮負一藝者畢呈。況如仁甫者，獨得優游，遂其私於若時乎？是一不宜去。昔仁甫爲主事也，其屬衆，其事分，猶可逸也。今副郎矣，衆者以一，分者以萃，當兼晝夜爲之，固其職也，是再不宜去。又況仁甫刑官也，民失其教，罪戾沓冒。輦轂之下，大抵尤甚思得執法明刑者。雖百十仁甫，猶將少之，是三不宜去。太保閔公以其才也屢用之，以裨左右，遇知己又一時也，是四不宜去。仁甫皆不顧焉以去，不幾乎薄於君、隳於業、懷其寶以負於所知者乎？余曰：否。仁甫之去，無不宜者。謂不宜去者，愛仁甫有焉，非通於情者也。人之情，未有薄於其親，而厚於其君者也，況其他乎？昔者温嶠弼成江左，後卒不償其功；徐庶辭其主於國事倥傯之日，至今以爲得事君之體。夫二子者，當其時也，各有所急，及其獲，乃其所緩。君子亦量其情而已矣。所惡於不情者，謂其不可以訓也。若仁甫者，自始登進士，尊翁即背養。夫不及養其父，獲其母，是其情已難安矣。又況越在數千里外，無他兄弟爲侍，獨能一日安其情耶？維我朝以仁孝立國，著在甲令。文曰：有六載不歸者，例得解職暫還。仁甫不於此時去，何去？衆皆曰：諾。遂請爲贈。

余與仁甫通家，兼有世好。知太孺人春秋方鼎盛，又賢也，望於其子者，匪獨一歸省之榮而已。仁甫亦思所以孝於親，尚有大於是者乎？誠有之，是宜速來。去而不來，始無以自解於衆口矣。仁甫亦曰：諾。遂爲敍。

梅林續稿序

梅林蕭先生詩，沈生銓既刻之嘉禾，余既序之矣。陳生憲復裒爲此集，復徵予序。銓、憲皆嘗學於梅林。夫學者於其師之言行，惟恐不致詳焉，況於其成章者耶？此集之所不容自已，而亦非梅林之所能禁也。刻成，予卒業焉，歎曰：有物於此，爲世共寶，然祈人之愛，弗可得也。有物於此，爲人鍾愛，然祈世之傳，弗可得也。是故黃金白璧，世寶矣，廉夫或睨之而不顧；高官大爵，人愛矣，貞士或推之而不居。寶斯愛、愛斯傳者，惟文章爲然。凡以有定價也。定價云者，抑之不能使短，揚之不能使長，得之足以致治，失之足以召亂，一時之所未融，萬世之所必白者也。茲集也，本之性情，而足以考見治亂興衰之故，學者有興觀焉。梅林沖遠高簡，不隨世汩没。其爲詩，淵源於魏晉，而涵濡於唐人之風者甚深。故其所就，亦非世所得而抑揚也。信哉，寶斯愛，愛斯傳矣。陳生曰：以憲之所睹記，不可誣也，請書爲序。

縣侯張八峰膺獎序

嘉靖辛丑歲，八峰張侯以名進士令上海，再及朞矣。適監察御史高君，奉璽書按吴越間，覩侯之政有成也，將以聞于上，先下檄奬之。邑之諸寮，以御史知侯之深也，信之。其詞曰：『持守謹確，幹理周詳。清宿弊而邑政新，敷實惠而人心悦。』蓋實録云。於是邑士大夫咸信之，外邑之士大夫亦信之。惟邑之民，以侯之聲望起，而將去吾海也，則又慮之。深方蒙恩歸田，會見其事，乃喜之。蓋喜侯之獲乎上，信乎友，感乎下，而才賢之將得路也。貳尹何君寶、文君觀光、李君中允、幕史陳君相，相率來請爲賀。

惟我皇明，建官經國，法意相維，是故以公論付臺諫，以民社寄有司。良有司盡職于六官，以當臺諫之激勸。故天子高拱穆清之上，而四海之治成矣。《詩》《書》所稱，何以過此。雖然，此有毁譽焉，此有明闇焉。古諺有之：受君子與，則多榮。惟御史公、惟侯，誠相濟以功業，則我朝之法意具存，而漢治之循良可幾也，固宜賀。顧吾邑在東海之上，地僻賦煩，歲供至數十萬，而非時之需不與焉。邇年以來，民日貧而風俗日壞，天下稱劇，而令尤難。侯之來也，宰輔寔以難邑試侯。而侯不動聲色，處置有方，若解牛破竹然，百事就理。人徒見侯寬大之規模與豈弟之治理，而或未知侯之有本也。大抵有諸中則外施無不宜，有所養則外應無不當。語曰『本立道生』，御史固廉得之矣。憶昨戊戌，天子臨軒，策天下士於廷。深以職事，充讀卷之末。偶觀一對甚佳，竊以爲此他日宰輔之器。自閣老而下相注目焉，深私識之。及啓封廷唱，則侯也。今世學術，高者篡宋儒之講議，務爲攏挏之詞以譁也。其下者，則獵取腐爛時文之語，以合程式。君父前殊歉大觀。惟侯之文，超然遠邁，直攄胸臆於靄然忠孝之風，其大本已如此。是科兩主司爲顧文康公未齋、張少宰甬川，皆予同年，又同在館閣，每詢之，必擊節以爲然。夫學與政通，則侯今日令海之政，特一斑爾。是殆未足以盡爲賀也。何君輩固以請，深方欲論次侯令海之尤難者。庚子之秋，海沙盜起，兵犯太倉，勢甚張，邑且剥床。士民望烽煙而奔竄者，巷陌相屬，呼號之聲，與風俱烈。時丞佐咸闕，以一身當之。飭兵食，謹瞭探，馳驅鋒鏑之間，而戎務悉備。賊幾及境，若望之而退者，百萬生靈，賴以衽席。侯固吾海邑之長城也。此尤宜賀。御史專理鹽政，詞筆所未及，深將附御史，欲併以聞于上。何君輩咸拜下曰：此實等之所未知也。遂書爲序。

送王君世熙授職南還序

王君世熙八九歲時，默誦書傳曆法甚習，長老以爲奇，其自少警敏如此。少長爲舉子業，輒有奇語。遊泮庠，既而以爲不足爲，乃棄去。從豪俠士，日夜飲博，千金一揮不難也，其雋爽又如此。余家與世熙家鄰也，頗憶其少事，又與之同遊泮庠，故得其人焉。比余竊禄走兩都，别世熙且五六載，世熙亦已三十餘矣。乙丑之歲，會于金臺，執手敍舊，殊非曩之王世熙也。日居小樓，讀書自娱，足不履户限，外客非相知，罕見其面，周旋曲折，動合矩矱，何其爾雅儒者也。蓋郡邑以陰陽訓術薦起。將世熙别後，從事於天官之學而有得耶？不然，一變至此，何其美也。大抵天官之學，上窺消息之妙，俯察流峙之機，中稽人物之變，類非麤心所能勝也。世熙脱壯年之習，以返儒者之故，其爲不負此職也明矣。雖然，是學也，本吾儒者之事，窮理盡性則得之矣。自史遷作天官，爲日者立傳，始裂而外之。後世往往取其怪誕不經之説、風角占驗之術，附會砌合，自成一家，而聖人齊七政、授曆明時之意遂微，蓋二千年於兹矣。世熙自少即有志於曆法，今果以是進用。儻能推明《尚書》之旨，以復還吾儒者之舊，而不以術自小焉，則又豈非其善變哉？孔子曰：『齊一變，至於魯；魯一變，至於道。』余有望焉。兹奉部符南還，將以莅政也。吾友郁行人希正，舉其職以告之盡矣。余獨愛世熙之屢變以趨於道也，故復以是贈之。吾邑種竹主人者，世熙之師也。雲谿居士者，世熙之友也。兩人者，皆予之知己。儻問我，爲謝之曰：脂韋甚矣。往時坐竹所，據溪上，臨文賦詩，自得之氣十失八九。若余則爲不善變者也。於世熙之還也，寧無慨且愧乎？

送某先生閩省校文序

科場取士，得士之高下視主司，主司亦以所得之士自驗其高下。是故聘必於名士大夫，士大夫亦以得聘爲榮。歲在丁卯，今上改元之二年秋，適當天下大比，於是某應閩省之聘。先生浙産也，而校文於閩。閩、浙壤相接也，文相上下也。閩之必欲得先生，而先生必不薄閩而不爲也已。夫以今同文之世，而先生知文之深無不可者，顧亦何擇於閩哉？閩山水奇絶，靈秀所涵，必有瓌瑋磊落之士，將待先生以收之，或有右於他方者矣。吾聞閩有佳實號荔子者，味甲天下。今之適閩者，口不嘗荔，每以爲恨。夫天地清淑之氣，鍾於物爲奇品，鍾於人爲奇才。適閩而不食奇品，猶以爲恨，况適閩而不得奇才者乎？且荔子之味，不過美人口腹，况人才可以美皇猷、美天下，相去又萬萬者乎？先生必加之意矣。他日閲鄉書，見名士滿紙，則可以爲先生賀得閩士，爲閩士賀遇先生。而聘者不失人者，亦可賀矣。先生行哉，深請俟之。

錦衣千户陶君五十生子詩序

產子何賀，成孝也。或曰：禮無賀。余曰：不然。古之君子，其心必於人倫是厚。其爲教也，必以厚人倫爲本，是禮之所由起與。協於義，以合乎情，故無得而泥焉。人之有子也，由吾而上，不知凡幾世也，得以續；由吾而下，不知凡幾世也，得以引。吾而續之，孝有承於前；吾而引之，孝以開於後。其於人倫，不已厚乎？古之君子，必將歆豔揄揚以成之，惟恐後。聖人不著之於經者，常之也。事皆由常，多不見其迹。惟有出於常之外者，則其歆豔揄揚之情，殆且過焉，而不自知者，勢也。苟不害於義，以咈乎情，獨不得附於禮之遺意也哉？若吾陶君，以五十之年，始有充閭之慶。情慰於久望，孝立於幸成，其賀之也尤宜。凡今之君子，起爲陶君賀者，余推其意，以爲有合於禮也。

陶君，吾故松人也，由先世北徙。至君起家爲錦衣衛千户，余以里閈故獲識君。魁梧偉傑，心固異之。繼聞君談兵事，絲理派分，有源有緒，又異之。最後見君上天子封事一帙，鑿鑿時政失得，益異之。其先悉疏今錦衣衛之宿蠹巨害積數十年者，將以陳之於上。今夫各覆所司之短，以成輔車之勢者，世之通患也，在武弁爲尤甚。陶君知明而勇達，奮不顧私，一旦慨慷累數百言，有人所陰諱而私忌之者，求之儒紳亦難矣，於是異之不已。乃退而歎曰：孟子稱始作俑者無後，惡其不仁也。若陶君，其必有後矣。夫今果然，將非一念之仁所感召與？由是見天理不爽之妙，且以幸余言之偶中也。遂不辭而爲之序。君名淳，字克清，產子之辰，爲某年月日云。

儼山文集卷五十一

序十五

送光禄卿張南山先生致政序

皇帝青宫之臣最舊者，宜莫如南山先生焉。先生起家中舍，明年召直文華殿，累遷至光禄寺卿，四十有餘年矣。中間嘗佐天官，參大藩，登容臺，實未嘗去文華一日也，是故最舊。昔人以一生仕宦不出國門者爲榮且幸，於先生何如也。先生工書翰，富文藻，長箋大幅，幾徧海内，人争寶愛之。雖兒童婦女，皆知有先生焉。是故於宫僚，又非特徒舊而已。今上既光臨大寶，先生年且八十矣，抗章請老。上念其賢且舊，爲特允之。又以給驛請，復允之，蓋異數也。昔人之歸，道出上東門外，觀者歎息再三，曰：賢哉，彼固見幾而作者耳，人猶賢之。遭逢明聖，晝繡而還，於先生又何如也。竊嘗觀造物於人，若故忌之，吾不知其何理也。長於文墨，或累以政事，使之不得盡其力。享有聲譽，或終其身與之焦勞焉。其於功名之際，尤所吝惜，竟不多使之完以去也。於先生獨不然，鳳池綸閣之上，未嘗有簿書之擾；姓名滿四海，未嘗一日輟賦詩飲酒之樂；金紫纍纍，歸而爲江山風月之主。載籍所稱如先生者，寧有幾人哉？而先生身有之，未必知其榮且美若是也。自今之觀於先生者，不知何如其景慕歎羨耶？又安知後之觀於先生者，不如今耶？雖然，世未必盡如先生也。蓋其文以書掩，才猷以高暇掩，今所稱者，率其緒餘耳。

深嘗得先生一事於隱微中，真可以立頑而勵貪也。方孝宗萬幾之暇，雅意文事，多所述作。每一書進御，儒臣類有陟賚酬勞也。先生修《詩海珠璣》成，例得進階，乃獨辭免。由是觀之，其廉退之節所可傳者，又於是乎在，是豈偶得於天而徒有所享者哉？深少聞吾松有二張先生者，博學洽聞，人望也，蓋謂東海公與先生爾。不幸生也晚，不及遍遊諸老之門。愧方登朝，而先生又去矣。考德問業，將安適從，能無眷眷於懷乎。故受命於長者之前，濡筆爲敍云。

送沈西津憲副赴陝西序

按察使之制，視都察院故曰外臺。臺以司法也，其設官視内臺略降一等。其貳亦有副、有僉。自按察之副而副御史大夫，亦再遷而已。其有卓異者或遂遷，固非特以其官而已矣，亦其道之易以行也。副使之職，總持法令，以振肅寮屬。專之者刑獄也，有平反之道焉，視刑曹、理寺；吏之貪廉才不肖，得坐而進退之，視銓衡；有兵戎之寄者，視司馬；有學校之責者，視禮曹、國監，獨錢穀不與焉。則又取於才之備也。吾友沈君仁甫，自刑曹郎中遷爲陝西副使。上將有意於仁甫而大用之，而將藉是以爲之階也。雖以仁甫之才，亦將階是以爲之地也，而自致之大用也。秋官張君九苞屬予贈之，蓋予三人者，其居同里，其學同業，同朝，同爲世媢，而予又職文也，當言。

夫言者行之標也，知者行之宅也。孔子曰：有德必有言。《易》曰：知至至之。謂言與知之重也。故言而不能行者，誕也；知而不敢行者，弱也。非言與知也。天下之大業存乎人，成天下之業者存乎學，擬之而後言，致之而後知，斯學之道也。仁甫長於論議，而明於理，名位所極，宜仁甫之自有者矣。獨念少與仁甫同業時，遂有斐然之志。既而以言後先見録。中遭棄置，兼罹憂患，杜門家居者有年矣。得從仁甫益辯天下之故，考求古人之迹，以合當世之變，其成敗利害若有可言者矣。今上起廢之餘，予尚無所於見，而仁甫固得行之也，豈非予之願哉？雖然，言之難，孰與知之難也。知之難，孰與行之難也。議論他人之失得，孰與我之自見之行也。行矣而不概其所言，至忘其所以言者而變之，而復以近似之一説自諉，則予誠誕漫無稽，而負仁甫多矣。今陝西督學則朱君升之，備兵則張君廷紀，二君盡予之所交，而當世之望也。仁甫往參其間，相觀而善，陝西按察之政，必將爲天下冠矣。予又當書，乃序以別。

爲己方序

予喜手抄書，方時少壯，夜寒鑪炙，不廢泓穎，今五十有六年矣。衰病垂及，乃喜抄藥方。予外病病齒，最先最甚，故抄方自治牙始。其次病目，而扶衰之方兼抄。壬辰春，寓榆關久，間從諸生借書消日，因得寫此。嗚呼，掘泉止渴，求捄目前，此予一人之事也。杜門集方，遐想舊躅，此予一家之事也。因題曰《爲己方》而序之。

送縣侯曹孟輝入覲序

今制：凡以四季之年元朔，皇帝御正衙，大受朝賀，而因以行黜陟之典。於是京尹、岳牧、郡守與州、縣之長吏，罔不精白一心，以承德意。而異政奇蹟，畢以宣揚明廷。士大夫往往乘此以赴功名之會，而治理於是乎考成焉。明年壬辰，適當其期，而上海令曹侯孟輝，治且三年矣，遂以上海之異政奇蹟以獻于上。先期戒行，士民攀留之不可得，各次第送之。十一月某日，縣之丞、尉送之，既而請贈。深適有晉陽之役，不及與祖餞。後乃颺言而問之曰：曹侯之治海，三事踐矣，六條舉矣，百里之内熙熙矣，是行也當受上賞必矣。

於是李君申作而言曰：侯吾鄉達也。申也賴侯之教，水土以平，橋梁以建，使民不病於耕涉。三四年來，民用有秋，而生齒日以蕃息。深曰：敏矣，夫是之謂惠而不費。黄君貫、惠君應繼而曰：自佐侯以來，徵科有度，出納惟允，貢賦給而民不擾，吾等惟蚤夜是觀是法。微侯，貫、應不及此。深曰：恭矣，夫是之謂寬則得衆。王君徽又曰：徽西人也，未諳南土軍鹽之劇。侯嘗命之曰：惟嚴而恕，可以集事。徽是以不愆于政。深曰：直而温，寬而栗，玆皋陶之令聞也。侯主簿張君相又趨而前，曰：惟侯總政，惟尉司刑。刑之不中，政從之隳矣。相也先后左右吾侯，又安敢戾和以罔法。深曰：欽哉，恤哉，感而後有應也，夫是之謂錫類。典史陳君相，則執爵以揚於衆曰：侯吾師保也，相將從之于邁矣。侯有德有才，相無望於萬一。萬一相有少愆，則貽侯之羞，相敢不殫志與盡力。深曰：慎矣，斯事長事貴之道也。夫政有體，爲政有序，得其序之謂禮，被之聲音之謂樂。故曰：見其禮而知其政，聞其樂而知其德，觀於此，則侯之德政可知已。是寅協之衷也，仁讓之化也，遠大之風也，文華之實也，治功之成也。而君臣之倫，朋友之誼，於是乎在，即此亦可以獻於上矣。今天子神聖，方以道化天下，而尤加意於畿輔之臣，侯當受上賞必矣。因録爲序，以贊侯之行。

顧母李孺人五十壽序

東川顧君世安，先大父筠松府君之甥，草堂先生之孫，省軒翁之子也。其配李孺人，江灣之舊族也。有賢行，實佐世安以承顧宗，族黨稱焉。一方之人，咸以爲兩美並世，二氣咸和，真一家之禎瑞云。乃生六男子、三女士，而顧氏之宗益以蕃矣。世安博學多才藝，以明醫事今上，爲御醫領内局，有天下之望，而孺人附之，益以顯矣。冬十月十有六日，爲孺人初度，適開六袠。姻戚媛姥，捧觴稱壽者，擁户欵扉。一方之人，又以爲五福駢臻，一家兼備，蓋天下之禎瑞云。古稱形和則氣和，氣和則天地之和畢應，此類是已，而孺人之壽可量乎？于時仲子從德率諸弟從仁、從義、從孝、從悌以告曰：吾父母之賢，惟伯父知之，亦惟伯父能言之。從德等思所以悦母而慰父者，伯父豈有愛乎？予諾焉。憶昨戊戌之歲，予有四方之役，不及爲世安壽，心甚恧焉。盍少遲之以同壽可乎？乃諭之以俟今年。世安奉命使江南，得便道過家，適及其期，此殆至和徵應，天之佑善蓋如此。乃製爲三祝之辭，俾從德輩歌之，孺人中坐聽之，其心有不悦者乎？悦則壽，進而五十，蓋其初階也。

歌曰：望東海兮西池，氣氤氳兮光陸離。門有霓旌與雲旗，君恩渥兮湛露斯。吾父壽兮吾母與之俱，枝連理兮案齊眉。再歌曰：奉慈闈兮紫玉觴，翠雲帔兮黄裳。儼中坐兮高堂，庭有蘭兮愛日長。八千歲兮春復秋，誕欣欣兮樂康。三歌曰：颺斕斑兮簫管舉，紛拜舞兮兒與女。龍之孫兮鳳之侶，倚閥閱兮峥嶸。去帝庭兮尺咫，義方朗兮慈顔開，澹逍遥兮容與。歌既畢，風氣爲之暄妍，天日爲之朗霽，不知蓬壺、方丈竟何如也。

乃復進從德輩而告之曰：孺人與吾家梅淑人猶姊妹也，予視汝父差長一紀，則兄弟也。是故其情密，其分親，不獨譜系著稱吴下也。嘉靖辛丑，予之乞歸，汝父送之潞河之上，信宿而别。别復執手曰：吾邑風化，孝弟宜先。感動誘掖，仗兄此行。予感其言，而愧無以爲報也。予少事草堂先生，文采道德，照映一世。兩典大郡，爲時名臣。筠松府君晚蒙聖恩，贈官至詹事、學士。二老相驩相敬愛。予今老矣，猶歷歷記之。先姑之舉世安也，府君實命之名曰定芳。今日爲李氏之甥者，尚當爲陸氏之甥否乎？此汝父所囑之孝弟也，於今壽母見之矣。惜也汝兄從禮，方以詞翰直内閣，不及與斯舉。儻轉以予言達之，則孝弟之風遠播，而世澤之垂永永矣。因録爲序。

封僉憲頤庵潘公八十壽序

東海之上，蓬萊、方丈之境接焉，人多壽考。海上之邑，環六七百里，中涵江湖之秀，故多文獻。土脉膏沃，風氣完固，又多長者。我朝文教四訖，其在吾邑涵養休息者幾二百年。是故俗益淳，氣益厚，仁壽之業益以宣朗。乃若當一方之盛，以享五福之全，則頤庵先生潘公其人也。公朴茂誠慎，儀冠有顒，自一言一動之間，具有規矩品式。内外族人，賴以師保。少負美才，有經綸天下之志，退然若不勝衣。嘗一仕項城尉，屬當時艱，修繕城垣，平允刑獄，惠政大著。而項城之人亦父母之，既去猶思，而公口未嘗言功，悉卷而懷之。故一方之長者莫先焉。公有四丈夫子，皆身所爲教。長恩曰子仁，次惠曰子迪，又忠曰子藎，季恕曰子行，蔚然詩禮之澤。子仁既登甲科，馴服大僚。子藎歌《鹿鳴》以起，子迪、子行皆績學橋門，光彩照映，故一方之文獻莫先焉。

壬寅之歲，公壽八十，十一月廿有六日其初度也。適子仁以四川參議遷山東憲副還，乃率諸弟捧觴爲壽。公以子仁貴，始封憲僉，初階奉政。宸奎焕然，牙緋儼若，安坐一堂之上，斑斕滿前，蘭玉就列，望之者以爲神仙，而吾邑真蓬萊、方丈之境也。邑之親朋皆相約稱壽，篚幣牽牲，傾動城郭，又一方之盛事，抑亦百年之所未有也。中書舍人趙君元伯請書其事以傳。予方南歸，實倚公爲重，乃序之曰：凡壽，敬高年也。敬高年，敬其人也。是故君臣父子之道，系之人倫；經綸禮樂之業，本于人事。盡倫以舉事，此世風之攸關，引而長之，稱壽之所爲重也。夫善莫大於錫類，錫類莫大于忠君，忠君莫大于體國。我朝帝業，度越千古。雖然，所藉以爲治安者，人才焉爾矣。若夫訓成作養之方，則天下之賢父兄也。惟公善端未易枚舉，而諸子乃能發公之藏，以需國家治安之用，類孰大焉。子仁奮迹州郡，歷典大藩，方當一面之寄，忠誠體國，柄任伊始。子迪兄弟鼎起甲科，同心共濟，益振潘宗，當爲荀氏八龍，又進而與元、愷並傳，豈特一方之盛美已也？予故論次其大者，以復於元伯。儻以爲然，請爲公壽。謹序。

江東藏書目録序

余家學時喜收書，然覶覶屑屑，不能舉群有也。壯遊兩都，多見載籍，然限於力，不能舉群聚也。間有殘本不售者，往往廉取之，故余之書多斷闕。闕少者或手自補綴，多者幸他日之偶完而未可知也。正德戊辰夏六月，寓安福里，宿痾新起，命童出曝，既乃次第于寓樓。數年之積，與一時長老朋舊所遺，歷歷在目，顧而樂焉。余四方人也，又慮放失，是故録而存之，各繫所得。儻后益焉，將以類編入。

理學括要序

《理學括要》凡六卷，禮樂之具、性命之説萃焉。元故鼇溪書院山長樂安詹先生道存所著，而其從曾孫東魯君所編次，以刻之松郡者。深，郡人也，使序之。曰：自昔聖賢，其志廣，其學博，其守約。志廣，故欲以成天下之務；學博，故必以周天下之故；守約，故嘗不外乎此心之神明。蓋非約不足以該博，非博不足以濟務。孔子曰：『吾道一以貫之。』又曰：『我欲託之空言，不若見之行事也。』顧行之之序，則由身始。孟軻氏没，而世儒以功名就世者，往往不知約之守，而惟博之務。其道則雜，未能至於博，而或施之應務，其術則疏，故君子之學鮮矣。先生生當濂、洛講明之後，而又吴文定公之鄉也。其學有宗旨，大抵本於人倫日用之常，以推極乎陰陽造化之變。讀是編也，可謂有斯志，而又有斯學者矣。惜也未見之行爾，而若有待於今東魯君也。君名崇，辛未名進士，出推一郡者，行始也。

儼山文集卷五十二

記一

浮山遺竈記

平定之山以浮名者二，故稱東、西浮山云。東浮山在城東五十里餘，即女媧氏補天之處，其煉石竈尚存。山多産石炭，勝他産，而所産諸色石，亦可燒云。予嘗荒唐補天之説，今適其地，睹其迹，於是召其土人問之，土人曰然。又問之土人之耆宿，耆宿曰然。已又問之學士大夫，士大夫又曰然。予曰：何謂也。時僉憲白君實之曰：是遺俗焉，可徵已。凡吾定之人，環而家者，以千萬計，而附州者尤密。今州居之家，復以百千計。歲上元之夕，無論小大，家家置一鑪焉。當户，高五六尺許，實以雜石，附以石炭，至夜煉之達旦，火焰焰然，光氣上屬，天爲之赤，至于今不廢也，是之謂補天。予聞之始悟，而未有以發也。遂過樂平，與太宰白巖先生喬公談浮山及此。予以爲此蓋史氏之微詞也，要之實理，固亦有然。按媧皇之興，繼太昊而誅共工。是時火德中微，生民甚朴，想夫茹毛飲血之外，日出而作爾，日入而息爾，固未能盡火之用也。況鴻荒初開，林木鮮少，樵薪之利尚微，而附麗之機猶隱。媧皇乃察物宜，前民用是，故制此以通昏黑之變，輔烹飪之宜，所以開物而成務，蓋曰補天之所不及爾。後世所謂焚膏繼晷，爝火代明，亦斯義也。此誠贊化育之一端。聖人繼作舟車宫室之制，安往而非補天也哉？補，助也，贊也，未必盡寓彌縫修綴之義，謂因其罅漏而補塞之，讀者不以辭害可也。後世方士家，本列子之言，以爲燒丹接氣之術，故神其事，世遂惑焉。公大以爲然，云此可破千古之疑。予許爲作辨，而未有以復也。聊記於此。

徽守南侯復役記

徽父老鄭廉等言於深曰：徽郡於江南，據大鄣之麓，俯視諸郡。地產、民力，於諸郡特劣；而饒富之名，顧不後諸郡。是故號難治。治之而得民心，又難也。南侯之治徽三載矣，善政以十百計。最得其民心者，復役一事尤鉅，於徽蓋百世功也。徽之民自是有子孫矣，徽之民自是有田廬矣，徽之民自是有殖業矣。侯之功，安可忘也。

惟我太祖高皇帝定鼎金陵，太平實首善之地，比於漢之三輔、南陽。故凡糧科力役，獨加優厚，若湯沐云。近有桀黠者，巧爲規避，視吾徽猶壑也。先是，蕪湖役夫，使徽代之；繁昌祗候，使徽又代之。當塗之民，復謀以南京兵馬司弓兵凡四十八名，歲以銀計者數百，改派於徽。徽弗堪矣。由是歙、休、績、祁、黟、婺六縣之民，交訴於朝。事下撫臣都御史毛公，馳檄屬郡，議其便不便者。於是池、寧、安、太四守臣會于廣德。太平林侯議曰：太平屬縣，地當衝要。水則有遞，陸則有驛，使符旁午。客之貴且重者，每一接待，凡費三十金，或五十金，其下者且十金。徽僻處，獨無此。改派便。南侯曰：不然。國初都南，故雲、貴、川、廣五六省使道必經采石荻港，支應爲難，未聞告乏。今朝廷在北，諸道使客皆由西路，豈昔有餘而今反不足耶？且太之糧畝以升計，徽之糧畝以斗計。自昔經制者，固已權輕重於其間矣。近奉部符調發，凡坐派若干，凡灑派若干，視他郡獨多。定額之上供者，每歲計銀三萬兩有奇，而不時之需、大工之具不與焉。徽煩矣，改派不便。林侯曰：徽善賈，多富商，是民力有餘也。改派便。南侯曰：徽地狹，民不容居，故逐末以外食。商之外富，民之内貧也。徽近多盜，内犯則外移，外犯則内索。大抵明於法則務傷，養其成則滋害。皆吾民也，實弊矣。按《會典》，則户口之耗者且半，凡皆役之重也。役之重，民之貧也。太之户口，視國初不及者才三之一，顧可謂徽富而嫁役乎？於是林侯語塞。議上，毛公亟是之，而改派之役罷。徽之民得復舊規，用是以和。

深聞之曰：善乎侯之治徽也。其辭不費而利則溥矣，其事不煩而民則洽矣，其心不黨而鄰則睦矣，其功不耀而風則遜矣。雖古循良，蔑以加此。適侯有考績之行，因録爲贈，將以聞於當宁，并以慰徽人之心。

鍘鼎記

海虞王君文潔，喜文博古，嘗獲一鼎，其識曰：『維紹興丙寅三月己丑，太師秦公檜，一德協濟，配兹乾坤，乃作鍘鼎，賜家廟，以奉時祀。子孫其永保。』是蓋宋高宗之所賜，而其相秦檜所從受者也。文潔讀之，愀然憐岳武穆之寃忠，而鄙其當時君臣之所爲若是，棄而勿顧久之。當正德辛未秋，流賊入江，江南騷動。文潔又慨然思得若武穆者之爲將，而又恐有若檜者以害武穆之成功。乃發憤即家山作萬松樓，以祀武穆，而以所得鼎奉焉。既又範銅像檜跪於鼎足間，若伏罪者以向武穆云。是舉也，可謂雄偉不群者矣，而文潔固奇士也哉。

按史載，檜之殺武穆也，在紹興辛酉之冬至。丙寅之春，乃作家廟，遂有此賜。五六年間，和議已成，忠賢盡擯，固自以爲百世之勳也。觀鼎銘所稱，以君而諛臣若此。計一時頑鈍無恥之士，道盛德於前，誇成功於後者，何限也。抑孰知百世而下，人心好惡之公不容泯滅。雖聲色之間，亦有甚於鐘鼎刀鋸之所及者，而況其他哉？人可不自力於爲善也。予嘗道西湖，拜武穆墓下，睹所謂南枝樹、銀瓶井焉，又一檜樹中剖而植其前，固亦謂之秦檜也。疑皆好事者所爲。又聞湯陰有武穆祠，户外鑄鐵爲檜拜焉。凡一方疫癘者必禱，禱者輒持笞箠踣擊鐵檜，或十百千數，皆如所祝，輒得福事。雖涉怪誕，於此益以見人心之公。而忠賢正氣流行於宇宙間，鼓爲風霆，照爲日星，形爲川嶽，真有不隨生死古今而變者。則兹樓也，謂非武穆之所饗耶，而文潔固奇士也哉。

文潔名澄，别號竹泉，有子曰授，攻進士業，質美而勤，嘗問學於予者。予知其庭訓義方之貽，遺安振宗之具，激勸之微權，皆類是。余友姚君尚絅最能道之。作《鍘鼎記》。

江南新建兵備道記

江南之兵備設也，自今天子正德始；兵備之有官也，自弋陽謝公始。先是，公以監察御史來按江南，當庚午、辛未之際。興革舉措屹然，不以禍福利害動其心，江南以寧。既受代去，天子以爲明於江南之故。會有江上之師，用大臣議，設兵備於太倉州。乃自御史陟公爲浙江提刑按察副使，莅太倉。凡水利、屯田、鹽法、獄訟之類，咸屬焉，又聽以法糾察其屬文武吏之職不職者，而獨以兵備名最重也。公奉璽書而來，知州汪君惇以兵備道爲請，乃即水利分司之舊址，益以民間地若干畝，而即工焉。外建重門，凡門之楹若干。門内爲廳事，凡廳之楹若干。翼廳而南者爲兩廊，凡廊之楹若干。綴廳而屬之後者，爲穿堂若干楹。後爲寢堂若干楹。旁爲兩廂又若干楹。又别市民地若干爲内宅，其制視前，而爲墻門一殺。去兩廊少西，建樓幾楹，以供眺望，而穿堂又殺焉。又益以屋若干楹，凡庖湢溷圊之類備具。繚以周垣，以丈計者若干。經始於七年之秋九月，明年二月訖工，凡六月。嘉定知縣王君某以書屬深記之。

惟古昔憲王經理之制，凡以爲民也，而兵則惟大惟慎。大抵兵不息則治不興，而忘備於無事之日者，至戒也。竊觀自古頑民之弄兵，未必盡包不軌。其始也，起於無所彈壓，以遂其無所忌憚之心。及其過成惡稔，則一切決裂爲之，至用天下之力而僅克。若近日之用兵，皆前日撤備之所致也。嗚呼，孰爲之哉？是故先王所以有禁於將然，與救於已然者，其效可睹已。仰惟天子除去大慼，求復祖宗之經制。若兹兵備之設，惟善是從，以保佑民，宜示有永。按，太倉當江海之衝、三吴之蔽，而金陵之門户也。公既至，承天子德意，加以博大練達之才，經綸體用之學，惟地與民爲久遠規。後之來者，將尋公之始政而考求之，則國家之幸，而江南之民之福，亦寧有既哉？深故敢列其大者以告。若工費之自出，與有事兹役，法當牽聯，書者勒諸碑陰。

大益書院記

嘉靖十有五年冬，大益書院告成。書院在今四川省城之東北隅。四川古蜀都，而益州蜀古名也。惟我朝聲教暨萬里，而四川號稱大藩，合今昔之盛，以大益名書院。而書院之大者，凡以文教輔國政也，與古四書院之制同。今天子中興，加意文化，薄海内外，蔚然向風矣。而是院之成，適當禮樂大明之後。于時四川巡撫都察院右副都御史西野張公翰、巡按監察御史玉洲陸公琳相與落之，而顧謂深宜記。

深自乙未夏來轄蜀司，與聞斯事，稽諸案牒，蓋自正德戊寅提督學校僉事王公廷相，寔始其事。即故少師萬文康公之舊寓，前爲講堂，後爲燕寢，翼以左右之室，列爲五齋，進爲先賢之祠，樹之門閥，繚以垣墻，於是書院之體位立矣。繼之者副使張公邦奇，端方指授，於是書院之師模具矣。士之來學者彬彬然。巡按御史盧公雍、熊公相，助以罰金五百，於是書院之潤飾美矣。巡撫都御史許公廷光、巡按御史黎公龍、提學副使歐陽公重、知成都府劉天澤、王遵，益以廡舍，實嘉靖之甲申歲也。巡按御史范公永鑾、劉公瀓相，繼買田於雙流以六百金，歲入以四百六十有餘石，於是書院之居養裕矣。副使江公良貴出學道贖金凡四百，左布政使林公茂達、按察使許公讃相與佐協，以廣門衢之地，於是書院之觀瞻勝矣。會張公鯤以副使來督學政，請于巡按御史熊公爵，加理葺焉。甲午之歲，副使顧公陽和踵至，請于巡撫都御史范公嵩、潘公鑑，再新之，於是書院之基構永矣。巡按御史鄒公堯臣以爲未足也，再檄知府邵經濟拓之。潘公申之曰：茲惟毋後。時凡費重以三百金，於是書院之圮廢者起矣。于時經濟方有事於學宮，謀作鄉賢、名宦二祠。僉事蔡公復元適視學，曰：隘矣。書院、學等爾，宜容有作。憲副阮公朝東適奉璽書議合，即請于張公、陸公，皆報可。乃左爲名宦，右爲鄉賢之祠，於是書院之典章大備矣。

諸生復有請曰：王公實創斯舉，且師道傳焉。萬公嘗主斯地，且相業懋焉。宜像王公於新堂，宜俎豆萬公於右祠。庶諸生來游於斯者，以無負王公於生，以無忘萬公於永永。經濟復以白二公，復報可。僉同之議亦曰：禮以義起，此類是也。經濟乃具石請書其事，以詔來世。按，春秋之法，最重興作，凡始事必書，凡終事必書，凡有益於治道者必書。是役也，歷年二十，經營數公，前此所未有也，不大益于蜀乎？在《易》有之，『震下巽上』，其卦曰《益》。《益》之《象》曰『損上益下』，《益》之《象》曰『遷善改過』。夫損上益下，政也；遷善改過，學也。學與政通，學所以學爲政也，諸生盍顧名以思義乎？學成而出，持是以佐我皇明禮樂之化。『益』之名義，於是爲大。是書院也，殆將與岳麓、白鹿媲美矣。此王公建置之本意，而諸公作興之盛心也，皆不可以不記。其諸牽聯宜書者，具之碑陰。

留鹿記

東海有邑，莆田黄侯實來治之。侯之治海也，任德而好古，使民各自爲便。雖三尺之童，皆得以謁其所欲於前，退而無不得也。其取諸民而用之也，自一錢以上，度得已輒已之，而民未之或知。簿書獄訟之暇，其所好尚則彈琴、挽弓、投壺、歌詩、考古文物，以求先王之精義。庭畜鹿、鶴，聽其和平之音，翫其潔白之操，以養吾之高明而致之用。不能委曲與上官遇，釣取奇譽，以聳動當世之觀聽。故民之宜於侯也，若群飲于河，各充其量；若時雨之浸物，皆霑足而不自知其功之及、恩之爲大也。幾考而薦爲户部主事於南京，將自海發也。其民始慕焉若失，而侯亦眷眷於海也。顧其二鹿而嘆曰：是亦嘗芻飼茲土者耶。乃留之而去。

陸深曰：黄侯於是乎有仁政矣。夫仁者之心，一視皆同，先難而獲。是故天下者一邑之積也，萬化者一事之積也，萬物者一物之積也。古之君子，由一事之謹以成萬化之理，自一方之治以表萬方之則，自一物之愛，以至於物物無所不愛。故易於近者，非知遠者也；忽於小者，不可與圖大者也。天下之情，賤目而任耳久矣。故嘗以所不見者爲奇，而忽於其身之所自有。其居此也，若將浼焉；其慕彼也，若將跂焉。得失之機，交戰而靡寧，故化理之本摇而仁者之澤鮮矣。以侯之才，固不難於立致通顯，而乃低迴劇縣，殆且十年。其來也，若將終焉；其去也，若有受焉。非其篤於自信而無所慕於外者，能之乎？異日居裁成輔相之地，無内外，無將迎，無畔援，無歆羡，以底同仁之績，則斯鹿也固其徵哉。士大夫雅知侯者，從而歌咏之，以比於時苗之留犢云。按，苗魏人，嘗令壽春。始時以一牸駕車而至，久之生犢。其去也，以爲非己來時所有之物，遂留之，可謂持潔者矣。然其區區於子母之間，猶有論量較計之私，是殆有所慕而爲之者耶？若侯者，惻隱之心隨感而發，去留之際，卒歸於無意。此則顔、孟之所以爲學者，而非苗之所知也。於是作《留鹿記》。

上海縣令題名記

上海縣令題名者，題令上海縣者之名也。石之者，示不朽也。創之者，嗣令上海浮梁曹侯孟輝也。由曹侯而上，令凡四十有一人，其在元者十有二。縣元始也，元令始於周侯汝楫也。由周侯而下，列其姓氏，以官曆次第之，使可考見。復虛其左，以俟後之令兹縣者題焉。是役也，循名以求其實，弗替乎舊而引之今，侯可謂知體矣。

縣人陸深記之曰：令於縣無所不統。令猶令也，所以使令一縣之人，以知公上尊親之義，而和以富壽安逸之福，懸以刑賞禮律之文，發而出之，故曰令。蓋言令之而必行也。令於民親，誨諭訓誡，不越乎堂皇之間。里閾向方，可以徧於時日之内，故令之民也便。親則有感，便則有功，此治之基也。基於縣而天下運矣，基於令而六官舉矣。是故令於民也，身教之，手澤之。民之視令也，公則官之，私則父母之，遇則戴之，去則思之，歿則神明之、尸祝之。此縣令題名之所以不容已也。或曰：凡是四十一令者，有善乎？曰：有之。亦有不善者乎？曰：亦有之。曰：善不善，奚取於兹石哉？曰：民思其善以忘其不善，令監其不善以底於善。此《關雎》《麟趾》之意，而《周官》之法度也。又曰：我皇明之治體也。侯名煜，丙戌進士，有惠政。爲縣之三年，當嘉靖之十年，是月某日立石。

儼山文集卷五十三

記二

荆南精舍記

江南佳山水，宜興爲最；宜興佳山水，荆南爲最。按，古陽羨在宜興。今入宜興之境，概稱曰陽羨。凡涉宜興之谿，概稱曰荆南。水澄山秀，明潤映發。表之以銅棺，蓄之以震澤。魚稻之佳，蒲葦竹箭之利，喬松茂林之隱蔽，習俗之儉勤，人士之朴茂敦讓，水旱之災鮮少，鳴吠之警曠世不驚。加之舟輿室居之堅緻，以爲息游居起之適。洞府之深怪，瓌瑋泉石之幽閒，供登眺臨賞之勝，信絶境也。今少保司徒大學士靳公别業在焉，有田有廬，若將爲明農佚老之計者。公故潤人也。潤有京峴、北固之塹，拔帶以大江之深長，金、焦之出塵，亦既以效靈會粹，鍾爲大賢碩輔。舒乾坤之秘藏，當台鼎之柄任。霈澤寓内，爲兹山川重，有如公者，又奚羨彼爲哉？公之言曰：潤，天下之要衝也，獨形勝乎哉？然潤之産，常不足以養潤之人，地狹故也。以狹地當道衢，則善無常資，而俗易屢壞。是故潤自吾居之可也，顧吾所以遺後者至薄，而詔之以彜禮也至勤。其將使後之人，守宗祧於此而勤衣食於彼也。故始作堂，命曰『和義』，志吾私也。命深記之。

深退而嘆曰：仁哉乎公之垂範也。不侈求，不咈乎人情，不以崇高爲專恃，不凝滯於物而有化，其稱名舉事不煩而推類廣，勞而有穫，久而不可渝，秩然享之，闇然而無弊。夫仁者之爲慮，遠邇一也。則公之相業，從可識矣。雖然，覩河、洛則思往聖，瞻嵩、華而考其降神于材賢，陶漁耕稼之必有其地，則山川之所賴，亦豈細故也哉？昔蘇文忠公軾卜居陽羨，至于今談者美之，而陽羨因以益顯。按，文忠未嘗來居，志竟不遂。且官止于庶僚，動與咎會，學止于文章功名之末。猶將借以不朽，而況于德業學術本之聖賢者哉？況于子子孫孫克以永世者哉？深不佞，姑記其大者。異日儻獲從公問學其間，亭館樓榭之美，卉木之麗，時物之變態，或能賦之。

緑雨樓記

陸子卜居長安，爰得高樓。碩柱勁梁，下爲三室，悉牖其南，高明静虚，是故夏涼而冬温也。以奉吾母，吾母喜，深退而亦喜。登兹樓以望焉，面臨廣園，南風徐來，城堞蜿蜿，自東直趨。而正陽、宣武二門，卓立相向，若兩山然。西山隱起半空，彎環奔鬭，吐抹雲雨，變態立異。迴睇崇文，若孤峰插霄，平睨則緣城卉木，高低隱映，萬瓦鱗次，如陳几案，都城之異境也。背負巨槐，團欒扶疏，壽可百歲，偃覆簷際。每朝暾初起，則浮緑滿樓，動摇不散。因摘古詩『緑槐疏雨』之句，命之曰『緑雨』，蓋將於此息焉。樓既高爽，又洞中含風，於燕處不宜，乃障其東偏一楹，覆以承塵，飾以越楮，既具而純白焉。純白曰素，素存而天下之變具矣。《傳》曰『素位而行』，故命之曰『素軒』。又障其後爲小室，啓一户與軒通，中設木榻一、棐几一、古琴一、銅香鼎一，左居圖，右架史，正覆槐處也。北爲兩窗，槐幹肖龍，每欲闖窗而入。煩暑時，於是讀書納凉。蓋樓至此窮矣。有潛之義焉，故命之曰『潛室』。又啓一户，折而西，通中霤，榜曰『書窟』，廣可五尺，長丈有咫，穴北壁以取明，雜藏書三千卷。斯樓之大觀云。素軒之東二楹，可娱賓時享。窗之外有露臺，可眺，可坐，可翫月，或二三良友可觴咏。有闌可箕踞而憑。其下有棗，當離離時，可掇而啖也。吾之取於兹樓備矣。夫『雨』，及時也；『素』，正行也；『潛』，毓德也；『窟』厚蓄也。尚冀無負於兹樓焉。

芳洲書屋記

今大參山東俞公正齋讀書之地，在錫山之陽，環水而群芳集，有勝概焉。故太師李文正公題曰『芳洲書屋』。公既由此取甲科，鄉邦之人過而式焉。地日益重，而名日益有聞。歸自南垣，嘗讀禮於是，然未暇數數然也。壬申之春，既起掌北垣，瞻望日遠。其弟震承公之志，益事修葺，架橋於上，以通往來，作堂其中，以揭文正之篆額。既成而景物愈出矣。楊柳之蔭、芙蓉之叢，益以茂密。林之鳥、池之魚、四時之花果蔬蔌，協候而宣和者，不失造化之妙。加以修篁籜而扶疏，怪石樹而崒嵂，有日新焉。南峙則文筆之聳秀，北障則龍山之逶迤。枕以故堞，帶以梁溪，令人睠焉有忘歸之趣。而況詩書之聲猶在，道義之樂具存者乎？庚辰之秋，公至自東藩，謂其友陸深曰：「泰寤寐茲地，今將老焉，子爲我記。」

夫林泉之操，游息之居，士大夫不可無，而亦不可有者也。三代而下，井田封建之法廢，士失所業，故資焉以仕。仕因所之，而功業見焉。雖然，得失者命也，進退者分也，非我之所敢與也。合則殉國，不可則奉身。去而無所託焉，然後慕戀之計重，而恬淡之節虧矣。斯之謂不可無者。士乏正學久矣，故鮮完才。氣質者，德性之累也；勤逸者，治亂之分也。夫惟榮名焉是蹈，而便安之懷，則天下之務必有所略。積略成弊，積弊成壞，若魏晉之叔季。雖有一丘一壑之奇，能獨饗乎？斯之謂不可有者。有無之間，君子之所必辨。彼以形勝焉者，末也。公與深同舉于鄉，文學該洽，精敏強毅，有天下之才。典司諫議，忠正和厚，意存體國，有天下之志。禮闈校士，公鑒慎密，爲內簾冠，退而未嘗伐焉，有天下之量。方將陟爲卿輔，舉一世而勤勞之，以副天下之望。若是芳洲者，固公之所不可無，而亦豈宜遽爲己有哉？異日荷公之成績，朝野乂安，一夫皆獲。然後幅巾杖藜，從公兄弟，以周旋於水芳野色之間。深也不敏，尚將賦焉。是爲記。

月塢記

金齒張愈光修古學，而未有合於今也，自蒙以癡人之號。將即月塢之勝而益修焉，以告于國子先生陸深曰：含居大保山中，築塢讀書，盡山之勝。有泉有澗，有樹有卉，有園有亭，有臺榭，有梵宫琳館，可遊可憩，可騎射，獨於有月爲最勝。山西峙，凡西之山，咸拱揖可俯，故於得月爲最先。月時，泉聲澗影，樹樾卉蔭，園亭臺榭，梵宫琳館，參差隱映，含輝互彩，浮藍盪白，若有若無。顧而樂之，使人心迹俱泯，世累盡失，期以終老焉。又曰：家君督含以進士業，非古也。弗敢廢命，則兹山之月之境荒哉。斯非癡乎？又曰：履静以强志，志强則學就；緣癡以崇道，道崇則用光，含之志也。

深覽而異焉，語之坐，告之曰：吾子用志良勤矣。夫君子之學古也，道貴弘，守貴約，動貴時。不弘不足以周務，不約不足以致道，不時不足以利用。吾子疑於適越而廢冠屨矣。冠屨者，首足之所用也。越人廢冠屨，非能廢首足也。故科目者，豪傑之所由也，非由科目而豪傑也。吾子求道於六籍，修辭於兩都，誠古矣。今天子置館閣，設論思，所以華國而經世者，非俗學之所用也。吾見子之合也，將有日哉。請與子論月可乎？月之時用大矣，懸象於天，敵體於日，代明於夜，積成於歲。雖然，風雨之夕，雖望無月；晦朔之際，雖月無明。上弦之與下弦，魄同而進退殊也。晨見之於夕見，形同而消長殊也。春之溶溶也，秋之皎皎也，夏之助暑也，冬之競寒也。是故月之變屢矣，安往而不得月哉？三代時士以選舉，漢以經行，魏、晉以中正，隋、唐始以進士。是故仕之變亦屢矣，安往而不得士哉？吾子耽月塢之山水，幾于滯静而未弘矣；薄科舉之委瑣，幾于鶩遠而未約矣；任氣質以疾疢，幾于過動而違時矣。愈光瞿然曰：含癡庶其有瘳乎？願書爲記。

晴原草堂記

吾友前光禄少卿賈啓之作晴原草堂既成，自徽州貽書，謂上海陸深曰：宜有記。深方退耕三江之野，陟降皋隰，以與老農老圃日相從事。校量物宜，占測晴雨，以觀天地陰陽之變。家本故農，有先人之廬，中田而植，繩樞葦箔，無文章綺麗之飾。窗榻潔清，取足卧起，雜植梅、竹、桃、柳，以爲障蔽。風日暄和，則策短筇，選高丘，遐觀遠眺，有延陵季子之風，三國六代之遺蹟在焉。歸而燕坐，焚香讀《周易》《楚詞》，歌淮南小山之篇自適也。每當風雨交會之期，則晦冥黯黮，沮洳震蕩，亦復無歡，閉户而卧，雖數日可也。庶幾哉所謂晴原草堂者。深疏慵人也，不閑世務，强起從仕。今方爲世指目，分當棄置。儻蒙先人之惠，力食是資，未爲無事。辛勤勞勩之餘，因以寄吾幽寂散遠之趣，蓋將老焉。如先生，蚤負重名，舉進士，爲御史，正言直道，聳動朝端。視師清虜，有文武之略。還陟卿寺，嚮用矣。而暫理遠郡，固寸陰之游太空耳。而必是云云，非深之所敢知也。

先生之言曰：吾少也命名以啓。按：啓从攴从日，有晴之義，吾佩焉。及長，授《詩》至《小雅之什》曰『畇畇原隰，曾孫田之』。按：高平曰原，田於原焉，有無逸之訓，吾愛焉。且治田於雨餘，乘時也。顧名思義，此啓之志也。深卒書而歎曰：啓之今之知道者與？天高地下，萬物散殊。人生于其中，經綸繫焉。故形而上者，七政、四時之類皆天也；形而下者，五嶽、四瀆之類皆地也。天有陰陽之殊，地有險易之辨，人有邪正之倫。凡陽明之氣，爲光霽，爲日星；其於人也，爲高朗，爲睿聖。凡平易之氣，爲原陸，爲道路；其於人也，爲博厚，爲坦夷。若夫消長之數，治忽存焉，君子之所慎也。故曰君子之道，猶日星然。不言月者，陰類也。又曰周道如砥，君子所履。言君子之履無險也。晴原之義，意在於斯歟，有非深之所能知也。今天子舉用遺才，賜環在邇。啓之歸坐廟堂，終經綸之業，挽回清平淳厚之風，以弼成雍熙泰和之治。然後明農畎畝，及桑榆之未晞。餘光所被，猶足以映後人。人將指之曰：此和風慶雲也，此泰山喬嶽也。則是草堂，固當與茅茨、卑宫同歌咏於詩書矣，豈區區籓墻所敢望哉？姑記之以俟。

小康山徑記

《唐風》之詩曰：『無已太康。』《記》亦有之：『樂不可極。』極者，太過之辭也，蓋言樂之不可以過也。予謂真樂無過，凡言過者，皆情欲之感也。夫物交於外，欲動於中，而情出焉。順而無制，然後流連荒亡，沈湎淫泆，無所往而不至，至於傷性命之正者，衆矣。若夫無爲無求，無思無慮，無物無我，無嗜無好，無方無體，無所恃，而適然悠然，而天和熙然，而春育廓然，而無所於累，夫是之謂真樂，夫是之謂不過。孔子曰：『回也不改其樂。』曾子曰：『浴乎沂，風乎舞雩，咏而歸。』是物也，何過之有。

予閒居東海，身境俱寂，既無富貴功名之想、聲色貨賄之奉，兹焉素薄。身之所到，輒有山水竹樹之勝，神契物化，恬焉不知老之將至也。四友亭之南，有隙地盈丈，因聚武康之石作小山，具有峰巒巖壑之趣。復作磴路，迂迴旁通可登，以待月退坐亭上，可以觀雨。客曰：奇哉山水，宜以『小武康』名之。予猶懼此樂之涉于外而至於過也，因題曰『小康山徑』，且以示戒云。丙戌之秋七月既望記。

靜庵記

虛靜先生閒居東海之上，其覺悠悠，其寐休休，其耳若目，莫之與謀，蓋環堵蕭如也。靜庵居士大帶垂紳，危冠曳履，立若山峙，默若坎止。齋心十旬，裹糧千里，而來問於虛靜先生曰：先生蓋有道者也。辭榮就淡，樂寂厭紛，付功名於鴻毛，等富貴如浮雲。中腴外槁，體惰志勤，若輕世絶影，而神明爲之不分。鄙人竊有志焉，而未之有聞也，願先生詔之。先生曰：嘻，吾子亦既已知之矣，何事於勤勤耶？居士避席曰：夫知之非難，行則惟先。羊亡於多歧，而魚得於忘筌。終惠鄙人，願先生抽其關而摘其玄。

先生曰：善哉，斯可以語大者也。居，吾明告子，人惟動物，爲物之靈。未能離物，不免役物。爲物所役，斯將化物。物既化矣，靈則微矣。顛倒紛拏，殊適異趨。凝定專一，乃與道俱。雖然，有因有從，有覺有識，有習有合，而後有得。夫所因者資也，所從者道也，所覺者境也，所識者誠也，所習者行也，所合者契也，所得者德也。而無所得也，資不高者不因，道不正者不從，境不履者不覺，誠不孚者不識，行不勤者不習，契不投者不合而不得也。虛明之謂資，簡易之謂道，深艷之謂境，超悟之謂誠，積累之謂行，融會之謂契，相忘之謂得。吾子博大高朗，不滯於物，偉然端肅，語默有常，其資乃絶俗矣。遨遊湖海，觀察近裏，不隨時化，所至求縉紳賢大夫而師友之，其道則端始矣。家居萬山之中，與世紛隔，不眩於奇詭巧異之狀，守厥貞一，養其端倪，而境則有助矣。居起游息，志於沈冥神明之府，不障不蔽，緝熙于光昭，其誠則素定矣。惟日孳孳，勿迫勿後，功利思欲，不煩有來，其行則有恒矣。跂而若慕，退而若終，若樂而趨焉，若求歸而策焉，不有所利，不利有獲，其合也妙矣。吾子若也循是以往，無物無我，無久無暫，無内無外，無遠無邇。其動也，不忘其所謂静也，其静也，不知其所静也，則吾子其有餘師矣。雖然，吾子識之哉。且二氣五行，大用莫過于水火。日中致熭，揚而烈之，以至于旁燭無疆，幽隱畢露，可不謂明哉？而欲物物而一之難矣。惟水也，渟涵汪洋，澄澈溶映，至於鬚眉目睫之間，罔不洞寫而咸肖。故曰：能一萬物之形者也，是何也？静故也。居士脱然曰：某不敏，願終身誦之。乃拜下請書爲記。居士黄姓，名緬，字惟中，徽産也。子思子曰『喜怒哀樂之未發謂之中』，静故能中云。

儼山文集卷五十四

記三

柱石塢記

儼山西偏，澄懷閣之下，小滄浪之上，復以暇日，周施闌檻，用備臨觀徙倚之適。有川石者三，高可丈許，並類削成，有奇觀焉，因錯樹之爲三峰。中峰蒼潤如玉，彈窩圓瑩，豐上而鋭下，藉以盆石，有端人正士之象。却而望之，擎空干雲，邈焉寡群，豈八柱之遺非耶？題曰『錦柱』。傍甃兩臺，其左曰龍鱗石，蒼碧相暈，比次成文，儼然鱗甲之狀，森聳而欲化也。其右石首微嬗，而婀娜拱揖，有掀舞之意，名曰『舞花虬』。合而命之曰『柱石塢』，曲徑其下，以通往來。每當朝日始升，夕陽初下，曳杖徘徊，聊以寄吾孤岸之氣。時時賦王右丞五言短篇，或歌陶彭澤『歸來』詞一兩解。俯檻觀游魚，爲之一笑，意甚樂也。客有過者，相攜而共樂焉。

疑之者進曰：古之君子，閒居而寡求；今之君子，退藏而喜事，是塢也奚取焉？儼山人復爲之一笑，徐應之曰：夫生有定理，物有定分，各還其分，以歸之理，古之道也。兹數石者，遺棄荒林野草之間，蛇虺之所蟠，牛羊之所礪，樵夫牧豎之所踐踏，石固無悔也，而理有不當然者。一旦起而拂拭之，立者爲峰，卧者爲岫，欹者、突者爲巖竇。圓者中規，曲者中矩，抗者若介，俯者若委，參而列之者若同志。孤者無黨，正者不倚，各還於理，斯固其分也，而石亦何加損哉？乃若君子之取諸物也，近而遠，粗而精，一以貫之，獨非古也乎？且予之理是也，役數夫之力，假旦夕之工，高卑以陳，動静以位，清濁以判，治忽以區，夷險以奠，不曰儉操而博取乎？吾子殆求之形迹之際，末矣。客起曰：概于理。遂書爲記。

玉山書院記

古以書院聞者，嵩陽、睢陽、嶽麓、白鹿並謂之四書院。今白鹿在大江西最顯，而廣信亦以鵝湖聞，是二者皆以吾朱子爲之重也。玉山在淦，淦《志》稱玉笥山廣信南壤相接也，未聞所謂書院者。今有之，則自謝氏父子始。謝於淦，右族也；與善封君，謝氏之良者也。既得地於玉笥麓，極形勝之美，其子今京衛參軍貴謀曰：佳哉，即與吾一家有之乎？其將與衆共之也。與善君曰：良是。於是書院建矣。相與鳩工遴材，卜日集事，正方表位，以大厥規。中爲堂曰『會講』，後曰『與善』。傍列兩齋，左曰『精義』，右曰『麗澤』。出『精義』左上爲樓，以庋經史，曰

『寶墨』。爲庖湢所，具器什，繚以周垣。東置良疇，爲廩入，曰『閲稼』。西爲射圃，有亭曰『游藝』。弦誦以時，養習有地。合鄉之人，與族之子弟，於是學焉。前啓修途，曰『雲徑』。值途作亭，曰『禮賓』。右有清池，池上曰『洗玉亭』。左爲方塘，塘上之亭曰『天光雲影』。其後爲綽楔，曰『緑陰深處』，下有『尋樂窩』。右偏之池爲『觀蓮』，復亭其上曰『理窟』。名義惟良，築鑿有焕，而皆爲書院設也。既成，取山名名之，曰『玉山書院』。邦之人士，相與登與善堂落焉，仰而歎曰：『與善』之義大矣，謝君之志也，盍以謂君。遂共稱之曰『與善』而不名云。既有年矣，正德二載，參軍始以狀來請記。

余惟今之書院，與古鄉學之意同。今之學與古之所謂學者，抑亦有同乎否也？夫學至朱子大備矣，自本以趨末，明體而適用，此朱子之所謂學也。況江之西，又朱子杖屨所及之地。玉山之學者，儻有聞而興起焉，斯地也，安知不與白鹿、鵝湖並聞乎？又安知不與四書院者相無窮乎？此則謝氏之功也，不可以不記。是役也，吾惟列其大者。若夫工役豐浩，謝氏之所優爲者，宜不書。與善名乾錫，以子封，其行義類書院之爲者。貴字敏德，向用蓋未艾云。

可齋記

鄭顯於歙，蓋自前代已然矣。有字子美曰師山先生者，故忠義士也。其後嗣之良者廉字宜簡，今行義人也。宜簡遊四方，將大觀焉以承其家。再至京師，請于余曰：鄙人不佞，思立於寡過之地，顧未有聞焉爾。雖然，名以命我，字亦牖我，惟廉惟簡，以是號於人久矣。一言而終身行之，取諸近者，惟先生詔之。余曰：諾。是可與語者，别號之曰『可齋』。

宜簡有問曰：鄙人不文，敢不唯先生之教。竊願有謁焉。天地之化，一陰一陽；人理之趨，一邪一正。衷心之制，一是一非。名行之立，一善一惡，其歸殊也。茲欲靡然惟可之從，殆未知何途之適也，惟先生盡之。余曰：然。是可與語可者。告之曰：至善者，天之命也；至不齊者，造化之迹也；不可不主一者，人之心也。是故有可者，有不可者，有可不可之間者。可乎可，不可乎不可，夫是之謂可。故世無兩可之説，操兩可者皆不可也。可以爲善，必不可以爲惡；可以爲君子，必不可以爲小人。故曾子曰：可以託六尺之孤，可以寄百里之命。至臨大節，則不可奪，是可不可之辨也。且辨乎此而後名立，而後行成，而後過寡矣。天下之勢，無而之有，簡而之繁也。其於人也，多蓄必厚亡，善動必屢悔。廉則寡取，寡取則無厚亡；簡則有制，有制則無妄動。可之道也，善之積也，君子之歸也。雖然，於陵仲子非不能寡取也，而辟兄離母，則不可；子桑伯子非不能慎動也，而廢棄冠裳，則不可。宜簡歸而求之二者之間，去其不可，以適於可，夫是之謂可。宜簡再拜曰：鄙人不敏，築室於黄山之麓，書諸壁間，以爲記。

黄山樓記

黄山雄峙，實當新安之境。多偉麗卓絶之觀，森然矗然而峰者至三十六，若王公大人耆年尊宿，頡頏於霄漢風埃之上，使人起敬起仰於數百里之下。大抵融結厚而氣勢盛，猶之於人也，涵養深而道德著矣。故曰泰山之於丘垤類也。鄉先生黄公質夫，致藩參而歸，築樓其麓當之。凡黄山偉麗卓絶之觀，霄漢之韻賞，數百里之仰望，皆不越几席而盡之，榜曰『黄山樓』，最勝也。先生日登斯樓，顧而樂之，節宣四時寒燠之宜，乘早暮氣候之變。有會於中，即命酒獨酌，身被野服，手執如意，擊欄楯爲節歌之，歌曰：山中兮白雲，英英兮欲雨。羌攬結兮不能，時來宿兮簷下。叶。又歌曰：山中兮有芝，聊采之兮以療予飢。望西山兮崔嵬，思佳人兮不可期。又歌曰：山有木兮木有桐，有鳥集兮文厥躬。夕陽兮高逝，嗟矰繳兮徒工。歌闋，聲出林木，若鸞鶴之巇層雲，時人莫測也。新安人士云爾。

君子聞之，曰：博哉，先生之有取於黄山也。夫物以象德，德以類求。斯逝川所以興嗟，仁者然後能樂也。且夫山類能出雲雨，豐財殖以利物。物利矣，山無與焉。先生以名進士爲良有司，入柄郎署，出參大藩，餘三十年矣。計其利物之功何限也。殆無蹈止足之戒，乃頽然自放於斯樓之中，與煙霞泉石侶，先生又何與焉？《記》曰：舜、禹有天下而不與。言舜、禹之能不與也。夫能不與，則其德備矣。乃作《登樓歌》三闋，若以和先生之辭者，俾新安人士持歸爲先生壽，且以爲樓記。歌曰：登樓兮蒼莽，萬里兮在下。送予目兮扶桑，會懸車兮駟馬。粲金碧兮有煌，俯兹山兮既長。酌沆瀣兮欲咽，極予心兮羲皇。樓中何有兮有圖有書，招仙人兮與居。齊萬物兮一瞬，何非是兮乘除。

玉泉記

歙之潛川，玉泉在焉。潛川之汪，歙著姓也。而舊一樂翁者，汪之彦也。翁故有行誼，嘗思以利澤其一鄉人。歙據江南上游，黄山其鎮也。潛川依山，厥維高亢，齒聚繁衍。每秋夏之交，民實病汲。翁所居之左，泉發地中，涓涓不絶。翁顧而樂焉，曰：兹鄉之利澤，庶其在是。乃疏導之，匯而爲泉，往來井井，厥有利哉。歲既久，漸就堙圮，翁之澤幾微矣。翁之孫維翰鍾情其地，喟然歎曰：兹惟一鄉之利哉，兹惟我祖之志哉！夫利有弗廣，非仁也；志有弗承，非孝也。汪之宗又安用維翰爲？惟仁惟孝，寔維翰之責也。於是募工伐石，深鑿而堅甃之，視昔有加，而泉遂澄泓淵澈，厥維永永潛川其利哉。泉色潔白，味清冽甚，淙淙然有聲，若鳴珮環，甚可樂也。維翰遂以玉泉聞人，稱之曰『玉泉子』。

間來請記，余告之曰：玉，天下之至白也；泉，天下之至清也。《記》曰：『君子比德於玉。』

孟子曰：『源泉混混，不舍晝夜。』復以比德焉。汪君其尚有取於是哉？雖然，玉，天下之至貴也；泉，天下之至多也。人之情，得無惑於難得，而忽於近且易哉。然玉之用虚，而泉之用實。以其至貴，麗於至多，合而一之，則天下之利澤，其有窮哉？何特一鄉井而已，此汪君之志也。惟仁人，惟孝子，汪君其尚勗哉！乃斂衽起，謝曰：玉泉之義大矣。維翰不敏，敢敬承君子之教，請書爲記。維翰字宗臣，倜儻好禮，越國之後，蓋故家文獻云。

蒲山書屋記

蒲山書屋者，歙士鄭子晦之所建也。建以教其子若弟，子若弟奉教以承鄭之先，是子晦之志也。既成，其族之彦子西記之，子晦復走東海乞余記。余嘉其志，爲之記曰：先王設教，俾人復性焉爾矣。故有小學，有大學，有庠，有序，有校，有辟雍，有頖宫，皆爲教也。故自言語動息、飲食男女、衣服、冠冕、禮、樂、射、御、書、數，皆教事也。故由暗室屋漏、朝廷宗廟、山川華夏、霜雪雨露、窮通險易，皆教之地也。是故有一代之教，有一國之教，有一鄉之教，有一身之教，其義一也。自古官教外，别有書院之制，若白鹿、岳麓之類，所謂四大書院，以義起者也。今制：自兩京國子監之外，府、衛、州、縣皆有學，而書院之設尤多。若兹書屋者，又書院之義起歟。雖廣狹不同，其爲教一也。準之於古，蓋在黨、塾之間，其教於一家者乎？夫一家者，天下之積也。

士修於家，以效於天下，故曰：教也者效也。然則一家之有賢父兄，與天下之有賢師帥，其道一也。子晦其人傑也哉，是可以知矣。子晦名炳，師山先生之後。少從其父嘉興府君宦遊，博洽清修，有志於復性之學。自以爲不獲效用於世，而欲振其學於後之人。其於是書屋也甚力。鄭之子若弟群而聚焉，學而思焉。當山川之形勝，據棟宇之輪奂，資經籍之儲偫，遠有賢祖先，近有賢父兄，盍亦知所自奮哉？夫性不遠而復者也，孟子曰：『學問無他焉，求其放心而已矣。』如以文詞焉爾矣，如以功利焉爾矣，如以榮華焉爾矣，豈子晦之心哉。蒲山在今歙之雙橋之北，師山遺迹在焉。書屋之役，子晦優爲之，茲不記。

南泉記

南泉，古靈江也，在今台之臨海。越西南諸山，起爲天台、赤城之勝。含蓄靈秀，東盡於海，故曰臨海。之域有二水焉，溪清而江濁。其在城南流者曰靈江，或曰澄江云。上接三江，下引海門。晚潮初上，若拖白練於紫翠之間。諸峰環列，俯視之歷歷可數也。王先生敬忱家于其上，顧而樂焉，遂自號曰南泉子。南泉子少有大志，不屑屑事家人生産，又不喜爲舉子業，孤岸樸静，淡如也。年六十，不識官府，人稱之曰南泉翁云。翁平生與人交不爲欵曲罩籠之態，遇有過必面折之。人有陰事，獨不肯談。有談人陰事者，必趨而避之。人故以是德之，稱長者云。胸次夷曠，若澄陂渟淵，涇渭甚辨。尤不喜人穢濁之迹，每聞官府貪墨，輒拍几大嘯，怒隱隱不能休。獨之泉上，睨而歎曰：何以異於是。清者水之本也，濁者水之蔽也。已乃掬而揚之曰：何以異於是。定者清之路也，雜者濁之門也。既而仰天祝曰：有不返於本而祛之蔽者，非夫也。暇日或從諸父汎舟泉上，徜徉容與，出没於鷗波蜃樓之間，以滌塵坌而游高明，甚適也。興酣耳熱，則又從而歌之，歌曰：泉之清兮，俟正命兮。泉之濁兮，德斯病兮。由是聲出金石，振盪於兩涯，風波爲湧，人望之以爲神仙云，莫測也。

嘉靖甲申歲，翁就養于松。初，翁别族於范氏，凡數世矣，始復王姓，是爲車溪之王。王、范俱宋宰執裔，至今爲台名家云。翁有子度，字律生，舉進士在第二甲，格當有官於京朝。以獨子請便禄，遂得教授松郡。教授君恭行孝敬敦本復古之訓，諸生化焉，相率候翁起居於歲時，更相謂曰：先生之教我至矣，固翁之道也，其何可忘。乃最其事以告。深聞台據山海之瓌瑋，《志》稱人神壯麗，意者必有異人出於其間。今世台士大夫，尤以氣節廉介聞天下，至有委身贊國、忠烈貫世者。顧其涵濡觀乎之久，又不有超出而獨詣者乎？其南泉翁之謂與。夫名山大川爲國鎮藪，非徒以其峥嶸浩渺之觀已也，蓋曰輔陽相陰，産材育物，與道爲體，功在萬世。其降爲偉人鉅公，經綸天地之宜，修明禮樂之道，與國咸休，功在本朝，有若人焉，不在其身，則在其子孫，其南泉翁之謂與。諸生張其性輩合數百人，請書爲《南泉記》，因以爲翁壽。

柏崖記

義水之上，嶄然秀而蔚然深者，柏崖也。尚書民部郎中陳君德階，少日讀書其下。既以科第起矣，而仍之曰柏崖者，志也。君子之志，其取諸物也博，而其功業之至也，嘗與其物類。孔子曰：『仁者樂山，知者樂水。』著其志也。志有定，而功業從之矣。故曰：君子不凝滯於物。今夫柏之爲物，木也，其材良。柏於崖焉，其託固，而其成大，其色茂以悦，其凋後，其用可以任重而傳之遠。德階之先，以道德文章顯者數世矣。家學淵源，固已若樹崖之柏，根深而地絶也。養之深厚，則葱蒨滃鬱之色，即之而蔭，望之而竦容也。抱懷利器，闋厥聲采，若方春之柏，退然而不與群卉競榮也。筮仕之始，獨任遠縣，若落落澗谷而無悔也。東莞之治也，適權雄變法之際，確然之守，則又早霜先霰之集而不挫也。比奉璽書出督江南，上下允賴，固柏之舟車乎？越川度嶺，濟世險艱也。異日棟大廈，柱廟堂，奠安鞏固，垂之百世而不朽，君子將指柏崖而概之曰：德階之志有素定也。若夫崖之邃幽孤峭，足以游高明而出塵坌。景物之態，四時不同，而早莫變也。才客墨卿或能賦之，而深特記其志之有取也若是。

儼山文集卷五十五

記四

嘉興新建察院記

我朝御史列居兩京，皆謂之十三道，各統以都察院。道視十三省，南北盡同，而同以浙江爲之首，其制然也。御史凡奉命而出，所至則謂之察院，匪若六曹諸司各以本曹繫，其體然也。是故御史職在肅僚貞度，察院得專達上下，維地維人，固兩重哉。嘉靖五年中秋日，嘉興府新作察院成，嚴整壯麗，甲於兩浙。嘉興，浙首郡也。凡御史至，入境按治，與御史按竟，受代去，必於是。洛陽潘公倣，適以浙江道御史按浙，庶政維新，乃以嘉興守蕭侯世賢爲才。蕭侯謀諸二守王君大化，將改作察院，以繫體制。爰瞻城中，得廢寺一區，相與規畫，以授諸匠氏。會公代去，御史朔州盧公問之寔來，睇視規材，因以議於分守參政胡公誨之。胡公曰：宜爲計永永。於時參政朱公應周、僉事喻公宗之、蔡公汝建、史公文材先後行部至，胥相之。垂成，會盧公以憂去。

既乃訖工，蕭侯以書告于上海陸深曰：願有記。

深不文，竊聞之，先王之範政，凡以待人也；君子之寶位，凡以行道也。器者，道之所寓。無弊無復，無振無起，此位置本末之論。天地之化，所以常新，蓋不獨一察院然也。法以人行，人以地重。御史之所爲重，凡以行法也；察院之所爲急，凡以奉御史也。廉遠堂高，羊存禮在，此名實精粗之論，天下之紀賴以不墜，蓋不獨嘉興一察院然也。顧天下之政，有體有制。出於一人，符之百世；成於一方，則於四海，是文、武、周公之意，以待後之人。明於此者謂之知，辨於此者謂之禮，舉此而集者謂之才。若兩御史之賢，二郡侯之績，於兹察院也，皆不可以不記。是役也，費出於羨耗，工成於顧募，役徵於優隙。以金計者，六百有四十五兩有奇。以日計者，三百有三十。以工計者，九千有四百有九十。爲堂五間，崇二十四尺贏，廣七筵，深五之三。翼堂而左右之者，爲室各二。堂之前爲露臺，覆露臺者爲軒棚。爲房以處案吏者，列之東西各五間，候隸房亦如之。引堂而後者爲穿堂五間，後堂亦如之。間爲卧闥者二，爲烏臺三間，臺之崇四尺。爲書房十間，居廳堂東。西之際，爲生吏房三間。門有儀，墀有級，庖有所，湢有床，浴有室，溷有舍。書房之東西偏各有隙地，西爲圃可射，東爲亭可憩。亭之南爲池可臨。總之爲地十有八畝，南北四十有八丈，東西三十有三丈，總之爲屋八十有三間。經始於四年十月之望。佐之通判李君源，與董君琦、張君珮、推官南仝，而王君大化實始終之。邑令之與有事者，嘉興則龍君欽，秀水則趙君章，桐鄉則董君鋐，海鹽則劉君桂，平湖則鄭君瑚，崇德則葉君瑞，嘉善則李君調元。有勞其間者，則典史李玉、梁珍也。

江風遺憾記

江風遺憾，終慕也。終慕爲誰，歙之吴生鰲也。生之言曰：鰲早孤，生才六月耳，無所知。知乳哺，又漸知視息，僅僅識母。褓褓不能離，又漸識母顔，能辨母聲。時時見慈節孺人出之懷中，撫頭而歎，淚續續霑臆。揮灑嗚咽罷，又或呼天長吁，即摩挲號曰：未亡人洪故家宦族也，固能死。所不死者，恐吴氏鬼不食耳。言已復泣，泣不復已。鰲當其時，漫不省是何等言，是何等狀也。孺人勤紡績以育鰲，又漸教鰲以詩書。鰲奉孺人惟謹。鰲漸欲覓父所在，見時鄰舍家悉事游賈，或經歲還，或經數歲未還，意久亦還耳，亦不敢問。又漸聞父客死他鄉不復還，意惝怳叵測。慈節始告之曰：兒哈，兒父果沉溺死，死時余年二十，今日久矣。初商游於越，歸自荻港，人馬同舟，中流遇風，與俱覆矣。鰲聞之，號慟幾絶。遂復修先業，事遠遊，將以訪鴟夷之遺蹤，哀箜篌之餘韻。每涉江，水飀天風，輒躃踴涕泗終日。士大夫憐之，爲題『江風遺憾』，或賦詩以弔。鰲以『慈節』顔堂，以爲鰲母慰。

友人汪子哀其言，致之陸深。予感之，爲書其事曰：生死天命也，禍福人事也。修事以俟命，幸不幸存焉。處死有道，蹈禍有數，不幸猶幸也。獨其周旋於禍福生死之際，依倚於義理慈孝之天者，君子謂之世則。聖君賢相，將必求其人以揚礪引長之，謂之世風。風噫氣也，鼓盪萬物，以振迅八表莫速焉。貞哉洪，孝哉鰲，是可以表世風乎。鰲之父諱賜，字思寵。

重修松江府學記

正德己巳，江南大水，而松特甚。越明年庚午，水再至，浸公私廬舍，凡旬有五日而退，退而學宫壞特甚。又明年辛未夏，内江喻侯時以才御史來守松。至既禮瞻，大懼弗稱，乃進師弟子而問故，已又進父老於庭問疾苦外，使之言其故，皆前對曰：自昔弘誦，有堂有隍。厥惟天災，以渝舊觀。侯歎曰：是在我。凡起天下於弊者，乘其未極，則費寡而功多。若是者，失今不爲，他日民有十百其勞者矣。松民甚憊，而又遺之後艱，謂何？是誠在我。當是時，府庫無羨財。侯乃撙節浮費，殫竭心計，至冬而後始事。而令於教授彭鍊曰：教授職務稀，宜試督於是。且爾也能廉，遂以規約相予。予觀厥成焉。鍊曰：諾。即日鳩材募工，因以役民之不能食者，咸踴躍恐後。由是易腐以堅，益圮以阜，整頹輝黯，次第舉矣。會欒安詹君崇以進士來推府事，旦夕侯之勤勞也，憮然曰：獨太守責耶？適被符攝令華亭，維侯之命，以身任之。百費有加，事乃告集。寔甲戌歲之秋也，凡歷四載。自大成之殿，明倫之堂，殿之東西廡、堂之左右四齋，尊經之閣，魁星之樓，崇德、養賢之堂，旁之鄉賢之祠，講誦之號舍，游息之亭館，禮器雅樂之藏，庖湢廨署之所，後之鄉射之圃，外之櫺星之門，成德、達材之坊，登雲之橋，皆還于舊。維新有作者，則仰高之坊，以冠於文廟云。偉哉皇乎！

教授君身親厥功，以其始末走告于陸深，又以其弟子員王輔而下凡三百人合詞曰：是功鉅矣，何可忘，願昭示來裔。深維皇朝建學徧寓内，而輔理之才於是咸出。松之人才嘗甲天下矣。今天子右文求賢，皇皇弗給。維是棟宇之弊也，不患其無復也，吾獨愛喻侯心之仁也。以侯之知體也，不患其無助也，吾獨愛詹君義之勇也。蓋自古豐功懋績，必有偉才長識之士以爲之於其豫，周公之詩曰『迨天之未陰雨，徹彼桑土』是已。亦有同心一德之人，以相先後，不言而喻，帝虞之典曰『百拜稽首，讓于夔龍』是已。夫有周公之才，爲夔龍之讓，則和德濟濟，彝綸攸敘，休徵臻而彝倫敍矣。是故顔淵、曾參之徒，相與從孔子於困窮之中，以删次其説而傳，固以望之天下後世也。若茲一役，可謂備矣，宜有記。贊之成者，同知侯君自明、孫君璽、通判聶君瓚、錢君貫；參之者，華亭縣丞趙才也。

羅氏義宅記

昔高平范文正公，作義田以贍族，世傳以爲盛事。今歙羅君作義宅，蓋聞范公之風而興起者也。予亦欲傳其事。羅之肖者曰滋，將廣其傳，以告予，久而未有以答也。兹乃伐石請書，其詞曰：宅以義名，合族也。義取於辨，何合之爲？夫物久必繁，繁則必合，合而無辨，何以能久？是故合之所以成其辨也。羅氏之宅凡七畝，其居凡百有九十，其族凡三十有六，堂曰義堂，圃曰義圃，井曰義井，其田百畝，其租百石，在羅宅之里〔二〕。

嗚呼，羅君無范公之名位與爵禄，而彷彿范公之舉措，君真義士哉。夫義利之判久矣。羅世以貲高鄉里，至東峰君益昌大。東峰名元孫，慷慨游江湖間，所務者營什一以計贏縮，若爲利謀也，而獨有志於作宅，君真義士哉。予惟世人愛身重，自一軀外，若靳靳然。且以吾身而視吾之兄若弟，未有如吾身者也。自兄弟以至於爲從爲再從，未有視之如吾之兄若弟者也。自再從以至於爲緦麻爲袒免，又未有視之如從若再從者也。蓋其屬遠，故其情疏。遠則易忘，疏則易離。雖欲視之如吾身，視之如吾之兄若弟，視之如吾之從若再從，不可得也。雖然，自吾觀之，此吾之兄也，此吾之弟也，此吾之從，此吾之再從，此吾之緦麻，此吾之袒免也。自吾之祖若考而視之，皆其子也，皆其孫也。皆其子，皆其孫，則其所以衣之、食之、煦之、育之、姻之、嫁之、安之、養之，以至於合而撫慰之者，皆其心也。吾祖若考之心，將以衣之、食之、煦之、育之、姻之、嫁之、安之、養之、合而撫慰之，而吾之族人或至於饑寒困苦，離散而莫統，吾未知吾祖若考之心宜何如也。嗚呼，此羅君之義宅，世不可少，世又可少傳也哉？雖然，羅君之族，三十有六矣，自三十有六而又廣之，其族漸以滋，其費漸以繁。吾懼夫七畝之宅、百畝之田，未足繼羅君之志也。爲羅君之子孫，又宜何如也。重義輕利，以毋墜是舉，此固世風之所關，獨羅氏也哉？千百世之下，當與范公並傳無疑。余故太史氏，樂書其事，故書。

【校記】

〔一〕羅宅：原爲空格，據四庫全書本補。

薛荔園記

深讀太傅王公志震澤，稱兩洞庭之勝。往歲舉進士，與今侍讀徐先生子容爲同年。先生西洞庭人也。太傅公之言曰：西山之起甲科，寔自子容始。夫山水之勝，洩之乎人，高賢之以聲光垂世也。建置經位，心自之所及，則山益高，水益深，景益清遠。造化之巧所不能與者，又託之乎人，若徐氏之於洞庭，洞庭之有薛荔園是也。園之廣凡數畝，地産薛荔，因以名園云。園之景凡十有三，曰思樂堂，曰石假山，曰荷池，曰水鑑樓，曰風竹軒，曰蕉石亭，曰觀耕臺，曰薔薇洞，曰柏屏，曰留月峰，曰通泠橋，曰釣磯，曰花源。四時朝暮之變態無窮，而高下離立，足以當欣賞而遊高明，可謂勝矣。洞庭既勝，而園又勝也，使人樂焉若仙居世外，煙霞之與徒，而日月之爲客也。君子有當世之志者，疑於習宴安，而略憂勤矣，似乎有所不暇。侍讀之言曰：薛荔之有作，寔自先太史公始。太史公謀以娱静庵府君之老也，而未成。成之者縉也。是故堂曰『思樂』，先公府君木主在焉。一石一峰，先世之藏也。至於一泉一池、一卉一木之微，亦皆先人之志也。每一過焉，陟降汛掃之餘，恍乎聲容之在目。縉也何敢以爲樂，願子爲我記之，以示後之人。

深道吴，輒望湖山，思一到焉，以考信於太傅公製作之奇。遂拜思樂堂下，與先生講通家之禮，往來通泠橋，遍遊兹園，以觀里仁之化。未償夙心焉，其何辭之能爲。雖然，深少側聞徐氏之世西山也，種德修義。自静庵府君而上，數十百年矣。含宏潤澤，至於太史公有述焉。延和當秀，乃大發之乎侍讀。先生才富而學精，雅負世望，爲天子講讀之臣。獻沃弘多，聲光方起，將踵太傅公後，冰輝玉映於西山之間，以爲族望，以爲鄉榮，固有大於兹園者。而兹園之成也，可以觀繼志之孝焉；可以見後樂之仁焉，可以見裁成之道焉，可以見垂裕之謨焉。合是數美，不可以不記。

静虚亭記

昔孟子稱舜『爲天子，被袗衣，鼓琴，二女果，若固有之』；及孔子困窮，身爲匹夫，與其徒弦誦以自樂；至稱顔子，則曰『賢哉，不改其樂』。顔子之所有，簞食瓢飲之外，無幾也。夫窮達，天下之分也。達之至於天子，窮則至於匹夫，窮達之極也。樂乎天子與樂乎匹夫，無以異也。

何哉？凡欲因於有者也，妄成於動者也。交於有而俱出，役於動而莫止，雖以天子之大通，而累方將焉；以匹夫之易以至足也，而競方生焉。故曰：惟虚也，足以涵天下之變；惟静也，足以宰天下之動。自天子至於匹夫者，境也，外也。有時而爲天子，有時而爲匹夫，而我未嘗與焉。是故不以天子之樂加乎匹夫，不以匹夫之樂易乎天子。無我者也，其知静虚之道者與？顔、孟氏殁，而聖人之澤微矣，迺有虚極静篤之説行焉。彼豈無以異乎，權數流蕩之爲也。而較較然滯於形器之小，猶有我也。故曰：濟天下之務而不累，静之至也；成天下之化而不居，虚之至也。是是非非之辨也。

吾友顧君德彰，學有本原，超然獨會於事物之表。作亭後圃，名曰『静虚』，以求孔、顔之樂。遭時任用，不鄙州郡之煩猥，存乎我者，無適而不豫也。孟子嘗曰『禹、稷、顔回同道』，又曰『易地則皆然』，是致一之學也。德彰請曰：願書爲記，以張亭之牖下。

儼山文集卷五十六

記五

沐齋記

黄子汝新顧名思義，顔其所居之齋曰『沐』，以問於東海陸山人。山人告之曰：『沐』之義大矣哉。按，『沐』从水从木成文，又曰以木受水爲『沐』。山林之間，萬木萃叢焉。浹旬告旱，焦槁枯焚，沛然雨之，蔥蒨改色。早夜滋露，欣欣向新，勾者伸，萌者達，有不容遏之勢。至於榮華果實，以顯設造化生生之妙。迨夫水泉涸落，然後歸根養困，以迓維新之會。夫人心猶木也，顧可無義理之『沐』哉？《易》曰：『日新之謂盛德。』屈木爲檠，準以規矩，挹水貯之，時其寒煖，以湔澡人身之汙垢，一新舊染，用享上帝。成湯之銘曰：『苟日新，日日新，又日新。』夫利欲猶垢汙也，顧可無沐浴之功哉？彼異端者流，窺見元化之秘，妄意時日之間，亦嘗以卯酉爲沐浴矣。鑿泉揠苗，將襲取助長，冀新新焉。是襲抑末矣，非汝新之謂也。夫水木曰『沐』，以自新也；木水曰『沐』，以新人也。敬立而義行，體周而用具。斯義也，孔子之舊也，汝新其究而一新之哉？汝新之先人未軒先生，嘗以是道佐皇明之中葉，顯而未融，遂啓莆陽文獻之傳，過庭之餘，厥有聞哉。從子如英，山人同年進士也，交舊而情新。兹歸莆，儻以質焉。汝新曰：願爲記。

怡怡堂記

歙據江南上游，山愈高，地愈狹，是故境愈勝，居愈密而齒愈繁，其人往往游寓而散處也。夫境勝則難遷，居密則易争，人散處則情常不聯，其勢然也。由其勢而忘其俗之厚薄者，恒民也。夫難遷之至也，鄙吝生焉；争之易也，仇讎樹焉；情之不聯也，途人至焉。君子將思變而通之乎？通之者，豪傑也。黄君緬，字惟中，世家於歙。慨然念地之故，既以千金拓其宇，又以若干金作堂若干楹。工訖，進其二弟約、經而詔之曰：斯堂之成也，豈曰予之侈乎？吾弟之相也，抑亦先人之緒也。昔之湫隘者，今兹翼然，其有立乎？昔之櫛比者，今兹廓然，其有容乎？昔之互出入者，今兹驩然，其有合乎？桑梓森然，其前後乎？山林蔚然，其環衛乎？吾與若安焉息焉，迎和遵祥，以引嗣續於百世也。百世而下，將復通之。則斯堂也，豈惟黄氏之堂哉？抑亦歙之堂哉，且不朽矣。雖然，非予之所敢必也。二弟跽而俯曰：唯唯。於是兄作於前，弟奉而趨；兄止於中，弟列而侍。寒燠以時，風雨以除，弦誦俎豆，日相周旋於堂隍之間，藹怡怡如也。宗黨過而落焉，共顔之曰『怡怡之堂』以成。惟中載拜謝曰：不敏敢辱教。介予友人楊君伯立請記於予。

予交黄氏有日矣。惟中懷清通之才，篤厚彝倫，崇尚文藝。約字會中，抱珪璋之器，誦説載籍，醖釀經綸。經字守中，勵高尚之操，維持清門，總統内範。兄弟若此，固足以望於歙矣，而況於兹堂之作哉？貽謀端本，有出於風氣之外者，豈豪傑士非耶？予雖未獲登兹堂，以覽觀山川之會合，稽驗土木之精工，考紀歲月之早暮，以激引聲光於永永。予獨愛惟中出於風氣之外也。一居室且然，況有大於此者哉。夫一家始於一人，有夫婦而後有父子，有父子而後有兄弟，有兄弟而後有子孫。子孫以至於百人、千人、萬人，其始本一人也。由一人以至於途之人，此古人之所以難也。夫婦、父子者，恩之屬也；兄弟者，禮之屬也。恩屬則固，禮屬則疏。故兄弟者，恩之漸殺，而禮之本始也。恩以附於禮者，兄弟也。孔氏之訓曰『兄弟怡怡』，豈非以其難哉？夫怡怡之謂也，和之至也。和之至，自兄弟始。故曰『致中和，天地位焉，萬物育焉』，況於兹堂哉？予與會中有麗澤之雅。會中方將以禮魁天下，因取其義之合於禮者，俾惟中歸而刻諸堂。以爲記。

雁山圖記

古稱山河兩戒，南戒盡雁蕩山云。山高四十里，頂上有湖，方可十里，雁至棲之，故曰雁蕩。

袁采云『雁蕩山，温州樂清東北山之通名也。去縣九十里而遥』，山『蓋純石而土山不與焉』。沈存中云：諸峰峭峻險怪，不類他山，當是谷中爲大水衝激，土盡去而石獨立爾。采復爲圖序，總之云：東西四谷。西外谷有寺四，曰古塔、靈雲、寶冠、石門。其流水自大芙蓉港，出纜嶼，其路平夷。西谷有寺七，曰能仁、羅漢、飛泉、普明、天柱、華嚴、瑞鹿。其水自峽流筋竹澗，出清江，皆峻嶺。自石門來者曰東嶺，自芙蓉來者曰丹芳嶺，自筋竹來者曰飛泉嶺，達于東谷曰馬鞍嶺。東谷有寺四，曰靈巖、浄名、靈峰、真濟。其水自峽流白溪，溪上有路，通白溪驛。東北有嶺曰謝公嶺，達東外谷，有寺曰石梁。自石梁東北至雙峰，以達黄巖。左有谷曰南北閤。南閤乃雁蕩之北，有崇德寺。水自蕩頂分流焉。鄭向文云『古樹老藤，蔽虧天日，林顛葉隙，時見異峰』，『餘波洩注，流爲飛泉，高自雲霓，懸瀉數道』。雁山之大略如此。

其雜記一時之勝者，《石梁》云：『月已没，白雲西來如流水。風吹橡栗墮瓦上，轉射巖下小屋，從瓴中擊地上積葉，鏗鏜宛轉，殆非世間金石音。』《靈峰洞》云：『兩大石相倚如合掌。至掌中，望見山巒中青天如懸一片冰。』《靈巖》云：『巨石孤立如人俯。月出，正懸東南角，星象纍纍，下垂四旁。如游魚噞喁，以身爲浮游在灝氣上。夜色如霜雪，諸峰相向立，儼然三四老翁，衣冠而偶語。』《能仁》云：『雁山西南一峰絶高，下視衆山，猶當是大父行。舟行南海月餘，常望見直西北有物，如高髻亂髮，纔一握大，倚爲指南。』《西谷》云：『出南户，望屋上山。山圍屋如城府，或纍纍然如蜂腰綴下而刳其中，淫淫然如燕巢斜罥而部其户。巇者、窊者、仰者、欹者、羃者、訛者、傴者、喙者、掉者、俛而窺者、騰而上者，如人皆具耳目口鼻，而無一相似。』又云：『從靈雲寺南入山，時時過絶險，挽牽懸藤偃木以過。日正中僅到山顛。望見永嘉城下，大江如牽一線白。』李孝光云：『北從天台來，入古東甌郡境。上望見西南有山相向立，如兩浮屠。遊者咸曰，此雁山門户也。益深入其阻，視羅漢洞、東西天柱、大龍湫，猶人有眉目，十八寺皆其肺腑也。』文人之所次第如此。

予聞之土人言，秋遊雁落，有以哉。南土温溽，春氣氤氲，故有毒螫。至草木黄落，毒去乃可入。數百里山皆在目中，無毫毛蔽遮。嗟乎，遊貴及時也哉。予將問途焉，有告余者曰：雁山循崖而南，百里如畫。自樂清，道白沙、芳林〔二〕，逾窑嶼，過長嶴，原經古塔、本覺、寶冠、石門諸寺，出白溪驛，謂之右路。自黄巖，由白若嶺入石梁，過靈巖，逾馬鞍，至能仁，出長嶴，抵窑嶼，謂之左路。馬鞍嶺蓋其分界云。東谷之峰五十有三，西谷之峰四十有八，謂之百一峰。有泉五，有巖二十九，有石三十三，而石行廊爲勝。有潭七，而沐浴爲大。池一，澗一曰筋竹，峽一曰經行，門一即石門也。有洞十二，而道姑爲古。有溪四，而四溪之水爲會。有嶺七，而丹芳爲峻。凡四十九盤。有障二，而平霞爲華。有橋二，有嶼二，有閣二，即南北也。有庵三，而八扇爲八庵。有亭四，而看不足爲奇。堂一曰資深，遊人之所有事也。

余性喜登臨，中歲四方行萬里，而勝處必往。蓋嘗至天台云，獨於雁蕩有眷眷焉。今老矣，乃畫爲圖，聊以資臥遊之適爾。因考論其概爲記。近時陸文量以藩參出遊，具列形勢，謂西湖諸峰爲劣。至登平霞，則獨立四顧，疑非人間世也。潘三峰御史加品騭焉，謂有勵拔，有空洞，有雄渾淵澄。勵拔如介，空洞如通，雄渾淵澄如旁行不流。各舉其人類之，則又出丹青談笑外矣。皆有關於兹山也，因并記之。

【校記】

〔一〕白沙：原誤作『白河』。

願豐樓記

歙據萬山之顛，多舊家，人務本而俗禮讓。顧田狹而齒繁也，力畊或不足；族聚而重遷也，密屋而難容。故其地多樓居。嘉靖丁亥，汪氏之新樓成，軒爽堅緻爲一方望。蓋克尚之居也，扁曰『願豐』，而請記于余。使再至，會余有遠役也。克尚送之，重申其請。余叩之曰：『今世故家舊族，喬木日茂而手澤就澌矣。其子孫之賢而力者，往往以更新室堂爲繼述之大。蓋其意亦欲傳之子孫，以爲燕休生息之地耳。至于支分派屬，則門户各有掌握。雖一瓦寸椽之微，必計爾我，以爲承傳之大，雖至親有不相假借者。蓋一室事爾，意至狹也。杜詩之所謂願豐，憂國者之事，卿大夫職業也。於子何居？』克尚之言曰：『綺田野人耳，何敢與於國謀。顧念穀粟桑麻，生民之天也。一遭歉儉，則骨肉有不相保者矣，奚暇禮讓之圖。且身處瘠薄之地，人力雖盡，孰與天時。衣食既充，仁讓可廣。是故恒願時和年豐，如唐虞之世，綺得爲堯舜之民，而茲樓庶可保之子孫矣。』予聞之曰：『是安得有道者之言哉？夫天人一氣耳。志之所之，氣必隨之。願望所及，天亦應焉。至其效之淺深遲速，係其誠否何如耳。是以咨嗟嘆悼之聲，或召水旱災戾之變；而和平恬淡，天日之所爲清明也。此中庸之義，而儒者之極功。克尚其有聞於斯哉？一樓居而公心昭焉，誠意萃焉，仁澤寓焉，將所謂庶幾者非耶？雖然，稼穡王政也，燮理相業也，家國人道也，兼之者身也，盡之者分也，通之者一也。克尚亦何負于卿大夫哉？』因書爲樓記。

燕翼堂記

《詩》之《雅》曰：『貽厥孫謀，以燕翼子。』蓋言圖遠也。凡遠之圖，則近者始有所藉。若乃圖近於近，則尤近者或有所遺，而況於其遠者乎？此古文、武、周公之志也。夫文、武、周公，聖人之備者也。其所圖維經畫，匪徒用以造周而已，實以教萬世於無窮爾。萬世而下，有能師文、武、周公之志而用之乎？師文、武、周公之志而用之，則利用安身，動罔不吉，而況於其細者乎？

予故有愛於黄氏之堂也。歙黄氏之裔曰文晟父，一旦顧謂其子壽、貴、積輩曰：『吾黄氏自芮公避地於潭渡，八百餘年矣。先世思誠之堂燬，吾力復之。今吾復抱孫矣，合族之會，不已難乎？』於是壽等咸曰：『諾。』乃擇地於思誠之東，復作一堂。既成而軒豁美麗，據山水之勝，扁曰『燕翼』。父父子子，祖祖孫孫，世相踵武於其上，蓋秩如也。

積來徵記。記曰：君子之居室也，非徒以光門庭、侈輪奐而已也，蓋亦有義存焉。是故先人貽之，于我承之，是之謂傳世。自我作之，後人受之，是之謂永世。傳世之謂孝，永世之謂仁。斯義也，在身成身，在家成家，在國成國。神而明之，無鉅細，無精粗，其究一也。昔周之興也，卜世三十，卜年八百。既其終也，咸過其曆。雖曰天命，亦由文、武、周公相與經畫而圖維者，以深長之思爲久大之計，若《詩》之所詠者。而黄氏之堂，義有取焉，斯亦文、武、周公之徒非與？則潭渡者，固黄氏之豐、鎬，而兹堂將不爲魯之靈光也哉？雖然，《詩》之《頌》曰：『君子有穀，貽孫子。』蓋言祖宗之所以裕其後者，非徒以基業爲也，抑亦有善道焉。夫善莫善於仁，黄氏復以仁孝與斯堂並傳焉，則傳潭渡之族之盛，豈可以世計哉？於是積再拜曰：『此家君之志也。』遂書爲記。

儼山文集卷五十七

史記一

周大記

周后稷，名棄，帝嚳子也。其母有邰氏女，曰姜原，爲帝元妃。姜原出，見巨人迹，履之而有娠。居期生子，以爲不祥，而棄之隘巷，牛羊皆腓字之；又棄之林中，會山林人多，遷之；棄之冰上，飛鳥覆翼之。姜原以爲神，乃收養之，因名曰棄。棄爲兒時，屹如巨人之志。其遊戲，好種樹麻、菽，麻、菽美。及爲成人，遂好耕農，相地之宜稼穡焉，民皆則之。堯聞而舉爲農師，有功。帝舜曰：『黎民阻饑，爾稷播時百穀。』封于邰，號曰后稷，别姓姬氏。后稷之興，在陶唐、虞、夏之際，皆有令德。

后稷卒，子不窋立。不窋末，夏后氏衰，廢稷不務，不窋以失其官而犇戎狄之間。不窋卒，子鞠立。鞠卒，子公劉立。公劉雖在戎狄之間，復修后稷之業，百姓歸焉。周道之興自此，故詩人歌之。公劉卒，子慶節立，國於豳。慶節卒，子皇僕立。皇僕卒，子差弗立。差弗卒，子毁隃立。毁隃卒，子公非立。公非卒，子高圉立。高圉卒，子亞圉立。亞圉卒，子公叔祖類立。公叔祖類卒，子古公亶父立。古公亶父復修后稷、公劉之業，國人戴之。薰育攻之，民怒，皆欲戰，古公曰：『予不忍爲。』乃去豳，踰梁山，止於岐山之下。豳人盡復歸於岐下，及他旁國亦多歸之。於是古公乃營築城郭而邑焉。作五官有司。民皆頌之。古公有子，長曰太伯，次曰虞仲。太姜生少子季歷，季歷娶太任，皆賢。生昌，有聖瑞。古公曰：『我世當興，其在昌乎？』太伯、虞仲乃如荆蠻以讓。古公卒，季歷立，是爲公季。公季修古公遺道，諸侯順之。

公季卒，子昌立，是爲西伯。西伯遵后稷、公劉之業，則古公、公季之法，禮賢下士，士多歸之。伯夷、叔齊聞西伯善養老，自孤竹往歸之。太顛、閎夭、散宜生、鬻子、辛甲大夫之徒，皆往歸之。崇侯虎譖西伯於紂，紂乃囚西伯於羑里。閎夭之徒患之，乃求美女奇物獻紂，紂乃赦西伯，賜之弓矢斧鉞，使得征伐，曰：『譖西伯者，崇侯虎也。』西伯乃獻洛西之地，請去炮烙之刑，紂許之。西伯行善，諸侯皆來決平。於是虞、芮之人如周，俱讓而去。明年，伐犬戎。明年，伐密須。明年，敗耆國。明年，伐邘〔一〕。明年，伐崇侯虎。而作豐邑，自岐而徙都豐。明年，西伯崩，謚爲文王。文王囚羑里，演《易》之八卦爲六十四卦。蓋即位五十年。詩人道西伯受命之年稱王，而斷虞、芮之訟云。

太子發立，是爲武王。武王改法度，制正朔矣。追尊古公爲太王，公季爲王季，蓋王瑞自太王興。武王即位，太公望爲師，周公旦爲輔，召公、畢公之徒左右王師，修文王緒業。九年，武王上祭于畢，東觀兵至于盟津，爲文王木主，載以伐紂，畢立賞罰，遂興師。武王渡河，中流，白魚入舟。既渡，有火下于黄屋，流爲烏，其色赤，其聲魄云。諸侯不期而會者八百，皆曰：『紂可伐矣。』武王曰：『未可也。』乃還師。

歸二年，紂昏亂滋甚，殺王子比干，囚箕子。太師疵、少師彊抱樂器犇周。於是武王徧告諸侯曰：『不可以不畢伐。』乃率戎車三百乘，虎賁三千人，甲士四萬五千人以東。十一年十二月戊午，師畢渡，諸侯咸會，乃作《太誓》。二月甲子昧爽，至于牧野，乃誓。武王左杖黄鉞，右秉白旄，誓曰：『予發維共行天之罰。今日之事，不過六步七步，乃止齊焉，夫子勉哉。不過四伐五伐六伐七伐，乃止齊焉，勉哉夫子。爾所不勉，有戮。』誓已，諸侯會者車四千乘，陳師牧野。紂亦發兵七十萬人距武王。師尚父致師，以大卒馳，紂師皆倒兵。武王馳之，皆崩畔紂。紂走，反，入登于鹿臺之上，蒙衣其珠玉，自燔而死。武王持太白旗以麾諸侯，諸侯畢拜，武王乃揖諸侯，諸侯畢從武王。至商，商國百姓咸待於郊。於是武王使群臣告語商百姓曰：『上天降休。』商人皆稽首再拜，武王亦答拜。遂入，至紂死所。武王自射之，三發而後下車，以輕劍擊之。紂之嬖二女皆經自殺，武王又射三發，擊以劍，斬以玄鉞。已乃出復軍。

其明日，除道，修社及紂宫。及期，百夫荷罕旗以先驅。武王弟叔振鐸奉陳常車，周公旦把大鉞，畢公把小鉞，以夾武王。散宜生、太顛、閎夭皆執劍以衛武王。既入，立于社南，大卒之左右畢從。毛叔鄭奉明水，衛康侯封布兹，召公奭贊采，師尚父牽牲。尹佚筴祝曰：『殷之季紂，殄廢先王明德，侮蔑神祇不祀，昏暴商邑百姓，其章顯聞于天皇上帝。』於是武王再拜稽首，又曰：『膺更大命，革殷，受天明命。』武王又再拜稽首，乃出。

封紂子禄父殷之餘民。未集，武王乃使弟管叔鮮、蔡叔度相禄父治殷。已而命召公釋箕子之囚。命畢公釋百姓之囚，表商容之閭。命南宫适散鹿臺之財，發鉅橋之粟，以振貧弱。命南宫、史佚展九鼎寶玉。命閎夭封比干之墓。命宗祝享祠于軍。乃罷兵西歸。作《武成》。封諸侯，班賜宗彝，分殷之器物〔二〕。武王追思先聖，乃褒封神農之後於焦，黄帝之後於祝，帝堯之後於薊，帝舜之後於陳，大禹之後於杞。於是封功臣，而師尚父爲首。封尚父於營丘，曰齊。封弟周公旦於曲阜，曰魯。封召公奭於燕。封弟叔鮮於管，弟叔度於蔡。餘各以次受封。

武王徵九牧之君，登豳之阜，以望商邑。武王至周，夜不寐。周公旦曰：『曷爲不寐？』王曰：『告女，我未定天保，何暇寐！我南望三塗，北望嶽鄙〔三〕，顧詹有河，粤詹雒、伊，毋遠天室。』營周居于雒邑而後去。縱馬華山之陽，放牛桃林之虚〔四〕，振兵釋旅，示天下不復用也。武王已克殷，後二年，問箕子以天道。武王病，群公懼，穆卜。周公乃祓齋，欲代武王，武王有瘳。

後而崩，太子誦代立，是爲成王。

成王少，周公攝政，管叔、蔡叔疑，與武庚作亂，畔周。周公誅武庚、管叔，放蔡叔，以微子啓代殷後，國於宋。收殷餘民，以封衛康叔。康叔，武王少弟也。晉唐叔得嘉穀，獻之成王，成王以歸周公于兵所。周公受禾東土，旅天子之命。初，管、蔡畔，周公討之，三年而畢定，故初作《大誥》，次作《微子之命》，次《歸禾》，次《嘉禾》，次《康誥》《酒誥》《梓材》，其事在《周公》之篇。周公行政七年，反政成王，北面就群臣之位。成王在豐，使召公復營洛邑，如武王之意。周公復卜申視，卒築居九鼎焉，曰：『此天下之中，道里均。』作《召誥》《洛誥》。成王既遷殷民，周公作《多士》《無佚》。召公爲保，周公爲師，東伐淮夷，殘奄，遷其君薄姑。成王自奄歸，在宗周，作《多方》。既絀殷命，歸在豐，作《周官》，正禮樂制度。於是民和睦，頌聲興。成王既伐東夷，息慎來賀，王賜榮伯，作《息慎之命》。

成王懼太子釗之不任，乃命召公、畢公率諸侯以相太子而立之。成王既崩，二公率諸侯，以太子釗見於先王廟，申告以文、武之所爲王業之不易，務在節儉，毋多欲，作《顧命》。太子釗遂立，是爲康王。康王即位，徧告諸侯，作《康誥》。故成、康之際，天下安寧，刑錯四十餘年。康王命作策，畢公分居里，成周郊，作《畢命》。

康王崩，子昭王瑕立。時王道微闕。昭王南巡狩不返，卒於江上。立昭王子滿，是爲穆王。

穆王即位，春秋已五十矣。王道衰微，乃命伯冏申誡太僕，作《冏命》。

穆王將征犬戎，祭公謀父諫曰：『不可。先王耀德不觀兵。夫兵戢而時動，動則威，觀則玩，玩則無震。是故周文公之頌曰：「載戢干戈，載櫜弓矢。我求懿德，肆于時夏，允王保之。」先王之於民也，茂正其德而厚其性，阜其財求而利其器用，明利害之鄉，以文修之，使之務利而辟害，懷德而畏威，故能保世以滋大。昔我先王世后稷以服事虞、夏。及夏之衰也，棄稷不務，我先王不窋用失其官，而自竄於戎狄之間。不敢怠業，時序其德，遵修其緒，修其訓典，朝夕恪勤，守以敦篤，奉以忠信。奕世載德，不忝前人。至于文王、武王，昭前之光明而加之以慈和，事神保民，無不欣喜。商王帝辛大惡于民，庶民不忍，訢載武王，以致戎于商牧。是故先王非務武也，勤恤民隱而除其害也。夫先王之制，邦內甸服，邦外侯服，侯衛賓服，夷蠻要服，戎翟荒服。甸服者祭，侯服者祀，賓服者享，要服者貢，荒服者王。日祭，月祀，時享，歲貢，終王。先王之順祀也，有不祭則修意，有不祀則修言，有不享則修文，有不貢則修名，有不王則修德，序成而有不至則修刑。於是有刑不祭，伐不祀，征不享，讓不貢，告不王。於是有刑罰之辟，有攻伐之兵，有征討之備，有威讓之命，有文告之辭。布令陳辭而有不至，則增修於德，無勤民於遠。是以近無不聽，遠無不服。今自大畢、伯士之終也，犬戎氏以其職來王，天子曰「予必以不享征之，且觀之兵」，無乃廢先王之訓，而王幾頓乎？吾聞犬戎樹敦，率舊德而守終純固，其有以禦我矣。』王不聽，遂征之，得四白狼四白鹿以歸。自是荒服者不至。

諸侯有不睦者，甫侯言於王，作《甫刑》。

穆王立五十五年，崩，子共王繄扈立。共王游於涇上，密康公從，有三女犇之。其母曰：『必致之王。女三爲粲。夫粲，物之美也。女何德以堪之？小醜備物，必亡。』康公不獻。後一年，共王滅密。共王崩，子懿王囏立。懿王之時，王室遂衰，詩人作刺。

懿王崩，共王弟辟方立，是爲孝王。孝王崩，諸侯復立懿王太子燮，是爲夷王。

夷王崩，子厲王胡立。厲王即位三十年，好利，近榮夷公。大夫芮良夫諫曰：『王室其將卑乎？榮公好專利。夫利，百物之所生也，而專之，其害多矣。以是教王，其能久乎？夫王人者，將導利而布之上下者也。王而專之，其歸鮮矣。』厲王不聽，卒以榮公爲卿士。王行暴虐侈傲，國人謗。召公諫曰：『民不堪命矣。』王怒，得衛巫，使監謗者，告則殺之。諸侯不朝。三十四年，王益嚴，道路以目。厲王喜，告召公曰：『吾能弭謗矣。』召公曰：『是鄣之也。防民之口，甚於防水。水壅而潰，傷人必多，民亦如之。』王不聽，於是國莫敢出言。三年，乃相與畔，襲厲王。厲王奔彘。太子静匿召公之家，國人聞而圍之。召公曰：『吾昔驟諫王，王不從，以及此難也。今殺王太子，其以我爲讎而懟怒乎？』乃以其子代王太子，太子竟得脱。

召公、周公二相行政，號曰『共和』。共和十四年，厲王死于彘。太子静長於召公家，二相乃共立之，是爲宣王。宣王即位，二相輔之，修文、武、成、康之遺風，諸侯復宗周。十二年，魯武公來朝。王籍千畝，虢文公諫曰不可，王弗聽。三十九年，戰于千畝，敗績于姜氏之戎。乃料民於太原，仲山甫諫曰不可，王不聽。

四十六年，宣王崩，子幽王宫涅立。幽王二年，西周三川皆震。伯陽甫曰：『周將亡矣。昔伊、洛竭而夏亡，河竭而商亡。今周德若二代之季矣。夫國必依山川，山崩川竭，亡國之徵也。不過十年，數之紀也。』是歲，三川竭，岐山崩。三年，幽王嬖褒姒。周太史伯陽讀史記曰：『周亡矣。』昔自夏后氏之衰也，有二神龍止於夏帝庭而言曰：『余，褒之二君。』夏帝卜殺之與去之與止之，莫吉。卜請其漦而藏之，乃吉。於是布幣而策告之，龍亡而漦在，櫝而去之。夏亡，傳此器殷。殷亡，又傳此器周。比三代，莫敢發之。至厲王之末，發而觀之。漦流于庭，不可除。厲王使婦人裸而譟之。漦化爲玄黿，以入王後宫。後宫之童妾既齔而遭之，既笄而孕，無夫而生子，懼而棄之。宣王之時童女謡曰：『檿弧箕服，實亡周國。』於是宣王聞之，有夫婦賣是器者，宣王使執而戮之。逃於道，而見鄉者後宫童妾所棄妖子出於路者，聞其夜啼，哀而收之，夫婦遂亡，犇於褒。褒人有罪，請入童妾所棄女子者於王以贖罪。棄女子出於褒，是爲褒姒。當幽王三年，王之後宫，見而愛之，生子伯服。初，王娶申侯女爲后，而生太子宜臼。至是竟廢申后，并去太子，而以褒姒爲后，伯服爲太子。太史伯陽曰：『禍成矣，無可奈何。』褒姒不好笑，王欲其笑萬方，故不笑。王爲烽燧約諸侯，寇至則舉烽火。乃舉烽火召諸侯，諸侯悉至，而無寇，褒姒大笑。王説之，爲數舉烽火。其後不信，諸侯益亦不至。幽王以虢石父爲卿，國人皆怨。又廢后去太子，申侯怒，與繒、西夷犬戎攻幽王。幽王舉烽火徵兵，兵莫至。遂殺幽王驪山下，虜褒姒，盡取周賂而去。於是諸侯乃即申侯而共立故太子宜臼，是爲平王。

平王立，東遷于雒邑，辟戎寇也。平王之時，周室衰微，齊、楚、秦、晉始大，政由方伯。

五十一年，平王崩，太子洩父蚤死，立其子林，是爲桓王。桓王，平王孫也。

桓王三年，鄭莊公朝，桓王不禮。五年，鄭怨，與魯易許田。許田，天子之用事太山田也。十三年，伐鄭，鄭射王傷。

二十三年，桓王崩，子莊王佗立。莊王四年，周公黑肩欲殺莊王而立王子克。辛伯告王，王殺周公。王子克犇燕。

十五年，莊王崩，子釐王胡齊立。釐王三年，齊桓公始霸。

五年，釐王崩，子惠王閬立。惠王二年，大夫邊伯等五人作亂，惠王犇温，居鄭之櫟。王弟穨立爲王。初，莊王嬖姬姚，生子穨，有寵。及惠王即位，奪其大臣園以爲囿，故五人因以作亂。四年，鄭、虢伐之，殺王穨，復入惠王。惠王十年，賜齊桓公爲伯。

二十五年，惠王崩，子襄王鄭立。後母曰惠后，生叔帶，有寵於惠王，襄王畏之。三年，叔帶與戎、翟謀伐襄王，不克，犇齊。齊桓公使使平之。九年，齊桓公卒。十二年，叔帶復歸於周。十三年，鄭伐滑，王使游孫、伯服請滑，鄭人囚之。王怒，將以翟伐鄭。富辰諫曰：『凡我周之東徙，晉、鄭焉依。子頽之亂，又鄭之由定。今以小怨棄之？』王不聽。十五年，王降翟師以伐鄭。王德翟人，將以其女爲后。富辰諫曰：『平、桓、莊、惠皆受鄭勞，王棄親親翟，不可。』王不聽。十六年，王絀翟后，翟人來誅，殺譚伯。富辰以其屬死之。初，惠后欲立王子帶，故以黨開翟人，翟人遂入周。襄王出犇鄭，鄭居王于氾。子帶立爲王，取襄王所絀翟后與居温。十七年，襄王告急于晉，晉文公納王而誅叔帶。襄王乃賜晉文公珪鬯弓矢，爲伯，以河内地與晉。二十年，天王狩于河陽，諸侯畢朝。晉文公踐土之盟。二十四年，晉文公卒。三十一年，秦穆公卒。

三十二年，襄王崩，子頃王壬臣立。頃王六年，崩，子匡王班立。匡王六年，崩，弟瑜立，是爲定王。

定王元年，楚莊王伐陸渾之戎，次洛，使人問九鼎。王使王孫滿却之。十年，楚莊王圍鄭，鄭伯降，已而復之。十六年，楚莊王卒。

二十一年，定王崩，子簡王夷立。簡王十三年，晉殺其君厲公。

十四年，簡王崩，子靈王泄心立。靈王二十四年，齊崔杼弑其君莊公。

二十七年，靈王崩，子景王貴立。景王十八年，后、太子聖而早卒。二十年，景王愛子朝，欲立之，會崩，子丐之黨争立，國人立長子猛，是爲悼王。王子朝攻殺猛，晉人攻子朝而立丐，是爲敬王。

敬王元年，晉人入之，王子朝自立，敬王不得入，居澤。四年，晉率諸侯入敬王于周，子朝爲臣。諸侯城周。十六年，子朝之徒復作亂，敬王犇于晉。十七年，晉定公遂入敬王于周。齊田恒殺其君簡公。二十年，孔子相魯。四十一年，楚滅陳。孔子卒。

四十二年，敬王崩，子元王仁立。元王八年，崩，子定王介立。定王十六年，三晉滅智伯，分有其地。

二十八年，定王崩，長子去疾立，是爲哀王。哀王立三月，弟叔襲殺哀王而自立，是爲思王。思王立五月，少弟嵬攻殺思王而自立，是爲考王。此三王皆定王之子。

考王十五年，崩，子威烈王午立。初，考王封其弟于河南，是爲桓公，以續周公之官職。桓公卒，子威公代立。威公卒，子惠公代立，乃封其少子於鞏以奉王，號東周惠公。威烈王二十三年，九鼎震。是歲韓、趙、魏爲諸侯。

二十四年，崩，子安王驕立。是歲盜殺楚聲王。

安王立二十六年，崩，子烈王喜立。是歲，周太史儋見秦獻公曰：『始周與秦國合而別，別五百載復合〔五〕，合十七歲而霸王者出焉。』

十年，烈王崩，弟扁立，是爲顯王。顯王五年，秦獻公稱霸，王致賀。九年，致文武胙於秦孝公。二十五年，秦會諸侯於周。二十六年，周致伯於秦孝公〔六〕。四十四年，秦惠王稱王。其後諸侯皆爲王。

四十八年，顯王崩，子赧王延立。王赧時東西周分治。王赧徙都西周。西周武公立公子咎爲太子。共太子殀，有五庶子，毋適立。司馬翦説楚立之。

八年，秦攻宜陽，楚救之。將伐周。蘇代爲周説楚王曰：『何以周爲秦之禍也？言周之爲秦甚於楚者，欲令周入秦也，故謂「周秦」也。周知其不可解，必入於秦，此爲秦取周之精者也。爲王計者，周於秦因善之，不於秦亦言善之，以疏之於秦。周絶於秦，必入於郢矣。』

秦借道兩周之間，將以伐韓。周畏之。史厭謂周君曰：『何不令人謂韓公叔曰：「秦之敢絶周而伐韓者，信東周也。公何不與周地，發質使之楚？」秦必疑楚不信周，是韓不伐也。又謂秦：「韓彊與周地，將以疑周於秦也，周不敢受。」秦必無辭而令周不受，是受地於韓而聽於秦。』秦召西周君，西周君惡之，周令人謂韓王曰：『秦召西周君，將以使攻王之南陽也，王何不出兵於南陽？周君將以爲辭於秦。周君不入秦，秦必不敢踰河而攻南陽矣。』東周與西周戰，韓救西周。或爲東周説韓王曰：『西周故天子之國，多名器重寶。王案兵毋出，可以德東周，而西周之寶可以盡矣。』

楚圍雍氏，韓徵甲與粟於東周，東周君恐，召蘇代而告之。代曰：『君何患於是。臣能使韓毋徵甲與粟於周，又能爲君得高都。』周君曰：『子苟能，請以國聽子。』代見韓相國曰：『楚圍雍氏，期三月也，今五月不能拔，是楚病也。今相國乃徵甲與粟於周，是告楚病也。』韓相國曰：『善。使者已行矣。』代曰：『何不與周高都？』韓相國大怒曰：『吾毋徵甲與粟於周亦已多矣，何故與周高都也？』代曰：『與周高都，是周折而入於韓也，秦聞之必大怒忿周，即不通周使，是以弊高都得完周也。曷爲不與？』相國曰：『善。』果與周高都。

三十四年，蘇厲説秦白起無攻梁。四十二年，秦破華陽，梁城周，從馬犯説也。四十五年，周君之秦。秦攻周，周最謂秦王曰：『爲王計者不攻周。攻周，實不足以利，聲畏天下，則秦不王矣。』五十八年，三晉距秦。周令相國之秦，還而見秦王曰：『請爲王聽東方之變。』秦攻三晉。五十九年，秦取韓陽城負黍，西周與諸侯約從，將天下鋭師出伊闕攻秦。秦昭王怒，使將軍摎攻西周。西周君犇秦，獻其邑三十六，口三萬。周民遂東亡。秦取九鼎寳器，而遷西周公於𢺋狐。後七歲，秦莊襄王滅東西周，周亡。

論曰：周道備矣，蓋文、武、周公之盛也。至於東遷，王綱陵遲，蓋幽、厲之所爲衰也。太史公追論營洛，其意蓋曰周之興也以豐、鎬，亡也以洛邑。其實不然。孔子曰：『文、武之政，布在方策。』予因舊文略討論之，使學者可覽見焉。

【校記】

〔一〕邘：原作『邢』，四庫全書本作『邘』。按：中華書局二〇一四年版《史記·周本紀》作『邘』。據改。

〔二〕分殷之器物：中華書局二〇一四年版《史記·周本紀》作『作《分殷之器物》』。按：裴駰《史記集解》引鄭玄語：『作《分器》，著王之命及受物。』

〔三〕鄗：原作『鄧』，四庫全書本作『鄗』。按：中華書局二〇一四年版《史記·周本紀》作『鄗』。據改。

〔四〕桃林之虛：四庫全書本作『桃林之野』。

〔五〕以上二『別』字，原作『列』，四庫全書本作『別』。按：中華書局二〇一四年版《史記·周本紀》作『別』。據改。

〔六〕秦孝公：原作『秦惠王』，四庫全書本作『秦孝公』。按：中華書局二〇一四年版《史記·周本紀》作『秦孝公』。據改。

儼山文集卷五十八

史記二

吴記

吴太伯、弟仲雍，皆周太王之子，而王季之兄也。王季賢，而有聖子昌，太王欲立王季以及昌，於是太伯、仲雍乃避之荆蠻，文身斷髮，示不可用。季立，是爲王季，而昌爲文王。太伯之荆蠻，自號句吴。荆蠻義之，從而歸之千餘家，立爲吴太伯。

太伯卒，無子，仲雍立，是爲吴仲雍。仲雍卒，子季簡立。季簡卒，子叔達立。叔達卒，子周章立。是時周武王克殷，求太伯、仲雍之後，得周章。周章已君吴矣，因而封之。乃封周章弟虞仲於周之北故夏虚，是爲虞仲，列爲諸侯。周章卒，子熊遂立。熊遂卒，子柯相立。柯相卒，子彊鳩夷立。彊鳩夷卒，子餘橋疑吾立。餘橋疑吾卒，子柯虚立。柯虚卒，子周繇立。周繇卒，子屈羽立。屈羽卒，子夷吾立。夷吾卒，子禽處立。禽處卒，子轉立。轉卒，子頗高立。頗高卒，子句卑立。是時晉獻公滅周北虞公，以開晉伐虢也。句卑卒，子去齊立。去齊卒，子壽夢立。壽夢立而吴益大，始稱王。

自太伯作吴，五世而武王克殷，封其後爲二：其一虞，在中國；其一吴，在夷蠻。十二世而晉滅中國之虞。中國之虞滅二世，而夷蠻之吴興。從太伯至壽夢，凡十九世。

壽夢二年，楚大夫申公巫臣犇晉，自晉使吴，教吴用兵乘車，令其子爲吴行人，吴於是始通於中國。乃伐楚。十六年，楚伐吴，至衡山。

二十五年，壽夢卒。壽夢有子四人，長曰諸樊，次曰餘祭，次曰餘眛，次曰季札。季札賢，而壽夢欲立之，季札讓，乃立諸樊，稱攝。

元年，諸樊已除喪，讓位季札。季札謝曰：『願附子臧之義。』吴人乃舍之。秋，吴伐楚，楚敗我師。

十三年，諸樊卒，有命授弟餘祭，以次，必致國於札。札封於延陵，號曰延陵季子。餘祭三年，齊相慶封有罪來奔，予之朱方之縣，以爲奉邑，以女妻之，富於在齊。四年，吴使季札聘於魯。去魯，遂使齊。去齊，使於鄭。去鄭，適衛。去衛，適晉。十年，楚會諸侯伐吴之朱方，以誅齊慶封。吴亦攻楚，取三邑而去。十一年，楚伐吴，至雩婁。十二年，楚復來伐，次於乾谿，楚師敗走。

十七年，餘祭卒，弟餘眛立。四年，餘眛卒，欲授季札。札讓，逃去。餘眛子僚立。二年，公子光伐楚，敗而亡王舟。復襲，得舟而還。五年，楚臣伍子胥來奔，公子光客之。公子光者，諸樊之子也。常以爲『吾父兄弟四人，當傳至季子。季子即不受國，光父先立。即不傳季子，光當立。』陰納賢士，欲以襲僚。吳使公子光伐楚，敗楚師，迎楚故太子建母於居巢以歸。因北伐，敗陳、蔡之師。九年，公子光伐楚，拔居巢、鍾離。初，子胥之犇吳也，説以伐楚之利。公子光曰：『胥欲爲父兄報仇耳。』於是子胥知光志，乃求勇士專諸見之，光喜。子胥退耕於野以待。十二年冬，楚平王卒。十三年春，吳欲因喪伐之，使公子蓋餘、燭庸圍楚之六、灊。使季札於晉，以觀諸侯之變。楚絶吳後，吳不得還。於是公子光曰：『時不可失也。』告專諸曰：『不索何獲。』專諸曰：『僚可殺也。母老子弱，而兩公子將兵攻楚。外困而内空也，是無奈我何。』四月丙子，光伏甲士於窟室，而謁僚飲。僚陳兵於道，自宫至光之家，門階户席，皆僚之親也，人夾持鈹。公子光詳爲足疾，入于窟室，使專諸置匕首於炙魚之中，進食而弒僚。公子光竟立，是爲吳王闔廬，乃以專諸子爲卿。季子至，命哭諸僚墓，復位而待。公子燭庸、蓋餘二人遇圍於楚者，聞僚弒而光立，乃以其兵降楚，楚封之於舒。

闔廬元年，舉伍子胥爲行人而與謀國事。楚臣伯嚭奔吳，吳以爲大夫。闔廬與子胥、伯嚭將兵伐楚，拔舒，殺二公子。光謀入郢，將軍孫武曰：『未可。』四年，伐楚，取六與灊。五年，伐越，敗之。六年，楚使子常囊瓦伐吳。迎而擊之，大敗楚軍於豫章，取居巢而還。九年，西伐楚，至於漢水，與楚兵夾水而陳。闔廬弟夫概欲戰，闔廬弗許。夫概曰：『王已屬臣兵，兵事上利，何待焉？』遂以其部五千人大敗楚兵。闔廬縱兵追之，比至郢，五戰，楚五敗。楚昭王犇鄖，與鄖公犇隨。吳遂入郢。子胥、伯嚭因以報父讎。十年春，越聞闔廬之在郢，國空，乃伐吳。吳使別將擊之。秦兵救楚，吳師敗。夫概見秦、越交敗吳，而闔廬留楚不去，夫概亡歸吳，自立爲王。闔廬引歸，攻夫概。夫概犇楚。楚昭王復入郢，而封夫概於堂谿，爲堂谿氏。十一年，吳使太子夫差伐楚，取番。楚徙鄀。十五年，孔子相魯。十九年夏，吳伐越，句踐爲檇李之戰，使死士行造吳師，呼，自剄。吳師觀之，越因而伐之，敗之姑蘇，傷闔廬指，軍却七里。闔廬病傷而死，太子夫差立志報越。每朝出入，使人呼其名曰：『夫差，而忘句踐殺而父乎？』則對曰：『不敢。』三年，乃報越。

夫差元年，以大夫伯嚭爲太宰。習戰射，常以報越爲志。二年，夫差率精兵伐越，敗之夫椒，報姑蘇也。越句踐乃以甲兵五千人棲于會稽，使大夫種因太宰嚭而行成，請委國爲臣妾。夫差將許之，伍子胥諫曰：『句踐爲人能辛苦，後必悔之。』夫差不聽，聽太宰嚭，卒許越平，與盟而去。七年，吳聞齊景公死而大臣争寵，新君弱，乃興師北伐齊。子胥諫曰：『不先越而務齊，不亦謬乎！』吳不聽，遂北伐，敗齊師於艾陵。至繒，召魯哀公而徵百牢。季康子使子貢以周禮説太宰嚭，乃得止。因留略地於齊、魯之南。九年，爲騶伐魯，至，與魯盟乃去。十年，伐齊歸。十一年，復伐齊。句踐率其衆以朝吴，厚獻遺之，夫差喜。惟子胥懼，曰：『是棄吴也。』諫曰：『盤庚之「誥」有顛越勿遺。』吴不聽，使子胥於齊，子胥屬其子於齊鮑氏，還報吴。夫差大怒，賜屬鏤之劍以死。齊鮑氏弑悼公。夫差聞之，哭於軍門外三日，乃從海上攻齊。兵敗，乃引歸。十三年，吴召魯、衛之君會於橐皋。十四年春，北會諸侯於黄池，欲霸中國以全周室。六月戊子，越伐吴。乙酉，越與吴戰。丙戌，虜吴太子友。丁亥，入吴。吴人告敗於夫差，夫差惡其聞也，斬七人於幕下。七月辛丑，吴、晉争長。夫差曰：『於周室我爲長。』晉定公曰：『於姬姓我爲伯。』卒長晉。盟已，與晉别，欲伐宋。太宰嚭曰：『可勝而不能居也。』乃引兵歸國。士皆罷敝，於是乃使厚幣以與越平。十八年，越益彊，句踐伐敗吴師於笠澤。二十年，越復伐吴。二十一年，遂圍吴。二十三年十一月丁卯，越破吴，欲遷夫差於甬東，予百家居之。夫差曰：『孤老矣，不能事君王也。吾悔不用子胥之言，自令陷此。』遂自殺。吴亡，越誅太宰嚭而歸。

論曰：語有之，蓬生麻中。予覽延陵季子之高誼，喟然歎曰：何其似太伯也。太伯用以造周，季札以而基禍，豈所謂可與立，未可與權者耶。

儼山文集卷五十九

傳一

季札傳

季札者，吴壽夢之子也，封於延陵，故號曰延陵季子。初，壽夢有子四人，長曰諸樊，次曰餘祭，次曰餘昧，次曰季札。季札賢，壽夢欲立之，季札讓不可，於是立諸樊。諸樊已除喪，讓位季札。季札曰：『昔曹宣公之卒也，諸侯與曹人不義曹君，將立子臧，子臧去之，以成曹君，君子曰「能守節矣」。君義嗣，誰敢干君！有國，非吾節也。札雖不才，願附於子臧之義。』吴人固立季札，季札棄其室而耕，乃舍之。諸樊立十三年而卒，有命授弟餘祭，欲傳以次，必致國於季札而止，以稱先王壽夢之意，且嘉季札之義，兄弟皆欲致國，令以漸至焉。

餘祭四年，聘於魯。見叔孫穆子而説之，謂之曰：『子其不得死乎？好善則不能擇人。吾聞「君子務在擇人」。吾子爲魯宗卿，而任其大政，不慎舉，何以堪之？禍必及之。』請觀周樂。

爲之歌《周南》《召南》。曰：『美哉，始基之矣，猶未也，能勤而不勞〔一〕。』歌《邶》《鄘》《衛》。曰：『美哉，淵乎，憂而不困者也。吾聞衛康叔、武公之德如是，是其《衛風》乎？』歌《王》。曰：『美哉，思而不懼，其周之東乎？』歌《鄭》。曰：『其細已甚，其民不堪也，是其先亡乎？』歌《齊》。曰：『美哉，泱泱乎，大風也哉。表東海者，其太公乎？國未可量也。』歌《豳》。曰：『美哉，蕩蕩乎，樂而不淫，其周公之東乎？』歌《秦》。曰：『此之謂夏聲。夫能夏則大，大之至也，其周之舊乎？』歌《魏》。曰：『美哉，渢渢乎，大而婉，儉而易行，以德輔此，則盟主也。』歌《唐》。曰：『思深哉，其有陶唐氏之遺風乎？不然，何憂之遠也？非令德之後，誰能若是。』歌《陳》。曰：『國無主，其能久乎？』自《鄶》以下，無譏焉。歌《小雅》。曰：『美哉，思而不貳，怨而不言，其周德之衰乎？猶有先王之遺民也。』歌《大雅》。曰：『廣哉，熙熙乎，曲而有直體，其文王之德乎？』歌《頌》。曰：『至矣哉，直而不倨，曲而不詘，近而不偪，遠而不攜，遷而不淫，復而不厭，哀而不愁，樂而不荒，用而不匱，廣而不宣，施而不費，取而不貪，處而不底，行而不流。五聲和，八風平，節有度，守有序，盛德之所同也。』見舞《象箾》《南籥》者，曰：『美哉，猶有憾。』見舞《大武》，曰：『美哉，周之盛也，其若此乎？』見舞《韶》《濩》者，曰：『聖人之弘也，猶有慚德，聖人之難也。』見舞《大夏》，曰：『美哉，勤而不德。非禹，其誰能及之？』見舞《招箾》，曰：『德至矣哉，大矣，如天之無不幬也，如地之無不載也，雖甚盛德，無以加矣。若有他樂，吾不敢觀。』

去魯，遂使齊。説晏平仲，謂之曰：『子速納邑與政。無邑無政，乃免於難。齊國之政將有所歸，未得所歸，難未息也。』故晏子因陳桓子以納政與邑，是以免於欒高之難。

去齊，使於鄭。見子産，如舊交，與之縞帶，子産獻紵衣焉。謂子産曰：『鄭之執政侈，難將至矣，政必及子。子爲政，慎以禮。不然，國將敗。』去鄭，適衛。説蘧瑗、史狗、史鰌、公子荆、公叔發、公子朝曰：『衛多君子，未有患也。』

自衛如晉，將宿於戚，聞鐘聲，曰：『異哉！吾聞之，辯而不德，必加於戮。夫子獲罪於君以在此，懼猶不足，而又可以畔乎？夫子之在此，猶燕之巢于幕也。君在殯而可以樂乎？』遂去之。文子聞之，終身不聽琴瑟。適晉，説趙文子、韓宣子、魏獻子曰：『晉國其萃於三家乎！』將去，謂叔向曰：『吾子勉之。君侈而多良，大夫皆富，政將在三家。吾子直，必思自免於難。』

季札之初使，北過徐君。徐君好季札劍，口弗敢言。札心知之，爲使上國，未獻也。還至徐，徐君已死，於是乃解其寶劍，繫之徐君冢樹而去。從者曰：『徐君已死，尚誰予乎？』季子曰：『不然。始吾心已許之，豈以死倍吾心哉？』

餘祭卒，傳餘昧。及餘昧卒，欲授札。札讓，逃去。於是吴人曰：『先王有命，兄卒弟代，必致季子。今季子逃位，則餘昧子當代。』乃立餘昧之子僚爲王。公子光者，諸樊之子也。常以爲

『吾父兄弟四人，當傳至季子。季子即不受國，光父先立。即不傳季子，光當立』。又用專諸曰：『我真王嗣，當立，吾欲求之。季子雖至，不吾廢也。』既而篡僚。季子至，曰：『苟先君無廢祀，民人無廢主，社稷有奉，乃吾君也。吾敢誰怨乎？哀死事生，以待天命。非我生亂，立者從之，先人之道也。』闔廬命哭僚墓，復位而待。

札長子死於嬴、博之間，因葬焉。孔子使子貢觀之，其穿深不及泉，其斂以時服。既葬，封其壙，左袒右旋，號者三，言曰：『骨肉歸復於土，命也。若魂氣則無不之也。』遂行。孔子曰：『延陵季子之於禮，其合矣。』

札凡事吴七主，年九十餘卒。孔子表其葬曰：『嗚呼，有吴延陵君子。』毘陵之間，尚有季札墓云。

論曰：司馬子長稱季子閎覽博物，及觀嬴博之役，又何深於禮也。信乎附青雲哉！

【校記】

〔一〕能勤而不勞：四庫全書本作『然勤而不怨』。按：中華書局二〇一四年版《史記·吴太伯世家》同四庫全書本。

重修伍子胥傳

伍員字子胥，楚人也。父奢，兄尚。其先曰伍舉，以直諫事楚莊王，故世有顯名於楚。

楚平王有太子名曰建，使伍奢爲太傅，費無忌爲少傅。無忌不忠於太子。平王使無忌爲太子取婦於秦，秦女好，馳歸報平王曰：『秦女絶美，王可自取，而更爲太子取婦。』無忌既以秦女自媚，因去太子而事平王。恐一旦王卒而太子立，乃因讒太子建。建母，蔡女也，無寵於王。王稍益疏建，使建守城父，備邊兵。頃之，無忌又日夜言太子短於王曰：『太子以秦女之故，不能無怨，願王少自備也。自太子居城父，將兵，外交諸侯，且欲入爲亂矣。』王乃召其太傅奢考問之。奢知無忌讒，因曰：『王獨奈何以讒賊小臣疏骨肉之親乎？』無忌曰：『王今不制，事成矣。王且見禽。』於是王怒，囚伍奢，而使城父司馬奮揚往殺太子。奮揚使人先告，太子建亡奔宋。無忌言於王曰：『奢有二子，皆賢。可質其父而召之，不然，且爲楚患。』王使使謂奢曰：『能致汝二子則生，不能則死。』奢曰：『尚爲人仁，呼必來。員爲人剛戾忍訽〔一〕，其勢必不來。』王不聽，使人召二子曰：『來，吾生汝父；不來，今殺奢也。』尚欲往，員曰：『楚之召我兄弟，非欲以生我父也，恐有脱者後生患，故以父爲質。二子到，則父子俱死矣。何益？不如奔他國，借力以雪父之恥，無俱滅爲也。』尚曰：『我知往終不能全。然恨父召以求生而不往，後不能雪恥，終爲天下笑耳。』謂員：『可去矣。汝能報父之讎，我將歸死。』尚既就執，使者捕員。員貫弓執矢嚮使者，使者不敢進，員遂亡，往從太子建於宋。奢聞員之亡也，曰：『楚國君臣且苦兵矣。』尚至楚，楚并殺之。

員既至宋，宋有華氏之亂，乃與建俱奔鄭。鄭人甚善之。建又適晉，晉頃公曰：『太子既善鄭，鄭信太子。能爲我内應，而我攻其外，滅鄭必矣。滅鄭而封太子。』太子乃還鄭。會從者告其謀，鄭定公與子産誅殺建。建有子曰勝。員懼，乃與勝俱奔吴。到昭關，昭關欲執之。員遂與勝獨身步走，幾不得脱。追者在後。至江，江上有一漁父，知員之急，乃渡。員既渡，解劍與漁父曰：『此劍直百金。』父曰：『楚國之法，得伍員者粟五萬石，爵執珪，豈徒百金劍耶？』不受。員未至吴而疾，止中道，乞食。至吴，吴王僚方用公子光爲將，員乃因公子光以求見吴王。

久之，楚之邊邑鍾離與吴之邊邑卑梁氏俱蠶，兩女子争桑相攻，至於兩國舉兵相伐。吴使公子光伐楚，拔其鍾離、居巢而歸。員説吴王僚曰：『楚可破也。願復遣公子光。』光謂王曰：『彼伍員父兄爲戮於楚，而勸王伐楚者，欲以自報其讎耳。楚未可破也。』員知光有内志，而未可説以外事，乃進專諸於公子光，退而與太子建之子勝耕於野。五年而楚平王卒。初，平王所奪太子建秦女生子軫，及平王卒，軫立，是爲昭王。吴王僚因楚喪，使二公子將兵往襲楚。楚發兵絶吴兵之後，不得歸。吴國内空，公子光乃令專諸襲刺王僚，而自立爲王，是爲闔廬。闔廬既立，得志，乃召員以爲行人，而與謀國事。

楚誅其大臣郤宛、伯州犂，伯州犂之孫伯嚭亡奔吴，吴亦以爲大夫。前所遣二公子將兵伐楚者，道絶，後聞僚弑而闔廬立，遂以其兵降楚，楚封之於舒。闔廬立三年，乃興師與伍員、伯嚭伐楚，拔舒，遂禽故吴二將軍。因欲至郢，將軍孫武曰：『民勞，未可，且待之。』乃歸。四年，吴伐楚，取六與灊。五年，伐越，敗之。六年，楚昭王使公子囊瓦將兵伐吴。吴使員迎擊，大破楚軍於豫章，取居巢。九年，闔廬謂伍員、孫武曰：『始子言郢未可入，今果何如？』二子對曰：『楚將囊瓦貪，而唐、蔡皆怨之。王必欲大伐之，先得唐、蔡乃可。』闔廬聽之，悉興師與唐、蔡伐楚，與楚夾漢水而陳。吴王之弟夫概將兵擊楚將子常，子常敗走，奔鄭。於是吴乘勝而前，五戰，遂至郢。己卯，楚昭王出奔。庚辰，吴王入郢。昭王出亡，入雲夢，盜擊王，王走鄖。鄖公弟懷曰：『平王殺我父，我殺其子，不亦可乎？』鄖公恐，與王奔隨。吴兵圍隨，謂隨人曰：『周之子孫在漢川者，楚盡滅之。』隨人欲殺王，王子綦匿王，自爲王以當之。隨人卜與王於吴，不吉，乃謝吴不與王。初，員與申包胥爲交，員之亡也，謂包胥曰：『我必覆楚。』包胥曰：『我必存之。』及吴兵入郢，員求昭王。既不得，乃掘楚平王墓，出其尸，鞭之三百，然後已。申包胥亡於山中，使人謂子胥曰：『子之報讎，其已甚矣。吾聞之，人衆者勝天，天定亦能勝人。今子故平王之臣，親北面而事之，今至於僇死人，此豈無天道之極乎？』員曰：『爲我謝包胥曰，吾日暮塗遠，吾故倒行而逆施之。』於是申包胥走秦告急，求救。秦不許。包胥立於秦廷，晝夜哭，七日七夜不絶其聲。秦哀公憐之，曰：『楚雖無道，有臣若是，可無存乎？』乃遣車五百乘救楚。六月，擊敗吴兵於稷。會闔廬久留楚求昭王，而王弟夫概乃亡歸，自立爲王。乃釋楚而歸，擊夫概。夫概奔楚。楚昭王見吴有内亂，乃復入郢。楚復與吴戰，吴敗，乃歸。後二歲，闔廬使太子夫差將兵伐楚，取番。楚懼吴復大來，乃去郢，徙於鄀。當是時，吴以伍員、孫武之謀，西破彊楚，北威齊、晉，南服越人。

其後五年，伐越。越王句踐迎擊，敗吴於姑蘇。闔廬病創死。夫差既立爲王，以伯嚭爲太宰，習戰射。二年後伐越，敗越於夫椒。越王句踐棲於會稽之上，使大夫種厚幣遺吴太宰嚭以請和，求委國爲臣妾。吴王將許之。伍員諫曰：『昔有過氏殺斟灌以伐斟尋，滅夏后帝相。帝相之妃緡方娠，逃於有仍而生少康。少康爲有仍牧正。有過又欲殺少康，少康奔有虞。有田一成，有衆一旅。後遂收夏衆，撫其官職。使人誘之，遂滅有過氏，復禹之績，祀夏配天，不失舊物。今吴不如有過之彊，而句踐大於少康。今不因此而滅之，又將寛之，不亦難乎？且句踐爲人能辛苦，今不滅，後必悔之。』吴王不聽，用太宰嚭計，卒與越平。

其後五年，乃興師北伐齊。員諫曰：『句踐食不重味，衣不重采，弔死問疾，且欲有所用之。此人不死，必爲吴患。今吴之有越，猶人之有腹心疾也。王不先越而乃務齊，不亦謬乎？』吴王不聽，伐齊，大敗齊師於艾陵，遂威鄒、魯之君以歸。益疏子胥之謀。

其後四年，吳王將北伐齊，越王句踐用子貢之謀，乃率其衆以助吳，而重寶以獻遺太宰嚭。嚭既數受越賂，其愛信越殊甚，日夜爲言於吳王。王信用嚭之計。員諫曰：『夫越，腹心之病，今信其浮辭詐僞而貪齊。破齊，譬猶石田，無所用。且盤庚之「誥」曰：有顛越不恭，劓殄滅之，俾無遺育，無使易種于茲邑。此商之所以興。願王釋齊而先越，不然，後悔無及。』吳王不聽，使員於齊。員臨行，謂其子曰：『吾數諫王，王不用，吾今見吳之亡矣。汝與吳俱亡，無益也。』乃屬其子於齊鮑牧，而還報吳。

太宰嚭既與子胥有隙，因讒曰：『子胥爲人剛暴，少恩，猜賊，其怨望恐爲深禍也。前日王欲伐齊，子胥以爲不可，王卒伐之而有大功。子胥恥其計謀不用，乃反怨望。而今王又復伐齊，子胥專愎彊諫，沮毀用事，徒幸吳之敗以自勝其計謀耳。今王自行，悉國中武力以伐齊，而子胥諫不用，因輒謝，佯病不行。王不可不備，此起禍不難。且嚭使人微伺之，其使於齊也，乃屬其子於齊之鮑氏。夫爲人臣，内不得意，外倚諸侯，自以爲先王之謀臣，今不見用，常鞅鞅怨望。願王早圖之。』吳王曰：『微子之言，吾亦疑之。』乃使使賜員屬鏤之劍，曰：『子以此死。』員仰天歎曰：『嗟乎，讒臣嚭爲亂矣，王乃反誅我。我令若父霸。自若未立時，諸公子争立，我以死争之於先王，幾不得立。若既得立，欲分吳國予我，我顧不敢望也。然今若聽諛臣言欲殺長者。』乃告其舍人曰：『必樹吾墓上以梓，令可以爲器，而抉吾眼縣吳東門之上，以觀越之滅吳也。』乃自剄死。吳王聞之大怒，乃取員尸盛以鴟夷革，浮之江中。吳人憐之，爲立祠於江上，因命曰胥山。

論曰：事豈不有天道者哉？伍子胥本用吳以報楚，乃謀越以忠於吳。初言既酧，交疏隕命，倒行而逆施，亦夫子果於自與也。尚之死足以稱仁，子胥終有功名，可以不死。予往來江上，未嘗不悲之。

【校記】

〔一〕詢：原作『垢』，四庫全書本作『詢』。按：中華書局二〇一四年版《史記·伍子胥列傳》作『詢』。據改。

儼山文集卷六十

傳二

重修蘇軾傳

蘇軾字子瞻，眉山人也。父洵，母程氏。軾生十年，父時宦學四方，母親授以書。聞古今成敗，輒能語其要。母讀《范滂傳》，慨然太息。軾請曰：『軾若爲滂，母許之乎？』母曰：『汝能滂，吾顧不能爲滂母耶？』比冠，學通經史，善屬文。

嘉祐二年，歐陽修考試禮部進士，嫉時文詭異之弊，思有以救之。同考梅堯臣得軾《刑賞忠厚論》，以示修。修驚喜，欲冠多士，然疑之，乃寘第二。復以《春秋》對義，居第一，殿試中乙科。後以書見修，修語聖俞曰：『吾當避此人一頭地。』會丁母憂。五年，調福昌主簿。修以直言薦之秘閣，試六論，軾始具稿草，文義粲然。復對制策，入三等。自宋初以來，制策入三等，惟吴育與軾而已。除大理評事、僉書鳳翔府判官。關中自元昊叛，民貧役重。岐下歲輸南山木栰，自渭入河，經砥柱之險，衙吏相踵破家。軾訪其利害，爲修衙規，使自擇工乘水進止，由是害減半。

治平二年，入判登聞鼓院。英宗自籓邸聞其名，欲以唐故事召入翰林，知制誥。宰相韓琦曰：『軾才自當爲天下用，要在朝廷培養之。今驟用之，適累之也。』英宗曰：『且與修注如何？』琦曰：『記注與制誥等爾，不若召試館職。』英宗曰：『試之欲知其能，如軾有不能邪？』琦猶不可。及試二論，復入三等，得直史館。軾聞琦語，曰：『公可謂愛人以德矣。』會洵卒，賻以金帛，辭之，求贈一官，乃贈光禄丞。洵將終，以兄太白早亡無後、嫁妹葬事屬軾。軾既除喪，即葬杜氏姑，後推蔭彭。彭，太白曾孫也。

熙寧二年還朝，王安石執政，以判官告院。四年，安石欲變科舉、興學校，詔兩制、三館議。軾上議曰：『得人之道在於知人，知人在於責實。使君相有知人之明，朝廷有責實之政，則胥史皂隸未嘗無人，而況於學校貢舉乎？雖因今之法，臣以爲有餘。使君相不知人，朝廷不責實，則公卿侍從常患無人，而況學校貢舉乎？雖復古之制，臣以爲不足。臣謂今之學校，特可因仍舊制。至於貢舉之法，行之百年，治亂盛衰，初不由此。陛下視祖宗之世，貢舉之法，與今爲孰精？言語文章，與今爲孰優？所得人才，與今爲孰多？天下之事，與今爲孰辨？較此四者之長短，其議決矣。願陛下留意於遠大。臣又有私憂過計者。夫性命之説，自子貢不得聞，而今學者，恥不言性命，讀其文，浩然無當，此豈真能然哉。蓋中人之性，安於放而樂於誕耳。陛下亦安用之？』議上，神宗悟，即日召見，問：『方今政令得失安在？雖朕過失，指陳可也。』對曰：『陛下求治太急，聽言太廣，進人太鋭。』神宗悚然曰：『卿三言，朕當熟思。』軾退，言於同列。安石不悦，命權開封府推官。會上元敕府市浙燈，且令損價。軾疏言：『陛下以耳目不急之翫，奪百姓口體之資。願追還前命。』即詔罷之。

時新法行，軾上書，論其不便，曰：『願陛下結人心，厚風俗，存紀綱。』軾見安石獨相，因策進士，以晉武平吴、苻堅伐晉、齊任管仲、燕任子之，事同功異爲問。安石滋怒，御史謝景温論奏其過。軾遂請外，通判杭州。高麗入貢，書稱甲子，軾却之。使者易書稱熙寧，然後受。時新法行，軾於其間，每因法以便民。徙知密州。司農行手實法，軾與提舉官議其不可行。未幾，朝廷罷之。有盜竊發，安撫司遣三班使臣來捕，領卒悍凶，至爭鬭殺人，將潰爲亂。民奔訴軾，軾投其書曰：『必不至此。』潰卒聞之，少安，徐使人招出戮之。

徙知徐州。河決曹村，泛溢于城下，城將敗，富民争出避水。軾曰：『富民出，民皆動摇，吾誰與守？吾在是。』驅使復入。詣武衛營，呼卒長曰：『河將害城，雖禁軍宜爲我盡力。』卒長曰：『當效命。』率其徒出，築東南長堤，首起戲馬臺，尾屬于城，城賴以全。復請調來歲夫築故城，增木岸，以虞再水。朝廷從之。

徙知湖州，表謝，又以事不便者託詩以諷。御史李定、舒亶、何正臣劾其語涉訕謗〔二〕，逮赴臺獄。神宗獨憐之，以黄州團練副使安置。軾築室於東坡，自號『東坡居士』。

三年，神宗數有意復用，嘗語宰相王珪、蔡確曰：『國史至重，可命蘇軾成之。』珪有難色。神宗曰：『軾不可，姑用曾鞏。』鞏進《太祖總論》，不合，遂手札移軾汝州，有曰：『蘇軾黜居思咎，閱歲滋深，人材實難，不忍終棄。』軾未至汝，上書自言願居常。朝奏，夕報可。道過金陵，見王安石，曰：『今西方用兵連年，東南數起大獄，公獨無一言以救之乎？』安石曰：『二事皆惠卿啓之，安石在外，安敢言？』軾曰：『在朝則言，在外則不言，常禮耳。上所以待公者非常禮，公所以事上者，豈可以常禮乎？』安石厲聲曰：『安石須説。』又曰：『人須是知行一不義，殺一不辜，得天下弗爲，乃可。』軾曰：『今人争減半年磨勘，雖殺人亦爲之矣。』安石笑而不言。

至常，神宗崩，哲宗立，復朝奉郎、知登州，召爲禮部郎中。軾舊善司馬光、章惇。時光爲門下侍郎，惇知樞密院，二人不合。軾謂惇曰：『司馬君實時望甚重，不可慢。』惇以爲然，光少安。遷起居舍人，軾辭於宰相蔡確。確曰：『朝中無出公右者。』軾曰：『林希年且長。』確曰：『希固當先公邪？』元祐元年，軾以七品服入侍延和，即賜銀緋，遷中書舍人。

初，祖宗時，差役法行久而弊，編户充役者不習其役，遭吏胥虐使之，害多致破産，狹鄉民有終歲不得息者。王安石相神宗，改爲免役，使户差高下出錢以顧役，奉行者過取，以爲民病。司馬光爲相，欲復差役，差官置局，軾與其選。軾曰：『差役、免役，各有利害。免役之害，掊斂民財，十室九空，斂聚於上而下有錢荒之患。差役之害，民常在官，不得專力於農，而貪利猾胥得緣爲姦。此二害輕重，蓋略等矣。』光曰：『於君何如？』軾曰：『法相因則事易成，事有漸則民不驚。三代之法，兵農爲一，至秦始分爲二。及唐中葉，盡變府兵爲長征之卒。自爾以來，民不知兵，兵不知農，農出穀帛以養兵，兵出性命以衛農，天下便之。雖聖人復起，不能易也。今免役之法，實大類此。公欲驟罷免役而行差役，正如罷長征而復民兵，蓋未易也。』光不以爲然。軾又陳於政事堂，光忿然。軾曰：『昔韓魏公刺陝西義勇，公爲諫官，争之甚力，韓公不樂，公亦不顧。軾昔聞公道其詳，豈今日公作相，不許軾盡言耶？』光笑而謝之。尋除翰林學士。

二年，兼侍讀。每進讀至治亂興衰之際，未嘗不反覆開導，覬有所啓悟。哲宗每首肯之。嘗讀祖宗《寶訓》，因及時事，軾歷言：『今賞罰不明，善惡無所勸沮；又黄河勢方北流，而彊之使東；夏人入鎮戎，殺掠數萬人，帥臣不以聞。每事如此，恐寖成衰亂之漸。』軾嘗鎖宿禁中，召入對便殿，宣仁后問曰：『卿前年爲何官？』曰：『臣爲常州團練副使。』曰：『今爲何官？』曰：『臣今待罪翰林學士。』曰：『何以遽至此？』曰：『遭遇太皇太后、皇帝陛下。』曰：『非也。』曰：『豈大臣論薦乎？』曰：『亦非也。』軾驚曰：『臣雖無狀，不敢自他途進。』曰：『此先帝意也。先帝每誦卿文章，必歎曰「奇才，奇才！」但未及進卿耳。』軾不覺哭失聲，宣仁后與哲宗亦泣，左右皆感涕。已而命坐賜茶，徹御前金蓮燭送歸院。

三年，權知禮部貢舉。會大雪苦寒，士坐庭中，噤未能言。軾寬其禁約，使得盡技。四年，請外，拜龍圖閣學士、知杭州。未行，諫官言，前相蔡確知安州，作詩借郝處俊事以譏太皇太后。大臣議遷之嶺南。軾密疏：『朝廷若薄確之罪，則於皇帝孝治爲不足；若深罪確，則於太皇太后仁政爲小累。謂宜皇帝敕置獄逮治，太皇太后出手詔赦之，則於仁孝兩得矣。』宣仁后心善軾言而不能用。軾出郊，用前執政恩例，遣内使賜龍茶、銀合，慰勞甚厚。

既至杭，大旱，饑疫並作。軾請於朝，免本路上供米三之一，復得賜度僧牒，易米以救饑者。明年春，又減價糶常平米，多作饘粥藥劑，遣使挾醫分坊治病，活者甚衆。軾曰：『杭，水陸之會，疫死比他處常多。』乃裒羡緡得二千，復發槖中黄金五十兩，以作病坊，稍畜錢糧待之。

杭本近海，地泉醎苦，居民稀少。唐刺史李泌始引西湖水作六井，民足於水。白居易又浚西湖水入漕河，自河入田，所溉至千頃，民以殷富。湖水多葑，自唐及錢氏，歲輒浚治，宋興，廢之，葑積爲田。漕河失利，取給江潮，舟行市中，潮又多淤，三年一淘，爲民大患，兼六井幾廢。軾見茅山一河專受江潮，鹽橋一河專受湖水，遂浚二河以通漕。復造堰牐，以爲湖水蓄洩之限，江潮不復入市。以餘利復完六井〔二〕，又取葑田積湖中，南北徑三十里，爲長堤以通行者。募人種菱湖中，葑不復生。收其利以備修湖，取救荒餘錢萬緡、糧萬石，及請得百僧牒以募役者。堤成，植蓉、柳其上，望之如畫圖，杭人名爲蘇公堤。

杭僧淨源，舊居海濱，與舶客通。元豐末，高麗王子義天來朝，因往拜焉。會淨源死，其徒竊持其像，附舶往告。義天亦使其徒來祭，因持其國母二金塔，云祝兩宫壽。軾不納，奏之曰：『高麗久不入貢，失賜予厚利，意欲求朝，未測吾所以待之厚薄，故因祭亡僧而行祝壽之禮。若受而不答，將生怨心；受而厚賜之，正墮其計。今宜勿與知，從州郡理却之。庸僧猾商，爲國生事，宜痛加懲創。』朝廷皆從之。未幾，貢使果至。舊例，使所至吴越七州，費二萬四千餘緡。軾乃令諸州量事裁損，無復侵撓之害。

浙江潮海門東來，勢如雷霆，而浮山與漁浦諸山犬牙相錯，洄洑激射，歲敗公私船不可勝計。軾議自浙江上流疏鑿，以避浮山之險。奏聞，有沮者，功竟不成。軾復言：『昔蘇州以東，公私皆以篙行，無陸挽者。自慶曆以來，松江大築挽路，建長橋扼江。三吴多水，欲鑿挽路，爲十橋，以迅松江之勢。』亦不果用。軾二十年間再莅杭，有德於州民生，作祠以報〔三〕。

六年，召爲吏部尚書，未至。以弟轍除右丞，改翰林承旨。轍辭右丞，欲與兄同備從官，不聽。軾在翰林數月，復請外，以龍圖閣學士出知潁州。先是，開封諸縣多水患，吏不究本末，決其陂澤，注之惠民河，河不能勝，則陳亦多水。又將鑿鄧艾溝，與潁河並，且鑿黄堆欲注之淮。軾始至潁，遣吏以水平準之，淮之漲水高於新溝一丈，若鑿黄堆，淮水倒浸潁州，決不可。遂爲言於朝，從之。郡有宿賊尹遇等，數劫殺人，吏以名捕不獲。軾召汝陰尉李直方曰：『君能擒此，當力言於朝，優賞；不獲，亦以不職奏免君矣。』直方有母年九十，與訣而後行。手戟刺而獲之。朝廷以小不應格，賞不及。軾請以己之年勞，當改郎階，爲直方賞，不從。

七年，徙揚州。發運司舊主東南漕法，聽操舟者私載物貨，征商不得留難。故操舟者以官舟爲家，補其弊漏，所載咸達。近歲不忍征商之小失，一切不許。故舟弊人困，多盜所載以濟饑寒，公私皆病。軾請復舊，從之。未閱歲，以兵部尚書召兼侍讀。

是歲，哲宗親祀南郊，軾爲鹵簿使，導駕入太廟。有赭繖犢車并青蓋犢車十餘争道，不避。軾使御營巡檢使問之，乃皇后及大長公主。軾於車中奏之，哲宗遣使齎疏馳白太皇太后。明日，詔整肅儀衛，自皇后而下皆毋得迎謁。尋遷禮部兼端明殿、翰林侍讀兩學士，爲禮部尚書。高麗遣使請書，朝廷以故事盡許之。軾曰：『漢東平王請諸子及《太史公書》，猶不肯予。高麗所請，有甚於此，其可予乎？』不聽。

八年，宣仁后崩，哲宗親政。軾乞補外，以兩學士出知定州。時國是將變，軾不得入辭。既行，上書言：『陛下聽政之初，當以通下情、除壅蔽爲急務。臣日侍帷幄，方當戍邊，顧不得一見而行，況疏遠小臣欲求自通，難矣。然臣不敢以不得對之故，不效愚忠。臣觀陛下之有爲，不患稍遲。臣恐急進好利之臣，輒勸陛下輕有改變。敢望陛下虚心循理，天下幸甚。』定州軍政壞弛，諸衛卒驕惰。軾取貪汙甚者配隸遠惡，繕修營房，禁止飲博，軍中衣食稍足，乃部勒以戰法，衆皆畏伏。諸校業業不安，有卒史以贓訴其長。軾曰：『此事吾自治則可，若聽汝告，軍中亂矣。』立決配之，衆乃定。會春大閲，軾命舊元帥常服出帳中，將吏戎服執事。副總管王光祖自謂老將，恥之，稱疾不至。軾召書吏使爲奏，光祖懼而出。訖事，肅然。定人言：『自韓琦去後，不見此禮至今矣。』契丹久和，邊兵不可用，惟沿邊弓箭社與寇爲鄰，以戰射自衛，猶號精鋭。故相龐籍守邊，因俗立法，緩急可使。歲久復弛，又爲保甲所撓。軾奏免保甲及兩税折變科配，不報。

紹聖初，御史論軾掌内外制日謗訕，遂以本官知英州，尋降一官，未至，貶寧遠軍節度副使，惠州安置。居三年，再貶瓊州别駕，居昌化。昌化，故儋耳地。初僦官屋以居，有司猶不可，軾遂買地築室，獨與幼子過處，著書爲樂，若將終身。

徽宗立，移廉州，改舒州團練副使，徙永州。更三大赦，遂提舉玉局觀，復朝奉郎。建中靖國元年，卒于常州，年六十六。

所著有《東坡集》四十卷，《後集》二十卷，《奏議》十五卷，《内制》十卷，《外制》三卷，《和陶詩》四卷，《論語説》五卷，《書傳》若干卷，《易傳》則成父洵之志而作，别有《中庸論》，咸傳。

高宗即位，贈資政殿學士，崇贈太師，謚文忠云。三子邁、迨、過，俱善爲文。邁，駕部員外郎。迨，承務郎。過，通判中山府。孫符，禮部尚書。

論曰：軾與弟轍，皆師其父洵學。嘉祐間，父子兄弟並至京師，一日而聲名赫然，動於四方，世稱之曰『三蘇』。然軾文得之於天資，幼好賈誼、陸贄之書。既而讀《莊子》，喟然歎曰：『是得吾心矣。』謫黄州，杜門深居，馳騁翰墨，其文又一變矣。嘗曰：『作文如行雲流水，初無定質，但常行於所當行，止於所不可不止。』故雖嬉笑怒罵，皆有文章。轍嘗稱之曰：『自有文人以來，未有若家兄之達者也。』君子不以爲過。當時受知於歐陽公特深，韓魏公、富鄭公，皆待以國士。一時文人如黄庭堅、晁補之、秦觀、張耒、陳師道，皆宗焉。負當世之望甚重。仁宗以宰相許之，神宗復稱爲天下奇才。忠規讜論，立朝挺挺有大節。每遭忌惡擠排遷謫，迄無寧居。與王介甫議論始終不合，復與程正叔詰難禮文，至分黨相攻。或謂：『軾稍自韜戢，亦當免禍。』不至大用，人皆惜之，或又以不大用爲軾幸也。

【校記】

〔一〕何正臣：原作『何正言』。《宋史》卷三百三十八《蘇軾傳》作『何正臣』。據改。

〔二〕餘利：《宋史》卷三百三十八《蘇軾傳》作『餘力』。

〔三〕有德於州民生，作祠以報：《宋史》卷三百三十八《蘇軾傳》作『有德於民，家有畫像，飲食必祝，又作生祠以報』。

儼山文集卷六十一

傳三

擬孫炎列傳

孫炎字伯融，句容人也。祖文嗣，父顯卿，皆爲儒。炎身餘六尺，面鐵色，一足偏跛。於書少所不通，喜雄辯，辯常窮一座人。元至正中，天台人丁復、金陵夏煜，皆有詩名。炎遊此兩人間最深，時時與夏煜飲酒賦詩角勝，得一雋語，輒槌案大譁，聲撼四鄰。每下筆，累紙可盡，由此驚動江東。間出遊四方，所與交必當時豪傑。常鄙視章句儒，衆中自負曰：孫炎豈齪齪伍耶？竟困而歸。

歲乙未，高皇帝渡江得金陵，開江南等處行中書省，召炎，炎見上，陳元運將終，勸上養士以圖大業，凡稱上心。戊戌，從征浙東，擢池州府同知，尋改池爲華陽府，即拜炎華陽知府。明年冬，召爲省都事。月餘，會處州降，乃以都事往總制處，錢穀兵馬之柄悉委之，不取中報，且以省符未署者付之，聽自辟任。炎疋馬入處，時賊營城外，酋蠻咸狼虎踞，不肯奉官府約束。炎至，坐廳事，驅城中民跽堦下，諭上意在生民，無自取虀粉爲也。語氣慷慨甚。民皆叩頭流血，退而轉相告，以爲孫使君不比舊官可玩狎矣。炎又爲檄，徧屬縣諭之，皆投兵，相繼爲良民。又擇其驍勇者爲兵，拔其服衆者爲長，時練習之以備寇，罷則歸農。馳一符立軍門，至無敢後者。姦吏豪族束手畏之，雖在數百里外，常若炎臨其家，不敢出聲語。時上方事延攬，秀民伏匿山谷中，咸未肯出。炎鈎致一二人，問有才者爲誰，今皆安在？録其姓名，遣使者以書招之。當是時，劉基、章溢最爲處士所推，基又最有名。使者再往返，不起。以一寶劍奉炎，炎以爲劍當獻天子，作詩封還之。仍爲數千言書，開陳天命以諭基，基乃肯就見。置酒與基飲，論古今成敗，如傾河決，基深歎服，曰：『基始以爲勝公。公論議若此，基何敢望公也。』

炎徒以口舌安反側郡，上方征伐，無一兵與炎。壬寅二月，苗將賀德仁、李祐之叛，襲炎。炎坐無援，被幽空室中，列卒環守，脅炎降，炎紿之曰：『若縱吾，吾能成若事。』叛將益疑之。遇夜以炙雁斗酒饋曰：『以此與公訣。』炎引佩刀割雁，舉巵酌酒，仰天歎曰：『嗟夫，丈夫死爾死義爾，賊死肉臭，狗且不爾食。』卒怒，持劍瞋目擬之，炎飲酒自若。食竟，叱其解衣。炎駡曰：『此紫綺裘，吾上所賜，誰當解者？』乃引枕而卧。賊乘其睡中害之，年三十〔一〕。戊申，追封丹陽縣男。妻王氏，初國兵入金陵，死之。

太史公曰：語云：膏粱養體，金石伐病，其文武之謂與？孫炎早以奇氣自負，遭際草昧。觀其於鎮撫民有餘力矣，卒死於兵亂，何哉？

【校記】

〔一〕三十：《明史》卷二百八十九《孫炎傳》作「四十」。

擬花雲列傳

花雲，懷遠人也。少孤，隨母嫁張氏。貌偉而黑，勇力絶人。歲癸巳，謁高皇帝於臨濠。一見奇之，俾將兵略地，遂破懷遠城，虜其帥以歸。進拔全椒，乘夜襲繆家寨走之。甲午秋七月，上將取滁州，雲單騎前行。卒遇數千賊，顧後騎遠，雲迺提劍躍馬，貫其陣而去。賊驚曰：「此黑將軍勇甚，難與争鋒。」是行從克滁。乙未春正月，從取和州，得兵三百人，授管勾。夏六月，從渡江先濟，從克采石，取太平。上以雲忠勇，命宿衛左右。丙申春三月，從克集慶，得兵千人，陞總管。徇鎮江、丹陽、丹徒、金壇諸縣，皆下之。過馬馱沙，擒殺劇盜數百人，授前部先鋒。夏六月，立行樞密院於太平，以雲爲院判。丁酉春正月，克常熟，得兵萬人，命將之。三月，攻拔常州，駐守牛塘營。秋七月，以兵三千趨寧國，道群盜間，陷山澤中者八日。雲操戈轉鬬而前，出入險阻，斬獲以千百，而身未嘗被一矢一創。還，命守太平。庚子夏閏五月，漢主陳友諒以舟師寇太平，雲帥麾下三千拒之。友諒引巨舟泊城西南隅，敵衆緣舟尾攀堞而上，城中饑憊，遂陷。雲被縛，縛急，雲怒罵賊，奮躍大呼，縛盡解。起奪守者刀，殺五六人，復罵曰：『虜非我主敵也，曷不趣降。』敵怒，碎雲首，懸於舟檣，衆射之。雲罵不絶，死年三十九。甲辰，追封東丘郡侯。

初，雲戰方急，夫人郜氏抱三歲兒拜家廟，泣會家人曰：『城且破，吾夫忠義人也，必死之。吾夫死，吾不可不死。所不可者，使花氏無後。兒在，若等善撫之。』聞變，夫人赴水死之。侍兒孫氏負兒去就漢軍，虜至九江。軍中惡養小兒，孫更以兒屬漁家，曰：『此兒良，宜善視之。』是年冬，漢破，孫脱身至漁家，視兒良在，瞯漁人出，竊負以逃。夜宿陶穴中，天曙脱簪僦舟以渡。會漢潰軍還，奪舟捽之江中。孫氏抱兒，遇斷木浮至，附入葦洲，採蓮實哺兒，七日不死。夜半聞人聲呼之，逢一老父號雷老，告之故，與俱行。明年辛丑春二月，達上所。孫侍兒抱兒且泣且拜，上亦泣，置兒于膝曰：『此花雲子，將種也。』賜雷老衣，遣之，詔復其徭，不見雷老，追之無所得。云兒名煒，水軍左衛指揮僉事。

太史公讀《花東丘傳》，而異其所謂雷老者，豈一時豪俠士，類脱人於難，而併與身名焉隱之。至託之神物，甚矣。其江流斷木，抑亦有天命可以爲難。

楝塘翁小傳

楝塘翁姓李氏，名正華，字本素，鄞人也。鄞，甬之東，山水清嘉，人喜種植，務農功。李氏世家鄞城。初，櫟軒先生開別墅於古鄮之墟，北枕龍岡，南列鹿巖諸峰。其東則太白山雄跨，西來諸水，則東吴、小白、寶幢咸會而束之，以匯繂橋，有形勝焉。櫟軒生五男子，而翁最長。會當析産以居，翁顧諸弟，慰之曰：『吾當徙，且業吾農也。』乃往得墅，因手植二楝，曰：『楝，苦木也。吾以此示子孫。』遂築室鑿渠，繚之以垣，内外整整可居。久之，二楝離立門左右，日長以茂，適蔭塘水之上，亭亭若張蓋。遠望數十里可見，皆曰：此李氏之居也。因稱之曰楝塘，而稱翁曰楝塘翁云。

每春夏之交，楝吐花煜煜，香風披拂紫翠，若錯繡可愛。天且盛暑，濃陰敷布幾百餘武。翁坐塘上，綸巾羽扇，手一編或口哦小詩，興至則拂柯攀條，升高望遠。每呼子若孫讀書其旁，聽以爲樂。時出步田疇間，與農人校量秔秫，問歲入多寡。客至，未嘗不置酒，即檣爲席，因石爲几。菱芡蓮藕之屬，請客所欲，即取而供之，或棄其餘，鵲下巢鳴喳喳，魚尾尾躍水面，不復避人。或對奕，或鼓琴，或流觴而飲，或蕩槳而遊。大醉則放歌，振起林木間，與漁榔牧笛之聲相和答。客人人愜，不忍言去，去則就塘浴。浴起則枕石而卧，清蔭掩映，不知炎熇之襲人也。入秋冬，則有黄葉飛舞，浮沈碧流中，爛若雲錦。青子纍纍，葡萄在架，野禽啄啅，群翻争墜。時復夕陽在樹，則炙背而觀之。月明之夜，倒影入池，如鏡乍拭，星斗羅列其下，咸可俯而掬也。門外樵採歸者，船尾相銜如織。或值風雨暴至，則金鳴鐵應，若在戰場。霜雪交加，則瓊葩玉蕊，如登瑶圃。當其意會處豁如也，翁撫之曰：此足以老矣。路當通津，往來者至比之桃源而不僻，翁遂以楝塘名天下。天下士大夫從而咏歌之，翁亦作詩自賞，有云『人薄利名何患老，子分耕讀不妨多』，世傳以爲實録，不獨佳句也。翁四子，曰循義、循禮、循智、循信，俱世其家。循義乃以文學起甲科，繼以卓異應令格，召爲天子耳目之臣。翁遂兩膺敕典，蓋異數云。今踰七望八之年，風神邁朗，冠佩偉如，所謂神仙官府兼之者，非耶？善乎姚太史之言，曰：楝之榮，晚且久也。故人又稱之曰楝塘封君云。

太史公曰：予聞種木者求用於十年之後。大江南多長林木，不可以品計。大抵農家喜種槐與楝，適所用也。故諺有之，曰『頭槐二楝』。夫槐一發爲良，楝良於再發，豈不信哉。昔王祐種三槐於庭，曰後世必有爲三公者，已而果然。翁種楝而其子循義舉進士，爲御史，乃再發之符，與種槐事同。然而不同者，王取必於槐，而翁無心於楝也。予故類而論之。

鮑處士小傳

太史公曰：予讀前代隱逸傳記，未嘗不慨想其人也。其慾易足，其業耕釣，其道孝友廉介，其事讀書誦詩，治氣養生，其樂登高臨深，彈琴放歌，時時弄筆墨著書，睢恣自適而已，其中倥侗未易窺也。予北遊蓋三千餘里矣。當山川之盤鬱，顧林木之茂密，意必有先生處士隱居其間，咸即訪焉而未得，將予遊之未遠耶？及有官京師，從祀諸陵，出入都城，每每加物色之。京師，五方之所聚也，或者有朝隱、吏隱、大隱，庶幾一遇焉。然其迹愈微，愈不可得而見云。

黄山者，江南之望山也。其山廣厚，延亘數百里，其高見三百里，其下多洞府，蓋古仙靈之窟宅。世傳黄帝於此仙去，故其居民猶有隱逸之遺風云。汪、程、鮑、鄭，黄山著姓也，居其地，蓋皆千數百歲。鄭廉氏之於汪弘仁氏，友也。弘仁嘗客太史公所，廉介於弘仁，言於太史公曰：夫子居常喜道隱逸，黄山鮑處士，其隱者耶。蓋隱於賈者也，迺今老矣休矣。太史公唯唯。夫隱者恬淡，多考終。夫惟不變其末，以成其操，非是曷考耶？是弗可以弗傳已。

處士姓鮑，名光宇，字以弘，歙人也。鮑出夏后氏，敬叔仕齊，食於鮑，因氏鮑。敬叔生叔牙，亦仕齊，薦管仲相桓公，乃大有功。當時語曰管鮑，率爲宣王時卿。秦既併六國，鮑遂散處。漢哀帝時，司隸宣最顯。光武時，永亦爲司隸。晉有靖，爲葛稚川所愛。宋有昭〔一〕，以文章稱。

自後鮑氏無甚顯者。趙宋南渡，有壽孫者，亦自青齊來歙。壽孫者與父宗嚴争死賊，世稱慈孝鮑家，而歙之鮑立矣。孝宗敬皇帝時，時明吮母疽愈，郡太守上之，令格得旌門。會太守代去，事寢。鄉里義之。時明寔生處士，生三歲而程孺人卒。程孺人者，處士之母也。當時無知也，比有知，有及程孺人者，無不涕泣不已，兹謂其得慈孝之遺云。甫冠年，偕其群從行賈，往來汴中。積十餘歲，貲纍鉅萬，他賈者咸弗若也。或請焉，曰：『吾惟無競心云爾。方貨之集也，競者市之惟恐盡，吾俟其盡取之，而吾從而取焉。及其售也，競者發之惟恐不盡，吾俟其盡發之，而吾從而發焉。夫市競焉，價必湧；售競焉，貨必壅，是皆非物之理也。吾惟無競焉，而以物之理爲理，故吾之賈也常居人後，而操其赢也常先。雖然，聊寄觀於是已矣，非吾好也，會且棄去，從吾初志。』乃歸傍黄山之麓，闢園治圃，鑿池構軒，日以雲物卉木自娱，樂浩如也。性耿介，不能爲滰阿澳忍態，人鮮覯云。子芝、蘭、葵。

太史公曰：自三代井田法廢，士大夫鮮不兼農賈之事，况他無禄位者乎？若鮑處士之從賈近於理財，蓋託迹於一事者，非耶？語云：大隱在城市，又不然乎？

【校記】

〔一〕昭：應作『照』。唐人或避武后諱作『昭』。

晚逸居士傳

晚逸居士者，歙人也，姓鄭氏，名敬偉，字郁大，世居雙橋，出歙令君安。曾祖德紹，祖仲榮，父文盛，咸以誼禮後。鄭居士少孤，走四方懋遷，以貲雄。長既有子三，曰尚似、尚化、尚倜，咸肖，乃俾以其業而休焉，故稱晚逸居士云。

居士事母孝，爲弟弟，與人交，必敬慕其賢者。弱冠，遊止桐鄉，弔朱司農之墓，登余忠宣公大節堂，徘徊慨歎不能去，識者奇之。兄玄偉客河南，爲苦惱子者所訹。苦腦子者，梁、宋、魯、衛間無賴，結數人爲黨，收養丐乞無依者於他僻處。廉知四方商賈之有財者，乃令一人入市貿易，故爲低昂以激怒，又激以取辱，譁諸市。其黨尾偵之，待其勢成，乃直前謂爲弟兄也，佯責其不謹，謝過扶去，歸則殺一丐者。明旦素服號慟，蒙屍以至。其黨又從中和解之，盡獲其金帛乃已。玄偉坐是亡去錢數千緡。居士聞之，乃晝夜馳，蹤迹至陳州，盡得其狀，以聞于官。悉置諸無賴于法，北方之俗少衰矣。官還其緡之半，竟以歸其兄云。休寧人程禄家貧，後母弟被誣以殺人事，不勝捶楚，乃誣伏。禄恐其傷母志也，出白于吏曰：『實殺人者，禄也；今抵罪者，乃吾弟爾。』吏遂釋其弟而坐之。居士與之錢若干爲路費，慫恿以聞于朝，禄竟得白。其行誼多類此。居家以禮度自持，爲一族倡。常語諸子曰：『非勤無以生財，非儉無以足用，非禮無以立身，非義無以處事。汝曹以此四言，終其身可也。』又曰：『兄弟如鼎足，足傾則鼎覆矣。汝曹能協心一力，庶幾吾志在是。』今年凡十爲鄉飲賓云。

太史公曰：昔司馬遷以言事當腐刑，漢法得贖，遷家貧，竟下蠶室。遷乃發憤傳《貨殖》《遊俠》，以著微志。若曰：當是時，以金銀數鏹，與有力尚氣之人捐數鏹與之，皆足以脱己於禍。予讀其書，未嘗不悲焉。夫財貨於人至薄也，苟當其急，亦足以免患而全其大。若夫美女奇物不至，則羑里之西伯未可知也。《易》曰『利者，義之和也』，不其然哉。所貴乎人之豐其財者，正以其能脱賢人君子於患難，而其倡義也，乃先衆人而辦耳。不然，金谷、郿塢之所畜，竟何爲哉，竟何爲哉。程禄之遭遇郁大，玄偉之得其弟，皆過於遷遠矣。予故次其言行，作《晚逸居士傳》。居士儻所謂古之人，非耶？

儼山文集卷六十二

墓誌銘一

中憲大夫雲南臨安府知府致仕瞿公墓誌銘

嘉靖二年癸未冬十二月十八日甲寅，葬我南山先生於洋涇之原，禮也。孤山以墓石爲託，且致遺命，深拜而受之，泣不能勝。嗚呼，先太史公竹坡府君，初娶於瞿先生女弟也。先生、先公，契分甚深。先妣吴孺人就養京師，與今陸宜人連邸，猶嫂姑也，歲時往來無間。故深出而從先生于朝，若見吾先公焉。先生既去雲南，先妣見背，歸而奉宜人于家，若見吾先妣焉。因念往歲乙亥冬，深將起，告奉吾三族之尊老于江東之新堂。先生時年八十有二矣，世父梅月先生則少一歲，先公又少二歲，外父悦清先生梅公又少三歲，從父東隱先生則六十有七云。作五老之會。適曹憲副定庵先生與陳州守約庵先生，自松偕至，遂題之曰『七老之堂』，命畫史圖之。于時惟定庵年最高，八十有四，約庵最少，猶六十四云。齒德輝映，衣冠肅穆，咸賦詩紀之，傳至都下，以爲盛事。深官國子，庚辰，悦清先生之訃至。辛巳夏，南奔，聞定庵先生之訃。既葬先公，明年壬午元日，哭吾梅月先生。再旬，併與先生哭之矣。尊老彫謝，若相鱗次，孤苦之蹤，無復恃賴，其何以情爲。嗚呼，先生之盛德，深又安敢以弗著。

謹按：先生姓瞿氏，諱霆，字啓東，别號南山先生。瞿之先，自通許遷居華亭。高祖諱富之，字守仁，號士清，以德行稱。曾祖諱阿滿，字子謙，别號菊軒，再遷上海，今爲上海人。菊軒府君生慈孫，字以孝，别號思聰，世隱于農。思聰府君生晟，字彦明，别號松巖，先生之父也。松巖府君復以農業繼，間往來湖襄爲貿遷，家以益大。配凌氏，持家有程度，生三子，先生其季也。後以先生貴，加贈松巖府君奉政大夫修正庶尹左軍都督府經歷，凌太安人加贈太宜人。先生幼有奇表，端愼敦厚。年十九，贅于陸。已而歸焉，補邑弟子員，有聲場屋，爲諸名公器。待五舉鄉試，登成化庚子科，以《春秋》上南宫。從三山林公亨大問大義，林公亟稱之。四舉禮闈不偶，以弘治庚戌秋謁選天官，名在優等，授順天府通判，勾管上供薪炭，積弊剔疏，事倚以辦，撫按交薦。壬子，居太宜人憂，喪葬如禮。乙卯，服闋，仍補順天，督治糧草。丙辰，奉命同工科給事中李漢等清理武清等七廠葦地，訖事，繪圖進呈，命勒石爲定規。戊午，屬縣重囚犯至死而罪不至者李福名等三人，立出之，稱平允焉。是夏，親王之國，供億甚擾。備價則器急，備器則價急。先生具奏，宜輸直長史司，從宜顧倩兩便之。會朝饗諸陵，值沙河暴漲，先生溺焉，賴以救免。方出，談笑賦詩，不失容色。

既濟，即造二方舟，以備後患。庚申，滿六載，考最。己未會試，爲簾外官。辛酉鄉試，復爲簾外官，調度有法。癸亥秋，滿九載，州、縣共保奏，遂陞左軍都督府經歷。每朔、望，詣闕下，敷奏朗暢。武廟登極，受白金文綺之賜者三。是秋，調後軍都督府，仍經歷，太師英國張公甚倚重之。戊辰，陞廣南府知府。廣南，雲南邊徼郡也。先生不以險遠，即行。廣南舊寓臨安治，先生居禪寺中，有扶桑黄老之瑞。俄轉臨安。先是，嘗奉三堂檄署臨安矣，故臨安人甚宜之。元江知府那氏與族人讎殺不已，先生往撫之，諭以田真兄弟事，立解。庚午，再撫蒙自所李師革、普濟等，又撫曲江驛石祥奉等，皆解，以功受銀牌之賞。獨那氏一族，黠夷也，陰行千金爲賂，先生發其姦，獻議誅之。是秋入覲，以老乞休，許之。東還，日坐南山以爲樂，時時招致親朋賦詩爲會，如香山洛社故事。如是者又十餘年。以嘉靖改元正月念一日考終於正寢，遡其所生，寔宣德九年九月初十日，享年八十有九云。配即陸宜人，出名族，恭慎貞淑有賢行，少先生一歲，白頭相敬如一日，内政秩然。子男一，即山義，授郎官，以孝謹亢宗，娶王氏，繼張氏。孫男三：長曰應元；次曰應祥，國子生；次曰應隆。曾孫男四：繼武、繼文、繼魁、繼恩。玄孫女二：官貞、官福。

先生生當我朝熙洽之運，是故德器豐碩，若喬山茂林。滃鬱葱蒨之色，閱歲寒而後彫。力學懋成，持滿而始發，有淹貫練達之妙，故天下事無不可爲。而意近於厚，所至化之，宦業不務奇苛，而愛戴之者父母奚翅。平居未嘗有喜怒之色，尤不屑屑於厚産植生計。門堂潔清，禮秩整敍。年過八十，猶親近簡册，精彩如少壯。好吟咏，有《南山集》若干卷，藏於家。處宗黨恩禮，尤極周密云。初，先生母兄怡清先生與蒲泉先生共相友愛惟篤。怡清卒時，有子才四齡，先生、宜人襁負之歸，愛過所生。長而命之曰堯，宜人以女姪妻之。每侍宦遊，孝如所生，故先生行誼，堯得之多。兹特爲狀以速銘。銘曰：

於皇明運，宣、正爲盛。篤生偉人，直方以正。魯史《春秋》，斷自宣聖。袞鉞之嚴〔一〕，孰執其柄。公闡厥微，傅之從政。耽耽京兆，戴其清静。參畫大府，翕張惟令。遥遥臨陽，萬里爲境。公手摩之，克惠克定。既曰倦遊，攀挽莫競。至神無方，去思有詠。大耋斯届，以保正命。鬱鬱高原，草樹輝映。磨崖勒詞，述德纍行。嗟予小子，孰敢爲佞。

【校記】

〔一〕鉞：原作『越』。

前江西按察司副使素庵曹公墓誌銘

孝宗敬皇帝之十有八年，是爲乙丑歲，當臨軒策士，先期於宫中焚香祝天曰：『願得真才。』是科制舉三百人，多忠節文行，顯名當世，天下以爲盛。未三十年而放黜殀死，錯出殊常，生無恙者不滿百輩，其注仕版者才四五十人爾，人或以爲衰。深厠名是牓，無足比數，每以罪遷。庚寅春，來山西。山西同年總之八人，僅存者三人，又皆以詿誤廢處。而平定之曹公憲副，則既卧病不能見客矣。辛卯之冬，奉攝具獄再至，則僉憲閻公復以七月捐館舍。候旨來次平定，當壬辰春正之三日，公適以是日終于正寢，享年六十有九。深哭之哀，曰：『吾黨衰甚矣。』既相斂入弔，周視其室廬儉素，考其言論風猷，皆朴實正直，有益國家。始拉淚而歎曰：『兹所以爲盛也。』既而其嗣子自新等以墓石請，乃諾，而慰之曰：『非深，誰克爲之？』

公諱雷，字啓東，別號素庵，其先泰州人，以戎籍隸平定州。曾祖二，祖輝，父恕，母葛氏。公少即知砥礪名節，性尤儉勤廉直，事親孝。大母某病風，卧不起者十年，公奉湯藥，不離寢榻者亦十年，人以是稱之。以經學教其鄉，出門下者百人。舉進士，觀政吏部，授大理寺評事，既改爲□□道監察御史，陞江西提刑按察司副使，兵備九江。其在大理也，平反冤獄，多所駁正。其爲御史也，巡光禄寺，則立平準法，獻納者賴之；巡茶陝西，則周嚴禁防，私販大塞；巡按湖廣，則激揚風紀，士民稱便。有太監王潤家人犯贓，立寘于法。在朝多正議敢言。時流賊掠新蔡，官軍圍之急，賊自圍中聲言曰：『圍不解，吾將屠新蔡。』主兵者以聞，群議皆曰：『寧殺新蔡之民，圍不可解也。』公獨曰：『蔡民何辜？寧解圍以善後圖可也。』至議三邊設總制官，公又曰：『不便。夫三邊既有三堂矣，三邊相去又遠，若總制于一人，三堂皆掣肘矣。』人尤以是直之，然復以是惡之，公不顧也。正德間，武宗皇帝初欲於西安門外積慶、鳴玉坊買拆民居數千家，以事興構者。公聞之，即上疏，其略曰：『臣觀今之勳戚，各有寧居；有司庶府，無煩添設；禁城之傍，又非演武之所。三者之外，豈宜別有造作。是必左右希恩榮規私利者導之，陛下未察而誤從之爾。臣聞天生烝民而樹之君，君之舉措以爲民也。今一旦破民之産，奪民之居，令其轉徙提攜，呼號道路，上干天和，所繫非細。況兩宫被災，經營未暇，豈宜失先後之序而爲此不經之務哉？昔漢文帝惜十家之産而竟罷露臺，唐太宗納張玄素之言而止修乾元殿。陛下德過堯、舜，亦何嫌於漢帝、唐宗哉？在一念轉移之間耳。伏願早發德音，亟罷此役，豈惟陛下享納言之譽，而臣亦得竊回天之名矣。』疏入，工爲暫阻。其在九江也，適值宸濠之變，時公以兑糧先往涇江口。府衛官委城而逃，公從瑞昌起兵復之。事聞，降詔奬慰，有曰：「曹雷糾集義兵，克復城池，功勞可嘉。」時閹璫權倖，以擣巢爲名，勢甚張，公略不爲屈。張永劾公嘗與逆濠通餽，械繫至京下。詔獄雜治之無狀，勾稽逆籍又無名，訊之劉承奉者，語無連涉。始坐以兵不設備，編成太原左衛。公曰：『是雷之罪也，非雷之心也。』今上御極之九年，准赦令釋除，公惟舉手加額感恩而已，不甚加辯云。人方服公之善處患難，而公遂不起矣。嗚呼，公生以成化之甲申，配郭孺人，有賢行，先公十八年卒，葬在桑溝之域，今卜以某年月日合而封焉。子男三，長曰自新，次曰自修、自重，州學生。息女二，俱適名門。孫男女七人。曾孫男一人。宜銘。銘曰：

生當治世推邦英，既起立朝多直聲。晚蹈危機禍横生，竟逢大霈蒙聖明。有如不信視予銘。

前承德郎刑部主事張君墓誌銘

嗚呼，吾尚忍銘吾九苞哉？又安忍不銘吾九苞也。始時孝宗皇帝馭寓内，天下治平極矣。統紀布明，士大夫無所於自見，迺皆留意藝文之事，歌詩詞章字畫，非此無賢。是時，澹軒張先生與從弟簡軒先生方攻進士業，又力以文事爲邑人子弟倡，從之游者蓋彬彬焉。是時有朱先生景陽者，以雄邁之姿震盪其間，與澹軒爲文字交甚驩，時時飲酒擊鉢賦詩，帥諸生講説邑中文事，咸在是矣。九苞最少而慧，尤以沈默爲澹軒鍾愛，又遣從朱先生學。是時，邑之穎鋭者並集朱門，則有沈恩仁甫、瞿鵬萬里、楊學禮伯立與景陽仲子豹，尤爲邑人器目，而仁甫遂崛起，連捷進士去。九苞益奮不自禁，作長書數千言，若將與仁甫分道而馳者，衆咸偉之。然自是功用過苦，得奇疾。疾愈，又六年，是爲弘治辛酉，乃領鄉薦。是時，南畿士就試者幾四千人，而九苞一試而捷。邑中之同薦者，則有郁侃希正、張紘文儀、葉鈇廷用、戴慈子孝、唐懽季和、董懌世康暨深，凡八人。邑中科目之盛，前此未之有也。明年壬戌，會試禮部，下第，而希正又以本經魁天下。是時九苞益信文之必於工也，奉澹軒先生南還，方購書取友，爲進取計。居三年，是爲乙丑，會試暨賜第，咸在高等，觀政禮部。是時澹軒先生復同在行，謀奉而南，遂以疾與告。先是，九苞之外母劉隨其夫東平州判官吴君貫卒業胄監，時客死不能返葬，蓋三十年矣。是行也，九苞尤以爲念，親扶而還，識者義之。今上之初，權姦竊政，九苞例以歸罷，而仁甫亦以刑部員外郎罷。既而深以先孺人喪還，九苞數來慰焉，退然益修所以用世者不懈。權姦伏誅，深三人者連艫赴召。既至，授九苞刑部山東清吏司主事，提獄省中，遂捐俸作亭於獄之庭，榜曰『放飯』，以便食囚之雨雪者。霸州民有與中貴争田者，九苞竟判民田還之。正德癸酉秋，奉敕視囚淮揚等處，竣事維允。明年甲戌滿一考維稱，加授承德郎、刑部山東清吏司主事，推封澹軒先生爲承德郎刑部主事，贈母唐爲孺人。制敕甫下，而澹軒之訃聞矣。九苞匍匐以歸，深裹疾往吊，退而驚其哀慘憔悴之過，不意數月之間，而竟哭之矣。

嗚呼，九苞姓張氏，諱鷗，字九苞，别號虹谿居士，澹軒先生長子也。澹軒先生諱鼇，字文魁。祖諱綸，號樂道。曾祖諱益，號存耕。世爲上海人。配吴氏，封孺人，即東平公女也。子男二，長挺，娶予兄子，次拓，聘吴冬官子儀之女。孫男一。九苞之卒，年纔三十有九爾。今卜以乙亥十二月庚申奉厝於肇谿祖塋之次。

嗚呼，君子之學，始於潤身，終於澤物。夫所謂潤身者，非取其言語之能工，而聞望之徒外著也。蓋必有不可奪者存乎我，於凡外物之坌至而儵往者，涣然若春冰之融液於澤而莫禦，是故足以宰動應變而不窮。夫然後成物以成身，其功業所就者天也。念昔乙丑之歲，孝宗皇帝臨軒策士，先夕於宮中焚香祝天曰：願得真才。是時，邑士之與計偕得奉大對者，獨深與九苞爾。攀髯以來，歲星一周，深之衰鈍無似，上負國恩，下㪚所學，而九苞澤物之志，百未一效。遽至於此，則吾涕之所從者，獨閭里親知之私而已耶？銘之曰：

志也不遂，遂未必如志。命則若是，於九苞乎何與。

奉直大夫司經局洗馬楊公墓誌銘

昔在成化戊戌之歲，憲宗皇帝預養士於館閣，一時皆極天下之選，若山西楊君廷俊。人也固以爲必至大用，少猶不失卿貳，而孰謂遂止於洗馬耶。嗚呼，廷俊卒之二十餘年，而余始獲銘其墓，其尚何能爲情耶？

按學士張君文卿狀，公諱傑，廷俊其字也，别號立齋，世爲平定州人。曾祖叔成。祖玘，舉于鄉，授鳳陽府通判，再遷鎮江府同知。父灝，修隱操，以公貴，累贈司經局洗馬。初，鎮江府君之歸也，囊無餘貲，時時教授鄉里。至教公，聰悟異常，府君奇焉。比成童爲邑諸生，每試必先。成化戊子鄉試中式。明年會試下第，入國學，尋歸。郡西有冠山，佛廬静深，公讀書其中，以餘暇爲詩歌，追古作者。後進士多從之遊，蔬食菜羹，淡如也。時饑，郡之守素不知公，意欲公往而後修好，公終不往。素知公者，或從他郡招公，公亦不往，其自守如此。壬辰再試，再不利，再入國學。時太宰耿先生好問爲司業，知公，數與議論，天下士多與之游。戊戌，禮部試、廷試俱高等，爲庶吉士。時學益進，造詣益深。庚子，授翰林編修，聲望日重。癸卯，滿三載，賜敕進階文林郎，贈考、封母如制。甲辰會試，爲同考官，稱得士。戊申，孝宗敬皇帝龍飛，充經筵官，有文綺白金之賜。己酉，滿九載，陞侍講。尋充講官，啓沃得體。辛亥，同修《憲宗實録》成，有銀幣襲衣之賜，遂陞司經局洗馬。壬子，爲應天府考試官，是科最稱得士。甲寅，滿三載，賜誥進階奉直大夫，加贈考、加封母復如制。配黄孺人，進封宜人。尋充日講官，復以大臣薦，充東宫講讀官。又與修《大明會典》，未終事而疾作，竟不起，寔己未六月廿三日也，享年五十有六。事聞，賜祭一壇，蓋特恩云。配黄宜人有賢德，同郡巨族。當公喪西歸，宜人寔左右之。提幼纍纍然，茹荼隕涕，竟教成其後而光大之。以今正德十三年考終，享年七十三，禮宜大封云。子二：長毓坤，以公廕爲中書舍人，有文行，能嗣其家；次毓圻，側室出也。女三：長適吕應宸，次適指揮朱瓚，又次與毓圻同出，適某。

惟公端謹凝重，安貧樂道，可謂始終無間然者，法宜銘。銘曰：

顯允楊公，令德令譽。行焉乃沛，處矣斯具。瑚璉珪璋，爾才則試。丞疑弼輔，往哉惟地。嗟嗟早藏，豈曰天賦。惟賦之成，惟公之遇。皇惠載承，公論斯樹。鬱鬱雙阡，孰敢弗度。於萬斯年，式啓爾祚。

儼山文集卷六十三

墓誌銘二

特進榮禄大夫柱國宣城伯衛公墓誌銘

正德丁丑八月十又一日，特進榮禄大夫柱國宣城伯衛公卒。訃聞，上如制遣官諭祭于家。越明年戊寅四月二日，賜葬於阜城之西翠屏祖塋之次。先期，嗣宣城伯錞奉監察御史周君鵷之狀來請銘。

按：公諱璋，字景昂，號逸庵，世爲松江華亭人。曾祖諱炳，贈特進榮禄大夫左都督，追封宣城伯。祖青，贈特進榮禄大夫左都督，追封宣城伯。父諱穎，奉天翊運宣力武臣，特進榮禄大夫宣城伯，謚壯勇，追封宣城侯，寔生公。弘治戊午之春，侯卒而公嗣。予每聞先輩之談壯勇侯，當英、憲兩朝之間，邊陲多故，故多奇功。其追也先也，邀於黄花鎮，戰於西直門，鏖於紫荆關。其鎮甘肅也，與虜連戰十二皆捷，敗西番於涼州，拔毛忠於重圍，克定把沙。其鎮遼東也，破毛鄰，咸身當矢石，匪獨以大將旗鼓爲也。定封立名，翊國傳後，夫豈偶然哉？公事侯久，韜略之學得之家庭最深。當孝宗皇帝之世，四夷向化，五兵不驚，治安極矣。公嗣爵之歲，以兵部薦，提點三千營，簡練精嚴。庚申，掌龍旗寶纛，尋推坐顯武營，操閱敢勇。已乃得奇疾，辭免職務。復起，領衛士直宿中禁，穆肅祗慎。癸亥春，充正使，使韓府，襄事有容。今上皇帝正德□□，持節册封晉府。至國，與王議日定禮，王雅重公，親送之。丙寅，復使瀋府，往還益謹。是時，逆瑾擅權，以公使得罪者頗衆，亦譏伺公，無所得。暨還朝，獨指曰：『汝宣城伯好官也，吾今知之。』已乃病復作，屢疏乞休，賜告家居。凡十一年，謝客燕處無外慕。病少間，以書史自娱，雖顯達過門，不一見也。

予與公同郡，通籍于朝，以鄉里故及識公，又辱與公之弟海鷗公子瓚遊。故嘗謂公之才不盡見於世，而隱然故家遺烈，若大山深林，鬱茂葱蒨之色，中含萬有，殆未易一二測識耶。其餘澤潛德，尚復有待於後人耶。公長身美髯，容止偉異，沈毅寡默，遇事謹畏，馭下嚴而恩，有將帥之風焉。享年七十有一，以正統七年五月七日生云。前母嚴氏，母金氏，配顧氏，皆誥封宣城伯夫人。子男五：長即錞，次錕、鑑、鋹、鈇，皆早世。息女五。法當銘。銘曰：

有偉其先，其後則賢。樹功寔多，與國並傳。才以地顯，業以會宣。金券玉帶，公則有焉。太平無象，公福斯全。其然其然，後千萬年。

中順大夫廣南府知府顧公墓誌銘

憲宗純皇帝時，遠郡有才良之吏，曰上海顧公，諱英，字孟育。初，同知雲南之廣西府，以憂去。既乃改陝西之延安府，九載陞知廣南府。廣南，雲南夷中地也，尤險遠。公之在廣西也，民楊姓者兄弟争産，訟累不休。楊，夷俗也，公至，各以百金入賂，公兩聽之。明旦，詣府受理，譁辯更肆。公曰：『若所争者幾何也至是？』其弟悉白其兄匿財狀，凡五十金。公曰：『若以五十金之故致訟，比於餽人以百金求勝，其盈縮又何如也？』反顧吏人，出其賂於庭，即取其兄賂半償之。兩人羞伏，各涕泣投拜而去。其在延安也，適兵歉之餘，民多逋負，公即移文所司曰：『本郡東遶河、湟，西接慶、環，北連沙漠，南迫關陝，山多川少，土瘠民貧。且以一年之收，欲完數年之負，竊慮民力不堪，愈加逃竄。舊糧既無完期，新糧必至遺誤。乞以舊糧量收輕齎，候充俸支折色，庶幾民免負戴之勞，軍得實惠而無朽腐之患矣。』所司是之。時歸德等堡，東西兩路，土曠兵饑，巡撫丁公委以安撫。公往閲田授丁，給以牛具，三年然後科之，遂著爲令。中官汪直者，進軍征討，卒經其地，即欲用馬槽數千。時已薄暮，公命窾地作坎，築以起土，爇火燎之，儼然芻秣以濟。其在廣南也，寓治臨安，府屬車里讎殺。宣慰板雅氏者死，有二子，安長，庶也；愛猛幼，嫡也，各争襲位。蠻夷承傳，惟貨力是視，志吞啖而已。撫按檄公往，迺冒險行千餘里入其地，爲辯嫡庶之分，卒定其事。茲行也，或連日不炊，夜懸宿樹間，銜薄瘴癘，出入虎狼蛇豕之群。自是有歸志矣，明年得歸。去縣市五里，所構南谿草堂，賦詩奕棋以取適。公自少奇逸有大志，不屑屑治家人事。間從博遊，已乃從兄行賈淮北，輒負不能。壯歲始折節讀書，遂一舉而登上第，時年二十有六也。去來兩都，授徒取給。比有禄入常不繼，是故生理尤薄。長子澄以儉勤起家，有田十餘頃。公曰：『吾志也。吾廿年官遠地，無厚澤及人，雖曰未嘗仕宦可也。當以此田倣范文正公故事爲義莊，以澤吾族人。』會白其事於府，時守以其體大也，議上請，未及行而公卒矣。

嗚呼，公生以宣德甲寅五月十九日，卒以正德戊辰十月四日，壽七十有五云。考諱文敏，號清隱，有隱德。妣陳氏。祖諱仲睦，祖妣沈氏。曾祖諱友寔，曾祖妣邵氏。配徐安人，邑舊族，有賢行，先公十三年卒。今卜以庚午十二月壬辰，啓從公於肇谿南原，合而大封焉。子四：長即澄，娶陸氏，孝友禮讓，以亢厥宗；次清，蚤卒；次雲龍，娶姚氏，國子生，謁選而卒；季淵，側室張出也。女一，適張錫，王出也。孫三：裔芳，賢而殀，娶談氏；定芳，國子生，娶李氏；世芳。孫女三，韓恕、劉燾、陳相，其壻也。公貌不逾中士，而勇略出人，談辯清雅，和婉恭敏。喜爲近體詩，工緻，有《草堂集》藏于家云。惟公發身在英、憲熙洽之期，人文靈鬯，得以攄忠效謀，補裨國體。及其奉身而退也，尚在彊盛之年。返適樂土，具有林泉之賞，金紫輝映，詠歌太平者垂二十年，以考終。出處如是，可謂得所遭逢者矣。公之家婦，深之姑也，少獲以通家子事公，數從遊燕，得公言行爲詳。復按邵君政所狀，書其大者，系之銘曰：

政以遠懋，澤以義濟。匪懋之難，濟以詎易。展矣顧公，允也垂世。高丘永寧，曰此良吏。

散官省軒顧公墓誌銘

公諱澄，字源潔，上海人也，其世系具深所撰《草堂先生誌》中。草堂先生，故廣南守，公其長子也。母徐恭人，配陸氏，實深之姑。有子三：曰裔芳，有美質，蚤卒，娶談氏；曰定芳，太學生，娶李氏；曰世芳，側室蔡氏出也。女三，長適浙江都司知印韓恕，次適劉燾，又次適陳相，並太學生。孫一，斯道。孫女三。深幼侍先大父筠松府君，見公每以歲時至。至嘗從旁撫予額曰：『翁家千里駒也。』復彈指曰：『隱隱作五花紋矣。』府君爲之破顔。深孩漫不省何等語也，長而知公器待之厚。自後每成名，公輒手書敦勉。辛未之赴闕也，至作十詩送之。明年秋，奉使還，省公，則已病矣。乃握手敍平生，不欲大聲，輒附耳語不休。大抵憐其婦之節，與其弟之無後者，而欲定芳以文學致身，大草堂公之業也，或汎及其造家辛苦細事，意若有所託然。心私怪而憂之。竟以癸酉歲之二日卒，上距所生景泰壬申，享年六十有一云。其孤定芳煢然一身，經營三世，以繼志爲任。卜以乙亥歲之二日庚申，奉厝于肇谿南原，從草堂公也。乃泣而請銘，深亦泣而諾焉。

公素長者，慈仁慎密有心計，特長於理財，他人所縮，公則贏之，用是爲邑中巨室。草堂公宦轍所至，輒以清白聞，公之助也。其歸自廣南，橐中圖書而已，及按視其家，則曰：『吾兒自足也。』遂營別墅於郭西之五里橋，爲草堂觴奕吟嘯之地。母弟雲龍遊邑校，例得入粟，公資以五百金，補國子生，卒業而還，又益以千金、腴田數頃與之，曰：『此固父遺也，第受之勿疑。』草堂知之，召雲龍曰：『一錢非吾有，汝兄之爲，以悦事吾也。』人兩賢之。有別業在邑西水鄉，己巳以來，連災於水。公傾廩給里人，全活甚衆。公起自勤儉，一文不以妄費，當其勇於爲義乃如此。深嘗論公，仁足以事天也，而耆耋遠；義足以陰騭也，而螽斯微；藝足以角勝也，而名位未稱。意者天將大其後於其遠者耶？若夫父母稱其孝，宗黨飲其惠，鄉閭服其誠信，識公者莫不敬其生而哀其死，雖百世傳可也。爲之銘。銘曰：

皇皇三吴，著姓顧、陸。祚之斯遥，粤有芳躅。昔在中葉，海邦奠居。偉矣草堂，懋起詩書。沖沖省軒，草堂有子。惠始于宗，亦及國鄙。秩之七品，壽以六旬。曷疚于内，以潤厥身。身所爲教，貽燕斯妥。孰云承之，亦詎匪我。高風晚頤，築亭浚沼。昔公出遊，睹物雲表。霞裾鶴馭，屢轉星眸。豈曰厭世，或從之遊。遺慶若流，沛厥來裔。太史勒詞，以奠于世世。

顧母陸孺人墓誌銘

孺人姓陸氏，諱素蘭，義授承事郎省軒顧先生之配，廣南太守草堂府君之冢婦，處士筠松先生陸公之季女，太學生定芳之母，而國子司業深之姑也。其卒也，定芳以書來成均請銘。惟廣南府君與省軒先生之葬，深皆刻辭，茲則忍忘吾賢姑耶？惟我大父筠松公與大母尤孺人，毓德葆和，以昌厥後，故八乳而有五男子、三女子，鄉里異之。而孺人又賢。始孺人之在室也，已見長姝有受婦者。是時一孌，指逾百數，而公、孺人家極嚴，且勵子若孫以儉勤也。孺人事父母、奉兄嫂、撫婢媵，無不曲當，故公、孺人最所鍾愛。諸嫂氏有不合公、孺人意，輒訪於孺人而必得也。既歸省軒先生，時廣南府君方事宦游，百需咸給於家，多孺人從中措畫，府君安之。省軒先生共相起家，共祭祀，應賓客，和妯娌，滋產業，顧氏之門祚益以振拓。及府君解廣南，持圖書以歸，入其門，視供帳，涉田園，曰：『據此可以老矣，誰則營之？』既而知孺人有力焉，每向筠松公謝曰：『翁之女耶，吾之子也不啻。』由是而仰孺人以濟吉凶者，凡若干家。孺人之所視以爲子女者，凡若干人。深之先孺人吴來繼太史公竹坡先生之室，及孺人之嫁也，懽好尤厚，其行仁而好施也，若相競而趨之，故兩宗之賢，陸則稱吴，顧則稱陸也。先孺人之喪，歸自京師，孺人哭之尤極哀，而視深也與深之婦也，則其所出也不殺。

初，孺人有子曰裔芳，少深兩歲，自齠丱以至於誦書綴文之日，異而游息者無間月，非裔芳過舅家，則深來自姑家也。裔芳賢而有文，年十九而死。裔芳有子曰希賢，後一年亦死。故孺人意極傷之，而又念定芳之弱而未有助也。既又遭徐恭人之喪，連遭廣南府君之喪，自是而省軒先生亦謝世矣。茹荼隕血，以植立顧宗，蓋有奇丈夫偉男子之所難者。既以搆疾，尋愈尋作。定芳之求瘳也，力則醫，誠則禱，以口續食，以體藉臥。深心憂之，已而訃至。又明年，移家至都，始悉所以，而哭之不能盡也。孺人病既革，梅氏婦攜二子往候焉，猶執手問深，且問聖駕還京未。語既，翛然而逝。時正德十二年閏十二月五日也，上距所生景泰壬申四月二十六日，享年六十有六云。

嗚呼，孺人之懿行淑德，蓋有深所不能盡述者。獨其推財濟物，出於天性，而又力足以行其志，故厚惠周偏，感之者皆思報之於定芳無間也。故廣南之後，雖孑焉寡弱，而所以維持，陰騭之者甚厚，斯亦爲義之效也。子男二：長即裔芳，娶談氏；次即定芳，謹慎有行義，將以進士業紹其家者。女三：長適浙江都司知印韓炤，次適太學生劉燾，又次適太學生陳相。孫二，曰斯道，曰斯德。孫女三。深謹按，古記貞烈，以不恤緯而憂王爲賢。彼猶爲生也，若吾姑之纘既屬而國事之大無忘，詎不謂得正也已。此亦偉男子奇丈夫事也，而猶以未之學而式也爲難。茲卜以正德十五年正月三日之吉，啓省軒先生之兆而大封焉。禮宜銘。銘曰：

秉禮植德女中儒，既以成子遂從夫。爲之銘者謂爲姑。

竹泉黄先生夫婦合葬墓誌銘

予女兄歸竹泉黄先生，寔同乙未生，竹泉才長十又六日耳。暨其卒也，復同壬午，竹泉僅後百又二日耳。是歲十又二月十二日甲申，復以同日葬于楊溝之原。嗚呼，伉儷之情，賓主之敬，同牢共穴之義，可謂終始于一者矣。予方居憂，悲親知之彫謝，重念竹泉髫丱交游，都門旅寓，驩若同胞，而買田築室，共老東海之計，猶一日也，而今不可作矣。嗚呼，天道於善人果何如哉？其孤櫄泣以銘請，予亦泣而銘之。

按：先生姓黄氏，諱涔，字克清，别號竹泉。其先汴人，從宋南渡，家于嘉定之清浦。高祖子富，高祖妣鄔氏。曾祖昇，曾祖妣顧氏。祖亨，祖妣朱氏。考鉞，妣陳氏。鉞以義授承事郎，號濱陽，濱陽翁姑遷上海，故今爲上海人。孺人陸氏，諱翠翠，予從父東隱先生之女也，母顧氏。竹泉先生天常甚厚，動合典則，予雅重之。自少事濱陽翁以孝稱，陳夫人見背時，以幼弟潮爲屬，竹泉撫之，終身有恩。迨事繼母陸，又事邵母有禮，待庶弟漳有惠。母兄浙早卒無後，以次子標後之有倫，其孝友有如此者。濱陽翁後，吴中稱巨家最先，而徭役及之亦最先，竹泉一身往共二司不乏。漳以賦長部運入京受誣，謫戍高山，乃走京師，累疏卒白之，得脱戍籍。所居邊海，恃以爲命者，護塘耳。每歲率僮僕修之甚完，既又周視，曰：『護外水者塘，以障内水者亦塘也，利害等耳，非永永便。』乃大伐石選木，穴塘作竇，時其潮潦而啓閉之。既成，一方蒙利。海寇施天泰暨流賊入江之擾，咸有保障擒獲功。制府欲論上，歎曰：『此足自衛耳，奚以賞爲。』其局幹有如此者。有逋券纍千金，遇里中歲儉，悉取而焚之。捐田十畝作義冢，又益以十畝，命萬謙守之，以代冢賦與修冢之廢。浙有士人凍死于道，備衣棺葬之。其仁義有如此者。嘗以例爲中都留守司知印，赴吏部選，當得一官，受章服，即辭去，曰：『如此足矣。』歸，築精舍，鑿池架石，有清泉修竹之勝。時時臂鷹牽犬，從數十騎校獵原野之間，或信宿而還，則調馬聽鶴，課子讀書，講古人已廢之禮，延名勝士修家譜，理文墨，暇則奕棋飲酒以自適。其高逸有如此者。

嗚呼，年才四十有八而死矣，寔十月之六日也。先是，六月廿又二日，予女兄屬纊，竹泉哭之慟。女兄孝慈儉勤，明達貞淑。當竹泉愛客倡義時，不問鉅細，皆從中資給之，一一中節。周旋宗黨，憐恤孤貧，一族稱焉，一族賴焉。故家務雖極浩穰，竹泉了不介意，特可否而已，一旦失去若左右手。嘗過宿予江東，意惘惘不樂。予寬譬之多方，然不意其遽相從而逝也。嗚呼哀哉！子男二：長檯，有志，肖其父，娶秦氏；次標，出繼。女六：長適談萬言，次適王應欽，次適沈燭，次適車元爵，次二未行。孫男一，煾。宜銘。銘曰：

並世敵德，天相有仁。歸亦曰耦，兹豈延津。斗牛之間，當有奇氣。我作銘詩，九京是慰。

敕贈承德郎刑部主事松雲沈公合葬墓誌銘

公姓沈，諱鎡，字時用，别號松雲，上海人也。其贈承德郎刑部主事，既卒而遷葬於長溪，其原曰鳳凰。其配姓謝，諱貞，字永慕，其封太安人，道卒，歸而祔焉。其孤恩既謀狀於深，復以壙石見託，乃復敍而銘之曰：

按：沈氏其先嘉禾楓涇人也，其占籍上海也，自其高祖諱居仁者始。當元季兵興，人不能有厥家，所謂避地者耶。曾祖諱德弘，祖諱晟，考諱環，號梅月翁，四世相繼皆不仕。妣尹氏，寔生公。公猶未仕也，所謂盤桓者耶。公美丰儀，有口辯，不務爲勾棘之行，與梅月翁並以雅量聞邑中。年二十餘即孤，克自樹立，手致千金之産。樂善好施，舉義睦宗。養其不能養者，婚其不能娶者，貸其不能償者，葬其不能葬者，助其不能舉者，濟其不能給者，至罄千金之蓄，又破産以益之不恡也。其行誼多類此，所謂善士者耶。其子恩登丙辰進士，則爲之走京師，觴客于堂曰：『吾家數世未嘗顯達，迨予又貧。吾兒所謂發于持滿者耶？吾願足矣。』竟以是歲十二月望日還，卒，得年四十有七。初娶于談，産一女而殀。太安人者，公之繼室也，幼孤，鞠于外氏翟。翟與謝俱邑著姓。自少艶莊端慎，及笄而歸于公，尤稱能相，所謂好逑者耶。中遭家儉，嘗脱簪珥以助經營，傾匳賄以還棄業，卒至於成其子，所謂賢母者耶。就養于京者五載，既南歸，復往。往未至，以正德丁卯十二月十日卒，得年五十有四。明年戊辰十二月二十一日，合而封焉。子男一，即刑部員外郎，文學、吏事俱有聲稱。女二：長談出，適陸淮，早卒；次適韓惠。孫女三：長適孫天相，次許聘張寶中，次尚幼。

嗚呼，深獲事刑部公，太安人則嘗往來予家。公磊落豐厚，類壽考人，而其行往往逼古之有道者，太安人又仁慈孝惠，早歷多虞，皆不至下壽。天之報施竟何如也，將所謂斂以遺其後者耶？銘曰：

雙美並世，以成厥子。穴于同歸，以妥萬祀。匪積之厚，曷流其長。年則不永，維德之良。或後其生，後將罔繼。曾是多取，造物鮮忌。殁贈生封，隴首峨峨。斯是不朽，厥終孰多。土深草茂，奠厥玄宅。靡瞻弗虔，靡車弗軾。

儼山文集卷六十四

墓誌銘三

太學生談君墓誌銘

嗚呼，此予友談君舜年之墓。舜年諱壽，與其伯兄田字舜于自相師友，以文學鳴郡中，有崑山片玉之風，故人謂舜于爲東石，而君爲西石云。正德辛巳，有以舜年名上御史者，既已得出察院，歎曰：『齎吾志，吾逝矣。』乃卒。予在京師，傳其事者不一，予未敢遽信也。東歸，問于其兄弟子姪，則皆泣不忍言。又問于其親識交舊，或言不欲盡言。予意甚哀之。嗚呼，士大夫僅立門户，思爲燕貽，將使後之人，弱者獲以自存，其賢且明者復資以用世。故孟子論故國，必曰喬木世臣。彼伐其枝葉以傷其本根，使濯濯焉，抑何利於人國。斯豈其心哉？無亦所遭逢者有命也。嗚呼，才美如舜年，使蚤取科第以起，必不死；不必取科第，得爲寒素士，或不死；且不爲寒素士，稍自晦其才，亦未至於死。今死矣，豈非命哉？其孤伯古，卜以正德辛巳十二月二十四日壬寅，葬于鶴坡西原祖塋之右。持東石君所爲狀謁銘，予義不容辭。

按：談氏，今松郡大族。其先開封人，宋博士宗遂，扈從南渡，居苕、霅之間，再遷上海之鶴坡里。工部右侍郎野翁先生，舉天順間進士，歷官九卿，有經濟才，君之世父也。曾祖晚香公，祖怡静公，俱贈通議大夫工部右侍郎。曾祖妣、祖妣，俱王，贈淑人。考諱秩，號存省，義授郎官。妣朱氏。君生有異質，寡言笑，入小學，時猶未茹葷。年十三喪母，即議廬墓，曰：『此家伯喪大母時事，吾家學也。』適野翁罷工部歸，聞之，曰：『兒真欲學而伯耶？』君對曰：『孤兒非伯，尚誰學哉？』則又泣曰：『願伯父子視兒也。』野翁舉少時讀書鐙授之，顧謂存省公喜曰：『弟有子矣。』時慈谿姚東泉先生有重名，野翁禮致之，俾君卒業，東泉亟加稱賞。已補爲弟子員有聲。遭存省公喪，哀毁如禮。服闋，舉于鄉再三不利。然名益起，學益充，諸提學使者更三四輩，器獎益重。竟以例上國子，國子祭酒踵接，皆愛之。與東石君自國子再舉，再不利，更相謂曰：『司空之業衰矣，不當再圖乎？』幸無忘授鐙之事。』年才四十有八，而禍作矣，寔三月一日也。配唐氏，有淑德，視庶子女如己出，用不乏嗣。躬行勤儉，用豐其家。方西石君護其姪不當爲賦長，有事于官，時唐方病，又私憂之，一哭而卒云。享年五十，寔二月四日也。再浹旬間，而夫婦相繼逝，於仁愛天道竟如何哉？子男一，即伯古，孝敬而文。息女一，張志其壻也。孫男一，如金。孫女一，德貞。

君器宇修偉，昂藏如野鶴，而談吐條鬯，有古策士之風。爲文章辯博不群，詩歌清麗，筆札在晉唐之間。家居尤事力田務本，所與游，盡海内名士。而君之兄弟，辱謂余爲益友，予竟何益哉？雪涕爲之銘。銘曰：

孰豐其材而嗇其爲器。何成之難而毁則易。嗚呼，其藏之深，以俟知己於百世。

敕封安人郭氏墓誌銘

嗚呼，禮，婦人無稱。其稱賢婦繫其夫，其稱賢母繫其子，匪專詞也。此深讀郁侍御希正所狀郭安人事而有感焉。安人，今同知松江府事新蔡張侯配也。深與希正爲諸生時，侯已來莅於松，松之人宜侯甚也。由倅以登，故無改地焉。考於侯，安人之賢概可知已。

按：郭氏出汝寧，世武弁，有諱某者，以文資通判武昌府，安人之父也。母曾氏。初，武昌君與侯家公友也，器侯而女焉。安人自幼即不凡，習於女紅，手不停製。曾夫人見其勞，於寒暑而止之，每前對曰：『舍此，閨中安事也？』嘗授《孝經》《列女傳》，請於姆師而讀之，曰：『由此列女貞婦，知古昔有若人也。』及笄，歸侯。侯時爲庠生，富有文名，日多賓友，安人從中饋給之無倦。夜分讀書，每以織紝助其佔畢。侯博學多才，嘗試爲繪事。夫人從傍睨之曰：『爲此能無妨於學乎？抑將奪而功也。』侯憮然止之。自是一意於學，領河南某年鄉薦，遂入胄監。安人奉二大人於家，居起以時，瀡髓必具，使二大人忘其子之遠於身也。侯宦松，迎二大人來養，安人日率子姓娛弄左右，使二大人忘其身之去鄉土也。侯顧内得助，故不以家累政。嘗受牒賑郡饑，侯以里計民，以民計粟，大發一時，全活者甚衆。事竣，閲燭會稽，官廩幾空，頗私憂焉。安人心知之，曰：『是不過得罪焉耳。爲郡父母而活民，寧能計利害耶？』侯聞而釋然。海寇發於崇明，大出軍撲滅之，檄侯爲先鋒。戒行，屬安人以家事。安人大聲曰：『此王事也。吾將家女，軍旅之道，以無懼爲主，況此小醜盜兵者乎？上慰舅姑，下訓子女，妾之分也。』侯果以大捷蒙厚賞，若安人者亦可壯也。侯督餉，歲一至京師，安人嘗嚴治門户以徯。其教子也，尤嚴而有法。及是，侯適出役，而安人殁於粉署。嗚呼，若是者能無稱乎？是故次其大者繫之侯，以著安人之賢也。享年五十有二，以某年月日受封，以天順某年月日生，以正德某年月日卒。子男三：長萱，娶游氏；次葵，娶曹氏，俱學生；次芷，聘王氏。息女二：長適曹大夏；次適孟堂，早卒。孫女一。侯南還，將歸櫬於新蔡，卜以某年月日葬焉。乞銘。銘曰：

惟婦之良，爲家之光。厥功孰多，中贊潛襄。中州淑靈，豈獨君子。英英閨彦，懦夫可起。周詩『采蘩』，秦風『板屋』。太師是陳，俾也可録。鳳吉終叶，鸞章自天。詎曰草露，永賁重泉。

副千户唐公墓誌銘

嘉靖二年春三月庚申，武略將軍副千户唐公卜葬於周涇之原，配以喬宜人大封焉，禮也。其嗣子太學生牧具衰絰，奉太常寺少卿曲江趙公狀乞銘，深不敢辭。

按：唐氏著上海。上海之唐，寔出子方，晉陽靈石人也。吴元年有諱英者，官烏泥涇税課局大使，因家焉。英生福，福生俊，俊生昭，皆有隱操。昭生瑜，舉進士，歷官至都察院右副都御史，爲憲廟時名臣。公，都憲公之仲子也，母尹氏。諱鏞，字士和，别號責雪人，故稱爲責雪先生。幼有至性，孝友和厚，儀觀雄偉，瞻視左右，炯然射人，音吐洪崓，纚纚然不爲婞阿澒涊之態，接人未嘗有惰容，見者咸敬公，公敬人亦終身也。有長才見於家政，事輒就理，故家世遂爲邑中冠，都憲公遊宦無内顧焉。暨還政歸，則室堂精好，園田清嘉，歌舞都雅。賓客之過從，甘脆之盈潔，公悉心焉，都憲公顧而樂之。待伯兄桂巖先生尤有禮意，故邑中稱公爲孝子弟弟云。弘治壬子，山東饑，公輸粟若干賑之，例授松江守禦千户所副千户，月有俸給，公具辭，章服則拜焉，曰：『聖恩厚矣。』正德己巳，邑大水，公乃蠲租若干，計口給食，以活佃丁又若干。郡邑長吏聞公名，欲致一見之，公不可。或有禮其廬者，人勸之曰當見，於是公又不可。歲時又招爲鄉飲賓，公竟不可，曰：『吾欲何求也，顧不任爲禮耳。』雅愛山水，晚益爲林泉之樂，澆花蒔竹，架石鑿池，日與親知數輩徜徉其間，飲酒賦詩，意豁如也。享年七十有二，以正德戊寅十一月三日終于正寢云。配宜人喬氏，贈翰林院編修公之女，有賢行。初，連舉女，得子輒殀，已乃生牧，牧生九齡而宜人卒。公特鍾愛，乃擇令族，得長樂令平野凌公之女配焉，今倜儻有器局，蓋方向顯榮云。女四，周鳳、薛鳳、張鷁、沈陟，其壻也。

深與公家有婣，少從桂巖、賁雪公兄弟間游處，若崑山雙璧，與桂林連枝，交映相輝，應接不暇也。退而察公所存，咸近於厚。諸女嫠居撫諸甥，教養備至，故周氏甥既登科，猶以公姓姓之，示不敢忘也，則公之種德纍行概可見矣。宜銘。銘曰：

深山靈谷，厥産鳳麟。世德名家，乃鍾偉人。吁嗟先生，稟遇特異。身際五朝，家承六世。既令厥名，復全而歸。文事武備，完德庶幾。周涇之匯，實維同穴。太史銘之，萬古是閲。

方溪劉公墓誌銘

嗚呼，必有世德乃有世望，必有世澤乃有世家。夫世世有德焉，生長見聞必有超於風習之外，使人望焉知爲名流。夫是之謂澤，漸濡所暨，濃潤固殊，其於鄉邑郡國，寔繫觀聽，有感化焉，此世家之所以重也。予於誌敬之劉方溪之墓，蓋致三嘆於斯。劉，故上海世家也。敬之早承父兄之澤，其生長見聞淵源敻矣。加以通敏倜儻之才，發其深遠豐碩之積，淹雅藴藉，望之於琴尊圖史之間，非復尋常品流可企也。惜乎天不假年，而轉移之具於鄉國多所未試焉。嗚呼，其孤啓元等卜以嘉靖乙酉十二月六日庚申，奉窆於祖塋之次，以談進士承儒狀來乞銘。陸與劉世姻也，昨歲汀州之葬，予爲書其玄堂之石，兹安敢辭。

按狀：公諱交，字敬之，别號方溪。劉之先自南宋有亨叔者，遷居華亭。再遷上海者，仲禮也。曾祖諱文忠。祖諱鈍，字廷魯，號水月，以仲子璵貴贈奉政大夫真定府同知。祖妣顧氏，贈宜人。父諱玉，字鍾秀，號静齋。母王氏，生三子，敬之其季也。少穎異，在群兒中，目光如炬，治舉子業，即通大義，善筆札。長壻曹怡松家。怡松諱玭，字以淵，縣之舊族，以行誼聞，又善鑒識，一見敬之，撫其額曰：『是郎終不碌碌。吾未舉子，吾有女宜配，半吾子也。』既入怡松家，即爲曹氏持家政甚辦。會静齋府君遘疾，乃辭歸，率其婦日侍湯藥，復奉王孺人以色養，存殁咸厚，以比于禮。時從父坦齋府君致建寧政還，敬之日侍尊俎，殷勤欵至。逮仲兄宜亭公以汀州還，復事之如坦齋焉，人每羡之。湖廣歲饑，輸粟若干斛，授魯府引禮舍人，待次于家。郡縣有公務冗劇者，咸就敬之取辦焉。乾清大工興，部使者分司蘇州，專督陶甓，檄往從事，劑料有法，大爲寧海張公所器。縣侯弘農王公、莆田鄭公，咸加賞識。敬之不問久暫勞勩，未嘗伐焉。友人趙雲谷既卒，其遺孤龍無所於歸，爲收養之，併恤其家如不及，人尤賢之。居嘗多蓄名酒，暇則致客。客至，則賦詩屬對，相與勘契法書名畫，摩挲古彝器爲樂。與人交不爲蹊徑，有非禮相犯者，輒形之顔面，人亦亮之。治家井井，凡婚嫁喪葬之禮，咸適于中。教諸子以繼述爲大，蓋世家之望云。以嘉靖甲申八月十三日終于正寢，上距成化庚寅六月一日，享年五十有五。娶曹氏，即怡松長女，有賢行，能相其家。子男五：長啓元，娶余氏；次紹元，娶沈氏，俱國子生；次守元，娶沈氏，縣醫學訓科；次慶元，娶莊氏；次鶴年。女一，適縣學生孫繼科。孫男二：繼孫、承孫。女二。

敬之視余少長，幼嘗往來予家，與之游處甚狎也。予知其才之足以善俗，而惜其年之未足以酬志也，乃爲之論次其家世，而復系之銘。銘曰：

千年在前，承者劉氏。千年在後，劉氏伊始。人孰不壽，遂以名紀。亦孰匪才，崇善則美。嗟嗟方溪，人遠室邇。斯文足徵，九原莫起。粤有遺休，厥在胤似。

致仕新淦縣丞榮隱余公墓誌銘

上海有舊家必曰余氏，余氏之彦，必曰榮隱公。公諱麟，字文禎，以縣學生起家，仕爲新淦縣丞，年未五十，即自銓曹乞致仕。是時鈞陽馬端肅公爲冢宰，特爲例處之。既歸，修葺故居，手理泉石花竹，於城市中極爲幽勝。庭下紐檜，相傳爲宋元時物，人稱之曰喬木云。公修髯峻宇，徜徉其間，雅歌投壺，飲酒賦詩，不復以人間事注意，澹如也。年七十有一而卒。其孤繼芳等以墓石請。

按：余氏之先有諱承仕者，仕宋爲拱衛司兵馬，護駕南渡，因居華亭之華村。十傳至耕樂，公之高祖也。耕樂字穀寶，穀寶永樂中應召爲太醫，賜緋，直翰林而終。耕樂生旭，字景陽，壻於上海鎮之胡氏，遂家焉。旭生郇，字孟祈，號梅竹，以詩書行誼聞邑中。郇生廉，字清臣，通敏倜儻，累科不第，以例貢入太學，授新昌丞，配姚孺人，寔生公。公遭愍凶，力守先業，專意科舉，有聲，既乃奉例補國子生，循次授新淦丞。新淦故號難治，適尹去，公遂署篆，以清慎自勵，種種悉辦，上官才之。他郡縣事有不能辦者，輒檄公，公受檄即辦如新淦。三載矣，旌奬屢至，亟爲按察使張公某、知府吴公敍所器。後新淦人去思之饋遺候問，歲時不絶。吴公謝還亦至上海，與公握手相歡者浹月乃去，人以爲難云。以嘉靖甲申十二月三日卒，以又明年丙戌十二月某日葬祖塋之次。娶錢氏，御史孫女，柔順貞淑，允執婦道，先公三十七年卒。生子一，曰繼芳，娶俞氏，縣陰陽訓術；女二：適曹恢，適奚邦寶。繼娶彭氏，府尹次女也，賢明慈慧，以賢母聞。生子一，曰繼瑞，娶韓氏，縣學生；女二：適劉啓元，適曹應文。孫男三：重器、大器、宗器。孫女三。

深少即知敬公，嘗過其家，坐春堂，俯山亭，周旋陟降，覽觀故舊之迹，焚香啜茶。每至盡日，舉手揮麈，談古今治亂之迹，纚纚可聽。與人交，啓齒即露肺肝，不少狥俗態。晚年耳目聰明，步趨有章，燈下猶能作蠅頭細字。迨屬纊，猶以繼述屬其子云。蓋公天資豈弟，樂善慕義，無彫飾藻繪之行，抑其流風餘韻，固有以厚之也。宜銘。銘曰：

厥家之舊，而德之新。雖宦途之嗇，民以有親。進退何累，蓋云任真。風以引之，尚有後人。是曰榮隱之藏，信此貞珉。

敕封孺人居氏墓誌銘

許孺人姓居氏，封兵科給事中許公之繼室也。公名滋，初娶于俞，生子相卿，是爲今兵科給事中，公、孺人所由貴也。給事甫孩而俞孺人見背，公抱之泣曰：『兒胡不幸，幸有母母之，其誰則宜？』時俞、居，甥舅兄弟也，於是俞之長者以孺人聞，公亦聞孺人之賢也，遂歸許。許一愽翁之喪室有季女，公以屬之孺人，曰：『此吾同産也，先人之志也，敢不惟厚。』孺人欣然以之曰：『抑敢不惟厚。』既笄，悉推己匳具嫁之。愽翁之妾蔡遺而無子，孺人事之恭以老焉。許故族，大而衍，内外長幼，歲時交際，孺人品酌而密應之，一一當其心。家食凡數百指，時其寒饑，加之惠，甚辦也。凡祭祀賓客，必親潔，豐腆合禮，曰：『中饋，吾職也，又敢不虔。』生一子，曰桐卿。孺人督桐卿以兄之業，既乃循例，使待次益王府典膳官，曰：『若且倦矣。以儉勤助若家可乎？』由是許益大。初，給事幼，善病，孺人醫禱巫卜備至。迨長學成，弗即遇，時以好言慰公曰：『此子必遠到，遲早命也。』既舉丁丑進士高等，爲時名流，即拜兵科給事中。今上皇帝覃恩兩宮，首逮禁近之臣，由是公受封，俞受贈，而孺人遂並命矣。既乃喜曰：『病婦蒙恩，何以堪此。』公曰：『吾亦思之，第當恪守儒素，以成吾子，庶所以爲報稱者。』一意深藏養恬，故給事罔内顧，以共其職云。逮與告還，每孺人初度，給事率弟若子稱觴戲綵以爲常，一鄉榮之。年五十有九，以嘉靖五年十有二月六日卒。給事尤極哀慕，奉其友給事趙君之狀，衰絰走四百里，而問銘於上海陸深。

按：孺人世家海寧城北隅，大父諱縉，父諱正，生而婉順，浙之東西稱賢母云。子男二，長即相卿，次即桐卿。女二：適祝繼暄，周王府典膳；適賈中錫，太學生。孫男四：曰聞過，給事出也；曰聞遠、聞運、聞近，典膳出也。女八。卜以今年丁亥二月十二日己未，葬于九杞山永安湖杜曲之陽。以深觀于給事之孝，而概于孺人之賢也。宜銘。銘曰：

夫曰賢婦，子曰賢母。儷榮應典，若券左右。風斯引之，茲曰不朽。萬世在前，萬世在後。

儼山文集卷六十五

墓誌銘四

朱夫人秦氏墓誌銘

朱夫人秦氏，壽七十有一，以嘉靖三年冬十一月乙酉卒於旌溪尚書之里第。尚書公哭之哀，凡朱之内外族人哭之哀，秦之人來哭之哀，里之人相向而哭之又哀。嗚呼，是可以考夫人之終矣。卜以又明年丙戌冬十月十一日，奉窆於錦灣西祖塋之次，嗣子謦、㫼，以尚書公之命來問銘於陸深。予家朱、秦間，猶東西鄰也，外氏梅於朱尤近，習聞夫人之德稔矣，其敢辭。乃按秦君文解狀誌之。文解，夫人猶子也。

狀稱秦出高郵之邗溝，本宋太史少游之族。建炎南渡，有諱知微者，遂來居海上。高祖以政，曾祖必通，皆修隱操。祖瓊，號松軒，軒豁有壯氣。父諱濟，號午山，樂善舉義，屹爲秦望，夫人其長女也。母李氏，有淑行。夫人生六年而母背，育於祖母張夫人。幼有至性，松軒翁奇愛之，事翁與張夫人，迨事繼母朱曲有禮意，以孝聞。稍長，閑女紅，通書史大義。故憲副鈍庵朱公擇婦也嚴，年十六以歸尚書公，事鈍庵公與王夫人必敬必慎。鈍庵時時自官中寄詩勉其子，夫人即熟記，舉其語諷之。尚書未達時，爲歌詩，或出無聊語，夫人亦時時誦之。鈍庵公既謝政歸，夫人遂總攝家政，鉅細豐約，悉有條理。雖尚書，一錢以上不妄費也，至脱簪珥以佐賓朋，無靳容。成化甲午，尚書舉鄉試，卒業南雍，夫人與俱，躬織紝，以助薪水之費。甲辰登進士，捷報至，而夫人適歸寧于秦，宗人豔之，夫人意沖如也。宦轍所至，夫人輒隨。尚書内掌刑曹，外司按察，每夜歸，必請所訊，罪至大辟，即愀然曰：『人命事重，君必慎之。』弘治戊午，鈍庵公屬纊時，撫簀呼曰：『兒婦安在？』若將有所屬者。諸婦迭往，瞠目視曰：『欲見秦婦耳。』夫人奔喪還，意甚傷之。既尚書服除還朝，夫人遂留侍王夫人，遣一側室從。是時尚書未有子也。夫人侍王夫人備至，内外裕如。已而尚書奔王夫人之喪，還，百事具舉。有助葬者，尚書欲却之，與夫人意合，一無所受。凡尚書有所舉措，惠澤及物，必力贊之。夫人意有所爲，或尚書所未及也。故尚書宦成九列，無内顧之憂，朱氏之門閥益以大，白首敬共猶一日也。處妯娌有惠，御臧獲有禮。尚書公晚未獲嗣，每擇佳媵以進，冀有子焉。及舉子，愛之不啻己出，尤人所難者。訓諸子諸姪，各底成立，有爲時文儒，彬彬起科第者。雅尚勤儉，無華侈之風。有餘財，即以濟貧乏，故卒之日，無留贏焉。奉午山公，尤盡孝愛。午山卒時，夫人年高且七十矣，奔走於殯葬，遂感風眩。待其弟姪輩，每近於厚，有憂深思遠之意，非世俗所能窺也。夫人諱端，字惠，以甲戌年十一月六日生，受封至宜人。子二：長謷，太學生，方以器局需用，娶沈氏；次砮，俊敏績學，娶陸氏。女二：長適都察院檢校張岦，次適中書舍人陸修。内外孫男女凡十人云。

唯夫人出自舊族，歸于名家，天錫之厚，既有異稟，而所以爲觀刑之地者，固有本哉。令妻壽母，賢婦孝女，具彝道焉，抑足爲世教勸也懋矣，是宜銘。銘曰：

玉駢珠儷，爲世所珍。並善兩美，肖哉斯人。尚書有婦，夫人有夫。《鵲巢》《麟趾》，詎云絶無。以似以續，大厥門户。忠臣碩輔，兹焉維伍。竦溪縈流，蘋蘩載羞。霜露之感，曰萬春秋。

軍器局副使宋公墓誌銘

按：公宋姓，澄諱，一清其字也。山東武定州之宋，其先也。曾祖士榮，祖仲輔。父福，文思院副使，母裴氏，其世也。宣德初，仲輔始以尺籍隸武功中衛，故世爲都人。成化癸巳，公以修大内功陞文思院副使。弘治改元，免歸。辛酉，復以修城功再起爲軍器局副使。正德丙寅，謝歸其官也。李氏，其配也。子男六：長鑑，丁卯舉人，娶葉氏；次鉞，辛未進士，拜行人，娶徐氏；次鐸，冠帶，娶田氏；次鈺，武功中衛總旗，娶王氏；次鎧，娶戴氏；次鏜。孫三，曰廷相，曰廷槐，曰廷椿，其後也。女三，袁賢、馮華、范銓，其壻也。孫女一，適俞志同。公少學進士業，乃更從司空，以世其官。器局秀整，幹畫精密，於職必勤也。天性孝友，慷慨樂施，家無妾媵之奉，而言動淳直，無弗愛者，其行誼類此。其生也以景泰乙亥八月三日，卒以正德壬申正月廿又三日，享年五十有八。其葬也，卜以是年二月廿有一日，從先兆於小南城之側。乃乞銘於太史氏深。

曩入京，聞都門外三友堂名籍甚。既乃鑑來，自余授詩，遂登堂識公焉。和厚愿雅，儉勤以文，余偉而敬之。三友堂者，公所葺也，外環花卉，中庋圖史，以友章縫之士，又曰因以教子以求益者也。夫友以德，德可以世矣。丁卯之秋，鑑、鉞同領鄉薦，余再登堂賀焉，公從二子欣欣迎余。辛未夏，余再入京，而鉞已成進士，余再登堂賀焉，琴尊無恙，而公已病不能揖客。余私憂之。閱歲而訃至。余四登堂，則遂哭之矣。不五載而人事果何如也。若公其無憾也已。余宜銘。銘曰：

有要者途，彼踐斯棘。古稱不卑，我力我職。有尼而止，亦起而仕。以兹澤餘，溉及厥子。彼都人士，風人所思。思公不見，悵矣其悲。順則斯委，歸亦曰全。過而式者，後千萬年。

西郊先生瞿公墓誌銘

正德壬申十二月日，葬我西郊先生於長溪。館甥深寔以職事獲誌其藏曰：先生諱崙，字茂卿，故有別業在西郊，習而稱之曰西郊先生云。誥贈後軍都督府經歷諱晟之孫，義郎蒲泉公諱霖之子也。少失母，鞠於祖母誥封太安人凌氏。稍長，受業於從父今臨安太守南山先生，有成矣。蒲泉公委之家焉，先生稍用其學於家，家遂斬斬。晚事繼母孫孺人，以孝聞。又虔事凌太安人，太安人時時來就其養。弘治辛亥，歲饑，輸粟若干，詔補官，迺大有貲積，晚用雄一鄉。先生不爲守聚計，益務施予，樂惠建義，友輩有落莫者，資之使大發，然竟不言。或梁於行，或轉於死，或衣於寒，糜於饑，貸於所不能償者百金，時舉也。蒲泉公觀其志，已甚悦焉。公嚴，先生事之無不得者，章服儼然，寡言和色。君子惜其無推挽之者，使世獲其用，而僅見之一家焉，見之一鄉焉。就其孝友所至，已可準古所謂鄉先生者其人矣。年五十有九，以□□年□月□日卒。配陳孺人，有淑德，佐贊之道，稱其爲先生婦也。子男三：長曰鵬，績學攻文，歷試南北京闈，娶吴氏，繼曹氏；仲曰鶴，爲進士業有聲，娶唐氏，俱太學生；季曰鸞，娶韓氏，補醫學訓科。息女三：長殤；劉杰、潘文，其壻也。孫男七，曰學顔、學曾、學思、學孟、學周、學召、學伊。孫女五。

嗚呼，惟深前孺人瞿，實先生之親姑。家公太史之憐孺人也不置，久而必泣。凡遇孺人之兄弟必泣，又遇孺人之諸姪則又泣。伯氏宗海與先生兄弟行也，謀所以慰太史公者，迺以長女壻深，及委禽焉而歿，深獲以舅禮事先生。每歲時候問，則先生必泣於堂，陳孺人必泣於室。或留與鵬同學，往來出入，先生未嘗不送迎焉，退而與孺人相向，未嘗不泣。深既得官而還，思所以慰先生者，議以弱女歸先生之孫，而先生不可作矣。嗚呼，銘曰：

匪古迺世，匪今斯人。承兹傳兹，以萃厥身。亦有不朽，斯文永存。宅是長溪，以需後恩。

丁素軒墓誌銘

素軒丁公既卒之明年，謀以某月日奉窆于某原。其外孫冒良，予同年友也，次其遺行，其子倫奉以請銘。予讀焉而得公之爲人也。

公諱某，字良玉，號素軒，金陵人也。其先世籍廬州，祖貴從起淮甸，以功授泗州千夫長。父某，南京某衛鎮撫，娶馬氏封人，至公之身，以輸粟功，加贈鎮撫府君爲明威將軍，母爲太恭人，其兄輝進爵如父階。公自幼不群，齠年失怙，哀毁如成人，親母愈謹。長即綜理家政，日不暇給，所爲多敦本善俗之行，故賢者不以爲陋，中才者不以爲過也。孝友之性得於天者獨至，薦時拜墓，禮容有章。昆弟之間，形骸可合并也。外祖父馬英以錦衣指揮調廣東，卒，歸柩，託公經紀其喪，卒爲之守墓不替。嘗服賈，從者發橐，覺而不言。道遇人爲貸家所苦，即傾橐代之〔一〕，蓋長者云。性不嗜酒，故平生不見其苟簡。與人交，雖不爲斬絶，而富貴崇高之勢，毋得而加焉。以弘治癸亥之歲八月乙卯壽終于正寢，上距所生宣德之癸丑，春秋七十有二。配馬氏。子男一，即倫。孫男二：曰武，曰斌。息女三：長適明威將軍徐某，次適舍人李芳，又次歸于山東參政冒某爲繼室。

嗚呼，善必獲報，報將在公之後也。敍而銘之，銘曰：

往也惟忠，國之所臧。惟孝惟弟，家焉斯昌。嗟嗟丁公，厥存則良。遥遥魄邊，不有其藏。俾食厥報，曰莫敢當。推于上世，有燁寵光。嗟嗟于公，奉德馭己。統在有繼，豈曰非美。惠家睦宗，含和履砥。開國之孫，明威之子。不愧于生，不朽于死。勒辭貞珉，永奠厥止。

【校記】

〔一〕傾橐：原作「隨索」，據四庫全書本改。

處士朴庵倪公墓誌銘

浙之東處士朴庵倪先生卒，訃于京師，其仲子翰林院庶吉士宗正解官歸治喪，且葬，奉其友人張君邦奇所爲狀，問銘於松江陸深。

深按：處士諱某，字用文，一諱彬，餘姚人也。曾祖諱某。祖諱允中，有隱德。父諱守禮，有詩名。處士美丰儀，善談辯，詞吐鴻鬯，時舉經史奥義相詰難，一座皆傾。其所爲多俊爽，不動以利，不屈以勢，又能以信義服其鄉人。鄉人争訟，有不願之官府而願得處士一言者。歲時伏臘，必聚宗人酌以酒，告以振宗爲善之道，衆皆悦。家理故薄而好客不倦，多取給於外氏。勇於爲義，嘗覽范文正《義田記》，擊節嘆曰：『吾志也，兒子二郎終成之。』迨晚一斂其邁往之氣，歸於爾雅，又儒者也。喜歌詩，通陰陽術伎，有造精者。其所不信而深排之，則浮屠法與巫覡云。處士少處人倫之變，長而能教其子，尤爲人所稱。初，守禮公年既長，無子，其伯兄意以己子後公。未幾，公繼娶陳氏，生處士及處士之弟，又未幾而公卒。時處士年纔十餘耳。始謀者瞠曰：『兩遺孽去之，則産吾産也。』日來擾其門，穴窗毁瓦，推瓶倒罌。躬穫以歸，則要諸路，擊而奪之，死者屢矣。時陳母外無以禦强暴，内無以庇其孤，日夜哭泣，因以喪明。處士百千委曲，以有成立。而陳母卒後，每見目眚者，則爲之一慟。至其待讎者之子弟，未嘗不如族人也，是可謂怨而不怒者矣。處士食指既衆，家尚不給，或勸之曰：『若子盍使之從賈？』處士聞之，歸撫其子曰：『吾兒賈人耶？是當以文學裕吾家。』使之讀書不輟。若是者，可謂不惑於流俗而善貽謀者矣。今談者必曰倪處士、倪處士云。年六十有四，以一疾而卒，時弘治丁卯閏正月某日也。配汪氏，賢而能相。子男三：長某，次即宗正，次□□。孫男五。息女二。將以某月日葬某原。

深與宗正同舉進士，又同官，兹弗敢弗著。宗正哭而告予曰：『吾七年於外，求以禄養。今得禄而吾親不逮已矣。』深聞而愈悲之，乃系之銘曰：

遭變孰難，難歸於厚。有蓄弗施，而匯爲其後。嗟嗟處士，仁勇曷負。剛則不折，貧而能守。惟不折與守，乃見其有。勒辭貞珉，以永不朽。

曹母顧孺人墓誌銘

友人曹君弘濟，幼喪母，鞠於祖母孺人。既喪大父，連喪其父，獨依孺人以居，實兼兩世四親之義。及是孺人卒，弘濟爲斬衰服三年。弘濟長深十有四年而交，數宿食孺人舍。嘗登堂納拜焉，時孺人年已八十，毛間黄白于領，癯如而精堅，家事一不關白其孫，弘濟得專力於學，慨然以報劉爲志。弘治甲子春，弘濟將有事于科場，而孺人遂屬纊。嗚呼悲哉。深適還自南雍，哭孺人於殯次，弔弘濟於繐幃。弘濟毁瘠，扶而拜，杖而起，殆不勝哀。既而以深粗明己志，又識孺人，諉誌其藏。深辱弘濟忘年，視孺人寔有母道，且勤館穀之德，敢不是著。

按狀：孺人顧姓，諱妙真，義望曹公度之側室也。其先嘉定人。有諱叔臧者，孺人之父也，始來占籍海邑。初，公度既壯無嗣，父母憂焉，聞孺人潛德，欵懇求之。閲時，果産子瑞，以繁曹宗。孺人幼聰慧，精女紅，父母甚愛之，慕公度之爲人而歸之。孺人執禮不越，事舅姑如事父母，事其嫡如事舅姑，久之，萃愛敬焉。凡事事必謀及於孺人，孺人務殫心竭誠，咸輔厥宜，終始一軌。其修饋祀必時以旨，其治衣飾必儉以潔，其處閨閫必嚴以肅。相夫子，應宗黨，御僮僕，皆有憲度，各滿其願。公度遂以富饒禮義甲海邑，孺人之力居多。己酉遭公度之喪，壬子喪其子，悉采古禮而襄之，婦道、母道盡之矣。晚年唯一孫侍養，尤篤情愛，每親師取友，必戒之曰：『近君子，遠小人。毋爽厥德，以忝所生。』癸亥秋嬰疾，歷冬徂春，而勢愈張，猶呼弘濟，與之欸語曰：『吾且忍死，終待汝成。』迨弘濟試御史臺還，忽厲聲曰：『吾不濟矣。勉諸後，勉諸後。』言訖而逝，時二月某日也，享年八十有六云。子男一，即瑞，娶吴氏。息女一，曰淑蘭，皆先孺人卒。孫一，即弘濟，邑庠生，娶談氏。曾孫凡五：長恢，亦邑庠生；次懷；次憬；次愷；次懌。卜吉於弘治某年□月□日，奉窆於范溪祖塋之側，禮也。

惟孺人儉勤淑謹，長順和惠，粗涉書史，能知古今得失，至於醫卜書筭、博古格物之類，皆合于學，蓋其天性然也。其爲忠臣碩師於曹，諒矣哉。宜銘。銘曰：

穆穆孺人，終昌曹氏。如券斯獲，允副厥始。緝勩釁勛，豈愧良史。勤家惠宗，嫡仲任只。中更家紛，載罹夫子。居中應外，有容有禮。莫齡撫孫，攜手提取。將食其報，竟不少俟。短景下馳，挽歌莫起。徽志必承，豈曰生死。范溪滔滔，有芹有芑。後千百禩，鬱鬱高壘。

儼山文集卷六十六

墓誌銘五

將仕佐郎刑部司務黄溪孫公墓誌銘

嗚呼，黄溪公遽至於是耶？嗚呼，黄溪公竟止於是耶？自余束髮與公交好，同筆硯，聯衾席，以周旋於兩都之間，因以徧交當世名士，自窮經考文，求志講學，以相與許可，期待於意氣之外者何如也。余去國五七年，公竟不轉一資而卒。訃聞，哭之盡余哀，乃復低徊輟泣，誌其墓曰：大道既隱，風流日靡。士大夫馳騖於功利之區，往往處下以窺高，而於出處進退之際，蕩無紀限，尚安知所謂義命之歸者耶？余大爲是懼。公才宜舉進士，每向余曰：『從鄉舉，非出身耶？』既試天官，名在第一。得京官，在第九品。則又曰：『苟事事，非從仕耶？』余心是之。嗚呼！公今已矣，且恐朴厚之風從之以盡，余又安得不悲，嗚呼！

公諱鶚，字朝立，姓孫氏，故上海世家，居龍浦之南，因以姓其地曰『孫家灣』云。祖諱怡，號節軒，祖妣張氏。考諱寅，號愛溪，妣張氏。公生六七歲，讀書屬文已不群。節軒府君愛之，嘗指謂所親曰：『吾家世儒，達者在此子。』節軒以文學雄鄉郡，有成集行世，仕止賓州學正。愛溪府君恒服賈遠遊以爲養，而又以資公之學。公弱冠出試有司，輒優等。嘗師事今中丞東泉姚公，公尤奇之。弘治戊午領鄉薦，中遭愛溪府君、張孺人之喪，哀毁盡禮。居閒教子姪，彬彬起科目。正德庚辰始就選，授將仕佐郎尚書刑部司務。公在刑部，盡心職事，時命獄吏清圄舍，捐俸佐囚食，時其寒暑而矜恤之，全活者甚衆。諸司事有弗平者輒平之。僚友之際不爲苟同，而卒歸於理。大爲諸司寇所器，若見素林公而下，無弗任之。年五十七，嘉靖丙戌冬，以早寒趨朝急，遂得疾，以二月廿六日卒于京師之旅舍。配王孺人，有賢行，先一歲亦卒京師之旅舍。至以雙柩南還，遂合葬薔薇涇祖塋之次，寔丁亥之十二月壬申日云。子男三：長繼臣，國子生，娶沈方伯西津公女；次繼科，縣學生，娶劉氏；次繼謙，縣學生，予表弟顧裔芳壻也。三子俱有文行，將大發公之藏者。女一在室，與其同年友嘉定沈僉憲東溟公長子聯姻云。嗚呼，系之銘曰：

絀於前，將裕於其後。年則不永，而銘爲之壽。同室同穴，抑又何負。視此銘詩，以信我友。

孫孺人胡氏墓誌銘

國子諸生孫世隆以予友張進士于漸之狀來，爲其母氏乞葬銘。予遂往弔焉，還而誌之曰：

孺人姓胡氏，孫君朝用之配，年五十，以嘉靖五年丙戌六月廿有一日卒。先是朝用輸里賦京師，留滯越歲，不及視殯殮事。既歸而視窀窆事甚哀，且哀其賢也。卜以丁亥某月□日從葬菇溪祖塋之次，遵父命也。按狀：胡氏世居上海之烏泥涇，有諱鼐號耕隱，寔生孺人。孺人生八歲而孤，奉母吴事諸兄，曲盡孝弟。一溪孫翁聞之，遂聘爲朝用婦。既歸，事翁姑尤極孝謹，待賓客、奉祭祀豐潔中度。世隆既知學，補郡諸生，資給之不乏。至北遊國學間，謂朝用曰：『孫氏饒裕，如胤嗣單弱何？君胡不自爲計？』朝用不可。徐謂之曰：『君視吾妒婦耶？』乃擇得夏氏，舉一子，愛之與己子等。兄文泰多女，爲養其季者，厚貲以贅之。其他鄰族匱急，罔不推濟，故其卒也，人尤哀之。子二：長即世隆，次世濟。女一，適張伯澄，即于漸子也。宜銘。銘曰：

百歲詎有，五十亦壽。夫稱賢婦，子稱賢母。奉之白首，爾姑爾舅。承前啓後，兹石不朽。

散官北園唐公墓誌銘

嘉靖乙酉閏十二月六日庚申，北園先生唐公之葬，合以孺人宋氏，兆在金匯塘之東，從祖塋也。公壽七十有六，孺人之歲同，卒之歲又同，又同以是日葬，蓋合德也，人尤賢之。其子若孫益哀慟不任，相率來問銘，圖永終也。

深按沈君愷之狀：公先汴人也。宋有將仕郎貴一，扈高宗而南，至于松，卜居于華亭金匯塘之上。歷元入國朝，日以大。曾祖諱璟，字廷譯，號東皋。祖諱玉，字伯堅，號耕雲，皆有隱德。父諱墉，字景皋，號勁節。母周氏，有内行。公其長子也。後勁節府君以次子禎貴，贈兵部車駕司主事，母周贈安人。公諱祚，字原德，北園其别號也。自少嶷異異群兒，數歲知嗜學。長以家産出督里賦，遂至中落，猶閉户讀書。或勸之仕，不應。勁節府君謂之曰：『汝宜總家政，相汝弟成名。吾兩子後唐各有立，是吾志也。』公曰：『諾。』遂一意幹蠱，色養事二親，凡所欲咸盡心力。母病久卧，公夜未嘗帖席。比其卒，不渝喪居，哀毁如禮。與弟西園友愛尤篤，西園者即兵部君也，字原善，舉成化丁未進士，後官至禮部郎中，聲績隆重，公之贊助爲多。壬寅，應詔輸粟關中，凡若干斛，例授郎官，冠服偉如也。正德戊辰饑，公爲作糜粥，飯若干人，死者爲具棺又若干人，務樹德也。今上登極，尋被粟帛之賜。鄉飲酒禮，郡請當賓位。一時鄉邦之人推齒以德者，未之先也。配宋孺人，出望族，松人稱蕭塘宋云。父諱言，號存耕。母潘氏。孺人生有令質，長有令德。存耕翁爲擇賢配，得北園。歸北園公，曲盡婦道，孝惠敬肅，唐之族人稱焉。燕賓治具，不問皆中。家塾教子弟，晨夕饗饋皆其手出。公嘗欲給錢以勵勤者，請於公曰：『利於子弟，非所訓也，宜以紙筆充。』公深是之。晚歲猶親女紅，家人就寢，中堂燈燭熒然，刀尺有聲。衣飾雖敝，不忍厭棄。公嘗指所居示子孫曰：『得承先人弊廬以至今日者，宋氏之力也。』

先公以八月九日卒。公後以十月一日卒。子三：長僎，國子生，先二年卒；次傅，王府典膳；次⿰亻與，縣學生。女二：長適國子生談壽，次適金山衛學生李煦。孫男十：長自誠，次自明，應例入監；自新，府學生；自謙，早卒；自道，命後仲子傅；自得、自古、自立、自守、自持。孫女七：長適馮鳴殷，次適王諶，餘未行。曾孫男五：以嗣、以禮、以文、以德、可大。曾孫女四。

惟公承家世之舊，天賦精敏，言動綽有禮度，躬行孝友之道，惟敬惟勤，以終其身，故家日饒裕，以副其好禮舉義之志。詩書之風彬彬然，科第踵接起矣。蔚爲松之望族，可謂光前而啓後者哉？嘗聞公戒諸子孫云：『凡事以豫爲先，小事隔日思之，大事隔年思之。』時以爲確論云。深初舉進士，讀書中秘，時與西園公締通家之好。茲以兒子楫議婚於西園之孫，與公之從子儒寔有婣誼。今年夏，與表弟顧君定芳拜公於里第，談燕浹日，嵬然名德君子也。神觀修整，有松柏歲寒之操。詎意遽哭公、孺人於一旦哉。爲之銘曰：

金匯之塘流湯湯，東海沃蓄南浦傍。氣聯派續者蕭塘，約束靈秀調陰陽。中有異産德乃雙，何殊梁鸞匹孟光。門户宗祧興美唐，潮汐草樹俱輝光。尚有遺祉封若堂，金純玉采深以藏。生世猶短没世長，請示茲文徵不亡，千代萬代其永昌。

鄉貢進士錢公墓誌銘

鄉貢進士錢槐亭先生卒於華亭之里居，寔以嘉靖己丑六月五日，即生亦以己丑六月五日，得年六十有一。卜以明年四月二日戊子，葬於徐家濱東祖營之次。其子子才授狀於深以乞銘。深與槐亭同舉於鄉，乃今且三十年矣，不容辭。

按狀：公諱恩，字承之，別號槐亭，姓錢氏。錢出吴越武肅王，至公蓋十六世云。元直學公貲自洛徙松，遂家華亭望仙橋之東。高祖壽祖，號廛隱。曾祖行，號竹屋散人。祖敬，號瞻筠。考璋，號友桂，皆修隱德。公幼穎異，就外傅時，與趙少卿經同業書有名。初，友桂翁與趙悦梅好，一日各攜其子游別墅，令默誦《四書》。公誦如流，觀者驚歎。弱冠，值翁以鄉賦累，其家日落，公勉力幹蠱，出耕歸讀，與僮僕同甘苦者幾十年。遊邑庠，與朱御史昴、周御史鵷、沈教授暄輩争相濯磨，凡試必先，一時聲稱大譟，從遊者日衆。弘治辛酉，遂領應天鄉薦高等。明年上春官，屬翁微疾，强之行。既南歸，極意爲養親計。郡邑交聘爲弟子師，悉不應，舊所受者亦罷遣之。翁嘗受誣郡守宜春劉侯，幾不可辯。翁籲天曰：『吾誠有此事，吾安得有吾子？』守問子爲誰，曰錢恩者，即憮然曰：『恩美器也。汝能善其子，而顧不能善其身耶？』遂釋之。歲甲子，翁卒，公喪葬如禮，悉力營墓道，人以爲難。一時門生故友，往往取膴仕以去。公雖春官不售，自如也。益爲敦本崇孝之行，修家乘，建家祠，設家塾，置贍族之田，整葺上世諸墓，有惟日不足之意。丙子，喪葉孺人如禮。服闋，應謁選銓曹，公意不屑也。乙酉秋，以舊患手足顫掉，度不能愈，即預爲後事，營雙壙以俟。己丑春，命子才行親迎禮。已乃考終。配趙氏，賢勞克相。側室尤氏、包氏。子男一，即子才，包出，娶陶祠部女。女二：長適侯倜，次適監生徐應奎，皆趙出。

公平居性極儉勤，敝冠垢服，每不爲恥。而灑掃纖瑣之役，亦躬爲之。與人尤和易坦率，不爲高岸矜炫之行。稠人廣座中，欣欣然不廢諧謔。田父氓叟，有邀必赴，雖蔬食漓酒，爲之盡歡。處宗黨尤極篤厚，與弟惠白首相愛。方病劇時，出數金授惠曰：『我後事具矣，汝亦爲之，令及我目，不諱可也。』侯氏女早寡，以承繼爲後，侯祚益衰，俱無所歸，先生爲之收育于家，復教承繼有立〔一〕，爲之娶于葉，復爲之割田以贍，人尤以爲難云。深與公雅相知厚，蓋孝弟敦朴人也。若夫諳練之才，使盡用于世，雖古名卿輔亦何以讓。乃止于是，惜哉。宜銘。銘曰：

繄昔侯王，必復其始。公斂厥施，將以遺嗣子。蔚蔚槐亭，緑陰滿地。精魄閟兹，尚有徵於不死。

【校記】

〔一〕承繼：原作『繼承』，據四庫全書本改。

喬母陸孺人墓誌銘

嘉靖十有二年春正月某日，葬喬孺人陸氏於榆木涇之北原，以合于怡閒公之藏，禮也。怡閒公姓喬氏，諱嶽，字鍾秀，别號怡閒。邑故大家，公尤倜儻，日蕃且大，以弘治壬戌之歲幾五十而卒。明年成葬，孺人躬親視塚壙，處墓所月餘。後之三十年，乃克從焉，志也。其子通判安陸州事穳問銘於陸深。

按：孺人陸氏，又故大家族於東海之上。父諱紳。孺人生九齡，而母某氏卒，乃育於外氏凌妗任，即能以幼弟妹各一人同有立。既笄，歸怡閒公，俱以門第相高，而男女比德，爲宗黨所稱。逮事南圃府君、余孺人，余又故大家也，咸色喜曰：『吾此兒有此婦，家其有濟耶？』南圃府君嚴，每有疾，即不喜他人奉藥。孺人時親執藥進，即喜藥一啜。南圃府君、余孺人後先棄養，孺人治喪祭，井井如禮。乃總家政，以相怡閒。上下親疏，曲有恩義。延師教子，輸粟助邊，怡閒公多所賴焉。初，有慫恿訟事於怡閒公者，公曰：『嚚且健矣，獨不念後人耶？』孺人撫安陸君於旁曰：『政爲之地爾。』有奴逃且負，或謀抵死，怡閒公曰：『計良耶？』孺人亟摇手，怡閒乃置勿問。邑故大家以德誼聞者，曰喬氏喬氏，陸孺人有力焉。孺人生以景泰癸酉三月三日，卒以嘉靖己丑十二月十二日，享年七十有七。故卒之日，上下親疏多爲之涕淚云。子一人，即穳，孝謹和厚，以世其家。娶馮氏，繼邵氏。孫男五：謨、訓，國子生；誥，縣學生；說。孫女一。曾孫男二。曾孫女三。

予與喬世媚，於孺人則爲同姓，與安陸君同學、同場屋者屢矣，蓋通家云。序而銘之，紀實也。銘曰：

媲美永世，有相者存。譬彼喬木，陰遠益繁。嗟嗟怡閒，詒厥子孫。孺人相之，以大其門。其大維何，家範國恩。鬱鬱高原，豈曰後昆。過而式者，日遠日敦。陵谷萬年，以視斯文。

俞孺人墓誌銘

南京詹事府主簿唐君士儀，以公便還葬其配孺人於肇溪之塋者，禮也。時以歲辛未正月癸酉者，吉也。迺來問銘於深。

按狀：孺人姓俞氏，諱永寧，丞南昌俞公諱麟女也。天畀淑慎，勤精女紅，南昌公奇焉，曰：必以得佳壻。及笄，歸詹簿君，事都憲公、尹夫人。公、夫人愛焉，曰：必當佳婦。公之去爲牧伯守鎮也，孺人每以不親養爲歉，歲必製時物函獻。公、夫人在數千里外嘗之，必曰：是吾冢婦所爲也。是故終公、夫人之世，獨孺人適稱順志焉。詹簿君績文種學，雅量嗜義，率於孺人焉是相。賓從滿座，干請者沓至，又孺人中贊之，人之知譽之者詹簿君也。教諸子孫，尤得其理。富者進以義，敏者勗之學，幹者率之以儉勤也，其賢若此，大抵稱其爲唐氏宗婦也。年六十有五，以正德己巳十一月十五日卒。子三：長隆義，授千户，娶姚氏，早卒；次啓，縣學生，娶梅氏；次政，娶沈氏。孫三：紹宗、繼宗、承宗。孫女二，皆適仕族。曾孫四：官保、秋魁、期元、應魁。

深竊觀女德最隱，其功最巨，蓋不獨家之盛衰由之也。往往賢女多出於故家名族，將其觀化者然耶？惟吾邑之俞最舊，而以清白禮教傳者最遠。誕毓孺人，言歸于唐，唐又最顯族也。式克承之，身所於處，爲子、爲婦、爲母，考於詹簿君，於諸子孫，靡有遺悔焉。懿哉！孺人之德所由來者，焉可誣哉？宜銘。銘曰：

美珠良璧，所託者然。名山深淵，珠光璧器。用斯允臧，彼被者昌。小星易歌，河清難俟。珠縻璧毀，韜珠瘞璧。崇岡斯厚，以延厥胄。

儼山文集卷六十七

墓誌銘六

太學生竹溪唐君墓誌銘

嗚呼，此竹溪先生唐君之墓，蓋從其先塋金匯之阡。以嘉靖癸巳十二月十有七日乙酉，問予銘藏焉。予始舉進士，讀中秘書，僦居西長安里，與禮部郎中西園唐公實連屋。是時吾松之宦于朝者，故禮部尚書南山張公爲光禄寺卿，直文華殿禮部尚書東江顧公方侍讀翰林，大理少卿中岡董公在刑部，今肇慶守宜庵董公在禮部，故中書舍人沈公繼昌侍内閣，鄉好甚洽，無暇日無相過從。公長者也，而會尤密。予既近居，復與公之從叔宗禹同鄉舉，故相好益歡。公既病，予候問益數數焉。公竟不起，予哭之益哀，且填其行狀。而竹溪方自家來奔，以兩旬日行三四千里，人愈憐之，而予始識竹溪，年少又長者也。予屢産子皆不育，年且四十，始得楫。予蚤夜心計之，安得積善好修如唐禮部家者，婚焉以延予世。會聞竹溪有女，往請焉而諧，乃大愜。予既忤時，再有晉陽之役。時竹溪構疾矣，還，遽哭之，尚冀或臨其葬。及是葬有日矣，予復爲豫章之役，遂不得往相其紼。嗚呼，吾尚忍銘吾竹溪哉？

竹溪姓唐氏，諱儒，字子魯，尚書禮部郎中唐公諱禎字原善號西園之長子也。母劉氏，贈安人，世居華亭之白沙里。其先汴人，系載少師大學士東湖費公西園墓誌中。西園多竹，有水環焉，竹溪因號，以識先澤。自少穎敏，動以禮閑。服飾器御，敦尚朴雅。年十四，母劉安人卒，毁瘠幾殆。嗣喪陳安人如劉安人，再喪王孺人如陳安人。西園公舉成化丁未進士，家食久，被命入朝，竹溪奉世父北園公總家事以居，北園公特鍾愛焉。讀書郡城中，攻苦淡，學以大就。每從郡邑諸生試，諸提學御史每優遇之。每舉于鄉輒不售。正德戊辰，應例入國監。時弋陽汪雙溪先生爲祭酒，復優遇之。自國監再舉再不售，迺卷懷以歸，以家爲政，斬斬有法。孝弟之風，洽於鄉閭。先是西園卒，二弟侃、价幼，竹溪撫之各有立。遂將建室植産以居之。布散聯絡，有恩有禮。一時端人正士咸重之，樂與之交。有勸之仕者，則曰吾家世受國恩，吾敢忘吾忠藎，顧出處自有命也。乃即竹溪之上修西園堂，刻遺稿以庋之。又築勁節之亭以見志。益樹竹數畝，濬流其下，時復徜徉，若與漁樵爲侶。客至則飲奕欵晤，備有煙霞水石之勝。故吾郡東稱舊家，必以唐爲第一。而唐之象賢，亦必以竹溪爲第一云。家居自奉甚約，力田教子外，絶無他慕。四時享祀，必敬必躬。嘗有六世祖塋就廢，既卧疾耳，語价曰：成吾志者吾弟也。手數金，使修復之乃完。以嘉靖壬辰二月十又八日卒於正寢，享年五十有二云。

惟竹溪君天常甚厚，無嚴聲厲色，嬉笑話言，藹藹有旨趣。飲酒至百杯，而能不亂。倉卒應大事，静以鎮之。觸物有可傷，無間古今疏戚，即淚涔涔然下，殆仁者與。初，弟侃早卒無嗣，即以子自重後之。繼而自治生，乃以自治易自重，人以爲合禮。而自重復殀，竹溪委曲其間，能使朱氏婦有所恃，以完其節，人以爲達權。宋氏甥早失母，竹溪撫之如女。既長以歸張進士鳴謙，人尤以爲難云。配張氏，賢而克相，即南山公之從孫。子男一，即自治，聘沈進士服采之女，進士中舍之子，而學士之世嫡也。女四：長適董希大，於少卿太守爲從祖；次適顧應雲，即東江公之孫也；又次適陸楫；又次許聘何應鰲。按法宜銘。銘曰：

仁不必壽，亦既有後。厥所施張，百不一偶。有質有文，且創且守。豈間家邦，曰唯孝友。東海所匯，長江抱右。生直死哀，自足不朽。天道無私，發豐蓄厚。嗟嗟竹溪，抑又何負。

唐處士夫婦合葬墓誌銘

徽有處士先生，行誼在宣德、正統之際，曰唐邦仁諱禮，年四十卒，在天順之壬午。越五十年，正德己巳之歲，其配仇孺人年八十有六卒。其子封文林郎知縣傑，卜以□年啓而大封，以究孺人同穴之志，禮也。其孫澤，方事今上爲刑部郎中，迺於京師乞銘於深。深讀本朝御製，至

《五倫》書，顧見高廟駐新安時，召耆儒與論理道，有唐仲實先生者，以『不嗜殺人』對。上悦，賜尊酒束帛，心竊慕之。至是受郎中君狀，先生實處士曾祖也。

按：唐本氏李，有諱虞號梅癯者後於唐，遂姓唐。本德宗之後，或曰國姓也。世居汴。宋南渡時，諱承旽者守新安，因家焉。故今婺源之嚴田，有池曰『飛龍』、橋曰『太子』云。高祖諱元，爲關洛考亭之學，虞文靖公集以前輩風範稱之，仕終徽州路教授。曾祖即仲實公，仕終紫陽書院山長。祖諱子儀，舉賢良，知興國縣，文廟選爲趙府紀善。父諱永吉，以詿誤謫戍，卒於邊。時處士年七歲，張孺人母之。少明敏能讀書，旁及星曆之學。性孝友，痛父之寃也，故竭力養其母如父，事三兄禮如事其父。後當析居，地有右者，術云不吉，處士曰：『吾也少，當居是。』雖諸兄亦莫之能强也。邑嘗置監長平倉，出納維允。鄰有汪姓者，匿其産於他户，以欺之於異母之弟。處士發其籍，曰：『骨肉至是耶？且使百世争也。』釐正如故。友人有喪，明當赴之，薄暮雪深，别卜葬期，來告處士，已三鼓冒雪往矣。居嘗曰：『吾唐世文獻，新安之稱，必曰三唐先生，至吾而遂微乎？』乃以爲任。數年而姪行相繼取科第，爲監司、郡守者三人，處士有力焉。仇孺人諱誠，歙舊族也。處士卒時，諸孤煢煢，長才八歲，季猶在娠，而貧窘甚。父母憐之，欲其就食於家，卒不往。冬寒絺幃，雪時綴裙布爲被，以體温諸孤而環之。處士厝所僅百武而東，雨時輒往庇，淚與雨俱注。張孺人在堂，方有幼子之戚損食，復還泣事之，聞者悲其志云。邊戍歲有征索甚嚴，或勸鬻産，自念曰：『吾所以不死者，守此以俟諸孤耳。』諸方營辦，業竟無損。季子禄客死汴，仲子瓚復死荆襄，二婦皆守節如孺人云。嗚呼，唐處士之風概，使天假之年，或得用於世，其所樹立何如也。可謂『刑于寡妻，至于兄弟』者矣。惜也蚤卒，而孺人乃後五十年，以扶植唐宗，蔚爲詩禮，以成處士之志。譬諸邦國，可謂得忠臣者矣。子男三：長即傑，娶洪氏，封孺人；次瓚，娶張氏；次禄，娶王氏。女二：長適鮑璋，次適方烈。孫男四：溥；澤，己未進士，任刑部郎中；漢；濂，辛未進士，任南京太常寺博士。孫女二。曾孫男六。銘曰：

同室則短，同穴則長。惟丈夫之烈，惟婦之良。沈此雙璧，某山之陽。綿綿奕奕，以長發祥。

誥封宜人陳母黄氏墓誌銘

陳母宜人姓黄氏，世居餘姚通德鄉之竹橋里。父諱海，字伯川，仕至福建建寧府教授，方正行古道，世稱朴庵先生。母某氏。宜人故中憲大夫湖廣襄陽府知府虚齋陳公之配也。初，虚齋筮仕河南彰德同知，滿三載，赴吏部，書上考，封及兩世。由是父慎庵先生諱某得誥封官如其子，列秩爲大夫；母某氏爲宜人；而黄宜人從夫貴顯。年六十有七，正德乙亥考終於正寢。既葬，仲子熺奉太史李君本之狀來請銘。深往歲以翰林編修奉使過浙江，謁謝文正公于里第，從其子今少宰學士汝湖先生昆季間，得聞虚齋之風。既教國子，熺肄六館，每試諸生，熺必居首。同年倪小野在禮部，爲予道熺之早服母訓也，復知黄宜人之賢。熺遂以《禮》經舉應天鄉薦。予閒居海上，熺輒來問學。熺母之銘，予曷敢辭。

按狀：宜人生而貞静，自幼孝敬，動止皆有法。讀《孝經》《列女傳》，即通解。女紅、中饋之事咸精工。朴庵夫婦鍾愛之。朴庵與文選陳静庵先生交甚契，静庵者慎庵先生弟也。静庵先生復鍾愛虚齋。一日請于朴庵曰：『吾猶子佳，先生能以子妻之乎？』朴庵曰：『諾。』静庵以告慎庵，乃命虚齋壻焉。時朴庵任江西樂平教諭，明三《禮》，爲一時經師。虚齋偕宜人往事之，因受業焉。宜人内贊力且勤，虚齋學成，慎庵喜，每見静庵，必謝之曰：『得此佳婦，吾弟之力也，吾門其興乎？』虚齋別籍于寧國之宣城，以成化丁酉舉應天鄉試。捷至餘姚，宜人曰：『差以慰吾舅姑望耳，丈夫事寧止此耶？』虚齋五赴南宫，宜人復勸之曰：『此行勉之。二親年高，得逮禄養，進士第亦等耳，況功業又不係此。』虚齋心是之。已而果就銓試高等，得同知彰德府。宜人從之官，爲内治政，門鑰肅然。虚齋之政大有聲，九載，遷貴州思南府知府。宜人在任，歲時必手製衣履，以爲舅姑壽。既乃聞□宜人之訃，從虚齋奔歸，治喪如禮。虚齋起復，知湖廣襄陽府，宜人始留奉慎庵于家，益孝且敬，事□宜人尤極委曲。□宜人兩目苦翳，步履恒艱，宜人出入必扶持之。病或增，手調湯藥，至忘寢食。處妯娌間情意尤洽，舅姑所遺，多讓諸叔伯，同居三十年無間言。歲時祭祀，從虛齋行禮潔修，感慕無替。虛齋好交游，賓賢宴集，恒脱簪珥以佐飲饌之費。性惡僧尼，有募修梁道者，必以錢米施之不吝。有來售産者，慫恿虛齋厚償，曰：『吾子孫且享之，此亦陰騭也。』僮僕輩事貿易，戒勿取贏，曰：『爾毋招怨也。』日攻紡績事，或勸之自便，則曰：『處貴顯以事逸樂，使子孫效之，敗不可救，吾用以爲戒也。』性不喜華侈，至育子女，必節其服食，曰：『吾欲爲汝等積福耳。』教子睦族，賙窮恤匱，義方尤多。平生鄙婦人失節事，若婦人即病，或就醫診視，亦羞之。故雖得奇疾，亦不好藥石。偶患足瘍，七日而卒，寔三月某日也。子男三：長爟，娶某氏，興府引禮舍人，贈四川鹽課副提舉；次即熺，娶某氏，沂、普、慶三爲知州，俱有聲，方向用未艾；燦，益府典膳。女一，適倪贄，即小野太守之子，二皆庶生。孫男七：曰璋，即提舉；曰文魁，潼川州判官；次曰垚、曰莊、曰埏、曰垕、曰完。孫女五。曾孫四。葬以某年月日，卜吉於姥嶺山之陽。

惟宜人出自名族，歸于宦家。培養之基素厚，而師資之地爾殊，故善譽叢焉。以予所聞焉概之良是。法當銘。銘曰：

有菀者園，其核實繁。室家之詠，采蘋采蘩。禮始夫子，棼以從類。子以母賢，妻以夫貴。懿哉宜人，展也不朽。夫有賢婦，子有賢母。土深水厚，鬱鬱芊芊。視我銘詩，後千萬年。

范時修墓誌銘

范光湖之上，厥縣寶應，有君子焉。余不及識其人，交其弟；不及見其生，聞其死。順以事親，稱其子也；文以起家，成其兄也；澤以惠宗，廣其仁也。是三者皆適於壽之道也，而竟强年以死，嗚呼悲哉！

君姓范氏，諱新，字時修。大父禮，隱德弗耀。父畲，宣義郎。母刁氏。兄弟四人，君最長。其季韶字時美者，余之同年友也。癸亥歲與俱遊南雍，挹其文學，固疑有所從來也。是冬訃至，時美號哭旬日，不能仰視客。余往弔焉，竊怪其過於爲禮也。迺知時美能詞章，取巍科，其師師之，其友友之，纖悉皆時修之力也。嗚呼，兄弟之間，人所難處也。友于屬恩，訓成屬禮。禮勝使人鮮歡，恩勝將枉其才而廢之也。君成弟之才，而致弟之感，以恩以禮，可謂兩得之矣。由是觀之，則其平生可概識也。君性急而心坦，能談論，好以氣勝人。識古今器物，頗留意法書名畫，又工排律詩。尤能幹家植業，佐其父致富，然未嘗畜一錢私産也。宗黨有貧乏者，即量給之，或不及白其父，父終不以爲專也。及死之日啓篋笥，惟存田糧驛站馬草數目，父愈憐之。嘗自歎曰：『不知醫，非子也。』由是博覽醫書。又曰：『惟名與器，可以榮人，重王命也。』會朝廷有納粟例，即入貲拜其父爲郎官，雖非父志，以其孝而安之。教他弟各業其業，恩禮視韶，其爲多類此。初娶同郡張二守之女，早卒。繼娶張二尹之女，生一子曰嘉謨，一女曰二姐，俱幼。疾已革，父母問之，無所言，强而後曰：『吾三弟奉吾親，吾二息依吾親，吾無恨也。獨眼中不見吾韶，此爲介介耳。』以某年月日卒，年至四十有一。卜吉於某年月日，祔於官莊祖塋之側。

余不容辭時美之請，遂按狀而銘之：

有愧而生，孰與夫死之寧。無愧而殀，曷害其表表。嗚呼時修，魄秘靈遊。

處士鄭可齋墓誌銘

鄭生舜功再至京師，凡三閱寒暑，往返萬餘里，乞爲大父可齋銘其墓。可齋予故人，姓鄭氏，名廉，字宜簡，可齋其別號也。爲人磊落好義舉，名卿大夫多愛之。尤重然諾，雖千里之赴，不失時日。予之謫延平也，可齋相予行尤勤，故予尤德之。以嘉靖十八年正月十三日卒于家，得年六十有六云。

按：歙之鄭族最盛最舊。有師山先生者諱玉，以死節著名。諱得韶者以行誼聞一鄉。故歙有善述堂，可齋之高祖也。曾祖孟寧，祖文修。父成大，號鹿門遺隱。母汪氏。可齋生有美質，清修博雅。操觚爲文翰，不下儒者。諸技能精巧要妙，凡出其手者，雖名家或未及。壯齡服賈遊吴淞，不屑屑於刀錐之末，而意氣豁如也。歙俗健訟，以必勝人爲能。正德間爲鄉人嫁禍，郡太守遂當以大罪，而可齋寔他出無與。亟走京師，聞其事於朝，乃械繫赴御史臺，種種白其事盡釋。自姑熟馳三旦夜抵家，跪父母前，曰：『兒無狀，幾驚二親，兒罪獲昭雪矣。』人尤以是服其勇且能孝云。配許氏，有賢行。子男一思宏，娶某氏，先年卒。孫二：舜功、舜勛。兹卜以某年月日葬某山之原。

惟我皇明治安日久，而津潤滲漉，沃被土膏。故大江以南，號稱殷富。歙據上游，山谷深固，尤多故家大族。子弟之賢者，習爲容雅。輕財貨，好施與，然咸負氣英英然，其過也往往陷於剛折。可齋能巽順以自全，不辱其親者矣，可謂故家大族之子弟尤賢者非耶？予竟悲焉爲之銘。銘曰：

千章喬木，扶疏枝柯。冰霜凋壑，摧挫奈何。貞士宜簡，保護寔多。慶延于世，其蔭則那。銘以永閟，石也不磨。

李先生墓誌銘

先生姓李氏，諱文，字尚文，處之縉雲人也。李氏之先出温之獨山，自獨山而徙台之僊居，曰李村。又自李村而遷縉雲，則生一府君也。府君於先生爲六世祖，元末時爲美化書院山長云。祖諱龔，字秉憲，贈刑部右侍郎。考諱檜，字宗堅，妣湯氏、方氏，實生先生。少有美質，補邑弟子員，績學攻文，綽有聲稱。胡公某提學浙省，以理學爲己任，每試必加獎譽，然每不利於場屋。例當貢禮部，遭宗堅府君喪，又遭湯夫人喪，而生母方夫人又喪，積哀成羸。適同宗人又以事挾制先生，使卒不得志，乃歎曰：『吾命也夫，當吾病與家釁會也。』遂理菊莊别居以自娱，日以教子孫爲事。而凡已成之學，遂不及一見之行，嗚呼惜哉！大江之南，俗多貴其所生，而以側出者爲左。雖年之長，在亦略焉。必克自振立，加人數等，僅僅與嫡出者比，然亦背毁而心輕之甚，弊習也。初，宗堅府君遘疾彌年，先生侍左右最謹。府君曰：『汝孝敬如此，吾死之後，必歆汝饗汝。汝宜承吾祀事，且以長，宜亢吾宗也。』先生泣受之。後雖屢遭流言之變，惟事包荒，而兄弟之間恩義日篤，人以爲難。弘治間，鄉人疫，傳染甚酷，雖至親莫相援恤者。乃爲市藥囊米，哺之瘳之，全活頗衆。正德戊辰歲饑，又爲出米穀賑之，凡活數人。有顧出身傭作以報德者，爲謝而遣之。里人有負財者，顧以他事見誣。當道得其情，論如律，先生憐其貧，乃日給之食，徐白公庭而出之，其行誼多類此。以某年月日卒于正寢，享年□□□。配羊孺人，出四川望族，婦道克修，爲族人法。以某年月日卒，享年□□□。卜以某年月日合葬于黄坑之陽。子男四：曰需，曰頤，曰蒙，咸克厥家；曰升，舉弘治辛酉鄉試。息女一，適虞邦瑛。孫男十四：擢、試、昂、直、忠、洪、臣、相、光、選、亨、時、元、久。孫女三。

深昔遊南雍，得與李君升交，愛其文雅好學，今十有五年矣。深比起告至都，而升亦至試南宫，乃以狀來乞銘，誼不敢辭。夫古之君子，多負俗累，孔、孟所以致意於里仁之美也。教化之不明也久矣。若先生者，明爽洞中，樂善慕義，豈所謂克自振立者非耶？其必有後矣。宜銘。銘曰：

其成之難，其圮之易。胡爲而致，以承其前，以啓其後。孰匪所有，不慭爾相，不琢而光。君子攸藏，太史勒辭。以告來者，式車立馬。

儼山文集卷六十八

墓誌銘七

誥封太宜人楊母墓誌銘

楊太宜人氏蘇，諱洵，故無爲州知州贈順天府治中靖庵府君之配，今南京太僕寺少卿陶園公亘之母也。自太安人加封太宜人，自歸進士爲婦，爲寺卿母，爲貢士祖母，爲曾祖母，爲高祖母。自正統丙辰生，壽九十有三。以嘉靖戊子閏朔考終于正寢。太僕卜以明年己丑某月□日葬于某原，以從靖庵府君之兆域。其猶子吏部尚書偲庵公爲狀，以問銘於前史官松江陸深。深受知太僕、太宰二公間舊矣，適茲道南，辱厠弔客之末，弗獲辭。既來延平，太僕走二孫公輔、公載以速，而太宰之命再至矣。太宰之言曰：『旦母棄養十有一年，幸吾伯母之康，猶吾母也。今已矣，有待于子。』是時太僕、太宰並躋稀年，二母餘哀，與訓俱積。且太師之昭穆也，有風化焉，深又安敢以弗著。

按狀：蘇故建安望族，竹坡翁配鄒，寔生太宜人。太宜人幼端慧，凡女紅皆早能，父母愛之。初，太宜人伯兄泰娶于楊，故劉夫人時時過蘇氏家。劉夫人者，貞素府君之配也。一見太宜人悦之，即爲靖庵求配，蘇亦欣然諾焉。劉夫人遂脱二金釵爲定。天順丁丑，靖庵舉進士，奉旨歸，成親迎之禮。既還朝，選授直隸無爲州知州，偕之任。在任數年，内助居多。靖庵剛而負氣，甲申考滿，北上過淮，竟忤當道，坐失官。太宜人自無爲攜家從大江間關而還，還奉繼祖姑劉夫人于堂，克盡婦道。成化庚寅，劉夫人養終，靖庵始别居於所居之左，壬辰乃徙居焉。太宜人内總閨閫，外應賓祭，悉綜理之。處妯娌，待姊妹，曲有禮意。食指餘千，撫御之咸當。推恩枲妾，視諸庶生子等於己子，不但不妒而已。性尤好施，賙窮乏，助婚喪，凡道路橋梁之役，有聞無吝。平居寬恕，特嚴於教子。弘治戊午靖庵卒，太宜人慟絶之餘，躬親終具。太僕自天府奔還，舉禮以襄事。靖庵嘗擬築壽藏於太平丘矣，至是太宜人忽夢與府君各乘籃輿，後先詣吉祥僧寺，徘徊四顧，若有所屬者。既覺，以語太僕，亟往訪之，蓋寺後有園，府君嘗與見素諸公之所遊，而意樂焉者也。見素者，刑部尚書莆田林公俊也。中有阜窿然起，風氣鬱盤，林木華茂，遂輸重購以營玄堂。今太宜人之所從以歸者，即其地云，過太平遠矣，人以爲默相。辛酉，太僕起復天府，遇恩典受敕推封。乙丑轉治中，再遇恩典，封贈皆如制。正德丙寅，上疏移疾以便養，與誥俱歸。及門，太宜人冠帔拜謝如禮，遂命焚黄如故事。明年逆瑾亂政，太僕勒停于家，遂即所居少南闢園池，構庭榭，歲時奉板輿周旋其中，太宜人甚安之，如是者三四載。瑾既伏誅，太僕得召還敍用，意猶戀戀然不忍即去。太宜人揣知之，促之曰：『朝廷恩厚矣，胡久不治裝耶？毋以予老故。及今爾尚未老也。』翌日遂獨去。壬申改南户部郎中，然念太宜人不能置。乙亥夏，乞休不允。冬疏再上，吏部覆奏，宜獎恬退。詔進一階，授南京太僕寺少卿致仕歸。太宜人年逾八十矣，清明康强如壯時。每晨起焚香誦佛，即視諸女孫習女紅。飯飽時，或攜諸孫遍歷堂廡，嬉遊以自適。寢室外有盆花數本，時抱甕灌之。夜則篝燈取故衣補綴，以畀卑幼。太僕每勸止之，則笑曰：『藉此以消夜，不爲勞也。』蓋其損己惜福者類如此。嘉靖壬午、乙酉詔養老，太宜人兩荷米肉、綿帛之典，人以爲異數。安榮和豫如是者又三四載，而後委順焉。嗚呼，高壽懿德，厚生令終，宜爲人瑞，爲家寶，爲太平之盛事，太宜人可以不朽已。子男一，即太僕亘，字恒叔，有德有文。娶鄒氏，繼娶黄氏。息女一，適五經博士朱壆，文公十二世孫也。庶子一：暄，娶張氏。孫男三：邁，鄉舉士；次選；次適。孫女一，未行。曾孫四：公輔、公範、公載、公輿，俱府學生。曾孫女三：長適雷蓋，府學生；次適周臣，武舉，署都指揮同知；次適范宣，貢士。玄孫三。玄孫女三。其楊氏世德，具載西涯先生《靖庵葬誌》。西涯者，太師李文正公東陽也。靖庵之葬，文正寔銘之。兹别爲之銘。銘曰：

既以從夫復成子，逾九望百再承旨。母之懿範女之士，保大相門伊其始。國有忠良家孝弟，前千百年後萬世。我勒銘詩職太史。

良沙范先生墓誌銘

良沙先生范公卒年八十有八，蓋考終云。既卜葬，法當銘。其子户部員外郎韶以屬之同年友陸深，其外甥朱應辰寔爲之狀。

按狀：公諱畬，字耘夫，别號良沙主人，姓范氏，寶應人也。范故寶應著姓，時爲之諺曰：前徐後胡，左范右朱。咸以貲稱，而范尤樸直。大父諱宗泰，父諱禮，俱被服儒術，未顯也。公生特秀異，然多智計。父以其素羸也，使治賈。公弗欲，强之，乃就治賈。賈有嬴，凡增鏹若干千，凡拓第若干區，凡買田若干頃，日豐以大。人曰：『范氏子賢良賈與？』公聞之笑曰：『是賈吾也。凡賈有道，增羡起責，轉委駔儈，非纖嗇筋力，則不得嬴。昔計然用以興越，吾試于吾家，吾宗鴟夷子皮非耶？夫縣官食租衣税而已，生無益於縣官，雖嬴何爲？』會歲饑，公輒輸粟若干于官，例授冠帶，公屬其子韶曰：『吾將爲漢卜式耶，式忠矣，而非吾志。孰若顯于儒術，以佐于國家，是當在韶。』乃專教韶，韶益奮于儒術，起取鄉薦，公喜曰：『兒固當亢吾宗矣。』未幾長子新病卒，未幾刁孺人又卒，公用愀然。韶識公意，弗敢去左右。每歲計偕輒歸，凡六往來。公恚之曰：『吾年且八十，兒未顯，尚誰待耶？』韶始往試天官，名在第一，授禮部司務，公乃悦。詔竟念公，每歲以便歸爲公壽。辛巳，今上皇帝入繼，以頒詔歸。某年武宗毅皇帝升祔，以頒廟號歸。某年永福長公主下降，以選婚歸。某年興獻皇帝上尊號，則又充使歸。歸輒張燕樂歡，詔每侍餐，公故加一餐也。詔得辭去，去遷户部員外郎，階奉訓大夫，顯矣，公遂病，詔又以使職便歸。公力疾倚門曰：『吾固知兒必來也。』居閲月，竟不起，寔嘉靖七年五月廿八日也。配即刁孺人，有賢行。子男四：長即新；次翊；次歆，崇府典膳；次即詔。女一，適徐行。孫男六：嘉謨、嘉禎、嘉議、嘉祉、嘉兆、嘉愛，議祉並縣學生。孫女十二人。曾孫男五人。曾孫女六。卜以明年某月日啓刁孺人之墓，合而大封焉，禮也。

公倜儻修正，言行恂恂有規矩，不事浮華。事父母有禮，事兄有意度，撫弟有惠，育諸子有道。父母没，執喪禮，即儒者弗過。處宗族有恩，與人尚義信，有心計，故常裕。多交名人，又喜談説古今，稱先王，人亡弗知敬重公也。歲鄉飲爲大賓，詔下存問長老，兩賜粟帛。嘗聞公與人言歲儉豐曰：旱則資舟，水則資車；言貨殖曰：貴出如糞土，賤取如金玉；言農畝曰：欲長錢取下穀，長斗石取上種。皆善名理，即儒者亦弗能過也。深家故江南，逮壯北遊，取道淮揚，必式公廬。且詔又兄弟行也，以耳目所睹記若此，概於朱君之言，皆核可登載。自惟以罪斥，過公門而不敢入哭；得南郡遠，又弗克會葬，而言又無徵重辱詔也，咸可流涕云。

乃追爲之銘，納諸玄堂。銘曰：

同理異用，覿厥會通，君子之風。彼畜此施，其出不窮，君子之功。吁嗟乎范公，森森良沙，匯爲若封。異姓同宫，過者必式，于邑之東。

敕封徵仕郎刑科給事中龐公墓誌銘

丹庵先生姓龐氏，諱能，字大寬，澤州大陽南里人也。以子浩參議貴，章服第四品大夫，徵仕郎刑科給事中，其實封也。公資貌魁偉，朴雅慈良，語言琅然。然必依於孝弟忠信乃已，故未嘗與人忿争。家嘗累百金，仲兄欲專之，雖一毫不敢與也。事仲兄甚恭，時或遭撻辱，罔弗敢順，嘗若恐傷其意者，鄉人至于今稱之。成化中，山西大饑，人至相食。大母王卒，經紀喪葬甚力。諸兄時適行賈，食指頗衆，皆賴公以濟。正德中歲又祲〔一〕，鄉人逋負積數百金，悉焚其券。大抵公以勤儉起家，而以陰德積行，將古所謂仁義人耶？至老不入公府，嘗舉爲鄉飲大賓云。享年八十有二，以嘉靖八年己丑十二月廿日考終於正寢。少參君自浙籓奔喪，深適聞晉臬之命，遇於大江之南，弔且哭焉。既而請銘其藏。

按：龐於澤故家也。七世祖資，資生淵，淵生沛，沛生濟安，濟安生宏，公之曾祖也。宏字彦隆，洪武丙子鄉舉，歷臨漳、新安、狄道、安仁四學訓導，博通五經，贈工部主事。曾祖母趙氏，封太安人。祖諱毅，字克勤，永樂丁酉鄉舉，仕至兵部職方郎中。祖母陳氏、袁氏俱安人。考諱聰，字至明，妣王氏，實生公。配牛孺人，以賢稱。子男三：長即浩，娶顔氏，宦業駸駸有聲實；次澤，娶王氏；又次沐，娶劉氏。息女三：長適縣學生趙伯貴，次適牛宿，次適李時修。孫男四：曰敦、曰敷、曰教、曰敕。孫女四。以某年月日葬某山之原。是宜銘。銘曰：

季蜕而遷，誰則不然。況也令問，亦有高年。厥所難者，其後允賢。服哉雖衷，絲綸載宣。既順既安，亦榮亦全。過而必式，鬱鬱高阡。於萬千祀，左岡右泉。視我銘詩，以考承傳。

【校記】

〔一〕祲：原作『侵』，據四庫全書本改。

王母劉孺人墓誌銘

嘉靖七年春二月十又七日，王母劉孺人卒於松江之郡齋。孺人安福王先生木軒諱秩之配也。孺人有子曰學孔，學孔舉進士，授推官于松，孺人之所爲來也，蓋就養云。初，孺人至自安福，是時順德何公子魚守松，以推官之廉慎佐己也，乃迎拜孺人于堂下，退而喜謂諸僚曰：『此真魯卿母也。』及是卒，公親爲之衾殮如禮，灑之泣曰：『魯卿之母，猶吾母也。』已復雪涕爲狀，以告于陸深，使爲之銘。深前爲國子司業時，識魯卿于館下，器之。及孺人之來松也，復爲魯卿爲孺人壽，且祝將以終惠吾松也，奈何遽至是耶？深適赴召，道松哭之。魯卿迎拜，且泣且前，又再拜曰：『學孔不天，兹將奉柩歸，以某年月日合木軒府君之穴。惟吾母不朽之圖，敢以請。』乃受狀，爲之誌曰：

孺人姓劉氏，出櫟岡鉅族。父公獻，隱德弗耀。母鄧氏，寔生孺人。幼有異質，長益修女德。父母鍾愛之，曰：必配良士。年十九，歸木軒公，族人以爲稱。既歸，克盡婦道，事舅姑孝敬備至，家政巨細，悉入綜理，舅姑亟稱之，曰：得此元婦，家之福也。木軒苦學，孺人躬織布爲助，計日三必成匹，百費皆從中辦，故木軒得一意於學，遂有重名于時，爲學者所宗師。有兩子，課之亢宗。會仲業成而夭，木軒歎曰：『豈天不欲相王氏耶？』孺人抱魯卿于旁曰：『是尚在，造物者固有待也，復何憂？』既而木軒下世，家遂中落，孺人益勤苦爲王氏門户計，賴以不墜。嘗泣謂二子曰：『汝復何望耶？』魯卿益勵于學，或有外侮至，抗聲曰：『爾謂孤兒寡婦易欺乎？天道好還，請試思之。』聞者愧伏。會魯卿領正德丙子鄉薦，登癸未進士，孺人喜曰：『季子成名矣。』則又泣曰：『恨汝父之不及見也。』至松，每見魯卿公退，必問獄訟幾何何狀，輒戒之曰：『務刻深文，非王氏家法，吾不願聞有此子孫也。』及見魯卿橐中蕭然，常禄之入不暇給，則又喜曰：『吾行時，族人謂吾富貴矣。今日所見殊不逮，吾始知吾子之能廉也。』在松未幾，每西望曰：『吾西日耳，旦夕未可知也，寧汝累耶，行且歸矣。愛民爲國，須好爲之，所以報老身也。煦煦爲母子，得無細節乎？』先一月，魯卿以公事過蘇，母子别時，笑言欣欣然無恙也。歸信宿而變作，享年七十有八，以天順辛未五月十二日生云。子男三：長學閔，娶李氏，繼劉氏；次學昌，娶彭氏；次學孔，即魯卿也，娶劉氏。女二：長適彭育，次適郭□。孫男二：長世禄，次世官。孫女二。

嗚呼，孺人出自名族，歸于故家，其所聞見，要之固有出凡異常者。獨其茹辛崇素，以爲王氏衍長文獻之傳。甲科聯武，若今太僕少卿學夔、進士學舜，皆自孺人焉成之。勤儉之風，至老不衰，則於王氏可謂有百世功矣。善乎太守何公之論曰：『孺人蓋有丈夫所不逮。』魯卿政績丕顯，而華要伊邇，則孺人之所以報食于天者，固大受而遲發之耶。是宜銘。銘曰：

其來也歸如，其全以歸也寄如，其賢子而母也，以屹如奠如。

陳母嚴孺人合葬墓誌銘

陳孺人嚴氏，以嘉靖元年壬午六月五日考終於里第。越四年乙酉正月朔日庚申，啓南疇陳公之窆而合焉。先是，太學生文禎祈得一官爲孺人榮，謁選天曹。自京師聞訃，哀慟匍匐走四千里還，卒哭慘怛，感動一鄉人。及是葬有日矣，縗絰奉中翰王君世美之狀，問銘於陸深。

按狀：海邑著姓稱嚴、陳，家世聲望故等夷也。陳松巖翁諱衡，嚴怡蘭翁諱復，又交好也。松巖有子曰泰，即南疇公。公幼偉奇卓卓，能自樹立。怡蘭見之曰：『吾有女，真若配也。』遂締姻焉。及笄，歸南疇公，已不及事松巖。夫人備盡孝養，及南疇蚤世，事夫人益謹。夫人每呼之曰：『賢婦、賢婦，能使吾老忘吾兒也。』怡蘭無子，孺人自陳奉養之無闕，事怡蘭以高壽終。孺人與之訣曰：『吾父無慮嚴氏之不食也，即吾有子孫矣。』怡蘭曰：『果然，吾瞑矣。』故今陳氏祠嚴氏云。成化丁未歲饑，有賑貸之令，孺人慫恿南疇輸粟數百石應格。自舉文禎後，嘗從容謂南疇曰：『自度吾再育難矣，如君後嗣何？』乃爲置側室詹氏，有子曰文祥。陳數世皆單傳，至是始繁，人尤以此賢之。享年七十有二，以正統辛未二月三十日生云。子男二：長即文禎，勵行績學，娶王氏，東溪少參長女；次即文祥，以義授官千户，娶顧氏。息女一，嫁梅萱。孫男六：璨、玠、理、琋、琮、玘。

孺人仁慈有禮，勤勞于陳甚大。教訓子孫，動有矩範。日給裕，而機杼之工至老不衰。歲時享祀，未嘗不潸然下涕也，蓋其天常之厚如此。梅氏甥嫁予家，予故知之尤悉，宜銘。銘曰：

陳之大，嚴之功，下從其夫以壽終。陸溪之南氣蘢葱，後千萬年胤嗣無窮，徵我銘詩其由衷。

處士思巖唐君墓誌銘

嗚呼，此吾思巖唐君之墓。君諱啓，字世明，世家上海，南京後軍都督府都事桂巖府君之仲子，都察院右副都御史拙庵府君之孫也。祖妣尹氏，封恭人。妣余氏，封孺人。君生而秀穎，工進士業，屢試場屋不遂，而後棄去。性至孝，兄兄弟弟，親親賢賢，各遵典憲。余孺人素羸疾，君事之，每飲食必謹。孺人每飲食，君必樂也。都事公遊宦兩都，君自家經理，資給惟力。南都之訃至，君徒跣千里，扶以歸，喪葬如禮。與人交不爲畦町，開口論事，峭直無面背，人以此服之。其於人情物態，多所曉練，卓有不群之志。年四十七，以正德十六年十月二十四日病下滯而卒，卒之日人愈哀之。娶梅氏，邑之舊族，賢而能家，與君相敬友終身。君未有子也，爲置媵妾以俟。君每歎曰：『吾中丞公清白忠諒，有功在國家，將誰食之報耶？吾都事公猶未融也。吾兄千兵公世昌，唐之世嫡也而德厚。』卜其一孫，屬之梅曰『母之』，且祝之曰『庶以承吾志也』，遂名之曰承宗。承宗長而就學，娶倪氏，左右孝養，君甚安之。及是葬有期矣，乃手自爲狀，衰絰匍匐，泣且告曰：歲在未，月在丑，辰值壬寅，原在□溪，謹奉以襄事焉，敢以銘請。

深不覺失聲以慟，吾思巖君之重不幸也。每憶少時，與君同壻于悦清先生之門，歲時往來，聯鑣共載，翩翩兄弟也。同處庠校，以文字交好甚密。中間離合出處之際，期勉規誨者多矣。

方將恃君以老，而不虞君之遽至於此也。俯仰今昔，竟何心哉？竟何心哉？爲之銘曰：

桂茁蘭芽發不長，珠沈璧隕竟誰傷。傷哉衍裕弗可常，緣情起義後必昌。粤有不朽垂耿光，得羨爲彭喟爲殤。孔悼回學今則亡，黄生不禄鄙吝萌。爲仁爲壽孰主張，一氣茫茫繫彼蒼。吁嗟思巖其永藏。

儼山文集卷六十九

墓誌銘八

敕封太安人趙氏墓誌銘

唐母趙太安人考終於上海之里第，時嘉靖丁酉十一月廿有三日，上距正統丁卯閏七月廿有三日，享年九十有一，江西提學副使錦之母也。太安人以副使君貴受敕，蓋刑部郎中時推恩云。副使君，太安人季子也。諸子惟副使君侍斂含棺衾，咸躬親惟謹。人以爲副使君寔亢唐宗，而太安人成副使君之賢，寔有功於唐，卒食其報，天道何如也。深之女弟歸副使君，逮事太安人，習聞太安人之風久。中書舍人鑾與共事館閣〔一〕，每泣向深曰：『太母之殁，非舅孰宜銘，且父命也。』今葬有期，乃奉副使君所自爲狀，以請至勤，深不容辭。

按狀：安人之父曰趙怡閒翁，母潘氏，皆儒家，世居上海之南浦。怡閒翁開門授徒，以師道尊一鄉。無子，晚舉安人，與潘孺人鍾愛之。安人自幼陶染詩禮，動合經訓，不但工女紅已也。

既笄，歸封刑部郎中質庵府君，以慈惠温淑稱。府君前室有子曰鋭、曰銑，側室子曰鎰，及二女，安人子之，逾於己子，皆成美才，子若女亦德之如所生。質庵府君事封衢州知府容軒府君甚孝，安人每先意承之，奉養備至。容軒翁春秋高，遘疾危甚，醫禱弗效，質庵偕安人不離左右。疾既革，乃跪泣榻前，翁舉手撫之曰：『汝夫婦孝誠篤至，願生子孫如是如是。』時安人適娠，復向安人語之曰：『吾此去，當懇諸冥官，乞一賢子畀汝。』逾月而副使果生。質庵好客，賓朋常滿座，講經考史，鳴琴賦詩，日以爲樂，鮮入内室，故内政悉安人主之。媵妾童僕上下，罔不得其歡心。平生不好積聚，恒曰：『積財乃積惡耳。』故自日用外，輒以施人。貧乏來告者，必委曲賙貸之，雖給者負者相繼，咸弗較，曰：『彼不得已，固當。』聞有建橋梁甃道路者，輒傾囊助之弗靳，蓋其性然也。弘治乙卯，副使舉鄉試，明年登進士第。安人自家以五經、漢唐諸書寄京邸，囑之曰：『汝少年登科，聞見未廣，公餘宜從事於此，爲報效之地，毋徒從朋儕日遊燕爲也。』出知東明，復以脯醢葅鮓遺之，曰：『以此佐汝滋味，汝第飲官中水可也。』既爲給事中，安人色喜，曰：『此官必廉能得之。』已而爲逆閹仇陷，去判深州，或來慰之，則又曰：『士大夫當保名節，官資去來，寄寓等爾。』正德壬申，質庵棄世，副使以刑部員外郎守制還。既禫除，欲乞侍養，安人微知之，遂命長子錞赴銓。錞時盛文名，乃授浙江布政司都事，援例歸養。安人曰：『汝兄歸，汝宜行以報國也。』始還朝，遂轉郎中。丙子，奉敕審録湖廣，竣事，多平反寃獄，安人復喜曰：『刑官當如是。』尋遷江西按察司副使，提督學校，俄爲逆籓註誤罷歸。安人曰：『是非命耶？』時安人年七十餘矣，日惟焚香瀹茗，集諸孫婦女，講説閨房儀範，或談善惡報應之事以自娱。至於服飾華麗不好也，居常布素，至浣濯不忍棄。間見侈靡，輒戒之曰：『人當積福，苟暴殄天物，有神罰矣。』字紙偶墮地者，亟俯拾水火之，曰：『此聖人所製，寧可汙踐耶？』其謹厚仁敬多類此。年過八十，猶聰明不衰，惟齒則盡脱。予女弟躬視諸饌，咸手成淖糜，每爲陸氏婦加一飱。又數年，得痺疾，歲輒發，發輒殆。副使君延致名醫，時以善藥扶養，元氣少愈。嗣後每月發，治如前。久之迺月三四發，即治不復效矣，遂不復起，而始終可無憾也。

惟安人毓德於豐亨之世，言歸於閥閲之家，安享富盛，逾九望百，而子孫滿前，金紫在側，歲時稱觴爲壽，則手撫曾、玄，常百十人。翟冠霞帔，高堂中坐，望之如神人。而懿德仁風，内外人飲之不能盡。大江以南，賢母未之或先也。其子女盈十，半出安人。長鋭，工部司務，取山氏；次銑，娶杜氏；次鎰，娶陸氏；錞，即都事，娶余氏：俱先卒。錦，娶陸氏，封恭人。千户李棨、士族周暹、顧源清、盛珊、陳熊其壻也。孫男十六人：長斆；次徽；次徹；次文，太學生；次微：亦俱先卒。次敂，太學生；次即鼕，中書舍人，内閣誥敕房辦事；次稷，鄉貢進士；次致；次敔，亦卒；次敏；又次交、燮、斓、贇、衮，皆太學生。孫女十四。曾孫男二十五人。玄孫十人。深與憲副有兄弟之誼，視母猶母也。顧旅食京華，徒以空文爲役。嗚呼，尚忍言哉。葬之日卜以己亥歲之仲冬三日，啓刑部府君之壙而封焉。銘曰：

厥家之興，緣起以婦。惟子之賢，寔視其母。孰克兼之，世則鮮有。嗟嗟安人，取之左右。人亦有言，惟德不朽。《關雎》《閟宫》，風猷迺久。嗟嗟安人，式啓唐冑。既惠既慈，亦創亦守。鸞封自天，翬翟在首。百歲何遲，同穴惟友。慶澤之餘，以豐厥後。太史銘之，泉深土厚。

【校記】

〔一〕⿱戔土：四庫全書本作『⿱戔金』。

黄良式妻陳氏權厝誌銘

太學生黄標之妻氏陳。陳氏賢而客死，死又無年，三男二女纍纍然逆旅也。標將扶櫬歸攢，而問銘於予。標，予姊子也。自幼從予問學，人稱曰陸家宅相，予愛之。往歲戊子，予赴内召，攜家入都，時標亦以家從。梅淑人甚愛憐陳氏婦，數稱其賢。嘗謂予黄氏甥落落有奇氣，輒不便委曲，而陳氏婦低昂應之，爲能吾黄氏姑之志也。予在成均，淑人多病，陳氏婦數來視，如所生然。既予南遷，黄甥陳婦復跋涉從之去國。丁酉歲，予召自蜀藩。明年，標自故鄉來，卒業太學，陳氏婦再從之行。又明年，乃以疾卒於崇文門東之寓舍，年三十有九，實嘉靖己亥十有八年四月晦日也。予方自扈從還，揮涕哭之曰：『天乎天乎，何奪吾甥之賢婦之遽也。』標爲書三千餘言，以狀其遺行。予屢讀之，不能終一篇，乃撮其大者以敍之。

敍曰：陳婦諱香，父金，邑庠生。母沈氏。嘉定東鄉之采桃港北人也。黄、陳皆蘇故大家，相距百餘里。竹泉先生爲標擇配，凡閲數十家。聞陳女賢好，以龜卜于家祠，龜不焞而兆，兆又吉，遂納幣焉。會標出繼大宗，事所後母俞孺人，竹泉則相之成婚。及期，父母醮之曰：『兩姑之間難爲婦，兒勉之。』逮事俞孺人，極其誠敬。時俞孺人寡居，齋蔬灰心，歸依釋教，常悶悶。既而憮然曰：『早知有新婦若是，安用自苦爲？』壬午歲，竹泉先生暨吾姊孺人、邵大母孺人、俞孺人相繼四喪，家釁紛紛起，陳婦贊標，内外事帖然。時病痘而産，理家務無少懈。迨己丑歸自京師，每慰標曰：『此行甚勞畏，而君之志識殊進矣。』標首肯再四。壬辰六月，以母沈孺人病，急拏小舟江行，中暑幾危，坐是遂病。會重入都，而醫藥不能效矣。既屬纊，猶以好言慰標曰：『兒女事有君在，當再世爲夫婦矣。』標發其行篋，才有故衣三襲，遂用以斂，而標哭之極其哀云。

標又哭向予曰：吾婦貞淑勤儉，出自天性。其初入予室也，妯娌姑姊妹或相陵侮，受之若騃。既就枕簀間，欷欷有淚聲，疑而問之，輒對曰：『偶然念吾父母耳。』標少躁急，當事有動聲色者，略不校。徐俟氣平，曰：『君怒解耶？』若此數數，標每愧而改焉。標事夜坐，臨文讀書，或處分人事，每至宵分，必以女工佐之，未嘗先寢。有時親友紛集，或客從遠來，琴奕觴詠，連留浹旬日，從中治具甚辦，親疏等數秩如。至撫兒女必加嚴。標少假借之，乃曰：『惜兒，害兒也。』一錢尺帛，必留俟標用。嘗曰：『婦人私蓄，即皆夫財耳。出入之際，人亦能挾之，吾斷不爲也。』會歲歉，適場禾被燬，家繁食指不給，乃日織布一疋，晨令市米。又不給，至稱貸。又不給，或盡脱簪珥。標念之，後豐稔，償以數十金，又不願爲粉飾費，曰：『是可買田宅遺諸兒也。』嗣後服用皆淡素，有一青布幃施臥榻，不易者十九年。其賢多此類。予益不忍聞，遽視標曰：『止，止。』長子光，次炎，次熒。女二。乃爲之銘。銘曰：

敦啓之賢，而弗永其年。孰傳若賢，汝夫則然。子以母賢，而嗣息緜緜。身後身前，定者彼天。聊用掘泉，盍虛左以遲兮歸全。

廣濟教諭周先生配朱孺人墓誌銘

孺人姓朱氏，諱某，湖廣廣濟教諭南池周先生之配，太醫院冠帶醫士同之母，長洲耆儒東山先生之長女也。東山翁以師道重吳中，故孺人通《孝經》、小學大義。攻女紅，復攻筆札，能楷書，翁鍾愛之。自諸生中識南池，曰：『是可妻也。』既歸南池，南池爲郡弟子員，每試必在首選，文章名籍籍起。時世家大族爭禮致爲塾師，歲留客館。時訥庵府君、盧孺人具慶在堂，每去輒囑之曰：『吾父吾母得卿侍，頗勝吾養也。』辛酉秋鄉試下第歸，盧孺人遘疾，南池亦因以疾，孺人竭力醫禱。會盧孺人卒，喪葬事殷，家遂中落。然事訥庵公，甘脆未嘗不具，優游以至七十有六乃終，人以爲難云。南池凡八舉於鄉，至己丑，始以貢選於廷，授開化縣學訓導，孺人從之。九載，敍陞廣濟教諭。在廣濟遂以疾，挾幼子囿東歸，至小姑山卒，寔嘉靖戊戌之十一月十七日也。距其所生成化丁酉之五月十五日，年六十有二云。子男三：長即同，娶盛氏，繼徐氏，以精通醫術，選視慈慶宮官匠；次册，吴學生，娶陳氏；次即囿，贅胡氏。女二，吕恩、葛藟其壻也。孫男四：爻、乂、學、覺。孫女二十。卜以嘉靖己亥十月初六日，葬于胡搭村祖塋之次。

予比還朝善病，數飲同藥，德之。同固文雅，往來久，始知其學有所自，而孺人之賢可書者又每若此。遂按給事顧君狀而銘之。銘曰：

其生也五湖之陰，其没也九江之潯。天一毓靈，與大化兮浮沈。賢婦慈母，尚有光于古今。

碧溪先生孫公墓誌銘

公諱鷫，字朝序，號碧溪，姓孫氏。孫之上世，蓋在前宋靖、紹之間，來遷上海黄浦之南，因姓其地，至今曰孫家灣云。高祖諱昌，高祖妣王氏。曾祖諱善，曾祖妣唐氏。祖諱怡，字□，别號節軒，賓州學正，祖妣張氏。考諱寅，别號愛溪，義授散官，妣張氏。生二子：長鶚，字朝立，號黄溪，仕爲刑部司務，卒於官；次即公也。初，愛溪府君之才兩子而愛之也，以宦業付黄溪，以家業付碧溪，故各有立，而上海之孫氏益以大。黄溪領鄉薦，公每周旋兩都間。會愛溪府君病風，公侍疾特敬謹，疾尋愈。既卒，哀禮兼至。迎張孺人于新居，孝養具備。孺人卒，公哭之哀，曰：『昔我迎母，圖報也。苟私所遺，爲利也。』悉以供窆葬之費。黄溪之柩至自北都，公號涕奔迎，尤竭心力。嘉靖壬午，子繼禄領鄉薦，捷至，公喜且泣，曰：『吾自辛亥之歲，受誣鄉惡，幾不能家。明年妻亡，旋已無室，吾兒才八齡耳。與兄妹零丁攜負，人所不堪，姑忍死植立，課之讀書，僅僅足自慰。辛巳之歲，長子繼爵又折，吾門書香無復望矣。兒幸成名，豈天之報我耶？』乃撿括租利，一切蠲之。每事愈從寬簡，鄉人以爲惠。既乃築室當市區，規制楚楚，有祠有堂，有樓有寢，悉比於禮義，徐内翰少湖有文記之。别築涵虚亭于宅西，吟嘯觴詠，時閲古書其中，儼然身在圖畫。居嘗誨繼禄等曰：『族人體異而派同者也，臧獲分殊而理一者也。天若玉汝于成，當立義户以覆宗黨，使無賴者均有所庇。築義冢以掩胔骼，使無後者得有所歸。此吾志也，汝等識之。』繼禄奉斯言，以請銘于深。深聞而歎曰：此盛德事。嗚呼，如公之志，安得盡白於天下也。

深少與黄溪先生同學爲進士業，或時宿食其家，公必從旁具殽羞，撰筆硯，咸精潔有條緒。

每戲作長者語慰之曰：此今日之佳子弟，乃異日之賢父兄也。顧黄溪相與一笑，公亦鼓掌若和答然。宛宛如昨日事，而遽銘公之墓耶？黄溪之葬，深實銘之，數載間人事果何如也。公年僅五十有五，以丙申八月九日生，以庚寅八月十日卒。兹卜以癸巳某月□日葬于薔薇涇祖塋之穆，以合于張孺人之藏。張出舊族，孺人有賢行。繼配許氏能相。子男五：長繼爵，縣學生，配朱氏，俱蚤世；次即繼禄，有文行，名將起甲科，娶胡氏，張出；次繼孝，聘喬氏；次繼儉，聘陳氏；又次繼英，許出。孫女二。惟公孝弟天厚，綜理才周，善能以不足累致有餘，故其起弊興衰之業，視人人特易。至於安恬好禮，不嗜勢利，與人交，克己而信。議論無阿，有不合理者，輒面折之，尤人人所難云。嗚呼，如公之才，安得盡用於天下也。宜銘。銘曰：

既起其家，亦成其子。前千百年，曰此嗣美。後千百年，自此而始。吁嗟碧溪，不朽在此。

唐母梅孺人墓誌銘

予友思巖唐君世明既卒之十有八年，其配梅孺人卒。孺人予室淑人之女兄也。吾海邑唐以顯達，梅以故舊，兩家並著姓，而先世又同鄰閈烏溪之上。督府都事桂巖公爲仲子擇配，以告于都憲簡庵公，公喜曰：『此殆天合也。』孺人既歸思巖君，君讀書好義，有直聲。學進士業成，累舉京闈不第，寔孺人以勤儉孝敬佐之，一族稱賢。然不能有娠，屢爲思巖置妾媵，以好言温色御之，竟亦不育，遂無子，以承宗爲之子。孺人中歲病乳癰，久之甚苦，承宗畢力醫治之，少愈復作，作復愈。戊戌歲疾作如初，承宗忽夢具禮服走京師，向予拜乞文字。傴僂望見予館几上樹金書牌，額作闕字，醒而怪之曰：『此何祥也。』疑之，而孺人竟以八月七日終于病癰。及承宗緘書問銘，適予上疏乞歸田，蒙上勉留，詣闕謝，唐生絳從旁道其詳如此。絳，承宗之母弟也。予始發書，歎曰：『此豈有默定者耶。』

孺人諱某，考悦清先生諱元，妣張氏。孺人少負淑質，事父母昆弟，克盡其道。歸于唐，迨事都憲公。公清白歷四朝，無厚遺。都事公宦遊南都，尤爲淡泊，孺人安之，惟蚤莫勤勞以取給。奉姑余孺人于家，更爲委曲。余孺人素羸疾，湯藥飲食，不敢輒委諸人人。會都事公訃自南都還，孺人相思巖力營祭葬。居常治家，咸井井如禮，賓客姻親無少失，門户日以豐潤。既孀居，恒處一室，以節自苦。疾既革，亟呼承宗語之曰：『兒固唐氏一脉，吾育之胎孩中。黽勉作人，毋墜祖業，吾無子而有子矣，此汝父之心也。』言訖而逝，上距所生成化癸巳之正月十日，享年六十有六云。一子，即承宗，爲邑庠生，文翰方有聲，娶倪氏。孫男三：杜、槐、□。孫女三：長適陸文禧，餘未行。兹卜以某年□月□日，啓思巖之葬而合焉。爲之銘。銘曰：

壽不以年，嗣不以身傳。同歸及泉，而世及並賢。藏焉息焉，於萬斯年。

儼山文集卷七十

墓誌銘九

誥封太恭人顧氏墓誌銘

徐太恭人顧氏，以子洗馬階貴封，寔贈中順大夫江西按察司副使思復府君諱黼之繼室也。以嘉靖十九年庚子六月朔，卒於華亭之里第，饗年六十有八云。己亥歲，今上皇帝建儲宫，妙選中外直諒名實之臣充賓寮。時階奉璽書提督學校，自江西召爲司經局洗馬兼翰林院侍讀，仍以四品階秩供職。是秋北上，太恭人送之郊亭，命之曰：『聖天子録汝於罪戾之餘，躐處清華，汝但盡心事事。老身幸能飲食，毋我念也。』今年春，再遣季子陟學于洗馬，牽其衣曰：『爲語汝兄，汝姊善事，我幸無恙。』已乃撫其背曰：『汝好取科第，汝兄儻亦轉遷，年時歸爲捧一觴，正我七十壽爾。』及階自長安聞訃，與陟相對舉其辭，哭甚慟。則又哭曰：『母報已矣，君恩咫尺可覬也。』即具疏以情事請，上特允之，賜祭賜葬，蓋殊典云。既乃奉太史趙君景仁之狀問銘于深。

按狀：太恭人系出浙之鄞，以有戎籍于松江所，故今爲華亭人。父振宗，母駱氏。太恭人生有異稟，謬以星家言其不宜子，遂不欲嫁。行年三十，始歸思復府君。府君已再娶，曰：『吾有子若女矣。術言果然，然亦何傷？吾聞難嫁女必賢，庶以母吾子女也。』是時府君丞宣平，初娶于林，生子曰隆，生女嫁葉蕙；繼娶于錢，生一女，嫁趙輔。太恭人入室，果能視前産如己生，府君又有側室遺女，亦育而嫁之蔣乾，猶子六人，復撫視之無間。府君自宣平移丞寧都，皆迎母就養，太恭人奉姑惟謹。丞時出署他縣，或奉檄理公務别所，十九在外，太恭人孝養姑愈謹。又躬自紡絍，以助丞廉。是生洗馬，次生一女，次生陳，次生陟，而術家之言窮矣，鄉人多以爲美談。洗馬風猷凝遠，爲諸生時已脱穎衆中，有天下之志，府君目存焉。因母喪自勉，不復遊宦，家具益落。太恭人佐以儉勤，至脱簪珥殆盡，府君充然若不知也。嘉靖癸未，洗馬進士及第。既明年府君考終，以編修守制還，人以私干者，太恭人率從中沮止之，蓋不欲以家累貽其子云。既終制還朝，以編修論輔臣建革非便，謫爲延平推官。稍遷爲同知，爲僉事，爲副使，太恭人咸裕如也。先是，府君有妹歸姚氏者寡，太恭人亦有姚氏寡姊，皆老而貧。太恭人胥迎歸，與共寢處，衣食之甚恭。二媪謝再四，太恭人慰之曰：『吾見吾姑如見吾夫，吾見吾姊如見吾母爾。』石氏姒暴卒，太恭人有美材壽器，即輒與之。其仁厚類如此。他如訓愛内外子姪，各有成立，族人待以舉火者尤衆，蓋徐氏之賢母云。以成化癸巳十二月三日生，兹將以卒之年十月二十七日祔思復府君蔣涇之阡。子男四：長隆，娶何氏；次即階，娶沈氏，繼娶張氏；次陳，早卒；次即陟，娶宋氏，國子生。女四，嫁施文治者爲己出，蓋奉以終養者云。孫男四，曰琛，曰璠，曰球，曰環，環以後陳。孫女三。

嗚呼，女德繫人家世大矣。諺稱蘆花絮事，託諸大賢，而鶴燕之夢，寔兆宰輔，信然。然則太恭人完養厚畜，殆天相之以昌徐宗。洗馬君之所爲，發祥而託始者，夫豈偶然也哉。是宜銘。銘曰：

大器兮小官，貞女兮嫁晚。二美兮匹難，天作之合兮澤遠。蔚斯丘兮且吉完，視我銘詩兮琰琬。

太安人王氏合葬墓誌銘

皇明正德初，有死忠之臣曰禮科給事中郄公夔字舜臣。嘉靖初，今上特賜褒旌，事具黄太史碑表中。太安人即公配也，姓王氏。父諱政，平定守禦所正千户，母嚴氏。太安人生有異兆，簡默沈静。及笄歸公，以儉勤佐公登科第，官京朝。公既死事邊鎮，太安人攜長幼纍纍西歸，忍死竭力，以經紀郄氏之家。理荒修廢，凡三年而始定，又數年而略備。于時長子元深始仕爲壽州守，仲子元洪始舉進士，屬官司徒，旋改御史，得授敕進封中外迎養，太安人若少慰然。既而元深歸自壽，元洪歸自秦，乃率二季清澈左右，承顔太安人益歡。戊戌之春，手自移菊，顧而歎曰：『萌芽既生，本根就腐。物理則然，人可知矣。』起去如不樂，遂感疾，以嘉靖十九年庚子十一月七日卒於正寢，享年七十有九。四子，二女，孫男八人，孫女九人。卜以明年二月二十七日，啓給事公之藏而合焉，禮也。

元深手自爲狀，遣弟元溟走京師問銘。予昔有事於晉陽，識壽守文淵，又自秦入蜀，識少參文範，復憶往年初登朝時，逮見給事公，誼不容辭。嗚呼，忠義事關祚運，而感應必至者，天也。我朝養士有禮，至於孝廟盛極矣。是故給事之節以報國也，太安人之造郄以報公也，子孫多賢以報太安人也，豈非天哉？豈非天哉？法應銘。銘曰：

國有忠臣，室有貞婦。家有慈母，於人乎何負。是曰不朽，合而封之昌厥後。

中憲大夫湖廣提刑按察司副使張公墓誌銘

我孝宗敬皇帝臨御十有八年，養成忠正直諒之風。士大夫不以言爲諱，以不酬所言爲恥。凡臺諫，必極天下之選，布列有位，藹肅如也。于時張御史鳴鳳則在南臺。武廟初，權姦擅政，鳴鳳等咸切諫。有中旨下詔獄，械逮至京，集于闕下，杖斃人三十，凡若干人。而上海實有二人焉，曹御史閔與御史鳴鳳是也。已皆重創幾死，皆幸不死，民之。深時出候，才相顧涕泣而已。

庚午秋，逆瑾伏誅，有詔敍復，稍遷湖廣按察司僉事，尋陞副使，以父喪解任。服闋，仍補湖廣。今上皇帝既自興邸起，公適以繼母之喪還，遂有寶鏹、綵幣之賜者再，蓋宜有受知焉，而公已不及矣。嗚呼，公之於時也，抑亦遇而不遇者，非與？嘉靖元年三月二十二日卒于苫次，享年五十有八。深方在疚，聞而悲焉。卜以明年十二月六日壬寅，葬于龍華祖塋之次。其孤寶仁等奉遺言以墓石見託，衰絰走百里，拜且泣曰：『先君之棺已蓋矣。世果有定論耶？定未定，惟執事。』戟手曰：『此先君志也。』言已又泣。深慰且辭焉，則又泣。深知公淺，嘗聞徐參政讚道公吏永康精甚。己卯、庚辰之際，京師見前文選萬少卿鏜，稱公有治才。都給事中邢君寰謂湖湘之政公爲最。蓋當是時，已有飛語聞于朝，然坐是竟白。諸君以深鄉人也，質之，然不謂公止於是也。已乃按狀，狀出金華推府張公世和。世和名鳴鸞，公之兄也，當有據，乃誌之。

誌曰：公姓張氏，諱鳴鳳，字世祥，上海人也，別號梧岡子。狀稱張之先出南軒，後自汴扈從而南，因家上海。有諱楷之，仕元至提舉。楷之生海運萬户達之。達之生詢，詢仕我朝至貴溪知縣。貴溪生海寧教諭復吉，教諭生雲林隱君述。雲林生紹，字宗道，別號晚節，冠帶監生，贈刑部主事，公之祖也。刑部生應天府丞諱黼，字仕欽，別號養恬，丁未進士，配尹氏，贈安人，寔生公。公生未浹旬，而尹安人卒，鞠於大母以成。少穎敏，與世和同領應天乙卯鄉薦，登丙辰進士，知永康。自永康召爲南京山東道監察御史，巡歷江上下，咸用安濟。再赴湖廣，時會使闕，二年皆公署掌，憲體明慎。按、撫諸公交薦，章六七上，四川巡撫都御史胡公世寧特疏其有撫綏御衆之才云。武義有殺人獄久弗決，當道自永康檄公治之。夜夢緋衣語之曰：『得王十一乃了。』厥明物色其人，獄遂成，人咸神之。公之器幹多類此。惜哉，竟止於是也。嗚呼，初府丞公以公貴，進階亞中大夫，母尹氏加贈恭人，繼母瞿氏亦封恭人。公事瞿務得其歡心，撫弟有恩，曰：『毋忤吾母也。』娶余氏，封孺人，稱善相。子男五：長寶仁，娶葉氏；次寶忠，娶沈氏；次寶訓，娶朱氏；次寶賢；又次寶臣，側室林氏出也。女二：長適錢萬選，次未行。孫男二。孫女五。

嗚呼，愛憎毁譽之情，善惡是非之故，同形而異理，古人所以有毫釐千里之歎也。惟臺諫執其公，惟鄉邦存乎實。公於權則必行，近於實則必信，此世所以大同。孔子曰：『斯民也，三代之所以直道而行也。』深於誌公，重有感焉，乃銘之。銘曰：

孔云必達，在家在邦。捐軀赴國，世亦少雙。孝弟之言，罔間内外。目覩龍飛，事豈有待。待不以年，拊髀懷賢。古今所歎，秉彝則然。千載萬載，惟公惟德。有考厥終，視此銘石。

將仕郎景寧簿雪莊韓公墓誌銘

公姓韓，諱綸，字縉之，别號雪莊，上海人也。韓於上海爲舊族，至公始以文學登進。初居黄浦之東華漕漣之上，有諱福四者生盛，盛生允恭，允恭生彦英，彦英生呈，呈生十男子，長諱永常，號槐隱。槐隱始拓市居，謹愿長厚，修髯白皙如畫，以輸粟授品官，衣冠偉如也。槐隱寔生公，母張孺人。公少有大志，爲邑弟子員有聲。成化丁未，例貢入國學，卒業家居。時槐隱年高，家族豐衍，命諸子各理家政，迺就公養，養克以志。頃之，槐隱公、張孺人相繼謝世。公喪葬盡禮，廬居墓側，因名雪莊，遂以自號。士大夫題《風木遐思卷》表之。正德丙寅，謁選天官，授浙之處州景寧縣主簿。景寧，山縣也，險瘠而民獷。因礦而盜，公捕其尤者論法，餘撫諭之，皆貼服爲良。故多虎患，公設法以弭之。縣每闕尹，即公署篆，以廉勤聞。時鄰縣有殺人獄，三人悉論死。處守梁公檄公鞫之，公立釋其二，曰：『法抵死者一人耳。』處屬十縣多宿逋，御史按者委公辦理甚嚴。公歎曰：『是徒驅窮餓於溝壑，無益也。』曷若俟秋成帶而徵之。』乃具申白，會有詔蠲焉。幾滿兩考，諸當道並加奬勞。偶以濕疾，懇請而還，民甚思之。既還，再營雪莊以居。稍稍搆亭榭，闢園圃，植竹種菊，與鄉士夫結晚香之社，觴詠爲樂，優游其間幾二十年。以嘉靖丙戌十月二十日卒，享年六十有九。配談孺人，諱原静，同里望族，明慧孝敬。及笄歸公，閨門穆如也，治家種種有條緒，尤以勤儉慈惠不妒聞。從公於景寧，内助爲多。及歸道嘉興，以正德辛未五月念八日卒，享年五十有二。兹卜以某月□日，合葬於趙溪先塋之次。

惟公出饒裕之家，際豐亨之運，仕宦雖不甚顯，非苟碌碌，而尤以早退爲賢，平生謹畏重信義。繼室費晚舉一子，甚愛之，憫其弟維之無後也，即命爲繼。教子孫皆有法，韓宗益大，公可無憾矣。子男一：䀗，娶顧氏，知浙江都司印，倜儻有文。女三：長適縣學生佘繼瑞；次適山岳；次許嫁趙希抃，費氏出也。孫三：藎臣，國子生；次鼎臣；次俞臣。

予時將爲延平之役，藎臣具狀以請。希仁送予至武林，要予爲銘。銘曰：

仕以達云，達豈盡仕。一命苟共，是曰致理。嗟嗟雪莊，況也履止。有淑者媛，以續以似。同穴而歸，玆謂不死。阡原鬱鬱，載蕃後祉。

敕封承德郎南京祠祭主事趙公墓誌銘

公諱山，字天秀，姓趙氏，曾祖諱鑑，祖諱瑜，考諱清，妣施氏，上海人也。公少孤，長而玉立，豐頤秀幹，有治才，能振起其家。義授散官，衣冠峻整，一時上官往往器之。郡邑有大役，輒以委任，敏而趣辦。喜從賢士大夫遊。家居黄浦之上，築精舍其濱，蒔芙蓉映水，每花時望之，若繡幄錦城，故號東浦。因以命子憲讀書其間，時往課之。觀潮汐往來，乃悟盈虛消息之理，故持身淹雅，人稱之曰東浦翁云。憲有聲文場，遂起鄉科，登嘉靖乙未進士，丁酉選授南京禮部祠祭司主事。戊戌，聖天子推恩詔下，竟以憲官授敕封，鷺繡銀章，光動閭里，人以爲此東浦翁之食報也。既而就養南都，睇城闕之巍峨，覩江山之佳麗，又聞諸當道大人詎公論議。歸益務謙抑，儼然儒宗長者，所謂始笑終疑，卒乃貼然服矣。庚子，憲遷儀制郎中，得考一滿，便道省公於東浦之上。時已徙居浦曲少南，因得寒疾。每促憲赴闕，曰：『人臣之義，以勤勞見忠。吾老矣，尚有厚望焉。』辛丑憲行，行月餘而公卒於家，享年七十有三。憲奔歸，餘月亦卒，人共惜之。憲子逢吉，煢然治兩喪並葬，而爲公乞予銘。公予韋布之交，而逢吉則外孫壻也，誼不容辭。

逢吉手自爲狀，能道家世之詳，且拜且泣曰：『吾大父性至孝，心地坦夷，不設城府，每當是非曲直之際，則務公言。故人多忌之，陰中以事，搆成大釁，破家營救得免。嘗歎曰：「吾受毒，踰時則已。彼施之者，能久貼席乎？且我常受，彼常施，天之道固昭昭乎。」昔吾父之未有子也，往禱三茅君，歸，取家衆斗斛悉毀之，曰：「我得孫矣。」已而逢吉生。』予聞其言，皆鑿鑿可誌，公蓋不但食子之報也已。今卜以癸卯冬十二月三日，葬于楊塘之陰。配吳氏，系出清門，淑慎善相，與公同日受封爲安人。子男一，即憲，娶喬氏。息女二：長嫁周易，早卒；次嫁顧鳴鸞側室，高氏出也。孫男二：長即逢吉，娶王氏；次迪吉。孫女一，嫁陸文熺，予仲孫也。嗚呼，公真儒宗長者哉。宜銘。銘曰：

澤之長兮，江流湯湯。風之遠兮，其人不亡。手所樹藝，華國發祥。其胤克昌兮，曰此封君之藏。

儼山文集卷七十一

墓誌銘十

敕贈安人孫氏墓誌銘

故蔡安人既成葬矣，始及贈典，既成贈矣，始克誌之，蓋誠有待也哉？於是上海陸深得按武選汪君文盛狀書之，將追而納之玄堂之右。

誌曰：安人姓孫氏，封户部主事河南商城縣學訓導蔡先生諱貫之配也。孫故崇陽望族，居里之橋墩港，世修隱德。有諱賢者，寔生安人。安人始生，嶷然殊異，氣柔而聲和，五歲能讓，七歲知戒，九歲精女紅，讀《孝經》《小學》《列女傳》，都通大義。年二十四，封君先生受于孫氏之廟而室之。封君出名家，少即聰穎過人，蔡處士府君諱英愛之，爲擇婦必孫氏女。既成禮，中外交賀。先生方爲邑弟子員，遭歲惡，家遂中落。安人脱簪珥服飾，以佐賓、祭、經史之費，罔德色焉。封君讀書，安人紡績，俱入夜分，或至達旦。積勤本儉以復家，幾中興焉。時處士府君與太夫人鄉居，距十里許。安人問安歸，無間朝夕。得甘旨，必先奉。處士府君嘗曰：『相兒子他日亢吾宗，新婦之力也。』弘治戊午，封君先生始循例貢至京師，授職商城。安人從之，數年縞衣糲食，晏如也。太夫人年八十餘，留崇陽。安人每一思之，輒數日不懌，歸省視者至再。既没，終具悉出潔鮮，不倚辦於妯娌。既葬，號慟思慕若不勝焉，僉曰孝婦云。性澹泊，尤不喜飲酒。好周人之急，了無後望。不欲子姓析居，綜理家政，老而不倦。孤姪禄與玉，安人撫之，人不知非己出也，卒以有立。下至臧獲，有過必曲爲掩覆，無喜怒之形。以正德十二年十月十日終于正寢，壽六十有八。明年戊寅二月廿七日，葬于青山祖塋之次，禮也。子男四：長曰朝，朴茂務農，後安人□年卒；次曰翰，縣學生；次曰乾，户部員外郎僉浙江按察司事；季曰斡，縣學生。息女二：長適□□，次適□□。孫男八。孫女五。

初，僉憲乾成進士于京師，即爲迎養之謀，未數月，遽以訃去。既禫還朝，列職卿省。適今上皇帝入繼大統，覃恩宇内，亟有褒贈之錫。安人孝敬慈惠之報，獲於天者，異數已若是矣。僉憲文學器識，淵懿明粹，雅負經綸之望。翰、斡諸季，俱以經術，需次顯榮。方將徵諸人事，殆有餘祉焉。應法宜銘。銘曰：

古稱善相，獲良惟艱。況也宦成，從以間關。亦有善教，思食其報。鸞封鳳章，泉壤斯耀。運有蚤莫，德則不朽。惟善之徵，十索而九。嗟嗟安人，尚有餘慶。我銘徯之，陵谷爲證。

承直郎汀州府通判宜亭劉公墓誌銘

公姓劉氏，諱衮，字復之，别號宜亭。其先汴人。有諱亨叔者，始占籍華亭。亨叔生仲禮，仲禮自華亭遷上海，今遂爲上海人。仲禮生文中，世修隱操。文中生鈍，贈奉政大夫真定府同知，公之祖也。考諱玉，别號静齋，義授散官。妣王氏，實生公。資稟穎拔，丰神和雅，倜儻有大志。受《易》于鄉先生陳晚莊，造詣卓然。有科第之望，屢試不利。成化間，以例貢入國監。時丘文莊公爲祭酒，甚嚴於諸生，少許可，見公文翰，加賞拔焉。注選還家，餘二十年，孝友之風動于宗黨。正德癸酉，始上天官，第入優等，授汀州府通判，甚有政惠，巡按御史張公委以糾巡之職。汀，故反側郡也，公擿姦撫良，四境咸安。適江西盜起，閩、廣騷動，調浦城兵，素稱難制。守巡官檄公領之，撫馭有方，軍民兩便，巡按御史胡公深加奬勞。自是勞勩，遂感嵐瘴，猶裹疾視事不怠。越歲，疾再作，乃乞謝政。當道者慰留再四，竟不可。歸與鄉士夫作晚香之會，觴咏爲樂者數年。以嘉靖二年癸未二月二日終于正寢，上距所生天順戊寅十月八日，得壽六十有六云。娶山氏，舊家淑德，先公數年卒。卜以是歲冬十二月十日丙午，葬于方濱祖塋之右，啓山孺人之封，祔以側室錢氏而合焉。子男二：長兆元，績學承家，廩膳生，娶瞿氏，錢氏出；次兆先，胡氏出。女四，談斗、曹寶、諸苐，其壻也，一未行。

公故名家也，潤澤演溢，淵源殊矣，而明秀豈弟，公實有焉。筮仕大郡，遂克樹立。而引年勇退，蹈止足之戒，殆今之完人者非耶？尤善筆札，工爲詩。早侍遊宦，多聞見之益。杯酒談笑，綽有風致，不見有蹙迫矯拂之態，今莫窺其際也。初，公有母兄克，時從父坦齋先生命爲後。後坦齋有子，而克早世，復歸承大宗焉。終身事坦齋父子也，坦齋卒，服心喪者三年，人尤以此重之。深與公累世婕媚，髫丱時，辱公爲忘年之交，知公爲深。茲兆元涕泣奉狀以請，乃誌而銘之。銘曰：

赤劉啓祚，代有聞人。清門宿望，奕葉維新。嗟嗟汀州，脱穎絶塵。既文既史，惟子惟臣。才以兼濟，壽以成仁。萬古者名，百年之身。孰是完歸，媲美先民。先民遺訓，惟德有鄰。以昌厥後，孫子振振。我刻銘詩，此石不泯。

敕贈文林郎監察御史王公封太孺人齊氏合葬墓誌銘

公諱振，字廷舉，年六十有三，以正德十三年卒，葬大梁之東郊。越十有四年戊子，是爲嘉靖之七年，今上皇帝大推恩典，始以子琇貴，敕贈文林郎南京湖廣道監察御史。配齊氏，封太孺人。太孺人受封之六年，年七十有三，以甲午十月八日考終于正寢。時琇以江西按察僉事捧表入朝，適還便省，得視殯殮，人以爲異數云。卜以明年乙未四月某日，葬于邊村岡之東野，遷御史公合焉，禮也。深方爲關輔之役道大梁，嘗與僉事同官，因往吊焉。僉事拜且泣曰：『昔子贈我也，知我有老母在也。今吾葬母也，而不虞子之遽來也。是偶然耶？』乃揮涕指庭下所琢石，曰：『必以是爲託。』詰旦，具縗經造館授狀，深慰而諾焉。

按：王之先出下邳，世居皮家渡口。有諱仁者，隱德元世。仁生興，興從我太祖高皇帝起兵，編伍寧國衛。太宗入靖，永樂間，調宣武衛，遂家于汴。興生順，順生通。通娶戴氏，生五丈夫子，其仲即御史公也。是時同衛人齊能娶王氏，實生太孺人，年十七歸公。公性嚴毅，於人不苟合，朴直有古風，通解文義，尤善筆札。成化間，太監藍忠鎮守汴，廉知公，乃出令免公事事，而事文書焉。藍本静安，公亦樂事之，廿餘年無與爲比。會藍卒而劉琅者至矣。琅貪暴甚，公甚憂之，託疾求退。不得退，歸謂齊孺人曰：『將不與禍會乎？吾且毒吾兩目，庶幾脱此。』孺人止之，曰：『何自苦乃爾。彼左左右右人可請也[一]。』公百計通之，果免歸。瑯敗，凡佐瑯者俱敗，而公迄無他。孟兄威早世，遺孤環、珮，公撫之如己子，均其財産，使各得所。待諸弟釗、賢、鋭，恩義曲至，咸有成立云。公喜焚修，晨起必誦内典數卷而止，夜必瓣香祈天，無間寒暑。初，公家甚落，孺人來歸，佐以紡緝，每勸之經營于外，而内事一切任之，事舅姑飲食必躬致。每向公作好語曰：『吾家世寧終賤貧乎？須教諸子讀書，爲衣冠流。』時僉事方七歲，適在旁，孺人撫其頂曰：『不尚有是兒乎？』乃延師擇友，日日課之。既而公寢疾以卒，孺人泣謂僉事曰：『汝父棄汝早，以貧遺汝。吾恐累汝學，當爲汝謀使裕。』由是僉事得一意向學，遂以科第起，人以爲賢母云。子男四：長玠，娶侯氏；次瑜，娶吴氏；次琮，娶陳氏，三子皆先卒；次即琇，娶何氏，繼娶李氏。孫男八：曰紳，曰禄，曰爵，曰化，曰中孚，曰中立，曰中行，曰中逵。孫女二。曾孫二。

惟太孺人始終以道誼相御史公起家，身食僉事之報。銘在是。銘曰：

治世尚文亂世武，革武從文翁與姥。誕育季子文中虎，王氏日昌天所祜。兩美並世難縷數，始離終合穴吾土。式車奠椒孰敢侮，邊村高原高膴膴。太史作詩殿萬古。

【校記】

〔一〕左左右右：四庫全書本作『左右』。

竹溪韓公夫婦合葬墓誌銘

嗚呼，是爲韓從事竹溪之墓，顧孺人虚左合焉。藎臣自判荆門州奔還，哀慕切至，治喪如禮，以告予曰：『先人之葬已成卜矣，非舅孰銘？』孺人，予先姑女也，故藎臣謂予爲舅，而竹溪視予外兄也。嗚呼，予尚忍銘吾竹溪耶？

竹溪諱恕，字希仁，少有美質，秀偉穎敏。學進士業便通，已乃棄去，例授浙江都司知印，從父雪莊公命也。雪莊仕主景寧簿。母談氏。韓故上海舊族，代多長厚，世系具予所撰《雪莊墓誌》

中。竹溪易直簡修，和厚醖藉，言行皆衷，不屑屑於聲利，家遂中落。雪莊在景寧幾兩考，每歲一往省，行李道萬山中，蕭然也。雪莊歸，談孺人道卒，竹溪生事死葬，竭力以濟，人稱其孝。教子親自課程，人稱其嚴。中歲乃闢園圃，構亭榭，時與賓客徜徉花竹間，當其意興所到，奕碁染翰，尤爲灑落，人稱其逸。晚授章服，衣冠偉如，雖從事資勞，亦復棄去也。年六十有二，以嘉靖壬寅五月七日考終於正寢。孺人諱愛梅，父省軒顧公，與今御醫定芳同母産也而長。莊順淑慧，夙閑禮度。廣南太守草堂先生鍾愛之，擇壻得竹溪。既歸，孝敬勤儉，爲韓宗倚賴。和妯娌，睦宗姻，御群小，曲有禮意。談孺人卒，費孺人繼之，孺人左右奉養，必得其心。人以爲難，而竹溪之孝益光矣。初，雪莊有弟維死無後，雪莊以幼子慈後之。慈於本生欲兼其業，竹溪以爲法不應爾，義可也，竟割産畀之。會竹溪有從兄恩，亦死無後，孺人抱仲子國以與竹溪，曰：『是不當後乎？毋煩再割也。』邑人兩賢之。得年四十有八，先竹溪十六年卒，寔嘉靖丁亥之九月廿九日也。竹溪感孺人之誼，終身不娶以報。至是大封焉，禮也。子三：長藎臣，以太學生授濟南經歷，遷荊門州判，淳謹有治材，娶潘氏；次國，太學生，出後，娶沈氏；季俞臣，娶潘氏。孫女二。孫男二：宗道、宗周。

嗚呼，予家海上數世矣，與韓、顧聯姻。藎臣嘗學於予，每侍京邸，御醫則同朝班，固骨肉之託也。歸將託竹溪以老焉，今已矣，予又安忍不銘吾竹溪耶？銘曰：

生以禮冑，配當其偶。是曰夫夫婦婦，克昌厥後，以貽不朽。有眠牛首，與載同久。

儼山文集卷七十二

墓誌銘十一

敕封孺人錢氏墓誌銘

孺人氏錢，封徵仕郎禮科給事中顧公啓明之配，前禮科給事中存仁之母也。嘉靖丙申，存仁自餘姚令召爲給事中。明年丁酉，遇推恩大典，受敕封孺人。戊戌冬，天子舉郊廟大儀，存仁疏言五事忤上旨，廷杖六十，編管保安州。孺人時已屬疾，聞之曰：『兒以身許國邪。蒙聖恩未即死，死自其分也。』庚子，存仁歸自保安，拜牀下，慰勞悲喜，感動遠近，孺人疾爲少閒。明年辛丑五月五日，竟卒，得年五十有八。存仁哀毁幾死，躬親歛含、宅卜、祠祭，皆如禮。又以身是罪人，幸乘間踰望，天也，乃手自爲狀，匍匐三百餘里來乞銘。有傳陸子浚明所著《顧孺人傳》至海上，余讀之作而嘆曰：嗟乎，物貴有本也哉。夫土膏沃則木蕃，水淵渟則魚字。此閟宫玄鳥之所爲作也，豈獨神靈之託爲？然忠貞之成，固亦有之，漢之范滂，晉之陶侃是已。方存仁以言遭譴，孺人在牀笫間無閔色，無怨詞，垂堂之愛若是乎，此與范母何以異。乃若士雅之功名，本於秣馬截髻，此固存仁之後效耳。母德所係大矣。顧深不類，無能爲孺人重。重念存仁情事，不可以不書。

按：孺人諱某，錢武肅王十七世孫，父翥，號鶴皋，母莊氏。鶴皋七世祖曰謙，出贅在崑山，生政，仕宋爲提舉。提舉遷太倉之新安鄉，生員，元海道千户。員生景春，國初徵士。景春生瓊，以義聞，高皇帝錫之哀楮。瓊生晉，晉生貫。貫，孺人大父也。孺人生有淑質，寡言笑，端静而慧。事嫡母聞，以孝謹稱。能通小學、《女誡》大義，鶴皋翁鍾愛之。年十八歸封給事君，逌事寶善府君、黄孺人暨曾大母楊夫人，咸稱之曰錢婦賢。寶善府君有二幼子、一女，晚以屬之孺人。孺人撫教，各底成立。其季鍾蚤世無嗣，遺命以孺人子爲後。孺人不可，竟立伯兄子。田宅頗厚，正德末，封君以鄉賦累，家遂中落，徙居郡城遠二百里，甘髓之奉，歲時益勤。寶善府君與黄孺人感且泣曰：『吾安得死錢婦之手乎？』後值二喪，孺人竭力以佐襄事。弟璨詿誤得罪，乃晝夜泣，爲營解之。至發疾，撫諸子女尤慈愛，而訓飭特嚴。平生無妒忌之行，多病寡孕育，媵妾得男，即爲保抱如己出，人尤以爲難。故吳中稱賢母，必曰錢孺人、錢孺人云。子男三：長即存仁，娶盛氏，繼謝氏；次存禮，娶陸氏，蚤卒；次存性，側出，娶文氏。息女一，適州學生龔愛。孫四：長可立，娶劉氏，國子生；次可大，蚤卒；次可貞，聘王氏；次可興，聘毛氏。孫女一。卜以又明年癸卯十月二日，葬新安鎮之新阡，禮也。比孺人之在殯也，適鄰火，風飈烈甚，柩重而室隘，勢無救。存仁但泣涕露拜，須臾反風無恙，人又以爲慈孝之報也。母子復完，以處死生之際，天將於是乎定矣。是宜銘。銘曰：

勾吴東防，溟海汪洋。出其潤肪，與雲俱長。波濤怒狂，魚龍奮揚。莫之敢當，有葦一航。翩然下將，弱流湯湯。天開扶桑，旭日載陽。帆檣斯張，利涉奚量。珊瑚琳琅，鷗鷺鸞皇。光采回翔，既泰既康。若堂在旁，是曰孺人之藏。

誥封山西右參議盧公墓誌銘

嘉靖十八年某月日，葬盧封君裕齋先生于某原，遷王恭人、藺恭人祔焉。先生初封工部虞衡司署員外郎主事階承德郎，加封山西布政司右參議階朝議大夫，皆以子耿麟貴。先生既終正寢，耿麟自大同鎮奔還襄事，乃奉王大理汝立狀貽書京師，託李中舍某來問銘焉。深辱耿麟交，且嘗同官，不容辭。

按狀：先生諱梁，字峻卿，永平之欒亭人也。盧氏系出山陽，自山陽遷定州樂亭，則自山陽遷云七世祖温。温生和甫，和甫生從德，從德生信，信生斌，斌生敬。敬娶某氏，寔生封君。敬舉成化乙酉鄉試，官刑部司務，侃侃不阿，以卒于官。先生嘗悲其父之未大受也。刻意問學，并教其子，一時俱有聲場屋間，而耿麒輒先成進士。先生笑曰：『兒輩偶取捷，吾尚未晚也。』久之，以年資貢上禮部。又久之，會耿麒官滿一考，乃詣京就封，因以贈王、藺俱爲安人。輒復對人嘆曰：『吾讀書自少至老，未嘗一日怠。顧吾豈無自致者？今若此，又安能卑卑從人後，徼升斗之禄耶？』適制詞有『就封高矣』之褒，每捧讀之，曰：『吾有兒。吾有兒，即吾所以報朝廷也。又何必身親爲之哉？吾可休矣。』遂歸，與耆舊徜徉泉石之間，以飲酒賦詩爲樂。先生儀觀甚偉，修髯而白皙如玉，有飄飄塵外之氣。生平不妄發語，與人言，盡出肺腑。人有危急，即倒囊周之。事有不平者，毅然見于色，若其人革面，亦復驩然。處兄弟尤有恩禮。長兄概氣性嚴，雖摧剉之無怨也。弟棐早世，先生撫其孤嫠，各不失所。妹有瞽者且貧，待之加一等。諸姪中有乏嗣者，爲置妾而豐其直。一鄉之人，咸以義稱之。以嘉靖己亥二月十八日卒，上距所生之戊戌，享年六十有二。配王氏，沂州同知琰之女，有賢德，相夫教子，齊家睦族，皆可爲世法。以正德癸酉正月十又八日卒，得年三十有八。繼娶藺氏，□□縣主簿泰之女，行實生卒在穆太史伯潛《誌》中。子男三：長即耿麒，文學、政行爲世名流，娶郁氏，繼娶李氏，即李中舍女；次耿麟，娶李氏；次耿⿰鹿孝，娶歐陽氏。女三：長適國子生齊宗道，次許聘王九韶，次尚幼。孫男二：夢熊、夢羆。孫女五。

嗚呼，先生之生，當聖世文明之運，學成矣，竟齎以殁。然承前啓後，卒植耿氏爲文獻之宗，應法宜銘。銘曰：

吁嗟先生，有文有守。欲承于前，乃啓其後。古稱無憂，兹曰不朽。有封若堂，珠聯璧偶。華衮之褒，絲綸孔厚。勒詩貞珉，以視瓊玖。

顧室華氏墓誌銘

太學生顧大棟汝隆之妻華氏，一夕卒於京邸，年才二十有四，時庚子歲五月朔日。汝隆以其賢也，悼之甚。予適鄰巷，而汝隆時時過從問學。予往弔焉，汝隆泣以返葬告，且乞銘，予諾焉。

江南大族稱華、顧，世相婚姻。初，海峰君爲汝隆擇配，聞華女賢，曰：『吾故華甥也。使大棟有子，華、顧其遞好乎。』遂以禮成聘。年十八歸汝隆。祖諱祖知，號三山，封户部郎中。父木，母陸氏。聞汝隆言：『自吾之有此室也，舅姑孝養，賓祭恭修，吾弟妹訓習，僮奴柔帖，顧族稱焉。或可以世乎？』言已則復泣，又抆泣指數之，曰：『是有人未及知而吾獨知者，今已矣。天乎，何奪之速也。昔吾母以氣疾發虚，巫醫罔效，乃從夜分出中庭，拈香拜天默禱，微聞其言曰：「妾願身代之。」旬日間果愈。某年例上成均於北，乃盡撤匳中裝畀之曰：「此行入都門，當多購書籍歸，爲遠大圖。」丁酉歲，將從順天舉鄉試，乃移村落館中，日夕攻業，以好言相慰曰：

「此一卷書耳。離父母，棄妻子，何爲者？光陰幸自愛。」既而疾作，則手書勸之曰：「此過苦乃爾。保身爲上，毋貽父母憂也。」己亥歲卒業北雍，遂攜之往，舟淺後至，道路惟謹。秋抵京邸，則念孤客，問疾相勞苦，至潸然泣下。時從四方士作文會，館穀周至，至售手織布以具。見作文成帙，則喜動顔色，若相予得意者。又嘗勸予置側室，以蕃孕嗣，心感焉而未之遂許也。不久有媵娠，乃喜曰：「吾志也。」繼之亦娠，而禍作焉。是豈天道茫茫者耶？』言已又泣。予聞之曰：此天下之賢婦也，宜銘。女一，許嫁浦贊善子某。以某年月日葬，從祖塋，禮也。乃爲之銘，銘曰：

雲之慶，月有華。難爲永，易興嗟。之子歸，宜其家。水瀰瀰，山嵯嵯。

奉訓大夫寧海州知州沈君墓誌銘

君諱鉍，字建之，別號恒齋，仕至山東寧海州知州階奉訓大夫，致其事，年五十有六卒於京第，贈禮部尚書沈公祿之仲子，今太常少卿抑之之母弟也。母張氏，贈夫人，壽寧侯綬之女，慈壽皇太后之姑也。君卒，皇太后特遣中官致賻，實嘉靖二十年二月十五日，其生以成化丙午十二月二十有八日云。今卜以五月十一日葬崇文關八里之原，從先兆也。君幼穎異，兒時不爲嬉戲。長娶鄭氏，贈安人，故通政使諱表之女，今工部左侍郎紳敬庵先生之妹也，先三十年卒。繼娶潘氏，錦衣指揮諱賓之女。君無嗣，卒之日，悉以後事屬少卿君，冀善處焉。少卿君奉敬庵狀乞予銘。予有鄉里之誼，不容辭。

按狀：沈出松江之上海。永樂初有諱良者，君之曾祖也，隨駕來京，占匠籍，今爲順天之宛平人。良生敬，敬生尚書禄。君以尚書蔭爲國子生，治舉業甚有工，試不偶，以母命就選。正德丙子，授光禄寺掌醢署署正。公廉奉職，滿九年，陞知寧海。寧海，山東迤東州也，僻處海濱，民風刁頑健訟，號難治。君莅任，興學校，省傜賦，補偏救弊，而示之禮義，一時民皆向化焉。積穀萬餘石，癸巳歲大歉，君請于上官，發倉啖饑，所活甚衆。時有歌曰：『寧海之民，太守生之。寧海之水，太守飲之。太守一去，誰其嗣之。』在寧海者歷四載，屢爲撫、按、守、巡旌獎，賢聲綽然。偶一不合於當道，輒嘆曰：此吾歸路也。遂解官，不一辯白，知者高之。君性和厚，孝悌藹然，至對妻孥如嚴賓，遇親舊則情禮周至，居常儉素自持，未嘗有疾言遽色，人尤以是賢之。病既革，乃出所有金帛，分散親族，雖童僕，亦及也。君可謂德誼士哉。宜銘。銘曰：

世胄高門振厥聲，出處進退與時行。都人士兮東海生，八里之原閟佳城。千古萬古垂令名，誰其式者視斯銘。

司設監太監董公墓誌銘

司設監太監董公，以嘉靖十九年二月六日遽卒，實以正德二年十二月十八日生〔一〕，得年三十有五。今上皇帝特憐念之，賻恤倍加，諭祭之文有曰『温敏之資，小心敬慎』，蓋公以實行受上知如此。故凡同事内庭相與朝夕者，尤哀悼不置。弔相之日，涕泗漣洏，蓋公以和氣得人心如此，豈偶然哉？内官監太監王公遜與公尤善厚，匍匐過余乞銘其墓。予不敢當，辭至再而請益勤。念予往歲以翰林編修官奉命教内書堂，每見生徒中少年敬謹者，必加禮之，且致厚望，以爲此皆他日聖天子心膂之寄，與吾輩外庭體貌之臣殊。蓋君父之心，雖出一致，而遠邇勢分，終不若親且密者之易於納忠也。故今生徒之柄用者，往往不忘予爲師範，而王公又予之舊館人也，義不容恝，乃誌之。

公諱智，字克知，别號明齋，家世湖廣武崗州人。正德九年秋九月，入大内，遂選近侍乾清宫。今上龍飛，改元嘉靖，夏六月，選入司禮監，從學内書堂。明年春三月，復選乾清宫内侍。是歲八月，遂有牙牌之賜。冬十二月，遂陞奉御。自是賞賚日繁而眷注日隆矣。又明年，陞司禮監右監丞。五年，陞左監丞。六年，陞右少監。七年，陞左少監。九年，陞太監。太監，内庭之極選也。自右監丞凡五轉而至，皆以歲之八月八日，若刻期然，蓋異數云。時方年二十五，妙齡美質，敻出倫項，又殊遇也。十年十月，遂命視事本監。十七年，又命爲宫内牌子。牌子，又近侍之極選也。十八年，命掌司苑局印。二月，上南巡，承天命，掌行在印。四月迴鑾，仍掌原印。於是上將欲大用之矣。自奉御以來，凡受賞大紅紵絲麒麟表裏一，斗牛一，蟒衣表裏一，玉帶一，大紅金彩蟒衣紵絲紗羅表裏者三。自十二年以後，歲加禄米者八，總之爲一百三十有二石。又特許内府得乘馬，上之禮遇至矣。公亦益奮忠貞，以至於歿身爲報，可不謂生榮死哀也已。予昨扈駕時，以翰林院學士掌行在印從，彷彿於行朝嘗目望公，今不可作矣。以今年某月日，葬于阜城門二里溝之原。經理其後事者，則太監毛公隆也。爲之銘，銘曰：

龍袞日近，蟒玉有輝。何機柄之伊邇，乃淵冰以全歸。勇從順委，忠孝一機。顧賦形之萬變，羌定數以焉違。後千萬年，視此銘詩。

【校記】

〔一〕『生』字原缺，據四庫全書本補。

儼山文集卷七十三

墓誌銘十二

承德郎工部主事劉公贈安人趙氏合葬墓誌銘

嘉靖十九年十月廿又一日，亭湖先生劉公卒於番陽之里第，享年六十有五。訃聞京朝，其子洵自太博南奔，謀以明年十二月九日，葬公於餘干旗峰之原，將啓趙安人之藏合焉。安人，公配也，與公同生丙申，先公二十年，以正德庚辰八月六日卒云。洵以深知公也久，乃奉文選劉君梧岡之狀來問銘。

按狀：公諱録，字景賢，更字世臣，别號亭湖，饒之番陽人也。姓劉氏，傳自漢世，至宋禮部尚書忠肅公摯，寔起吉水，家富田鄉。五世孫壽可翁自富田寓饒，構積善堂以居。壽可之孫雲樵翁，諱琮玉，字潤芳，博學精天文。當元季，望氣知高皇帝龍興，與友人決策歸附。高皇聞而物色之，翁乃隱迹於醫。嘗師會稽楊鐵崖先生，與姑熟陶安主敬同學，最相友善。會主敬守饒，遂定居番陽，著述甚富。雲樵生教授澄，字源清。教授生御史經，字季權。御史生參政諱烈，字尹吉，以子中丞貴，贈大中大夫資治少尹。配詹氏，贈淑人。中丞諱城，字廷高，以公貴，贈通議大夫，爲本朝名臣。配董氏，贈淑人；側室尤，贈安人者，寔生公。中丞年幾五十未有子，時爲福建按察副使巡汀，夜夢偉丈夫來謁，詰旦得王狀元祠，葺而像之以祀，遂夢抱一兒謝。適公生閩官舍中，自幼教之甚嚴。年十二而中丞以都察院右副都御史，巡撫河南，卒於行臺，乃奉尤夫人護喪南歸，執禮如成人。尤夫人教又嚴，遣就外傅，從李用和先生學，訓成端重。年十五補郡弟子員，即購奇書，攻古文，舉弘治辛酉江西鄉試。明年卒業南雍，與天下賢豪遊，聲稱籍甚。凡七上春官，嘉靖癸未始第進士，出知贛榆。贛榆，海縣也，而貧荒盜相仍且一紀矣，顧征求歲益增。公至，抗疏免其繇十七。屬淮北大饑，乃即通衢設廠四十餘所，作粥飼之。數百里内，全活甚衆。尚書席公署其考曰：處國事如家事，視民饑如己饑。會宿遷有疑獄，屬公鞫之。夜宿郵舍，恍見若婦人者，按尻搴幃如訴。明日檢格以自經報。公親濯骨驗之，乃尻先折而後自盡，法當坐者咸伏罪。又一日，單騎謁府，途中遇鹽徒數千，一見知公，皆羅拜，更爲護十里行而散去。乙酉，以更賢調淛之平陽。時處有礦賊，殺吏僭號，勢甚張。詔捕之，重兵駐温，師老財費，公請釋兵，獨任其事。近賊土民有葉光者，家蓄死士，力能制賊。公抵其家諭之，光感泣用命，乃道民兵擊賊甚力。城中有惡少數輩投賊，公計敗其謀，賊遂殲焉。光既成功，因隨公并遷族於市居。時上官有力者，欲攘光功，文致光罪死，公懇曰：事由光，請釋光，願歸公功第一。又海寇艤十七艘將登岸，公親禦之，挽弓命中，殪一人，又一矢貫篙工手，賊相顧駭愕，揚帆去，而公初未嘗習射也。丁亥，擢刑部湖廣司主事。先是，平礦賊，宿榛莽間，夜三四徙，遂傷右足。至是以疾與告。三年瘳，補工部都水司管徐州洪。舊例，洪需取辦於州縣，人獻一金，以飾厨傳。公至，惟命人植三柳以固堤。辛卯郊禮覃恩，進公階承德郎，追贈皆如制。公感且泣曰：聖恩至厚，且褒及所生矣。遂疏乞休，再上乃允，時年五十六云。公家居十年，口不談外事，日惟教諸子，以文史爲適。自少倜儻有奇節，體貌修偉，氣和而色莊，孝友天至，人尤稱之。趙安人出宋丞相忠定公之後，父諱哲，同知兩淛都轉鹽運使司，母恭人羅氏。安人端静恭儉，能讀書結字，年十六歸公。迨事尤夫人，孝謹備至，内範肅而惠視諸媵。尤夫人有愛女，安人愛之倍於公，嫁李榕。榕，故家也，今爲鎮江府學司訓云。子男九：長即洵，娶戴氏，封孺人；次泌，蚤卒，娶楊氏；次法，娶章氏；次沾，中武鄉舉，娶許氏；次治，縣學生，娶黄氏；次泳，娶王氏；次冲，聘嚴氏；次沚，聘高氏；次浚，聘戴氏。女五：長適余烋，次適鄧西川，次適祝奎，次適姚承訓，次適張文質。孫男五：棐、檠、案、渠、葉。孫女十。

深憶在南雍時，見公如鸞鵷，五彩翩翩然。正德間以史官使淮，公方績學，著書滿家，如殷盤周鼎，龍文彌漫。逮予參政江西，則見公于芝山之麓矣，握手談議，侃侃不忘天下之大，真當世之奇男子也。時諸子庭列，森秀若蘭玉，予得徧視之，退而嘉嘆。予既召還翰林爲學士，與戊戌讀卷之列。洵時以禮闈第二人對制，文章高雅，在第一等。封上，御批爲三甲第一人，臚傳大廷。於是天下皆知劉亭湖之善教子，而中丞公之有後也。比洵出使還朝，予猶得問公起居縷縷，詎意遽銘公之墓耶？所著有《亭湖稿》若干卷，《饒郡志》、贛州、慶陽二府與萬年縣諸志，别有《哲亭集》梓于平陽。蓋公之學甚博而正，可方古名賢，惜乎其不盡用於世也。稍稍見兩縣者，固不勝書，予特志其大者系之銘。銘曰：

山川出雲，以澤天下。渥洼之產，厥有龍馬。雲之油油，返于太虛。萬里逸駕，群龍並驅。嗟哉水部，前承後啓。還珠合劍，豈曰居俟。番湖浩渺，芝山崔嵬。用徵不朽，視此銘詩。

沈母龔孺人墓誌銘

孺人龔氏，以母德冠江東之沈。有七丈夫子，能以科第臺諫振沈氏之宗者，寔自孺人始。孺人故上海家也，系出漢勝。從宋南渡，世多隱德。皇明有尉井陘者諱□，號濬庵，孺人之父也。母陸氏。年十七歸友松府君諱梁。友松父菊軒翁，母瞿夫人，事親如禮，有司具聞，孝宗朝以雙孝旌其門。時孺人爲冢婦，實有力焉。既而長子炤舉進士，再遷給事中。武宗朝奉使忤權閹，重譴奪官。會友松訃聞，還。孺人倚門而泣，以指數之曰：『汝父行誼厚且善，今不及享下壽，棄而祖母，背而禄養。汝父之目且不瞑也。』言已而泣，又曰：『汝父教汝立身成名起科第，今復云何乃爾耳。』則又泣。炤拜，慟而前，微出聲曰：『兒無他，坐不能與時浮沉故爾。今生還得見吾母，如見吾父也。』孺人乃揮泣曰：『誠如是，是不失身，即不辱親。吾固知汝父將含笑於地下矣。』則又泣曰：『吾非不能死汝父，顧吾姑在堂，日且老，諸子女幼，婚嫁未畢，吾恐累汝也。』乃相與扶抱而泣失聲，孺人幾絶。會炤得伸白敍官，由是此言稍稍傳天下。天下之人稱之曰賢母賢母云。初，菊軒公爲江南望族，族甚蕃。瞿夫人在堂時，子姓析居，有一二里、三四里者。孺人侍夫人，晨夕左右，甘旨畢辦。會卧疾牀第間，孺人以一身周旋之，幾二年如一日，族人以此多孺人。享年六十有四，以嘉靖戊子五月八日卒。卜以乙未正月某日，葬戴溪之崇孝阡，啓友松府君之墓封而合焉。孺人性至孝，勤儉慈惠，動有禮則。七男三女，皆躬自乳哺，訓誨至於成立，人尤以爲難云。炤，壬戌進士，積官至廣東按察司僉事；次燿，雲南永昌衛經歷；次熜，王府典膳；次煦，太學生；次炌；次焃；次燭，俱引禮舍人：其子也。典膳徐倬、序班諸華、監生秦文解，三人其壻也。孫男十：曰科，曰思道，曰自宜，曰自立，曰自正，曰應奎，曰應兆，曰應辰，曰自重，曰思義。孫女十。

深母吳孺人之祖母瞿與瞿夫人，姑姪也。僉憲君以深有世姻，且通家也，故使爲之銘。

銘曰：

惟家之興，粤有婦職。子孫日昌，乃視母德。於惟孺人，其報斯食。鬱鬱堂封，過者必式。

浙江按察司副使進階亞中大夫閻公墓誌銘

公諱睿，字汝思，別號三樂道人，世居祁之會善里。曾祖孝先，祖棟，咸隱於農。父靜庵，諱□，贈文林郎、永清縣知縣。母呂氏，贈孺人。公生而膻，靜庵委曲撫之，每令於群兒嬉戲，公惟旁睨而已。少從餘姚毛世達授《孝經》，即了大義。諸童生當責，世達課以句曰『小水難爲海』，公即應曰『海鱗解化龍』，世達異之。初，靜庵明法律，筮仕爲通倉副使，有政蹟，稍遷上海縣税務大使。故公從來上海，遂學於校官盧先生，不踰年而通《禮經》，貫穿百家，豁如也。時上海令會盧於學宫，試之，謂靜庵曰：『子嗣國器也。汝官雖薄，有是子，奚滿載歸耶。』會靜庵卒於官，公扶柩歸葬如禮。服闋，補邑庠增廣生。督學使奇其文，期之，遂領弘治乙卯鄉薦，登己未進士第，授永清知縣。永清素稱難治。公至，治以誠信仁禮，勤農聽訟，俗爲之變。又雅意學校，修葺考校，諸生若傅堯臣、劉繼先相繼登科。弘治辛酉，縣蝗，公發粟易民捕之，積蝗至萬餘石，故永清獨不災。巡撫周公以事聞，有銀幣之勞。縣有壽府莊，窪處不成田，居民歲代輸，無從敢言。公覈實，悉免之。時孝肅皇太后有莊鄰牧場，幾爲所侵，公疏請還之，乃遣中貴人來按，公力與抗，復地百餘頃。中貴人譖於太后，后斥曰：『此爲國官也，汝奚白耶？』有事於覇州，州民願借以爲守，縣人急往争之，訟於撫臺，都御史洪公曰：『是當作風憲官耳，非郡縣能留也。』滿一考，進階文林郎，例得推恩贈及父母。已而檄召，當去永清，民遮留不可得，至欲建生祠，公堅郤乃止。瀕行遺一履掛縣門，從民願也。正德辛未，流賊至郊，賊首齊彦明者，公舊祗禁也，感公德，繫馬數匹於門，望堂泣拜而去。時巡撫毅齋李公寄詩曰：『强暴思恩曾繫馬，市民懷德願留靴』，蓋紀實云。既入朝，試陝西道監察御史，巡視北城。正德初元，事務紛更，公直言無忌，有侃侃風。奉敕查盤甘肅諸鎮倉糧，糧多虧折，官皆鬻妻子償之，有自經者。公革兜攬之人，禁兑給之弊，設法取盈，釋淹滯之官凡六十輩。舊例：官軍馬斃，所司責其人，貧者至典妻貿馬以應，因循成俗，夫婦倫乖。公命屯地每頃出銀一錢，以給買馬，仍嚴典妻之禁。嘗經祁連〔二〕，暮宿山下，夜分聞金鼓聲。比曉雪滿地，公詢諸左右，曰：『山徑冰滑，非雪馬不可度。山後有霍將軍廟，蓋神助云。』公入廟祀之，廟下有池，出冰若榴梨瓜果狀，衆咸以爲公所感云。暨復命，疏邊務數條，上皆嘉納，諸鎮至今行之。遂命巡按陝西。時逆瑾擅權，凡公出者歸必厚賂，不然輒加譴謫。公曰：『寧禍吾身，不忍剥吾民也。』寘鐇之亂，寔遊擊仇鉞有功。逆瑾欲歸功於鎮守總兵曹雄。雄，瑾親黨也。公上疏别白之，瑾怒，遣錦衣官欲假他事逮之，未及而瑾敗，公獲免。未幾陞浙江按察副使，奉敕巡視海道。海接東南諸夷，設憲臣爲備。自逆瑾裁革之後，倭寇乘時刼略，勢要開洋覓利。公既至，水操艦戰，豪右斂迹，海道爲之肅清。歲甲戌，以疾致仕歸祁，優游田野之間，芒鞋貝服，號晉郊耕叟云。暇日讀書猶不輟，視世務漠如也。辛卯冬忽嬰痰疾，既革，亦從容談笑，殊無苦。諸子請後事，勗以勤儉耕讀、福善禍淫之道，賦詩一章曰：『一輪明月照祁川，虛度光陰七十年。今日收光歸去也，海天皎潔十分圓。』端坐而逝，寔壬辰正月初四日也。距其生天順辛巳五月五日，享年七十有二。公性敦直，宦遊二十年，以清白自持。家居衣食澹薄，宅舍僅蔽風雨。人無少長賢愚，皆誠心禮接。凡族人親友貧不能婚娶者，輒出貲濟之。友人王佑卒官於廣昌尹，柩還，家貧子幼，得公而葬，其仁厚類多若此。性少飲酒，而善吟咏，有《晉郊集》若干卷。配劉氏，封孺人，晉府百户劉鑑女，有賢行。子男五：師善，娶郝氏；師賢，娶陳氏；師良，娶王氏；師文，娶武氏；師德，娶馮氏。孫男十：紹芳、繼芳、繩芳、聯芳、緝芳、纘芳、綿芳、維芳、綏芳、繹芳。曾孫男五：講、論、詩、談。女二：長適郝廷佐，次適許登仕。女孫一。

嗚呼，公，今之古人也，世豈多見哉。歲戊寅，爲御史朱寔昌所薦。嘉靖丁亥，今上推恩之詔，進階從三品云。深故家上海，童子時見公與先兄輩同學業。既待罪史官，有事于浙，會公憲臺。出督學於山西，公自祁來逆我于榆次，情好藹然。予再適晉，而公卒矣。嗚呼。辛丑之歲，其子縣學生某走京師，以葬期告而乞銘，乃按方伯郭公韶之狀誌而銘之。銘曰：

晉山葱蒼，惟祁孔良。惟公祁産，家瑞國光。内臺外臬，風紀載揚。挂冠何早，脱屣何長。援毫揮手，與化偕忘。是曰君子之藏，祚胤其昌。

【校記】

〔一〕祁連：原作『祈連』。

儼山文集卷七十四

墓誌銘十三

監察御史鄭公墓誌銘

嗚呼，思齋歿且十載矣，始克葬，而予始克誌之，於人世何如也。嘉靖癸卯冬，鄭生開自莆陽走海上，再致遺命。復奉王大參應時狀，并以葉方伯鳴玉書來速銘。二公端人也，予發書而泣。嗚呼，悲夫。士君子遵一王之制以興，履正途，修正學。適當聖人御極，乘可爲之時，而又有能爲之具，顧其所出才十一爾，而遽尼焉，竟齎以逝。嗚呼，予於思齋能不悲乎而繼之以泣也。

按狀：思齋名洛書，字啓範，姓鄭氏。鄭出南湖，唐太府卿露倡道于莆，四傳至刺史肇，徙楓嶺，生倉曹楨。楨生静邊都統帥瑄，析居待賢里之桃源。至元泉南提舉朝，避寇徙郡學之前，其八世祖也。高祖貴八，曾祖再一。祖廷輔，再徙郡治之前，皆不仕。考諱祥，號近庵，正德丁卯鄉舉，授電白教諭。母林氏，九牧葴公後，實生思齋。思齋初生時，適鄰家曝書龜趺移，因命之名。自少岐嶷異凡兒，教以古歌詩，輒成誦。稍長治經，章解句析，師宿以爲賢已。年十四，應省試，還補郡弟子員。提學東泉姚公試郡，數百人中拔寘第一。時年十七也。丙子舉于鄉。丁丑舉進士，觀政廣西道，奉例歸省蔡太君于家，明年始覲于電白。會廣中兵亂難仕，百力營衛近庵以歸。嘗過江門拜白沙先生祠，因登甘泉湛先生之門，折衷理性之學，甘泉器之。時有黨陸伐朱者，極力排辯，嶺南人士亦貼服云。時王改齋宜學、舒梓溪國裳兩内翰謫居，亟稱之不置。庚辰赴銓，授上海知縣。上海，東南劇縣也，素稱難治。思齋治之以慈惠，若有神明然。每事事抵日昃，則垂簾屏坐，鼓琴誦詩以自適。或退而引諸生論經史，月徵季考，時其勤惰而激勸之。嘗曰：『爲學不以聖賢，爲邦不以仁讓，非士也。』士多成美才。海故健訟，庭下常數百人。詞入，悉受而遣之，聽自息。有不息，徐爲數語折之，即皆引伏。又曰：『民之争，禮之廢也。』乃計家爲里，里有長；計里爲鄉，鄉有老。選高年有行者充之。朔、望則里老率其鄉人子弟行揖遜禮，講書歌詩，録善紀惡。海多火葬，又曰：『此非民之罪也，令之不德也。』爲立義冢，明表樹，定禁約以示之。習尚浮靡，六禮過制，且婚無載書，易速于訟。爲之詳品節，定書式，令社學師掌行之。遂建社學九十六區，隨學建倉爲之約正，司馬準常平之法。適歲太歉，倉且不給，乃大發賑之。時饑民相攜來，歸者萬計，雜沓無緒，爲之法制，別以都里，列以交衢，識以旌旗，散以僚吏。金、穀封裹，坐衆而即之，授受以手焉。論次鄉賢名宦，修葺社稷壇壝，祀典咸秩。更定邑志，文獻以章。海賦久弊，始議以三鄉田爲三則，稱土而均，撫按咸是之，奏上而未果行，其説猶存。嘗於履端謁郡，歸泊海口，下有沉屍，壓以石磨。忽見之，嘆曰：『此必客死，故莫余告也。』遣人偵之，近村民家有石磨，失其牡，執來合之爲一，即訊乃伏，果江西賣卜人歲晏將歸，房主利其財而殺之。又一夕舟行，見焚屍者，詰之，曰：『吾嫂也，姑隨俗爾。』數日，有告母死無歸者，因憶向日道見火而不哀，豈其人耶？因逮來，集諸鄰保訊之。衆云：『此家無喪，亦無嫂。』乃告者之母暮行被殺，而奪其首被。發其家藏，首被一一具在。有懷金渡海者，舟人沉之，其家不知也。旬日告發，乃盡呼舟人，其一已移之他渡，即令解其首帕，密遣示其妻問金，妻果以金至，因乃伏。諸如此皆麗法抵罪，無拘吏文，邑人稱快，初不以爲功也。又罷勾查以益軍匠，禁賭博以蹙游惰，毀淫祠以人巫覡，表節義以獎人倫，懸鐘磬以達幽隱，當道才之，以卓異交薦。乙酉春，召爲河南道試監察御史，巡視京倉。九月實授，巡按通州。丁亥九月，選推提督南直隸學校。計立臺之日僅三十三月，而章凡四十七上。其論治心修身之道者五事，勸上廣仁恩以惠京師者十事，救災求言復上十事，皆剴切，語多不載。至論逸欲之戒，有曰：『陛下觀於御馬，可以求御民之道；觀於使舟，可以求使民之道。』劾費少師、張詹事之交惡，有曰：『失近臣守和之義，乖明時雍穆之風。二臣宜罷。』論調停器使之説，有曰：『過爲區別，則才能何以自容；每事紛更，則法令何以專一。開大臣薦舉之門者，將移威福之漸；破條例資格之常者，必啓奔競之路。』悉荷上優容采納。其薦達臣工也，如大學士楊公一清、兵部尚書王公守仁、彭公澤宜以軍旅；禮部尚書羅公欽順、吏部尚書楊公旦、户部侍郎邵公寶、國子祭酒魯公鐸宜以簡任。其勳德耆舊也，如大學士謝公遷、尚書林公俊、孫公交宜以眷禮。其救解過誤也，如總兵馬永之革任，御史魏有本之調外，給事中楊言之下獄，鄭九萬之瀕死，郎中葉應驄之就逮，主事繆宗周、唐樞之編管，皆一代之偉人名士，士論韙之。既奉敕陛辭而南過徐，聞近庵公訃，號慟兼程歸，治喪如禮。己丑，葬太君、近庵於南寺月峰山。明年壬辰終制赴闕，補浙江道，兼理廣西、江西諸道。所至振舉，名日益起，而忌者日亦益衆。時方考察京官，適在當局。會有互相糾劾之命，給事中有失官者訐奏，上特旨報罷，而思齋歸矣。道吴舊治，士民相攜徒步送百里，號泣攀挽者載路。既歸莆，以明年甲午閏二月十一日卒于家，年三十九耳，遠近莫不痛悼之。娶葉氏，方伯女弟，明惠肅慎，忠廉之助居多。子男二：長即開，側室方氏出也，娶黄氏，主事文炳之女，早卒；次闇，丘氏出，早殤。息女一，許配林大尹成立之子。卜以某年月日葬某山之原。

思齋天分極高，以氣節自負。所與交游，必海内賢豪士，非其人，雖貴顯不顧也。好辯有口，喜稱古昔先王。明習當世之故，廣庭群議，善批屈人，卒亦以是自屈云。念深昔在正德丁丑春試，有事於禮闈，與一二僚友相約，期得名世士。思齋經房出今大學士介谿嚴公，公以示予類批讀其文，擅場之作也，以呈兩主考閣老戒軒靳公、學士東江顧公，共咨嘆得之晚，不及梓文爲惜。會出令海，深時居先詹事公憂，目睹三年之治咸覈。思齋謬以予爲知己，若不忘吾海也。故予志海事獨詳，而應時所爲稱述者數千餘言，自當傳信云。思齋文翰精麗，所著《思齋集》若干卷，藏于家。爲之銘。銘曰：

玉挏迺折，瓦墁獲完。刓方屈直，物則有然。君子之守，寧曰毁全。簞瓢爲壽，鍾鼎非年。烈烈御史，黽白不死。國之忠臣，家之孝子。餘慶實多，貽厥後嗣。徵我銘詩，以閟千祀。

進階亞中大夫黎平府知府郁公宜人王氏合葬墓誌銘

嗚呼，是爲直齋先生郁公之墓。昔在弘治間，文治極矣。有起自東海之上，以一經魁天下者，公實先登，蓋一時之盛也。兹以嘉靖癸卯冬十二月某日，葬公于榆木涇之原。其孤夢麒禮服徒跣，奉唐憲副龍江先生狀來乞銘，誼不容辭。正德初，公爲御史在浙江道，龍江爲給事中在兵科，深待罪史官在翰林，同朝同鄉，又一時之盛也。嗚呼，公可以不朽矣。

公諱侃，字希正，别號直齋，晚號嵩陽山人，志本始也。蓋其先從宋南渡，徙居上海之烏泥涇，故今爲上海人。五世祖德達，高祖文富號菊隱，曾祖愷號筠軒，祖蒙號月坡，世有清操，以行誼望于鄉。逮松坡府君諱瓊，始以進士業補縣學生，蔚有文譽，以公貴，贈奉直大夫南京禮部儀制司郎中，配周氏，贈太宜人。生四子，公其季也。自少穎敏，十歲能屬文，出語輒驚其長老。大理卿王公景明與松坡府君同學友善，每見必奇公。松坡亦以吾久淹場屋，振吾業者必此子也。已而疾將革，連聲『讀書』屬之，公頷而刻厲益勤。遂遊舅氏周侍御之門，學成而博洽。選補縣學生，諸提學使者試文，必奇絶，恒以倫魁期之。辛酉領應天鄉試，壬戌第進士，觀政禮部。初授行人，奉使徽府，王器重之。戊辰選授監察御史，監税蘆溝，有才名。既奉敕兩廣稽覈糧儲，疏上四事，武宗嘉納焉。值逆瑾干政，辛未出判安吉州。適有湯氏之變，公皆先料潛消，地方安堵。壬申量遷開州知州，乃崇禮教，修武備，豪右爲之斂迹。時内翰何公塘，名士也，與公同僚歡甚。甲戌遷南京刑部員外郎，公色喜遂將母之志，即迎養太宜人于金陵。公素精法比，明允爲諸司冠。有指揮某傳襲曖昧，公發其私，證左辯甚，人以爲神明。明年，奉太宜人喪還，渡江驟風，公泣禱而霽，人以爲孝感。戊寅二月終制赴闕，補南京儀制司郎中。會武宗南巡，駐蹕金陵，一切禮文，皆公手所裁定，權倖毋敢干焉。辛巳二月，調禮部主客司郎中，多所釐正。具疏乞汰冗員，宿弊爲之一清，然仇怨側目矣。本年七月，遷潮州府知府。潮俗獷猂，公治嚴明果信，人心貼服。暇日集諸生講授經義，咸稱得師。毁淫祠，秩正祠，士風爲之一新。上官有出令妨民者，皆停閣不報。勢豪禁戢以法律，故多咈意，而謗讟興矣。會朝覲，例移知黎平，公曰：『黎固仕邦若也猶吾潮，吾其歸哉。』因上疏乞休，時白巖喬公爲太宰，深知公而聽之，遂歸。歸務高居厚養，結社賦詩爲樂，不以世務嬰心。教子課孫，動循禮憲，藹然文儒之宗，鄉邦倚重焉。既厭城市，乃築別墅於吴江之爛溪，杜門簡出，時具輕舟，眺覽於水光山色中，悠然有自得之趣。暮夜猶張燈讀書不輟。戊子，聖天子以祀典覃恩，詔進公階一級，公感恩稔。每念國本所繫，乃上疏，請稽古建壇，秩祀高禖，以祈皇嗣。時李文康公在内閣，亟稱其退不忘君，有餘忠焉。丁酉秋，命子夢麒、二孫恪、性應試兩畿，忽遘疾，以八月九日考終於正寢，饗年七十有三。配王氏，贈宜人，太平守易庵先生女，明慧貞淑，通《孝經》《列女傳》大義。易庵鍾愛擇配，得公文大奇之。既歸公，孝敬勤儉，事太宜人曲盡顔志。生夢麒，年三十一而卒。繼董氏，大理少卿中岡公之姪，世家閑則，習書翰，知文義，手撫遺孤，備極慈愛，太宜人尤賢之，年□□而卒。再繼吴氏，太僕卿□□公之孫，孝姑慈幼，内外無間言。公歇歷中外，内相之力居多，皆次第從公於俞原，禮也。今繼俞氏，封宜人，蘇州衛指揮友山公之女，有賢行。子一，即夢麒。績學修德，以世其家，娶曹氏，廣西僉事錦溪公女。三女：長董出，適戴憩；次吴出，早卒；次俞出，嫁周式，尚書白川公之子。孫二：恪，娶唐氏；性，娶孫氏，俱國子生。孫女一。曾孫二：元吉、貞吉。曾孫女三。

嗚呼，公素英傑，以直道自居。遇事議論風生，黑白不爽。文章追踪古作者，六朝以下勿論也。事業欲與韓忠獻、范文正相許與。貌不踰中人，而膽氣磊落，見者企服。晚乃抑損恂恂，辭意温雅，務爲睦宗厚俗之舉。親之者咸欣欣然，若負暄焉。深辱公厚善，且同舉於鄉，嘗相要約以自見於世者，多不能酬。然公之器業凡三四變，最後乃粹然云。宜銘。銘曰：

古三不朽，得一者傳。公所樹立，有功有言。其言維何，高文大科。其功維何，州郡省府。《詩》云『德輶』，公克舉之。太上無名，視我銘詩。鬱鬱若堂，過者必式。相助多賢，永同此室。

廣東布政司理問王公配侯孺人墓誌銘

東海之上，南浦之陽，厥有喬木故家，實維王氏，積德好誼。蓋自宋南渡以來，凡幾世矣，然皆以隱操高一鄉。傳至怡岡公，始以文學起家，屢試場屋，晚乃隨例貢入太學。既而循資試天官，名在高等，得選廣東布政司理問所理問，賢於其官。滿兩考，遂致仕歸。歸奉八十之親者數年，甚樂焉。以嘉靖甲午年六十有三卒。配侯孺人，從公歸自嶺南，後五年己亥年六十有八卒。嗣子誥乃緘狀來乞銘。先是怡岡之葬，予許銘。屬有萬里之役，未償也。及是孺人之訃，予益感悼，又重予兒女之悲，乃發舊稿併敍之。嗚呼，予忍爲此哉？嗚呼，予忍忘此哉？殆有數存焉。

公諱寅，字正之，怡岡其别號也。父諱衮，字九章，號檜亭，以孝友詩禮聞大江之南。母談氏，系出宦族，慈惠敬慎。祖諱某，字某，號南浦。祖母某氏，曾祖諱某，號漁樂。曾祖母某氏。高祖諱某，號槐雲。高祖母某氏。初，里中有好善人，人稱王佛子者，是爲養静處士，養静實生槐雲。養静之父爲友文處士，則王氏始遷之祖云。怡岡少勤敏，家業益豐贍，檜亭公特鍾愛之。躬行孝友，聲稱籍甚。其居鄉也，敬老禮賢，賙窮䘏匱，一時習俗多爲之轉移；其守官也，敬事奉公，初不以小大難易介其意，動欲行志。嘗一署新會縣事，剖决無滯。覈處梅嶺分疆商税，量劑有方，撫、按特以禮待，人皆多其才，而又惜其用之不能盡也。孺人系出郡之宦族，坦齋司訓侯先生諱平之女也。母某氏。少閒家範，有淑德。初，怡岡爲坦齋館甥，已偕孺人歸，事檜亭公，暨奉談孺人，左右孝養備至。乃至睦宗逮下閨閫之務，俱斬斬有條理，一洗綺紈靡侈之習，而王氏之澤，益以衍裕，一族稱賢，無間内外。故其殁也，人尤哀之。子男三：長曰誥，娶梅氏，繼莊氏。初，誥生有美質，予以仲女許爲配，及笄而殀。仲女賢甚，故予淑人每見誥，未嘗不思女而涕從之。梅氏之繼，實淑人之姪也。次曰訥，側室王氏出，聘張氏。次曰諾，側室許氏出。息女一，適何良臣。孫三：廷佐、廷佑、廷仕。孫女三。誥卜以嘉靖十八年十二月吉合葬沙岡之原。又明年夏五月，予在京師，追書爲銘，使誥納焉，以極予死生之痛。銘曰：

生以澤延，配以德偶。望以才充，世以仁後。嗚呼，長江横前，九峰列右。是爲怡岡之藏，而王氏所爲不朽。

贈徵仕郎中書舍人隱西張公墓誌銘

尚寶丞張君電有母沈之喪，如例以終制請。今上皇帝特旨留之，許以三月奔歸，即起供職。復以給驛請，上又允之，蓋殊典云。電感泣，廷辭就道，乃過予以告曰：『電辱公指教，以有今兹。門祚之榮，實徼福焉。惟是歸葬期嚴，先人之封，願得公一字埋爲銘。』予不忍辭，乃按孫中書摳所爲狀敘之曰：

公姓張，諱尋，字以周，隱西其别號也。世居松江之華亭。元末有諱國英者，避兵海上，因家焉。國英生壽昌，壽昌生中善，中善生森，森生公。公性至孝，讀書循禮，侃侃有執持。善處淡薄，尤不能媕阿取容於俗。人有弗合理者，雖廣座中，輒指斥不少貸，故鄉黨以直亮服之。内外諸族人，皆嚴憚如父師然。年六十卒，葬澧涇之阡。嘉靖十六年丁酉三月初一日，遇廟享恩，以電貴，贈徵仕郎中書舍人。公初娶陸氏，生一子曰霆。繼娶沈氏，即電之母也，受封太孺人。太孺人出上海舊族，父諱鏞。貞懿慈順，不喜華靡。事中書公竭力，養二親俱躋壽康，撫霆如己出。初舉電，有奇質，愛之，教誨無所不至。既而電遭遇聖君，以文墨進御，一時才俊無能出其右者，漸致顯融，館閣諸大老咸加器賞。是歲秋奉使，便道歸省太孺人於家，舞綵上觴，光動桑梓。環海之人，咸嘖嘖歎羨，此邦之所無，亦近古之所未聞也。以己亥十二月十五日考終正寢，得壽八十云。卜以庚子五月十一日，將啓隱西公之藏而大封焉。子男二：霳，娶王氏；電，娶龔氏。女一，夏深其壻也。孫男二：守繩，娶王氏；守經，娶姚氏。孫女三。曾孫一。

予忝識司丞，世同里閈，故特書其大者系之銘。銘曰：

宗黨稱善，于野則同。隱逸之操，有古人風。載啓其後，文雅鉅公。國恩天與，歿贈生封。珠駢劍合，氣若長虹。孰是不朽，惟孝與忠。蔚哉斯丘，大海在東。

儼山文集卷七十五

墓誌銘十四

省軒莫先生墓誌銘

壬寅冬十一月七日癸丑，鄉貢進士省軒莫先生卒於家，嘉靖之廿有一年，其子南京工部主事如忠予告歸養之明年也。又明年癸卯冬十月癸酉，卜葬於二里涇祖塋之次。如忠率諸弟匍匐走上海乞銘，予諾焉。

按狀：華亭之莫氏，自正二府君始居胥浦鄉。正二生慶一，慶一生真一，真一生文通，皆修隱操。文通乃遷郡城之穀水坊，而莫氏始大。文通生勝。勝補庠生，用歲貢授官北京虎賁衛經歷，滿考得敕，贈及父母，而莫氏始名郡中矣。勝生昂，昂生昊。昊字宗大，號一軒，以《尚書》學有聲一時，登成化癸卯應天鄉試第二，仕至東昌府通判卒。配嚴氏，繼强氏，生六子，而省軒行第三。諱愚，字汝明，别號省軒。省軒生而明秀，長贅廣東僉事竹坡朱公昴，内外咸有師承。名益起，亦以《書經》登應天癸酉鄉試，凡八上春官。年五十有六而卒。配朱氏。子男四：長即如忠，登嘉靖甲午順天鄉試第二，繼舉戊戌進士高等，娶富氏，四川按察副使好禮女，繼楊氏，山東按察副使儀女；次如信，縣學生，娶姚氏，工部主事参女；次如德，府學生，娶韓氏，側室吴出；次如爵，陸出，尚幼。息女二：長嫁王謂，次唐氏遺腹生。孫三：是龍、是驥、是騏。

嗚呼，吾松素稱文獻，多故家舊族，然三世兩魁，中有啓承之士，俱守一經，宛然西漢風誼，信未有若莫氏之盛者也。省軒嘗以經綸望其後，而如忠之功業方發軔康衢。惜也省軒齎志以早世，吾郡斯文爲之出涕，況相知如予者哉？予憶少時出見郡先輩，皆卓卓自樹立，風儀學術足啓後來。繼從諸生爲舉子業，一時所與游者，咸雅馴，動遵經傳，未有浮譁靡麗之習，如竹坡公，予同年友也，及見省軒，尤愛之，而予遽銘其墓耶？嗚呼悲夫，嗚呼悲夫。省軒孝友天至，事親咸有禮度。素以天下事自負，諳練世故，明習法律，思欲見之一世。自倡義、厚宗、祀享、交際之儀，内外、親疏之辯，下至樹藝、孳畜、米鹽之細舉，籍有經緯，而又盡取古今家訓、門範可行者，條列以示來軌。其於天官、星歷、皇極經世、律吕書，獨爲深解，策筭了了，故尤有心計，而莫氏益昌且繁矣。嘗曰：『《周官》一書，規模宏闊，然至於羽毛鱗介之微，區處甚密。是獨不宜於家乎？』又曰：『兒曹勉之。且夫君子得志，則有民社之寄而憂；不得志，則有宗祊之寄而憂。孟子之論生道，憂患爲先。使天運不積，生人之理息矣。東南膏沃，民易以逸，故多不才，以驕侈敗族，所習非也。兒曹勉之。』又嘗喜誦老氏言：『聖人執左券而不責於人。』故處世多陰厚，無求知於人，故知者鮮矣。予故具見之，比聞如忠泣道復如此，此豈經生舉子所爲空談也哉。予重悲之，乃敍論其大旨誌之，并系之銘。銘曰：

家聲之舊，於我乎傳。世澤之有，於我乎延。海山左右，若封乎萬年。

處士南谿朱公墓誌銘

處士諱暉，字文采，别號南谿，華亭人也。按，朱氏其先出亳之永城。漢有朱詾者，行相國參軍事。傳至孝友先生諱仁軌，以德義聞于唐，宰相敬則，其弟也。自宰相傳五世，爲茶院制置諱革，戍守婺源，因居黄墩。又傳九世諱燾者，宋徽國文公兄弟行也。燾官饒州教授，又爲饒州人。自饒州又傳五世諱素者，仕元，爲松江府推官，乃樂華亭風土居之，故今爲華亭人。推官生祐之，武舉進士。祐之生信，國朝永樂中仕至工部營繕郎中。郎中生迪簡。迪簡生宓，號南莊，有隱操，壻於泗涇之李孺人，寔禮部員外郎宜散公之姑也。生三子，季即處士。初，南莊公依李，以外家業不當，别業西居，落落不屑家人事。處士奉之治爨，值歲饑，斗米百錢，處士有心計而孝，凡奉養畢具，雖甘毳腆腴之物，隨須而辦，父母亦不知其所從也。南莊喜飲酒，李孺人每止之。處士内順母心，外私釀以進，故雖以酒困，乃其心罔不頹然樂也。弘治間，詔令民間葬及時。適南莊以脾疾卒，當盛暑，勉力襄事如制。既乃廬墓，而以所居讓其兄。兄卒無後，復養寡嫂終其身。鄉里稱之，凡義舉必曰朱處士南谿、南谿云。南谿賦性雅淡，無所嗜慕，獨嗜善慕義若不及。處人不設城府，處己惟以理自勝。好交海内名賢，館待無倦。當泗水之匯，擇勝作駐春堂。復裒先世敕誥凡九通，建寶敕樓。近樓闢圃，蒔蔬種樹，水竹翛然，極盤桓之趣。忽一日慨然嘆曰：『吾憶廬墓時，僅僅容膝。今堂構軒豁，畝鍾之田，可備魚菽之祭。有子學文，人生可矣。』遂不復事事。以嘉靖廿又一年六月二十日考終於正寢，距其所生庚寅歲十月三十日，得壽七十有三。配孫孺人，無子，乃懷仲兄子子之，名曰承順。側室徐氏生三子，長曰承益，次曰承緒，季曰承祊。承順以文學倡諸弟，有能詩名。承益以縣學生上成均。承緒總家政〔一〕。承祊舉應天丁酉鄉試，出後竹坡僉憲公，既而攜歸，著『繼祀不繼産』之説，鄉黨是之。會巡撫陳公祥據禮曰：『昭穆也，治命以愛。』竟立祊。南谿乃戒祊曰：『繼産毋多取，余志也。』承祊兩從之。孫四人：朝賓、朝賢、朝賚、朝質。孫女二。卜以某年二月廿二日葬于顧宗涇，從南莊兆域，禮也。

承益等渡濤江，走千里，乞徐奉化伯臣狀來問銘。余嘗登九敕堂，徵故家之文獻，覽觀于泗上，愛之。西環九峰若畫，泗水匯其南，澄碧映空，可酌焉忘饑，此風人之所詠也。加以勝國遺老隱逸之區，流風餘韻，猶有存者，是宜詩禮之胄，託以引長焉。故處士以南谿自表見，蓋素尚云。宜銘。銘曰：

古稱仁里，亦曰華宗。有偉朱氏，長發自公。漢唐苗裔，洙泗會通。地因人勝，派以源同。嗟嗟南谿，有古人風。既承既啓，乃衍乃豐。詩禮文物，允肇我躬。席珍邦寶，厥功則崇。百世貽燕，孝友敬恭。詎曰不試，隱約爲工。抱璞孕秀，善始令終。過者必式，若堂之封。青山翥鳳，黄浦游龍。示我銘詩，以閟玄宫。

【校記】

〔一〕承緒：原文作『成緒』，據上文改。

九槐喬君夫婦合葬墓誌銘

太學生喬大登，諱禾，别號九槐子，上海人也。上海舊家稱山、喬，而喬後爲盛。大登，喬氏之良也。大抵南士喜工文華〔二〕，而於世務若不屑，其在門閥者尤甚。獨大登自少穎鋭，讀書業文之餘，即留心治理。故凡錢穀、田賦、書筭、法律、米鹽、布帛，等等精練。雖居積貿遷，奇贏十一，咸能操切。至於土木、基搆、鐵石、瓴甓之細，尤善心計，是故堂室整潔，園田部分悉有法，一時號稱饒裕，而喬氏益大焉。使得效一官，當一職，移家於國，必有富庶之績，不至頽闒叢脞，匱缺經費，以妨公上，固理治之才也。年僅五十有六，未及注選而卒。予旅食于外，聞而惜之。惜也才如大登，不一試以起鄉士之陋，何耶？予既歸田，思見大登而不可得矣。嗚呼悲夫。嘉靖癸卯冬，其孤承嗣、承慈以葬銘請，予諾焉，乃發狀，論其世。善乎徐南湖御史之言曰：『海上世望巨族，不減百十，至有鄙田舍翁過分溺奢欲萬萬不恤者，非舛也耶？故人子能知難痛心者，可與述孝矣。』讀斯言也，則大登貽謀端雅，益可惜哉，豈徒有才云爾。

按：喬之先有彦衡者，自鶴砂遷于邑。再傳而爲止庵翁諱巖，字鍾良，配徐氏，生三子，大登其季也。孟、仲蚤世，大登卓卓自樹立，淬勵從師，學成，三試弗售。時止庵翁年且高，援例入太學，從太學試，又弗售。乃謂其友曰：『吾屢蹶，固知尺寸。實應舉之式，士不求合，難以速得志也。』娶湯氏，雪懷君之女，都憲公之孫也，有賢行，善相起家。初，雪懷見大登所爲文，愛之而女焉，因贅于湯。逮止庵卒，乃攜湯孺人歸，共止墓舍，力苦以襄事。時屋止數椽，身無重衣，家産落落。君笑且慰曰：『丈夫不克自奮，乃望先人之遺，天下寧有徒享榮富者哉？』故止庵遺蓄，悉以讓諸大兄。乃夫婦夙夜勤勞，爲之二十年，始作家祠，揣溝洫，營第宅，爲子孫經久計。平生尚氣岸，重大節，不下疆禦，剌剌慨慷，多作遠遊，爲忌者中傷，遜避僅免。嘗語人曰：『君子修正，不靳立名名自歸，不靳遠毁毁自去。吾遑計焉。』海内縉紳聞而韙之。家居整辨，内外語言不妄出入，一以教子爲事，延師豐館，程課尤嚴，然以有口忤當道，竟得重譴。踰年遂卒，湯孺人繼亦卒，鄉邦悼之。子男二：長即承嗣，娶朱氏，尚書兹溪之孫；次即承慈，娶朱氏，御史青岡之姪孫，業舉向學，可世其家。孫男二：長守約，承嗣出；次伯驥。孫女一，聘唐懋義，皆承慈出。卜以十二月二十日，合葬于沈家濱之原。宜銘。銘曰：

嗚呼九槐，瓊林一枝。少予知之，長予才之，卒予銘之。後千百年，尚有遺思。嗚呼九槐，其深藏之。

【校記】

〔一〕南土：原作『南土』。

處士西莊王公墓誌銘

正德庚午十二月丁酉望，葬我西莊王公於高昌里之北原。其子太學生淮率其弟瀛、洲踵門，其孫相堯捧狀泣以告，曰：『先君葬有日矣，願賜之銘。』深自冠年與淮友善，同攻進士業，同寢處，公時館穀之，勗以大就。既得官京師，數書候問，不幸以憂還，復來弔慰。方圖所以報公者，而公不可起矣。嗚呼，銘非深誰爲？

按：上海王氏有諱谷真者，公之高祖考也，妣孫氏。諱璘者，曾祖考也，妣陳氏。諱翼者，祖考也，妣魏氏。實生友，號道正，有行誼名，公之考也，妣陸氏，生公。諱銘，字敬言，別號西莊，初娶江氏，繼姚氏、林氏。子男四：長淮，娶郭氏、宋氏，爲江出；瀛，娶康氏；洲，娶孫氏，姚出；後弟鎧〔一〕，爲林出。女二：嫁曹鶴、蔡和。孫二：長即相堯，次相文。以正統癸亥六月十七日生，正德己巳十月二十二日卒，壽六十又七云。公天賦厚厖，涉獵傳記，詞貌清修，以憲度自持，尤善生殖，手致者萬金。然能周人之急，勇於出財，宗族之孤寡貧乏待以衣食者數家。架梁、築道、焚券，如是者又歲數數爲之。爲之者必於義，必不爲者必不義也。其行大都類此。中歲厭廛居，築西莊别業以游佚。君子賢之，曰西莊而不名。嘗輸粟賑邊，得品官服，非其好也。惟教其子孫必以科第顯，行及矣而不待，豈有數也哉？爲之銘曰：

惟典好禮著魯論，君子有穀貽後昆。公蓄斯厚發必蕃，誰其舉之子若孫。謂予不信視兹文。

【校記】

〔一〕此句前疑脱一字，即第四子名。

儼山文集卷七十六

墓誌銘十五

先孺人墓誌

嗚呼，孺人天下之賢母也。雖然，哀吾孺人之不及於養也。孺人志不在養，痛深之未有以養吾孺人也。於京師卒，卒之日自少師閣老李公而下，咸臨奠焉。深即日解史事，扶柩還。還之日，自閭里能言而上，咸迎哭焉。既殯，殯之數日，親戚之疏者、遠者自百里外，咸持紙錢來哭曰：以是報孺人之某惠、某德也，而人未之及知也。嗚呼，斯非天下之賢母也耶？

孺人姓吴氏，蘇之嘉定人。父諱寔，母姜氏。蚤失恃，年二十三，歸竹坡先生爲繼室，逮事筠松府君、尤夫人。府君、夫人性嚴整，獨孺人時時可其意，閱三十年無間也。前孺人瞿子曰沔，甫九齡，孺人即子之。時再舉子，一舉女，皆不育。年二十八始生深。又六年生一女曰素英，八歲死。竹坡先生喜遊，南窮湘、沅，北走燕、齊、晉、魏之墟，或歲一歸、再歸，或間歲未歸。

孺人奉府君、夫人以居，早作晏息，課男耕田，女織布。農月僮婢俱出，親爲之淅米於甑，實薪於竈。抵暮，策其雞豚之入。命長老僕行籓外，視牛圈，縱犬鑰户。退乃坐南牖下，張燈，或時乘月紡木綿，坐深於膝旁，使之讀書，漏深乃罷。明旦升堂，視饌畢，鄰之貧且急者，族之不能衣者、食者、有災者，悉來告，告則各如所欲給之，不給則解裳衣、捐笄珥以繼，故家雖饒，而黄白綺縠之飾未嘗留也。府君有男五人，諸孫無慮十數，率聚而教之。孺人從中館穀，束脩筆硯費咸經理之。如是者歲以爲常。是故過於勞勩，恒苦多病。深年二十五，謬舉鄉試。明年壬戌會試下第，還業南雍。是時孺人春秋五十餘，兩少兒曰溥、曰博，育之既長矣，遂奉以往。蓋思欲以江山巨麗之觀，紓其早歲勤劬之過也。於是登巨艦，道五湖，遡長江以達，乘秋霽無風濤之險。孺人喜津津曰：『吾願也。』然居南雍再歲再病，病輒殆乃甦。甲子之春，遂奉以還。明年乙丑，深舉進士，入讀書中秘，例得攜家。益思大其桑榆之樂，又迎之，以最小兒博侍來京師。居少間，又病如南雍。丁卯冬，深蒙恩授官翰林編修，孺人得報曰：『是鮮政務，當乞一假，還覲汝父，吾從汝而南，吾夢寐故土也。』涉春歷夏，日就羸憊。既亟，乃曰：『汝無冒時禁，詒汝父憂。吾雖病無苦也。』竟不起。嗚呼，深之罪尚忍言哉！實正德戊辰九月二十四日也。上距所生正統己巳十月二十八日，適六十云。今卜以己巳十二月十五日，奉窆於洋涇之北原，從祖塋也。於是深不孝，既未能徧走當世之鉅公，以乞書孺人之藏；不敢私敍懿美，以瀆孺人之終。

乃收血而誌之，不忍銘。

京女誌銘

余客南都，癸亥以七月哭吾女四歲者。明年三月，哭吾兒兩歲者。今丙寅客北都，亦以七月哭吾兒八日者。十月未盡一日，吾女京姐又死，且三歲矣，余又哭之。三年之間，四哭子女於客舍，生世果何如耶？嗚呼，將兒得於天者素薄耶？將醫藥失調耶？將余之德不足庇兒耶？將生死禍福、壽殀富貴，物自取之，而天不與耶？其不然耶？先有人妄傳兒死抵家，吾父亟以書來問，吾發封，吾母聞而解之曰：死當得生爾。書後數日竟死。是果偶然者耶？非耶？兒聰慧百出，已能誦五七言詩詞數十首，每使歌之。蓋物之不長者大抵然也。不欲悉識，特識余之悲，而埋之天壇之南。銘曰：

父陸母梅家上海，月生在酉死在亥。甲子迄寅歲三改，瘡痘遍體紫蕾蕾。宛轉可憐痛百倍，南郊南原阜且塏。松棺布衾祭以醢，速久深藏慎勿悔。

清女權厝誌

女清年十三病瘩，死於京師。瘩凡歲餘，更數醫，竟莫能治。最先治者陳寵，寵醫京師有名也。當其時夏，腸中有聲，乍寒乍熱。寵診之，以爲氣虚有積，以阿魏丸餌之。既微有形，在左脇下，以爲痞也。有胡某者，都人也，以治痞名，榜于通衢，曰半日取效。亟使視之，曰痞良是，是名女得男疾，法當下。下之，與之藥，即阿魏丸。自是常服阿魏丸，而病愈甚。吻渴減食，膚黄變幾殆。是時也，産醫者李珪曰：『吾子齊傳秘方能治。』齊來按曰：『脉數甚，内有積熱，服阿魏丸，是謂熱濟熱也，渴固宜。法當健脾清中才得。服參朮、麯蘖等劑，以正勝也。』或曰：『是在膜外，藥餌不及攻。若以補助，祇邪王耳，何從勝？嘗見一治法，用朴硝填患處，火熨之，令微熱，若是數數爲之愈矣。』乃依其方，果獲效。在《内經》有之，鹹以軟之者是也。遂以朴硝治外，而以齊藥治内。有間，硝力遂頑，而齊藥亦無大效也。然日羸弱。自後來治者，争言補脾胃矣。或曰：『是必針灸，不然不止。』江西有秀才蔡登，以針名，登貢來，致之。登曰：『非痞曷針？我有成藥，治之當起。』登謂：『痞，男必左，女必右。今左耳。』醫者蜀王坤以爲登大不省耳，遂受其成藥不用。而登猶以相貌云：『必無他。』坤遂治之，專主於脾胃，而以雄黄白礬膏貼之，然效愈遠矣。晚又治於蕭正齋。正齋名某，杭人也。其説李、王之間，而加黄蓍爲劑者彌月，卒不起。嗚呼，女果死於病耶，抑失醫然也。京師之醫盡之矣，所未及者針灸。然言針灸者十一，故常不可耳。或曰：『是疾成於水滯，北方多有之。若南還，啖河中水，迺有瘳。』訪諸人人曰非便。女偶聞之，遂日夜促其母歸，未及歸而女死。於乎，女果死於客耶，於是乎有遺憾矣。

自女患是疾，見余日夜憂，嘗進曰：『大人無徒苦，兒有吉兆，自當無恙。』其母扣其狀，曰：『常夢之帝所，隨一行人乞壽。帝與我脂傅唇，覺而唇猶冷然。唇者，辰也，是益我以辰矣。又夢人索病與他人，兒乃捧腹向曰：「若是寶貨，便當與之。此我腹中疾，那得與人。」』余聞之，曰：『仁哉！果然，當如女言無恙。』乃相與破顔，而女亦囅然。每晨興，常如何之，女應聲曰：『今勝於昨。』實不勝也。察其意，蓋見余頻年哭其弟妹，姑謾慰之爾。至於死猶云無恙，言語無少亂者。比病中夜嘗讀《列女傳》、《國風》、小學、古雜記，讀之間有未通，即以意屬，讀即不爽。余竊怪其如此。病既加，從余乞帖學書。余曰：『兒女郎也，何用爲此。』遂不復事，然見書即曉點畫，大都與弟妹輩講説之。未死前兩日，猶坐誦詩。時祖母吴夫人衣紫花半臂，適來視兒，褰幃曰：『漊漊年時衣單，夏月得寒疾，今當更衣之。』夫人背而泣曰：『兒何暇憂老身耶？』其死，夫人尤痛悼之不已。女巧慧工藝不欲書，聊敍病醫時事，以識余之痛云。俟他日返葬，銘而藏之。

女諱清，姓陸，上海人。父深，母梅氏，爲初舉女。許配鄉進士董君懌之仲子。以丙辰臘月望前一日生，以戊辰五月望後一日死。余挈之走四方，居南都者三載，居京師者四載云。

不成殤女權厝誌銘

嗚呼，吾女果死矣。祭奠不得舉鄉邦水穀，枕藉不得用鄉邦草木，瞑目不得悼祖父諸父諸母，嗚呼痛哉！

女乳名定桂，上海陸子淵之第三女也，母梅氏。許配劉復之子兆元。生以弘治庚申之八月廿八日，死以癸亥之七月廿五日。壬戌九月廿二日隨余來南都。距來南都之前一月十二日，劉方問名。至南都之三月十二月朔病痘。其二姊屢瀕殆危，兒獨不舉藥，驩然就愈。既愈，二姊癯然骨立，兒獨豐魁日異。私心喜以爲厚於天者也，孰知其不足恃耶。兒巧慧宛轉，能得人歡心，令人悼其死不已。死之日，祖母臨焉，余哭焉，其母哭之慟，且數曰：『不來南雍，兒或不死。』雖婦人之言，不通於命，要有傷予心者。乃牧淚誌之，權厝諸都門之外，謀返葬焉。銘曰：

歸寄有時，勿震勿藎。優焉遊焉，終安故國。

不成殤兒子誌

嗚呼，吾年二十有七始生汝，父母賴以有子，祖賴以有孫。汝之生在南雍，吾馳書歸報，吾之故人慰之曰『有子』，内外族人賀汝之祖曰『有孫』。於乎，今復何望耶？汝生兩月，遭汝季姊之殤。吾恃汝，而哭之不盡哀。今汝之死也，吾何恃而不哀耶？又二月，汝之祖母、母相對病甚，汝呱呱啼乳，吾持汝哭而禱曰：『汝福德當重慶。』已而皆愈，吾甚喜。豈汝能慶及其親，而不能自庇其身耶？甫半周，汝祖來視祖母於南雍，懷汝而喜曰：『貌類我，貌類我。』回顧乳者，屬曰：『避風節食，無厚温也。』别，又牽汝曰：『歸見汝學步也。』今吾歸，將何以慰汝之祖耶？汝好眉目，豐肌肉白如瓠，早善盻笑，見者莫不歡喜提攜之，汝亦不驚不懼。其親父母，尤不同常兒。故凡余出也，目光射户外懸懸，不見則號泣。入則翼而附之，如有知然。弘治甲子三月一日，夜夢兒病痢甚苦，求醫不來，怪而覺之，不敢發。明日而疾作，果先腹瀉，發疹不可藥，九日死矣。嗚呼，能不悲哉？能不悲哉？余將瘞汝郊之外，自此去家甚邇，且不忍也。汝尚未成殤，不敢曰殯，乃薄衾就木，置諸寓舍之外門之内，俟返葬焉。兒陸姓，繼恩其乳名也，是爲誌。

儼山文集卷七十七

墓表

玉壺阡表

嗚呼，是爲吴封君之墓，蓋衣冠冢云。其仲子昂，以山東提刑按察副使奉命養太安人于家，迨終事，遂合而大封焉。太史氏表之曰：天道於仁人之家深矣。其始也必有摧殘拂逆之施，以寓夫遺碩存仁之意。然後付之毓賢啓祚之祥，以收其繁衍食實之報。或自一世、二世、十世以至百世，罔弗獲者。蓋積之愈久，則入之愈厚；出之愈遲，則成之愈大。若封君者，可以觀已。

封君姓吴氏，諱寬，以某年贈承德郎□部主事，以德稱。太安人姓鄭氏，諱某，以節稱。按：吴氏之先浙東人，洪武初因江圮，徙海鹽之城東，今爲海鹽人。曾祖諱添二，曾祖妣沈氏。祖諱繼宗，祖妣姚氏。繼宗厭市喧，又自城東徙邑之擊壤里，築室買田，將以耕世其業。考諱顯，字必達，號恬庵老人，行誼爲鄉里所服，以高年賜章服。妣姚氏，出平湖名族，寔生封君。封君敦樸和厚，未冠時遭家多故，幹蠱甚力，以順適恬庵之志。恬庵矜嚴，少不當意，即命杖，杖而受之怡然，鄉人皆曰今之伯俞也。待三弟務極友愛，終身無間言。處内人以禮，斬斬有法度。其於宗黨也恪慎謙和，與物一無所競。有犯之者，既不與校，終亦不復言，人故未嘗見其忿厲之色與叱咤之聲，意淳如也。年三十有三，病瘵卒，寔成化乙未臘月七日壬午也。太安人姓鄭氏，出平湖望族。年十七歸封君爲繼室，二十八而孀居。即屏華茹淡，躬勤紡績，以節自苦。手撫二孤，命之耕讀各理。昂受學於雲谷朱先生之門，至以吉貝三端爲束脩，蓋手所成布云。逮昂起甲科，馴致通顯，自宜城、新建，咸分俸爲養。太安人曰：『禄以養廉，宜留爲汝助也。』昂既轉官留都，乃來就養。已自閩憲再遷魯臬，陳情得請，始備榮養，人以爲太安人善教之報。越明年考終，享壽七十有八，寔嘉靖乙酉三月廿二日也。封君初娶于馬，逾年卒。子男二：長昇，娶□，世其家傳；次即昂，娶□，學行貞懿，爲時名臣。女一，適平湖陸滔。孫男六：綬、紱、纓、緒、維、□。孫女五。曾孫男十。

嗚呼！古記稱仁孝，必曰顔、冉。然顔以殀終，冉以疾惡疑於天道，若難知者。然德成名立，萬世如新。死生修短之間，此正天道之所以爲大也。初，封君病狀，殆方書所謂『傳尸癆』者。俗傳妨後〔二〕，故尤諱之，必燬遺乃已。當時憲副君才二齡耳，太安人每語之故，憲副君必號慟攀慕，浹日不能休。歲時饗祀，則躃踊再三，曰昂無父之人也。聞者莫不悲之。及兹同壙，鬱成嘉阡，人皆曰憲副君之知禮也。深故特表之，使樹之隧上，以告凡世之遭變思復者若此。太安人遺行，復書之碑陰，以代銘詩。曰：甲令，凡節婦有終，應得旌門。太安人及格，五清先生劉公瑞自翰林來督學政，風有司具上。太安人聞之曰：『守志撫孤，婦之道也。已被封典，敢邀再命乎？』命昂力辭之。每歲時必帥二孤上鄭公之墓，爲置祭田。紡績之工，至老不倦。每歸寧，舟行往返，必以木綿車自隨。衣必澣濯，破裂必爲之補綴。一布被五十年猶存，每舉以示孫、曾曰：『此阿婁嫁時物也。』姚孺人有幼女曰菊英，卒時囑之曰：『新婦母之。』太安人撫育如己出，長嫁之如禮。叔母韓暴卒，後具索然，太安人即檢自製者終之，其仁孝若此。又曰此吴氏之世澤也。凡吴之後人，宜世世知之，宜世世保之。作《玉壺表》。

【校記】

〔一〕妨：原作『方』，據四庫全書本改。

晉國夫人院氏墓表

蓋聞聖人御寓，睦九族以展親；君子好逑，歌小星而弘化。是以乾坤之位列，則歲功順成；綱常之分定，而家邦並理。斯古今之通義也。乃若發潛隱之德，而光以上行；屬綜核之朝，而名匪例及。孝敬之風翕然，存歿之榮有耀，則未有若夫人之盛者也。夫人姓院氏，太原忻州人。父文舉，母某氏，今晉王殿下之淑媛也。德工言容，恩寵佐贊，俱爲宫壼冠。以嘉靖十年辛卯六月十一日卒，享年四十有三，由蓐子不舉故也。是時王世嫡尚虚，尤痛惜之，即馳傳上言于今上皇帝：『臣母妃彭，以宗支事重，博選名德，親以院氏屬之臣，曰：「是可助内也，宜蕃胤嗣，以延我統系。」臣頓首承命惟謹。暨臣母妃之屬纊也，又以院氏屬之臣，曰：「是真孝婦也，宜請封號，以勵其餘人。」臣稽首受命。惟泣身在煢疚，蓋有待也。今不幸故於孕育。臣上無以副母妃之遺言，下無以顯侍承之潛德，敢昧死以聞。』事下禮部，禮部尚書臣某等上言曰：『禮緣人情，例以起義。徵之典故，宜有以慰王者。』章再上，皇帝若曰：『孝敬之道大，可贈爲夫人。』嗚呼，蓋特恩云，前後無是也。自今觀之，名器所以彰德也，恩澤所以辨才也，死生所以定論也。雖然，必有遭焉。非天子之聖，何以舉格外之典；非賢王之仁，何以隆逮下之恩；非夫人之賢，又何以懋交孚之應？嗚呼休哉！

夫人賦性恬静，英姿婉娩，自少寡默。弘治十年禮選入府，迨長事王，恭慎有度。上奉母妃，益加勤畏，妃甚賢之。妃屬疾，夫人入侍，蚤暮不敢離榻前。序進湯藥，王親嘗之，夫人亦親嘗之，由是孝誠感格。宫中之務悉倚辦焉，夫人益修袛格，手製冠服，親調飲膳。下至茶果藥餌之類，無一不致誠潔。恒兢兢然，而外政了無干預，人尤難之。仙遊之日，府中宫中，無老無少，無賢無不肖，無不嚱嘘流涕，以爲夫人之惠未究於世也。弔者，祭者，持紙錢者，以手加額者，相屬於道，而王亦益悲思之。嗚呼，茲夫人之賢也，而亦夫人之遭也，可無憾矣。

深昨備員晉臬，有學政，嘗以六月十有八日，隨三司後，入賀殿下千秋之壽，具見品儀，則篚筐織纊之文，組繡鞶織之麗，充庭耀目。有指者曰：是院夫人之勤也。相與稱歎。既得罪去，再至，而夫人玄堂之期告矣。嗚呼悲夫！既而左長史馬君朋奉狀來，請文其實，以備閫範，使後有考焉，故特爲之表，以侈皇上睦族之化，以彰賢王懷賢之德，併以慰夫人之靈於不朽云。

東石毛府君墓表

嗚呼，我皇明之文盛矣。徧海寓皆知誦經摛文，以起家科第爲賢。父兄以是教其子弟，子弟以是事其父兄，匪是則爲愚，爲不肖，爲弱不能振其宗。蓋自窮鄉下邑已然，而兩浙爲盛。浙之東，寧、紹爲盛。紹之餘姚爲又盛，彬彬乎蓋十室而五六矣。雖然，顯揚經濟之志，或不能勝其富貴利達之心，蓋又不獨一郡邑已然也。予頃觀察兩浙，渡姚江，得一人焉，曰東石毛本之是已。其子復成進士名，而東石即謝世。復宴瓊林後二十日，自京邸聞訃。蓋公不欲食其報於子，而復爲顯揚之圖者伊始，況具有經濟才如復者乎。蓋其爲學爲訓，已盡出風氣之外，顧非豪傑士哉？予爲題其墓曰『餘姚毛府君』云。

府君諱明，本之其字也，別號東石，學士大夫又推尊之曰東石先生，善有子也。東石自幼力學。甫成人，即遭存守翁之喪。事母鮑孺人，奉大母徐，曲有禮愛。諸叔少孤，捐私匳，創田宅，完然居之。又撫諸弟以成立，辛苦支吾，遂廢舉子學。築室東石之麓，鑿池養魚，引水澆花，自適也。大意教其子以明體適用，不屑爲世俗之學。暇則觴咏爲樂。復領鄉薦，作詩示之，其佳句曰：『開軒慕三益，閉户尋九思。』辛卯秋，忽不喜飲酒，復私憂之，作迎醫侍養計，不欲赴會試。東石微知之，復作詩示之，曰：『孟子非大儒，三遷成底事。』復不敢留，乃諭之曰：『人之生世，有子爲不死，有文爲不朽。汝能登第，我即死，必有海内能文之士表我，我可託之不朽矣，汝勉之。』復奉遺言走東海以請，兹豈非豪傑士哉？東石配貞懿孺人鮑，先三十年卒。子二：長即復，娶錢氏；次師，繼室錢出，娶陳氏。女二，樂安王熑、匡山羅袍，其壻也。孫十：曰五采，曰五美，曰五英，曰五倫，曰五善，曰□□。壬辰之冬，合于貞懿而封焉，墓在湖杭渡山之陰。

予爲論次其世，而詳書其系，以告後之人。

金齒何氏墓表

予讀《詩》至『瓜瓞』，作而歎曰：古人之仁也，何其明於本也。及讀《世本》《史記》諸書，作而歎曰：古人之義也，何其嚴於辨也。夫不辨則不類，不知所本則易於忘，是生人之道幾乎熄矣。生人之初，原於一人，所居不過一方。曁其末也，漸繁而漸遠，又其别族變姓，授氏錫爵，已不能守宗統之舊，況於遷避流播之勢百出而無窮，是故不特至於途之人而已也。金齒何生偉來遊太學，卒業歸，以先世狀請表于墓，予蓋重其知禮焉。

按：何氏本出浙之烏程，國初編戍金齒，故金齒有何氏諱迪字惟吉者，寔何氏始遷之祖。有令德，以書數稱。配石氏，繼沈氏。生一子諱滿，字公退，繼戍籍，忠謹號稱長者。配陶氏，生三子，曰勝宗、曰敬宗、曰德宗。勝宗字用光，復以能書用於有司，多託於酒以自適，配劉氏。敬宗字用恭，以孝友稱於鄉，配胡氏。德宗字用本，有膂力，多巧思。時金齒初設學，用本爲諸生。尋以養母歸，與其配錢氏力豐其家，而金齒之何始大矣。勝宗有子曰仲瑛，敬宗有子曰璟，德宗有子曰瓛。仲瑛輸粟拜官，璟亦嘗爲諸生。瓛勤敏剛果，益充其家，而行義亦益大。偉，其長子也。偉舉雲貴庚午鄉試，勵行而績文，何之後揚將於是乎在。偉嘗請問泣而告曰：偉也幼，先世之遺行美矣，而不及知，知矣不及詳。竊聞之先祖妣錢與伯祖妣劉，孀居時與胡孺人同爨處者餘三十載，更相敦睦，終始無間言。三大母繼没，又十餘載，以食指衆而析，析焉而意未嘗不合也，然得之曾大母陶清範慈教爲多云。

嗚呼，此何氏之祥也。自古家國之所爲隆替者，其始也未有不由於女德，其終也未有不成於子孫。其積累之難也，動以世計；其傾墜之易也，或以旦旬，達於天下一也。偉乎尚勉之哉！使歸而刻諸石，以示永永。

儼山文集卷七十八

行狀一

敕贈承德郎刑部主事松雲沈公配封太安人謝氏行狀

松雲府君卒，既葬之五年，獲贈官刑部主事。又四年，其子員外郎恩始克以品官禮改葬於長溪鳳皇之原。初，府君以盛年背養，其配太安人謝囑其子曰：汝爲雙壙以待。及是卒於天津旅寓，謀奉以歸，啓而大封焉。正德元年夏，恩以例得歸省，遂營改葬。事已，而復奉太安人就養于京，而連遘婚喪，事連不得行。既行，而太安人疾作，禱于淮，卜于徐，醫于齊、魯、衛之間，遷延者數月，竟不起。而恩竟坐違詔旨免官，人咸憐之。先是，府君之葬既有銘矣，因改而廢。而兹合葬，弗可以闕。深與恩士同學，官同朝，且又世世姻講〔一〕，聞府君、太安人之風習矣，故敢爲狀以請。

按：府君諱鎡，字時用，號松雲，其先嘉禾楓涇人。高祖諱居仁，元季避兵，因家上海。曾祖諱德弘，祖諱晟。考諱環，是爲梅月翁，妣尹氏。府君初娶于談，産一女而殀。繼娶太安人謝氏，諱貞，字永慕，以子貴，至是竟同穴云。府君之卒也，卒於家，以弘治丙辰十二月望日，壽止四十有七。其子方舉進士於朝，不及見。太安人之卒也，卒於客，以正德丁卯十二月十日，壽止五十有四，其子侍焉，人咸惜其壽不滿德云。府君少聰敏，以單傳，故不爲仕學。弱冠遊杭，有鄰女挑之，亟遷居以避，其自幼端潔如此。年二十三喪梅月翁，喪葬一如禮，而家稍歉。太安人助之經營數年，遂致千金之産。自是舉義睦宗，能世其家。外祖母某老無嗣，爲迎養于家，日招鄰母之賢者，相與談笑以悦其心。既殁，喪葬任其費且半諸甥。庶弟某已異爨矣，長弗能婚，乃厚爲之聘。諸父有葬者，爲營其墓道，費過百金，竟不出一德語。年三十二喪母，復如禮。鄉人有負粟至千斛、錢至百緡，度弗能償，悉焚其券。時有亡奴爲盜者，執而諭以義，竟遣之。施棺掩胔，成橋濟涉，殆無虚日，而向之所致千金屢空矣。市有樓一區，既售，太安人曰：『十年成之，一旦棄之，不可，顧吾兒後業也。』遂傾妝匳贖還，後卒以讓其宗黨，其行誼皆此類也。太安人出邑舊族，幼孤，鞠于外家翟氏。静莊儉孝，尤精女工，紡績織紝，常至夜分。其養祭尤竭力，稱其爲府君配也。恩既第進士，府君攜家來京師，是日適初度，恩戒客上壽，府君喜動顔色，曰：『吾上世無仕宦，始發於吾兒，祖宗之積也。雖貧，吾願足矣。』三閱月而南還，還二月而不起。太安人就養長安者五載，遂及封云。子一，即恩，刑部員外郎。女二：長即談出，適陸淮，深之從兄也，早卒；次適韓惠。孫女三：長適孫天相，次許聘張寶忠，次尚幼。卜以某年月日奉窆。

恩嘗泣向深曰：更延吾父十載，延吾母五載，於天如何。是雖一時逼切之言，然封君、太安人生既有德，没又有後，修短之數，似有不足憾者矣。惟君子賜之銘焉，庶託於不朽也。

【校記】

〔一〕媚講：四庫全書本作『媚媾』。

奉訓大夫尚書禮部精膳司署郎中唐君行狀

君諱禎，字原善，世爲華亭人。居白沙里，自高祖而下皆弗耀，至君始以科第起家，故白沙之唐，日益以大。君自少穎敏淳謹，年十二三，即知讀書綴文。鄉先生宋冬官克輝，時致仕家居，以經授徒，號博學持鑑。勁節公以君往見，宋目而器之，留置門下。既又從張先生士欽學舉子業，尋與張同登進士，鄉里奇之。君家故饒，迨君一無紈綺習。常寓居百里外讀書，以一僕自給，見者謂爲寒士也。由金山衛學生，領成化癸卯科應天府鄉薦，丁未科釋褐高等，觀政某部，會憲廟升遐，宗伯特選文學之士，分遣天下，編纂實録，君赴浙江。至之日，鎮巡官以賓禮逆君，君往答焉。時鎮守者故閉中門，欲詘君從旁入。君下馬南面立，取刺授門者入達，即上馬去，識者以爲婉而得體。書既成，事多入國史。尋賜告歸，無何居何安人之喪，哀毁有禮。丙辰歲服闋還朝，拜兵部車駕司主事。明年聞勁節之訃，匍匐歸治喪。既襄事，復還朝，改禮部儀制司儀制，掌四方封事。君每閲佳疏，輒口誦之。有太激切者，爲之歎曰：『言固當如是耶？』精膳每歲新茶進御，必先至司驗視，附其餘爲饋，曰『樣茶』者，分餽僚友，以爲常。君揆諸心曰：『焉有上供之物，人臣敢私嘗耶？』乃戒諸門者，每茶至，必執策數而入之，無容入其餘。驗既，復執策數而出之，如其入焉。由是『樣茶』遂絶。乙丑陞主客員外郎。主客所轄皆四夷，情狀不一，號稱難治，君一一調度，皆得體。時哈密貢方物麤惡，倍常數，覬優給，君悉閲折之。其人譁諸庭，累數日不伏，曰：『吾主方物皆有數，今乃爾，歸必抵罪。』君徐曰：『爾主將罪爾耶？吾以尚書一咨關，吾邊將以尚書一咨諭爾主，如何？』衆皆愕然不敢動，蓋其物之麤惡者，皆其使之在途潛易也。君機敏類如此。尋陞精膳郎中，莅事□月而疾作，竟不可治，以卒於長安寓舍，時丙寅四月八日也。

君平生篤於天倫，奉二親極孝，與兄祚相友愛甚篤。與人交不立城府，然未嘗不儼然也。其爲學不爲章句文辭，好識前言往行，博洽體法所繫。嘗借予《皇明政要》，手抄未畢而卒云。嗚呼，天之生成不偶然也。如公之才，十不試一二，而竟齎以没，抑又何哉。深初登第，與君鄰寓，且有媏故。辱君不鄙，每公餘即過從談議，故略得數事竊識之。茲將歸葬於祖塋，禮也。夫爲善而不獲其成，苟併所存而泯焉，卒亦何賴。敢爲狀以陳，伏乞大人先生刪次爲銘，聊以慰君於地下也。君生天順戊寅四月下，至卒得壽五十。凡三娶：初劉氏，再陳氏，再王氏。子男三：長曰儒，松江府學生，娶張氏；次曰侃，劉所生也。息女三：長適府學生戴恩；次許配宋公選，即克輝冢孫，君蓋不忘所自。次一女一男皆幼，側室王氏出云。

思巖唐公行狀

公諱啓，字世明，別號思巖。裔出子方，晉陽靈石人也。吴元年，有諱英者，官上海烏泥涇稅課局大使，遂占籍焉。英生福，福生俊，俊生昭，皆有隱操。昭生瑜，舉進士，由給事中歷官至右副都御史，爲憲廟時名臣。瑜生鉞，以太學生歷官至南京後軍都督府都事。生三子，公其仲也。

公生至性，孝友和厚，儀觀清麗，存心正直，樂易自如，見之者咸敬公，公敬人亦無苟者。有大才，諳練世故，通曉時制，篤學力行，遂成名士。時有以粟入監例，由此途進者濟濟，公獨不屑，將期大成，而與時忤，遂躓不振。然其江湖之憂，時發諸議論，聽者竦然。若其表正鄉里一念，尤其拳拳者。故遇人有過，輒面折之弗諱焉。又節儉，不妄費用，能自樹家業。奉親極豐，故都事公宦遊以豁達稱，由公能養志也。母余孺人素羸病，公事之益謹。每樂就公養，而不欲宦從。既以壽終，公哀毁殊切，凡斂葬具悉力營辦。服甫闋，而都事公之訃又至矣，公不覺失聲號泣，即徒跣南都，扶柩以歸。時語人曰：『天乎，何困人若此。吾大父中丞公忠諒廉直，實清白吏，而未食其報，冀吾父必達，而禄秩止此。意蒼蒼者尚留有餘之福於吾後人。』遂刻意訓子，迎師取友，實皆義方之計。其事伯兄千户公隆，尤篤禮意。待弟政不失以恩。故邑中稱公孝友無間云。享年四十有七。遡公之生以成化乙未十月十七日，以正德辛巳十月二十四日終于正寢。配梅氏，有賢行。公德其幹相力，敬愛特至。子承宗讀書識義，克纘公緒。承宗娶倪氏，生女一。公卒，邑人莫不惜公以坦夷仁誠而弗壽，豈造物之理有不可測者耶？嗚呼傷哉！

沈孝子行狀

孝子姓沈，諱輔，字良弼，别號菊軒，蘇之嘉定人也。孝子幼有至性，奉親曲盡孝道。成化丁亥歲，孝子嘗出郡，母孺人黄盛暑中癰發于頸，既決壞莫可治，孝子忽心動汗流，驚曰：得無吾父若母恙乎？即日趨二百里餘，歸已無及于救矣。哭踊絶水粒者三日。及至葬，會天久雨成潦，孝子先一夕率其配瞿泣血拜，雨及期果霽。既襄事，而雨復作如舊。辛丑歲，思善府君病腹痢，醫藥罔效，孝子復率瞿禱于庭，願減已筭以益父年。拜至額瘡，忽聞異香滿室，思善遂瘥。

同邑潘郎中時陽作傳行其事，錢文通公溥、吴文定公寬、夏少卿寅、張給事寧、沈石田周皆有紀述。由是孝子之誼寖聞於人，人遂聞于御史，御史聞于天子，天子下其事於府若縣，覈實以聞。天子若曰：是不可以不勵。爰旌其門。於是大書華扁，幾與節孝之徐、義門之鄭等矣。故一時吴越之人，皆稱之曰『孝子』而不名云。

孝子之先爲鳳陽人〔一〕，有諱都遠者，登宋進士第，仕於揚州。會元兵渡江，復仕於蘇。夜夢雙虎黝然據獄。厥明入獄，果有兩男子荷校者，察其有異，陰縱之，即張瑄、朱清也。尋罷官，寓蘇之烏鵲橋。後瑄、清以海運有功，並都通顯。一日遇諸途，遥拜曰：吾父吾父。即奉以歸清浦。清浦瀕海帶江，號沃壤，因樂其地，遂卜居焉，是爲沈氏南遷之祖也。都遠生元震，元震生觀光，觀光生垚，垚生璞，璞生篪，樂善好施，是爲思善府君，孝子之考也。至是七傳矣，而家益以大，族益以昌。美宅良田凡若干區，而詩禮之聲益以盛，登科賜第聯歲而有。若孝子者，猶之於沈氏，可謂有德有功之祖矣。嗚呼盛哉！

孝子幼穎敏，能讀書，長涉獵書史，尤好法書名畫古物器，尤善鑒定。種菊滿庭，以娱親悦賓，因以自號。雅歌投壺，與文墨士相周旋，而彈絲吹竹，家富聲樂，其習尚如此。性好施與，凡親之黨，貧乏者惠之，患難者拯之。凡鄉之人，則葬其死而貧者，婚嫁其失時者，藥其病者，橋梁其病涉者，修庵觀之傾者壞者，殆無虚歲。族叔有諱軒者無後，則養其生、送其死甚厚。徐氏姊少寡，則撫其孤，勵其志，卒以節完。天順辛巳歲海溢，遭漂溺者三千餘家，則輸粟四百斛於官賑之。成化壬寅歲吴饑，又輸粟五百斛，獲章服之榮。又輸粟若干於邊，應格當復得一官，因以讓其兄某。弘治辛亥歲吴復饑，又輸粟一千二百斛，獲旌門之榮。弘治壬子歲夏旱，又請于官，輸種豆六百斛于民，賴以有秋。弘治戊午歲，又焚逋券若干通，其行誼如此。尤爲鄉人敬服，至於縣大夫亦多材之，質成于門者無虚日。天順癸未、甲申間，鹽徒爲寇，孝子設法擒送于官，一境晏然，其材制如此。弘治己酉，有司舉充鄉飲賓。戊午，長孫炤登京闈鄉試。辛酉，孫灼復登。明年壬戌，炤登進士第。乙丑，例被上賜，有綿纊米肉，復有冠帶，其遭際如此。生於宣德甲寅六月二十二日，卒於弘治乙丑十二月初八日，得壽七十有二。卒之時，其孫炤、灼皆以朝命便道還家，侍疾惟謹。既屬纊，戒諸子孫於庭曰：『人數有限。吾本布衣，屢被恩榮，夫復何憾。但鄉人忘吾之惠，累致於訟。雖然，不可因此而怠其爲善之心也。勉哉，耕讀吾家業爾。』其壽而終，終而不亂如此。子男四人：長曰梁，娶龔氏；次曰棠，娶黄氏；次曰棣，先卒，娶黄氏；次曰概，娶楊氏。孫十四：炤，今官行人，娶闔氏；燿，庠生，娶徐氏、顧氏；灼，娶唐氏；熜，娶譚氏；勳，娶錢氏；煦，庠生，娶唐氏；爚，庠生，娶曹氏；烋、烈、㶿、焘、燭、熛。孫女十四：德清適庠生陳金，德莊適徐倬，德真適郭指揮乾，德寧適徐孔麟，德温適上海庠生諸華，德柔、德良、德英、德馨、德芸、德和、德潤，未行。曾孫一，未名。曾孫女七，俱幼。其胤嗣如此。

夫孝之德廣，而義之道安。前則有光，後則有啓。生則有享，死則有譽。若孝子可不謂聖世之耆逸也哉？是宜以有傳。兹將以某年月日，奉窆于崇孝之阡。惟當世之宗匠，叙次爲銘，庶以慰諸幽而徵諸明也。深外曾祖母實瞿孺人之姑，則深視孝子祖黨也。又獲與諸孫炤、炌同朝，而炌爲同年，家且鄰比焉，是故摭其大者，爲狀以俟。

【校記】

〔一〕孝子：原作『先子』，據四庫全書本改。

儼山文集卷七十九

行狀二

刑部右侍郎乙峰蘇公配淑人王氏行狀

公諱民，字天秀，别號乙峰，先世爲浙之遂昌人。洪武初，我太祖高皇帝大封親王，博選東南巨族，以畀侍衛，公曾大父良與焉。時從愍王之國，遂爲秦人，籍儀衛司。良生仁貴，仁貴生鄠南公文通，配趙氏，實生公，以公貴，累贈奉直大夫吏部考功司署郎中事員外郎，累封趙爲太宜人。嘉靖□年，公以滿一考，例得推恩，由是蘇氏之入秦者，自仁貴、文通皆贈爲通議大夫南京兵部右侍郎，而趙宜人爲太淑人。公自幼穎悟不凡，稍長，鄠南公訓以學，即通文義。突弁遣游鄉校，師事宿儒柳先生，學有進益。會邃庵先生楊公時爲憲副督學，較諸弟子員，公名在柳先生上，當廪食，公以柳先生師，怡然讓之，白於楊公，公曰：讓美事也，知讓必知孝與忠矣。亟稱之。一時鄉士大夫皆曰蘇氏子賢能讓。自是刻志向學，舉弘治乙卯鄉薦，累試禮部，登乙丑進士第。初授山西榆次知縣。榆次健訟且善謗，人難之，公無懼色。下車，公以莅事，廉以律己，於是訟息而謗弭，邑大治。鄰縣有訟於撫按者，不之他而願之公取決焉。賢聲藉藉，徵爲兵部職方司主事。時故關巡檢素無狀，過者必沮，沮公不遂，乃叢怨。方逆瑾擅權，搆公落職，爲四川橦梓驛丞，公毅然就道，在任盡職無悔。時蠻夷叛，撫按委公進剿。公承委獲功甚多，撫按曰：爾功也。公辭不敢當。亡何瑾誅，復官爲工部主事，管理山東徂徠等處泉源。改吏部考功司主事，陞驗封司員外郎，調考功、文選兩司，陞驗封司署郎中。爲諫止巡遊事，奪俸六月，再調考功司署郎中。循資得實授爲郎中，時奉例，凡諫止巡遊官跪廷受杖者，得陞俸一級，乃調文選司爲郎中。文選據銓曹要地，多所嫌疑，公處之特有清譽，乃陞太常寺少卿。以祭掃例請，上俞之。畢事復任，陞南京太僕寺卿，馬政修舉。召改光禄寺卿，撙節財費，歲以萬計。陞太常寺卿提督四夷館，尋陞工部右侍郎，皆克修職務。丁趙太宜人憂，家居數載，清修自持，一毫不以干人。服闋，欽改南京兵部右侍郎。嘗署工部事八月餘，司廳以直廳百金奉公，公辭曰：『我自有應得之者，此何以爲？』南都人士服其廉且當也。滿一考，例當給由，道經榆次，榆者，公舊治縣也，父老百姓至萬人要迎，入縣則又挽留，遮道不欲行。甫入京，適刑部右侍郎闕，吏部疏名上，上即用之。以南京工部修理孝陵功，賞白金二十兩，大紅織金紵絲一表裏。甫兩月，即得脾瀉疾，偃卧者兩月，題詩以見意，怡然而逝，寔戊戌冬十月之三日也，距所生成化丙申之三月十四日，得壽六十有三云。卒之明日，其子幼平奔而至，猶及斂，人以爲孝感所致。配淑人王氏，故驛叢臺丞咸寧公經女，先公六年卒，葬韋曲里之新兆。公自爲誌稱其賢，不一而足。今上皇帝修復古禮，嘉靖九年，皇后初親蠶於北郊，有制九卿命婦從采桑，淑人與焉，鄉邦榮之。卒於嘉靖癸巳之四月一日，得壽五十有六。子男二：長曰幼平，恩廕爲國子生，娶王氏，夔州府通判王君瑜之女；次曰幼方，側室孔氏出，聘盧氏，工部郎中紳之女。女二：長出側室何氏，適秦府引禮舍人李君璋之子燁如；次嫡出，適翰林檢討段公炅之子徵。幼平扶柩自京師將歸，卜以某年月日啓淑人壙，遵制大封焉。

嗚呼！公以明敏之資，剛大之氣，通變之才，堅定之守，兼之以宏休之量，歷轉官階，凡廿有一。顯晦近遠，始終一節。天下方望其大用，而位不滿德，人咸惜之。深與公爲進士同年，雅相知愛。公方謫蜀時，嘗從總制林公見素先生平藍、鄢賊。深昨入蜀道，經江津、瀘戎之間，見孤城敗堞，水聲嗚嗚然，正公效力出奇之所，土人猶能歷歷道公姓名，深心甚偉之。丁酉召還，公適捧表入覲，獲與公握手談往事，縷縷不能休。戊戌之夏，公内轉，過從尤數，而詎意遽止於斯也。予視殯斂，哭之哀，幼平亦向予哭不能已，涕泗向予曰：『吾父之賢，辱公之知。而吾母之賢有可書，而人未及知者。吾母病屬纊時，嘗撫幼方而屬之幼平曰：「此汝弟也，莫作别視之。」又曰：「汝父止汝一子，吾爲蘇氏宗祀計，二三年間爲置四女侍，竟得一子一女，如吾所生，皆同氣也，汝識之弗忘。」』言已又哭。訃聞，上悼惜之，特賜葬祭皆如例，人以爲榮遇云。因序次其行，以告於當世之大人先生，乞銘其藏，伏惟採擇焉。

通議大夫應天府府尹黼庵柴公行狀

公諱奇，字德美，號黼庵，姓柴氏，崑山人也。其先出嘉定，有諱廷富者，元萬户，公之始祖也。公生而穎敏，初同故禮部主事盛公鍾、濟陽令杭公東往謁太常卿夏公仲昭。公未出，私約分識其壁間文字，凡若干篇。及歸，臨紙書之，不遺一字。與故太保顧文康公同爲邑庠生，時令崑山者慈谿楊公子器有鑒賞才，尤慎許可，一見公所業文，即曰：此奇士也。因屬以遊浙中，用博聞見。弘治壬子，遭通議府君之喪。兄亡弟幼，家適中落，公畢力營喪葬如禮。辛酉以《易經》中應天府鄉試，名在第六，主司刻其文以程多士。正德辛未，與弟太同登楊慎榜進士，觀政吏部。時少師楊公邃庵爲冢宰，上書言東南水利事，深爲楊公所器。復極陳白茅塘、七鴉浦之利害，請以逆瑾没入貲財，給濟工費。楊公上其議於朝，特命工部尚書梧山李公充嗣往司其事，績用告成，大抵皆公策也。是歲八月，吏部考選科道，以《諫諍論》試諸進士，公居第一，銓授吏科給事中。時劇賊劉六等弄兵山東，朝廷討之，命將出師，以公與御史吴堂爲監軍。既班師，有白金、文綺之賜。權貴囑託，一切絶不行，所核功罪皆當。壬申二月，賊陷曲阜城，禍及闕里，禮籍樂器皆焚蕩。公奏移曲阜城以就孔廟，永爲保障。九月凱旋獻俘，賜金織鷺袍，與宴兵部，加俸二級。癸酉六月丁計淑人憂，弟太任刑部主事，適卒，乃扶攜二柩歸葬如禮。乙亥九月服闋，丙子四月還朝，復除吏科給事中。丁丑六月滿一考，授敕階徵仕郎。八月遷户科右給事中。戊寅夏再遷左於吏科。當事多所建白，疏上即焚草，人罔周知。間有傳誦之者，若武宗南巡之疏，錢寧持寵之劾，與邊儲、屯政，事關大體，蓋有人所不能言者。己卯八月，陞南京光禄寺少卿。時武宗駐蹕南京，凡諸供應，皆先事而備。若寺之圮廢，次第興復。查革更正，多所修舉。辛巳夏，今上登極，詔考察京官。適寺長闕，公奉行惟謹，黜屬吏不職者五人，查復廚役之占役於他所者凡百有二十餘人。謗言叢集，一莫之顧，然竟無他。壬午改元，公力辭加俸。上以公山東、河南剿賊之功，不允。八月進階奉政大夫。癸未三月滿一考。丙戌十月，六載考績，加授修正庶尹。己丑三月，進賀册立中宫箋至京，陞應天府府丞，值尹闕，攝篆者五月，巡撫都御史荷峰陳公祥特疏薦之。辛卯三月，以郊祀恩，進階中憲大夫。八月鄉試，充提調官，場屋事惟謹。壬辰九月，陞應天府府尹。秋八月頒詔，例授誥命，封贈及二代，仍廕一子入監。甲午春，清查官占埋没地，還之民間，以絶權勢起佃之謀。復積科試羨餘，以開拓貢院，矩範儀觀，爲之一新。是秋鄉試，再爲提調官。會南京太廟災，引咎自陳致仕。得請，即日東歸，家居幾十年，足迹未嘗入公府，口不談貴顯時事，惟以詩文自娱樂而已。周貧贍族之舉，則奮袂爲之不愛也。

公性孝友，歲時祀必先流涕，每謂其子曰：『祖宗功德不可忘。吾平生無夢，夢必有兆，皆祖宗之報。嘗憶山東時，夜過吕孟社，身在賊中，暫止郵舍，就草榻傍垣，遂夢而祖呼我曰：速起速起。寤驚，而頗疑爲賊乘之。方啓户出探，有逸馬觸垣，悉壓覆榻上，旁近無完物矣。此祖宗之佑也，爾子孫謹識之。異日雖乞誌吾墓可也。』告等以遺命語予若此。予謂此公忠信之應也。公以成化庚寅十月十有九日生，以嘉靖壬寅六月七日考終于正寢，享年七十有三。配淑人曹氏，有賢行。子男三：長郊，娶盛氏，先十二年卒；次即告，以文學世其家，國子生，娶周氏；次秩，國子生，娶周氏，側室夏出。女二：長適監生徐艮；次適縣學生張必紹，側室殷出。孫三：輔喆，監生，娶顧氏；輔光，廕補入監，娶梁氏，繼室徐氏；輔延。孫女二，適朱景運、張士淪。曾孫男一。曾孫女二。所著有《石池稿》《嘉樹軒紀聞》，并《黼庵集》，藏于家。

惟公以經濟之才，該博之學，茂有鄉譽，爲時名臣。與深同舉于鄉，暨同朝爲從官，寓邸復同閭巷，最相知厚。予之赴關、蜀，猶及見公于密室。今歸，乃以後命爲託。顧予衰陋，知公爲淺，尚賴當世巨公大雅採擇焉，以垂不朽，此柴氏子孫之幸也。謹狀。

儼山文集卷八十

行狀三

光禄大夫柱國少保兼太子太傅禮部尚書武英殿大學士贈太保謚文康顧公行狀

公諱鼎臣，字九和，别號未齋，蘇之崑山人。崑山古稱東吴，吴四大姓，顧其一也。三國時，雍爲吴名相。其後别族散處，故崑山有顧氏云。公家雍里村，世以力田種德聞於時，故崑山之顧氏爲大族。千十二公者，元之萬户也，寔生德輝，嗣爲萬户。德輝生八子，其季諱士恭，公之高祖也。曾祖諱大本，祖諱良，號耕樂道人。父諱恂，號桂軒，有隱德，列祀鄉賢。三世俱累贈光禄大夫柱國少保兼太子太傅禮部尚書武英殿大學士。曾祖母蔡氏，祖母吴氏，嫡母吴氏，生母楊氏，俱累贈一品夫人。

公生而穎敏，數歲能文章。稍長學益進，與兄子直、潛同遊邑庠，皆有名，時號顧氏三鳳。

弘治辛酉舉應天鄉試，乙丑舉會試，對大廷，賜進士及第第一人，授翰林院修撰。七月丁父桂軒公憂。正德丁卯服闋，戊辰五月還朝，與修《孝宗實録》成，己巳五月陞翰林院侍講，賜銀幣。十二月丁楊夫人憂，壬申服闋，告病家居。癸酉冬還朝。甲戌充廷試受卷官。丙子五月，陞左春坊左諭德，兼翰林院侍讀。八月受命主順天鄉試。時錢寧擅權，令人持帖至公所，囑其所親，以重利啗之，公不爲動，竟忤寧，而寧亦不能害也。己卯，武宗南巡，賜麒麟服。

辛巳，今上入繼大統，五月開文華講讀，充經筵日講官，賜銀幣、孔雀服三襲，復充《武宗實録》纂修官。公在講筵，音吐宣暢，敷陳啓沃，節奏纚纚，上每傾聽。嘉靖壬午正月，郊祀禮成，賜白鷴服。三月疏乞歸省祭，上以講官故，特命馳驛還鄉，賜白金、文綺，仍令速返供職。癸未疏乞養病，上不允，再疏得請，家居藏修者幾四年。目擊東南利弊，慨然欲起而振舉之。丙戌冬赴闕，丁亥二月復職，經筵日講仍舊。十月更定學士制，公首爲翰林院學士掌印，仍充經筵日講官，分撰誥敕。十一月進講范浚《心箴》，上特諭内閣云：『朕因十三日聽講官顧鼎臣解説《心箴》，連日思味其意，甚爲正心之助。昨自寫一篇，并假爲註釋。』復諭曰：『前日聽講《心箴》，深加愛尚。朕自念上荷天命，爲人君長，當務學以致知。待飝有領會之時，再註「視、聽、言、動」四箴。』後復御製《敬一箴》，命于翰林院、兩國子監建敬一亭，并前五箴俱勒石其中，天下學校準爲定制。戊子八月三十日，上又諭輔臣曰：『朕爲《洪範》一書，於帝王爲治之大經大法，實爲親切。講解須委一人，庶得接續貫暢。欲令鼎臣通篇進講，分段計日，從容講解，務使盡其所言，以爲朕爲學求治之助。』九月八日，上又諭以公所講《洪範》，盡心指解，復慮詞語長多，恐温書之日有所失記，少爲删去幾句，從容講説，以發明朕心，使有所得。直解揭帖内，可撰寫精全，朕得覽閲，以求旨義，爲爲治之助。十月，賜《文獻通考》《四書大全》《書傳大全》各一部。閏十月二十日，上又諭曰：『今以寒月例暫免經筵日講。但朕以《洪範》未終篇，故未循例暫免。』又曰：『爲學貴終始，亦在乎篤行，不在急迫與徒知也。鼎臣暫免朝參，止入講殿進講，庶得從容，朕亦安聽，或得於領會矣。』十一月二十一日，上又諭以公進講《洪範》終篇，盡心指陳，陞詹事府詹事，仍兼翰林院學士，賜白金、文綺。又諭稱公入仕有年，故特進三品，與他講官不同，蓋特恩云。上又諭公自進講以來，忠誠剴切，於經傳多所發明，甚爲朕進學之助。又諭以公學行素優，侍講有年，啓沃良多，勤勞簡在，特給賜誥命。

己丑四月，命校勘《續修大明會典》，公充副總裁。考定損益，多公手筆云。十二月，上奉安先聖先師神位於文華殿之東室，行釋菜禮，特命輔臣及公等十臣瞻拜，復召至西室，親承天語期勉，賜茶而退。繼頒聖諭，令十臣各敷陳經義關切於君德治道者以獻。公撰述《中庸》首章講義一篇，進呈御覽，大意言圖治者期臻於聖神功化之極，不安於小康也。庚寅二月，上肇舉耕籍禮，特旨命公與九推之列，賜雲鶴服。七月，命掌詹事府事。辛卯九月，無逸殿成，上御殿，命輔臣及公等坐講《周書·無逸篇》，賜宴。十月，陞禮部右侍郎兼翰林院學士，仍充經筵日講官，不妨部事。十一月，歷三品俸考滿，廕孫謙亨入監。壬辰十月，奉特旨教庶吉士呂懷等二十一人。舊例，教庶吉士率用翰林臣二員，獨受簡命，自公始也。十二月，陞吏部左侍郎掌詹事府事，兼官職任如故。

癸巳三月，上以釐正先師祀典，再幸太學，命公充分獻官。上祀畢，御彝倫堂，命祭酒、司業講書，賜坐聽講，賜新鈔、羊、酒。時取孔、顔、孟三氏子孫至京，從幸陪祀。公退而上言，以爲孔子之道爲萬世帝王法。在當時門弟子，唯曾參之傳獨得其宗，觀《大學》一書，綱領條目，昭然明白，端可見矣。而二千年以來未有能表章之者。我皇上崇儒重道，遠邁帝王。似兹曠典，所宜肇舉。伏乞命禮官詳議，盡訪曾氏子孫，與孔、顔、孟三氏一體録用，則吾道幸甚。上是之。於是求得曾氏子孫名質粹者，授博士以主祀事。甲午再滿考，進勳級，授資治尹。時大同軍士屢變，執政者欲以大兵屠滅。公抗疏，言叛者不過二三渠魁，誅之則國法正而人心安矣，奈何戮及無辜，使玉石俱焚乎？上從其奏，全鎮生靈賴以獲免。乙未，孝静毅皇后梓宫發引，禮部疏請命大學士一員題主，上特以命公。是歲廷試進士，充讀卷官。舊制：親賜策問，皆内侍傳捧。是年特命公捧下，仍著爲例。上復御文華殿親試，選進士趙貞吉等三十人改庶吉士。内閣疏請簡命主教事者，上擢公禮部尚書兼翰林院學士仍掌詹事府事，教庶吉士。公具疏懇辭，上諭之曰：『朕以卿講幄舊臣，效勞有年，特兹加秩，專委教讀，爲國儲材，宜從朕命。』公就職，程率訓勵，模範肅然，冀得真材，以稱上意。七月，公有疾。二十三日，上賜手札云：『前因秋享祖考，卿以疾奏，别委捧主，朕意以卿微疾耳。昨聞之李輔臣，謂猶未愈。卿受命教習吉士，此非小託，宜善加調理，可用心教之，以副朕任用焉。』二十六日，復賜手札問疾，并手製藥一劑賜公，諭意諄諄，恩眷有加。丙申三月，從上幸山陵，賜麟服及銀瓢、繡囊諸物。四月，賜飛魚服。二十七日，召見行宫。時公教庶吉士，因論進學之方，作文之法，教育人材之要，及言《宋史》浩繁，宜加刪削，以備御覽。上意嘉悦。議修飾七陵，并豫建壽宫，命公往祭天壽山之神。八月，上遣祀先師孔子。九廟成，禮部疏請定各廟時享、太廟祫享、大享諸樂章，上特命公專撰。九月，重録累朝《寶訓》《實録》成，公爲同經理官，特加太子太保，賜宴於謹身殿，仍賜銀幣、鞍馬。十月議遷孝肅、孝穆、孝惠三后神主奉安陵殿，特命公題主。

丁酉七月，公上疏，言東南財賦重地，積弊甚多，爲民蠹害。遂條陳四事：一曰暫議差官總理，二曰查理田糧舊額，三曰催徵歲辦錢糧，四曰查復預備倉糧。皆究極利弊，纖悉不遺。公恐行之者不得其意，反爲民害，故又曰：『所以更化善治，非作聰明以亂舊章也。法久弊滋，務在整飭振舉以復舊焉耳。』其惓惓若此。先是，嘗以四事建言于朝行之，而有司因循廢閣，故復有是奏。上特命户部臣速行之，加嚴切焉。是歲京師大水，沈竈浮屍，見者駭異，而天下郡縣又多水災，湖廣尤甚。公疏宜修人事以格天心，紓民困以消隱禍。極論傷痍困窮之狀，乞請優恤京師被災之家。其湖廣承天，乃皇上受命龍飛之地，災沴如此，神人震驚，宜遣大臣馳往，賑救遺黎，掩瘞枯骼。更敕天下撫按憲臣嚴督有司，奉行德意，加惠存亡，庶邦本固而天心可回矣。上嘉納焉。戊戌二月，奉命主考會試。時士子一時習爲奇險之文，靡然成風。禮部疏言其事，公當文衡，崇雅黜浮，文體大正，士論服之。三月廷試進士，充讀卷官。

公簡在帝心，自己丑歲即擬大用公，時宰張羅峰以密疏沮之，非上意也。是歲八月十七日，上御平臺，始敕吏部，以太子太保禮部尚書兼文淵閣大學士入内閣。公疏辭，上諭曰：『卿講讀舊臣，才學茂著，朕心簡在。内閣重任，特兹委用，宜盡心輔贊，以副朕意。』公既大拜，與序庵李公、桂洲夏公同心輔政，上倚任焉。重九日，賜上尊珍饌。二十五日，駕幸山陵秋祭，公扈蹕侍行。十一月朔，駕詣圜丘，恭上皇天册表，復詣太廟，恭上册寶。賜銀幣，召對便殿，復論經史，欲集儒臣類纂修葺。公奏請皇上宜如漢宣帝時，開白虎觀，召諸儒講論五經同異，親稱制臨決，斯文之幸也。上曰：『卿言甚合朕意。朕思作此等事，勝於他務也。』二十六日，聖母章聖皇太后違和，上命輔臣引醫入視，賜銀幣。既而皇太后上昇。十二月，侍駕幸山陵，相度陵隧。上駐蹕德勝門，手賜禦寒首衣。途次賜食器、銀杓諸品物。是日昭聖皇太后遣中使至山陵，問上起居，以輔臣扈從勤勞，各賜銀幣。己亥元日，賜上尊珍饌，與勳、輔諸臣被召至玄極寶殿，觀燈賜燕。二十七日，上於平臺敕吏部，以昨冬祗薦皇天册表，命使諸臣虔恭贊佐，宜錫殊嘉，加公少保兼太子太傅，進武英殿大學士，尚書如故。二十九日，召至啓祥宫，入見皇嗣，賜銀幣、花紅。二月朔日，皇太子册立，及景、裕二王就封，賜銀幣、新鈔。

時上卜以是月十六日南巡承天，乃命夏公扈蹕，而以公留守京師。八日，賜牙刻留守關防一顆。聖諭略曰：『朕將躬詣顯陵，爲親營計吉地，日以期矣。特命卿同錞、鏸守北京，佐太子代理之重，卿職也，宜協心護守。一應題奏，以關防用使。密切要務，重封印記，庶别詐僞。昨論宋事，朕見文人每私檜爲忠，卿直以爲姦，可見卿之公讜也。朕此行非有導之者，卿但盡誠居守。』十三日，召見文華殿，面計南巡程途，日行次序，手授几筵祭文及記事一帙，遂賜蟒衣四襲、金寶帶一圍。上以諸邊重地密邇京師，欲遣大臣行邊，公曰：『須重臣乃可。』上曰：『翟鑾何如？』公頓首曰：『聖諭甚當。』遂起翟公於家，即拜行邊使，奉敕巡歷九邊。是日公疏：『聖駕南巡，伏蒙眷命，留臣居守京師，輔贊機政。受命以來，蚤夜兢惕，不遑寧處。良由責任至重，切慮才力綿薄，弗克負荷，以傷皇上知人之明。私憂過計，不容隱默。』手上七事，皆軍國重務。内一事云：『皇太子正位東宫，文武官例該朔望朝參。』上曰：『可。怠者戒之。』又一事云：『内閣於各衙門，舊不統攝。臣留守事重，乞令順天府、五城御史、兵馬巡捕、參將、把總悉聽臣約束，庶便行事。』上是之，着暫此悉聽統束。其餘皆上手批可，復諭之曰：『朕祗爲顯陵南往，躬視土地。留守重託，簡付于卿。宜夙夜慎恭，以匡儲政。條奏各有批示，卿其欽之。』十四日，上召見平臺，手授御筆，面敕曰：『朕恭以二親妥靈之地，日夜思念，心甚不安，必親見乃安此心，非漫遊也。特以留守至託，簡付于卿。宜朝夕慎恭，輔贊儲政，庶朕心安于行，卿其欽哉！慎之。』又面諭曰：『朕用卿晚，卿受重託，凡各衙門事務，皆得預聞。官員有不職廢事者，重則奏聞區處，輕則取旨懲戒。』公即奏曰：『九重密旨，人不得聞，乞降綸音，百官悉知警戒，臣得以行所無事矣。』上可其請，宣諭百司。是日，又敕諭公曰：『朕兹巡幸承天，恭視顯陵，車駕往回，動歷數月。昨以册立東宫，命之監國。特留卿贊輔，協同文武重臣居守。內自禁掖，外而都城，遠及邊陲，并大小百司庶務，悉以付卿。宜遵承朕命，應啓請者擬請令旨施行，應聞奏者馳奏行在定奪。其有密切緊重事情，宜用欽賜印記來聞。卿講幄舊臣，久懷經濟。朕兹重寄，宜欽承之哉！』十五日，召見文華殿，賜皇考御書扁二面，一曰『日新又新』，一曰『太極無極』。又賜銀圖書一顆，文曰『經幃首選』。十六日，車駕發京師，公奉命居守，振舉紀綱，輦轂之下肅然。屢以錦衣舍人齎皇太子問安疏，及公留守問安密疏詣行在。凡內外軍國機務，無不纖悉聞奏。三月二十五日，上在承天，以山陵相度事宜，手諭特先示公一人，并賜御製詩歌三篇。且諭以衛輝失戒，令録詔敕諸文馳進。公疏謝，略曰：『臣仰知聖孝純切，諦視山陵，已定大事，聖子神孫億萬世無疆之福基於此矣。臣自忭慰，未敢宣洩。至若聖情悲喜，露於述作，格律高古，思致真切，直追「典、謨、訓、誥」之作，信非漢唐以秉德好文之主所能窺測其萬一也。』四月十五日，車駕回京，公率百官奉迎，致詞瞻拜，上慰勞之。公居守時，律下太嚴，不少假借，言官論之，公即引罪辭避，上特慰諭焉。

時上以草敕事督責輔臣，公頓首陳諫，詞意懇切，上爲之霽威。五月，公以累朝典故文籍俱貯内閣制敕房，翻閲衆手，文字漫滅，前後脱落，二月間，召對平臺時面奏，乞令中書謄寫，進呈聖覽，爲萬世法程，上俞允之。至是成二十餘帙上之，餘未及就。時皇妣南祔顯陵，舟行，遣公至通州題主。十二日，賜御批寶璽、聖製詩歌二函，皆南巡時作也。十九日，特賜天靈茶筍。六月，公以疾在告，上遣醫視疾，中官齎賜羊豕酒米諸物。閏月朔，祀永明後殿先聖先師堂，上命公代拜。十五日，一品考滿復職，上遣中官齎賜羊酒、新鈔。八月，南薰殿書太祖、成祖、睿宗三聖玉册寶，賜銀幣。九月，賜白花玉帶一圍，金織麒麟服三襲。二十五日，召至皇極閣，視書皇天玉册表，賜銀幣。二十八日，扈從聖駕親閲壽宫，及奉安成祖陵碑，賜銀幣諸物。十二月四日，賜白金蟒衣。庚子正月十日，册封皇貴妃等妃嬪，充副使捧册。十九日，上祈穀于玄極寶殿，夜召勳、輔、禮臣六人，賜貂皮暖耳。三月八日，欽奉聖諭，公具對解疑，言及朝會事，上再賜手札，詞意諄懇。一時君臣相與誠信通流，雖家人父子不是過也。

五月三日夏至，有事於方澤，命公視牲郊壇，感寒病噎，請告。上遣醫視疾，仍命中使賜食品如前。時公卧病日久不瘥，上屢遣中使齎手札賜問。越三月，公以例上疏辭俸，上復予告給俸如故。八月病甚，公懇乞歸休，上温旨慰留。九月十六日，公疾少間，伏枕呼冢孫謙亨，語之曰：『吾受皇上厚恩，畢力報稱，今殆不可起矣。吾志未及爲者，爾筆記之。』於是口占五言古詩一章云：『天下幾大事，初意戮力爲。流景若逝波，世路況多岐。天造既難明，立事不可期。後來有傑士，一一爲爲之。爲國開太平，千載壯鴻基』。復命書五事于後：一曰復鹽法以備邊計；二曰興南、北直隸、山東、河南水利，開稻田，樹積蓄，以省漕運；三曰經理宣府、大同二鎮、薊州、遼東、山西邊備，以保障京師陵寢；四曰復河套，經理甘肅，以保全陝；五曰經理松潘，以保全蜀。皆國家大計云。十月五日病革，乃力疾陳遺疏，感激聖恩，勸上親賢圖治，加意元元，頤養聖躬，茂登萬壽，以貽聖子神孫無疆之業，以慰天下臣民仰望之心。上答曰：『覽卿力疾陳奏，足見忠愛，朕已具悉。』六日午時卒于正寢，訃聞，上爲憫悼，敕禮部舉恤典以聞，賜祭九壇，仍命禮部主事王健營葬事。贈太保，謚文康。

公身長七尺，虬髯虎視，姿貌奇偉，風神峻拔。自束髮爲舉子時，即有大志。初名仝，後更今諱，其志也，果以掄魁發身，位登宰輔。文章功業，卓冠一時，殆不負所學矣。公性直諒，不諧於俗，遇事輒敢言，人雖敬而畏之，亦以是見沮。賴爲聖主所知，卒能保全。晚歲始入政府，恩禮優渥，賚予頻蕃。公亦竭忠報稱，不避嫌怨，僅僅二載，竟卒于位。至於遺言一不及私，可謂社稷臣矣。

公生于成化癸巳二月二十五日，享年六十有八。配朱氏，累封一品夫人，有賢行，白首相敬如賓。長子履方，夫人所出也，鄉貢進士，娶梁氏。次履祥，娶周氏，側室薛氏出。次履貞，順天府學增廣生，以履祥有疾，讓廕入監，娶陳氏。履吉尚幼，皆庶出。女二，皆夫人出，長適國子生歸本，次適國子生朱端禧，蚤寡。孫男四人，長即謙亨，尚寶司司丞，以公内閣恩改授，娶陸氏；次謙益，四夷館譯字生，娶周氏，續聘查氏。餘幼女二，王世業、周允懷，其壻也。曾孫男五：咸和、咸平、咸康，餘皆幼。公所著詩文、應制諸作、奏議共若干卷，藏于家。公之卒也，上遣禮部主事董子儀護喪南還。履方等將卜以嘉靖壬寅某月日葬公于潭山之原，禮也。

深叨從公後，三試皆爲同年，而家居不遠百里，又嘗同官翰林，辱公以爲知己者久矣。比聞國子司業王先生繩武數論公之行誼，曰公居家篤於孝友。父桂軒生公時，年已五十有七。公既長，恒恐不逮養。每夜焚香祝天，願減己歲以益父壽，桂軒公果登耄耋，公狀元及第得報後兩月而卒，竟如其願云。公少不獲於伯兄，事之未嘗失禮。待宗族皆有恩義，其貧者幾百人，計口給粟以贍之。與人交遊，洞見肺腑，雖韋布久要，雅敬如新云。倜儻大度，喜施予，所得俸賜，見貧者輒以周之。濟南一貢士就教職待選，日久無以自給，遂鬻其子。公聞而惻然，遺金俾贖之。居京師，凡病若死不能具醫藥棺斂者，有請於公，公輒濟焉。爲人外剛嚴而内寬和，禮賢樂善，推誠布公，獎引寒士，孜孜不倦。自公之暇，觴奕詠歌，寄興蕭遠。平居不廢絲竹，所至室宇煥然，雖紛華之中，未嘗不澹然自得，無所係累也。公生長東南，念財賦日蠹，爲國大患，故三舉奏。又以故鄉崑山爲東南要地，財賦上供者四十餘萬。濱海數受警，無城郭可守，何以保民。乃言於撫按憲臣，疏請凡沿海縣邑無城者，令有司次第修葺，而崑山最爲要害，首議興築。三年而城成，民用乂安。百世之利，公之功也。繩武與公同郡邑，而有親好，相知尤深，其言當爲實録云。履方寔予國子所教士，間奉遺命，以斯文爲託，乃相與敍次如右，將以請于當世之宗工大手製銘焉。謹狀。

儼山文集卷八十一

行狀四

敕封文林郎翰林院編修先考竹坡府君行實

府君姓陸氏，諱平，字以和，別號竹坡，松江上海人也。以正德七年敕封翰林院編修文林郎，制詞有曰：『遠貽林壑之光，安享桑榆之樂。』府君讀之，喜曰：『天語之榮若是，宜示子孫不敢忘。』因摘取以名堂間，自稱遠安老人云。以正統戊午二月二十五日生于洋涇之里居，以正德辛巳二月七日終于正寢，享年八十有四。初娶同邑瞿氏贈左軍都督府經歷晟之女，有令德，早世，生一子曰沔，娶薛氏，俱先府君二年卒。繼娶嘉定吴氏，戊辰歲卒于京師，以正德七年推恩贈孺人。孺人賢，婦道、母道爲宗黨冠。生一子，即不肖深也，娶梅氏。妾高氏，生二子：曰溥，娶曹氏；曰博，娶曹氏。孫五人〔一〕：梁、棠、柏、楫。

陸出自華亭，洪武初，竹居府君再自馬橋，壻于浦東之章氏，因家焉。竹居府君修隱操，爲鄉長者。生筠松府君，倜儻沈毅，博學好古，聲望隱然重東南，爲人敬服。配尤孺人，出嘉定大族，嚴敬勤儉，寔乳五男子，府君其仲子也。生有異表，身長七尺，美髯覆胸，雙瞳炯炯，顧見左右耳。音吐洪暢，談論往往驚一座人，見之者皆以爲偉丈夫也。少從鄉先生治經學大通，已乃棄去，事遠遊。出入兩都，北走並邊諸關，南泛於湘、沅之間。多從名公卿遊，名公卿無不愛之重之。遇義事，輒推百金成之不難也。賙貧乏，恤死亡，於鄉人尤多。復嘗輸粟賑邊，大司徒償以品官章服。長於理財，積至千金，輒復散施無餘。既以此佐筠松府君起其家，府君甚愛之，獨曰：『吾諍子也，觀其貌類有後者，儻吾猶及見之。』筠松府君性嚴甚，尤孺人相之，極有家法，獨於府君之養，雅意安之。時吴孺人尤能承奉備適，筠松府君嘗曰：『吾吴氏婦不當有子乎？』時深在孩抱間，尤孺人與府君日娛弄其側，於諸孫中獨憐愛焉。竹坡府君既築室黄浦之東，輒事遊覽，奉筠松府君、尤孺人以老。弘治丙辰，葬我筠松府君。至于癸亥，合葬我尤孺人。送終之備，無不豐厚，人稱其孝。府君上奉伯兄，下撫諸弟，至于垂白，無一間言，人稱其友。平居勤慎誠恪，思致極精。凡器物房舍，一經其指授，罔不造妙。雞初鳴即起，率家人事生産，臧獲以數百指，皆循循然在田畝間。有以土地求售者，必與之高直。其遠者收息數年，復召其主而還之。性嚴重，不喜人有過。子姪行之犯禮者，即時形於顔色，不少恕。俟其改遷，即驩然如舊。儻有一善，則獎之亦不容口，人故無怨之者。待親故曲有恩禮，歲時祭祀必敬。每及先世遺事，未嘗不泣也。奉賓客必盡歡，竟日無惰容。所居去縣治二三里許，以浦水爲限，未嘗輕入公府。達官貴人過門致存問者，輒以疾辭，强焉再三，一見即退，未嘗敢與之抗禮。即有致敬焉者，亦但唯諾而已。若有一介之使，必冠帶見之。祖居百有餘年，皆自府君漸次充拓，鑿池種柳，鬱然成林泉之勝。因田高下，以修水利，皆爲膏腴。扶杖行阡陌間，課耕觀植，若有至樂存焉，歲以爲常。時或持酒一盂，蔬果餅餌各一筐，以餉勤者，遠近化之，故一方無惰農。至今環浦而東，雞鳴犬吠，與機杼桔槔之聲相間作，人比之桃源焉。風日妍美，則折柬速親朋，相與爲登臨之娱。時殺野果，取具園圃。或操小舟，或乘短輿，徜徉花竹之間，望之者若神仙焉。晚年尤精明，時時燈下讀細書，或作蠅頭字滿紙。蚤善筆札，真、行、草書，皆有晉、唐人風致。其於我朝典章條格，習熟通練，若素宦然。循其言可以運掌而效，而不得少試，深寔不能發其萬分之一焉。嗚呼痛哉，今不可作矣。昔庚午吴孺人之葬也，當�松府君之穆位。先是瞿孺人權厝在淺土，餘三十年矣，至是乃備禮遷焉。府君寔親臨視之，遂營壽壙於其中，曰：『他日得依我筠松府君，以左右予室人。』人以爲達，且合禮云。今不肖孤忍死南奔，冀以成府君之志，卜以某年月日大封云。

嗚呼！我府君教成之恩，不肖孤即死無以復報知。深幼也多疾疢，吴孺人覆之勤，故未嘗苦督之學。每過，必撫之曰：『汝毋惰偷，當以文學顯庸也，吾家待此者凡幾世矣。』既而爲邑諸生，輒爲當道者所奬拔。每聞之，必曰：『汝宦未嘗學，何以躐此也。』每赴試都下，必具舟楫與俱往。殆辛酉之揭榜也，乃指之曰：『汝偶在是。』退而抆泣曰：『恨筠松府君之不及見也。』已而上南宫，酌酒送之曰：『今吾倦游矣，不能俱去，戒之。』深既陸走，乃乘春漲，復操舟而來。壬戌下第，忽從上東門入，牽衣勞之曰：『吾固知有是也，故復來，來與俱歸耳。』乙丑成進士，乃真不來，而以吾母來，復以一弟最幼者侍，曰：『相之。』戊辰之秋，先妣見背，扶櫬南還。明年當調官主事于南都，得報欣然曰：『資顧高耳，吾且近，然籍籍得罪云何？』深跪謝無狀，徐曰：『同汝者皆我聞天下賢者名也，抑又何辭。』明年庚午，權姦誅殛，得復被詔起，當貤封，乃笑曰：『昔年吾行湖湘間，日者計吾是歲當蒙恩，吾昨猶以爲不驗也。今曠蕩若此，真有命耶。』又明年辛未，深入謝果成，請留官翰林，屢書速之曰：『汝節之闊也，而信人太驟。其放言也輕，而力善或不終。難乎免於世矣。汝必歸，毋以累吾也。』深是以有壬申之役，既得便道與告歸。居久之，曰：『汝齒髮長矣，似也達於事。言將有擇也，行將有畏也。雖然，不量力而居美，又趨逸而冒之，是造物之所惡也，必爲人所指目。』乃持而泣曰：『汝必去，毋以吾累也。』深是以有丙子之行。既來供職，獲與禮闈校文，手書問取得士。自後遺書，但勉以國事。及官國子，又戒之曰：『是亦責任也，宜有以副人。』今縷縷猶在耳，孰知其乃永訣耶。

嗚呼！我府君之恩，即死無以報矣。其他懿德遺行，荒迷之中不能盡述，抆血具此，以備采擇。惟先生當世宗工，辱在榜末，兼承枉顧先廬，識我府君。儻賜筆削成篇，則天下傳之，萬世信之，不肖孤亦死無以報矣。

【校記】

〔一〕五人：四庫全書本作『四人』。

先孺人吴母行實

母吴氏，諱□，嘉定之清浦舊族。父諱士實，以信義服其一鄉人，閭閻斬然。母姜氏，生孺人甫□歲而卒。同乳姊才長一齡耳，相依而哭無時時，大父吴府君尤憐愛之。孺人長而寡言笑，獨心乃通解，知古《列女傳》《孝經》等書。時或從姊氏講説，姑姆輩聞之，有告吴府君，府君輒試之，輒謝不敢言。府君心喜，語其子曰：『此孫女耶，必歸禮門，或當昌其族。』攻勤女工，不肯廢一隙。悲痛其母，乃數數茹蔬，紈綺鉛粉之飾不好也。嘗冬夜風寒，率群婢紡木綿，居旁有積薪燎于火，孺人乃指揮群婢，從下風墮其薪于塘中，風熾而火滅。事定，一族長老皆驚。

年二十有二，歸於竹坡府君爲繼室。前孺人瞿有子曰沔，九年矣，孺人子愛之，備極委曲。事筠松府君、尤孺人謹甚。府君、孺人性極嚴，有五男子婦，少有違其教範者，亟稱孺人，曰：『吴氏婦孝純而志慧，惠博而性一，是當有子，有子必當大吾門矣。』是時孺人累舉不育，妯娌之子咸趨以爲母，孺人撫之咸當。或脱簪珥資之游學，或聚而教之，家塾館穀惟厚。筠松府君嘗升堂拊掌曰：『鄉居有讀書聲與機杼之聲相間作，不已樂乎？此吴婦之勤也。』沔子當受室，悉推匳具與之。竹坡府君時事遠游，或間歲歸，家務整整，一不以累。年近三十始舉深，筠松府君、尤孺人以孺人故，愛過諸孫，孺人未嘗不嚴也。兒時嬉弄，必不與之錢貝。與之食，必藏去其肥旨。服之澣濯之衣，出入必謹。深不得孺人一語，必不敢去左右也。夜或張燈映月，坐南軒手織作，必坐之膝旁，使讀書，或背覆之，不得遺一字。殆長娶婦，爲邑諸生，猶未問所業。聞售書者，必售之，不問有無，曰：『爾不見爾祖之鍾愛乎？不勤學無以酧也。』既而筠松府君棄養，孺人竭力喪葬事畢，乃諭曰：『吾兒婦當自力，吾且成吾幼子。』曰溥、曰博，蓋孺人所爲置高氏出也。辛酉之歲，深舉鄉試，從竹坡府君歸，拜孺人于堂，相向而泣曰：『恨筠松府君之不及見也。』明年會試下第歸，當攜家入南雍，乃辭于竹坡府君，隨之以往。在南雍見舉一孫，命之曰繼恩，喜甚，致書速竹坡府君來視，驩如也。時深有課業，或應酬人，學爲文章，孺人顧曰：『不常見汝讀書，而常見汝操觚，是不爲入者少而出者多乎？』君子以爲名言。深一念及，不覺涕泗之交集也。繼恩殀，甲子之春奉以東歸。乙丑深成進士，是秋遂迎來京，瀕行，挈博子與俱曰：『茲行不亦有所觀勸矣乎？』來京師甚安適，至於紡績之業，尤勤于家。間嘗勸之，曰：『吾少自習此，一旦舍之，吾無難，無以遺吾日也。惟汝勤職事以報朝廷，吾坐而養以禄，不愈於往時田間乎？』有過從者必問，其人賢者，曰：『汝獲與之游，此汝父之志也。』起從中饋，治具惟恐後。庚辰秋九月，忽遘末疾，終于旅舍，享年六十云。深扶柩南還，闔族之人無不哭失聲。道路奔迎者，纍纍數十里外。迨既葬，猶有持紙錢裂而哭之曰，吾某日受孺人某惠，吾某日受孺人某惠也。葬之明年辛未，推恩封孺人，賜敕命云。

嗚呼！吾母之賢，不孝孤無以盡述，亦無以盡報也。獨其鍾愛前子，復憐庶生，過於己出。賙恤貧乏，不問親疏，至節口體從之，猶恐不及。若是者勉焉一二，猶足以爲訓而勵世，況吾孺人出於至誠，無所希冀而爲之者哉。乃若教成不肖，叨以文字起家，雖曰至愛，揆所由來，殆若有相焉。惜也辛勤於强健糟糠之時，而不獲少一待於桑榆之暮，是殆不肖之惡逆有以爲之累也。痛惟吾母，晚年也似有所悟，脱然於死生之迹。既將屬纊，猶能了了知未來事。又其平生尤好典文，皆其天賦之厚，有足傳世者。惟先生念有門墻之義，少見著述，使得附於古賢母之列，則不孝孤之罪藉以少逭矣。伏惟矜哀與之。

遺事

年五十時，目中嘗見旗影自上下，醫者以爲病。既而深舉于鄉，有司置錦標于門，一見而失。

平生喜誦《金剛經》，無間朝夕。屬疾已甚時，深適從慶賀還，母即曰：『吾兒來矣，何今日衣緋也。』蓋深方歇馬于門云。既入與訣，曰：『命也。』翛然而逝。

先兄友琴先生行狀

先生諱沔，字宗海，封翰林編修竹坡府君長子也。母瞿氏，贈左軍都督府經歷晟之女。祖筠松府君，祖妣尤氏。曾祖竹居府君，曾祖妣章氏。先生生浦東洋涇之里，九歲而瞿孺人歿，即能哀毁思慕，終身不替。吴孺人繼室竹坡府君，教之學，文理蔚然。將事科第，以總家政，遂棄去。事筠松府君，極其敬畏。竹坡府君或遠出經歲，先生應門户，課耕織，事皆斬斬有條目。事伯叔，處兄弟，務止於理。每館穀名士，以教子弟。深少學時，得今南京禮部郎中張約齋先生爲師。先生時時至塾中，視供張，致殷勤焉。尤好賓客，酒醴殽核非甚精潔不以享。至於用財，未嘗妄費一金以上，蓋其儉約天性也。常居焚香掃地，尤惡蕪穢。故雖容膝之室，必使光輝溢目。左右圖史，咸整然以理。衣冠楚楚，澣濯之服亦熚如也。好鼓琴，時時閉户撫弄，風月之夕，尋理古曲，聲調清越，有振木遏雲之趣。嘗得名琴，抱曰：『此吾友也。』人以友琴先生稱之。暇日則澆花種竹，治亭館，修水邊林下之操。架石爲山，窟土爲池，以自適，世俗華利不問也。或時啜菽飲水，蔬糲者經旬，或異之，曰：『吾自安此。吾欲使子孫讀書，攻苦以勵志，則此固傳家耳。』故其教子尤力，節縮他用以資束脩。乙丑秋，奉吴孺人就養來京邸，留兩月，接名士大夫，必歆慕移時。得所遺片紙隻字，皆藏以爲寶。先世所藏法書名畫彝器，掌視惟謹。丙子之秋，深起告，時方病癰瘥，涕泣爲别，曰：『弟第去，幸毋以老親爲念。吾且猶北來視弟，爲我乞詞林諸名公詩歌爲吾壽，持歸爲吾林壑光。』至己卯春三月十九日竟不起云。生於天順辛巳，享年五十有九。娶薛氏，同邑舊族，父塤，母談氏。薛孺人慈順孝畏，克修婦道，奉舅姑得其歡心，處妯娌藹然和惠。工紡績刺繡，脱簪珥以助子讀書之費，宗人賢之。後先生卒一年，庚辰六月十九日卒，亦年五十有九云。子男二：長梁，娶吴氏，繼吴氏；次棠，娶潘氏。女三，陳天衢、王相堯、殷某，其壻也。

惟我兄清修雅操，好文而知禮。吾宗上承下傳，皆於是乎賴。而享年不永，悲夫。兹將卜葬於□□□□□□□。惟執事名滿天下，文工當朝，兼有通家之好，幸賜之銘焉，子孫百世之光也，亦子孫百世之感也。謹具狀以備采擇。

儼山文集卷八十二

碑

重修祖陵之碑奉敕擬撰

朕惟我太祖定鼎于南，我文祖遷都于北。兩京並建，屹立天地之中。由是上世陵寢，界于江淮間。朕以倫序，入承大統，春秋霜露之感，未嘗不南向而悽惕也。其在泗州者，實我熙祖裕皇帝、祖妣裕皇后隧宫攸安，暨我懿祖恒皇帝、恒皇后、德祖玄皇帝、玄皇后咸此焉奠，是稱祖陵。去州城東北十有三里，洪武之十九年修建，如追尊制，設官奉祠，月日惟謹，顧今歷歲百五十餘矣。雖萬靈擁衛，王氣常然，華夷之所向仰，臣民之所敬恭者，一日猶葺也。肆予沖人，上膺天眷，遠藉神休。嗣位以來，日稽禮典，凡所以竭孝思於祖宗者，九廟、七陵，以次興舉。惟是帝業所基之域，尤軫于懷。曩撫臣馬卿具以上請，會南京工、户二部尚書、侍郎蔣瑶、唐胄相繼有言，朕特下其事於所司議亟行之。頃撫臣周金、御史蘇葦以工完來告，遂疏乞朕親製碑文，以示萬世。時禮部尚書嚴嵩、工部尚書温仁和覆議請從。朕既慰既喜，特賜俞焉。朕惟天命有德以開一代之統，必生異人豫擬於數百年之前。潛光隱耀，世無能名，以爲植本發源之地，渟蓄泐鬱，彌久彌敦，然後聖子神孫，託體繼志，而千萬世之鴻業垂焉。若我德祖、懿祖發祥於熙祖，毓德於淳祖，而我太祖龍翔電繞，用成乾坤再造之功。皇哉巍乎，三代以還莫得而彷彿焉。賁兹靈壤，固東海之一源，上林之一本也，朕曷敢忘，朕之子孫其曷敢忘，朕之千萬世之子孫，其又曷敢忘。大工始於十四年之八月，成於十六年之十二月。仍舊而崇飾者凡若干，遹新而備物者凡若干，咸具在有司，自餘則祠官領焉。内外肅穆，一代之制煥然，用稱朕報本至意。敬勒諸石，傳之永永。欽哉。

陸氏先塋碑

深幼侍先筠松府君時，府君年高，謝家私事矣。長眉素髯，每日晡，酒微酣，乃慨然發聲，聲甚激越，曰：『吾陸得氏姬周，大聖人之後也。當元之季，皇朝之初興，其陸氏之中衰乎，而有兹餘慶府君矣。雖然，無屈不終伸，必有興焉者，其竹居府君之後乎？』乃灑泣數行，回顧深曰：『汝小子識之。餘慶者，筠松府君之祖也。竹居者，筠松府君之父也。』已又述竹居府君之始遷，縷縷的的，深僅領略未知也。後筠松府君没且一紀，深謬舉進士，以翰林編修還，拜先塋，至是距竹居府君之葬又且若干年矣，始克追敍遺言，爲先塋碑。

碑曰：府君姓陸氏，諱德衡，號竹居。其先汴人，建炎南渡來華亭，居華亭大有貲積，稱巨室，今松城有興聖院浮屠，其基蓋半爲陸捨云。餘慶自華亭出居于魏塘之馬橋北莊，蓋陸氏之别業也。門有巨槐，株可十六七，戟列孔道。時元亂未艾，盜白晝行劫。一日群盜從東方掠一人來，被掠者急抱槐不可解，大呼求援。餘慶嚴户外，視賊勢張甚，即從中大言應之，賊叵測散去。去抽刃劃抱槐者兩吻抵耳，即不能出聲死。死者有子，踪迹得賊所，愬寃直走金陵。時太祖高皇帝初混一天下，凡民間幽隱，皆得逕達，由是從中遣人，急逮賊，并逮餘慶。餘慶逮時，竹居府君才數歲耳，上多女兄，行第七最末。從以兩壻，兩壻者陳某、某也。兩壻皆衣食餘慶家如兒。賊既戮，坐餘慶不救護殺人律謫戍。國初法，凡當戍，先營工於石灰山者百廿日，滿乃議地發遣。於是餘慶役日滿矣，復就囚禁，由江行二十里還金陵，聽指揮。二壻竊議：『今當詣謫所矣，道里費盡，奈何？一人當先還經理之。』競欲往，不決，二壻竟不告而夜俱往。明日，餘慶失兩從者，驚曰：『是固忘吾乎？吾且忘之，又安忍於吾弱兒乎？吾又安忍以戍事貽吾弱兒乎？及今猶可爲也。』於是紿守者曰：『吾將臨江遺矢。』守者從之，乃乘間牽守者並入于江。江流悍急，歿其屍，竟不謫戍云。蓋戍者既遣有地，死即其子襲戍。若死于未遣前未地，即其子不襲戍，令然也。遂招魂葬馬橋。今馬橋有冢，蓋衣冠之藏云。竹居既喪父，家産盡爲諸壻所據。

又不自安，迺流落去外，且三十又二矣，來上海。上海有章某者，長鄉賦，雄於一方。一見竹居，即奇遇之，歸語其室曰：『若旅人視眈眈，耳倀倀，貌不雄而揚，殆有後者，以吾女妻之決矣。』逾年產一子，是爲我筠松府君也，諱璿；又產一女，後嫁爲樊某妻。竹居府君既受室，既有子女，即別產於章氏，有田一廛，有屋數楹，在黄浦之東。由是始定籍於上海，而魏塘之產棄不理矣，獨歲時持紙錢上冢一往來耳。諸壻亦復分散他去，惟陳某尚據故業在。竹居府君性嚴，馭内最有法，而章夫人又有賢德，能起家，先若干年卒。筠松府君既長，見竹居府君，竹居府君未嘗霽容也。始來居浦東時，鄉里共來持短長不相容，竹居以好語慰遣之。即來需索不如意，立致惡語，或隱几而卧，他日待之復如故，蓋長者云。妾黄氏生三子，曰璣、曰珮、曰瑾。璣有二子。珮庠生，早卒無後。瑾有一子。惟筠松府君有五男子，五男子復各有子，於是始彬彬矣。嗚呼，惟竹居府君其道似陳寔、郭林宗，清而夷，嚴而不峻，其光闇闇，隱於農賈之間，以再造兹家，在《易》其『屯』『蒙』之際乎。筠松府君以詩禮繼之，未洽也。古人有言，德必百年而後興，今固其時矣。深大懼墜先人之志，碑以示後之人，以成我筠松府君也。世系不載，載在碑陰。銘曰：

惟宣王中興，分籍于六，迺夷于編氓，迺散處列國。楚狂歌鳳，漢賈以口辨紛逐。代有顯士，不絕踵躅。惟昔江左，以四姓著。華亭啓封，邦域乃樹。自汴宋南渡，言復我故土。遭世多屯，或不保厥户。若水中淤，不絕僅一縷。烈烈餘慶，殺身成仁，以覆我後人。惟先竹居，誕集厥身。皇皇四奔，迺定於海濱。若淤水復洩，或未臻于淵淪。迨我顯祖筠松，力決其障，手足並皴。龍江東注，惟禹之績，匯爲高原，抵厥玄宅，順導五湖，偉哉！肖厥澤草樹鬱鬱，合抱盈尺。滄海東環，九峰趨其西陌，是曰陸氏之塋。永寧先魄，於惟遐哉。

筠松府君碑

陸氏世稱長者，至筠松府君尤有聲稱，而家始大矣。先民曰堯舜之世，比屋可封。蓋言不獨在朝周之初興，詩人咏歌《兔罝》《棫樸》，其氣機之開與。惟我皇明太祖皇帝汛掃前陋，淳和用集；太宗皇帝生養休息之，日以豐隆。故永樂、洪熙之間，風俗最淳。其君子焉淳博，其小人焉淳朴，渾渾乎蔑以尚。兹惟我府君，適逢其運。天賦不群，博大而弘。戰戰小心，克儉克勤，以興禮教，敍彝綸。蓋休哉懋哉！至余小子深，蓋二傳矣。生遭文明之盛，策名登庭，獲接故老，聆祖宗之休懿。又爲史官，覩累朝實録、金匱石室之藏，於是乎稽事實，考治化，得以沿流風，觀俗尚，府君豈不乘運而生也哉！乃次其行實，刻諸墓道之石。

自華亭來遷者曰竹居府君，諱德衡，配章孺人，寔生我府君。府君生數歲，而章孺人歿。自少倜儻奇偉，弱冠北遊，至梁而還。丰姿峭岸，言辭粹雅，夙有林泉之尚。遭時承康，獲遂斯志。嘗手植美竹高松，蔚焉成林。中歲著處士衣冠，杖屨其下。每曰古稱樹德，夫德如樹，久而後有託焉者，此之謂也，因自謂�松云。故今稱之曰筠松府君者，著其志也。府君慷慨任真，以信義自持。能赴人之急難，卒然捐數十百金，不悋也。鄉里皆尊禮之，既而縣令尊禮之，府太守又尊禮之，然卒不以干令、守。是時邑中賢豪，有金彦英、陸大用、陸有常者凡數輩，獨府君後起，尤見重云。人有侵犯府君者，至再三，皆怡怡然受之，曰：『是余先人之志也。夫物之負氣而來也甚鋭，徒爾激之必折，折必有受其傷者。吾須其平耳，當有愧悔之。』然其人有愧者，有不愧者、愈甚者。甚者後罹于法，人曰府君以是遺之耳，乃歎曰：『出之必反，爲之必受，理有然者，我固遺之邪？』君子聞之，益賢其爲長者。是時郡邑稱長者，莫先焉。其於弟子若諸孫，必教之修仕學，曰：『吾未嘗學問，麤足自解。然人何可以不學，吾又不可以不教學。學未必其皆仕也。儻有仕者，亦余之志也。』每見古法書名畫、三代鼎彝器，必重購之，曰：『古之人非有甚異於今之人也，然其技能絶者，何也？夫心以造物，目以行之，手以從焉。古之人心如目，目如手，其志專而事不雜。吾固不得見古之人，吾徒謂古人之麤迹而置之，甚不然也。』尤精於鑒賞，歲月真贋，望而知之。是時號博古者，必歸府君就正焉。府君家居，必雞鳴時起衣冠。夜飯畢，則列坐諸子孫於一室，略叩其日之所爲，曰：『歲有春，春者天之神也；日有寅，寅者人之神也。故春氣不發舒者歲必儉，寅氣不振拔者人必憒。人憒於寅，徒終日耳。夫人日中氣盛，有爲必成。夜者人之所息者也，宜有以思之。思之則善從生，不善從而識。吾於汝曹非徒苦爲也。』凡天文有變異，必謹識之，曰：『人者日月五行之分氣也。氣行於天，而質凝於地。氣變於上，則質變於下。顧其始也甚微，然因是以爲儆耳。』其所居墻壁處，必有日月五星字皆滿。至晚歲，益有見於其分際云。每好讀書，然不深求，嘗自謂麤解。其於農卜雜家多留意焉，然其行多合於古人之言，不概於道希矣。嘗論起家不以勤勞者，必弗久也。無故之利，必弗居也。其論人物，必質且厚者也。聞人之有不善，必弗言；有善必弗輟諸口也。迹斯以往，其真長者耶，是以采而著之。嗚呼，豈非乘運而生者哉！夫繁言隱雅，飾行亂俗。孔子曰：『與其不遜也，寧固。』又曰：『如用之，則吾從先進。』然則時固爲之所也，非耶？府君年八十有三卒。其配尤孺人，世家嘉定。父諱德衡，又里中賢豪。有五男子，曰：太、平、定、震、寅。女三，嫁羅俊、許容、顧澄。諸孫十八人：涵、瀾、沔、淮、浙、瀹、沂、深、溶、漢、渭、河、溥、瀚、博、洲、汀、汶。以某年月日葬洋涇之北原，後某年又啓，而孺人祔焉。後某年始克爲碑云。

王侯去思碑

此上海王侯去思之碑，其文曰：侯姓王氏，名卿，字良佐，太原人也。初有戎籍于弘農之衛，遂以河南貫舉正德甲戌進士。戊寅夏來令上海，蓋自德州之德平遷也。令上海幾三年，有薦于朝，召爲户部主事去，去而民思之。侯敦厚質實，所居不爲赫赫名。其治海也循循然，因海之故而辨，上官未之或知也，侯處之淡然不疑。無甚高深城府，人樂親附。有以非意干侯者，侯瞠目視，面赬然變，竟不一語，其人流汗走。故侯之去，行李才數簏爾，舉之若囊槁葉也，民尤以是思之。武廟南巡，道路洶洶，有緣以爲姦利者，侯抗諸邀索一不應，第曰：『車駕至日，供不供有令也，何先事自擾爲。』竟以安堵。他郡邑有坐是得譴者。縣糧長有曰鬮頭，鬮頭者，兜攬聚斂之首人也。其人必且材技尖儇，候伺人意隙中之。大率官取之鬮頭，鬮頭取之糧長，糧長取之民。民輸十，糧長輸六七，鬮頭四三之，歲罔虛日。侯悉除去，曰：『此假一手取諸吾。無取，吾何鬮頭之爲？』每歲里甲賦錢於田，斂之官，以充經費，曰櫃錢。櫃錢者，官操其奇贏而出納之，諸行市賣有折閱者，有入空券而待命者。侯每公用，先簿直之，給而後入。歲杪羨餘，且數請于上官。歲連災，或出櫃餘賑之，民以不傷。時疫流行，侯操善藥，作糜粥，躬行鄉落遍給之。小舟獨行，侍御簡少，民初不知爲官也。江藩犯順，人心騷動，侯諭衆曰：『江海潮汐，非賊利也，固無慮，奈武庫何，吾且有備。』乃以告訐人獲罪者，許以鐵贖，由是兵刃森然，而民免科賦矣。尤慎改作，三年無土木之役。舊民復甦公宇廨舍，嘗曰：『取足居止已矣。』至於出令，則曰：『令何可遽出，出必祈於行，行必祈於久。朝自爲之，暮自更之，何以範民爲。』故終侯之任，若晝一焉。雖胥隸坊甲之人，亦以不譁。嘗語諸學官曰：『松郡文名尚矣，講習討論，諸生所自致也。規程以煩三博士。恤其家，禮其身，令實主之，何敢誣也。』會有訐偕士窘於行者，曰：

『舉賢，邑令責也。舉而不能行，焉用令爲。』遂捐俸若干賮之，士用感激。乃若稀簡權倖，抑遏刁頑，理剔冤滯，躬親淡泊，一用清淨之治，海俗幾爲之一變，其德遠矣。

深按：上海古華亭也，地盡東海，耕織之力甲天下，人易爲富，其失也僭奢。俗喜相雄，其失也嚚訟，禮讓之風少衰於曩日矣。故海之政也，廉慎儉信所宜先焉。侯人品高，有得於誠意之學，故言行咸鑿鑿，而感應隨之。彼巧飾以捷取者，繫民之心果何如也。又聞諸唐貢士周曰：『侯嘗有言，造化所甚惡者財也，所甚靳者福也。吾得之而不能享，吾享之而子孫不克肖，多多亦奚用？吾見以利貽子孫，而竟破其家者何限也。』嗟乎，侯斯言也，豈惟繫吾海之思哉？耆老胡錦等合數百人發私財，市片石，以請曰：陵遷谷變，此石永存，惟侯以永存。深故史官也，概于所聞良是，故得牽聯書之碑，樹之縣衙之右，以長海人之思。嗣鄭侯洛書曰可矣，徐侯昭遂以告成事云。

儼山文集卷八十三

誄辭

愚庵李府君誄

府君蜀内江梧溪李氏諱吉安，字邦瑞，仕至華陽王教授。年八十解教授，歸梧溪。居溪餘二年，以弘治壬戌九月晦日考終正寢。州閭悲思，朝野弔唁，山川失色，天日改觀。嗚呼悲哉。府君幼懷淑慎，長益明哲，有容有守，乃武乃文，抗師赤縣，規輔親藩，立訓作則，流風餘韻，靡得而間然者矣。遡厥華胄，蓋自吉遷。逮于皇朝，世有聞人。故兵科左給事中諱蕃之子，今太子太保工部尚書兼都御史充嗣之父也。初，仁廟登極，給事公自漢中訓導上端本策十有六篇，驛召見，即拜兵科。所言皆國家大計剴切，咸可施行，具在國史。今尚書巡撫江南，列職三事，適皇帝繼統，首伸大議，八事開列，裨贊元化，功在社稷。孫謀祖武，父作子述，抑亦有濟美者矣。深故史官，概于聞見，況且密邇嘉定，母族寓焉。憶在童稚，講説府君之教訓，媲美蘇湖。

餘波所漸，私淑有年，兼以末路綴于尚書公之後，私藉帡幪，大獲知遇。夫息陰者顧木，愛屋者及烏，矧夫府君之德履，不朽有圖，敢闕其文哉？乃造誄曰：

於穆府君，派姓自李。粤有玄聖，稱柱下史。帝胄既降，夷于編里。有鬱奮迹，徙自吉水。皇明龍市載西，内江梧溪。瞿塘地軸，峨嵋天齊。禎秀攸蓄，俾也可稽。蜀富文藻，上當星奎。皇明御宇，慶雲甘雨。大科徵才，以還隆古。李氏鼎興，青紫俯取。起家師儒，陶鑄鼓舞。逮于兵科，漢中弦歌。脱穎奏書，謂臣匪多。十有六策，帝曰汝嘉。宜侍禁近，徵起傳車。董生不録，賈傅痛哭。魚水之投，豈曰夢卜。篤生府君，如玉斯璞。如材楩楠〔二〕，萌于大谷。至性夙成，孝友鍾情。烝嘗既主，慈顔獨承。邈哉堂構，適嗣家聲。詩書文藝，疾世無名。賓興屢起，卒升胄子。科盈斯行，學優而仕。嘉定惟南，在海之涘。既樹既柔，生徒薿薿。往與明揚，陟傅華陽。主驕法棄，罔念作狂。有摇内閫，亦效鬩墻。府君束濕，既革既張。明明祖訓，縟禮大分。有干者誅，治遠自近。至恩無親，孰曰敢慍。深惟誨言，追事懲忿。既復既同，府君效忠。日月云蝕，君子之功。無行不信，有感斯通。蓍龜傳保，式哉惟公。有孤在疚，負荷以手。左之右之，式先式後。養正以蒙，可大可久。危疑豁開，茅土是有。府君勤止，倦而還事。挽留莫回，祖餞成市。兩疏贈金，穆生設醴。圖書在行，箕裘有子。惟時弘才，翰林秋臺。垂猷州郡，風操獨裁。府君色笑，喜聞屢來。台鼎之勳，淵源始開。大業有述，將食其實。朱顔素領，金相玉質。

湯湯浯溪，杲杲愛日。形以外休，心以内逸。僉曰景賢，於萬斯年。如何不弔，委蜕而仙。風木遺恨，山水餘妍。景藏聲達，生直歸全。嗚呼哀哉！父子之間，君臣之際。授受之微，進退之制。緣禮則裕，得正斯斃。豈惟哀榮，且以厲世。國乏典刑，士喪法程。孰行不式，孰涕不零。東吴南楚，尸像勒銘。服有心喪，囊有廢經。嗟予小子，職在太史。述德累行，遑敢舍是。生世何遲，聞風乃起。緬託旒旆，爰述兹誄。嗚呼哀哉！

【校記】

〔一〕梗：原作『梗』，據四庫全書本改。

哀辭

陳翁哀辭

廣陵陳翁宗瑞卒之及朞，楊君鏞，其異姓姪行也，悲哀思慕，間走四方，求文士悼之。君子曰：於是乎可以觀德矣。世有歿也，有子弗父，有孫弗祖，弗可期也。陳翁獨能感及異姓之戚，其於德可知已。用終楊君之志，作哀辭曰：

施殫君之系兮，爰得氏於有虞。涓流之殿胄兮，世弗靳於賢儒。漢曲逆寔蕃兮，魏之琳與唐伯玉。翳廣陵之一派兮，審未遠其裔屬。誕毓靈於夫君兮，眇千里之黄鵠。宇魁傑以跅弛兮，慕陶猗之所處。遵海濱以養晦兮，挾高貲而樂與。端軌轍於室堂兮，固廬閭之式也。鼓螽斯以振振兮，亦好還之極也。惟惠澤之未究兮，心怒焉其憂隱。乃命汝讓兮，賑積倉於饑魯。女諫暨女詳兮，纘箕裘乎汝父。孫曰鎮兮曰銓，博敏古以征前。衆紛若兮承命，合黽勉兮勵旃。或侯封或幹蠱兮，或頡頏於泮宫。業雖殊而志一兮，咸副望於有終。君歡欣而遂適兮，弛負擔於山之麓。製綸巾被氅衣兮，邀佺期而旅綺、角。奈羲和之逸駕兮，歲冉冉其在辰。穴青山以窆璧兮，如可贖兮百身。輯素履於兹生兮，夫豈惟今之鮮伍。思顔色於彷彿兮，涕浪浪以如縷。誶曰已矣。山空兮來悲風，青猿嘯兮丹楓。日黯黯兮雲濃，思夫君兮傷余衷。感舊事兮紀公，趺贔屭兮碑豐窿。揮淚眼兮將終，思夫君兮首如蓬。眇杖屨兮將安從，睇蘭桂兮森叢叢。徼厚報兮蒼空，思夫君兮鞠躬。

祭文

祭桴兒文

正德十六年，歲次辛巳，臘月辛卯日，陸子自京師歸桴兒櫬。前日甲申，葬我太史公，遂舉而祔之殤位。乃抆泣爲文，祭之曰：嗚呼！予年三十有八，得抱此兒，一何遲也。汝才七齡，棄予而殀，又何早也。汝之同胞兄弟姊妹凡十三人，是何多也。今所存者，一弟一姊，抑又何寡也。嗚呼！汝父汝母，以此之故，衰老侵尋。使汝有靈，尚何心也。往歲來京，翩翩丰儀。過客愛賞，玉樹瓊枝，何生之奇也。屢牽我衣，勸我東歸。謂兒孟浪，斯言有違。今乃歸矣，何昨之非也。今舉汝櫬，以從汝祖。早識孝敬，斯曰得所，汝復何苦也。嗚呼！

祭鄭可齋處士文

嗚呼，可齋其可復起耶。可齋之鄭，寔出師山，代不乏賢，作郡喬木。至我可齋，尤稱雅默，克踵世範，遠近推服。少事客游，不妄交際，而獨與予傾蓋相契。予亦寡儔，欵洽無幾，獨視可齋猶芝蘭玉樹也。既而可齋以耿介受侮，予爲白之，而可齋之德予也獨深，此亦義所不容已也。正德辛巳，予還讀禮，煢煢哀疚，而可齋遠過慰藉矜恤。家居十載，不煩屢訪，每一聚首，輒連旬日，藹然骨肉之誼也。嘉靖戊子，赴召北上。明年，遂自講筵左遷南劍。可齋遠自海上操舟送之，自吴歷越，不啻千里，南抵閩關，繾綣難别。每當祥風麗日之辰，丹崖碧潭之上，尊酒短篇，未嘗不與可齋共之也。是歲，予遷晉臬。明年，遄歸。是時可齋且病矣，猶買舟騎驢，訪余海上，是豈世情交合者耶？既予入蜀，萬里間關，猶能聞問。迨予再上玉堂，而可齋之疾不可起矣。嗚呼哀哉！感念今昔，惟餘涕淚。再越歲年，未酬掛劍。嗚呼哀哉！遺孤單弱，庇護未階〔一〕，盟社猶存，尚念世好耶。予且視二孤猶子若孫也。忍忘吾可齋耶，忍忘吾可齋耶？嗚呼，九原有靈，可齋其歆予之言否耶？尚饗。

【校記】

〔一〕階：四庫全書本作「加」。

祭少師大學士邃庵楊公文

惟公一代偉人，四朝元老，出入將相，丞疑師保。蓋天之生我公也，固將以爲世道計。若乃公之所享，實盛衰升降之幾，胡蓋棺之已定，猶未辯乎是非。嗚呼哀哉！盛德大業，完器兼資，謀斷並出，公實多奇。故渾厚宏博，所以養天下之元氣，而變通神化，足以繫斯世之安危。豈道大者難容，而忠誠或以兆疑。嗚呼哀哉！本朝學術，孰使之昌？前輩相業，誰云最良？昔三楊之藻潤，共建績於渡江。逮李、薛之醇正，式以增復辟之光。何我公之博達，兼數公之所長。嗚呼哀哉！人亦有言，萬里長城，五百之運，賢聖合并。縱后皇之孕育，固不知幾年而後成。儻求才於夢卜，亦將合千萬人以爲英。公今已矣，百口難名。九京可作，執鞭爲榮。此舉一世之所同悲，而尤門生故吏之至情也。深早承陶冶，遠大是期，動輒得罪，徒負教知。定芳晚登公門，特荷恩慈。幸託公之末照，每相顧以得師。忽山川之還氣，指天日以何私。當輀車之在駕，奠一觴而陳詞。嗚呼哀哉！淚止於斯。

祭少保吏部尚書白巖喬公文

惟公具經世才，實天下士。功施社稷，名垂太史。公孤卿佐，臺省部寺。進退出處，俱關國是。文章翰墨，六經諸子。人所難兼，公則具美。四海起居，九重毗倚。蒼生注懷，詎曰不起。嗚呼哀哉！深託交道誼，屬公忘年。一別十載，相見歡然。公方謝政，予乃謫遷。慰之累牘，贈以長篇。約我南下，追隨莫前。予方北征，聞公棄捐。百身奚贖，有淚如泉。世道之慟，豈曰惓憐。嗚呼哀哉！門墻如昨，子孫有託。絮酒炙雞，公如可作。尚饗。

祭張都諫外母文

於惟夫人，出自名族。皇皇大參，中饋是瀆。宦轍東西，鳳凰相逐。居常應變，一一可録。偕遊成均，捐珮遺友。策名夏臺，冰蘖助守。出鎮大藩，不變所有。晚歸于田，翟冠在首。歲臨己巳，倉卒變起。都城皇皇，士女四徙。屹然安居，誓以生死。曰此君夫，去將安止。大參既逝，門雀可羅。强奴滑幹，所存幾何。獨撫二女，甘此機梭。辛苦門户，心畫手摩。大參鮮後，丘壠何主。烝嘗四時，涕泗如雨。博選于宗，義成恩煦。絶者復續，以光遺譜。殷勤相攸，爰得佳壻。東海之子，柱史之弟。出司諫垣，入讀中秘。迎養于家，甘旨終世。嗚呼哀哉！惟我夫人，世之碩師，國之忠臣。今不可作，哀我比鄰。江風海月，想見精神。合葬有日，柳輤于征。赫赫黄門，纍纍扶行。生有淑德，殁宜有榮。蒼天之報，終焉乃平。深等涕雖有從，足不能舉。酒絮于尊，殽醢于俎。千里臨風，舉目凄楚。洋洋如在，鑒此心膂。尚饗。

祭封君誠齋崔公文

維公維海宿望，商顔高風。清時人瑞，聖世伏龍。脱穎藝苑，飛聲黌宫。仕親民社，志抗峨松。不大厥施，以成其子。華國有文，直筆在史。爲天下師，遂掌邦禮。鸞封鳳誥，公竟不俟。嗚呼哀哉！深慕荆有日，許劍未酬。遽聞訃告，悵望十洲。天風海濤，若助隱憂。尚有恩波，永賁林丘。嗚呼，人生所貴者壽。公壽絶倫，望百逾九。埃溘塵寰，與化爲友。芳靈洋洋，歆此絮酒。嗚呼哀哉！尚饗。

祭閣老石齋楊公文

惟公兩朝師傅，一代忠賢。身騎箕斗，氣作山川。深禮闈門生，最辱知憐。相從館閣，餘二十年。白頭萬里，謬寄旬宣。過公鄉縣，桑梓依然。感念今昔，有淚如泉。嗚呼哀哉！萬世在後，萬世在前。誰爲此謀，悠悠蒼天。嗚呼哀哉！尚饗。

儼山文集卷八十四

雜文

浦喻

陸子生於海瀕，而家于黄浦之上。浦，故松江别流，江堙而浦代。《志》曰：楚時春申君黄歇所鑿，因姓其氏。壯遊四方，適吴，覩五湖具區，北渡大江，逾于河，達于吕梁，然後知水之爲理也。海水際天。浦水朝潮夕汐，盈縮吞吐，匯爲汀洲，帶以百里。湖水汪洋渟泓，萬頃一色，漫流四溢，而不見其涘也。江水夾以連山，源遠流盛，蛟龍黿鼉，變怪百出，而獨力東注。河與江埒，而源益遠，流益盛，濁悍若怒。吕梁水搏山而行，崖石鎖齾，濺沫崩湱，鏑蕩出聲。是故海至大也，湖至澄也，江至深也，河至長也，吕梁至奇也。彼曰浦者，大不能海，澄不能湖，深不能江，長不能河，奇不能吕梁，奚取焉？雖然，被之以長風，則驚濤雲奔亦似海；天開浪恬，其出無窮又似湖；獨流勇赴，似江與河；至於潮頭秋壯，排空倒嶽，雖吕梁或不能及。嗚呼，水之觀盡於是矣。余性好水，常慕遠者、大者、奇者、深且長者。及東出海，自北而歸，復返浦上之舊廬，歎曰：天下有本同而末異者，玆物是也。又聞龍門砥柱、瞿塘灩澦、洞庭皆極天下之偉觀，皆未及到。今而後知，到焉亦一覽而已也。是故忽於近者，非知遠者也；易於小者，非圖大者也。作《浦喻》。

序交 贈劉子

大江之西，有士曰劉子某，與江東陸深友數歲矣，而未有合於時也。往時劉子遊南雍，深聞其人而願交焉。辛酉之秋走金陵，與劉子講相見之禮。是歲，深領薦北上，取道江淮，會劉子於齊魯之間。居京師，與劉子鄰寓，間日輒會。已而深南歸，與劉子别。劉子避暑燕臺，乘秋而還，觀鄒嶧，望尼泗，泝吕梁之波，絶江南渡，登黄茅諸峰，經吴越而西，再會於金陵。歲暮歸省太夫人於廬陵，再别矣。歲戊辰，復會於京師，然遂别。别而又會，是未可知也。大抵每與劉子會，必有言，言必有合也。每别劉子，必有所得，有所得必以告也。故嘗樂與劉子會，而悲其别。雖然，竟不能使劉子一日留，何也？始深之聞劉子也，以瓌翰麗藻；既見，得其人焉，方行古貌；既交，得其學焉，弘放浩博。及是京師再會，爲别最久，而劉子所得深矣，行益慎，貌益充，博者益以約，而文章益工。比聞劉子涉歷之餘，剥落華飾，獨趨本原，浩然有求道之志。夫學之於道，若飲食然。珍錯之雋，不若穀粟之爲用也；適口之奇，不若充腹之爲味也。深方倀焉未有所適，將於劉子是賴，而劉子去矣。故敍以爲别，使有考焉。

讀春秋正傳雜記

《春秋》，聖人之刑書也。康節雖有此言，蓋指齊桓、晉文之功罪重言之。《春秋》豈止爲刑書哉？謂聖人專爲刑書，尤不可。禮一出則入刑，此言猶可。謂犯禮則得罪，出刑則入禮，此言不可，世豈有才脱罪便能合禮之人乎？今法家除議輕重罪外，有一等供明人是出刑矣，謂皆合禮，得乎？其本意謂刑禮相反，而語則滯矣。禮也者，屬人事，止可謂天理之節文。若謂禮即天理，又謂天理即天道，愈支離矣。『知我』『罪我』之『我』，夫子自謂也，豈可謂我衆人？經云『葬我』，蓋彼己之詞也。

讀老蘇文

嗟乎，知人誠易哉？諺云唾烏，事誠有之。夫烏，惡聲也，本以先儆人，若或德之，然人未有不唾焉者也。王安石在宋時，方其沈滯下僚，天下人識與不識，惟恐其不得爲宰執。蘇明允深辯其姦，至今以爲刻薄論也，似矣。使所謂刻薄者，當時得聞於上上之人，姑聽不盡用安石，後來豈有熙豐、靖康之禍哉？不爲家國天下惜大計，而爲一布衣惜小嫌，謬哉。忘一己之私，奮然爲世發幾先，吾於明允有取焉，蓋不謂其已中也。

硯室志

虚静子有古硯，作木室貯之。其製方，其廣袤視硯，其高寸有半，廉隅嶄然。過客數十，發而視之，曰：硯美也。却而望之，曰：美則美矣，室少引矣，弗稱也夫。虚静子惑焉，命匠氏將改爲之。匠氏操斤而進，睢盱而歎曰：是所謂甘苦得中、高卑合度者矣，將其嶄然者累之也。乃刓爾觚，乃斲爾棱，而寸之有半尚爾爾也。向客遠而睨之，已蹶然曰：乃今式矣。虚静子曰：圓之可以徒合也如是夫。

學説

君子之道，莫先於學。夫器弗飾不完，事無法不成。方圓就於規矩，射者存乎彀率，猶之於學也。學之時義大矣哉。繼往聖，覺來裔，參天地，贊化育，皆學之功也。堯、舜由是，聖賢由是，不由於是，則桀、紂、幽、厲，愚不肖，若是其甚也。顧世之學，亦多岐矣，孰不自是哉？宜君子辨之早也。彼其含華茹英，雕肝鏤腎，浸淫百家，模擬六籍，鏗鏘瓊玉，宫商金石，高辭奥義，連章累牘，浮績積采，傾耳炫目，文辭而已焉者，末也。考證製作，推合陰陽，堯文舜治，禹畫湯章，禮容聲樂，鍾斛斗量，因襲沿革，纖悉精詳，上稽千古，下辨百王，制度而已焉者，迹也。腹貯載籍，口含經史，聖作賢述，野纂國紀，仰淹墳典，俯囿諸子，意象靡遺，何文不理，該洽通貫，歷歷可數，記誦而已焉者，陋也。若乃脱裂文義，淩躐等節，灰心幾乎聖功，速化類乎上達，異端之道也。耽於訓詁，溺於言辭，描寫摸擬之真，依稀假借之似，支離之徒也。若是者，匪弗學也，由前言之則不全，由後言之則不正。君子之學，以全爲貴，而要於正。明諸心，盡諸性，以達諸天而已矣。雖然，泛而爲之無其序，不可也。且夫性者，心所具也；天者，性之盡也。心外無性，性外無天。學之者，其始諸明心乎。本之戒懼以求其密，繼之體驗以止於是，極之擴充以滿其量。由是七情不鑿而五性具矣，萬化出矣。事天之功，於是爲大。所謂繼往覺來參贊者，不於斯而備之耶？夫是之謂學。

難之者曰：『聖賢之學，以致用也。學而弗用，焉用學？』應之曰：『事必有體，用斯由焉。不惟其體惟其用，猶之室而無基，步而不履，難矣哉。故心者身之體也，身者家之體也，家者國之體也，國者天下之體也。孔子之於大學，其論修、齊、治、平，必先之以格、致、誠、正，是固用之説也。』曰：『聖人作經，詔告萬世，正學門户，惟兹肯綮。子知斂華以近裏，美矣。循子之説，固將舉六經而盡棄之耶？』曰：『非是之謂也。凡學以爲身也，爲身以爲心也。六經皆心學也，豈曰聖人辯且博哉。況古者誦詩讀書，皆爲養心設也。徒玩其土苴而忘其精粹，反之此心不有得焉。吾恐群聖人作經之志荒矣，望於天下後世者孤矣。彼禪寂者，吾固非之；章句之儒，亦所不取也。』曰：『名物度數，古今事變，不格其物，曷窮其理？徑約之患，固子之説啓之矣。』曰：『不然。物必有理，理必有義，雖變故不齊，斯二者不易之論也。誠使吾之虚靈者無以具之，絲棼蝟興，安所折衷哉？物不爲吾用，吾反爲物役矣。況學之貴於全者，亦非獨略於是也。顧末不先本，後不加前，自然之次也。孔子曰：「志於道，據於德，依於仁，游於藝。」夫是之謂善學。』於乎，論學至於孔子，萬古之法程，卓乎不可尚也。

又

於戲！三五靈灝，誕毓爲人，圓顱方趾，效法乾坤。反身而取，畢有萬備。奄然存化，違物不遠。斯隳學之過也。粤自羲、黄以前，遐哉漠乎。斯文既興，列聖授受。殆夫精一執中之訓，益有論説矣。雖學無費詞，而教以言闡，運使之然也。自周而下，由孔而上，則淵旨微義，森若繁星，洋洋乎總厥大成，金聲而玉振之也。孟氏而后，學就絶統。嬴秦斷然棄之。漢氏質而陋於聞道，唐人華而不實，風斯下焉。皇天相宋，聖學勃興，濂溪濬其源，伊洛助其流，推而上之，直追孟氏，盛矣哉。游揚而往，馴致末異。譬之膏田，荑稗與之俱化矣。考亭夫子寔踵其後，左排右駁，口喻手補，復求諸義理之中而得之，知行並進，内外交養，文質彬彬，稱君子矣。不一再傳，竟墮卑萎，殆終宋之世焉。元處士劉因《敍學》，博而寡要，去之亦遠。我明純德靈邕，克享后皇，糾和翕淑，篤生哲人。今耆宿在朝，正學宣朗。余小子忝際遭逢，願吐胸臆，敢就正焉。作《學説》。

自訟

汝驕汝矜，既墮既輕。謂汝多能，而病人之不稱。謂汝多辯，而屈人於無聲。多能害道，多辯近刑。勿謂汝少，三十而立。策名持禄，汝寔何德。薄蓄厚施，寡種多穫。汝甘於小成，是謂狼疾。朝聞夕死，云胡不力。

自警

孔曰默識，孟云勿忘。夜氣既斲，山徑則荒。苟外物是恃，則内焉必亡。雖桓文之盛，魯史猶譏其未王。堯舜之道，本於孝弟。文王小心，昭事上帝。暗室大庭，孰云有異。知而不爲，是曰無志。唯無志之人，迺足以僨事。汝奚不曰，我異於是。

責志論

天下之事，成於氣之充，而敗於氣之餒。夫三軍之帥至勇也，可以奪之；金石至冥頑也，可以開之；天地至幽且遠也，可以格之。是孰使之然哉？氣爲之也。苟無是氣，四體在我有弗喻焉，至靈如人有弗感焉，雖裼寬博有弗勝焉，況於天地，況於金石，況於三軍之帥者哉。故曰成於氣之充，而敗於氣之餒。孟子曰：『其爲氣也，至大至剛。』繼之曰：『夫志，氣之帥也。』由是觀之，凡氣之充者，志之立也；凡氣之餒者，志之靡也。是故事莫大於氣，氣莫大於志，志莫大於責。夫志以令氣，氣以聽志。吾見有弗動，動斯臧矣；有弗舉，舉斯終矣。推是以往，何事之不可爲，何功之不可集，何習之能移，而氣之能勝哉，故曰氣莫大於志。顧人之情，樂因循，而成於愓勵；棄於自畫，而獲於有所勸。嘗試之，撻而示之，識必專也；疾而覺之，悟必速也。昌被不飾，則形喪神馳〔一〕。衣冠以閑其體，珮玉以警其耳，采色以觸其目，則肅然穆然，常若大賓之是接矣。此蓋通中人而下之故態也，故曰志莫大於責。雖然，氣以志充矣。苟無義理以養吾志，而以血氣輔之，則爲强梁，爲剛愎，爲暴虐，且將無所不至矣。故君子之責志，志於道，志於聖人而已矣。《易》曰：『天行健，君子以自强不息。』健者，天之志也。故四時寒暑，各司其職，而百物生焉。自强不息者，君子之志也。故修於身，刑於家，措之國與天下者，萬世法焉。夫天之志，無事乎責也；君子之志，不待乎責而自責者也。是知程子之論非爲君子也，爲困學者發也。是爲論。

【校記】

〔一〕形：原作『刑』，據四庫全書本改。

四川與何總兵論西番用兵公移一首

爲照西番自古以來不能爲中國大患，亦未嘗不爲中國患，要在羈縻之而已。往昔難以概舉。以我朝國初兵力之强，御史大夫丁玉經略之勤，其終也，亦惟給散銀顆，至今各番藏之以爲寶。是雖丁大夫威惠入人之深，亦以賞之而已。今爲撫剿之説者，已失其宜，而所謂無不撫之剿者，尤爲不通之論。蓋撫之不從而後剿之，未聞既剿之而又撫之也。且如土夷芒部已叛，則剿之，而改爲流官鎮雄府。如烏蒙、烏撒，雖有兵端，但撫之而已。蓋剿則必盡，撫則必賞，故曰撫夷賞番，非漫語也。今西番自有部落，自成風土，比與土夷尚概聲教者不同。將欲剿之，則不能盡；將欲撫之，則不可終。故爲中國之計者，必以備禦爲上策。伺其犯邊，則誅之；因其欵塞，則賞之。賞之者，非盡賞也，賞其欵附者也；誅之者，非盡誅也，誅其犯順者也。若思爲拓土開邊之策，生事喜功，以僥倖於萬一，則啓釁搆怨，孰任其咎耶。麾下熟知番情，忠勇素著，當儕之古名將之列，比與白面書生妄爲自用者，不可同日而語。見蒙撫按批示開詳番情，請條具誅賞撫剿事宜，逐一開報，以憑轉達。訪得深溝一寨，及據地圖詳觀。山脉起自西番，迤邐而來，至於深溝地面，方始落下，壁立斬絶，約高三十餘里。我難以仰攻，而彼可以下據。蓋彼反在内，而我在外，地勢則然。譬如城堡，可以内守，而不可以外有也。今縱一時攻破，竊恐不可有也，有之恐不可守，守之恐不可久。今若悉併財力，逮爲城堡，西番暫且遠避，俟我功成，不過數十人至百餘人守之而已。一旦驅其醜類，乘便逐之，殺虜殆盡，如近日貴州凱口之事，則地方之責又將誰任耶？昔人謂幽州之地，曹翰可取，孰可守也？竊意此地宜空之，使彼不得而居，我亦不必履此孤危，則架梁裝塘之擾可免，而華夷之界限自明，且省後慮。此亦書生臆料之言，亦希麾下斟酌，以爲久遠之圖。備細開示，以憑轉達。

與四川巡撫論處置西番用兵公移一首

爲照今歲威、茂用兵，建議運謀，身親行陣，則兵備副使朱紈之功爲多。副總兵何卿始議不合，後乃强從。參將周繼勳中立二者之間。其用事贊成，則指揮龔鋭也。大抵此舉彌文勝而誠意微，始事收功，多涉誇詡。若使四川諸邊尤而效之，則挾忿自用，假公營私，而天下之禍，始有不可勝言者矣。重煩奏報，奉有明旨。臺下與人爲善，欲使之因事有功，甚盛心也。深等豈容復開妒婦之口。第念國事至重，終難隱默。今據副使朱紈條陳四欵，内多支詞，甚至自相矛盾者，往往而是。反覆推詳，乃其不能自安之本心耳，亦在所取。惟有布政司錢糧，姦弊多端，必須請官查盤下落，方顯貪廉。若少遲延，必蹈往年五寨之弊，侵剋難明至三十餘萬，殊爲不便。

儼山文集卷八十五

策 癸亥南監季考

問：國學之設，所以維持世教，造就人才，非徒爲粉飾太平之具也。自昔以來，其建學之制與爲教之法、得才之效，互有不同，則游於斯者，皆不可不知也。請以所疑，從諸君質焉。孟子論學，推三代所共宜，無異名也。而《禮》有上庠、東序、右學、東膠、成均、辟雍之異，何以不合於孟子？孔門傳大學之道，不過三綱八目，宜無他道也。而《禮》有三德、三行、六藝、六儀、四術、四教，與夫樂德、樂語、樂舞之目，何以不同於大學？師一也，而有大司樂、樂正、師氏、保氏、司成、司業之職，何以分？士一也，而曰選、曰俊、曰造、曰進之義，何所取？周之五學與漢之三雍，唐之七學、宋之四學，其數之不同，亦各有説與？今太學之六堂，其亦有同於古乎不也？古之士以德業相先，今乃行業不修，惟筭撥歷之月日，豈以是爲惜寸陰耶？古之學以明經爲務，今乃經術不講，群争短差之甘苦，豈以是爲奪錦標耶？欺誕相習，每稱病以免坐堂；奔競成風，或附勢而求速化。憚拘束而樂放縱，避勤勞而求安逸。若是者，可望其有成材乎？茲欲變化士心，作新士習。使爲師者各舉其職，不爲倚席之博士；爲士者各安其業，不爲城闕之子衿。争先於學問，而資格之不計；相讓以道德，而奔競以爲恥。不負菁莪之化，聿成棫樸之材。何所施而可？國初積分之法，可復舉乎？湖學經義治事之教，程子吏師禮賢之議，亦可用乎？抑別有道乎？前代太學諸生有舉旛而救鮑司隸者，有倡義而不污朱泚者，有殺身而争宰相之用舍者，有捲堂以論丞相之起復者，其忠義節概爲何如？不知其人亦嘗筭撥歷而争短差乎？諸生皆四海之英，贋貢舉而來，肯自處若人下乎？願一吐胸中之奇，老夫當斂衽以拜下風。

嘗讀賈生書，未嘗不陋其辭之陋也。美才如誼，何患不知？不患不知，何患不用？如是其陋過矣。暨得觀先正議論，謂生志大而量小，痛哭流涕於初見君不祥，則又快其言之中也。由今觀之，乃大不然。夫奉公履忠，臣子姱節；引墨循繩，士女美行。此特中才之的耳，非所與論於賢知之外也。是故士有倒行逆施以適於道，道喪法弊，然後大臣敢與天子抗議，以行其志。故曰賢者作法，愚不肖者拘焉。誼之悲，千古之痛也。今夫太學者，豈惟賢士之所關哉？民生休戚之所關也，世道升降之所關也。何則？今日之生徒，異日之百僚庶府也。天下之事，待人以集。集事之人，有不自太學出者，大都四之一耳。一不勝四，雖盡歸之太學，亦可也。不儲其才於未用之時，而欲較其功烈於既用之日，斯是之謂不耕待獲，胡可得哉？古者太學之禮，雖詔於天子，無北面，所以尊也。降至兩漢，三老五更，不失古意。歷代之所禪隆封厚者，獨一此爾。恭惟執事蚤學聖賢，望隆台輔有年矣。竊恐門生故吏之言不信於天下，故不敢頌稱功德。由今天子任執事之意，可謂重矣。虚位三年，温詔接踵，自我朝以來，未有盛於執事者也。而執事其亦果不負此任也哉。愚生雖在草莽，亦思咏歌聖明，以侈師道之得人，況得躬逢其盛與係籍弟子者哉。草莽咏歌，尚期徹於執事，以露諷諭。近在門墻，固當一躡忌諱而言之。此而嘿嘿，是重負執事也。固欲一言，又恐先動賈生之哭，所以睢盱躑躅而不敢者，於兹兩閲月矣。雖然，執事方有問焉，宜終不得無一語也。日者季試策目，愚生竊得而伏讀之，一則曰諸君，二則曰老夫。何其言温而氣和，憂深而思遠矣。執事不負明天子者，其不於此略見一斑也哉？

伏惟明問自昔以來，建學之制、爲教之法、得才之效，皆生輩所宜知。於是舉疑義數端以詰。於乎，執事之心，所謂待人以不薄者矣。愚聞隆古之日，人之生也，自能言能食時有教，以至成童。弱冠之日有學。故自八歲入小學，迄乎入大學之年，中間訓詁名物，固皆口誦心惟，章析句通。由是而往，盡天下事理，次第而學之。積以日時，高深上下，靡有或遺。及其隨用也，舉而措之。是故風尚淳厚，禮樂宣著。此古之教，亦古之道也。執事慮今之學非古之教。以古之道繩今之人，乃先緩辭括義以驗其體，然後與論天下事以博其用。自愚觀之，學以識治爲難，而記誦辭章，不過格致之一端爾。諸如彼類，皆愚幼讀其書與學於其師者，姑俟終篇以獻，未晚也。苟於名物度數之間，徒舉先儒之成説，至於紀綱法度，無通融之術者。世之君子，固有拾芥高科，而才不堪一縣吏，指揮孑孓，而步趨彳亍，比比僨事者，愚未嘗不刻骨刓心以惻隱之也。夫泥於古而不通於今者，謂之腐儒；熟於世故而暗於道者，謂之俗吏。二者皆君子所弗學也。

伏惟明問行業不修，惟筭撥歷之日月；經術不講，群争短差之甘苦。嗚呼，是固宜執事之所爲驚怪而亟問也。諸生入太學者，皆由貢舉，德性就矣，學業成矣，登庸將矣，烏乎然哉！嘗觀天下之勢，人情而已。情之所安，不能拂之使違。雖有堯舜之知、湯武之勇，若使逆人情而用之，斷曰不能也，亦文情以合法而已矣。太古之世，民之初生，被髮裸形，與禽獸無異，聖人製爲冠帶衣裳之。冠帶衣裳，本人情之所甚安也。若被之土石草木，掩蓋之而已，其有不跳踉而投擲者乎？國初生徒，固有數年不徙者。今不過三四年之間，而争端百出。豈古今人情不同逕庭哉？曰：不也。夫人之情，非有所樂於此，孰肯甘辛苦而安之。是故馳馬試劍，獵較原野之間，羸憊甚矣。厥明復事，必將操戈據鞍，奮躍而先之。何則？樂於得獸也。使有獵較之勞，無獵較之樂，吾知不能一時安矣。今日之事，何以異此。國初雖曰日捲三班，然因而飲食之。諸生整衿束帶，攜書就館，飯畢班散，從容自公，然後各坐號舍，以遂所業。且朝藝成而夕見用矣，既無薪水之勞，又有行志之樂，如之何而不安耶？今也不然。雖有廩餼之給，已非養賢之初意。又況貧病衰老侵尋於其中，辛勤客旅，流浪歲月。雖有志之士，亦將起而争之，況于好逸惡勞中人之性哉？此勢之所必至者，亦何足怪。蓋嘗驗之人之欲去此地者，必其心有所不樂也；其相争者，必其所不相安也。夫樂則相安，相安則相遜，此理之必然者。故曰：知而不好，知之未至也；好而不樂，好之未至也。事而至於樂，聖人制禮樂之本也。今之生徒，有望太學而興畏者矣，烏在其能樂哉？

伏惟明問欺誕相習，每稱病以免坐堂；奔競成風，或附勢而求速化。憚拘束而樂放縱，避勤勞而求安逸。於乎，孔子曰：『君子之德風。』孟子曰：『上有好者，下必有甚焉者矣。』今日太學之教，其諸異乎古之教者矣。所存者，獨文學一科耳，其又異乎古之文學者矣。愚生自入太學以來，竊嘗用情焉。其所見聞者，不過曰某長於舉業，可以取捷進士也，從而禮貌之。某熟於時文，可以雄長場屋也，從而援與之。教之者如是而已。未聞某爲道德而被一褒也，某學聖賢而博一譽也。豈群然數百人之中，曾無一二輩以當其選？愚不敢厚自誣於一世也。況科舉之業，係於人者，其學也，有至焉，有不至焉。聖賢之事，本諸天者，是惟無學，學之必至。大抵科舉之學易，而聖賢之學難。又舉世皆好科舉，而不好聖賢，則人孰肯重遠天下之所好，以獨攻一己之所難。能自拔於流俗，挺然風氣之表，世寧幾人哉？且夫文人無行，自古爲然。蓋其究心枝葉，而遺棄本根，游藝之日長，而依據之功少。今縱不能直示學者以本根之地，顧爲之揚其波，助其瀾。明知其人之不可與言也，而徒重其文辭，彼將曰：吾之醜，吾之文足以蓋之也。有愚不肖者從旁熟視之，亦將曰：某且如是，猶齒于人。吾亦爲之，無傷也。轉輾效尤，人將何憚而不爲乎？中人之性，非有所勸之于前與有以懼之於後，不能動中矩矱。士習之不美，有由來矣。

伏惟明問變化士心，作新士習。使爲師者各舉其職，不爲倚席之博士；爲士者各循其業，不爲城闕之子衿。争先於學問而資格之不計，相讓以道德而奔競以爲恥。何所施而可？愚聞聖王不沿禮樂以爲治，君子不襲故常以立教。何也？道與時常不能以偕行故也。執事憫學教之陵夷，奮然左提而右挈之。愚以爲執事人也，又得其時，竊所望焉。必欲遠追三代，坐享人材之效。此其事係，愚生更有論撰在，度不能卒然行之也。何則？太學與銓選相通。欲復太學，必變銓選；欲變銓選，必變科舉。此非有願治之聖君與得君之賢相，大約更張之，漸以三十年之久不達。故曰不能卒然行之也。兹欲行國初積分之法，復宋儒湖學之規，愚直謂其勢亦有不可遂者。又何也？積分之法，即前所謂通銓選者已。以今日之資格，行國初之積分，則士有老死成均者矣，豈其本願哉？若宋胡瑗痛詞賦之弊，其在湖學，矯之以經義治事。夫湖，郡學也。當是時，師有定教，弟子有定學，故安定之門人出，而天下之人才廢矣。慶曆中嘗頒其法於太學，然宋朝三舍之法，猶有小成大成之遺意，故士多有至數年者。蓋經義治事之學，非可責效旦夕之間，日久功到，庶幾有成。然宋人亦但著爲令而已，未見其能舉之。豈非鄉學與國學不同?師雖有定教,而弟子無定學故也。今日之事,則又不然。入太學者,有所謂水程事故之日。其實歷也,有數月者,有上周歲者,最多者不出三期月之外。又有課試之累,又有薪水之勞,其間實力於學者幾時哉。夫苟用之,亦揭虚名而已。有益上下,未之有也。夫人居家與居傳舍異,傳舍常思行,居家則安業。今之太學,今之士之傳舍也。故曰勢所不遂者,此也。獨二程禮賢吏師之議,爲可用於今日耳。雖然,立法貴於濟事,不貴於紛更。使法立而人駭,駭則疑,疑則不信,不信則不用。要在因其勢而宜之,若禹之治水然。豈獨禹之治水哉,三代聖人用此道也。且夫忠質相因,忠弊則捄之以質;文質相生,質弊則捄之以文。是故其人不駭,而亦不知其法之改也。燕趙之人,生不識舟楫,一旦至於具區、彭蠡之濱,望帆檣而疑矣。及觀其出没風濤,縱横上下,則足顫背汗。而吴楚之人,固有以舟航爲家者,耳目不同也甚哉。耳目之障蔽,不可以易而袪也。若驟相期於言意之表,其不爲燕趙之舟楫者幾希。

今日之太學,謂宜以今日之宜處之。今日之宜略有四事,愚請言之。一曰大學術,以救科舉之弊。愚聞古之人,無不學也。其學以二十五年之久,然後仕焉。既仕也,惟才是任,無所謂資格也。是故伊尹起於莘野,傅説舉於版築,太公興於渭濱。始也養之如此,終也任之如此。今日科舉,既得出身之餘,惟論歲月官資而已。竟不問其學何所本,才何所堪。言及於此,雖欲自已,其流涕痛哭不可得也。上之人既以是待天下之才,人才所學視有司,一舉業之外,少留意焉。雖然，舉業本意未始不善。何則？本之經書，以觀其義理之學；參之論判表策，以觀其理治之方。胡瑗所謂經義治事者，固以兼舉而並行矣。聖祖謀畫極有深意，前輩先達功業頗高。今日舉子，不必有融會貫通之功，不必有探討講求之力，但誦坊肆所刻，軟熟腐爛數千餘言，習爲依稀彷彿浮靡對偶之語，自足以應有司之選矣。學術至此，其又可悲也夫。今九州之廣，四海之遠，聰明才辯固自不少，皆科舉之學誤之也。天下人才不過二等，天資明敏者上也，學問後通者次也。上焉者，其於科第早得數年；次焉者，其於科第遲得數年。大約如是而已矣。早者血氣未定，一旦心與物交，有引於功名，有引於富貴，間有有志學術而重爲政事所縛者。既有志又有地，千百之十一耳。是上焉者，科舉誤之也。遲者血氣既衰，力不迨志。是次焉者，科舉又誤之也。舉天下之人才，皆誤於科舉。如此不幸者，不可追矣。又幸而得入太學者，正宜與之講明學術，致力於身心，而不徒詞章，留意於經濟，而不但記誦。知是行是，雖歲月有淺深，皆不失爲君子人也，異日有位可屬望焉。若復程督舉業，是以有限之功，爲此無用之事。朱子所謂伎倆愈精，心術愈下，不若不教之，以全其朴忠之爲愈也。何則？舉業者，進取之媒，非致理之路也。其弊也，浮華而無實用。求之之地，在今日之太學耳。蓋鄉學所儲，未成之才也；太學所養，將用之才也。

二曰開薦舉，以寓激勸之微權。國家取士於科貢，仰視前古，似爲少狹，然亦足以周天下之用，取才期於足用而已矣。又况太學之士，皆名待用。薦舉若無俟也，此有説焉。朝廷官人，制爲等差，曰守、曰令、曰藩、曰臬、曰卿、曰大夫、曰公、曰孤，異其章服，辨其資階，此皆非其人性分之所有也。蓋假此以妙其用，使少者賤者，俛然知其尊且貴，而服役之，其中才者，則又歆豔而企及之。故曰：爵禄束帛，所以磨世厲鈍也。以執事之碩德重望，試於太學之中，熟視嚴察，其終不負執事者，歲一二人，特章論列之。雖薦未必用，用未必顯，天下已曉。然知太學有薦舉之路，孰不樂居之，刮磨拔濯〔一〕，以應執事之選哉。其功爲不少矣。

三曰隆禮貌，以愛惜人才。愚聞太學與百司，非但勢不同，其意亦不同也。何則？百司謂之政，太學則謂之教。百司謂之治屬，太學則謂之師生。百司有五刑，太學則有二物。百司主法，太學主恩。今日彝倫之上，生徒步趨拜揖，一不敢越厥度，高拱堂噲，指意而已，豈百司敢京哉。愚以爲不如是，則道不尊。退而聽事，略宜霽威，無益拜跪，一切罷去，以勵諸生之節。執經獻疑，從容窮日，以承執事之教。愚以爲不如是，則道不行。若夫高堂深陛，不敢仰視，固已扞格不通矣。良法美意，安從致之。孟子論政，所以必本之仁心仁聞也。蓋養人才如養山林，非但雨露滋之，又勿使牛羊牧之。雨露滋之，牛羊牧之，竊恐滋不勝牧矣。

其末也，則在於變文體，以救俗學之弊。《傳》曰：太上立德，其次立功，其次立言。文非君子之所先，亦君子之所不廢也。文體關時，理不可誣，又君子所不得恝也。是故爲文不本於六經，皆苟而已。前代文體，具有成論。獨宋南渡以後，纖弱破碎，議者謂其國體然也。元人承宋，矯之以麤豪叫嘯，益不足觀。我朝又監元人之失，類以歐、蘇爲宗。愚見世之好歐、蘇也，亦嘗取歐、蘇之文，閉門而讀之，未見其足法也。喟然嘆曰：由六經而至歐、蘇有之矣，未有由歐、蘇而造六經者也。夫歐之文温雅，其學勝；蘇之文通達，其才勝。無歐之學與蘇之才而爲其文，所謂效季良不得者也。國朝百餘年，文運亨嘉，宜在今日，伏惟留意焉。蓋六經者，道德之淵藪也。由漢以來，用文取士不可改已。不敢不本之六經者，譬諸適都之人，中道而迷其路，有人於此指之曰：此南也，此北也，此東西也。若人北征，猶可以達大道而之都。如曰此有捷徑，彼有便途，吾見其不東蹈海則南走越耳，是没齒而不能望都也。爲文本經，此正示之向方，庶幾異日因文以見道耳。

夫是四者，愚昧不敢自必謂何，庶乎人才學術可得一變也。孔子曰：『齊一變至於魯，魯一變至於道。』於乎，天下之事，爲之不憚其始之難，而後獲其終之定。必探其本之故，而後致其末之理。是故爲執事類數而條説之，以俟採擇焉。若所謂學名者，名不同而義同，雖謂之名同亦可也。孟子蓋有見矣。且夫成均者五帝之學，『成』之爲言就也，『均』之爲言平也。天之生才於是就焉，天下之才於是平焉。上庠者有虞之學，『庠』之爲言養也，所以養儁德也。東序者夏后之學，『序』之爲言次也，次序先王之道而學之也。右學者殷商之學，學所以學士之宫也。周制曰東膠，又天子曰辟雍，蓋膠之爲言糾也，所以糾收學士也。辟，明也；雍，和也。化道天下之人，而使之成士也。義皆主於教士，非若專於養老，專於教民，專於習射，其事分，其義殊也。大學之道載在《周禮》者，則有三德、三行、六藝、六儀，與樂德、樂語、樂舞。見於《王制》者，則有四術、四教，若多於孔門之傳授。然《周禮》《王制》所云，皆修身之事。或以道言，或以教言，實相表裏也。所謂師之職，愚聞古之教者，不獨以禮，而必以樂。故大司樂、樂正，皆繫之樂也。教國子以三德者，師氏也。養國子以道者，保氏也。司成之名起於唐，蓋總統學政者也。司業之官設於隋，其本於樂正、司樂者乎〔二〕？雖有不一，同職於教養而已矣。所謂士之義者，命鄉論秀才升之司徒，則曰選士；司徒論士之秀者而升之學，則曰俊士；升於司徒者不征於鄉，升於學者不征於司徒，則曰造士；大樂正論造士之秀者以告於王，則曰進士。夫選者，擇也，擇而取之也；俊，民之秀也；造，成也，成其才也；進者，進而官之也，此其義與。所謂歷代之學者，則東郊、虞庠、辟雍、頖宫，周之五學也。明堂、靈臺、辟雍，漢之三雍也。國子學、太學、四門學、律學、書學、筭學暨國子監，唐之七學也。太學、武學、小學、律學，宋之四學也。數雖不同，以愚考之，其重在太學，則一而已矣。何則？周之虞庠，小學也。頖宫，諸侯學也。辟雍與東郊同地，曰東郊，又曰辟雍，别諸侯也。漢之明堂、靈臺，各有所事，惟辟雍爲養賢之地。唐之六學皆領於國子監，宋之四學令司業爲之，其亦隸於國子者也，與今之六堂皆統於彝倫大同而小異焉。但漢之三雍，本於圖讖之故；唐之七學，雜以一藝之名。宋承唐餘，猶存故轍。我朝則以率性、修道、誠心、正義、崇志、廣業爲名，直追三代而上下之。今之士居之，敢不顧名以思義，此亦愚之志也。

伏惟明問前代太學諸生，有舉旛而救鮑司隸者，有倡義而不汙朱泚者，有殺身以争宰相之用舍者，有捲堂而論丞相之起復者，其忠義節概爲何如？諸生肯自處若人下乎？於乎，彼數子者，皆所謂遭時之不幸者也。其忠義節概，誠激昂千古，執事以爲何道而致然乎？夫天下之榮美，人常不爲者，知不足也。知而不爲者，知之未真也。惟其真知，是以力行，數子蹈之也。竊嘗觀之，西都學術，去古未遠。哀、平之世，猶有存者，故宜有舉旛之士。德宗之世，陽城、韓愈繼在太學，故宜有倡義之人。道學於宋爲盛，故宜有殺身去國而不愛者。彼皆顯然知名義之可重，而戮辱之爲甘，其爲之也豈有待哉？求如古人，亦教之古人而已矣。夫苟教之，既已知之，則必行之。幸而爲賢宰輔，爲良百司，不幸而見鮑宣，遇朱泚，目擊李綱之去國，與史嵩之之起復，則爲王咸、爲何蕃、爲陳東、爲黄愷伯不難矣。孟子曰：浩然之氣塞乎天地之間，有所養也。若夫不教不學之人，簞食豆羹尚不相能，安望其捐軀赴死，以扶天下之大義乎？此則不知之罪也。是故士習不美，是未教也；教矣不率，是未善也；善矣不遷，是棄物也。迸諸遠方，終身不齒，其亦古之道乎？天理之在人心，不由外鑠，寔由外亡，是在執事覺之而已矣。愚生鄙野，蚤乏父兄師友之功，罔知避忌，狂妄於大人君子之側，無所逃罪。然自度惟執事可以聞此言也，幸甚先教而後誅之。

【校記】

〔一〕刮：原作『括』，據四庫全書本改。

〔二〕司樂：原作『司業』，四庫全書本同。據上下文改。

儼山文集卷八十六

題跋一

題海叟集後

《海叟集》舊有刻，又別有選行《在野集》者。暇日，因與李獻吉員外共讀之，又删次爲今集云。先生多權奇，有才辨，雅善談謔，卒亦以此自免於難。顧其詩乃雅重悲壯，渾雄沈鬱，殊不類，豈先生別出其餘以應世，而中之所有，固自不可測耶。深先生鄉人也，恨相去遠，無從考論，姑誦其詩，以附孟氏之義云。

題蜀本史通

深在史館日，嘗於同年崔君子鍾家獲見《史通》，寫本訛誤，當時苦於難讀也。年力既往，善本未忘。嘉靖甲午之歲，參政江西，時同鄉王君舜典以左轄來自西蜀，惠之刻本。讀而終篇，已乃采爲《會要》，頗亦恨蜀本之未盡善也。明年乙未，承乏于蜀，得因舊刻校之，補殘刓謬，凡若干言。乃又訂其錯簡，還其闕文，於是《史通》始可讀云。昔人多稱知幾有史才，考之益信，兼以性資耿介，尤稱厥司。顧其是非任情，往往捃摭賢聖，是其短也。至於評騭文體，憎薄牽排，亦可謂當矣。善讀者節取焉可也。

題史通後

按《史通》十卷，舊本定爲三十八篇，篇繫一事，惟《因習》分爲上、下篇，上篇舊稱闕文。今本存三十七篇，比因訂正《曲筆》《鑒識》二篇錯簡，乃類爲一篇以還之。於此未必其本書也，而文無煩綴矣。知幾之爲此書也，高自標致。嘗謂國史以敍事爲工，敍事以簡爲主，故自子長、丘明而上，皆涉評彈。然此書之冗長亦不少矣，笑前人之末工，忘己事之已拙。嗚呼，修辭之難也如此。

題七賢過關圖

右畫雪景，谿山樹石間爲關門下，自關門騎而乘者七人，爲黄牛一，爲騾凡五，爲馬之蒼者一。從人八，各有所負持，爲琴書囊箱之類，皆日用所需物，若移居然。位置筆意頗有佳趣，衣冠似魏晉間，豈世傳所謂《七賢過關圖》耶？今爲樗仙王公進德所藏。公方供事章聖宫闈，爲今上眷遇，日向柄用。其所嗜好者，乃皆琴書圖史之屬。有甲第在東華門外，清整雅潔，未嘗與俗人往來。休沐之暇，即闔户焚香，彈琴讀書。或展古名人墨妙，臨寫不釋手，故書法遒麗，遂成名家，與當代之張東海、蕭海釣輩可以並駕也。尤好接禮賢士大夫，讓座設榻，皆欣然不厭煩。予召自蜀藩，入掌大官，適主其家，每接緒論，宛然一儒者。乃於席間覽此圖，亟爲稱賞，非徒以其藝焉而已。公即裝池成卷，求予題數字，踰年而未有以復也。按，七賢過關事無所考，豈竹林之人耶？或曰即作者七人爾。蓋畫家多尚興致，不屑屑形似，要在得其意於筆墨蹊徑之外可也。公遭遇聖明，參與帷幄密勿之地，以其愛畫之心而爲愛才之舉，則天下必不至有遺才如此圖中望望而去也。予重以是望之。

書偶軒先生小傳後

《傳》曰：『使於四方，不辱君命。』蓋言有死道也，何則？置身險阻，犯瘴霧風濤之毒，死一也。抗手夷庭，有跋扈彊梁之虞，死二也。所死不同，處死則一而已。雖然，唯仁者不以夷險貳其心，然後能委順；唯勇者不以禍福奪其志，然後能明道。故曰非體之難，所趨之難也。蘇子卿陷身匈奴者十有九年，當其犯險阻，叢脞厄，瀕死者數矣。世恒爲子卿重，重其能處死也。若偶軒先生黄公之死於海，非所謂仁者耶？公死後二十年，深從公子今御史君如金遊。公之從弟諱乾剛從公於難者，亦有子曰希英，同舉孝宗朝進士，故深聞其事甚習。乾剛雖無使責，然因使而死，謂之死於使亦可也，非所謂勇者耶？公既膺卹典，久而御史君兄弟俱以文學紹庭，愈遠則愈傳而愈烈，可無憾矣。然使國乏忠良，家乏弟弟，陷彼兩賢，惜也。悲哉！

題蘿山集

潛溪宋先生景濂，開國文人第一。百五十年來，博學洽聞，未見其比也。深讀先生文最早，詩則無從得焉。安意先生於此毋乃小有所讓，抑亦昔人所謂難兼以長者。近得《蘿山吟藁》五卷，讀之。鍛鍊之精工，體裁之辨治，氣韻之偉麗，詞兼百家，亦國朝詩人之所未有也。欣慰累日，若還至寶。於是歎前輩之高雅，世未易盡知，而又以愧深之寡陋，徒相值於遲暮焉，而未暇學也。是歲己卯長至日書。

書戰國策後二首

余家窮鄉，又故農也，素無遺書，迨余又力薄，故其致書比於他難也。十五六時，喜讀蘇氏書。側聞先儒，悉謂蘇實原於《戰國》。因訪諸友人，得一斷簡，蓋《齊策》至《楚策》凡十卷，受而讀之。其事至不足道，而其文則至奇，時恨未覩其全也。壬戌之春，會試南宫，始購得之，猶非善本。下第南還，避谷亭者幾兩月，始伏讀之，然殘闕者多，未免遺恨。嘗作三論、兩補亡、十五擬代。雖詞采無取，當復棄去，然於是書，不可謂無意也。正德改元，余第進士之明年，始於同館徐子容借得善本，手自補校。而余之所有《戰國策》者，乃僅可讀。於是竊歎夫學欲及時，而淵源不可少云。

竊以是書，古昔大儒多以其縱横之習，鄙而棄之，故視他古書舛錯尤甚。中間雖經劉氏、曾氏之手，今所傳本則鮑彪氏、吴師道氏所爲校釋，蓋因劉、曾之舊而加密焉者。鮑氏嘗詆高誘爲陋儒，然鮑之高論自專，動以聖賢律游談之士，是其所短。而吴氏主於攻擊鮑氏，持論往往失之太過，反有不若鮑之得其平者。間因校讎之餘，正其句讀，通其訓詁，而二家之言，復時折中之，藏去以便私覽，尚冀他日之復讀也。策首舊載諸序猥雜，今定以劉序、曾序爲冠，其餘别爲一卷，以附其末云。

題所書後赤壁賦

國初書學，吾松嘗甲天下，大抵皆源流於宋仲温、陳文東。至二沈先生，特以毫翰際遇文皇，入官禁近，屢遷爲翰林學士，故吾鄉有大學士、小學士之稱。民則不作行草，而民望時習楷法，不欲兄弟間争能，其所存有如此。又聞之前輩，言民則蚤年書甚瘦勁，渡江以後，務爲豐腴妍媚，以合時尚。文皇每不喜歐體，以爲織竹編葦，有衰颯氣象。予家所有二沈手筆不少，而以民則《赤壁賦》小楷爲第一。惜乎止得前篇。爲寫後賦，以具蘇文之全，非敢方駕於古人，聊以示兒曹耳。

題誌窮録後

嗚呼，此安成之風化，世所謂三窮之圖，而一代名賢高士之所爲歌詠敍述，今中丞弓岡周公之世澤在焉。深讀之，既而後知天人之相爲倚伏者昭昭也哉。窮於此，達於彼；窮於今，達於後；窮於爲善，必達於獲福。若是録者，可觀也已。初，安成之周族古而傳單，至贈御史梯雲公，凡幾世矣。許孺人之相梯雲公也，年十九而公卒，卒之四十有六日而弓岡生，是時舅姑年五十矣。夫一門之内，祖窮於獨，婦窮於寡，子窮於孤，斯非天下之至窮者乎？斯天也。既而朝廷旌門矣，孺人受封矣，弓岡有子矣，斯非天下之特達者乎？亦天也。嘗聞友人吕仲木有五苦之論，則許孺人造周之功爲不細，此則人也。夫天之福善，人之感天，豈不昭昭也哉？方其窮時，使孺人一念可奪，則周氏之一脉無餘矣，雖天亦將何所施其報乎？所謂忠臣烈士、嚴師大賢、節婦慈母、鼻祖孝孫，孺人一身寔兼之。弓岡方以道德風概，左右聖天子，功業日躋，恩榮時頒，上及厥祖，下廕後人，則周氏之三世，且將爲三達矣。孺人之於周，功德何如也。敬書諸末簡，以示有永。

題方氏世像

自封建廢，天下無世家。五方之都會，風氣通淺，凋榮最易。獨重山深谷，往往能養其渾朴之族而引之。予觀開化方氏此册，三朝之禮度，數公之儀範，若身見其歷歷於一日間也。思道尚思所以引其世哉。

題李棟塘詩文卷後

嘉靖壬辰，予歸自晉陽，舟次阿城、七級之間，待水南下。時李侍御銜命西巡，得朝夕談敍，因出棟塘詩文凡十巨册，皆當代名筆。展翫再三，如入寶藏，因以歎侍御養志之勤。予許爲作傳，先成二詩，繼贈侍御。侍御仲子生威侍，相與論文談道，時時成一小詩，皆隨筆寫之。侍御父子各持去，若與奇物等。予取適，不問所憎愛也。舟過沛，中流有災，滿載而燼，併與符印俱失，相顧錯愕，不暇爲謀。而向之十册，留予舟四册者獲全，相眎驚喜。而予之筆墨一空，侍御父子尤惜之。予亦促歸，悵怳如夢。既而南北不相聞者三月。侍御控訴，天子再給符印，俾終巡事，便道過予東海。予爲述懷，并記一時遭際如此。

題張九苞高房山畫卷

此予同年張進士九苞所藏，畫筆簡淡深遠，無纖穠習氣。房山以畫名元盛時，其人品亦高，極爲趙松雪諸公推許。是當爲真蹟，但後所題『至正丁卯』殊爲可疑。按《松雪集》載《題高彦敬畫》詩一則曰『堂堂侍郎公』，二則曰『尚書雅有冰霜操』，又曰『與公攜杖聽潺湲』，則房山當爲松雪前輩矣。松雪卒在元英宗至治壬戌，時年六十有九。後十九年，順帝始以至正紀元。不應此時房山尚在也，況至正又無丁卯歲耶。按史，順帝以癸酉即位，改元元統。又明年，重紀至元。后六年，又改爲至正，是歲辛巳也。訖于二十七年丁未而元亡。後二十歲，始得丁卯，實我太祖高皇帝洪武之二十年也。不應復以丁卯繫之至正，此其可疑者也。豈此畫舊無題識，後人愛而或以意增書之耶？

書名籓至德詩後

深既題『名籓至德』之什，復序次所以，以道君臣之分嚴，而雍睦之化大，可以風四海傳百王無疑也。顧詩人之旨不白，似於美盛德、告成功之意有歉，乃復申爲之説曰：先王之制禮，凡以修德也；先王之修德，凡以永世也。世之修短卜於德，德之大小卜於敬，敬之存忽卜於心，心之出入卜於人。人以檢心，心以主敬，敬以蓄德，德以延世。夫然後中氣應而和聲協，於是託之人文，被之管弦，薦之宗廟，此帝王之業而咏歌之至也。周之先王蓋嘗卜世矣，故其詩曰：『文王孫子，本支百世。』周之德至文王止矣，故其詩曰：『穆穆文王，於緝熙敬止。』蓋言文王之子孫皆百世也，百世之子孫皆修文王之德也。恭惟我太祖高皇帝神功聖德，媲美文王。盤石之宗，屏翰皇室。晉王殿下孫則六世也，文之昭也。於今天子，分則君臣，親則兄弟也。一以世天下，一以世其國，帝德王道於是乎告成，可謂以克永世者矣。如此詩所歌玉芝、白鶴，有合於六義之旨趣，此《雅》《頌》之道也。將見前星有耀，世府儲祥，其世又豈特如周所卜而已？則是册者，固將與河圖、大訓同爲國之禎符，豈但如周家所謂卜世而已？以被弦歌、薦清廟，則是詩之義也。深故不厭其複，而以是終焉。

書青烏先生葬經後

右世傳《青烏先生葬經》，以爲漢人，而史失其名。間嘗取而讀之，詞義淺於《葬書》，決非兩都之製。豈好奇者反有取於景純之成書，剽獵撰次，姑因《葬書》所引『經曰』者，以傅會之，將以誇世而眩俗。中間雜以術士巫師之説，而錯亂刓闕，恐亦已非當時之舊矣。豈術家之言秘嗇隱穢，故應爾耶？乃爲節其浮僞，正其次第，叶以古韻，始爲可讀。而地理之學，頗亦緒見於此，又恐非後世卦例星峰繆悠之談所可同年語。世當有知言者，而重愧余之懵於是也。今按，《葬書》所引『經曰』凡三十，而此書所存者無幾，據其所存，則反不若《葬書》之精奥，此又後人竄竊之一證也。豈景純所受之青囊，顧自有其書與？抑亦趙載者之竊讀煨燼所剩與？皆未可知也。余嘗覽近代之載籍，質雅近古，惟魏伯陽之《參同》與郭景純之《葬書》爾。然《參同》以艱深之詞文淺近之術，地理則以繁難之術亂易簡之道。將是書者，固《龍虎上經》之類與？雖然，葬蕹之禮，實繫人事之始終，而仁孝之道於斯焉有助，固非神仙荒唐之事，可無待於世也。故爲之論著其所以，以俟君子。

書越行小稿後

嘉靖癸巳，浙江按察使芹泉姚公遷山東右布政使，僉事碧湖洪公遷廣東左參議，予亦以副使遷江西右參政。同日報至，例當辭巡按御史而後去。時御史九畹謝公南巡于台，遂以三月六日渡濤江，聯舟而行。七日辰時抵蒿壩，舍舟就舁，行萬山之間。至寧海，禮成，由奉化、甬江、曹娥而北。予少後，望日午刻復抵蒿壩。得詩共十八首，皆途中之作。夫登涉雖勞，矚眺實遠，故屢形之言。既已入舟，苟非偃息，厥有應酬，蓋有不暇者，亦勢也。聊復存之，以紀一時之感寂如此。

書學古編後

元人於書學有復古之功，吾子行尤長於篆籀圖印之學。今京師《學古編》非善本，間爲校正數字，重次第之，託吾友姚尚絅録之，以便考觀。

題七寶寺僧詩卷

嘉靖甲申六月晦，秋之三日也，予遊七寶寺。入門考驗覽觀，知寺舊爲陸寶院，吴越錢氏以塗金經至，遂易今名，若加一寶云。然陸寶本以陸氏家山名，非以寶數也，其承傳久矣。少憩方丈中，颯颯有秋思。僧静庵焚香作供出此卷，蓋張學政友山先生手筆，初爲法忍寺作，復作此，以遺碧山僧，豈其所自珍愛者耶？友山名璞，鎮人也，有文翰名。此作亦自清逸可翫，因附記歲月于此。付静庵，嗣碧山藏之。

題利路紀雨詩三首

嘉靖十有四年乙未，予領益州。自秦趨蜀，以五月八日戊辰至廣元，古利路也，蓋行百有十里。甫就館，而雲雨交作，入夜霑足。明日南行一百三十里，望柏林驛而雲氣坌涌，命舁夫促步以至堂，坐未畢，而淅瀝四灑矣。從官候吏與一時父老咸冒雨列庭中，讙呼叩頭曰：『此方一旱四十餘日，公來而雨隨之，某等小人有命矣。』舉手加額至再至三，予慰而起之。既以爲喜，復以爲愧也，因識以詩。

是日東南有虹霓氣，映以雨脚，微成五色。黑雲中神龍蝘蜿上下。予行峻嶺，西日未蔽，光射之爛然。身在天日雲雨之際，又一奇也。晚宿驛亭，蓋古葭萌縣云。明日復行百有十里，至槐樹驛。驛據七盤坡之麓。時北雲閣雨，適蒼谿令何繼來迓，遂率之登山巔道觀，致禱而下。明日行八十里，午抵閬中，今之保寧府治也。是日亦有雨意，而物望尤切。自顧六十老人，千里棧道，既窮日力，兼抱隱憂，與民俱病矣。方當休偃市藥尋醫，不過付之浩歎。明日壬申晨興，而天愈晴朗，心愈惘惻，乃命郡縣長吏合厥僚屬，秉誠祈天。予遂齋沐，將以詰朝群望。是夜三鼓，雷雨大作，簷溜如注，約三四寸餘。不覺失喜推枕，次前韻一首。

予復將有事於順慶，爰自嘉陵曉渡，因上錦屏，登書閣，北望盤龍、玉臺諸山而罷。循江南行入山。山稍寬衍，人知瀦水，畦稻桑桐，柏竹藹藹，有吴越風致。古稱『揚一益二』，正爲農桑論也。八十里至南部縣，問顔魯公《離堆記》無恙否。云離堆瀕江，去此尚五十餘里，而崖刻已漫滅久矣。因歎金石之不足恃，而忠義之氣則萬古如新。有模致碑字并題名，乃宋人書，而亦既剥落矣。入城西門，有橋題曰『狀元』，蓋爲宋陳堯叟、堯咨及馬涓云。按三狀元，史稱俱閬中人。今割地入南部，得專之矣。縣前有山，若列陣，名曰『跨鰲』。又云前連蓬萊，後枕閬苑。夫蓬萊、閬苑，道書所稱海上真仙靈異之境，嘗有擬之中禁者。不知此何以云蓬萊，當指蓬州大蓬而言。閬苑即閬中，本名隆中，以避唐諱爾，『隆』『閬』聲相近，意蜀語爲然。豈好事者遂附會其説如此？又《志》稱閬中山水甲蜀，遂將比於蓬萊、閬苑也。是夜宿城東分司。明旦月望，而望雨益甚，姑命禱之。而出西南行數里，觀鹽井多在山麓，有深至三十丈者，人以竹木作高架，汲出煎熬，亦有水淡者，復以竈灰雜土淋鹵煮之，頗亦艱難。顧利於旱爾，所謂造化無全功者，殆此類耶。又百里至大寧公館，已屬西充，而保寧南界盡矣。予所行總六百里，而東西不與焉，可謂大郡矣。夫郡有田蠶鹽稻之利，使有司勸課以時，人皆力作，爲益不小，豈非保蜀而寧之哉。此昔人命名之深意也，因併記之，以備郡乘。十六日丙子發大寧，三十里至瀘溪館小憩，有風從南來習習，而雲片如簇，須臾川谷冥蒙，絶有雨意。遂三疊韻，冀終惠焉。

儼山文集卷八十七

題跋二

跋劉都司家藏卷

右卷所録，今四川都指揮使司掌印都指揮同知劉公永昌之大父都督僉事劉公諱紀之手筆也。紀，際遇聖神，細大必書，其中禁廷秘事，有可以備史乘之闕者。永昌攜至蜀司，裝池完好，間以示故史官陸深。深諦玩累月，仰見先朝之禮意欵密，與前輩之敦朴縝慎，皆有後生之所不及聞者，起敬起慕之不暇，況爲劉氏之子孫者哉。惟我英祖復辟一事，有大功於宗社子孫。都督公，其功臣之一也。永昌食其報，思爲忠臣孝子，與國同休，以光門閥，固宜視此爲至寶。永昌武舉鼎魁，直言義氣，爲今上皇帝所親信，天下之所共知者，其勳業正未可量。又將傳之子孫，爲大訓也。深竊聞景帝不豫時，中朝大臣相約具封事上請，迫於燈假，未及投進。明日上元四更，而南城之事舉矣。疏稿留在禮部尚書姚文敏公夔家，後姚以示郎中陸昶。今觀此所記，乃爲正月十七日，當以都督公爲據，從實也。

跋羲獻六十帖

此帖予次平定，自二守應衡鎰所貺。曰：此出楊州高氏。高少卿穎之滂，予兩試同年，又同爲庶吉士。穎之得此石於京師，時予嘗與王欽佩共閱之，蓋金城黄廷臣先生所爲。石用端溪紫，稜而潤，模勒皆工，亦近時之佳刻，而已損動若此。廷臣名諫，蘭州人，嘗爲翰林學士，以事出爲知州。先生究心字學，别有《從古正文》行世。帖中釋文、跋語，蓋手筆也。夫篆生隸，隸生草，草生楷，故楷寫草，草寫隸，隸寫篆，章草多存隸。晉唐間人每於楷中兼草，體雖不同而法各有辯也。先生好以古偏旁附麗楷法，不免過奇。如此帖釋文，於草書亦時誤讀，間爲校定數字。然今世書學，亦豈復有斯人哉。爲之感歎，因跋其後。

再跋羲獻六十帖

予復得此帖於應衡。諺云：琴聲難學而易忘。予亦謂此寡好而易壞，正不厭其多也。歐陽文忠公《跋雜法帖》云：『老年病目，不能讀書，又艱於執筆，唯此與《集古録》可以把玩。而不欲屢閱者，留爲歸穎銷日之樂也。』文忠大賢，愚不敢望萬分之一。而病目廢讀，既已有之；

潮田精舍與長林修竹，在三江之口者，恐不減潁上。行將歸矣，當有此樂。又曰：『物維不足，然後其樂無窮。使其力至於勞，則有時而厭爾。然内樂猶有待於外物，則退之所謂「著山林與著城郭何異」，宜爲有道者所笑也。』則其言深遠矣。因併記於此，以自覽省。

跋郭熙長江萬里圖

此卷《長江萬里圖》爲張夏山大參所藏，予於京口見米元章澄心堂紙一卷，筆力奇怪，有意外象。家居時，吴人持至一卷夏圭，墨氣古勁可愛。此卷則規模郭熙，而平遠清潤，有不盡之趣。宋室倚長江爲湯池，故當時畫手多喜爲之。卒不能守，而鐵騎飛渡矣，乃相與爲之浩歎。夏山家金華，山中景物絶勝，而宦囊半貯此物，將行住坐卧不離耶？復相與爲之大笑。

跋宋刻絲作樓閣

右刻絲樓閣，製作甚工，世所罕見也。諸物種種，咸可辯識。庭下花一類，頗似今八仙狀，豈古瓊花耶？予欲題曰《揚州看瓊花圖》，以歸表弟顧世安藏之。世安博物好古，良是予言。嘉靖庚寅，予爲晉陽之役。三月三日渡江，泊瓜洲候風，北望維揚，城郭咫尺，不知古觀新葩，視此竟何如也。舟中一再展圖，聊記于諸作之後。

跋趙子昂臨張長史京中帖

右趙文敏公臨張長史《京中帖》，筆法操縱，骨氣深穩，爲真迹無疑。且不用本家一筆，故可寶也。聞公嘗背臨十三家書，取覆視之，無毫髮不肖似。此公所以名世也。觀此信然。嘉靖九年禊飲日，跋于舟中。

跋張翰宸書

右小楷《宋清傳》一通，行草《玉連環歌》一通，南翔張翰宸先生書，姚文光炤所藏，裝池成卷，以示予。二文皆醫家言，而文光亦好書習醫，故尤愛之。翰宸嘗署嘉定校官，國初以能書名，在宋仲温、陳文東之間。今觀其行筆用鋒，楚楚有法，前輩自可想也。夫書學，必窮點、畫、波、磔之妙，方能成家。其猶醫也，必知望、聞、問、切之道，乃可濟世。諺云：『學書止於廢紙，學醫將至於廢人。』嗚呼，可不慎哉？文光其寶之。

跋東海草書卷二首

東海先生以草聖蓋一世，喜作擘窠大軸，素狂旭醉，震盪人心目。而此卷矮紙疏行，尤擅清麗。明窗浄几之下，娱悦襟抱者不少。況詩律散語，俱有關繫處，不但其子孫當寶之也。後有吴文定公爲陳冷庵跋識，蓋冷庵所得，今爲先生之孫敷善所收。祖武手澤，不但尋常所當寶之書畫也。冷庵名琦，字粹之，罷察官歸，至口食不給。予少時猶及識焉，清癯鶴立，望而可敬。又聞文定公起歲貢，先生獨識之曰：『歲貢中亦有此人耶。』遂以狀元及第，卒爲名臣。五六十年前，先生風範如此。最後東橋顧華玉、衡山文徵仲文翰有法，皆吴産也。《語》云：『魯無君子，斯焉取斯？』深於是爲之斂衽。敷善其尚寶之。敷善名其性，後樂先生之長子，涵養粹深，慨然有求道之志，又不但以辭翰世其家而已。

此卷柬札，皆後樂先生所得於交游者。末有二柬，一則與龍山大諫，一則敷善所得，可謂一家之文獻足徵者矣。卷中皆一代儒碩鉅公，予之師門在焉，餘多常同朝而敬事之者，有不及識無幾，亦復名流，抑亦一代之文獻足徵者矣。顧其所言，不出寒暄問訊之常禮，而敦樸和厚之風，藹然可掬。予生也晚，三復於此，爲之感歎，因題其後，歸敷善藏之。

跋十七帖

右修内司《十七帖》，予偶得之友人敗篋中。帖首填損三行，每行舊有藤黄，旁注細字，再爲表工抹損，然拓手甚高，真所謂薄雲過青天也。余諸帖唯此最古最佳最先得，故余尤最愛也。

再跋十七帖

右《十七帖》不全，石刻在關中。近時蔣侍御伯宣亦刻石於吴下，顧不若此刻猶存拙意也。黄伯思亟稱此帖爲書中龍，蓋妙在行欵耳。此本行欵，當爲模勒者展促，亦失之矣。昔唐太宗購二王書，右軍書有三千餘紙，取其迹，以類相從，率一丈二尺爲卷。此帖亦一丈二尺，凡百七行，九百二十三字。余收有淳熙修内司帖一卷，行款正同。後復得趙松雪對臨墨蹟，皆神采焕然，可寶也。往時周府東書堂、晉府寶賢堂各用入刻，皆不復知此矣。漫記於此。

再跋十七帖

此《十七帖》，張都憲西野先生自京師寄入成都，行款模勒皆有古意。但中作《蘭亭》圈塗，又是一刻，末亦少數行。

跋温泉石刻

乙未初夏，予入關，浴于温泉，起覽諸石刻，命拓數種。此華清宫詩，與今所行《三體唐詩》前二句數字不同，疑當從石。按，杜常字正甫，本宋元豐間人，據此刻明甚。伯弜精選，不應開卷便謁甚矣。編纂之難如此。此帖字畫亦佳。

跋東書堂帖

予聞《東書堂帖》舊乃石刻，據此跋，則木帖矣。王概後官理卿，至刑書，謚恭毅。借搨時重修之，已非初帖矣。

再跋東書堂帖

此跋則成化辛丑重翻本。予道汴間見貽者，則又重翻矣。每翻每下。有宗室號西亭者，好文學，爲予言：定王初刻帖，久亡之，憲王别鑄銅作帖，爲定王埋蝕，世復鮮傳。聊記于此。

再跋東書堂帖

昔人云《蘭亭》無下本，本勝也。此東書堂所刻二王帖，往往有資韻，因剪裝。

跋師山集

川貴參將孫君仁自徽來赴任，由香溪覆舟，僅得免。其鄉人鄭君廉宜簡，以此集侑緘，至，孫君尚手濕，封投予。予命童熨帖之，裝爲四册。《師山集》國初有大字本，新安再縮小刻之。此刻頗精，宜簡所爲也。宜簡爲師山後人，往年嘗持其遺令手藁至翰林，予爲作跋。此集别爲編目録，置之卷首，蓋法當爾。

跋李蒲汀尚書所藏雁山圖

東橋先生自桂林、瀟湘來守台，遊此山，以爲奇。深自武夷、三峽還朝，見此圖，亦復以爲奇也。蒲翁端坐廟堂，以極卧遊之趣。八荒一闔，殆此類耶。

跋李昇出峽圖

是卷雪景，山頭皆襯金着色，法度森整，而筆墨清潤，極爲精工，心知爲唐人之作，而卒未能定其名氏。舊有籤題『小李將軍』，紙最古而字畫草率，因未之信。予購得之京師，間示知畫者，以爲當出王摩詰。予家所有王維《雪溪圖》并小幅《鳳舟圖》，與此皆不類。又曾見《輞川圖》與《高士奕棋》小幅，惟《奕》圖用筆與此同，因題爲王摩詰，而褫去舊籤。見者同聲以爲摩詰無疑。閒居以來，校勘頗勤，遂定爲李昇《出峽圖》云。昇，唐末成都人也，初得法於李思訓。思訓，時號大李將軍，其子昭道號小李將軍，皆唐宗室。至昇畫與昭道並譽，故亦名小李將軍。載在《宣和畫譜》者，論序如此。乃知前人題識雖小，亦未易輕也。又按，《畫譜》記御府所藏昇畫五十有二，《出峽圖》在焉。流傳數百載而完好如新，意必經好事之手，或有神物呵護，以至於予。大抵法書名畫，所貴收藏。苟存憲古藝游之意，其於檢心畜德未爲無助。彼徒以爲文具玩物，則喪志之戒攸在。吾子孫其念之。《宣和書畫譜》皆出蔡京之手，其識鑑自繫人品，已難盡據。至稱昇筆意幽閒清麗，過於思訓，往往誤爲王右丞者，殆有自來云。觀於是卷，可以神會矣。

跋唐人雙鉤大令帖

書學至於臨摹鉤搨，能事畢而藝斯下矣。雖然，其法亦漸不如古。若雙鉤，惟唐人最工，嘗見歐、虞、褚、薛皆爲之。此卷獻之諸帖是白麻紙，紙盡處有御府法書印，蓋宋思陵時物也，其爲唐人手筆無疑。舊藏王寧駙馬家，識以『承恩堂』『駙馬都尉永春侯圖書』二印。按寧，建文間駙馬，以罪幽于家，永樂改元，始封永春侯。帖後跋云，嘗購得唐人雙鉤羲、獻帖各一卷，羲帖亡而此卷存。付其長子藏去，又囑以深寶愛之。當時勳戚好尚如此。予在長安，愛其舊也，收得之。庚子九日題。

跋商父乙鼎

右鼎得之京城，考其尺度量容，與商父乙鼎皆合。銘文三十字，都完。第宣和所圖，則腹著饕餮，而間以雷紋。豈識同而款異耶？古人有製數器而祇用一銘者。然余尤愛此器之渾素厚重也，因託林君翔之寫之，而郁宗周作圖如右。

跋蕩南詩

蕩南朱先生君佐，舉弘治丙辰進士，令歙，最有聲稱。予聞之鄉同年王仲錫，知其政事如此，亟相慕焉。自後宦歷參差，無緣納交，惟時往來于懷而已。嘉靖丁酉，予自蜀藩召爲光禄卿。四署多才士，不下三十輩，而獨以朱君守宣爲奇，已乃知爲蕩南之子也。守宣一日出此册，予讀之，文學又如此。時先生年已逾七望八，任真率物，蕭然物外，若神仙然。因歎前輩之不易及，而重愧予相知之晚也。因書其後，命守宣寶之。

跋韓熙載夜燕圖

圖畫本以資游息，至於事端波流之際，則有鑒戒存焉。故善惡之迹，皆君子之所不廢也。

此卷所圖韓熙載夜燕，其事至不足道，其描寫景物意態，備盡委曲，一展閲間，令人可喜可愕，煩心滯思，寧不一灑然耶。介谿先生舊藏此圖。今位秩宗佐，聖天子議禮制度，身任繁劇。當其繼日待旦之餘，所以宣湮塞而通高明，其亦有取於此也夫，其亦有取於此也夫。

古銅印章跋

今宫保太宰松皋先生許公之爲司寇時也，得古銅印一紐于閻伯仁氏，閻得之邠人之斸地者。其文曰廷美之章，與公字正同。古今人名字相同，理或有之，顧隱見之時，若有異數存焉。士大夫之博雅者，並以爲公瑞。少師大學士桂洲夏公題之曰『神錫金符』，紀瑞也。鵲化龜顧，古固有之，兹豈影響之黶已乎？公摹其文，圖其形，裝池爲卷，間併印以示深。按，印者，信也，古公私皆有之。其製金、玉、銀、銅凡四品。惟天子曰璽，丞相、列侯、御史大夫、二千石已上皆曰章，千石已下則曰印。《晉志》亦載相國、太尉、御史大夫皆金章。金、銅，古蓋同稱云。是印銅製板紐，有稜，紐下有池方寸餘，而小篆朱文，若私印然。而命之曰章，豈其人嘗通顯爲公侯與？惟朱文入印，實始於唐，而漢器物銘多作陽識。是印填繆側讓，具存古意，殆非近世之所能爲也。然自晉、唐以來，無廷美顯聞者，而竟歸於公，將神物預擬以有待耶？是未可知也。惟公父子兄弟皆位公孤，而宰衡之典，若合符節。重以碩德宏材，被今天子特達之知，雍容廟堂，陶治一世之人材，朝廷之美，家庭之美，身兼有之。是印也，豈聲稱之同已乎？謂之神錫固宜。聊記於此，以符封拜之兆云。

跋邊伯京草書千文

書法弊於宋季。元興，作者有工，而以趙吴興、鮮于漁陽爲巨擘。終元之世，出入此兩家。是卷《千文》，爲邊隴西伯京書，自敍出於漁陽，結構潤密，波瀾焕發，殆未易優劣也。按史，元順帝以至順四年六月即位，改元元統，凡二年。乙亥則重紀至元，凡六年。辛巳則改元至正。不知何以復系至元於辛巳耶？豈作是書時，乃至元之日〔一〕，而遠方尚未知改元耶？石抹，元之宦族，仕浙者尤盛，景良未詳其履歷，此必伯京寓浙時爲書耶。自後數年，而元亦季矣。我朝三宋者出，追踪魏晉，開一代書學之源。而今賢才輩出，騤騤古人矣。鄭思齋啓範得此卷，持以示余，爲論文翰與治化相通者若此。思齋治理文章，直欲等秦漢上之。顧於此卷欣賞焉，異日當軸。取人之善，亦若焉可矣。

【校記】

〔一〕至元：原作『正元』，四庫全書本同。據上下文改。

跋所書黄甥良式綾卷

黄甥標，字良式。予赴召，侍予北行，及赴調，又欲侍予南行。至杭，予辭之，以此綾索書舊作。舟過嚴瀨，行青山中如畫，不覺盡此。嘉靖己丑七月廿四日儼山轉拙翁。

儼山文集卷八十八

題跋三

跋月影辯

予道順德，覽《新志》，讀撖生《月影辯》而善之。其謂非地影者三，似矣而未盡，蓋日中亦有影故也。夫道體之全三，有神有化有物。不測之謂神，無迹之謂化，有形之謂物。陰陽神也，寒暑燥濕幾於化矣，天地日月物也。是故日月者水火之精也，水火者陰陽之麤迹也。水内涵，火内暗。液而爲濁，凝而爲冰，水體則然也。蒸而爲煙，熄而成土，火體則然也。月中必有影，日中亦然，所謂查滓之未盡者。故日月不離於物也。狐兔者自下視之，取象也，猶觀遠山然，近則否，非地影者。蓋月有魄而無質也，故無所受，與瞳鑑當異。造化之理甚深，有言語所不能盡者。聊附此説於後，以就正焉。

跋李嵩西湖圖

此卷購得之長安，當是《西湖圖》。第有蘇堤而無岳墳，豈思陵時畫耶？或云李嵩手筆，然無題識可考。觀其粉金題額，非宋人不能書也。予夙有山水之好，頗留意錢塘之西湖。昨歲出持浙憲，輿舫往來，若爲己有，既去而未能忘之。今嘉靖戊戌臘日，邂逅此幅，恍如再到。時適有山陵扈從之行，表弟顧世安、黄甥標從旁贊賞，以爲人世等鴻雪爾，正可卧遊神往，橐中自合貯湖山也。予笑曰：『吾老矣，不復能有登臨之興。儻遂歸休，得從二三子於江海之上，左右圖書以樂餘年。是卷也，寧非予鑑湖之一曲耶？』聊記於此。

跋姜明叔西湖圖記

韓昌黎《畫記》如畫，至王摩詰《輞川圖》，皆詩也。明叔爲予作此記，鋪敍詳贍有法，展圖復讀之彌佳。顧中舍汝嘉以小楷寫之，亦復楚楚可樂也。凡物至於可樂，外境隱矣。世恒謂古今人不相及，豈其然哉？

跋鮮于伯機草書千文

此卷《千文》，予屢見之。其一勒石於四川按察司後堂，其一表弟顧世安所收。京師見一本，乃臨書也，與此卷結搆行欵俱同。困學前元時書名與趙文敏松雪相埒，或謂遒勁過之。好事者至云，松雪每以己書二幅易困學一幅，焚去，以其軋己也。斯言何謂？而學書家乃有發冢嘔血之事，將後人之談柄耶？顧松雪書法盛傳于時，而升堂入室者，往往有人，其甚乃有奪胎亂真至不可辯詰。而困學之法，傳者落落。此卷跋尾所云『南方士大夫以予北人，麤識點畫』，固是撝謙，不方重出。若云『雪寒晨起，筆墨不調』等語，豈容一朝之頃爲一任倏連書三四本，殊以爲疑而未之解。但筆力當以此卷爲勝。壬寅巧夕試筆。

跋師子林圖

此卷《師子林圖》，徐幼文作，凡十二段，段有題名，以古篆隸寫之，獨損其一。按圖，當是雪堂云。各係以五言詩，凡十二首，不書名氏。後有少師姚榮公跋尾。想見一時之文雅，可補後來之郡乘。榮公稱『余友幼文，洪武間爲師林如海作十二景，余嘗題其上』，頗有稱譽。卷中之詩，當出榮公無疑，而詞翰盡皆簡健。按，幼文名賁，仕至河南左布政，工詩能畫，吴門四傑其一也。師子林在吴城東北隅，本元僧維則之道場，最號奇勝。則好聚奇石類狻猊，故取佛語名庵，首圖一石題獅子峰者是已。或云則得法於本中峰，本時住天目之師子巖，蓋以識授受之原也。《姑蘇新志》『維則字天如，姓譚氏，至正初人』，而跋尾稱如海師，豈即其人與？但榮公跋於永樂丁酉，似爲其徒攜至京師而作，故有『四十餘年』之歎，而興感於幼文、如海之謝世矣。嘗聞榮公以少師還吴，訪其師於師子林，爲所拒。至夜漏深，以微服往，叩後門求見，有僧瞑目端坐，止以手捫其頂，曰：『和尚留得此在。』蓋榮公功成貴顯，猶本僧服，故不曾蓄髮。徐云：『和尚撇下自己事，却去管别人家事，恁麽？』榮公憮然而去。可謂本教中之喝棒手〔一〕，乃大善知識，豈即維則與？又聞榮公法名道衍，嘗學於相城之靈應觀道士席應真者，盡得其兵法機事，執弟子禮，豈還吴所見乃應真耶？顧風旨嚴峻，粃糠事功，異學中自有之，不必深求其人亦可也。暇日偶閲此卷，因重裝之，聊記于此。若師子林之題詠尚多，而幼文亦自有作，天如詩尤可誦，併録于後，以資閒中之一覽。

【校記】

〔一〕棒：原作『捧』，據四庫全書本改。

跋南牧稿

余論文嘗欲如觀海。海，水也，然可江、可河、可湖、可淵、可瀨、可濤、可澄。不欲如澗溪，汨湔激折，縱不可涸，才一體耳。讀斯稿，可以償吾素也。

跋邵二泉西涯哀詞

右户侍邵二泉先生國賢詩一卷，皆西涯李文正公卒後之作，以致哀慕者。萃寄都諫俞正齋國昌，國昌示深。讀之，迂曲之情不可已，敦厚之義不可窮，寔近世以來師生之所鮮有。千載而下，讀之猶將涕泗滿襟，况於識西涯知二泉如吾國昌者。往歲丙子秋，深起告北來，舟次廣川，適聞文正之訃，亦有一詩哭之，曰：『細推天運幾生賢，又是山川五百年。廊廟江湖今復少，文章功業古難全。重來東觀嗟何及，再過西涯定惘然。白髮門生傷往事，每看憂國淚雙漣。』壬申二月，深嘗與修撰何粹夫瑭、檢討盛希道端明謁文正公於私第，議及國事，公手揮雙淚，意甚悲愴，落句蓋紀實也。因附卷尾，以諗於正齋云。

跋顔帖

右《多寶塔銘》，予借臨於金陵羅敬夫輿。敬夫予鄉同年也，云家尚有善本，遂舉以歸之，然完好猶是百年前物。予後凡得數本，皆不及。己巳歲南歸，命工重裝，蓋有感於生世之晚也。

又跋顔帖

予於書篤好顔書，已幾於道矣。予所有，大字則《東方像贊》，行書則《争坐位稿》。又得蔡成之分家廟碑數行，廟碑字結體小異。而此帖沈著森嚴，大小匀稱，予讀書内館時，嘗倣之。時同年王欽佩號善書，嘗詆顔書爲村夫子，其所臨搨者則歐陽通。穆伯潛素拙於書，謂通書輕佻若不檢士，而於顔好之忘味云。予每舉以爲笑，豈能者固不能賞，而能賞者迺不能之人耶？漫識于此。蔡名天祐，睢州人。王名韋，穆名孔暉。

跋淳化帖

予未嘗見《淳化帖》，舊在南雍得此帖於同舍郎趙受夫宬。比於長安觀汪太史抑之家《淳化帖》，與此正同。戊辰冬南還，與魯司業振之聯艫同下，於漕河觀振之所藏十卷者，後有宋元人跋字，與此又同。乃知此亦《淳化帖》也。重有感於昔之寡陋，爲負此帖。余聞《淳化帖》用澄心堂紙，李庭珪墨，上有銀錠紋。余所見者皆不然，豈別爲翻刻而尚冒其名耶？當求識者鑒定之。

跋蘭亭

『昭陵永閟千年蹟，定武猶存幾樣碑。』今人間定武又閟不可見矣。世遠則同歸於盡，何物不爾。近世《蘭亭》翻刻，稱汴中絶佳。金陵購得此本紙墨，又佳也。又安知後之歎此不如彼者耶？

跋石湖一曲卷

吴之石湖有二：其一在闔閭城之西南，上方山之麓，宋范文穆公成大所居，而因以名者也；其一在吾松城之西南□水之上，吴氏居焉。松湖大不及蘇，而景物幽勝，水壤清嘉，亦一奥區也。勝國時吴氏有字益之者，仕以州別駕，歸石湖，修隱操，抗志文雅，陸居仁所爲作記者也。益之幾世孫稷，少有美質，文名煒然，起鄉邦，舉甲戌進士，爲郡理官。來京師，出此卷示予，受而讀焉。夫人以地重，人亦有自重者焉，然後相爲不朽也。始之微而終顯者繫其後，始之顯而終微者繫其先。先後相承，有交重焉者，然後爲世家，爲舊族，爲故國，使江山生色，閭室起敬，而世恒以是爲難也。是故登臨古蹟，則有興衰之感。水木在顧，未嘗不致考於本原焉。舜弼亢宗嗣先，嚮往未艾，文章政事，他日不難於文穆公之重石湖也。特未知范氏之先與益之、輔之輩竟何如哉。舜弼宜珍襲此卷，爲吴氏之河圖、丹書可也。按，居仁字宅之，元鄉貢進士，黄清老榜第七人，文詞富豔，與鐵崖楊廉夫、曲江錢惟善交游，聲稱埒於一時。既其殁也，同葬干山，世謂之三高墓云。此《記》文既典贍，書亦遒麗可寶云。

跋聖哲圖

右宣聖并十哲像，爲今太宰水村公所蓄。既重裝爲一册，將録史遷諸傳於右方。深退考《史記》，德行首科特少伯牛、仲弓二傳，而一時紀載多非實録。昔人謂子長疏而不學，豈容辭哉？適有浙刻宋高宗《七十二賢贊》墨本，因爲列寫。雖辭乏雅淳，然一時人君知所崇尚如此，其功倍於章縫之士遠矣。按，高宗所書謚贈，皆仍唐舊；又爲附録開元褒表之制於後，以備一家顛末；復以《孔子世家》一論冠於首。夫孔子以布衣終，而遷知升之諸侯，以啓萬世王祀之尊。雖聖人之道不因是而爲隆替，遷於是乎有功矣。水村公出入將相，留情此圖，固有深意。至其鑒別古今圖書，以考證史傳之訛闕，殆今世之歐陽公、劉原父，米芾而下弗論也。獨謂此圖乃宋人之筆，卷尾模滅數字，當是重和元年寫真。按，重和，宋徽宗紀年，信然無容辨者。深嘗見友人許誥廷綸所藏房、杜小像真蹟，與此行筆正同，意爲唐人所作。而卷尾題字，細加檢認，墨新絹舊，必一妄男子所汙，復爲識者去之而未盡也。深非知畫者，請以理辨。夫畫家之敷染粉墨，雖極工秘，決有承傳，千載猶一日也。乃若大賢君子之風神意度，與夫步趨氣貌之精微，所謂與其人俱往者，此則流被於近而漸遺之於遠無疑也。今是十一像，氣韻典刑出於毫素之外，此必近古之人能之，而決非後世之所爲也。因留齋居，參校宋像，朝夕瞻對，如身遊洙泗，親接聖賢於唯諾之間，取以爲省躬修己之助者良多，又不特區區識其器數而已。古人謂書畫真有益者如是。因併著鄙見，且求是正於公云。

跋陽關圖

右唐王右丞詩，世所傳《陽關三疊》詞也，調存而疊法廢。往在京師日，與王陽明、都南濠論此，或以爲每句作三疊歌，或以爲止歌落句三疊，迄無定說，而紀載亦各不同。意當時必有譜，而今無所於考也。或以爲每句一歌，每歌一疊輒減二字，至三疊則歌三言矣。言皆成文，頗有紆徐婉曲之調，似盡離别繾綣之情，殊爲有理，而亦未知卒合於本詞否也。此圖余所藏李嵩舊本，思齋子命工模之，西土景物，藹藹有思致，可備覽觀，非徒以工爲也。因録本詞於左方，并識是説，以審於思齋子。

跋范石湖辭

右宋范文穆公九日小辭，題曰『石湖燕山作』，當是隆興議和失受書禮、范使金國時所書，壯浪奇偉，可寶也。公此行危甚，立後而行，至金以附奏并夏人通書事，屢瀕于危，賴以重名爲金所敬信而免。高宗臨遣時亦嘗勉以嚙雪飡氊之事，故落句云『惟有平安信，隨雁到南州』，蓋喜幸之辭。自後一月歸矣。公宦業文名爲南宋冠冕，家在石湖之上，故號石湖居士云。此卷今爲歙黄子静所藏。嘉靖甲申秋，攜過江東山居相示，觀賞者久之，敬書其後。子静名湛，文雅士，其父南山翁，常與予交好云。

跋陶氏家譜

譜牒於士大夫家關繫甚重，而尤重於武爵者之承傳。士大夫以文墨名家，宜不難於譜牒之修舉也。而以干戈韜略用世者，宜未暇焉。先世文獻，議例精詳。若陶氏兹譜者，不尤爲可重耶？公武揮使，督運北上，特以示史官陸深，是可謂國之文武材，而家之肖子孫也。敬書其後而歸之。

儼山文集卷八十九

題跋四

跋溧陽史氏族譜

江南世家，寔惟溧陽侯之胄，蓋自漢盛也。雖然，戚畹相王，恩澤貴富，前此史氏有之矣。若也文獻之懿，恬退之操，則于今光禄少卿知山先生不尤盛哉？知山名後，字巽仲，舉進士，孝廟時給事中於留都。忠貞安雅，明於大體，不事祙襮，奉身而退，極山林泉石之趣，若神仙然。今皇帝繼統，敍復遺舊，乃陟卿寺。先生陳謝之餘，益堅初志，他日且當有光于國史，況兹家乘所係哉。暇日手自編次成帙，寄予江東讀之。統紀昭明，義例嚴整，善哉。惟魏晉以門第掄材，隋唐尤重，故氏族之書甚爲不輕。當時宰相皆帶知譜事，而圖譜一局隸在翰林，著姓望族咸加一等。近代稍弛，可謂立賢無方，而豪傑之興，信有不藉于文王者矣。雖然，神明之胄、聖賢之後夷爲齊庶，而先人之功德參天地者，至使其子孫不少蒙一班焉。吾於斯譜也有感。

跋五賢像

深閒居，鄭侯思齋致二泉書院新刻五賢像，書畫文跋，皆在平生師友之間。而五賢者，又極力向往之地。時一展閲，爲之悠然忘日，而感亦係之矣。忠武侯身逢末造，業不迨志。吾家宣公手拓中興，罪踵功來。范文正始進之日，厄於時宰。司馬公亦遭黨人之禍。惟韓魏公始終被遇無少間隙，而相業遂爲近代之冠。昔人論公不獨材德之全，而福亦備焉。嗚呼，又安得備福如韓公者濟世哉？思齋其藏之。

跋九歌圖

《楚辭·九歌》凡十一首，蓋以九命篇，非必取於數也，自後遂爲文章家之一體。此卷《九歌》，歌爲之圖，才具十首，而《禮魂》一首闕，豈亡其末簡耶？太原宋進士應宿文明所藏。古之君子左圖右書，所以取至近而游高明也。此卷合圖書爲一，所取尤近。文明尚因其奥雅高古之辭，以識夫鬼神祭祀之理，不益有裨於學耶？書作隸古不俗，首有西涯李文正公題篆，尤可重云。

跋解學士書卷

學士解公才名蓋世，其翰墨奔放而意向特謹嚴如此卷，前輩正自可敬也。姚文學文光攜示，閲之累日，不忍釋手。别有李文正、吴文定、王文恪三跋，正爲此卷。乃知爲薛二守朝英物，今爲南翔張子奇所藏，可寶也。

跋米元章書卷

右四帖爲一卷，其首爲米海岳，次二帖無名，最後則名而不姓，皆元人書。愧余之寡陋，不能一一審别。然遺文舊事，賴此以傳，不但充玩好而已。海岳書於晉人最有功，故其淵源高於宋一代。此爲慧日峰録一庵記，惜其起語處損闕數行，行筆則規模《聖教序》，而波法特佳，識者當自着眼也。

跋東園遺詩二首

東園十三景，賦詩者涿郡陶宗儀、吴郡楊基、富春吴穀、大梁董昇、□□倪樞、□□邵焕、上海馬琬、天台李垚、嘉興郭亨、江右謝俊凡十人，人十三篇，凡百三十篇。所稱東園者，蓋居松陸氏景周云。其人無所見。觀之園池亭館，幽絶雅致，而風騷相流激，計亦一時之勝也。是卷今藏王子貞中書，皆當時手筆，惜也紙墨焦弊，首尾衡決，一時藻翰之盛，計亦不止於此也。因録次爲一編，以備郡中故事。在勝國時，浙西人士沿季宋晏安之習，務以亭館相高。而吾松尤號樂土，四方名碩咸指爲避影託足之區，故衣冠文獻爲江南冠。按十人，楊基字孟載，陶宗儀字九成，二人最知名。餘詩皆有典刑，可諷誦。獨邵焕者題曰里人，意復孺之子弟群從云。按，復孺名貞亨。復孺之祖桂子字德芳號玄同，自淳安來家小蒸。後復孺徙居潢泖之上，號青谿居士，詩中往往有青谿語，則東園者，豈當横泖、小蒸之間與？異日東還，扁舟杖藜，徘徊其地，時歌佳句，慰昔人於山光水色之間，而故家文獻儻有無恙而幸存者，豈非一快事哉！正德十二年丁丑夏五月廿五日，書于長安寓舍。

予既録東園詩，子貞復以餘卷來貺，復得詩九十一篇，賦者七人，曰曲江錢惟善，曰扶風馬文璧，曰竹素生衛毅，曰璜谿馮以墨，曰薔薇洞隱者謝復，曰吴郡傅著，曰平陽曹紹。紹復有序一篇，且曰附於思復翁所敍後。思復者，惟善字也。今曲江詩存而序豈逸與？陸氏東園始末世履尚無於考，更當訪而求之。此特一家事耳，何與於重輕之數哉？顧彫殘放失之餘，猶令人撫卷興嗟，不能無憾於其子孫之不肖，况於文獻有萬萬於此者乎？此予輯録之志也。

跋所書陸放翁詩

古稱賦詩非必命意，攄詞自己出也。若左氏所載可考已。要之，宣志敍事如自己出者爲快。深少喜誦放翁詩，卧病山堂，適檢《渭南集》，文學姚時望以此卷要予書。懶惰之餘，因相與共誦之，每一篇稱快，即爲泚筆書之，不覺滿卷。昔人云，莊周齊物，故與蝴蝶相化，果然正不必異同意見也。

跋絶句詩選

右詩離爲四類：曰暢快，曰婉約，曰風調，曰壯浪。本以聲選也，而主於唐，其有音節近之者，亦兼取焉。而辭義則斷自山林，諸合作者不與焉，雖謂詩之一節可也。

跋所書陳虞山詩卷

虞山與深同以《詩經》舉于鄉，御史江石虛先生爲考官，連名薦録，各刻經義爲程文，故與虞山兄弟也。及虞山爲諫官，深爲史官，然彼此出入，若相爲就避，每以爲恨。既而深謫南劍，北轉晉臬，虞山亦自葛陽遷浙憲，相值公館，爲之劇談兩晝夜，平生出處學術之詳，爲之一快。因出是卷，遂有此作。夫人之會合不在榮盛之時，乃多出於流落之後，亦猶孳嗣每殀折於華年，而連見於衰遲之候，人事可勝道耶？秉燭記此於懷玉山房。

再跋虞山卷

己丑臘朔，予自葛陽乘微雨上懷玉，昏黑始到，張燈寫此卷，爲明日早行計耳。予今年五十三矣，歲暮險途，精力倦憊，詩文字畫之間極爲潦草。回想南都待榜，三山街、大中橋，與虞山把臂論文時何如也，古人所以有老大傷悲之歎與。是夜雨聲潭潭，迨曉不絶，遂不能成行。空齋瀟灑，頗有餘暇，復書此爲跋尾。夫得子有遲速，會合有蚤晚，豈獨人事盡然哉？雖陰晴有不可必，天道每如此。彼役役於妄境倒顛故步者，果何爲耶？虞山其審之，當有以復我。二日重題。

跋家藏韓幹畫馬

右八馬，深家太史公竹坡先生購得之，以呈先大父筠松翁。翁目之曰八駿圖，最所欣賞。長兄友琴先生受而藏之。深兒時影略記其如此。蓋吾邑一士夫家故物，倉卒流落，後有題識甚富，尚藏其家。正德戊辰南歸，明年理先世舊物，友琴先生持以見畀。是時筠松府君即世餘一紀矣，相與捧泣。裝爲横卷，每以自隨。因誦東坡所題《韓幹十四馬》詩，按圖而索，正爲是作。

是殆韓畫也，惜自後涉而下亡其六焉。庚辰之歲，因有損脱，付之重裝，而先兄友琴亦復小祥矣。感悼之餘，乃録蘇文忠公詩跋其後，以示子孫。夫法書名畫果入神妙，猶爲無益於世，而巧偷豪奪貽禍以累德者不少，君子之所爲殷鑒也。徒以是卷繫吾家世澤，所以重者有不在區區藝能之末，亦復以示子孫。是歲秋七月朔日。

跋所贈沈子龍詩

子龍自爲諸生時，予識於一見，蓋不特以其文也。頃年果能脱穎名場，鄉里頗以予爲知人。予他無所長，獨於鑒識天下士歷歷有奇驗，豈多言偶中，重予不幸耶？今歲庚辰會試，予爲鄉郡士預卜，呼盧成梟，擬招至成均東署聽捷。廿六日爲會吾門，有廖生道南者遝至，遂留與會。予心賞廖，然私望尚在鄉邦也。既張燈小燕，賦聚奎亭詩，各持片紙，鶻翰雜飛以候。漏下三十刻，各心動，有從座逸去者。予諦視子龍，意度閒雅，若不介懷。方與客圍棋决勝，既乃出古琴，爲鼓一弄。行已而報至，廖生果以《詩經》魁天下，吴君與成亦占前列，吾邑李君廷鳳繼之。子龍氣益和，周旋益整飭，余心益重之。乃送廖、吴去赴公事，復呼酒與子龍飲，劇談古人道德之高懿，文章之升降，與吾鄉風俗之轉移。不覺曙光已動，候吏速予晨班矣，遂與之别。士之出處，固自有時，一第豈足爲子龍多哉？因贈以詩。

跋忠賢遺墨卷

右師山鄭先生遺令一首，凡八十六言。嗚呼，其事至烈矣。裔孫暘間以寄示江東陸深，既命其族人廉與倜裝演成卷，併附以余忠宣公手柬一通，《元史》列傳二通，吕旭、鄭忠歌詩二通，篆其首曰『忠賢遺墨』。按史，師山先生名玉，字子美，歙人，隱居教授，徵召不起。忠宣公名闕，字廷心，廬人，進士及第，守安慶，官至行省參政。二先生鄉郡交好，考之柬中語，知爲莫逆也。顧其死節，適亦同時。遺令所題戊戌者，實至正之十有八年也。忠宣死於是年之正月，師山之死後六七月耳，豈既聞忠宣盡節與？忠宣之妻耶卜氏實從以死，而師山之妻亦自許不疑，豈觀感者有素與？何其道之相似也。居嘗無事，友朋麗澤，豈惟相敬愛相激賞，以流聲引譽於無窮。至於變故之來，死生之大，而所以相信者益深。使後之人迹其故而論之，疑若素講而夙諾焉者，何其至也。嘅惟元氏，以材力興，非有豐功厚澤。殆其季政，弛縱不綱，偏愛國族，而中原仁義禮樂之懿，素無躬履允蹈之實。至於南士，尤肆觝排，醖成禍敗，漫不可措。忠宣眷深責重，守當盜衝，明大節於孤城俱碎之日，心安義得，於兹爲正。而師山徒以布袍巖棲之士，遭逢用夏變夷之師，雅持定志，從容自裁，視軀命如捐弁髦，可以爲難矣。南士獨何負於元哉？予既悼二先生之節，而因以附著深慨云爾。暘字廷賓。受遺令者，忠之世嫡也。嗚呼，尚慎藏之哉。

跋秋錦堂卷

菊備四時之氣，根歸於冬，茁於春，苗於夏，有華於秋，是故芬芳爛熳，足歷晦朔。春妍之花，則不俟旬日，老圃云然。君子聞之，曰：菊以秋芳畢，俟時也；學以壯行懋，進德也。時足於是乎有守，德足於是乎有爲。吾友許君達夫，種菊數百，當秋盛開，錯色若織，遂顔其所居曰『秋錦堂』。或謂達夫學而才，屢北場屋以自況爾。余曰：有是哉，淺之乎知達夫矣。

跋顧九和宫諭海棠詩

海棠，花中絶品，不見賞於名公如杜少陵。至東坡定慧院之賦，而世知貴重，物之遇不遇固如此哉。此詩吾友顧宫諭九和所作，爲二守吴侯敬夫寫之便面，詞翰深有晉唐風韻。敬夫吾鄉佳士，博學清才，遊南雍時嘗試第一，進士業爲後學法式，而竟不得進士。試天官，復爲第一，釋褐，遂階大夫，再佐大郡，聲名藉甚起，是亦海棠也。九和此書，在偶然耶，抑有意耶？或未可知。而事之相類固如此哉。

跋墨竹

墨竹起於李夫人，其法具於與可《答東坡書》。世稱與可爲竹聖，豈虚語哉？國朝來最擅名者，金陵王孟端中書、婁江夏仲昭太常。婁江出於金陵，其後略變。然瀟灑絶俗，中書爲多；精神氣力，太常亦自至到。此册余北上時茂勳所惠者，凡八幅，晴雪風雨老少濃淡各不同。要之，爲學仲昭者。

跋所書瞿甥學召詩卷

予汎錢塘，行嚴、衢間，溪山佳勝。入閩關，尤奇絶，不可名狀。抵劍，坐卧在畫圖中，官舍據山椒，一望錯繡，復有小亭池，供登臨之適。公事簡稀，幅巾竹杖，又畫工不能盡也。憩小閣，弄筆寫南來詩，滿卷不及半，以寄瞿甥學召，知予老懷若是。

儼山文集卷九十

題跋五

跋文與可畫竹

老可畫竹，妙在與竹傳神。余家吴中有竹數畝，當萬竿摇月時，余手持老莊書，露坐其上，四顧繁影，每撫掌笑曰：此真一幅文與可也。及來長安，遂與竹絶。忽覩此紙，摩挲再三，曰：此余家園中分出一枝也。不覺惘然。

書輯跋

書一藝也，忌者至於嘔血以傷生，吝者至於發塚以禍死，貪者至於犯禮律而爲盜賊之行。雖以唐之文皇，而猶有《蘭亭》之舉措，無惑乎其他也。近世趙文敏公孟頫每以己書倍易鮮于樞之書，得即焚去，既幸其早死，又惡其有身後名，信然，噫嘻亦甚矣。惟巙巙學士子山之於周伯琦，可謂有大臣之度者。昔至正間，將改奎章閣爲宣文閣，先時子山每令伯琦日篆宣文閣榜數十，伯琦殊不省識。一日，有旨命子山書宣文閣榜。子山上言：『臣能真書，非古，古莫如篆。朝廷宣文閣宜用篆書。伯琦篆書，今世無過之者。』順帝如其言，召伯琦書，下筆稱旨，由是伯琦益見柄用。古人於一事之微，其委曲成就有大體如此。大抵君子之人，其意遠，其心仁，知天下之大，非一手足之所爲備也。是故小善必容，若將趨之，而萃以濟務，斯不亦見者遠乎？知器業之成，非專工不至也，是故一藝之微，終身不變，而卒以傳世，斯不亦存者仁乎？余輯書學成，偶有感焉，因識之。

跋張碧溪詩

詩必窮而後工，此特世俗論爾。世俗者以饑寒爲窮，以富貴爲達爾。殊不知舉一世之人，尊銜大爵貫朽粟腐者不少也，而詩人則或曠代而僅見。雖以唐學之盛，終三百年李、杜兩人而止爾。宋雖謂之無詩人可也。由是論之，則造物者於温飽之具舉以與人也若不靳，而獨於此事若深吝，若秘惜，若不欲令人闖覘者。故吾必以爲詩工而後謂之達爾。石季倫、潘安仁之詩，非無工也，終以富貴之極，同盡東市。彼二人者，使知勇退早散之方，固將以詩人名，在當時則以考終，在後世則以免訾矣。故吾又謂詩人非徒可謂之達，謂之安且尊焉亦可也。慈谿張碧溪先生字子威，蓋近世詩人之工者也。其所爲之累者，正坐米鹽細事。余愛其人，賞其詩，而不免悲其窮。間嘗舉酒向碧溪，願以此而易彼何如。碧溪爲余笑而不答。此卷爲鄭君宜重所書，病起快讀，因繫其説如此，俟知者信焉。

跋宋人臨閣帖

右《閣帖》第九卷内大令書，吴門沈辟之持示，以爲宋高宗所臨，蓋據印識云然。秋雨樓居，得細閲之。紙墨皆非近世所有，但工力静專，而筆意婉媚，殆類閨閤之製，蓋臨摹者手多羞澀故爾。慨想思陵好文，筆札爲帝王第一，一時妃嬪多事毫翰，若憲聖吴夫人輩各有攻緻，豈此乃宫闈中習倣之作，其佳者乃復傳世耶？聊記於後，以俟博雅君子。

跋石鼓詩

右石鼓詩，儒先辨論至多，蓋風雅之遺云。鼓今在北監，予爲司業、祭酒時，慮其日泐也，欲扃鑰之而不果。别有樹碑一，元司業潘迪以今文寫之，仍其舊闕。潘碑與鼓積有存亡矣。潘仕大德間。虞文靖公集助教成均時，嘗謂十鼓其一已無字，其一惟存數字。潘、虞相去不遠，其言如此。今去之又將二百年，石可知矣。詩之存者，頗賴諸家文字集録以傳，石顧足恃哉？博洽之儒如王順伯、鄭漁仲，又好古而搜訪訓釋靡餘力矣，咸存斷闕焉。歐陽公《集古》所録才四百六十有五字，胡世將《資古》所録僅多九字，乃稱先世藏本，在《集古録》之前。孫巨源於佛龕中得唐人所録古文，乃有四百九十七字，視《資古》又前矣。又前之，則韓文公所見紙本，已謂毫髮備盡，復有年深闕畫之歎。韋應物亦謂『風雨闕訛』，而杜工部直云『陳倉石鼓久已訛』矣。其上下世數如此。近世吾衍子行尤號博雅，自謂以甲秀堂譜圖，隨鼓形補闕字，列錢爲文，以求章句，又參以薛尚功《欵識》諸作，斯已勤矣，亦僅得四百三十餘字。每鼓列行裁分爲十，而章句次第又與諸家不同。子行介士，未嘗入燕，止於畫中見鼓爾。不知近日何緣得此十詩，完好乃爾耶？此詩出於修撰楊用修慎。若所從來果有的據，豈非千古之一快哉？如以補綴爲奇，固不若闕疑之爲愈也。予方選四言詩，不覺欣喜而録之首簡。

跋漢魏四言詩

右四言之製弊於東都，幾爲《毛詩》抄集矣。獨曹氏父子以豪雄之才起而一新之，差强人意，而孟德尤工，猶恨『鹿鳴』之句尚循舊轍。余選漢詩，以魏武終焉。

詩大序跋

《詩大序》或以爲孔子作，或以爲子夏，或以爲國史，或以爲衛宏，皆無定據。考其文義，蓋先秦古書云。顧有錯簡，而窮經之士未之或知，未免傅會牽合，以成破碎決裂之弊。竊取正之如左，亦思以還之於舊也。

校定詩大序跋

按，古文皆漆書竹簡而韋編之，韋易絶而竹易紊，是故古文傳世錯繆實多。如此《序》者，窺豹一斑爾，安敢自信？間有闕誤，亦復擬而存之，以備一説，且以求正於君子云。

跋石齋諸詩

右詩凡若干，諸體咸備，諸大夫士爲我少師公而作也。深得而卒業焉，作而歎曰：人將託於物乎？物重則人傳。人果繫於物乎？人重則物亦傳。石齋之義，諸作盡之矣。獨於今之世，上自廟朝之賢達，下及庸衆之齊民，隱而暗室屋漏，僻而深山大谷之間，遠而至於四夷，凡聞所謂石齋者，咸若親見公焉。此豈有待於言語文字爲哉？必有所本，而非深之所能知。嘗欲請質於公焉，而亦未能也。敬書其後。

跋雜詩與鄭大行

右詩舊新間出，據所有者録去。昨歲西來，邂逅吴門，識公。吾兹寓榆關，于野以使事至，相從凡六七晝夜，講學論文，無所不言，言之而不入者，蓋寡矣。予畏避，無當世之交，不知方今才俊如于野者幾人哉。能使予驩然有故舊之樂而忘羈旅之懷，所得多矣。因書末簡，以識歲月。

跋淵明圖

此圖今華亭令聶君文蔚所藏。陶令高節，去之千餘載，得於想像影似者且猶然，而況於親炙之者乎？蓋有超世而獨存者，此類非耶？文蔚起甲科，負才局，遭時得志，於此畫宜有不暇。將所謂超世獨存者，固出於筆墨之外，而臭味嗜好之同，殆未易以形迹求耶。跋其後還之。

跋許僎近田詩卷

我朝國祚靈長，基本厚大，故世臣之家，實多象賢，然未有若靈寶許氏之盛者也。深晚生，猶及事襄毅公。函谷翁、松皋翁則同爲翰林官，皆爲尚書。前輩父子尚書才六七家，然未有兩世三尚書者也。若繼爲太宰，又古今之所希有。許氏之盛，豈偶然哉？松皋翁作《近田詩》以示冢子參軍僎，參軍奉以爲别號。深得而讀之，於是見松翁之實學，而許氏之家傳如是也，是豈偶然哉？參軍其寶之。

跋莫子良送行詩

中江莫子良舉戊戌進士，予時叨充讀卷官，得所對策佳甚，封上御覽，親批第二甲第四人。是秋天曹首選爲南虞衡主事，賦此敍别。異日清華之任，終當有待也。子良之大父宗大舉癸卯鄉闈第二人，子良甲午亦第二人，其父汝明省軒則起癸酉，今需次禮闈，又吾松文獻第一家也。子良其行矣。

跋龍江泛舟曲

律詩變小詞。詩餘，小詞之變也。詩餘變爲曲子，金、元時人最盛。有腔有調有板，謂之北曲。南曲，北曲之變也。病餘間一爲之，將令小僮歌以陶寫，猶得詩人之意者，風土之音存焉爾。所謂纏綿宛曲之辭，綺羅香澤之態，殆南曲之謂與？

儼山文集卷九十一

書一

與夏公謹都諫

足下受知聖主，大行所學，甚慰甚慰。往在延平嘗奉教翰，比日再辱手書奏議，極感極感。顧罪舋之人，不即裁謝，亦恃吾公謹有以亮之也。夏初入晉，勉强供事，頗喜此方朴野。若可以展布者，而上下物情亦復歡然，令人頓忘其孤遠也。近時頗有大難處者，旬日間別當奉聞。且僕之去國也，重負者聖恩耳。然於事幾之微，未爲無見，不自量力，亦欲效馳驅於其間，詎意軔方發而軸先折矣。秋來一闋，頗得洗脱，與老妻弱子在谿山佳絶處以自慶。殆天所擬，此意未易與他人言也。但當日與見山形迹，不過謂之公事不和而已，兩無私怨。與奪之權，朝廷實主之。公論在士大夫，在萬世，一身之去就甚輕也。僕雖萬里之行，意甚安之，此又衆人之所未諭者。自北來悠悠之談，乃皆謂見山將甘心於僕，而僕嘗併得罪於羅峰。此言喧傳，於是人人始以僕爲奇貨而競欲賣之矣。但恐積微成著，致誤時賢，此非筆墨可盡也。昔柳子厚與蕭思謙書云：『飾知求仕者，更言僕以悦讎人之心，日爲新奇，務相喜可，自以速援引之路。而僕輩坐益困辱，萬罪横生。』意嘗非之。宗元喜功名，不自愛重，在八司馬列，若其黨就勢成，誤國不淺，宜天下之所深讎也。無復悔悟，而乃深文以委罪，厚己以薄人，真天下之險躁士也。及觀陳師道問訊黄魯直，便至『仕者不相陵否』。僕始疑魯直文人，不過以言語詞章取怒時宰耳。仕者同類，何至相陵？至於舒亶、李定之於蘇子瞻，然後知天下之物情變態，其所由來者非一日矣。意又憐之。竊傷今之人去古之人又遠矣。義命之説，僕蓋聞之。自顧荏苒歲年，便已五十有五矣，精神氣血等是六七十老人。桑榆之日，無復再中。蒲柳之姿，自應早落。徒以先壠猶荒，丁男當娶，此心未嘗不一日南望悲傷也。人情不遠，公謹宜有以體之。且夫君臣之交方固，朋友之好未攜，當斯時也，豈不能待乎？偶以褊心與之較文義之微，諍毫釐之分，坐成蹉跌，如此者雖敗猶榮。乃若蓄憂疑隱忍之心，以須浮雲飄風之會，縱復奇中，如此者以榮爲辱。千里之繆，古人所以痛也。僕自先人見背，禄不逮養，已辦終焉之計。秉志不堅，妄謂用之則行，今鑄此大錯矣。嘗愛歐陽公兩言：『有所不爲之謂恥，有所不取之謂廉。』晚節末路，誓當守此。由今觀之，亦可謂無所不爲，無所不取矣。又嘗自怪性好潔高，難堪再辱，此宜公謹之所知也。古人有言：『感恩則有之，知己則未也。』今知己非公謹而誰哉？聊因公差人便，附此不盡。

去歲今日，亦是九月十九，在延平，晨往羅源里謁豫章先生祠堂還，到公署西窗下，結字滿一卷，無一筆訛誤。楫子從旁侍筆硯。晉陽風日，今年亦佳，恍然如一日事。但作此紙時，在貢院中，堂宇峻深，明窗甚幽間，而下筆輒脱謬，老衰便驗於此矣。公謹勿訝，勿訝。

與方叔賢冢宰

深自先人背違，旋遭擠毁，結廬田中，已有終焉之志。自外朝籍者，餘四五年矣。辱公薦揚，遂承召命。中途聞擢，附驥趨廷，豈勝感激思奮。深爲祭酒，公在禮部。深謫延平，公在吏部。山西之命，又辱吹噓，是皆愛深之至者矣。雖然，愛之至又不若知之深也。比有陳乞，命下之日，只煩早賜成全之，則知己之恩大矣。譬如奕棋，滿局皆敗，尚須廬山老此一着也。意難言盡，感與淚俱。

與徐子容吏侍

比奉華械，副以手墨，感刻感刻。昨有小柬上西樵致謝矣，想知照。近日上乞休之章，萬乞致意西樵，幸勿復以漫語視之。緣先人之葬尚草草，弟輩不可託，須躬親落成。小兒來年已十七，兒媳又長兩歲，二三月間要成婚事。六十老人止有此子，亦須此父親醮之。若使男女失時，念此豈能一日留身在外作癡兒耶？此言惟崦西可告，此事亦惟崦西可謀，免使再舉。至叩至叩，至情至情。歲暮縱復冰霜，入晉時初無行李，上車尤爲捷徑也。言不能盡，跂踵以俟俞音，不任拳拳。

與周白川尚書

前歲楫兒入侍，得誨慰勤勤，骨肉之感也，銘刻銘刻。恭惟清望碩學，遵養厚深，神明所相，中外倚毗，無任欽向。深衰退日甚，無足齒録。三十年來，本願從公五湖烟水間耳。此盟恐不復煖矣。東望萬里，瞻遡奈何。敬此附起居。餘惟爲國爲道保練，以究大業。病目淹纏，臨紙惘然。不宣。

與康德涵修撰論樂

何柏齋曰『今世詞曲與古樂同』，此言有理。顧曲折細微，古今須别爾。何者？古樂主聲，詞所以譜其聲也。孔子所删，删其不合於管弦者，如『素絢』不録是已，謂之爲逸詩者非也。惟聲最易亡，『三百篇』之聲，未及漢已亡，今特傳其詞耳。漢樂府名新聲，故詞難詮次，新聲又亡。至魏、晉之詞通解，而聲又亡。後周得江左樂工，至隋、唐，聲又亡。唐詞多今律詩，而聲又亡。

宋歌詩餘，聲又亡。至金、元時曲子盛行，今所傳者，南北調二聲在耳。謂即此是古樂，深未敢信也。大抵古人審聲以選字，然後鍊字以摛文。後世先結文字，乃損益律呂以和之，去元聲遠矣，恐非古也。即今詞曲論之，亦有聲意二端，聲一定而意無窮。凡聲急處是欲趕板，意緩處是欲合索。蓋有眼以度腔調，絲在指撥，遲速惟意，若明皇遲玉笛以合《霓裳》是已。是故聲傳節拍，意傳義理，此感通之妙，古今無二。謂即此是古樂，深亦未敢信也。舊傳王粲、張飛等作傳奇，俱含鍊鍛人才意，所以鼓舞人精神不倦。此却與詩之正變合，不屬義理。宋儒所釋正風、變風、大雅、小雅，是剩語也。深行旅疲憊，兼老病廢忘，漫浪及此。何當面質爲樂，願承教。

與陳省齋

深不肖，於今公卿中受知受愛之深，未有過於執事者也。衰病之軀，由陜入蜀，百無一補，徒負初心。所幸德音伊邇，甚慰瞻依。顧未能一承下風，以敍契闊之懷，爲愧爲渴。恭聞討賊臨邊，義明氣壯，想成功當在日下矣。拭目露布北來，以觀盪平之績爲快。蜀賦所逋，屬在災荒空乏之日，措辦殊爲費手，即日遣官部運，用助先聲。伏乞照數檢入，後至之誅容勉力奉補，亦不敢濡滯也。餘具咨移轉達，萬惟台鑒幸甚。

與何柏村總兵二首

深頓首。連日西事在念，恃執事在耳。零星功級，毒酒運謀，此等正可慮可笑者，不知此外別有方略否？得手劄公牘，爲之憮然。西番自古不能爲大患害，大要撫禦得其道而已。李文饒苦心經略，只緣中外議論不同，遂至無功。前史可覆，亦可鑒也。昨曾告秋崖兵憲，云誅賞二字須要用。譬如奕棋，不可失先後着耳。玆亦以告柏村大帥。冗劇信手。餘惟爲國爲民珍重。不具。

比日承遣人馳書存候，無任感慰。西番事無的信，何也？自用兵以來，已及一月，進退無據。雖得之傳聞者，殊不成次第。撫、按兩院大失所望，柏村不得不獨任其責也。聞柏村初議甚好，却恨執之不能堅爾。兵憲頗歸咎於往年五寨之舉不停當，致有今日。此事少俟須當付之查勘也。知之知之。深老書生不知兵事，亦與按察之官體段不同。但欲保境安民，不妄費，不妄殺，爲本分職業爾，用機弄術以成就小功名，正不願諸公爲之。見周參戎，亦望道此意。七月上旬，恐番人有動静，却須戒嚴，幸密之。餘洗耳捷報以賀。邊鎮事重，惟自愛。

與朱秋崖憲副

昨奉小牘，一以謝教，一以謝過，想蒙照原。比日再承手翰并公移，敬當如命奉行，顧才識有限耳。番情文字連篇，辱撫、按不鄙，賜之與聞，備見經略妙用，使老迂之人驚汗斂服，俱從貴司議行，僕無能贊一詞也。惟有往歲軍前用過錢糧，弊司一萬兩查有下落，其餘未見清報。爲察院比較，作第一件未完。該吏往往涕泣哀訴，竟將何爲。如果事涉嫌疑，勢難推究，煩爲徑自呈奪，以冀杜絶。别有違礙，亦望具由，當爲轉達可也。但惟付之高閣，僕受累多矣，奈何奈何。令承差雷鳴遠坐之守，幸留意，留意。深溝用兵，議取二千兩，按臺允支，但庫藏空虚，復有大木之費，即已呈請撫臺爲斡旋。第乏解運可託之人，須臺下委的當人臨庫支之，庶不落人圈套也。此事亦别有行，先報此。

與王舜卿

久失奉問，比日得書爲慰。秋崖僕素厚，僚友之間，蒙渠敬愛，但恐信不及爾。近事雖小，迹甚狼狽，復恐以此爲秋崖累，故議擬間殊覺費分疏也。想山村野氓中，或自有實話，幸爲亮亮。僕老境功名俱出望外，顧才綿任重，自有速謗取侮之理，恐不止此一事爲然。正如牛羊之入庖廚，趨死地也，而身則無罪。此與朱、陸異同大不類。見秋崖爲我謝之。令兄相知最深，身後有何表章，僕豈敢有所愛也。但武定侯所刻者，實未之見，便中不惜見示爲叩。山中夏爽，兼有圖書爲樂。近呂都憲道夫亦將至。天涯無事也。餘自愛。

與郝瓠中兵憲

茲者憲節止城門之外，然以行速，遂不及追候，無任懸企。胡覺先來，得公文，極承扶持，知感知感。但此事甚有難處者。若欲餘出，必須羸入，僕不敢爲也。若以原封對衆散之，亦無不可者。指揮張和年少狂妄，行事貪鄙，人言籍籍，俱有指實，非徒得之傳聞而已。其叔參將麟屢有苦言訓之，執事稍宜戒飭，亦保全之道也，恃愛及之。簡敬劉汝成監收之差，兩院頗有異同，惟執事擇其可託者，徑爲轉達可也。草草附遞，幸煩速報之。

與汪器之

壬申秋，鳶山信宿，青港奉别昆季。後至廣信，附上鄙作圖書，想已徹左右。歸途至杭而病作，遂乞告。去春偃卧中，側聞過吴門，自恨不能扁舟奉候，徒有此心嚮往而已。邇者審自講筵，出莅南雍，海内得明師範，其爲慶幸何可云喻。顧廿餘年之侍從，而復肯爲春明之遠别，是足以仰窺執事所養之深厚。深之欲私致一賀者，又復在此。僻居海角，若面墻壁，日遠大人君子之教爲懼。但心疾漸成，時復嘔吐，長日杜門，止辦枯坐，恐不復策勵可前，唯有慚負知己之感而已，奈何奈何。令兄先生居京師，況味何似？令弟又復失意，何以堪處？石樓院長計相得甚歡。日斜衙罷，葱翠之中導從冉冉，與江山相映發殊勝。未能奉後塵爲恨。臨風依依，他所欲言者不盡。

奉劉野亭閣老

即辰首夏清和，伏惟台候萬福。深以菲劣謬厠門墻，計違台嚴已踰十載，未嘗獲一奉狀門下，少伸起居之敬，罪愧何如。恭惟執事正道正學，追配古人。不但出處進退足以繫本朝之輕重，而一言一動之間，皆足爲世師表。播在人傳，極深向仰，未由摳衣侍側，以卒所業爲歉耳。深去秋起疾，入館供職，前月方滿一考。憂患奔走之餘，百凡衰退，負恩負教，實亦未知所以自裁也。崔侍讀子鍾南還，云當出門下，謹此修問。尚冀順時保練，以副華夷之望。

與李獻吉

去冬自仲默處奉手教，子鍾、子容處覩佳篇，於賤子極荷存念。顧不自量力，扶病來此，病日益深，而毫髮無可效，慚負知己何如。入春以來，緬惟起居佳勝，學植邃深，敬服敬慰。比承乏禮闈，舒生芬者偶出本房，亦有夏生言者，詞翰甚有法度，云嘗受先生指教。江西之政，浸漑鼓舞者多矣。外此有陳生沂、梅生鶚者，皆名士。大率此科人材，亦自不少。恐要知之，輒以爲瀆。外小詩扇，附子鍾侍讀先生轉呈。《結腸》之作，少俟病甦請教，非敢忘也。餘惟情照。

與顧未齋宫諭

深卧病江村，如坐井底，久闕修問，非敢忘之也。春初大病，幾至不起，遂爲小女納壻，擾慣擾慣。入夏以來漸甦，然精神志趣已如再世人矣。水竹之間結一茅庵，署曰『面壁』，啜粥茹蔬，以送昏曉，無日不在是間也。比日沈希賢過舍，奉手教，情誼拳拳，無任慰浣。備聞起居佳勝，有少瘡疾，不至甚苦，想道力勝之也。始知令郎北遊賢關，不及餞送爲歉。承問及近況，老兄尚未相諒否？五十之年僅存一子，薄田敝廬，不失先人之舊，復何所望耶？兼之氣血蚤衰，寡食少睡，人間之樂，以享爲累矣。野會之約，甚便疏懶。地之近貴邑者，青龍、盤龍皆有小莊，僧廬佛舍，頗足登覽。澱山、金澤，俱極宏勝，此皆近澱澳也。請爲定盟。須俟秋分後作半月約，過此則有收成事催人矣，如何如何？餘非面莫盡。

儼山文集卷九十二

書二

與林見素尚書

黄如英至都，奉手墨高篇并西征全集。捧誦之餘，如獲瞻對，經綸之才，剛大之氣，高雅之韻，未知古人誰當爲之伯仲也。敬什襲爲傳家之寶，不但師法於是而已。竊念深以晚末辱登龍門，嘗獲一言之譽，永爲終身之榮。此特深之自負耳，妄意公之忘之也久矣。公於天下士自不薄，如深何足爲門下重輕。自十五年以來，嚮慕徒勤，而寒温之常禮，未敢通一詞於左右。今乃始知深自待之薄也，罪愧何言。恭審即辰台嚴起居萬福，登臨吟嘯，供高明之適，想象風流，如瞻雲漢，此特公之土苴耳。若夫精義妙藴，豈鄙劣所可測識耶？無緣執役門下，日近道德之光，一洗凡陋之習爾。往歲賜告還山中，承鄉先生曹定翁先生教愛，扁舟百里，每辱過從，時一道公姓字輒敬歎移日。深退而未嘗不私自慶幸，古之人有望聲光於數千載之上，至欲爲之執鞭而不可得者，深之所得者多矣。茲以親老抱病趨朝，蒲柳之姿遂成早退，孤負知己，感歎何如。敬和得題令弟山莊韻二首，附呈一覽，聊申仰慕之私。南望千里，豈勝馳情。緬冀爲道爲國自愛，以副華夷之望。

與王荆山都憲

昨承手教領悉，慚罪不暇。伏惟明公德政威望風行江南者，儼如神明，二十年猶一日也。深當是時初入仕途，每每覘候一言一行以爲師法，私自念曰，此非近代人物。自是先後叨同朝班，雖雲泥路迥，未獲朝夕親炙，以慰素心。每一過明公館寓，未嘗不停馬致敬，爲之啓閽而授刺也，亦非一日矣。所願執鞭投玖以致報於明公者，嘗恐無地。此心計當通於神明，豈敢飾説於左右？近者叨官國子，深愧菲薄，有負君相委託之重。不意令器汝梅來遊橋門，此雖職事，亦某所以求報於明公之萬一也。但在稠人之中，未能遂爲之賞識爾。昨蒙督過，以爲難爲，兼動明公不得已之説，捧讀之餘，寢食不暇。晨入國學，細檢科條，自祖宗以來，舊規成憲，試爲明公言之。每日坐堂，抽籤點班。若遇背書日期，堂友長捧籤，率領班生送過博士廳，挨名驗背。坐堂班生背其所讀之書，新入監生則按日分背。監規各官所臨，衆目共視。若因令郎一人，將遂免其一班乎？瞻仰之地，勢有不能。將自今以往，祇因令郎一人，并與其抽籤背書者，遂廢而不行乎？條教之際，法亦不敢。僕欲有請於明公者久矣，即此一事，情法兩全，必有善處，亦幸有以教之。況今聖駕在遠，百事宜慎，正賴宰輔之臣容庶僚之守法耳。而法之行也，必有公平正大之體，不謟不瀆，然後可以當人心、壓物論，亦僕職事之所宜盡，不敢有分毫加之意者，而亦豈非明公之所爲贊襄彌縫，以樂於群工百僚之交修共勉者。但恐汝梅久樂放縱，一時不堪約束，家庭之間，稟説失實，致明公之過聽耳，故敢委曲道達，兼布所以嚮慕之私如此。伏惟亮之，容卜日請强聒之罪。

奉羅整翁太宰

往歲自西昌以危疾還省，不遂瞻拜。嗣後爲關、蜀之行，違教益遠，聞問無階，惟深向仰。比蒙恩内轉，首夏已供職。伏審台候萬福，神明棐相爲慰。恭惟執事振古人物，一代師範，自出處進退之大，以至顰笑話言之微，皆有關繫。此華夏所共知，非一人之私言也。深不肖，早承知教，衰老無聞，每一企望，如沐春風。顧鼷鼠飲河，僅取充腹，而深源遠派，有所未能知也。即日蒲輪之召，惠然肯爲蒼生一出，當候於上東門外，爲之執鞭以請，顒俟顒俟。兹令郎承命省覲，天倫榮樂，輒附壽意。神往身留，仰冀涵亮萬萬。南中杪秋，正及爽快。萬萬爲道爲國節宣，以副中外之望。

與陳晚莊京兆

深執事之鄉後進，年近三十始遊宦於外，然未嘗一登執事之門請業焉，不過望見眉宇於衆人中，亦一再而已。雖然，文章之美，道誼之雅，固已熟聞而稔習之，顧有甚於朝夕謁見者。深竊意山川融結，而爲都會郡邑，其中必有人焉，爲一方之元氣。富學而養望，早退而壽考者若執事，所謂吾邑吾郡之元氣，非邪？比者家父壽日，過辱不鄙，賜以雄文。近姪輩録至，奇古朴茂，而浩然之氣不啻少壯。此又足以兆執事之壽履未艾，非特區區爲深傳家之寶而已也。極感極慰。深竊食京師，未緣參侍。伏惟保嗇。不宣。

與顧東江學士

深自去冬黽勉襄事後，皇懼杜門，兼以多病，又遭歲饑，口衆食寡，不免區畫。遂爾匆匆度日，將及大祥，悲哀益倍，不審邇來孝履何似，不得以時奉慰瞻企，奈何？近日郡伯以提學之命來索《古文大成》序，聞執事已書首簡，想有大製作以傳矣。深得略觀此書，編次猥雜，殊無義例，當得執事重加校定，乃成書耳。聞楊郡博云，郡伯難於改作，此則過於奉承而略於公議也，奈何？深意欲移書提學，論列其委曲，庶幾見從，乃不辜郡中此一費爾。

不審尊意如何?鄙作録上請教,不吝删改幸甚。

與曹定庵憲副

别後屢辱記存,兼手教佳篇。抵京多病多事踰時,闕奉狀起居,瞻企祝願之私無間朝夕。即辰壽履康和,動定多福。聞有冢孫之戚,遠惟悲感,無緣奉慰,想定力能遣之也。儲懋中近選入翰林,鄉邦有人,爲慰爲快。月筵之作,去秋入都,遲不及見涯翁,故爾蹉跎,已留爲今歲次第矣,少當充壽筵之敬。深比承校文,本房頗得一二佳者,舒生芬其一也。此恐長者所欲聞,輒以爲報。會録一册,附將遠誠。餘惟宣節加湌,以膺洪祉。

與沈西津方伯三首

緬惟執事擢科第時,僕方束髮操筆,爲科舉文字。然與執事有通家之好,聯婣之雅,不可謂不相知也,而亦不可以謂盡相知也。當時執事之知僕,謂可以至今日而已矣。僕之知執事者,若芝草,若鳳凰,若麒麟,若隋珠和璧,望其外而念其爲天下之奇寶也。中間執事登朝爲天子近臣,僕束縛校官,聲與聞不相及者久之。壬戌之歲,竊與計偕來會於都門,及下第南還,匆匆兩月而别去。去冬北上,會執事於常州道中,蒙出高作見示,讀之終帙,知執事之志於道,進於文。

凡向之臆度料想者，始窺見其概矣。雖然，亦未敢自信也。今年僕忝登第，會執事以使事還京，握手劇談。於是芝草之祥瑞，鳳凰之靈淑，麒麟之仁厚，隋珠之照夜而和璧之截肪者，乃盡得之，奇矣哉，僕之知執事也。僕遨遊兩都，凡大人君子之側，未嘗不奉贄往交之，而當世之號爲大人君子者，亦不以僕爲不肖而進之，故閲人頗不少矣。然能知文章如執事，盡言不諱如執事，樂道人之善休休有容如執事，求之大人君子之列，固已難矣。夫文章不患其不知，患其知之而不肯盡言也；盡言矣，而患其以驕與忌乘之。執事知而能言，能言而能容。僕又曷敢自失於執事也哉？謹以所著雜文數首，詩三卷，伏惟一覽。僕之能果盡於是乎否也？謂盡於是，不盡於是，是在執事而已矣，僕何與焉？皇悚不宣。

春間奉手教兼佳貺。伏審榮還展省，忠孝兩極，黄金垂帶〔一〕，滿鋳生花，鄉人不見此亦已久矣。雖大拜崇階，鼎來伊始，而閭里之光，可謂一時之盛也。無緣得充賀賓，兼敍契闊之私爲慊耳。計維揚夜别，春秋屢易，而深之心志灰折，已成老醜，非面莫盡委曲，如何如何？向來一出，違老棄幼，尤非本情。第望執事入都，得以左右提攜耳。召命匪遠，當令舍人束裝以俟也。侍行尊眷輩，一路想均納福。麒麟消息，竟復如何，日夜以此爲執事祝望耳。便中幸示好音，以慰區區。沈東之來贊幕下，輒此奉問。獨居多病，餘不盡所欲言，亮亮。

月餘不奉候，昨獲瞻對，風神清腴。方與世安表弟慶慰間，再辱手書，似有不滿僕者。讀未終篇，不勝皇悚，恐執事偶未之察爾。今世好盡言直道，喜規人過者，無過執事，豈忍不爲執事盡之？昨柬所云平心者，因來劄云自少至老，於人了無妒忌。故特奉頌盛德，非敢奉勸忘情也。今爲執事盡之。夫人心無形，雖有形而難見，故心不可以平不平言。先儒嘗有平心之説，蓋借衡平以爲此心喻耳。衡今之稱梗，鈞、石、銖、兩，各以星分，推移以權，重輕畢應，初不容有一毫人爲之助。今世稱等金銀之器，至今俗諺謂之天平云。衡之爲物也，投以鈞石則應之以鈞石，投以銖兩則應之以銖兩，夫是之謂平。若本輕也而欲使之重，則衡低；本重也而欲使之輕，則衡昂，是之謂不平。其於人也，心具乎性，性發乎情，情之所向，輕重生焉。輕事而應之以輕，重事而應之以重，是之謂平。若輕其所重，而重其所輕，是之謂不平。此平心之本旨也。執事似以寬縱爲平心，豈誤耶？精察而熟思之，義理自見矣。來諭所引律文多未合，何也？准者，但准其罪，不在除名之例。此是『例分八字』之義，元不屬《名例律》内。《名例律》自有『稱與同罪』一條，是蓋據成案以再解『以』『准』之義，稱如呈稱、供稱之類。若稱准盜，則免刺；若稱以盜，與真犯用此爲合律。若稱准而刺字，稱以而免刺者，合坐官司出入人罪，依律議擬，似難便科律令重刑。至於風聞言事，未蒙施行者，豈容深文，必當有以服人之心，方是法家。若夫排陷裝誣，别自有律。執事嘗以漢廷老吏自居，豈獨疏於此耶？僕本書生，不諳吏文，試扣所疑如此，願受教焉。若謂深助泛交而薄至親，出姦人之下策，則僕亦未敢以執事爲知己也。病餘荒絮，惟不拒幸甚，惟不罪幸甚。

【校記】

〔一〕垂帶：底本漫漶，據四庫全書本補。

與朱子文六首

清僧至，得書惠。異鄉久處，忽覩親手筆，豈勝欣慰。辱鄉評每以足下與僕爲敵，僕浪得名耳，實當退避三舍。近作不吝遠寄，至時一把玩，儻有求士於僕者，庶得徵實耳，如何如何？

別久瞻戀之情非一端，近兩得書惠，極感親誼，恍如接顔範也。奉化故是劇縣，子文初政已爲卓越，所甚慰者，兩耳冰蘗之聲。今日仕路多蹇，中外皆然，雖故鄉亦未能高枕而卧也，如何如何？深自北來，旋承攝篆，數年隨行逐隊，空言漫語，知從政之難，自今日始也。小兒女輩三月末到京，叨遠庇粗安。餘無足録者。尊甫聞已過南雍，亦屢得教札。仁甫薄有詿誤。士絅政聲甚佳。芋西動静想周悉。所喻當如命，恐不足爲重耳。餘惟保練爲祝。

歲莫懸望，久而疑其遲遲。既得手教，知所遭非常。雖出無妄，令人驟聞之，爲之驚歎累日。出至險而履坦途，豈倚伏之理，天將大任隨之耶？即辰春和，起居多福。此中事體當無他變，水村公處屢曾及此。兹去吏有公文，宜即赴貴任，俟朝覲奏轉日，部中必有處也。幸毋他慮，他日得與考功備道之也。僕處此粗遣，兒輩叨庇，俱就學堂。時事盛价想能一一。南行急，草草，秉燭附此，殊不盡所欲言。

自六月初旬抵家，屢承尊翁、令弟垂情，皆極感慰。上塚、置後事，匆匆一月。攜家南來，汎錢塘，登草坪，度分水嶺，入閩，游武夷諸峰，徘徊歸宗巖，皆滿向來山水之願。宿痾老態，頗恨此行太晚也。昨於廿一日到任，卧寄畫圖中，瞻望甚邇，頃當以公事遂參承，有待有待。敬令小僕奉内尊札，附上近詩一紙，發笑。秋氣漸深，緬惟眠食珍重爲祝。

頃見錢方伯，云王都憲伯圻來巡視浙中，却帶金山地方。想是三省入轄，只恐故鄉海警，吾邑未能高枕也，如何如何？北來消息紛紛，時事又一變，唐虞之治，企伺企伺。僕處此粗遣，家人輩不免啾唧，無明醫可訪，奈何？楊伯止，五谿先生客也，欲往訪謝僉憲，幸津遣之。草草。餘惟順時節宣，以需寵擢。

崇安曉發，殘燈未燼，承專使教惠種種，可謂攟載而來矣，感愧感愧。一行人賴尊庇均安。鵝湖逢敕使，廣濟得部檄。自此去北風塵邈，然未知所稅駕也。此來已絶生還之望，尚荷聖衷，具悉隱微，士大夫公論猶在，或可持此歸見江東父老耳。餘非面莫盡也。居延九旬，賴僚友知愛與士民瞻戀，若不忍舍者，不知何以得此。兩司諸公故舊居多，間有未相識者，莫不握手如故人，以此感激，煩會間一一致謝。舍人王旻賫憑來，愧窮途無以副其望，貴治下借一言慰之。冬深珍重爲祝。

儼山文集卷九十三

書三

與倪小野正郎

比日陳子新過江東，承惠手教，副以諸佳作，欣喜無量。具聞起居之詳，復以爲慰。聞有小恙，想遂勿藥。闔宅自老夫人而下，均享福履。每作南望，豈勝向仰之至。自念山陰海上扁舟之約，彼此同期。歲年之間，歎此未能往，而彼亦未能來也，奈何奈何。深憂患之餘，遂成衰老。凡諸外物，等付悠悠。收斂此身，置之泉石竹樹之間。是中便自空洞，絕無他慕。惟有知舊，時時往來于懷耳。輒奉遠書，竟不測是何境界也。數日前，夢小野科頭對奕，作潦倒歌呼之狀，如在長安旅邸。便爾得報，他亦每每，還復偶然爾，一笑一笑。山居多暇，得與兒子楫對案讀書，或觀弄筆作字爲樂，想子新或能道之也。

與何柏齋侍郎

伏計奉違之日，倏忽十有七年矣。自先人背養，荼毒餘生，無復有望於世，兼在群疑積毀之中，杜門待盡。每一念舊愛，醜顔負心者或至旬日，未易以語人也。特蒙記存，賜之珠玉，復以衰老爲念，此意尤未易以語他人也。感激何如。比蒙收召，實出望外。即日當北渡，瞻望甚邇，謹此具起居之敬。儻不吝教言，尤出望外也。餘惟爲道保愛，以膺大拜。不宣。

與劉子

介谿至舍下，留兩宿，奉所惠手書，如獲瞻對。聞起居佳勝，奉侍爲樂。去歲作衡嶽之遊，想遂奇觀也。深是後一月，亦遂起告。比抵京，勉供舊職，但憂患疾病之餘，遂成衰退。大業遼遠，終負斯志爾。計審召命已臨，不審爲斯道能一出否？古之君子，其於山林廊廟不必專有所主。若其志之所存，雖甚不得已，未嘗一日不欲見之行也。足下充養完密，義理精深，非淺薄所能佐贊。若以足下之惠，得奉顔色，敍契闊，考德問業，有所矜式，則區區鄙私不能不眷眷也。昨會劉憲副，嘗與之細論，計非筆墨所能盡也。相望萬里，未緣參承，惟爲道自愛。

答張君玉

深比方卧病杜門，忽承令郎枉顧，强起以野服奉見於寓樓。追念長者二十年之遊從知遇，豈夢寐耶？及拜手教累幅，委曲誠欵，洞出肺肝，具見長者風神精采，真有福有德之人，無任欣慰。深辱愛最早最深，今老矣，不自量力，輕犯世故，憂患頻仍，心志衰耗。賴先人之業，足以自適。近築一隱居，當三江之合流，頗有竹樹泉石之勝。又累土作三山，遇清霽景候，可以望海。其下葺退居之室，榜曰『静勝』。今年四十有九矣，因命其左齋曰『知非』，右齋曰『知還』。『静勝』之後，復作一堂，度明年可成，成即當題曰『知命』，但不敢爾。醫藥稍暇，時時燕處其中，大懼以筆硯爲累，即辦一味枯坐耳。何由得奉長者，一經其處，隨意點染，悉成勝概，跂想如何。是中藏書滿架，所欠者《白齋集》耳。往歲在京，嘗決券買一部，念白齋當自寄到，遂輟。又往於友人家見《白齋集》，輒復垂涎。不意於今日併與《續集》得之，快事快事。向晚到手，自有滋味若此。鄭令君啓範嘗有場屋之雅，間每一相見，便問長者興化事蹟。啓範亦知向往者，日赴召命去矣。令郎不能久留，力疾附此，以代起居之敬，殊不盡所欲言者。萬萬爲道保攝，以躋上壽。

與徐子謙郡伯

往歲卧病時，極荷道誼之愛，詞翰之教，永以爲榮，永以爲感。去秋起告，近望節蓋在京、潤之間，竟以追攀不及爲恨。還京碌碌，無足爲報。舊痾尚未得灑然，每懷丘壑之適。此意渺然，果能遂否？即日郡政多暇，起居萬福。高才夙學，少試一郡，敦本復古之政，計已次第。欽慰何言。望之來佐此邦，想快人意也。便中謹此修問，餘惟保煉，以膺大擢。

答方時舉少參

比日伏承遣使珍惠，極感記録。奉展手教，無任瞻企。因念契分如執事，相望百里，而二十年之間，才一二會晤，人生竟如何耶。即日具審尊候并闔宅萬福，欣慰無量。但浙藩未赴，此自新聞，兩疏交陳，殊爲異事。執事德望才猷，中外倚毗。騏驥方發軔於康莊，此豈回車時耶？未由面奉委曲爲歉。深今年四十九矣，掃妄歸真，力事猛省，豈特知非而已。兼之衰病侵尋，已成老醜，春來一病，幾至委頓。屬有婚嫁事，了此便蕭然矣。營小隱居在江上，頗有登臨稼圃之趣。賤子自適，恐非所宜聞於左右也。力疾奉復，容圖頌謝。不宣。

與陳玉疇侍御

深留南雍時，最辱厚愛，感不可言。自顧庸儒，歲月如馳，而所以報執事者，尚未有地。不識執事之教，繼今以往，猶可以覬得否也。恭惟執事，以碩學宏才，陶鑄畿内，文風士氣，一變近古。顧以峻擢在邇，士夫皆將爲借寇之舉，而廟堂之議，亦欲暫淹以慰士望。或曰執事將薄而不爲，深未敢以爲必然也。伏惟爲道自愛，以膺大祉。

答朱世光侍御

深獲侍教範，極慰瞻依。蒙賜款洽，榮貴多矣。别後審仙舟尚留南浦，無任欽企之至。延佇爲勞。比承古經新刻、高辭妙翰，若駢珠聯璧，捆載而來。把翫之餘，真貧兒乍富，令人應接不暇。慰浣之情，如何可言？是豈惟林壑之光，且將子孫世以爲珍也。不盡感謝。深疏誕之蹤，爲世鄙棄。恭惟執事宏才正學，清裁高風，固宜激昂雲霄之上。而獨加禮於不肖，拳拳若是，非深所敢當也。比日使車至止，物情肅然，勸懲所及，殆出於指使之外，此豈他人易以及哉。一丘一壑，藉之自安，又深一人之私感也。時下溽暑，仰惟行臺嚴凛保愛爲祝。新涼當攜拙作請教，高篇俟病間勉力追和。深衰老頽惰，負知爲惕。臨紙不盡所欲言者。

與楊夢羽

久不得夢羽消息，殊以爲念。想德業進益，大爲三吴出色也，欣慰無量。姚玉崖東還過貴邑，幸清拂一二。聞虞山之勝久矣，有小山居可置否？能結一草堂，相待他日扁舟往來，爲打乖窩，如何如何？費當自任也。但吾夢羽方將騰翀霄漢，而鄙劣以此託之，不幾於枘鑿耶？遠當一笑。餘惟爲道自重。

與夏桂洲閣老

深無似，衰病僻居。自公之還南也，可聞而不可見；今既在南矣，又可望而不可親。跂瞻寤想，奈何爲情。邇辰恭審台嚴棐相，動定萬福，高居賜第，在丹山碧水之間。感念舊遊，恍如再到，初不知形骸之爲累也。此意未易以言了，惟公亮之。比日徐御史宗魯還，承示新刻試讀前序目録，乃知文章家有人，而公論自在。所恨目力短澀，未即卒業，還復恍然。兹表弟顧定芳南使，道當出門下，敬此布忱。深杜門待盡，無足爲道。感知之私，與日俱積，亦未易言盡也。冬和萬冀宣節保重，以迓寵召。不宣。

與嚴介溪閣老

深無似，受知至久至深。前歲東歸，重辱垂愛。抵家之日，惟有北望感戀無已。跧伏田野間，側聞大拜之命，聖眷無前，亦惟有舉手加額爲祝而已。恭惟台候萬福，功在鼎彛。顧聞問無階，益深瞻企。江東舊居，向承駐節。每登小樓，恍如公之在闌檻也。此意非他人所能知，真切真切。深入春即抱病，已成衰朽。兹遣小兒楫北來補歷，少爲門户計爾，幸有以教之。老妻久淹病卧，宛轉牀蓐間，特念尊夫人不置，可憐。此意亦非他人所能知也，亮之亮之。特命楫兒託東樓兄轉達之，亮亮。餘惟爲國保攝，以慰中外重望。不宣。

答許松臯太宰

深無似，誤辱知愛者踰三十年，無任感激。跧伏田野，每每念之。側聞召命起自家山，惟有北望爲宗社稱慶。無階上記，少敍鄙私，方切感愧。顧辱手教遠貽，獎借太過，豈鄙薄之所敢當哉？敬當珍藏，以傳示子孫，使知不見外於大人君子，永爲世寶爾。欽佩欽佩。《近田卷》久淹歸几，兹因小兒楫北來補歷，捧以請教，幸原亮之。餘惟爲國保攝，以慰中外之望。不宣。

奉李蒲汀尚書

奉違門墻，無階聞問，跧伏田野，惟有感戀。表弟顧世安還，遠辱手教新詞，捧以爲寶。頽惰之餘，不知所以爲報也。伏審台候萬福，闔宅仙眷迪吉爲慰。霖雨之望，日夕跂踵，此海内同情，不但門生故吏之私已也。深薄劣，抵家多病，至今春尤劇。小兒楫例當北來補歷，因就秋試，少爲門户計爾。顧此行父師之託，端有望於門下。念此子頗淳謹，曾辱青目，想蒙與進，此骨肉之感也。伏惟留神萬萬。

與孫毅齋宗伯

自前歲東歸，極蒙欵愛。抵家多病，不獲以時起居，徒有瞻望。顧辱手教遠頒，捧以爲感。伏審向來台候萬福，聖眷優崇。霖雨之望，日夕跂踵。恭聞顯陵之行，備承濃賞，即日有留用之命，皆大拜之兆也。黄扉伊邇，鄉邦有光，其在鄙人尤以爲慰。深春來痰火大作，醫藥無效，俟命而已。小兒楫勉令北來，將就秋試，蓋爲門户計耳。念此子孱弱，又未立嗣，依歸有人，所賴執事耳，幸有以教之。骨肉之感，至叩至禱。

與張陽峰宗伯

深不肖，跧伏田野，無階聞問。忽辱記存，特枉教翰，副以陵祀諸作。春容雅健，真太平宰相之言也。每以誇示鄉里，襲傳子孫爲寶。繼聞内召，聖眷優崇，又當代之所希有也。喜慰之餘，特深向往。兹辰伏審入朝視篆大宗伯矣，金甌之覆，計在旦日。此亦海内之同以爲望者也，匪伭匪伭。小兒楫向辱顧愛，兹來補歷。敬令起居以近德容，尚祈終教之，想蒙不外。多病臨書，不盡所言。

與金美之太史

舊歲寓京邸，姚生一貫來，承手書名畫，爲惠甚渥。屬時南歸匆匆，遂阻裁謝。抵家碌碌，多病多事，益取疏外。比日姜明叔過舍，具審起居佳勝，德望遠孚，但傳有枉顧之信，殆成虛耳，如何如何？昨少湖來，相對兩日夕，每道高雅不置。當時買山收租之語，今日兩禿翁政可辦之，此豈亦畫餅耶？表弟顧世安奉使道西湖之上，恨不能附青雲也，聊布所懷。目力日短，殊不盡所欲言。

答羅整翁太宰

深薄佑早衰，卧病海濱者已再閲歲矣。忽辱手書佳惠，感極而繼之以泣也，豈勝欽向。恭審台嚴，棐相萬福。自違道範以來，四易寒暑，屈指明後年計登八旬。念欲捧觴，道路匪遥，而人事難必，徒深瞻望。伏惟安車蒲輪之禮，國典固存，而天下之望，所繫尤重。萬惟爲道保愛爲祝。深手足俱廢，託門生代筆以達，無任皇悚之至。

儼山文集卷九十四

書四

與楊東濱十五首

唐橋夜别，情感萬端，抵家不至勞倦否？深南來，一行人皆賴尊庇粗適。輕舟軟輿，上下山水間，如在畫圖，不知身是遷客也。入閩尤勝，大都丹崖碧潭，隨處而有。至於横嶂絶壁，倚天卓立，白雲英英，卷舒其下，剷削點綴，疑有神工鬼斧，不可名狀，每每忘返。悔恨不强東濱來共此，爲之悵然。八月廿一日履任，正當木犀盛開。山中老樹有兩人合抱，繁陰蔽天，清香數十里，愧無少酒量酬之。公廨在山椒，四圍紫翠，在一指顧間。後有小園，有方亭流泉，時時燕坐，耳目清淨，可以忘老於此矣，知之知之。辰下文候何似，諸郎進學爲慰。世相日在念，奈何無以振之也。致意見怡，直吴千兵，爲謝之。不悉。

昨風作潮漲，江門如海，甚得奇觀。浮薪無數，恐非盛幹輩能拚命採掇也。致去七十束應孌下，繼此便可令人持具來也。草草。

辱厚情拳拳，即病祟退聽矣，感感，容謝。道理天地間甚大，仕宦没溺人最深。此古人見成話頭，煩東濱爲我大書，榜之座右。草草，附瀆勿罪。

晚將有佳月，别具畫船，載鼓吹同汎何如？拱候。適得和章，辭翰雙絶，令人爽然，繼之以感歎也。内典謂世界本闕陷，奈何奈何。昨載至湖石數株，西堂前添却一倍磊磈。新涼得月，能過我爲信宿留乎？兼製隱居冠服，待旦夕間命下，便作山中無事老人矣。餘面盡。不宣。

山居初就，日有遊人，每一躋攀，東濱未嘗不在念也。邇日道體何似，静養爲樂。僕新置二畫舸，只用四五人可行，約載數客。其一設繩牀偃卧，其一具歌吹先驅。風日妍美，即挾以出浦，隨潮上下，選勝而登。或尋小港汊，訪故舊，即牽挽而去，雖滑泥亦可動，此或古人所未有也。今秋稍健，顧念京師同輩多入鬼録，不能不爲之嬰情耳。娱老之計聊報知己，他人固未易言也。亮亮。

夜來滕東遺過宿山館，因作數大字，遂至腕痛，老態衰惰，不獲欵洽。今早去謁，想遂佳晤，儻能同渡，爲數日之留，得傾倒也，如何如何？家嫂病勢可醫，但舍姪輩心力不稱人意，重可傷也。十月天氣如春，田野間極有好意味，不勝跂望。幸情照不次。

北發不及一握手，正是惡滋味也。清明時節，樓船簫鼓行江南道中，亦復奇勝。三月三日渡江過儀真，從陸抵環滁，雨中望醉翁亭甚適。自此渡淮、泗，遡黄河，登太行，陟上黨，涉沁横汾，入晉陽。即日將出雁門，入雲中，歷覽長城之塞，帥諸生較射，慨然有北向燕然之志。每當意會處，未嘗不念東濱同之。比來起居何似，幸自愛。

深到此粗遣，出巡將及千里，往返山川有極佳者。大率太行西麓爲山西，萬山中得一平曠有水處，便立州縣，城堞外四面皆山，真所謂萬疊雲屏也。五臺尤靈怪，而長松喬木，高下森矗如虬龍，肩輿只行樹梢也。六月須挾纊，都無暑氣。尚欲抵雲中，觀漢武五將軍出塞之地，上醫巫閭，然後南還耳。匆匆報此。

僕夜歸宿山中，晨起觀初日散影遥田，滿地皆白雲，以軟輿經過，瀰漫霡霂，俯見城郭，此身真在天上。須臾扁舟亂流，如汎瀛洲。還坐南榮映日，從兒子寫《漢書》一兩段，方啜新稻飯一盂。此樂恨不與東濱共之，急足報去，能乘興來此一話如何？

連得手教，皆極感慰，兼省風神瀟洒，閒適爲樂。深謀歸未能，賴有山水之適以自遣耳。匏繫羝觸，私心奈何。兒子楫每蒙教愛。此兒禀氣薄弱，但習爲淳謹，是非之心不爽爾，豈可便使之涉世。況苦於多病，文學未必能工，應舉甚非吾願。亟自江西，令人止之，已無及矣，懊惱懊惱。如深科第非不高，年歲非不早，今白首奔波，討實受用處難得，欲示戒於此兒也。煩東濱以静定涵養誨之。世間浮華事，恐渠未有的見耳。至懇至懇。試録一册漫往，令郎賢親一讀。此中有意義，不可以尋常程文視之。餘保煉爲祝。

比因修葺發地，得一石刻，甚奇偉。細觀當是黄書蘇文，考其文義，爲畫竹設，當爲《墨君堂賦》，但今蘇集無之，恨寡陋無從審定也。惜脱去前後。想不知石總幾段，此特其中一段耳。驚歎之餘，臨去一紙，請博雅者爲一校勘。有興即請過同視之，如何如何？

别後戀戀爲懷，適華札佳味遠致，甚慰甚慰。渡江無苦，令人幽然。吾人胸次要陶寫，精神要發舒，然後陰魔退聽也。須常提掇，如此却是曾點輩樂地也。知照。呵凍作字，覺老態，不罪不罪。

深居南中多暇，喜爲人作草書。彼處士大夫皆贊歎，恨不多得，以深北歸之速。深亦覺運臂落墨，殊勝少壯時，嘗與汪閒齋侍郎論此。惟惡惡筆惡紙，恐是老衰退步處，可怪也。今早發至紙不佳，内還。寫去兩幅，煩爲評之。若毁譽失實，便當與東濱絶筆矣。

昨張勵齋行次附啓，殊不盡情。玆相姪南還，念欲傳情，言更難盡。瞻望之餘，奈何爲懷。即辰想道候佳勝，日有真樂。深老矣，愁緒無端，覺人間世太局促也。江雲海月之思，何嘗不在夢寐。千萬珍重，以需復會。相姪此來，甚不副所圖，一則機會難乘，一則力量未拓，姑令養晦以俟。幸有以教之。一時朋游凋謝，吾東濱魯靈光也，西巖令弟，爲致區區不既。

昨以田家事催我東渡。西郊汎月伺重陽，修故事也。花間與客坐水晶亭子，得佳章累幅，不覺滿座生香，此又一境界也。晚桂將舒，早菊欲放，芙蓉映條柳在秋水蒹葭之外，何當置東濱於其間讀道書也。

與曹茂勳四首

深自十五六，遂蒙過許定交。當時但謂深能爲時文，可以取科第。深亦以此自進於執事，未有如古人之交者也。然執事天資峻絶，意氣麗澤，其去今人遠矣。深生長蒿蓬之巷，少無淵源之澤，倀倀流浪，未始知有古人之道。天不罰棄，俾得從士君子後奔走，苦辛之餘，少有所得。思欲致之執事，以報知己。昨走拜奉執事微言，察執事殊無相信之意。當日議論，亦但及文藝而已，他蓋未暇吐露也。執事自謂力不及爲，是誠不可。古之人其所得爲皆爲之，所不得爲者皆天也。孔子有曰：『朝聞道，夕死可矣。』若預料得爲與不得爲以爲進止，竊恐學問之道，不如是之暴且棄也。東還，聞吾父兄子弟動輒稱尊字，蓋有微視舉動以爲法式者，則執事不可謂不繫吾海邑之風化也，得自輕乎哉？三代以來，朋友道喪，諛悦逢迎，最可悲痛。使深而無知則已，深既有知，不忍爲也。《學制》一篇奉上覽正，《塊庵記》一首并寫去。僕之志，聊於是見一二矣。昨偶遺茄柸，因以馳附。鄙意香糕少許，恐執事讀深之文倦而思睡，略啜以助終篇。不勝慰幸。

令伯至，辱手教，兼悉居起甚善爲慰。索令祖母孺人墓誌，已爲撰成，顧卑陋之筆不足發揚先德，是懼是愧。行狀中有數處未安，悉加潤色，作誌乞知之。『殂』字是不得正終之稱，況是君、后所用，綱目凡例可考見也，故僕只書『卒』。『繼聘』二字義是再娶也，祖堂恐不當稱之。詳讀此節文字，委曲反覆，却是執事欲與祖堂諱其爲妾。古人妻齊妾接，乃是定分。名正而言順，此正不當爲之諱耳。故僕起誌『側室』二字爲綱，却用『繼嗣』一段接之，自見其爲不輕矣。『多材藝』至『通曉』一段，此雖是祖堂實事，然婦人之職，無非無儀，欲以是爲盛德，傳之後世，恐不可。況『多材多藝』四字，尤不可施於閨門。故僕却敍此事於誌尾，以見其爲令祖堂之餘事，而亦能如此精絶，不滋重與？中敍祖堂起家一段，尤未安。細讀文義，却是當時曹氏凡百大小，皆出自祖堂，不復知有嫡矣。古人嫡庶之分，恐不如是。其爲祖堂累，甚爲不淺。故僕盡用執事之文，而小變法度，見其若有承統，而祖堂之功在曹氏者益顯。嗚呼，金石文字，有天下萬世在後，敢不慎重？僕文雖下劣，然却是字字較量過也。更有未安處，乞以書來，僕尚當改定，不敢憚勞也。若入石，須得善書者爲佳，或即託楊伯立作楷亦妙。刻成須搨數本見寄。僕官銜本不欲書，但前輩皆如此，姑以備一代之體也。不識如何？屈指禮闈不遠，冀得傾倒耳。僕日與人事相俯仰，舊學愈就荒落，殊非初志。迺知『山林之日長，學問之深』之語，爲古人實見。一涉仕路，安敢望其長進耶？伯立向不得消息，聞之來人，頗不似初喪時守禮，可惜也。匆匆不及附書，幸諭鄙意。近日科場文字，只宜平正順熟，不必過於出奇，此在令郎輩尤所當知。績之乃郎試復居優，可喜可喜。惟恨諸故舊俱落落然不相及，此何理也，幸道達。千萬秋涼孝履萬福。

去冬曾奉一書，兩歲間不得執事片劄，孰謂親知契舊如茂勳者而乃爾耶？惶悚惶悚。家兄至，審知動静萬福爲慰。深今歲荐更憂戚，每思東還之樂，竟不可得。往時看海月，宿百菊亭，扁舟短服，出没浦雲荻花間，與知己者奕棋飲酒。比一思之，恍如隔世，何時能復有此事否？雲溪亦無消息，何故人皆棄我甚耶？漫一問之，當有報我者。

自入春以來，深未嘗通問於執事，執事不以深爲罪；深亦未嘗蒙執事片劄，知執事非忘情於僕也。自謂當膺首薦而來，會合有期矣。日夜懸望，此意竟虚。僕始悔前日之不通問爲略，而又以不得執事片劄無所於慰也。此情當何如耶？人言學成而不遇知己者，則不偶。夫以執事之學，而得士廉爲主司，竟爾不偶，何耶？將所謂聲譽不彰，是不肖者之責耶？意者其有司之不幸乎？或天意竟將晚成也。自愛幸甚。葉廷用至，聞三郎有疾，今當何如？大郎學業已當大就，其餘諸郎想皆彬彬，如此執事亦足以自慰矣。深旅食京師，常忽忽不樂，有難以相告者。月初蒙恩，待罪史官，祇懷慚爾，奈何奈何。家人東行，聊此奉啓。績之、伯立，皆不及奉書，會間儻出此紙足矣。時下嚴寒，保嗇自愛。

與李百朋二首

勵齋來，得手教，審起居多福，賢郎向學，極慰遠懷。古人有言，『富貴春花雨後紅』耳。人生行誼，感應如響。造物之巧，誰則逃之，後來善惡之師也。吾百朋聰明學識俱過人，目下似淹滯，又安知天不報之以久大耶？居安身健，課子明農，復有文酒爲樂，此自神仙境界。珍重珍重。深老矣，十年去國，萬里一身。比蒙聖恩垂念，拔擢清華。玉堂重上，真如夢寐。過望過望，過分過分。便中聊此附言，餘惟爲道加飧，以需蓴鱸之盟。不具。

山居新作榭在玉華之顛。昨乘月登之，殊有異景。因念吾白山，無由縮地也，奈何奈何。雨後新涼，得暇幸枉過一敍。懸企。

與姚時望二首

別來不審貴恙何似？所託想一一用情，深無復南顧矣。提學到吾家，子姪輩恐作一番畫餅耳，如何如何？令郎當在高選，却有費用辦否？楫兒只令讀書與静坐，夙興夜寐便是功夫。瞿生稍稍誨諭，至叩至叩。寫得途中雜詩一卷，付楫。見之，知我近況也。所喜舊病盡失，頗耐勞苦，復恐是秋後熱。匆匆，不多及。

小僕來，得所寄書，甚慰甚慰。令郎已入學，雖是小試，三代書香，亦邑中盛事，恨不能爲助也。舊恙秋來都好。小兒得拘束，誨益大矣，想能體悉鄙懷。楫將冠，煩時望字之，乞一説爲教，如何？僕意楫以操舟，必先舟作，乃繫安危，欲以『思豫』與『豫舟』字之，必得發揮乃可。令郎能來與小兒講學，已命楫禮之，僕當圖報也。

與姚子明二首

伏暑過廬嶽，得報小試獲雋，爲之喜慰，爲我時望亡友含笑而揮涕也，但不能奉餞耳。薄儀別具鑒之。楫兒學未成，遂蒙當道與進，誠所謂附青雲也，何幸何幸。已命相侍世契之雅，想敦念之。洗耳聽捷音，容致賀。極草草。

石屏承佳篇，感謝感謝。但作長篇，須要轉摺變化，轉摺在換韻，變化在押韻。若押韻不穩貼，便成薄弱。昨明卿歌頗得意，可同此言參之。

與姚玉厓

别後自春徂夏，皆在病鄉，一味畏濕耳。今歲雨多生寒，故比之前兩年覺重。望七老人，不特受制時候而已。玉厓向來何如？近日已買得佘山之昭慶，有茂林修竹，佛屋拆盡，别作小亭館，以爲娱老之計。當有蕭然之趣，不知玉厓肯來同住否？世安弟病目杜門，已兩月餘，秋已新，不可無一訪也。楫兒就臺試必相見，專此起居。邑中小考，如沈生希皋亦不與。此外舊科舉共有廿一二人遺材，亦是詫異事。大率小率，皆難憑據，付之一笑。餘惟保嗇，以躋上壽。不具。六月十九日。

與馮會東二首

昨夜風雪中，遂宿浦缺口，幸無他，可勝瞻望。承示和章甚佳，適得東坡韻。《咏雪》兩篇是令郎雅製，持誦欣羡，爲雪竹喜賀不已，異時當奉識也。謝謝。張遜之山石肯惠，然要須禮求之。牡丹恐俟來年秋分可移，亦宜愛護以待。呵凍草率。亮亮。

深春來抱病，久卧郊居，人間事都謝却。載石已命兒輩處之。來意多感。力疾草草。不具。

儼山文集卷九十五

書五

奉梅月伯父

陸資到，奉教言，深感至愛。備審壽體康强，細觀字畫，皆無異少壯，足以占壽年綿遠，不勝爲慰。所示弟姪入學，門户之光，皆嚴訓所及，但須努力向前，以期遠大。姪之所望於後人者，此心更自切也。老父仰望伯父大人時賜勸譬，得以頤養老境。修墳造房等事，一切當付與深也。如尚有過當處，乞念深含容之。深自入冬來，舊病漸除，但新差司禮監教書，雖則五日一往，内臣有三百餘人，俱從教授，兼出入步行十餘里，極爲辛苦，職業不敢憚也。京中事體，聖駕雖回在宣府，祖宗法度具在，人心安然如故，況關係甚大，乞不勞過疑也。家小春間須作來計，遲速之間，伏望主張，行裝粗能備辦也，家人如教禁治。家小起身以後，浦東大小事宜俱望教戒。時世如此，安危未保，不可自受累也。餘惟順時保重，以享上壽。

奉東隱叔父

溥弟到京，具審壽體納福，并諸動静，不勝欣慰。家小及兒女在路安寧，四月廿二日自河西務起車，抵暮入城，雖受辛苦，幸無險阻，皆賴叔父餘庇也。姪居此守官粗遣，但監事煩冗，早莫奔馳，兼時下不測，每懷憂懼爾。家小既來，於姪雖便，老親左右無得力人，仰望叔父時加撫問，不至寂寞也。今年科場，兩弟考試未知何如。當此之日，家門已大，須防小人侵陵。惟有子弟勉勵讀書，可以支撑。今各房中惟有此一路可行。叔父教子之心甚切，故敢及之。餘惟順時保重爲祝。

與唐龍江三首

近趙國賢還，曾具啓達。伏審邇辰台候萬福，壽堂暨賢妹甥輩均安爲慰。深衰病日深，思歸殊苦。比兼攝湖東，奉咨裂紙，將過信州。差人云，欲開局修八朝國史，不知《會典》結局未？令郎聞已授官矣，未有的報，幸示知。江西科場，吉安最盛，有時名者皆不在牓。昨觀南畿録，吾郡之否，亦開科來所無，豈文體將一變耶？江録漫往，不知舊生徒有幾。草草附瀆。餘惟若時保愛。不盡所欲言者。

深寓蜀二載，如在世外，東望故鄉，聞問爲難。兩辱手教，無任感慰。比蒙恩出峽，抵荆州，取道北上，復過安陸謁陵，徘徊山水之間，念皆執事過化之地也，爲之慨然，如挹顔範。方今天子思求耆舊而用之，恐隆中未得高卧，少須勸起，以慰蒼生之望。深此行速爲入謝，將圖自便，然善後補過之方，幸有以見教也，至叩至叩。兒女輩在家，過辱骨肉之愛，非謝可盡。行次草草不謹。直齋、芋西公會間，爲道瞻企之私。餘若時保攝爲禱。

疊辱教惠，極感記存。具審道候萬福，爲世師表，足慰瞻依。邇聞海寇擾攘，寒族高門，脣齒相依倚，執事爲帡幪也。況老荆弱孫，尤在咫尺，幸垂清拂。今日始知城池之有用也，留意留意。兩甥失解南還，及壽筵，骨肉團圞，人間至樂。楫兒多病，且留過寒。他不足道也。深衰病侵尋，憂疑滿腹，臨紙無任惘然。世全甥蒙時存候，異鄉骨肉，賴此與世安耳，恐要知。餘惟若時珍重。

與表弟顧世安十六首

令祖詩云：『當門五株柳，負郭二頃田。』此東歸景物如此。余既無田，雖柳亦不可得。近營别業，以待東歸。姑欲插柳，須乞五株種之乃可。冬月將盡，幸能惠我否？久别欲一話。風日和暖時，望過一宿。至叩。

本乾但知其善醫，未知其好道也。非昨見示，幾爲失之。此人博聞多藝，夜來與陳生同榻，往來辨論，僕隱几聽之，自足爲樂。吾未暇究竟其淺深何如，但其器根不凡，妙具圓融，豈所謂湖海之達生者耶？賢弟留作伴數日，未必無益。齎持玩物，吾第一見之足矣，恐别有主者。明日止爲郁直齋、李南園二公，天氣佳甚，一來如何？

深啓得夏問書，甚慰。昨見朝立乃郎，云有書尚未送至。今早唐士冏憲副家人到，及見孫廷圭，問及，頗道有一二不如意事，令人馳念不能已。處今之世務，須安静含忍爲上。吾弟素有見處，自能中節。如劣兄者，不待五十而知四十九年之非矣。舊病侵尋，時事多棘，老幼在念，奈何爲懷。弊廬薄田，已足讀書待老，頗悔此出之謬也。豈世緣尚未了耶？身外事自可付之悠悠矣。姑娘而下，想均納福。粟例再開，恐令弟亦須乘此會耳。孫壻小試優等，不負美才，聞之喜慰。向朝立在京時，曾有言欲求自便，計今尚在否？從厚處之，須令子母間各遂孝愛之心，與區區豢養，又過一等也，如何如何？浦東兒女輩，想蒙顧愛，非言謝可盡。風塵渺然，未緣骨肉之聚，臨紙悵然。

兩日有遠客，兼先隴事殷，奔走不給，奈何？目下想已康復，不復致問。承示病源，正僕數年前舊犯，須早圖之。若所謂積熱，恐無之。蓋是肥甘釀成垢膩，滯在脾間，下虚上壅爲痰，脾土受痰，遂作沮洳，濕蒸而熱耳，非壯熱也。醫家用苦涼之藥最有近效。浸成後患，尤宜詳審。

積滯感時氣必作痢，宜用白芍藥、澤瀉等劑分理之，不可驟服止藥。今後須食淡、省思爲要訣。此二件，乃脾家内外扶持之妙藥也。園中晚菘菜肥白連根一截，用甜水煑成清湯，極有自然滋味，侵晨空心啜碗許，最宜養脾利膈。白芥子時嚼數顆亦好。

屢承骨肉之愛，非謝可盡。比日世芳、藎臣二生入監，又辱厚惠，所諭領悉。久客天涯，見此骨肉，令人喜極，而繼之以泣也。百凡不勞挂念。近又得沈方伯家人寄到書，知老父移居北宅，心背俱刺。四弟失教以孝弟之道，致此狼狽，亦深之不孝不德爲之，南望惟有痛哭而已。委曲情事，亦惟有賢弟知之。族中兄弟俱多離心，而嫡血子孫盡不可恃，賢弟早晚幸爲調護，深生死不敢忘也。若有緩急之用，可分付陸傑、顧慶二人處之。若再有重大事，賢弟權爲處置，亦生死不能負也。桂魁奴狗狂蕩如此，深用人欠當，豈亦窮秀才命中招注？須發遣到京，終當重治。緣無的當人始終其事，須深來春自還可也，幸密之，密之。新府尊行時，已嘗致囑去，知之。

深拜啓。昨相姪還，病目寄數字爲信。比家僮至，頗訝賢弟無書。想即辰文候納福，官事竟如何也。聞九皋大諫來署縣事，吾邑之福，欣慰無量。近知治吾家作過諸奴，老懷遠客，爲之快暢。已作書與子壻輩，致感謝之私而已。深方慚恧，未敢頌言謝之。儻謁候便，先爲深致此情，至叩至叩。

楫兒欲出就試，深慮其體弱，幸教以持心養氣之道。不知賢郎諸姪亦有出試否？後生輩但不可留意得失，以長浮競之氣爲佳爾。崇明之變近如何？當道諸公必有撫禦之術，便中幸示知。餘不盡所言者。

深冒暑出巡江湖之上，得書如擁冰雪，慰不可言。楫兒承教愛，幸與觀場之末，深甚慮其涉世之太早也。賢弟近聞出上金陵，能攜楫兒爲旬月之行，深大願而非所必也，如何如何？遣急足去，揮汗數字。到省，別令家人還修問也。極草草。

比還朝，人事倥傯，殊非老境所堪也，奈何奈何。會馮汝學説賢弟事甚悉，爲之驚悸。世道如此，且安心耐之。釋氏以忍辱爲修行第一義，賢弟自能容受之，不必芥蒂可也〔一〕。甬川少宰特蒙留情，知之知之。秋間望賢弟入京。古人云金門大隱，豈浪語耶？燈下草草附此，殊不盡。

世具甥來，縷縷道起居之詳，令人遠想慨然。走自夏初入都門，衰病之餘，殊覺人事委積，隨分應酬，倦即撥置。世間榮辱毁譽事，一毫不復動念。但静中别起一段思慮難遣，即釋氏之所謂魔也。當持定力勝之。賢弟能北來，可共辦此功業，如何如何？

蒙恩内轉，實出望外，兼聞詔旨曠蕩，雖三代恩典，或可得也。故遂乘此春和入朝，自荆襄北去，勞勩亦不敢辭也。老境奔波乃爾，唯賢弟亮之。家事乞與楫兒一處。楫欲棄遠田，甚好甚好。吾當成此子之志，但須賢弟酌處，不使有後累爲佳。住大江濱，束裝燃燈作書，殊匆匆。賢弟能以意會否？賢弟有意北來，秋涼能遂相見乎？深北去，盤費人力俱欠，亦望與楫兒議處，不令荒廢學業。至叩至叩。

老人劇局，舉目萬里，雖片紙數字，猶難得寄。雖寄，亦未知得達否，況他乎？亮亮。聞賢弟亦時有啾唧，此恐是少年作用大過，或時事不如人意，動火耳。吾此來每有所悟，亦有一二高人如何柏齋先生相質問。目今通宵宴坐，青燈熒然，頗有趣味，但時有歸心作魔耳。留與吾賢弟盡之，第未知世緣何如也，還復慨然。《度人經》此間有印本，寄一部去，西樵別當覓便補之。闔宅寶眷想皆安。世道日下，得省一事且省一事，餘付之老天而已。匆匆不盡所欲言。

深昨別後，入舟作小憩，風水俱令人疑懼。還入寺中避暑，見郁宗周來，云見小輿道中，知賢弟已入京受累，極懷感愧也。夜來小女病作，比常稍增，鬱熱故應爾，懷抱轉無賴，奈何？舟人似催發，南去三四公都到，行止未定。深意欲俟一雨後解維，前途任運而已。此間無人商量，周一之望速之來同載也。如張希周差事何時可辭朝，抑恐不能待，煩一問之。六弟、汝由姪感渠意甚好。世全甥致謝不悉。

見南載有發者，歸心如飛，欲隨意去耳。入京人望促之。幹辦來，不知周一之何日下灣也。跂足而待。附此見意。

舊恙比之去歲稍減。重裘絮帽，枯坐一齋者六七日，老態時當如此爾。忽聞有人入都，力疾附此紙。宅上俱安，諸郎皆玉立森森，從德尤解事，明敏夙成。昨入學，爲提學所稱許，亦復作微語爲教戒，知之知之。榮擢乏便修賀，兹致少物去，引遠誠鑒入。故鄉風俗日下，亦欲攬回，顧忠信素薄，奈何奈何。得吾弟在朝，老僕居鄉亦自遣慰。桂翁處每欲作書輒止，以傳聞無真的信，見間爲致傾向之私。不盡，餘自愛。

灣下執别，無限情感。十七日午刻始抵河西，風水淹延，皆竭晝夜之力，前途任運而已。去國之人不當作朝貴書，亦自老懶，遂放舟去。見桂翁，爲道此舟中眠食頗勝，惟此而已。亮亮。

【校記】

〔一〕芥蔕：原作「介帶」，據四庫全書本改。

與黄竹泉三首

令弟瑩卿至，多承遠惠書物，言謝不盡。即辰伏想尊姐甥輩俱安好也。深自長兒亡後，憂苦萬狀，鬚鬢盡白，兼有老親之念，忽忽如在囚縶中，恨不一日東歸，得見親戚骨肉爲樂也，奈何奈何。令弟淵卿書來，説河弟、李廷益房基事，深並不知其情。但河之嗜利忘義，乃其積習，必有不當人意處，吾姊丈當教而改之可也，至叩至叩。今日適有丁祭事忙。因蔡晟行，便草草附此。雖七叔、宗潤兄處，皆不及作書。詩卷容别寄上也。餘惟情照萬萬。

承以胎仙一雙爲貺。與病骨争癯，甚慰岑寂。但飲啄無豐腆，恐戀故主，乘長風而東耳。

珍謝珍謝。

屢承厚愛，不勝哀感。《竹泉卷》納還，頗恨諸作未足以發揮高雅耳。姑俟情事少伸，當別圖之。令弟淵卿與河弟房産事，想有善處之道，幸早斷之，恐惹别議也，特人奉請更瀆。黄甲近當肥美，兹欲遠餽，煩爲覓數螯佳者。恃愛干瀆。不次。

與黄甥良器二首

扁爲書去，四字易後二字，以寓孝思，易前一字以避俗。紙用礬重，甚不宜筆。只寫去一幅，亦不佳。可求佳紙至，當寫去。聞新樓成，東望在目。余老矣，何時一登以望大海爲快也。昨承園果乳酥之惠，感感。俗事擾擾，無一刻閒暇。病餘無可驅遣，稍覺淹遲勿訝。甃堦卵石儻有剩，便中爲致一二斛許。不一不一。

近日人來，得畫卷，多謝裝束之勞。手柬亦作一卷，極見賢甥致意，世誼令人感慰。爲寫跋語去，藏之。載來石，題一檀扇爲謝。大抵湖石須以無斧鑿者爲甲，老奴欠眼孔，非賢甥初意也。絹畫一幅，寫舊作其上。樓頭秋色，可懸懸如見老夫也。今春發痰火殊惡，昨日始甦，過山居打坐，須盡此月方接人事。賢甥有暇，可以扁舟來覓我水石間也。四軸已寫畢，祗奴負不起，俟别致之。餘不盡欲言者。

與黄甥良式十二首

比聞舉得男，喜慰不可言。是日報至，予坐南樓，適傳秋闈消息，欲以『應科』名之如何。連日匆匆，未及作答，知之。薄具少物充粥米，幸收之。餘留面悉。

別來三年，行數萬里，棧道、劍閣、瞿塘、巫峽，水陸極天下之至險，而寔亦天下之至奇。此生遊覽之興，可謂饜飫，而予已老矣。連年三月三日每有事。今年以是日渡漢江，由襄樊而北，四月初入朝，遂履任，隨分供職。昨以孟秋時祫，始與聖主相授受，蓋八年鈞天如夢寐也。承遣人遠來，欣慰無量。得《安南議》，見學識長進且有志也。此等事自有一副當人才當之，予素不與聞其事。此中非紙墨可了，北來且自見之知之。入監已成就，如此亦好。第愧無以助之，當以逆旅主人爲任也。楫兒想蒙教愛，秋試聽之老天而已。餘惟自愛。

賢閫病何如，恐是血虚畏燥耳。與汝妗所患頗相類否，却好尋醫。血惡寒而生於寒，行於熱而畏熱，要知之。唐詩絶句付來一閱。明早望日須赴監，當守法。如是不具。

知吾甥已入潞河，得遂親桑梓，亦是一樂。吾欲更賦一詩爲別，衹成一句，云『老懷旅思更逢秋』，後不復能續，意可想見。得書感拳拳，一之同此致意。張宗之，吾甥即道吾意，致書無不可者。餘不盡。

昨嚴照來，得書具悉。蔡老朴魯，不甚知事。本再上，明日當發抄工部，西磐尚書面許爲行却，並乞築城事。若一舉兩得，亦吾鄉邑中百世之利也。昨家人至，又得與小兒書讀之，得失固自有命爾，且留了監事，令渠從實地做工夫。賢甥歷事已辦，但未知何日得見甥面也。懸懸。聞汝老妗東來小莊，不免有擾，謝謝。所論沙寇本吾民，有司失於撫馭，遂至如此，又不能無師老費財之慮，事當如何。兹遣學召回，欲移家北來。百凡望周詳愼密處之，至望至望，至託至託。杭、嘉避地之策與松城卜居如何，亦希酌量。歲暮候報信也。續絃成，亦足喜。餘不盡。

近得書，知有杭州避地之舉。不審海上事情竟如何耶，令人睡臥不安。不圖老景遭逢乃有此，付之浩歎，聽之老天耳。京師事勢，又未易以一言了也，奈何奈何。又聞河決鳳陽，兩洪俱竭。若春水可乘，且攜家北來。儻更有阻，則卜居松城，差爲穩便耳。賢甥必能爲我謀之。草草附此。日下當別有的確信息也，留意留意。

日來屢承惠海鮮池魚，甚慰病起，但脾胃尚未開健，差勝前日骨立耳，知之知之。刻書復成幾種？可草草印來一閱。病餘，因清出雜記，略有數卷，寫得十葉付去，就煩一校勘。若雷同剿説，抹去可也。予此等文字，大意欲窮經致用，與小説家不同。幸著眼，可命照入刻行款寫一本來，有商量處也。雪天殊無好況，晴霽西來一敍，懸望懸望。臂痛不減，不多及。

比復惠鱘魚，感感。連日病勢覺退，但脾胃未開耳。求醫了無影響，可怪可恨。吾甥作事必精，所刻書不下古人，計費亦不貲也。篇名嫌不響，可題作『說海』如何？有緊要與典禮書多入幾種爲佳。臂痛轉劇，指不多及。日下望西出，閒否？亮亮。

小說若刊，須喚得吴中匠手方可。發還九種，檢入，但訛謬極多。要校勘得精，却不枉工價也。予家所有，俟天晴清出。《農書》《塵史》兩册，頗便病目，留一看。

老懷爲病困，殊無賴。昨許三府過訪，慨然有築城之議，但其言太易耳。說漳州賊圍定海，致書寧波守，稱老兄，索糧一萬三千，其無忌憚若此。時事可慮也。又云漳州賊每往蘇城市易，崇明交通更不可測，沿海一帶尤可慮也。近便處有得力人能覘候動静否？煩一用心爲之，不宜露消息也，至囑至囑。候報。臂痛楚，作字艱難，不多及。

二文皆宜抄録。夜來樓居，風雨不成寐，却恐今年無麥也，奈何奈何。《痘疹書》校勘得，可寫便寫，入刻早完，亦一件事了。留意。天晴過此。

《痘疹論》已入刻未？吾甥所作後序亦佳，老懷殊爲喜慰。劉柏山北行在近，可促匠手早完，欲送與一部，以答其意耳。《嵇中散集》及《塵史》俱便病目，連日雨中藉此消遣，尚未畢也。《松籌堂集》聞是此老手編，果精當否？可細讀三四過，西來商議。其中若有關係朝廷典故及可備郡乘闕遺者，另録以藏，此看書要法也，志之志之。夜來病思甚不佳，奈何奈何。稍晴望即來夜話，伺伺。

先君生平手札多不屬草，間有一二在漫稿中，復就鄉邑親舊家録之，合百餘首，特存什一於千百爾。惜哉。不肖孤楫泣血謹書。

儼山文集卷九十六

書六

山西家書二首

從遼州出巡回省，得汝書，文理雖通，未見長進處，可用心讀書作文。如今秀才難做，況朝廷行揀選之例甚嚴，山西處所有退百來名者，進學亦甚難。此中却有好秀才，十五六歲，三場文字可觀者到處有之，亦有是上年科舉者，吾兒自宜勉勵。知汝母子俱好，心甚喜慰。但知汝有腰痛疾，少年豈宜有此，莫是跌撲來？吾甚憂懸。姚時望病近當瘥復，吾愛此人恬静，欲養汝德性，故留之。吾每思難得一箇好人爲汝師範，若姚昭、唐鑰，此二生，汝可延請至園中作會，看書考文，朋友之助，亦自有益。切不可放心使性，爲游戲無益之事。且過今殘年，明春我南歸教汝。兒須以遠大自期，家事一毫與汝無與，最要孝弟，和敬處宗族，早晚奉事母親。如今不小矣，只此至囑。

此處亦有好秀才，不减吾江南，但十三四能作三場文字俱通走科場者，又江南之所少也。得便寄數卷回，汝苦用心可也。餘不能盡筆。

浙江家書一首

我廿六日已到任，今打發陸鑑先回報知，一路事俱可問鑑。山立何開年遣回。崔來鳳先生是添註官，甚閒，吾兒可收拾來此講學。汝母親須待二三月，看此間光景，座船來請也。汝來須是正月半前叫箇闊頭船坐來，勿使人知，至囑至囑。

江西家書十一首

我離家已兩月餘，汝用功何如？古人言：『寬着限期，緊着課程。』緣汝氣體弱，又有舊病，須要節量讀書。學問大事在養心，養心先須養氣，元氣充足，百事可辦。汝性静定，有可進之資，不可虚負了。家中閒雜不必管，接見人務要揀擇，無益之事足以費日力、害身心，當畏之如蛇蝎可也。抄回文字一册，是察院試卷，熊鼎臣、李六峰極稱之。方恩是一都司，乃肯向學如此。

近日相姪自武當還，與劉甥人奇來，俱會于司中，備知吾兒在家學業不廢，并見汝書字，皆慰客懷。但聞崇明有警，愁汝母子驚惶。今日李提學來自蘇，云已定疊，甚喜甚喜。此事自有天數也。汝欲隨例出試亦好，只慮汝乍涉人事，出入官府，勞苦不堪耳。只要小心敬謹，若作文寫字，必須整齊有法度，與朋輩交接，謙和簡默，自重爲上。自餘家務，俱不煩汝也。寄回《聖政記》一部十二本，此即《太祖實録》，要熟看。中間頗有誤字錯簡，闕疑可也。象筆四管收用。

我出巡在九江，六月五日得家書，始知汝考試的信，但列名在四等，得與觀場，亦是當道獎進之意。汝宜自立，以無負知己也。若往南京，只與姚子明同船甚好。館穀薪水費，當一力助之，其餘量力各爲幫助，亦是汝報其師之意也。須往丹陽上陸路，顧一女轎，多備一二夫力擡之，行李盤用江行載入城，顧一闊頭船，甚爲方便，不可於此等處惜費。入城須借一僻静下處，可請問顧五叔，必得佳所。至囑至囑。落下處後，宜杜門静養，令精神强足，則文采自彰。無益之事，料汝決不肯爲，但人事奔走與往來交際，禮不可闕者，亦思撙節之。至囑至囑。

最宜擇交，若浮華輕薄之士，致敬而遠之。不知三試録曾取下樓看，併有《辛酉同年序齒録》否？只在叢書中，不曾清理付汝。若得入手看之，但是我同年或同年之子孫，俱要致敬盡情，以敍世講之誼。至囑。此等事，須場屋畢日，方可行之。未入場之先，且須與子明或陳子充，與唐門親戚舊科舉、吾鄉老成質朴者去投卷，看班圖，先了公事。雖出口行路，亦須遜避謙恭。若見達官長者，尤宜寡默恂恂。汝早有令名，古人以爲不幸，須防造物忌之。至囑至囑。

其餘事宜，汝當隨事省察，存心爲上。酷暑冗中，不能一一。

卷面并三代脚色，務要如式親書爲上，若倩人慣熟者寫之亦可，須要一字一字對校，點畫偏傍，所繫甚重也。每場各宜安放，臨時仔細看詳。須縫一洗舊青布袋，僅取容卷，從頸中懸掛胸前，防衆中不測。袋須舊青布者，恐靛色易汙卷面也。入場，我有舊青三梭直身，是曾入會試場者，汝可與母親檢尋來服之，且留與同孫作傳衣也。褲子亦須要綴襻頸帶，今年八月近寒，須防風信。場中過煖，不妨耳。要帶好水梨蜜薑。用筆須試過稱手者乃濟事，多亦無益也。燈燭下謄真，尤要仔細，須再三看題目次序，恐坐失格，是一番徒勞耳。初場七篇文字，破題要整齊溜亮，講股要分明切理。繳束處要出新意，以見精神，切忌短弱作結。老健有波瀾，通忌晦澀。中場作論，於時文中作古文，間架要雄深雅健，最忌熟爛與套子。説理文字要鋪敘義理，明潤成章，與作史論立議論不同。格表只要飳飣圓熟，須看時代，若唐表，只看韓、柳等作，宋表要典則雅麗，俱須照管題目，用意措詞。五判略知律意，便可用事填去，以通暢爲上。五策先要識策眼，如君德便須與相業相並之類，只在策問中已含此意了。認得了大頭腦，便縱横説去。其體方，雙關文字多，便好看。要事實。至囑至囑。

陳秀至，始知有臨場再試之舉，但慮吾兒氣體不耐許多勞苦，老懷懸懸。大凡世故亦要練習，今是冠年矣，但不可隨世毁譽，孳孳於得失之間，以動其中耳。故令陸欽由江行來看汝，欲知入場的信。若不得入場，便須東歸，積學待時，未晚也。提學處因在嫌疑之際，不可致書。若科場蹉跎，得進學亦可，但不可干人薦引。吾兒自當以遠大自期，立志以明道希文爲的，在吾兒勉之而已。吾鄉水土薄，風俗日下，須奮發激昂自拔。秋來懷抱不甚佳，候吾兒信爲慰。八月朔。

時文新變得險怪，今科欲一洗之。此人心之公，亦天理，亦世道，關繫不小。江西程文，吾與有力焉。近已見兩京、浙江、湖廣皆有復古之意，可爲文運慶。北京録，公謹寄來，湖廣録多出於崔東洲之手，吾兒宜觀之。吾鄉文運甚厄，奈諸君不聽好説何，戒戒。

每見吾兒論吾升沈事，詞意輒不平。此雖父子之情，却甚不可。吾老矣，出處進退，有義有命，各求得其本心而已。自後見人問及，但曰家父亦安之，如此即了。苟委曲之，不惟於吾無益，亦非養汝和平之福也。至囑至囑。所要江西文卷，無甚愜意者，要不足爲吾兒法耳。寄去數篇，即此中巨擘，其不記出處者是考卷，知之。提學先生許抄録數篇來，忙甚，未得到手，俟別寄。葉掌教先生兩子已到省，方與謀，但渠根脚是上次考罰等第，殊難下手，未有以報也。

我八月初七日署掌司事，要脱進場之勞，至十五日，科場事務又脱不得，却辭了司事，連夜幹辦，似過勞。廿八日，鹿鳴宴罷，更初痰氣發作，甚苦甚苦。是夜右臂如割，亦是作團兒疼。明日過南昌，道中偃卧，小睡後加倍痛楚，至無安身處。唤醫診視，云是痰火，且小作運動，方甦。自後每至三更後即痛，痛即起坐掉臂，日間穿衣作揖與把筆書判，却似少解，以此知宜動不宜静也。如此二十餘日，今可矣。汝母之症，恐亦是如此。今且令人扶掖在房中走幾步，或坐眠椅，不可倒身貼席，試之如何。此病只是血虚多勞多思所致，可延明醫仔細胗視，請山立早晚照顧。嘗見人醫血虚，多作風氣濕氣，後成大患。蓋血虚乃是不足，風濕猶是有餘，二症用藥不同。可請問顧五叔斟酌之。吾兒前書勸我求退，我有何貪戀耶？顧國恩未報，恐兒輩坐享難消耳。先欲效勞，徐俟機會也。

八月廿六日，主簿劉永濂自嚴太宰處附至汝書并頭場題目，知汝勞苦，吾意甚憐之。九月十六日，驛夫持書録至，再知汝二三場勞倦，吾恨不能止汝此行，奈何奈何。想今已到家，不至作病否？要静定養心爲主，至囑至囑。吾十四日已見南畿試録，解元乃是儒士，彌封拆號，豈有意必耶？汝告入學，又添一番擾攘，恐汝因此奪却工夫，汝宜自勉。汝學未成，未可有過望，但人生出處，各自有時，古人云强學待問可也。發周秀回，爲他一年在外，此子似稍本分，有送府縣書録，一一付與吾兒裁處分送之。我起居事務，可一一問他。汝母病勢緩急，可與盤纏，打發皂隸陳秀星夜先來，後令桂魁一來亦得。

念吾兒獨學於家，海濱新縣，殊少麗澤之益。欲告吾兒者，非筆墨能盡。賴兒知向上，不昧於是非，頗足慰老懷耳。今歲科場，吾計兒曾作過幾篇，恐是好尚時新體製爲黜落爾，且經學尚未經師講明。金華姜郎中絅字幼章，丁丑科程文甚佳，今罷官歸家，甚貧。吾向自北歸，與之同行，且致意欲延至吾邑，令汝從之。此可與儲芋西老先生商量。吾家西園中請來，與吾兒一講，館穀束脩不難也。議定可報來，吾從江西致書。大凡講學須明經，明經以經世爲大。吾兒此行游諸老間，亦有所觀法乎？讀書之暇，亦須處置家事，別辨男女、灑掃室堂、羞潔祭祀、應接賓客、鈐束婢僕、問理園田之類，略略經心，但不可爲利耳。吾少時讀書，亦只是隨世俗以徒榮華溫飽，故不能大有爲於天下。吾兒勉之。舟次龍津驛。

四川家書七首

六十生朝，杜門謝客，惟有思親懷鄉，東望悒怏而已。想汝母親并汝姊諸骨肉，不知何以爲情耶。吾留滯在此，不意作許久。前時五月間信是虛傳，昨推北太僕點陪者，此兩闕，北行、西留，皆非吾願。若得南闕甚好，亦且聽命而已。此間事亦有難處者，早晚殊勞苦，幸此身康强，勝似在家，聊以自喜耳。家事遠，吾不能計慮，吾兒量能照管。但凡事務減省併，工學業科場。近吾老矣，汝母病，近醫藥如何？此心懸懸，言不能盡。偶有人便，附此，不知何時可到也。此月中欲打發山立同一人回，且稍待，未定未定。餘不及一一書。族中至親并顧五官人、學召輩，只報與康寧而已。

自舊歲十二月十四日張忠來，得家信，汝雖不報同孫，吾慟苦，奈何此兒終坐闕乳之故。此爲父母者之過。往者不可追，後車之轍，可以爲戒，切記切記。正月七日，唐信臣報汝母病愈，頗得喜慰。但老年淹纏，恐元氣不能復，大憂大憂。六十壽誕，不知汝輩如何爲禮，吾惟有拈香拜禱而已。送曆承差近兩三日前自南都來，傅國相計當在新正得到，想家中必有人同來，甚慰望，慰望。顧提學先生進表行，云欲至吾松寄家小，乘便附書，未卜何日可得到，真所謂『家書抵萬金』也。此間一行人伴俱好，但東歸無期耳。可再四慰安汝母親。官中事不甚費力，覺精力勝在江西時，比在家大不同，汝輩亦可安心。眼疾漸瘥，眼力漸減，汝可視吾手筆。家中凡百，想汝能料理。聞汝已食糧，亦家門之光，不可廢却工業，至囑至囑。餘俟良便。

寄回《逆臣録》一部、《彰善闡惡録》一部，可看其大綱。科場中首一問策，要問此兩書也，知之知之。曆可照舊年分送，其餘酌量。吾兒與學召商量處之，或寫我名亦可。

前廿四日，顧提學僉憲行，曾附家書，但不知何日得到也。今因楊同府行，再附此紙。楊如上任，可與顧五叔同去隨分行賀。此間人口俱安，刻日望傅國相承差到耳。張忠或再至上海也。汝母親得安好，汝可上緊學業，更須於應事接物上，體驗天理人欲之分。孔子曰『克己復禮爲仁』，此是終身受用大學問。目前小小毁譽，不必留意也。老身遠在萬里，家事勢不能及，汝可向上向學，至囑至囑。餘可寄聲內外親戚，東歸想不久也。

三月間，書寄顧提學、楊同知，不識何日可到。我此間百凡只如常，眼疾似輕，終是力短耳。六十老人，亦是常事。五月十二日，承差自京還，潘巡撫先生陞督木侍郎，朝議欲以我代之，但命未下。若果有此，東歸未知何日，兼是此間地方亦有兵荒難處之事，奈何奈何。我中心只愁汝母親病，圖歸一見。汝侍奉盡心盡力，得好些，便半眠半起，老景儘不妨，但不可令管家事爾。家事且只令各家人照舊掌管，要戒飭此輩安分營生，毋蹈前轍。汝一心只向學，轉眼明年又是科場矣，我只看汝此一着。至囑至囑。學召前次不寫書，想不在家。汝姐如何？可傳我意，要伏侍母親也。顧五叔并族中不得一一作書，可道意。今後承差來，順差可與銀五錢，特差一兩，知之。

朱兵備、富太守書近日方到，知汝母親病日就痊可，甚喜甚喜。但年已衰老，終不能無憂也，奈何奈何。吾在此，思家之心不能奮飛，但萬里去就，殊爲難耳。自入冬來，吾情況不甚佳，兼政務冗碎，須一一理會，費心力，不可言。要取一房有家小得力家人來用，緣置二三婢子，皆不甚得力。要伴送乘春水出峽回來，吾遂作歸計也，至望至望。家事吾不及問，想吾兒自能隨宜料理之。只望汝來秋科場一舉，吾一生事決矣。汝姊夫婦并汝房中嗣息，吾尤以爲望也。陞遷消息，已静聽之命，但得脱此地方，自作計較。明年六十一歲，吾豈久戀榮名者？知之知之。寒甚忙甚，寫此不盡。臘月十二日。

二月十八日抵荆州，已脱三峽之險。是日遂得李、譚二吏齎汝家書至，得汝母痊好信息，慰喜不可言。蒙恩得轉入京，實出望外，但衰病日益甚，無以報國，爲之憂懼，憂懼。廿四日，即取道襄陽、南陽入朝矣。此官列居禁近，聖明嚴核，故不作東還，恐遲負耳。新詔亦有三代恩典，亦欲乘此機會。汝母子自可安心，不必懸掛。兼我舊病最忌濕熱，以故北行，欲趂四月初旬到任，殊爲匆促。汝今歲亦有科舉，恐又涉一番人事，有妨費也。汝知之，知之。今打發陸欽回，秋冬衣物可即遣的當人同送，從閘河至京。一一細事，俱分付陸欽，汝可與母親從宜處分。欽亦不可重託，知之知之。坐船窗，燃燈附信，可意會也。

儼山文集卷九十七

書七

京中家書二十二首

自黄甥家人來，得吾兒六月間書，知爲考試留松，至今尚未知院試吾兒名在幾也。末世浮競滋僞，不足介意次第。程子看詳學制，罷去月書、季考以息争，此是大賢經世深意，可思之，思之。宋朝惟吕申公、韓忠獻家世可法。吾意欲兒隨衆就試，以養氣體，省奔波。不知誰同相處，姚子明想共事否，餘可擇交。語云『汎愛衆而親仁』，吾兒以謙厚存心，最好，鄉人來，俱稱道。此雖不足恃，詩云『庶幾夙夜，以永終譽』，可用以進德也。至囑至囑。今打發桂魁、周秀二人徑往南都，恨不及汝入場左右之。吾老衰日甚，望汝不淺，待此翻消息，吾亦當結局矣。爲汝母病耳，非言可盡，非言可盡，努力努力。恩典得及三代，吏部再題上，即出謝矣。許仲貽有書，知之。八月三日。

山立侍我三年，往來水陸二三萬里，小心謹慎，早晚醫藥，效勞過於骨肉，吾兒知之。今遣與唐中舍同行，陸仁伴送還，此間薄有所助，亦不能加厚。吾兒可經紀其家，使不失所，至囑至囑。唐世全待我敬愛倍常，見時可致謝，併謝龍江翁也。差去桂魁、周秀，計廿一二日可抵南都。吾兒試事，惟當盡人以聽於天。但吾兒早有令名，可思所以保之。此書到日，事當已定。吾此間得信，早有分曉，別有書去也。汝母聞病漸好，老年人不可恃，第一不令管家事，閒静中又防有悶鬱處，可思所以承順之。家事大小，吾兒須要周詳慎密，最是門户要緊，要緊。各家人俱要守本等。餘事可問山立仔細。八月十八日。

晚來始得南京鄉試抄白名字，吾邑竟無一人上録，豈氣運所關耶？吾兒且可因此積學未遲也。目今可一意奉汝母親，以安我南顧之心。此間官事，亦有轉動機括，但我在仕路三十餘年，未嘗有一希冀幸成，俟命而已，知之知之。家事我悉付汝，自宜勤慎謙和，但家下倚靠生事之人，不可不嚴以待之，事露即送官府重治。我家前車可鑒，毋得再令小人藉手以爲功名也，至囑至囑。門户早晚切宜著緊關閉，房屋上緊補完，其間區處，吾兒自主張爲之，我亦不與也。奉母之暇，自宜治心養氣，讀書窮理，以希古人。汝得名太早，吾私憂之。學召夫婦欲要北來，當别有書。九月十九日。

人來，傳汝三叔行事過當，吾不敢信。至親人到，方問得的確，但只是爲利耳，初無大失。

只是吾老矣，恐招尤取侮，爲家門之玷。吾作書勸之，所謂垂涕泣而道者。吾兒早晚當愈加謙慎，積誠意感動之，亦可説破此意也。如今朝廷甚明，我輩文官家，不好如張孚敬閣老家事，危不可測，知之知之。不能盡，不能盡。

昨寫一紙寄與蘇州陸鳴鴻，恐到遲，今附唐子登監生。知汝下第還，康健爲慰。自古得失窮通，俱有定數，如今歲又不測乃爾。凡百只有安命，極有受用。須要進學，不可疑阻。吾處此頗安穩。前月衙門有火災甚異，賴聖明幸免罪過，又恐流言驚汝輩也，知之知之。汝母入冬來何如？前附茯實方，可常常煑服，想有益而無損也。慶龍并新甥要節慎風食。家事種種，吾悉付汝，隨宜料理，仁義爲上，不必更求增益，以奪汝向學之心。此三年正好用工，以遠大自期，待要與古人爲侶。後此汝父母老矣，惜陰爲囑，爲囑。族中諸骨肉并世安至親等，俱一一致意。榛姪近有書物至，可謝之。長子不幸，殊可惜也。長安東軒，十一月七日。

顧子龍上舍來，爲乃祖東江公乞謚，得文僖，葬祭恩典，皆蒙聖賚甚厚，亦孝子慈孫也。南歸附此。今年畿省試録陸續寄回，雲南方到，已完矣，吾兒想曾著眼。吾以廣西、雲南爲優，以其有規矩也。《語》云：『三人行，必有我師焉。』不可漫過。如有疑，可劄出寄來，以考所見如何。向見包中書自南來，傳馮提學先生盛有稱許，且感舟楫大江之夢。近陸棐舉人至，所説亦同。果然，吾兒當勤惕向上，以求無負知己也。家事只宜敬慎收束，吾兒將此事操練熟，以爲他日致用之地，亦無不可，但不可學驕奢侈靡耳。冬盡著一二人回，探望汝母，只要左右奉養，醫藥調理爲上。此間懸望，差一的當人到。餘不一一。十二月二日。

寄來墨卷，觀之，辭理不失，格式俱是，但氣未貫耳。將抄出細批還。得失有命，不足計校，正須更下三年縝密工夫也。用以呈石門老先生，極口稱美，有批語，柬帖併還，思以報知己也，至囑至囑。新解元卷亦自有好處，惜空疏爾，未易輕視之。臘月廿四日燈下。

《正蒙》一書難讀，吾嘗欲箋注數語，不敢輕下筆。横渠先生認氣爲道，與吾意見不合。今得此書，寄吾兒讀之，有所得處，可寫出寄來。日常讀書工夫，不可間斷，却要理致分明，行事須義利路頭辨别耳。盛名之下難副，吾兒自須喫緊。

龍江令堂老夫人訃音雖無的報，吾亦不曾奉慰。汝可行弔禮，爲我具祭，作文一軸。郁直齋、儲芋西皆可隨宜，沈西津俟其發引。吾有修玉牒事，且兼學士，聖上恩威俱不可測，南除、南歸事，且不敢言及，吾兒爲我久長作區處可也。汝母有一日者云，過今年尚當强健，且看秋冬間，姑以北來，并出翫山水勸之。汝可料量以慰其心，須時時報的實信來。族中親戚俱可慰達，下第諸人歸，可訪勞之。朱子明、孫汝益有書禮至，别當奉酬，可先謝之。日下大忙，不能一一。

今年江南文運似厄，郡中才兩人，劉德資復下第，頗可念。顧道夫姿性聰慧過人，且相聚講學用工，以待時未晚也。吾昨於初三日謝新命恩，始終十年，不欠一日，復上玉堂，豈有數耶？

玉牒纂修，須待書成，意作南歸，恐不得如願，奈何奈何。劉奉今日到，傳説汝母病愈，但不見汝手書爾，意甚懸懸。汝可盡心侍養，册立事尚未有期，且候的信作行計也。扈駕沙河，失朝候，罰俸三月，知之知之。翰林院到任，擇在初十左右，事畢，令姚雯回報，恐此信在後到。百凡事可敬慎，世道日下，吾兒務以寬厚仁惠爲本。餘别有信報知，不一一。

今科會試録出於未齋、甬川二老先生之手，方復得成化、弘治之舊，只照此説理修詞，自可合格矣。不必務爲浮詞漫語，以取主司之厭薄也。作舉業須體貼經傳爲主，只看蒙引與虚齋所選程文亦可。

我自十五日入閣下讀殿試進士卷，今早五更入華蓋殿拆卷還，姚雯尚未行，復寫此報。今科名第，皆朝廷親定，校閲試卷甚精，且當真不世出之英主也。初，内閣擬蘇州陸師道作狀頭，其卷甚佳，御筆批作二甲第五，取袁煒第一。文華宣讀已出，復召二老兼未齋入，改爲第三，親擢茅瓚作狀元。吾松二人皆居前列，莫如忠初亦擬在一甲之列，董子儀文字亦好，但有繆誤處，須得與吉士選也。試録名字一本，凡讀卷官俱有，今寄回，可藏之。

近黄甥標至，具知家事委曲。三月七日高石灰人至，書亦到，殊念汝子母，中夜爲之泣歎。吾既留滯於此，且有職事付託，此出聖主淵衷，未敢作辭謝計也，奈何奈何。吾兒敬謹勤慎，鄉人來，輒有美譽。吾晚景頗以爲慰，須向百尺竿頭進步也。古人云：『愛身明道，修己俟時。』此喫緊第一法也。眼前不如意事亦須區處，要令胸次灑然，不可傷氣，尤宜勸母親減煩惱，省閒事，至囑至囑。吾兒少便得名，却須忍耐。忍之一字，衆妙之門。吾老來亦只學忍也，知之知之。五月廿六日。

孔子有言：『不如鄉人之善者好之，其不善者惡之。』吾兒所具鄙吝矯激之言，但安受之不妨。吾一生在毁譽中，老覺得力。若做鄉原，濟甚事？不足與校也。側身修行却不可放過。

寄至古文二篇，不妨酬應，已爲批抹塗改，可細玩味之。自汝學爲文，吾皆在奔波之日，無暇指授法度。前日寄來三場卷，亦已令人録出，亦要細批，不曾得工夫辦得。文章是儒者末事，亦須充養始得。吾家有老泉批點《孟子》，可讀。其次多讀《漢書》、韓文。《左傳》却被近時學壞了，成一套子矣。

朝廷每有大事，必令與議，但乏書考校。此間亦復置買數部，兼抄得奇書，亦有數種，四川板《禮記纂言》，便寄一部來。家内藏書，可曬晾收束，再做數厨櫃，亦不難。此傳子孫至寶也。可倩山立輩併桂魁等識字人，逐一清楚，作一書目寄來。殘闕查卷數，明注其下，只作經史子集分類，標出宋元板并近刻，分作三四等，有重本者亦注出，此間可損益也。畫卷字册亦須架閣，古人重收藏也。

歐陽文公圭齋云：『士大夫寓形天地，可託者二：一曰有文，二曰有後。』二者未必得兼。

吾蚤年成名，科第皆占高選，今官爲學士，薄有文名，筆札著述流傳海内，未必一一合作古人，於今人亦不爲少。若吾兒向上，不墜家聲，無憾矣。六月十日，自東閣議禮還書。

昨日有書與高石灰，張九錫今日行，再附此。此人在京，吾待之頗盡委曲，到家可隨衆行賀禮。今歲京師濕熱，如江南梅雨尤異，故自五月初腰痛牙疼，殊不快，近日已甦，但覺人事勞攘，日用廣費耳。吾亦懸念汝子母，顧瞻桑梓，如在天上，奈何奈何。此間人伴緊用鈐束，陸方夫婦却用心，不至如人言也。吾兒治家，聞有條理，時世如此，更宜收斂。家人輩治生，斷不許放債。若曹濟、陸鑑，量與資本，或以租米换布來此亦可，緣我要知家事爾，酌量酌量。飯米可隨便，附搭蘇物、蜜果之類要用。六月十三日。

得汝所撰《筠松府君行實》，文字亦可觀，但欠世次事蹟詳贍，遂留俟吾兒到京商量。要求得神道碑文字，須慎之，今且先啓神主櫝，抄寫生卒年月，并查考葬期。尤夫人同寄來。汝祖妣墓誌石尚未埋，俱留浦東南宅上，所以久俟者，正爲今日爾。可查出，墨打四五幅寄來，或先抄白亦可。敕命亦要謄黄來，二代共四通，此要作新誥命按據。墳山工作，秋間可再加修理粉飾之。吾兒便可承當，靠人不得。此等子孫，祖宗有靈，亦不廕祐。牌樓題扁，吾只欲書一官，蓋大事惟簡重，若事誇耀，便小家相。汝三思之。

即目世安、四弟俱已入城，骨肉團圞於久别之餘，亦是旅中一樂。但汝母子懸隔，安否在念，却又添一倍情緒也。吾此間人伴粗安，亦無他難事，只今年濕氣過於南方，著意調理，醫藥不離，頗覺衰年酬應費力爾。亦以節省爲事，使用人事，須用家資幫貼，可於房錢内寄得三百兩來應手，却俸資可積整銀。如此計較，亦要兩便耳，知之知之。家中諸事，四弟輩亦未曾細話，吾兒能善處，自有天理，切不可傷氣致疾，至囑至囑。古人云：『忍過心清涼，不必與俗人校短長也。』吾賴朝廷祖宗，清銜美秩，已爲過分。吾兒能做好人，富貴何足道也。六月廿二日。

此集劉德夫先生爲庶吉士時，館閣中試題月課，先生丙辰科。予爲庶吉士時，嘗得其抄本讀之，甚加敬慕。其製作和易典雅，無後來險怪之氣。吾兒觀之，如何如何？廿二日對雨。

昨廿二日有書，附奚黄門乃弟。今相姪行甚促，再附此。相來，吾兒備道曾醫汝母，有勞有力，相亦滿口稱吾兒行誼，吾甚待之厚。但其所謀所望者，皆非吾力量可爲，兼於事體甚礙，甚不得意而還，觀其詞色，似忿忿然。吾兒可善待之，善待之。世道下移，人心叵測，宜加意，加意。汝母前可禀知。顧東川并四弟俱到别居，早晚相見，事尚未處也。此間有一處相應房子，講價千金，若決成，須家中取銀六七百兩來。此房要作久計也，意要請汝母來，再有處置，定當報之。吾兒可調理身子，存心養性爲第一義，家事預宜收束著落，吾不從中制也。六月廿四日。

儼山文集卷九十八

書八

京中家書二十三首

周郁卿來，嘗爲致力置在高選，知之知之。昨有書附王世美家人行，日下要遣一二人回具細報，恐皆先此紙到也。吾兒三場卷，近稍稍出示館閣名公，無不推賞，已令録出細閱，却有説理不透、遣詞欠圓處。秋涼得暇，一一批抹去。要知時格泛濫，殊不及前輩之精約也。吾兒感傷之餘，須留意保養。雖是讀書作文功夫，忌過苦。杜元凱所謂『優柔厭飫』，孟子『勿忘勿助』之間，當熟翫味之。交游一節，尤宜慎擇。前示雖出於人言，要處要處。汝早晚奉母，多方寬諭慰解，與汝姊共慫恿之作北來計。此自有深意。餘須忍事養心。七月十六日。

聞得造牌樓一事，出自當道意思，亦是相愛相厚，知感知感。但吾平生不喜作此等華耀事，況無相應地方。若立在西街，却犯白虎太盛，且逼近約齋先生家，無甚意思。吾欲造在浦東祖宅，却稱四柱，可與三叔、四叔等酌量，必在街上，益慶橋南有地步否？棠姪回，再作計較。家中事體緩急，宜作急報來。七日。

汝母病餘，汝宜勸慰。我心亦欲一回，南部闕亦可得，但朝廷聖明，不敢言私。近日品論廷臣，各加優劣，説『如今翰林都無人，只陸深舉動好，將來可以入閣，且遲些，遲些』。前在山陵，亦説『陸深只是戇直』。天語如此，聞之感懼，感懼。汝不可多對人言。未齋八月廿一日到任，知之。

昨廿九日得唐阿舅家人寄至書，是五月廿五日發行。是日，温託齋尚書改禮部，代未齋。詹事府到任，赴公宴晚回，始得黄標處人寄七月中書，併知一甥亦殀。此間廿六日，庶女亦驚風而亡。一時氣數如此，無可奈何。見汝母子書中皆無悲哀過傷之情，吾心亦泰然爲慰。此等修短事，在天地間自有一定之命，吾人惟有修德以應之。古人云『祈天永命』，是學問最難事，吾兒勉之，勉之。可向汝姐夫婦説，可戒暴怒，積陰騭，利心放寬些，以爲後嗣計，至囑至囑。崔縣丞昨來見，亦多言汝力學向上，勉之勉之。朝廷恩典，九月廿一日頒詔，吾兒須來承受，要收束行裝，別報。九月初二日。

昨日小倪、滕六寄書同到，即復。得張蕃喜音，爲之豁然。計新生孫正及滿月，想汝母子當具湯餅享客，此亦人間第一等樂事也。乳名吾爲命之曰『聞喜』，予聞而喜也；況是唐時進士宴名，亦以此識之。推命章文排筭，甚宜養，云是日主坐長生。聞吾兒面生紅瘡，此是心火過勞，傷肺金所致，於後嗣難育之象。此等調攝，自養當寬。所謂寬者，非弛縱頽靡之謂也。凡事即從容順應，要令無迫促急躁意思，便是此盡性至命之事，到此方是學問。今日張文光亦到相見，得書，知汝行誼寡過，足慰晚景。但風俗日壞，海濱尤甚，吾兒宜力行古道可也。九月七日。

明堂禮已成，文武官表慶大宴於華蓋殿。廿二日五更入朝，得旨免賀，遂領燕。今早謝恩還，禮部送到廷試録，即附莫主事回。吾兒可分送尊長處，初未能多，陸續印還，可遍致也。適又聞族中可笑事，吾兒不必過爲疑慮，亮青天可恃也。陸棠二十日早下灣，有備細書，計與此先後到也。新孫滿月，想吉康，獨此意懸懸耳。廿五日早扈駕上陵，還期不出月也。百凡事宜包荒含忍，是非言語，不必計較，俟便再書。九月廿三日。

廿四雞初鳴，即撰進《太祖高后樂章》六成，入東閣，候至申時，御殿下敕畢，抵家已張燈矣。連日夜身心寢食，俱不得遂，六七十老人恐難堪。吾家族中復有幸災樂禍之心，正所謂内迫外迫，人生處此，何樂耶？唐鑾甥到相見，未及細敘，略道吾兒行誼，亦加贊歎。世道如此，正要吾人力挽回之。齊家治國是一理，只須順應，切不可多疑過慮，致生疾病，不得爲仁孝也，慎之慎之。作惡降殃，天道不爽，不願家門有此也，奈何奈何。冬至詔下恩典，吾兒作行計，宜豫宜豫。十月廿五日。

吾兒論吾轉官事，此自有定命，斷非人謀可與也。望人薦引，防人擠排，此等意念，一毫不可留置胸中，便成妒忌種子也。吾一生官資十餘轉，皆未嘗有所擇。今官清燕，可以省事，可以養生，亦可以寡過，吾未厭也。知之知之。十月。

處族之道，當以孝弟爲本，而其尊敬，當施之賢者。至於任用，必量其才力，過則有悔，而恩義於是不終矣。吾家諸姪中，惟標、模可託可教，外族惟黄標可與議論，此外非老耄所知也。吾兒要須泛愛親仁始得。

十六日有寄與陳岳糧長書。十八夜宿翰林院之後堂，奚學山家人書亦到，知汝母康健，并孫兒易長，心甚慰悦。中間所論遷轉事，汝父一生不甚計較，惟聽命而已。别有詳悉報汝。今早入朝頒詔，仰賴天地祖宗，三代俱蒙恩贈清卿學士，叨冒逾分，三十年來辛勤，願望於此足矣。但願吾兒立志勵行爲好人，以全門祚，傳之子孫，吾更有何事耶？恩廕想待東宫册立，吾兒可得也。目下須積學俟時，治家睦族，以慰予南望之思。欲令一二人回，自作細報。知之知之。冬至晚燈下。

吾兒不欲收買古董，甚正當，正當。吾所以爲之者，欲爲晚年消日之資，亦不可爲訓也。若是古來禮樂之器，又不可直以玩好視之。今寄回鈞州缸一隻，可盛吾家舊崑山石，却須令胡匠做一圓架座，朱紅漆。前寄回銀硃兩包，此出涪州，俱是辰砂研成，祇宜入漆，不可雜用了。知之知之。鈞州葵花水奩一副，又有菱花水底一箇，可配作兩付，以爲文房之飾。餘不再收可也。玻璃瓶彩漆架不佳，可令蘇工製一烏木架，可寶也。

前有十六日附陳岳糧長書。廿一日頒詔，已有三代誥命，感謝聖恩，無德可報。伺有吏部手本，當差一人回，議焚黄立祠堂禮。春帖正門，我欲題『一方風教仁人里，三世冰銜學士家』，於汝意如何，如何？吾每懼海濱土薄，不勝重大，只如此，亦已爲一時冠，汝宜知此，知此。轉遷事，吾一生惟有義命，不必過望，惜福可也。恩廕未有期，汝須静俟，奉母讀書，整頓家業，開貢行學中，淹滯得拔矣。明日是汝母生日，且在此祝延，喜孫亦是一百二十日，不勝南望感懷。但不知學召行止如何。王庫官行附此。此人來，宜禮待之，聽言斟酌後附信。

十六日早入太廟，陪拜至午方出，天氣晴明，聖容悦豫，親見夏閣老手持黄票，似是詔書，條件俱出御製也，知之知之。此間事情盡出聖意，如我轉遷，皆朝廷自主張，無能爲力。但覺聖意眷注日加，每有文字，坐名撰次，具稿進呈，並無點竄，即此恐無以報答。榮進事静以俟之，此亦吾素行也。吾兒不必健羡當權，實難實難。所論儲氏事甚當，吾兒用爲殷鑒可也。府縣諸書，只如禮酬答。老年覺事多，非敢有慢也。族人鄉里善處之，大抵爲主者，慈惠爾，此古人所謂『祈天永命』者。

初三日，王侃庫官行附書。四日遂遭章聖太后上仙，舉哀成服。至十三日，扈從山陵北去，十五日三更還館，往來半騎半轎，天氣極寒，擁重裘，雖勞，幸無恙也。連日有顯陵遷合事宜，議論未定。廿四日申時，奉御札，與甬川同於次日上議，旨未下，聖駕南行已止，恐流言訛傳，致生驚惑。吾兒須安静待之，無事無事。奚學山黄門奉使行，欲寄信，忽張蕃、朱貴等同到，得書，知汝母康强，爲之慰喜。但世道下移，吾兒以謙忍勤慎處之，此心灑然矣。陞遷事，不必介介，有命也。十二月廿六日。

汝所論交游事，不必有促迫氣象。海濱小邑，風俗頽靡之餘，豈能便有豪傑之才可友。吾兒且爲衆所責望，兼得時名，斷不可過高。尊賢而容衆，嘉善而矜不能，此聖賢成法也，更少以惠澤濟之，至囑至囑。所記章文懿公語非也，乃劉忠宣公名大夏者是也。

今早張文光來見，我先謝他寫扁。書字懸掛，須擇名筆。楊文貞公新居，須請楊仲舉先生先行過，以仲舉長者也。汝輩宜體先賢此等意思。吾意『玉堂金馬』非人間可扁，不若只用『學士第』三字爲穩實耳。有一對聯託姚霦寄回，到未？八日書，行後附。

昨山陵之行，賞銀八兩，近爲四川採木工成，賞銀二十兩，紵絲二表裏。此間日用，須得家中每歲幫銀三百餘兩方彀。去歲用帳算清，發回查照。此等事，不必報知汝母可也。汝母雖屢報好信來，終是老年，要調理，加慎加慎。知汝在家，處族極難，要寬著心胸，隨機應之。李序庵閣老十二月十六日故，木不甚好，可憐可歎。四川寄回板，不知如何，再可破價收買數副，擇得一具佳者寄來。此不必諱，常事常事。切事切事。十二月。

東宮册立事，准在新正，吾當有廕子恩典。吾兒前書欲留與慶龍，此亦吾意，但念孫尚小，吾兒成名，自有遺廕事例，未晚也。若舍子而廕孫，恐於事體不便。若命下，吾兒勉承之，且免升散之擾。況及汝母未老時了此，兼可入北監科舉也，思之思之。

舊歲廿六日有信附奚黄門，是前後兩封，却恐到遲。今因黄標家人行寫寄。今年京中甚寒，適從早朝退，後河凍，忽憶離家四年足月，吾未嘗别汝母子如此之久也，爲之慨然，奈何奈何。吾今年六十三，覺衰老不耐煩，懷抱多不樂，每自排遣，夜間不得熟睡。日中世安、標甥時來伴話，以爲慰。吾官至三品學士，況遭逢恩典，推及三世，計年來家計亦自豐足。此心無他厚望，惟汝單弱在念，事事鍾情。汝既有志，以聖賢事業自期，不必與世俗較短長。但處事貴脱灑，切不可留滯傷氣。横逆之來，孟子比之禽獸，方寸要令海闊天空可也。己亥元旦。

近日選古文凡有數家，惟此爲得中，附回。熟讀之，自可得文法也。三祭文序，事質實，頗有好處，故不批還。大凡作文，須要從胸次流出，方成作家。細看兩漢、韓文，當有自得處。又須從與自己合處用工，切不可隨人贊毁也。上科三場卷，向暖得暇，亦細細批回。

扈從之行，兼掌行在印信，殊不得已。但賴天地祖宗餘庇，及列聖在天之靈，宗社綿長之福，自可無虞。遠方傳説，想作一番喧攘，只以鎮静處之。汝母可加意安慰，安慰。念吾家三十四年來享朝廷榮顯富貴如此，自合思報。況我隨事斟酌，汝宜安心。合族弟姪子孫，略可以善言勸諭之。追封三代，得兼清銜，廕子入監，皆吾邑建設以來所未有，不可不知感報。十四日發京，別差的當人回細報。學召想已到家，收拾家事停當以待。二月十二。

昨十一日有書，附黄標家人已行。連日收束扈從，買車而發，即得宫僚之報，已蒙聖恩，改遷詹事府詹事兼翰林學士。所謂宫端光學，古今清美之秩，甚懷慚懼。此天地降鑒，祖宗積德所致，不知所以爲報也。兼今日吏部題奏廕子本上，一兩日得旨，留陸鼉領部文而還。一日兩恩，並美兼得，雖吾兒，亦思所以爲報也。可向母親前委曲開慰，令其歡樂也。三、四兩弟，便可出此告知。明日五更入謝恩，即上車就道矣。二月十四。

聖諭禮部掌行在印，御筆親寫作翰林學士矣，故宫僚之選，得兼此銜。介谿先生贈詩是實事實景，寄回便可懸之中堂，永作家傳之寶。有和章二首并示，吾兒亦可和作，或求邑中文人才子和之，成一小集亦可。謄黄可多抄，分與各房藏之。

儼山文集卷九十九

書九

京中家書二十四首

昨早日出時，從駕入午門。此行勞苦，一生所無。主上英明獨斷，我與李蒲汀、張陽峰三學士猶蒙聖眷，僅降俸兩級。三月間，三婢産後病不起，又聞家中火災，日者云我命最怕戊辰，此月是已。陸俸、張蕃計三月望後當到，不知汝治行如何。又聞邑中火盜燒焚，心意甚懸懸。此是天運，聽其自然，人事惟有積德修善可禳，或避地亦是一策。但得汝子母同來京，豈不爲好？汝母不欲來，只是怕病耳，可早晚勸之。日下可打發的當人回，別有細細處分。汝宜三思之，三思之。四月十六燈前。

恩廕一事，諸公多勸遺之小孫，石門、甬川尤拳拳，此皆知愛吾兒也。吾意決與吾兒，此則本分事，於大體上亦穩當。後來顯榮，吾兒自力致之。兒且脱却升散送迎之勞，閉門加工，來北京鄉試一科，此後事不可預，必聽之天可也。但須勉勵德業，以圖補報耳。

誥命三代軸文，春暮可得驗封，手本當先得之，寄回以行焚黄之禮。神主改題，前書已報，汝宜考檢禮制行之。吾家兩處墳山，文獻俱不足，意有所待。兹賴天地祖宗，已得如願。汝曾祖考妣木主竅中，生卒年月開寫明白，汝當以意撰一行狀來。汝祖考妣誌石俱未埋，可打兩三幅，汝據此亦作一狀，不妨加詳。未齋閣老行狀原稿，并吾自撰行實，與汝祖母、賢母事蹟，曾求蒲汀作傳者，俱在緑漆竹絲食籮内，舊置浦東樓上，可仔細尋檢抄來，欲求館閣諸老文字入碑中。此事猝難就手，可從容爲之，著忙則無頭緒也。

家事吾一付之汝自料理，雖不求嬴積可也。産業增置，汝酌量之，惟舊宅連傍祖塋間界，可增價成之。汝要禮部墨卷，春暖時當爲處置。吾意近時舉業，俱不如三五十年以前有理致可看。近作雖不經目，亦可只看五魁卷有多少疵雜處，餘可知矣。昨問《無競惟人》文章，却是甬川老先生所作，知之。新年不知提學先生出歲考否。瞬息科場又到，宜努力。汝父母老矣，家事只提大綱，所讀書須於切要處用工。此間有些書，春間覓便寄回也。世安叔説汝體氣弱，胸膈有憤鬱之疾，吾甚愁之。學問要知性命，此大頭腦處，身外物可以理遣也。

連得吾兒書，皆與我論官級轉遷，此是人間父子至情。但汝父自發身以來，未嘗擇官而仕，亦未嘗厚望於人。至於清階榮任，固聽其自至耳。況近日陞擢，皆受知主上，親爲注擬，雖吏部亦不得與聞。此又希世之遇，顧衰鈍不能報稱爾，知之知之。雖然，文名不如行名，好官不如好人。吾兒勉之，勉之。

吾方自詹事府公座還，此是近日聖旨督責甚嚴，殊爲勞苦。六月一日雷變，奉先殿大小衙門修省。賴此間人伴俱安，但世安病復作，方在調理，令其家知之。

龍江老先生家墓誌已爲撰次，知之。若舉殯時，在親戚中，禮宜從厚。可代我作一祭文，以五糖卓、三牲禮奠之。吾家官資在前，行禮不可簡薄，此正義禮也。黄良式求陳娘子墓誌，潤筆不薄，我以五兩折祭。柩歸，吾兒可從厚行禮。大小家事當與良式計較，各有成説，可一一問之。汝所論轉遷供職事，是汝父子至情，但利用安身，吾一生所學，其餘俟命而已。若要趨利避害，只管便安處著脚，恐犯天律。此等當與標細論矣。

昨三林塘潘省祭棠回，數字報去。今姚霦還，附去春帖一聯。此出顧中書亨隸筆，可懸之後廳。雖涉誇詡，亦實事也。姚生此來，可善待之。近時風俗甚不好，吾兒加意，以處鄉曲，慈惠可也。

黄甥標喪偶，兒女滿前，殊可憐惜，今決意作歸計矣。乃叔黄潮一房絶後，産業傾費，當屬異姓，吾兒可助其成。若有借貸，如所欲與之，此子想不負也。吾族内外親人如此之才識不多，可扶持之。此處要與謀些功名，其命如此，奈何奈何。顧世安病體甚費手，其家有的當人，可諭令遣一二人來，我恐照料不及。可上覆五嬸處置，或與世芳商量，但不可張皇令人知也。其餘家事，悉付吾兒自處。

寄回黄手本，可珍藏傳家。若行焚黄禮，可照《文公家禮》，改題神主斟酌。只請縣尹、學諭等官，須備表裏席面加厚，便破費，不宜儉惜。若請府官、鄉宦亦好，但家下弟姪輩恐不得力，吾兒一身照顧不到，反失禮，可量力爲之。

墳山上修理事，不知兩弟如何。吾兒可不惜財力，以爲光顯祖宗之報，亦不必區區計較也。若商量得焚黄禮，可少待之。儻乞得新銜，尤爲光顯，併欲與瞿夫人請贈有例，奏疏已寫，須待回鑾之日。此要酌處，只題主禮重，可與龍江姑夫議此，以爲緩急。

昨晚龍壽到，得書，知汝母送女過蘇，遂得學召蘇州書，説頗喜悦康健。雖然，恐非老年病後所宜，殊爲懸念。想冒暑還家矣，無他恙否？須謹事之。今黄甥良式南還。念此子兩度來京，皆是倚仗於我，顧其命薄，盡成狼狽驅馳，最可憐惜，其破費亦不少也。兹回欲與復家産，汝可量力助之，我亦許矣。此子不是負人者，知之知之。此間大小事體，我悉與之酌量，披露心腹，視之如子，汝可與謀議行事。吾三族中後生，聰明皆不如也。但凡事多疑，且好氣勝，吾兒能以義理相與涵泳浸潤，可爲益友也，知之知之，慎之慎之。兩日前有與顧慎、顧浩等書，計先到。閏月一日。

部文到日，汝可就起送，行期須再報爲准。家事收拾，想各有頭緒。凡事只求穩實，吾鄉時俗，一毫不可效尤也。此吾兒事，吾不與矣。車駕回京之日未期。若汝母肯北來，喜孫可出路，覓舟寬大，乘秋水至京，骨肉團圞，此家國太平盛時福也。

顧未齋題本禁約假冒，霍渭厓、鄒東郭進東宫圖册通報抄回，可細看，知時事如此，主上聖明，不敢以一毫文飾上瀆。吾兒所論託病解官等事，禍福身家，尚可測耶？良式能具論，可一一問之，仔細仔細。

自承天還京，雖勞苦異常，頗覺身體健浪，脾胃勝前，痰火比舊減半，分明是土氣燥濕所爲。每與良式論此，有日東歸，不愁無娱老之資，但愁無逸老之地。若選擇得高明避濕去所，在二三百里間，作小齋高閣，以爲閉關面壁之計，此是晚景前程也。亦嘗託良式與姑蘇醫士周同之謀之，如何如何？一之文雅有信誼，若過家，可以禮待之，莫失莫失。家事悉付汝，吾祇一子，豐約從汝。但見在家業，必須處置有條理，使後人可守，此亦學問中第一事也。連年有積蓄。汝舉業之學，秋冬間可温習，明春出門，便是忙人，知之。喜孫可加意照料，樓下削風，最宜迴避，至囑至囑。閏七月四日。

連日有朝參公事，以奉先殿雷變修省，聖意殊嚴覈也。適王鎮撫襲職還，來言松城下處，彷彿記是菘溪所居，今屬楊氏，前後俱靠潮水，宅後有一池塘，云是唐堯賓教諭族中。若王君來説，可令曉事的當人相奪成之，可否？不宜草草。汝母子居海濱，風俗日下，兼近來火盜屢作，不可不深長爲慮。縱吾他日得歸老江南，欲就城郭居住，知之知之。

吾兒昨論《正蒙》，頗見學問所得，正要不隨人毀譽。此老高處，在勇於求道，其變化氣質、知禮成性，自是聖賢事業。每與甬川論其偏處，却是太和所謂道，認氣爲理爾。故其書多與佛老相出入，似不及周、程淳粹。吾兒且存此意於胸中，涵濡之久，别當有見。

潘少參子仁行，間附書，知之。沈鸞正月末書近日始到，中間論吾官資遷轉，正不須如此校量。况名位有命，禍福無端，須順受之，多少安樂，豈可於是中置恩怨耶？吾兒要當大着心胸始得。吾老矣，一生名位所至，俱可不辱鄉里，第愧不稱耳。只待考得三品一滿，便作歸計也。宜體此意。六月十八日。

書來欲爲吾集文稿。舊曾清出三册，是丙子以前所作，是姚天霽寫清，放在浦東樓上西間壁厨内。丁丑以後文字俱散漫，稿簿俱留在家，可乘閒清出，令人寫凈，須我自删定編次也。墓誌向付姚時望，可問子明訪之。此事大難，别作報。

今早自閣下回，適莫縣丞來辭，云從陸還，故附此。此官淳實，部解來京，不曾十分管顧得，可辦禮謝之。只竹溪家解磚，所託人不甚中，因我扈駕南去，却借了五六十兩官債。孤兒寡婦，殊可念也，須與濟助之。竹溪有些舊物，毋令散逸可也。近得徽州汪綺寄到四月間書，只有學召信，知汝爲他事所奪，懸懸。桂魁寫來朱氏房宅，若要三百兩，可忍虧成之，不必計較也，知之知之。今年收拾家事，處分停當，正月間起程來就鄉試，不爲遲也。再俟的信。喜孫將週，要保護，至緊至緊。七月一日。

書畫是我一生精力所收，俱各散漫，不曾收拾，不知汝有暇清理否？我重入翰林，屢有朝廷文字應酬，苦無書檢閲。此間有人事，書亦復收買幾種。今寫書目去，來時可帶得緊要的數種。若宋元板，除此間所有，盡可收束，做書厨夾板載來。我平生文字稿簿，可一一收束，一字不可失也。交游書札，自可作一櫃藏起，樓上俱可架閣也。畫成堂者不必帶，只唐宋單幅可攜十數軸，卷册都可帶來。字帖有古而好者，量攜之。三日燈下復附此。

汝以明年春來京，老母幼子，處之甚當。從水不如從陸，行李務從省便，人事之類，此間爲汝略備。黄良式云亦要明年來科舉，但其意未決，若與之同行，尤好尤好。若良式不來，可以家事託之，亦可亦可。良式云要出市居，當與謀之，此兩便也。吾邑傍浦邊海，連年人心風俗日趨下流，況火盜疊見，不可無先事預防之術。近嘗與公輔當軸者論此，有築城之説，不見吾鄉人有樂從趨事之意。吾亦欲省事，不敢勇爲，只好默贊耳。縱使功成，利不在吾一身一家而已。此事良式知之詳悉。若爲吾身家計，惟有遷居入府城爲上策。吾連次有書及此，亦嘗託一二人謀之，不知如何。良式回，可與謀此。若移家入城後汝來京，吾心可安，有府縣可託靠耳。須詳慎，詳慎。七月廿九日，偶理文字間，喫點心，折却當門左一齒，言語頗覺漏風。此是老信，爲之憮然累日。汝母亦有此。家事悉付之汝，縱我歸休之日，亦不理家事矣，吾兒勉之，勉之。秋冬問收拾處置，另書。

吾自乙未春二月離家入關，遂入蜀，今屈指五年餘矣。聞之故鄉風俗大不如前，恨不能沖霄縮地，一歸觀之，又愧忠信素薄，無益轉移。此吾所以有移家卜居之計，吾兒恐未盡知此心事也。昨霍尚書渭厓先生來京，一相見，便稱譽吾兒還田之事，且云吾得之談先生。兒要知之，終譽甚難也。姑弗論其他，且如吾祖宗以來，勤儉敬慎，孝弟力田以起家，積而發於吾身，忝爲仕族。近見弟姪二三人，皆不如意，深慮吾家門祚衰矣。吾兒勉當振起之，其道以廉恥爲要。吾嘗愛歐陽公云『有所不取之謂廉，有所不爲之謂恥』，吾兒謹識之。己亥九月。

三弟、柏姪來京，正當考察自陳之際，恐懼修省，多懷慚畏譏之慮，凡事簡省，不得加意加厚。今賴朝廷祖宗廕庇，父子榮美而還，冠裳名器，燁然在躬。惟願其好善修德，以延詩禮之族。相聚月餘，苦詞累百，想能感悟，是吾老景手足之樂，亦是老景家門之福也。吾兒當致恭禮義，以修子弟之職。自餘細故小事，皆不足較也。昨九日得華亭附朱知縣乃弟書，知母親康健，甚慰甚慰。喜孫頭瘡却是胎熱，可求明醫治之。明春北行，便可作急收拾停當以俟。九月十一日。

儼山文集卷一百

書十

京中家書二十首

築城之説，本出内閣，吾無意必。其間每見促我爲之，吾對曰：『老先生爲我欲城一方居之，我不若尋一城去住却。』其事如此。此吾所以有遷居之計也。近聞崑山有閣老城之説，毁譽之可畏者如此。吾兒以鎮静處之可也。十月廿四日。

天子親饗太廟，行古禮，皇后亞獻，妃獻列聖，命婦助祭，用幃幕列班於廟廷。一代禮文之盛，惜汝母之不及與也，吾爲之南望慨然。可從容達吾此意以感動之。十一月三日。

方在收束，山陵之行，黄驗封郎中親送改給追贈手本至。朝廷曠蕩之恩，祖宗豐厚之澤，臣子希闊之遇，友朋憐愛之情，一時併具。所謂喜極涕零，不知爲子孫者何以爲報也。寄回，便可據此焚黄，改題神主，且汛掃東廳，權作祠堂。禮節請龍江翁斟酌之。

連日欲打發陸欽回，有數事未定，不曾起身。昨日顧浩來，陸劬繼至，具知家中事，心甚牽掛。前書所謂世道，正指骨肉間設謀欺害等事，吾兒不可不長慮却顧也。榛姪來，告葬事已有定期。但墳山營造，吾平生精力盡費在此，兼有敕命亭在，誰敢輕爲遷動？祖穴只容五家，蓋地氣已覺難勝，七房穴本是我房侵過葬定，豈容再讓？榛辭甚直，若已葬過，如禮如法，此於禮律無礙；若未成葬，可再令榛房人到京，當請明於撫、按與守令，自有主張也。只有吾兒北來，決須奉母一來，待科舉過後有處。若宦途留滯，難處難處。此吾兒孝誠，宜熟思，熟思。世安在此，計議最熟，標甥能詳之。

三代誥命軸已送科掛號，三月初間，用寶制詞，出於名筆，吾甚愛其簡嚴厚重，真王言也。今日買得唐褚遂良所臨《蘭亭帖》，有米元章、趙子昂諸名賢題跋，乃希世之寶也。吾家有《月半》《眠食》二帖，皆足爲傳家珍玩。知之知之。家中累歲收拾書畫，皆吾精力所在，有未經裝表者，俱是陸欽經手，可作一箱帶來。兼收買得舊綾錦來爲裝束。過蘇，却與周一之顧倩得一表背人來，尤有用，須湯氏乃可。向曾與一之商量者，黄良式亦知之。此等事，既可以娱老，亦可以爲清人事，故及之。發行，若趲得四月中旬到，庶老幼俱安。至囑至囑。

昨夜燈下，周林、陸俸到，得汝書，具知家下大小事務，甚以爲慰，復以爲念也。老人旅懷，奈何奈何。聖駕南巡，恐不能免，俟有的信，星馳歸報也。吾意欲汝攜家來京，此實爲風俗薄惡，乃出避地下策耳。吾嘗細與黄標論量再三再四，豈標忘之耶？或不欲盡告汝也。吾亦不欲盡告汝也。汝姊意無他，以爲母親來此，可以爲樂，可以養病，兼風土比舊不同，以此懇情耳，無他無他。汝意亦是孝情，亦是孝情，所謂異中之同也。今因姚某回，先附此。家中事付汝處分，待報後爲動静可也。十二月十七日。

棄遠田是吾兒好事，今聞有紛紛作弊者，顧恐吾兒受累耳。所謂一法立，一弊生，要斟酌之。糧額重輕，吾舊牽兩鄉爲中數，今聞有司爲均平之策，不知料理得如何。此是未齋之意，今已當軸矣。如丈量一事，此公不甚知訣竅，吾亦不曾細論也。

人傳海盜大發，時荒衆貧，理勢必有，但未知事變果如何。吾邑人貪利而無遠謀，此地又有典當大鋪，誠大盜之招也，可慮可慮。每在内閣，二老便向予説築城之事，吾每以温言解之，曰：『待吾遷入一城中住却。』未齋應聲道：『明春盡室入京矣。』此道理當然。吾兒決作奉母北上之計可也。新太守是黄華，字秀卿，號紫谷。其人天下之選也，與新大尹想有更新之政，一郡之福也，知之知之。松城買一房遷居，亦是喫緊處，吾兒未可付之孟浪也。日下别有的當人回報。

前日陸劬回，限在年内到家。今打發陸欽回，專爲汝母子攜家北來計。連夜爲此不能安寢，每日與世安計較此事，亦甚難處，就中不如來爲上策，上策。汝母病後與汝離别，必至苦思，自能增病，若一路作遊山翫水之行，老人必然舒暢，此可盡汝孝誠。我在此孤旅，晚年夫婦得共團圓，亦是至樂。若費用，稱家力可辦，不消求人。況我亦常有痰火發作，病隨年長，官中人事并門户無人可託，吾兒到此，事有統一，只四方回書酬禮，不至受累。況汝遂承國恩，古人云爲國忘家，此乃大事，忠臣孝子當勉力爲之，自餘皆可處分，古人所以鄙懷土懷居也。只有新婦娠身、朝廷南巡二事，吾兒宜斟酌之。得發行，趂早爲妙。十二月七日。

知均徭事出銀，想有司立法之初如此，不必告乞饒免，且隨衆納銀，自有公論也。況我家三十年來蒙朝廷恩澤甚多，所謂秋毫皆帝力也。只奉府縣出銀，亦是忠君報國一事，吾兒知之，知之。昨曾與南原論定，復附此。

得汝母書，不欲北來，亦是連次受累慮怕，奈何奈何。只宜早晚寬慰，不可勉强。況恩典在冬至南郊，方有文移往來起送，却恐途中受暑熱，新孫且不可遠行。汝姊病後，甚難甚難。吾兒須打算，與汝母離别得半年，中可保無事，只汝自來亦可也。别有書。

牌樓扁字，求諸能書者寫成，一時技藝只如此。學士是五品，例不及三代，蒙恩得此，亦是千載奇逢，正可標揭，以示後人，遠勝於盡寫官名，聚於一榜耳。昨與黄甥標詳論之，撫、按諸公曾有作興者，俱要查題，府、縣學官題於左方。

牌坊既蒙當道作興，亦甚感悦。榮美之事，世所難得，須承以謙。所議題扁，如吾兒意無不可者，昨與黄標論此，只有一官分樹二三坊者，若以一坊并寫三官，恐非制度。吾意只題爲『學士坊』，兩旁雕花補之，或題解元、鼎魁，以足鄉、會試，似爲得禮，如何如何？

署書難得佳者。前日寄來，尺寸失寫官尺、周尺，雖令人寫，却不知懸上大小，入目如何。須得人在樓下勾勒合式，方可傳遠。無錫王惠可請來一寫，更與唐承宗、陳起静商量，描摸入刻，方得定當。此等文墨事，正吾兒少年日力可工，吾恐不能遠制也，努力努力。

此間時事，早晚未定。昨附奚學山，今日未時詔下，侍從還所回御札，議亦下，得旨『知道了』，不至相左矣。請乞三代誥命，因吉日行關過吏部題本後，即有手本，先寄辦焚黄禮。三十餘年辛勤得此，兒輩當知所自也。家事吾兒只照天理行去。吾與弟輩安敢不加親愛，亦欲教之以延門祚，一味姑息，非祖宗望我之意。此亦自有斟酌於其間也。吾兒一意奉母向學，開貢行，汝頭上尚有幾人也，便中報來。

姚子明有母喪，可爲助銀米，少致弔慰之意。孫汝鳴拳拳之意，吾甚感，但老懶不曾致謝，會間可致此意。沈明卿《海嘯歌》甚佳，邑中前輩少此作，可爲致意。要當以古人自期待可也。

適有星士推汝命，今年科場甚利，使我老父母早見兒成名，豈非晚福？科場後，汝母子欲歸何難也。吾鄉近知荒歉，盜賊難免，一宜北來；吾兒在家獨學，未曾友天下士，以充拓見識，二宜北來；近年北方地氣温潤，與往時不同，且多明醫良藥，汝母必喜，三宜北來。且早來謝恩，恐負遲慢之罪，兼吾老年有骨肉之樂，此等吾兒又宜熟思之。只小孫未宜出路，娘子或未能料理門户，吾兒又宜熟思之。不若作一併出路也。且吾兒他日亦要事君，獨身遠客，亦要令家小習慣之，不宜畏避也。昨吏部右堂推上，有旨再推，蓋爲宫僚不可輕動故爾。如張甬川兩疏，給假送母，皆不允。司直任瀚乞養病，爲吏科所劾。吾與兒别整六年，人情世態，種種變改，要須早來，庶面議以爲善後之圖耳。吾欲告汝者，筆不能盡。百凡動静，俱付之老天。途中不宜惜小費，不可干人。交際之間，當以道義爲主。至囑。

昨日陸仁、沈廷桂來，得書，知家中大小事體。汝子母有北來計，甚慰甚慰。吾爲此舉，却是爲汝母病後，衰年消遣，優養以永日延年，其次慮家中無得力仁義宗族可託，汝子母難以相離，雖吉凶禍福，皆所不計，豈念家事耶？吾老來倚靠朝廷聖明，所享所遇，皆過分過望。至於家産之厚薄，用度之豐約，此是吾兒事。若其處分料理，久已付之吾兒，吾不與也，吾兒不必過爲避遜之詞。惟是汝娘子娠孕一事，殊爲酬酢難處耳。適與世安計較，須是趁早入京，或多置知事老媪一二人，或在嘉興、蘇州别顧一座船備用，如何如何？一則天熱，二則科場近，不可遲疑也。

崔東洲已陞太常寺卿，掌國子監，知之。近日吏部之推不點者，想聖意留爲日講之地，汝到此自知。吾老年只求清燕耳。聊示汝知，兼向母親處説知。夜來感寒，作吐瀉，殊無苦，知之〔一〕。

此間只聞汝母子二月廿七日起身，不見有端的消息，懸懸之望，日夜在心。又聞道路饑荒寇盜，復以爲憂也。但要謹慎小心，歇泊處務須支更少睡，最怕汝母驚動。凡百都付之老天。至囑至囑。聞河水此時想有，又須計量炎熱，熟思審處。今差承差胡承宗同沈廷桂接來。承宗是山西舊人，頗實落，故用，可善待之。途中行止事宜，悉已分付，汝再當駕馭之。沈廷桂愚狠不中當事，只我家人無一人可託者，奈何奈何。見面時細商量也。吾身比往年覺得病少，近日講經筵兼講《衍義》〔二〕。上命至榮，後來恩典亦重，平生願望而不可得者，賴天地祖宗，無以爲報。所惜到手遲，覺費力也。汝母須左右順適，要令忘憂，至囑至囑。

【校記】

〔一〕此首『吾老』『來感』四字，底本漫漶，據四庫全書本補。

〔二〕此首自『此間』至此處，底本多處漫漶，據四庫全書本補。